啼笑因緣

張恨水精品集4

典藏新版

張恨水 著

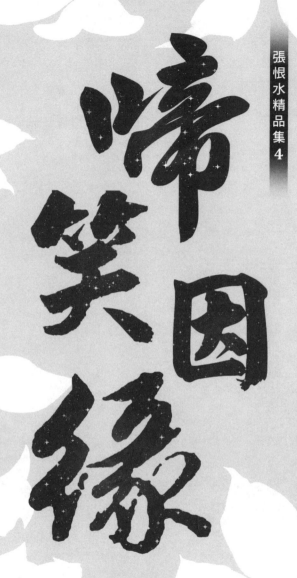

張愛玲與張恨水：新文學史上的兩大傳奇

- 張愛玲是新文學史上傳奇性的作家，然而，她在其名著《流言》中，明晃晃地寫道：「我喜歡張恨水」。她甚至連張恨水小說《秦淮世家》《夜深沉》中的小配角都如數家珍；則她對張恨水的優質代表作像《啼笑因緣》《金粉世家》等的喜愛，自不待言。
  後來有評論家說張愛玲是張恨水的「粉絲」，這或許言過其實；但她明示對張恨水的讚佩和投契，確有惺惺相惜之意，畢竟是新文學史上的一段佳話。
- 張愛玲的文風，華麗、濃稠，卻又蒼涼；張恨水的文風，則是華麗、灑落，而又惆悵。名字適成對仗，文風亦恰可互映。由於作品皆以寫情為主，二人均曾被歸為鴛鴦蝴蝶派；事實上，他們的文學成就和境界均遠遠超越了鴛蝴派。二人均以抒寫古典轉型社會的繁華與破落見長，然張愛玲作品往往喻指文明的精美與崩毀，而張恨水作品則涵納了人生的滄桑與頓悟。張愛玲的《傾城之戀》，張恨水的《啼笑因緣》，皆予人以「萬古長空，一朝風月」的感慨。
- 當初，張愛玲的作品抗衡了四十年代整個左翼文壇的巨流；而張恨水的作品牽動了萬千多情讀者的心緒，同被來勢洶洶的左翼作家視為異己和頑敵。
- 但文學品位終究不會泯滅，所以魯迅、林語堂、老舍、冰心等名家衷心揄揚張恨水，正如夏志清、劉紹銘、水晶、張錯等學者熱烈稱頌張愛玲。
- 張愛玲在台港及海外華人圈早已炙手可熱，帶動小說風潮；張恨水卻因種種詭譎莫名的緣故，受到不合理的封禁。如今，本社毅然突破封禁，推出精選的張恨水作品集，以饗喜愛優質小說的廣大讀者，庶免愛書人有遺珠之憾！

啼笑因緣

續集

作者自序

那是民國十八年，舊京五月的天氣。陽光雖然抹上一層淡雲，風吹到人身上，並不覺得怎樣涼。中山公園的丁香花、牡丹花、芍藥花都開過去了；然而綠樹蔭中，零碎擺下些千葉石榴的盆景，猩紅點點，在綠油油的葉子上正初生出來，分外覺得嬌豔。

水池子裡的荷葉，不過碗口那樣大小，約有一二十片，在魚鱗般的浪紋上飄蕩著。水邊那些楊柳，拖著丈來長的綠穗子，和水裡的影子對拂著。那綠樹裡有幾間紅色的屋子，不就是水榭後的「四宜軒」嗎？在小山下隔岸望著，真個是一幅工筆圖畫啊！

這天，我換了一套灰色嗶嘰的便服，身上輕爽極了。袋裡揣了一本袖珍日記本，穿過「四宜軒」，渡過石橋，直上小山來。

在那一列土山之間，有一所茅草亭子，亭內並有一副石桌椅，正好休息。我便靠了石桌，坐在石墩上。這裡是僻靜之處，沒什麼人來往，由我慢慢地鑒賞著這一幅工筆的圖畫。雖然，我的目的不在那石榴花上，不在荷錢上，也不在楊柳樓臺一切景致上；我只要借這些外物，鼓動我的情緒。

我趁著興致很好的時候，腦筋裡構出一種悲歡離合的幻影來。這些幻影，我不願它立刻即逝，一想出來之後，馬上掏出日記本子，用鉛筆草草的錄出大意了。這些幻影是什麼？不瞞諸位說，就是諸位現在所讀的《啼笑因緣》了。

當我腦筋裡造出這幻影之後，真個像銀幕上的電影，一幕一幕，不斷地湧出。我也記得很高興，鉛筆瑟瑟有聲，只管在日記本子上畫著。偶然一抬頭，倒幾乎打斷我的文思。原來小山之上，有幾個妙齡女郎，正伏在一塊大石上，也看了我喁喁私語。她們的意思，以為這個人發了什麼瘋，一人躲在這裡埋頭大寫。我心想：流水高山，這正也是知己了，不知道她們可明白我是在為小說布局。

我正這樣想著，立刻第二個感覺告訴我，文思如放焰火一般——放過去了，回不轉來的，不可間斷。因此我立刻將那些女郎置之不理，又大書特書起來。我一口氣寫完，女郎們不見了，只對面柳樹中，啪的一聲，飛出一隻喜鵲振破了這小山邊的沉寂。直到於今，這一點印象，還留在我腦筋裡。

這一部《啼笑因緣》，就是這樣產生出來的。我自己也不知道我是否有什麼用意，更不知道我這樣寫出，是否有些道理。總之，不過捉住了我那日那地一個幻想寫出來罷了。——這是我赤裸裸地能告訴讀者的。在我未有這個幻想之先，本來由錢芥塵先生，介紹我和《新聞報》的嚴獨鶴先生，在中山公園「來今雨軒」歡迎上海新聞記者東北視察團的席上認識。而嚴先生知道我在北方常塗鴉些小說，叫我和《新聞報》、《快活林》也作一篇。我是以賣文糊口的人，當然很高興地答應。只是答應之後，並不曾預定如何著筆。直到這天在那茅亭上布局，才有了這部《啼笑因緣》的影子。

說到這裡，我有兩句贅詞，可以附述一下：有人說小說是「創造人生」，又有人說小說是「敘述人生」。偏於前者，要寫些超人的事情；偏於後者，只要是寫著宇宙間之一些人物罷了。然而我覺得這是純文藝的小說，像我這個讀書不多的人，萬萬不敢高攀的。我既是以賣文為業，對於自己的職業，固然不能不努力；然而我也萬萬不能忘了作小說是我一種職業。在職業上作文，我怎敢有一絲一毫自許的意思呢？當《啼笑因緣》逐日在《快活林》發表的時候，文壇上諸子加以糾正的固多；而極力謬獎的，也實在不少。這樣一來，使我加倍地慚愧了。

《啼笑因緣》將印單行本之日，我到了南京，獨鶴先生大喜，寫了信和我要一篇序，這事是義不容辭的。然而我作書的動機如此，要我寫些什麼呢？我正躊躇著，同寓的錢芥塵先生、舒舍予先生就鼓動我作篇白話序，以為必能寫得切實些。老實說，白話序平生還不曾作過，我就勉從二公之言，試上一試。因為作白話序，我也不去故弄什麼狡獪伎倆，就老老實實把作書的經過說出來。

這部小說在上海發表而後，使我多認識了許多好朋友，這真是我生平一件可喜的事。我七八年沒有回南；回南之時，正值這部小說出版，我更可喜了。所以這部書，雖然卑之無甚高論，或者也許我說「敝帚自珍」，到了明年石榴花開的時候，我一定拿著《啼笑因緣》全書，坐在中山公園茅亭上，去舉行二周年紀念。那個時候，楊柳、荷錢、池塘、水榭，大概一切依然；但是當年的女郎，當年的喜鵲，萬萬不可遇了。人生的幻想，可以構成一部假事實的小說；然而人生的實境，倒真有些像幻影哩！寫到這裡，我自己也覺得有些「啼笑皆非」了。

張恨水

一九三〇年

作完《啼笑因緣》後的說話

對讀者一個總答覆

在《啼笑因緣》作完以後，除了作一篇序而外，我以為可以不必作關於此書的文字了。不料承讀者的推愛，對於書中的情節，還不斷地寫信到「新聞報館」去問。尤其是對於書中主人翁的收場，嫌其不圓滿，甚至還有要求我作續集的。這種信札，據獨鶴先生告訴我，每日收到很多，一一答覆，勢所難辦，就叫我在本書後面做一個總答覆。一來呢，感謝諸公的盛意；二來呢，也發表我一點意見。

凡是一種小說的構成，除了命意和修辭而外，關於敘事，有三個寫法：一是渲染，二是穿插，三是剪裁。什麼是渲染，我們舉個例，《水滸》「武松打虎」一段，先寫許多「酒」字，那便是武松本有神勇，寫他喝得醉到傜地，似乎是不行了，而偏能打死一隻虎，他的武力更可知了。

這種寫法，完全是「無中生有」，許多枯燥的事，都靠著它熱鬧起來。什麼是穿插，一部小說，不能寫一件事，要寫許多事。這許多事，若是寫完了一件，再寫一件，時間空間都要混亂，而且文字不容易貫穿。所以《水滸》「月夜走劉唐」，順插上了

「宋公明殺閻惜姣」那一大段；「三打祝家莊」，又倒插上「顧大嫂劫獄」那一小段。

什麼叫剪裁，譬如一匹料子，拿來做衣，不能整匹地做上。有多數要的，也有少數不要的，然後衣服成功。——小說取材也是這樣。史家作文章，照說是不許「偷工減料」的了；然而我們看《史記》第一篇《項羽本紀》，寫得他成了一個慷慨悲歌的好男子，也不過「鴻門」、「垓下」幾大段加倍的出力寫。至於他帶多少兵，打過多少仗，許多許多起居，都抹煞了。我們豈能說項羽除了《本紀》所敘而外，他就無事可記嗎？這就是因為不需要，把他剪了。也就是在渲染的反面，刪有為無了。

再舉《水滸》一個例，史進別魯達而後，在少華山落草，以至被捉入獄，都未經細表。——我的筆很笨，當然作不到上述三點，但是作《啼笑因緣》的時候，當然是極力向著這條路上走。

明乎此，讀者可以知道本書何處是學渲染，何處是學穿插，何處是學剪裁了。據大家函詢，大概剪裁一方面，最容易引起誤會；其實仔細一想就明白了，譬如樊家樹的叔叔，只是開首偶伏一筆，直到最後才用著他。這在我就因為以前無敘他叔叔之必要；到了後來，何麗娜有「追津」的一段渲染，自然要寫上他。不然，就不必有那伏筆了。

又如關氏父女，未寫與何麗娜會面，卻把樊家樹引到西山去，然後才大家相聚。有些人，他就疑惑了：關、何是怎麼會晤的呢？諸公當還記得，家樹曾介紹秀姑與何小姐在中央公園會面，她們自然是熟人；而且秀姑曾在何家樓上指給家樹看，她家就住在窗外一幢茅屋內。請想，關、何之會面豈不是很久？當然可以簡而不書了。類此者，大概還有許多，也不必細說了。我想讀者都是聰明人，若將本書再細讀一遍，一定恍然大悟。

又次，可以說上結局了。全書的結局，我覺得用筆急促一點。但是事前，我曾費了一點考量：若是稍長，一定會把當剪的都寫出來，拖泥帶水，空氣不能緊張。末尾一不緊張，全書精神盡失了。

就人而論，樊家樹無非找個對手，這倒無所謂。至於鳳喜，自以把她寫死了乾淨；然而她不過是一個絕頂聰明而又意志薄弱的女子，何必置之死地而後快！可是要把她寫得和樊家樹墜歡重拾，我作書的，又未免「教人以偷」了。總之，她有了這樣的打擊，瘋魔是免不了的。問瘋了還好不好？似乎問出了本題以外。可是我也不妨由我暗示中給讀者一點明示：她的母親不是明明白白表示無希望了嗎？鳳喜不見家樹是瘋，見了家樹是更瘋！——我真也不忍心向下寫了。

其次，便是秀姑。我在寫秀姑出場之先，我就不打算將她配於任何人的。她父女此一去，當然是神龍不見尾。問她何往，只好說句唐詩「只在此山中，雲深不知處」了。

最後，談到何麗娜。起初，我只寫她是鳳喜的一個反面。後來我覺得這種熱戀的女子，太合於現代青年的胃口了，又用力地寫上一段，於是引起了讀者的共鳴。一部分人主張樊、何結婚，我以為不然：女子對男子之愛，第一個條件，是要忠實。只要心裡對她忠實，表面魯鈍也罷，表面油滑也罷，她就愛了。

何女士之愛樊家樹，便是捉住了這一點。可是樊家樹呢，他是不喜歡過於活潑的女子，尤其是奢侈。所以不能認為他怎樣愛何麗娜。在不大愛之中，又引他不能忘懷的，就是以下二點：一、何麗娜的面孔，像他心愛之人。二、何麗娜太聽他的話了。其初，他別有所愛。當然不會要何小姐；現在，走的走了，瘋的瘋了，只有何小姐是對象，而且何小姐是那樣的熱戀，一個老實人怎樣可以擺脫得開！但是，老實人的心也不容易轉移的，在西山別墅相會的那一晚，那還是他們相愛的初程，後事如何，正不必定哩。

結果，是如此的了。總之，我不能像作《十美圖》似的，把三個女子一齊嫁給姓樊的；可是我也不願擇一嫁給姓樊的。因為那樣，便平庸極了。

看過之後，讀者除了為其餘二人嘆口氣而外，絕不再念到書中人的——那有什麼意思呢？宇宙就是缺憾的，留些缺憾，才令人過後思量，如嚼橄欖一樣，津津有味。若必寫到末了，大熱鬧一陣，如肥雞大肉，吃完了也就完了，恐怕那味兒不及這樣有餘不盡的橄欖滋味好嘗吧！

不久，我再要寫一部，在炮火之下的熱戀，仍在《快活林》發表。或者，略帶一點圓場的意味，還是到那時再請教吧。

是否要做續集——對讀者打破一個啞謎

由《新聞報》轉來讀者諸君給我的信，知道有一部分人主張我作《啼笑因緣》續集，我感謝諸公推愛之餘，卻有點下情相告。凡是一種作品，無論劇本或小說，以至散文，都有適可而止的地位，不能亂續的。古人遊山，主張不要完全玩通，剩個十之二三不玩，以便留些餘想，便是這個意思。所以近來很有人主張吃飯只要八成飽的。回轉來，我們再談一談小說。

小說雖小道，但也自有其規矩：不是一定「不團圓主義」，也不是一定「團圓主義」。不信，你看，比較令人咀嚼不盡的，是團圓的呢，是不團圓的呢？如《三國演義》，幾個讀者心目中的人物，關羽、張飛、孔明結果如何？反過來，讀者極不願意的人，如曹家、司馬家，都貴為天子了。假若羅貫中把歷史不要，一一反寫過來，請問滋味如何？這還算是限於事實，無可偽造。

我們又不妨再看《紅樓夢》，它的結局慘極了，是極端「不團圓主義」的。後來有些人「見義勇為」，什麼《重夢》、《後夢》、《復夢》、《圓夢》，共有十餘種，亂續一頓。然而到今日，大家是願意團圓的呢，或是不團圓的呢？

《啼笑因緣》萬比不上古人。古人之書，尚不可續，何況區區！再比方說兩段：第一是《西廂》曲本，到「草橋驚夢」為止，不但事未完，文也似乎未完。可是他不願把一個「始亂終棄」的意思表示出來，讓大家去想吧。及後面加上了四折，雖然有關漢卿那種手筆，依然免不了後人的咒詛呢！

我們再看看《魯濱遜漂流記》，著者作了前集，震動一世。離開荒島，也就算了。他因為應了多數讀者的要求，又重來一個續集。而下筆的時候，又苦於事實不夠，就胡亂湊合起來，結果是續集相形見絀；甚至有人疑惑前集不是原人作的。書之不可亂續也如此！

《啼笑因緣》自然是極幼稚的作品，但是既承讀者推愛，當然不願它自我成之，自我毀之。若把一個幼稚的東西再幼稚起來，恐怕這也有負讀者之愛了。所以歸結一句話：我是不能續，不必續，也不敢續。

幾個重要問題的解答

由《新聞報》轉來的消息，我知道有許多讀者先生打聽《啼笑因緣》主人翁的下落。其實，這是仁者見仁，智者見智，用不著打聽的。好在這件事隨便說說，也不關於書的藝術方面，茲簡單奉答如下：

一、關秀姑的下落，是從此隱去。倘若你願意她再回來的話，隨便想她何時回來都可。但是千萬莫玷污了俠女的清白。

二、沈鳳喜的下落，是病無起色。我不寫到如何無起色，是免得諸公下淚。一笑。

三、何麗娜的下落，去者去了，病者病了，家樹的對手只有她了。你猜，應該怎樣往下做呢？諸公如真多情，不妨跑到書裡作個陶伯和第二，給他們撮合一番吧。

四、何麗娜口說出洋，而在西山出現，情理正合。小孩兒捉迷藏，乙兒說：「躲好了沒有？」甲兒在桌下說：「我躲好了。」這豈不糟糕？何小姐言遠而近，那正是她不肯做甲兒。

五、關、何會面，因為她們是鄰居，而且在公園已認識的了。關氏父女原欲將沈、何均與樊言歸於好，所以壽峰說：「兩分心力，只盡了一分。」又秀姑明明說：「家住在山下。」關於這一層，本不必要寫明，一望而知。然而既有讀者諸君來問，我已在單行本裡補上一段了。

張恨水

一九三〇年

一　天橋偶遇

相傳幾百年下來的北京，而今改了北平，已失去那「首善之區」四個字的尊稱，但是這裡留下許多偉大的建築和很久的文化成績依然值得留戀，尤其是氣候之佳，是別的都市花錢所買不到的。這裡不像塞外那樣苦寒，也不像江南那樣苦熱，三百六十日，除了少數日子颳風颳土而外，都是晴朗的天氣。論到下雨，街道泥濘，房屋霉濕，日久不能出門一步，是南方人最苦惱的一件事。

北平人遇到下雨，倒是一喜。這就因為一二十天遇不到一場雨，一雨之後，馬上就晴，雲淨天空，塵土不揚，滿城的空氣格外新鮮。北平人家和南方人是反比例，屋子儘管小，院子必定大，「天井」二字是不通用的。因為家家院子大，就到處有樹木。你在雨霽之後，到西山去向下一看舊京，樓臺宮闕都半藏半隱，夾在綠樹叢裡，就覺得北方下雨是可歡迎的了。

南方怕雨，又最怕的是黃梅天氣。由舊曆四月初以至五月中，幾乎天天是雨。可是北平呢，依然是天晴，而且這邊的溫度低，那個時候，剛剛是海棠開後，楊柳濃時，正是黃金時代。不喜遊歷的人，此時也未免要看看三海，上上公園了。因為如此，別處的人都等到四月裡北平各處的樹木綠遍了，然後前來遊覽。就在這個時候，有個很會遊歷的青年，他由上海到北京遊歷來了。

這是北京未改北平的前三年，約莫是四月的下旬，他住在一個很精緻的上房裡。那屋子是朱漆漆的，一帶走廊，四根紅柱落地；走廊外，是一個很大的院子，平空架上了一架紫藤花，那花像絨球一般，一串一串，在嫩黃的葉叢裡下垂著。階上沿走廊擺了許多盆夾竹桃，那花也開得是成團的擁在枝上。

這位青年樊家樹，靠住了一根紅柱，眼看著架上的紫藤花被風吹得擺動起來，把站在花上的蜜蜂甩了開去又飛轉來，很是有趣。他手上拿了一本打開而又捲起來的書，卻背了手放在身後。院子裡靜沉沉的，只有蜜蜂翅膀震動的聲音嗡嗡直響。太陽穿過紫藤花架，滿地起了花紋，風吹來，滿地花紋移動，卻有一種清香沾人衣袂。家樹覺得很適意，老是站了不動。

這時，過來一個聽差，對他道：「表少爺，今天是禮拜，怎樣你一個人在家裡？」

家樹道：「北京的名勝我都玩遍了，你家大爺、大奶奶昨天下午就要我到西山去，我是前天去過的，不願去，所以留下來了。劉福，你能不能帶我到什麼地方去玩？」

劉福笑道：「我們大爺要去西山，是有規矩的，禮拜六下午去，禮拜一早上回來。這一次你不去，下次他還是邀你。這是外國人這樣辦的，不懂我們大爺也怎麼學上了。其實，到了禮拜六禮拜日，戲園子裡名角兒露了，電影院也換片子，正是好玩。」

家樹道：「我們在上海租界上住慣了那洋房子，覺得沒有中國房子雅緻。這樣好的院子，你瞧，紅窗戶配著白紗窗，對著這滿架的花，像圖畫一樣，在家裡看看書也不壞。」

劉福道：「我知道表少爺是愛玩風景的。天橋有個水心亭，倒可以去去。」

家樹道：「天橋不是下等社會聚合的地方嗎？」

劉福道：「不，那裡四圍是水，中間有花有亭子，還有很漂亮的女孩子在那裡清唱。」

家樹道：「我怎樣從沒聽到說有這樣一個地方？」

劉福笑道：「我絕不能冤你。那裡也有花棚，也有樹木，我就愛去。」

家樹聽他說得這樣好，便道：「在家裡也很無聊，你給我雇一輛車，我馬上就去。現在去，還來得及嗎？」

劉福道：「來得及，那裡有茶館，有飯館，渴了餓了，都有地方休息。」說時，他走出大門，給樊家樹雇了一輛人力車，就讓他一人上天橋去。

樊家樹平常出去遊覽，都是這裡的主人翁表兄陶伯和相伴，到底有些拘束，今天自己能自由自在地去遊玩一番，比較痛快，也就不嫌寂寞，坐著車子直向天橋而去。

到了那裡，車子停住，四圍亂哄哄地，全是些梆子胡琴及鑼鼓之聲。在自己面前，一路就是三四家木板支的街樓，樓面前掛了許多紅紙牌，上面用金字或黑字標著，什麼「狗肉缸」，「娃娃生」，又是什麼「水仙花小牡丹合演《鋸沙鍋》」。

給了車錢，走過去一看，門樓邊牽牽連連，擺了許多攤子。就以自己面前而論，一個大片頭獨輪車，車板上堆了許多黑塊，都有飯碗來大小，成千成百的蒼蠅，只在那裡亂飛。黑塊中放了二把雪白的刀，車邊站著一個人，拿了黑塊，提刀在一塊木板上一頓亂切，切了許多紫色的薄片，將一小張污爛舊報紙托著給人。大概是賣醬牛肉或熟驢肉的了。又一個攤子，是平地放了一口大鐵鍋，鍋裡有許多漆黑綿長一條條的東西，活像是剝了鱗的死蛇，盤滿在鍋裡，一股又腥又臭的氣味在鍋裡直騰出來，原來那是北方人喜歡吃的煮羊腸子。

家樹皺了一皺眉頭，轉過身去一看，卻是幾條土巷，巷子兩邊全是蘆棚。前面兩條巷，遠遠望見蘆棚裡掛了許多紅紅綠綠的衣服，大概那是最出名的估衣街了。這邊一個小巷，來來往往的人極多。巷口上，就是在灰地上擺了一堆的舊鞋子。也有幾處是零貨攤，滿地是煤油燈，洋瓷盆，銅鐵器。

由此過去，南邊是蘆棚店，北方一條大寬溝，溝裡一片黑泥漿，流著藍色的水，臭氣熏人。家樹一想：水心亭既然有花木之勝，當然不在這裡。又回轉身來，走上大街，去問一個警察。警察告訴他，由此往南，路西便是水心亭。

原來北京城是個四四方方的地方，街巷都是由北而南，由東而西，人家的住房也是四方的四合院。所以到此的人，無論老少，都知道四方，談起來不論上下左右，只論東西南北。

當下家樹聽了警察的話，向前直走，將許多蘆棚地攤走完，便是一起曠野之地。馬路的西邊有一道水溝，雖然不清，倒也不臭。在水溝那邊，稀稀地有幾棵丈來長的柳樹。再由溝這邊到溝那邊，不能過去。南北兩頭有兩架平板木橋，橋頭上有個小蘆棚子，那裡擺了一張小桌，兩個警察守住。過去的人，都在橋這邊掏四個銅子，買一張小紅紙進去。這樣子，就是買票了。家樹到了此地，不能不去看看，也就掏了四個銅子買票過橋。

到了橋那邊，平地上挖了一些水坑，裡面種了水芋之屬，並沒有花園。過了水坑，有五六處大蘆棚，裡面倒有不少的茶座。一個棚子裡都有一臺雜耍。所幸在座的人還是些中上等的分子，不作氣味。

穿過這些蘆棚，又過一道水溝，這裡倒有一所淺塘，裡面新出了些荷葉。荷塘那邊有一片木屋，屋外斜生著四五棵綠樹，樹下一個倭瓜架子，牽著一些瓜豆蔓子。那木屋是用藍漆漆的，垂著兩副湘簾，順了風，遠遠的就聽到一陣管弦絲竹之聲。心想，這地方多少還有點意思，且過去看看。

家樹順著一條路走去，那木屋向南敞開，對了先農壇一帶紅牆，一叢古柏，屋子裡擺了幾十副座頭，正北有一座矮臺，上面正有七八個花枝招展的大鼓娘在那裡坐著，依次唱大鼓書。家樹本想坐下休息片刻，無奈所有的座位人都滿了，於是折轉身復走回來。所謂「水心亭」不過如此。這種風景，似乎也不值得留戀。先是由東邊進來的，這且由西邊出去——一過去卻見一排都是茶棚。

穿過茶棚，人聲喧嚷，遠遠一看，有唱大鼓書的，有賣解的，有摔跤的，有弄口技的，有說相聲的。左一個布棚，外面圍住一圈人；右一個木棚，圍住一圈人，**這倒是真正的下等社會俱樂部**。

北方一個土墩，圍了一圈人，笑聲最烈。家樹走上前一看，只見一根竹竿子，挑了一塊破藍布，髒得像小孩子用的尿布一般。藍布下一張小桌子，有三四個小孩子圍著打鑼鼓拉胡琴。藍布一掀，出來一個四十多歲的黑漢子，穿一件半截灰布長衫，攔腰虛束了一根草繩，頭上戴了一個煙捲紙盒子製的帽子，嘴上也掛了一掛黑鬍鬚，其實不過四五十根馬尾。

他走到桌子邊一瞪眼，看的人就叫好，他一伸手摘下鬍子道：「我還沒唱，怎麼樣就好得起來？胡琴趕來了，我來不及說話。」說著，馬上掛起鬍子又唱起來。大家看見，自是一陣笑。

家樹在這裡站著看了好一會子，覺得有些乏，回頭一看，有一家茶館倒還乾淨，就踏了進去，找個座位坐下。那柱子上貼了一張紅紙條，上面大書一行字：「每位水錢一枚。」家樹覺得很便宜，是有生以來所不曾經過的茶館了。

走過來一個夥計，送一把白瓷壺在桌上，問道：「先生帶了葉子沒有？」

家樹答：「沒有。」

夥計道：「給你沏錢四百一包的吧！香片？龍井？」

這北京人喝茶葉，不是論分兩，乃是論包的。一包茶葉，大概有一錢重。平常是論幾個銅子一包，又簡稱幾百一包。一百就是一個銅板。茶不分名目，泡過的茶葉，加上茉莉花，名為「香片」。不曾泡過，不加花的，統名之為「龍井」。家樹雖然是浙江人，來此多日，很知道這層原故。當時答應了「龍井」兩個字，因道：

「你們水錢只要一個銅子，怎樣倒花四個銅子買茶葉給人喝？」

夥計笑道：「你是南邊人，不明白。你自己帶葉子來，我們只要一枚。你要是吃我們的茶葉，我們還只收一個子兒水錢，那就非賣老娘不可了。」

家樹聽他這話，笑道：「要是客人都帶葉子來，你們全只收一個子兒水錢，豈不要大賠錢？」

夥計聽了，將手向後方院子裡一指，笑道：「你瞧！我們這兒是不靠賣水的。」

家樹向後院看去，那裡有兩個木架子，插著許多樣武器，胡亂擺了一些石墩石鎖，還有一副千斤擔。院子裡另外有重屋子，有一群人在那裡品茗閒談。屋子門上寫了一幅橫額貼在那裡，乃是「以武會友」。

就在這個時候，有人走了出來，取架子上的武器，在院子裡練練。家樹知道了，這是一般武術家的俱樂部。家樹在學校裡，本有一個武術教員教練武術，向來對此感到有些趣味，現在遇到這樣的俱樂部，有不少的武術可以參觀，很是歡喜，索性將座位挪了一挪，靠近後院的扶欄。

先是看見有幾個壯年人在院子裡，練了一會兒刀棍，最後走出來一個五十上下的老者，身上穿了一件紫花布汗衫，橫腰繫了一根大板帶，板帶上掛了煙荷包小褡褳，下面是青布褲，裹腿布繫靠了膝蓋，遠遠地就一摸胳膊，精神抖擻。走近來，見他長長的臉，一個高鼻子，嘴上只微微留幾根鬚。

他一走到院子裡，將袖子一陣捲，先站穩了腳步，一手提著一只石鎖，顛了幾顛，然後向空中一舉，舉起來之後，往下一落，一落之後，又往上一舉。看那石鎖，大概有七八十斤一只，兩只就一百幾十斤。這向上一舉，還不怎樣出奇，只見他雙手向下一落，右手又向上一起，那石鎖飛了出去，直衝過屋脊。

家樹看見，先自一驚，不料那石鎖剛過屋脊，照著那老人的頭頂直落下來，老人腳步動也不曾一動，只把頭微微向左一起，那石鎖齊齊穩穩落在他右肩上。同時，他把左手的石鎖拋出，也把左肩來承住。家樹看了，不由暗地稱奇。看那老人，倒行若無事，輕輕地將兩只石鎖向地下一扔。在場的一班少年於是吆喝了一陣，還有兩個叫好的。老人見人家稱讚他，只是微微一笑。

這時，有一個壯年漢子，坐在那千斤擔的木槓上笑道：「大叔，今天你很高興，玩一玩大傢伙吧。」

老人道：「你先玩著給我瞧瞧。」

那漢子果然一轉身雙手拿了木槓，將千斤擔拿起，慢慢提起，平齊了雙肩，咬著牙，臉就紅了。他趕緊彎腰，將擔子放下，笑道：「今天乏了，更是不成。」

老人道：「瞧我的吧。」走上前，先平了手，將擔子提著平了腹，頓了一頓，反著手向上一舉，平了下頦，又頓了一頓，兩手伸直，高舉過頂。

這擔子兩頭是兩個大石盤，彷彿像兩片石磨，木槓有茶杯來粗細，插在石盤的中心。一個石磨至少也有二百斤重，加上安在木槓的兩頭，更是吃力。這一舉起來，總有五六百斤氣力才可以對付，家樹不由自主地拍著桌子叫了一聲：「好！」

那老人聽到這邊的叫好聲，放下千斤擔，看看家樹，見他穿了一件藍湖縐夾袍，在大襟上掛了一個自來水筆的筆插。白淨的面孔架了一副玳瑁邊圓框眼鏡，頭上的頭髮雖然分齊，卻又捲起有些蓬亂，**這分明是個貴族式的大學生，何以會到此地來？不免又看家樹兩眼**。家樹以為人家是要招呼他，就站起來笑臉相迎。

那老人笑道：「先生，你也愛這個嗎？」

家樹笑道：「愛是愛，可沒有這種力氣。這個千斤擔虧你舉得起。貴庚過了五十嗎？」

那老人微笑道：「五十幾？——望來生了！」

家樹道：「這樣說過六十了，六十歲的人有這樣大力氣，真是少見！貴姓是——」

那人說是姓關。家樹便斟了一杯茶，和他坐下來談話，才知道**他名關壽峰，是山東人，在京以做外科大夫為生**。便問家樹姓名，怎樣會到這種茶館裡來？家樹告訴了他姓名，又道：「家住在杭州。因為要到北京來考大學，現在補習功課。住在東四三條胡同表兄家裡。」

壽峰道：「樊先生，這很巧，我們還是街坊啦！我也住在那胡同裡，你是多少號門牌？」

家樹道：「我表兄姓陶。」

壽峰道：「是那紅門陶宅嗎？那是大宅門啦，聽說他們老爺太太都在外洋。」

家樹道：「是，那是我舅舅。他是一個總領事，帶我舅母去了。我的表兄陶伯和，現在也在外交部有差事。不過家裡還可過，也不算什麼大宅門。你府上在哪裡？」

壽峰哈哈大笑道：「我們這種人家，哪裡去談『府上』啦？我住的地方，就是個大雜院，你是南方人，大概不明白什麼叫大雜院，這就是說一家院子裡，住上十幾家人家，做什麼的都有。你想，這樣的地方，哪裡安得上『府上』兩個字？」

家樹道：「那也不要緊，**人品高低並不分在住的房子上**。我也很喜歡談武術的，既然同住在一個胡同，過一天一定過去奉看大叔。」

壽峰聽他這樣稱呼，站了起來，伸著手將頭髮一頓亂搔，然後抱著拳連拱幾下，說道：「我的先生，你是怎樣稱呼啊？我真不敢當。你要是不嫌棄，哪一天我就去拜訪你去。」又道：「說到練把式，你要愛聽，那有的是……」說時，一拍肚腰帶道：「可千萬別這樣稱呼。」

家樹道：「你老人家不過少幾個錢，不能穿好的，吃好的，辦不起大事，**難道為了窮，把年歲都丟了不成？**我今年只二十歲。你老人家有六十多歲，大我四十歲，跟著你老人家同行叫一句大叔，那不算客氣。」

壽峰將桌子一拍，回頭對在座喝茶的人道：「這位先生爽快，我沒有看見過這樣的少爺們。」

家樹也覺著這老頭子很爽直，又和他談了一陣，因已日落西山，就給了茶錢回家。到了陶家，那個聽差劉福進來伺候茶水，便問道：「表少爺，水心亭好不好？」

家樹道：「水心亭倒也罷了，不過我在小茶館裡認識了一個練武的老人家談得很好。我想和他學點本事，也許他明後天要來見我。」

劉福道：「唉！表少爺，你初到此地來，不懂這裡的情形。天橋這地方，九流三教，什麼樣子的人都有，怎樣和他們談起交情來了？」

家樹道：「那要什麼緊！天橋那地方，我看雖是下等社會人多，不能說那裡就沒有好人，這老頭子人極爽快，說話很懂情理。」

劉福微笑道：「走江湖的人，有個不會說話的嗎？」

家樹道：「你沒有看見那人，你哪裡知道那人的好壞？我知道，你們一定要看見坐汽車帶馬弁的，那才是好人。」

劉福不敢多事辯駁，只得笑著去了。

到了次日上午，這裡的主人陶伯和夫婦已經由西山回來。

陶伯和在上房休息了一會，趕著上衙門。陶太太又因為上午有個約會，出門去了。家樹一個人在家裡，也覺得很是無聊，心想既然約會了那個老頭子要去看看他，不如就趁今天無事，了卻這一句話，管他是好是壞，總不可失信於他，免得他說我瞧不起人。昨天關壽峰也曾說到，他家就住在這胡同東口一個破門樓子裡，門口有兩棵槐樹，是很容易找的，於是隨身帶了些零碎錢出門而去。

走到胡同東口，果然有這樣一個所在。他知道北京的規矩，無論人家大門是否開著，先要敲門才能進去的。因為門上並沒有什麼鐵環之類，只啪啪地將門敲了兩下。這時出來一個姑娘，約莫有十八九歲，挽了辮子，在後面梳著一字橫髻，前面只有一些很短的劉海，一張圓圓的臉兒，穿了一身的青布衣服，襯著手臉倒還白淨，頭髮上拖了一根紅線，手上拿了一塊白十字布，走將出來。

她見家樹穿得這樣華麗，便問道：「你找誰？這裡是大雜院，不是住宅。」

家樹道：「我知道是大雜院，我是來找一個姓關的，不知道在家沒有？」

那姑娘對家樹渾身上下打量了一番，笑道：「我就姓關，你先生姓樊嗎？」

家樹道：「對極了。那關大叔……」

姑娘連忙接住道：「是我父親，他昨天晚上一回來就提起了。現在家裡，請進來坐。」說著便在前面引導，引到一所南屋子門口，就叫道：「爸爸快來，那位樊先生來了。」

壽峰一推門出來了，連連拱手道：「哎喲！這還了得，實在沒有地方可坐。」

家樹笑道：「不要緊的，我昨天已經說了，大家不要拘形跡。」

關壽峰聽了，便只好將客向裡引。

家樹一看屋子裡面，正中供了一幅畫的關羽神像，一張舊神桌，擺了一副洋鐵五供，壁上隨掛弓箭刀棍，還有兩張獾子皮。下邊一路壁上，掛了許多一束一束的乾藥草，還有兩個乾葫蘆。靠西又一張四方舊木桌，擺了許多碗罐，下面緊靠放了一個泥爐子。靠東邊陳設了一張鋪位，被褥雖是布的，卻還潔淨。東邊一間房，掛了一個紅布門簾子，那紅色也半成灰色了。這樣子，父女二人，就是這兩間屋了。

壽峰讓家樹坐在鋪上，姑娘就進屋去捧了一把茶壺出來，笑道：「真是不巧，爐子滅了，到對過小茶館裡找水去。」

家樹道：「不必費事了。」

壽峰笑道：「貴人下降賤地，難道茶都不肯喝一口？」

家樹道：「不是那樣說，我們交朋友，並不在乎吃喝，只要彼此相處得來，喝茶不喝茶，那是沒有關係的。不客氣一句話，要找吃找喝，我不會到這大雜院裡來了。沒有水，就不必張羅了。」

壽峰道：「也好，就不必張羅了。」

這樣一來，那姑娘捧了一把茶壺，倒弄得進退兩難。她究竟覺得人家來了，一杯茶水都沒有，太不成話，還是到小茶館裡沏了一壺水來了。找了一陣子，找出一只茶杯，一只小飯碗，斟了茶放在桌上，然後輕輕地對家樹道：「請喝茶！」自進那西邊屋裡去了。

壽峰笑道：「這茶可不必喝了，我們這裡，不但沒有自來水，連甜井水都沒有的，這是苦井的水，可帶些鹹味。」

姑娘就在屋子裡答道：「不，這是在胡同口上茶館裡起來的，是自來水呢。」

壽峰笑道：「是自來水也不成。我們這茶葉太壞呢！」

當他們說話的時候，家樹已經捧起茶杯喝了一口，笑道：「**人要到哪裡說哪裡話**，

遇到喝鹹水的時候，自然要喝鹹水。在喝甜水的時候，練習練習鹹水也好。像關大叔是沒有遇到機會罷了，若是早生五十年，這樣大的本領，不要說做官，就是到鏢局裡走鏢，也可顧全衣食。**像我們後生，一點能力沒有，靠著祖上留下幾個錢，就是穿好的，吃好的，也沒有大叔靠了本事，喝一碗鹹水的心安。**」

說到這裡，只聽見噗通一下響，壽峰伸開大手掌，只在桌上一拍，把桌上的茶碗都濺倒了。昂頭一笑道：「痛快死我了。我的小兄弟！我沒遇到人說我說得這樣中肯的。秀姑！你把我那錢口袋拿來，我要請這位樊先生去喝兩盅，攀這麼一個好朋友。」

姑娘在屋子裡答應了一聲，便拿出一個藍布小口袋來，笑道：「你可別請人家樊先生上那山東二葷鋪，我這裡今天接來做活的一塊錢，你也帶了去。」

壽峰笑道：「樊先生你聽，連我閨女都願意請你，你千萬別客氣。」

家樹笑道：「好，我就叨擾了。」

當下關壽峰將錢口袋向身上一揣，就引家樹出門而去。

走到胡同口，有一家小店，是很窄小的門面，進門是煤灶，煤灶上放了一口大鍋，熱氣騰騰，一望裡面，像一條黑巷。壽峰向裡一指道：「這是山東人開的二葷鋪，只賣一點麵條饅頭的，我閨女怕我請你上這兒哩。」

家樹點了頭笑笑。

上了大街，壽峰找了一家四川小飯館，二人一同進去。落座之後，壽峰先道：「先來一斤花雕。」又對家樹道：「南方菜我不懂，請你要。多了吃不下，也不必，可是少了不夠吃，為客氣，心裡不痛快，也沒意思。」

家樹因這人平常是豪爽的，果然就照他的話辦。

一會酒菜上來，各人面前放著一只小酒杯，壽峰道：「樊先生，你會喝不會喝？會喝，敬你三大杯，不會喝敬你一杯，可是要說實話。」

家樹道：「三大杯可以奉陪。」

壽峰道：「好，大家盡量喝。我要客氣，是個老混帳。」

家樹笑著，陪他先喝了三大杯。

老頭子喝了幾杯酒，一高興，就無話不談。他自道年壯的時候，在口外當了十幾年的胡匪，因為被官兵追剿，婦人和兩個兒子都殺死了。自己只帶得這個女兒秀姑逃到北京來，洗手不幹，專做好人。自己當年做強盜，未曾殺過一個人，還落個家敗人亡，殺人的事更是不能幹，所以在北京改做外科醫生，做救人的事，以補自己的過。秀姑是兩歲到北京來的，現在有二十一歲。自己做好人也二十年了。

好在他們喝酒的時候，不是上座之際，樓上無人，讓壽峰談了一個痛快。話談完了，他那一張臉成了家裡供的關神像了。

家樹道：「關大叔，你不是說喝醉為止嗎？我快醉了，你怎麼樣？」

壽峰突然站起來，身子晃了兩晃，兩手按住桌子笑道：「三斤了，該醉了。喝酒本來只應夠量就好，若是喝了酒又去亂吐，那是作孽了，什麼意思。得！我們回去，有錢下次再喝。」

當時夥計一算帳，壽峰掏出口袋裡錢，還多京錢十吊（註：銅元一百枚），都倒在桌上，算了夥計的小費了。

家樹陪他下了樓，在街上要給他僱車。壽峰將胳膊一揚，笑道：「小兄弟！你以為我醉了？笑話！」昂著頭自去了。

從這天起，家樹和他常有往來，又請他喝過幾回酒，並且買了些布匹送秀姑做衣服，只是一層，家樹常去看壽峰，壽峰並不來看他。

其中三天的光景，家樹和他不曾見面，再去看他時，父女兩個已經搬走了。問那院子裡的鄰居，他們都說：「不知道，他姑娘說是要回山東去。」家樹本以為這老人是風塵中不可多得的人物，現在忽然隱去，尤其是可怪，心裡倒戀戀不捨。

有一天，天氣很好，又沒有風沙，家樹就到天橋那家老茶館裡去探關壽峰的蹤跡。據茶館裡說，有一天到這裡坐了一會，只是唉聲嘆氣，以後就不見他來了。家樹聽說，心裡更是奇怪，慢慢地走出茶館，順著這小茶館門口的雜耍場走去。

由這裡向南走便是先農壇的外壇。四月裡天氣，壇裡的蘆葦，長有一尺來高。一片青郁之色，直抵那遠處城牆。青蘆裡面，畫出幾條黃色大界線，那正是由外壇而去的。壇內兩條大路，路的那邊，橫三右四的有些古柏。古柏中間，直立著一座伸入半空的鐘塔。在那鐘塔下面，有一片敞地，零零碎碎，有些人做了幾堆，在那裡團聚，家樹一見，就慢慢地也走了過去。

走到那裡看時，也是些雜耍。南邊鐘塔的臺基上，坐了一個四十多歲的人，抱著一把三弦子在那裡彈。看他是黃黝黝的小面孔，又長滿了一腮短碴鬍子，加上濃眉毛深眼眶，那樣子是髒得厲害，身上穿的黑布夾袍，反而顯出一條一條的焦黃之色。因為如此，他儘管抱著三弦彈，卻沒有一個人過去聽的。

家樹見他很著急的樣子，那隻按弦的左手上起下落，忙個不了，調子倒是很入耳，心想彈得這樣好，沒有人理會，實在替他叫屈，不免走上前去，看他如何。

那人彈了一會兒，不見有人向前，就把三弦放下，嘆了一口氣道：「這個年頭兒——」話還沒有往下講，家樹過意不去，在身上掏一把銅子給他，笑道：「我給你開開張吧。」

那人接了錢，放出苦笑來，對家樹道：「先生！你真是好人。不瞞你說，天天不是這樣，我有個侄女兒今天還沒來——」說到這裡，他將右掌平伸，比著眉毛，向遠處一看道：「來了，來了！先生你別走，你聽她唱一段兒，準不會錯。」

說話時，來了一個十六七歲的姑娘，面孔略尖，卻是白裡泛出紅來，顯得清秀，梳著復髮，長齊眉邊，由稀稀的髮網裡露出白皮膚來。身上穿的舊藍竹布長衫，倒也乾淨齊整。手上提著面小鼓，和一個竹條鼓架子。

她走近前對那人道：「二叔，開張了沒有？」

那人將嘴向家樹一努道：「不是這位先生給我兩吊錢，就算一個子兒也沒有撈著。」

那姑娘對家樹微笑著點了點頭，她一面支起鼓架子，把鼓放在上面，一面卻不住地向家樹渾身上下打量。看她面上不免有驚奇之色，以為這種地方，何以有這種人前來光顧。

那個彈三弦子的，在身邊的一個藍布袋裡抽出兩根鼓棍，一副拍板，交給那姑娘。姑娘接了鼓棍，還未曾打鼓一下，早就有七八個人圍將上來觀看。家樹要看這姑娘究竟唱得怎樣，也就站著沒有動。

一會兒工夫，那姑娘打起鼓板來。那個彈三弦子的先將三弦子彈了一個過門，然後站了起來笑道：「我這位姑娘，是初學的幾套書，唱得不好，大家包涵一點。我們這是湊付勁兒，諸位就請在草地上臺階上坐坐吧。現在先讓她唱一段《黛玉悲秋》。這是《紅樓夢》上的故事，不敢說好，姑娘唱著，倒是對勁。」說畢，他又坐在石階上彈起三弦子來。

這姑娘重複打起鼓板，她那一雙眼睛，不知不覺之間就在家樹身上溜了幾回。——剛才家樹一見她，先就猜她是個聰明女郎，**雖然十分寒素，自有一種清媚態度，可以引動看的人**，現在她不住的用目光溜過來，似乎她也知道自己憐惜她的意思，就更不願走。

四周有一二十個聽書的，果然分在草地和臺階上坐下。家樹究竟不好意思坐，看見身邊有一棵歪倒樹幹的古柏，就踏了一隻腳在上面，手撐著腦袋，看了那姑娘唱。

當下這個彈三弦子的便伴著姑娘唱起來，因為先得了家樹兩吊錢，這時更是努力。那三弦子一個字一個字，彈得十分淒楚。

那姑娘垂下了她的目光，慢慢地向下唱，其中有兩句是：

「清清冷冷的瀟湘院，一陣陣的西風吹動了綠紗窗。孤孤單單的林姑娘，她在窗下暗心想，有誰知道女兒家這時候的心腸？」

她唱到末了一句，拖了很長的尾音，目光卻在那深深的睫毛裡又向家樹一轉。家樹先還不曾料到這姑娘對自己有什麼意思，現在由她這一句唱上看來，好像對自己說話一般，不由得心裡一動。

這種大鼓詞本來是通俗的，那姑娘唱得既然婉轉，加上那三弦子音調又彈得淒楚，四圍聽的人都低了頭，一聲不響的向下聽去。唱完之後，有幾個人卻站起來撲著身上的土，搭訕著走開去。那彈三弦子的連忙放下樂器，在臺階上拿了一個小柳條盤子分向大家要錢。

有給一個大子的，有給二個子的，收完之後，也不過十多個子兒。他因為家樹站得遠一點，剛才又給了兩吊錢，原不好意思過來再要，現在將柳條盤子一搖，覺得錢太少，又遙遙對著他一笑，跟著也就走上前來。

家樹知道他是來要錢的，於是伸手就在身上去一掏，不料身上的零錢都已花光，只有幾塊整的洋錢，人家既然來要錢，不給又不好意思，就毫不躊躇的拿了一塊現洋，向柳條盤子裡一拋，銀元落在銅板上「噹」的打了一響。那彈三弦子的見家樹這樣慷慨，喜出望外，忘其所以的把柳條盤交到左手，蹲了一蹲，垂著右手，就和家樹請了一個安。

這時，那個姑娘也露出十分詫異的樣子，手扶了鼓架，目不轉睛的只向家樹望著。家樹出這一塊錢，原不是示惠，現在姑娘這樣看自己，一定是誤會了，倒不好意思再看。

那彈三弦子的，把一片落腮鬍碴子幾乎要笑得豎起來，只管向家樹道謝。他拿了錢去，姑娘卻迎上前一步，側眼珠看了家樹，低低的和彈三弦子的說了幾句。他連點了幾下頭，卻問家樹道：「你貴姓？」

家樹道：「我姓樊。」

家樹答這話時，看那姑娘已背轉身去收那鼓板，似乎不好意思，而且聽書的人還未散開，自己丟了一塊錢，已經夠人注意的了，再加以和他們談話，更不好，說完這句話就走開了。

由這鐘塔到外壇大門，大概有一里之遙，家樹就緩緩地跟著走去。快要到外壇門的時候，忽然有人在後叫道：「樊先生！」

家樹回頭看，卻是一個大胖子中年婦人追上前來，抬起一隻胳膊，遙遙的只管在日影裡招手。家樹並不認識她，不知道她何以知道自己姓樊？心裡好生奇怪，就停住了腳，看她說些什麼。

那婦人見家樹停住了腳步，就料定他是樊先生不會錯了。走到身邊，對家樹笑道：「樊先生，剛才唱大鼓的那個姑娘，就是我的閨女。我謝謝你。」

家樹看那婦人，約莫有四十多歲年紀，見人一笑，臉上略現一點皺紋。

家樹道：「哦！你是那姑娘的母親，找我還有什麼話說嗎？」

婦人道：「難得有你先生這樣好的人，我想打聽打聽先生在哪個衙門裡？」

家樹低了頭，將手在身上一拂，然後對那婦人笑道：「我這渾身上下有哪一處像是在衙門裡的？我告訴你，我是一個學生。」

那婦人笑道：「我瞧就像是一位少爺，我們家就住在水車胡同三號，樊少爺沒事，可以到我們家去坐坐。我姓沈，你到那兒找姓沈的就沒錯。」

說話時，那個唱大鼓的姑娘也走過來了。那婦人一見，問她道：「姑娘，怎麼不唱了？」

姑娘道：「二叔說，有了這位先生給的那樣多錢，今天不幹了，他要喝酒去。」說著，就站在那婦人身後，反過手去，拿了自己的辮梢到前面來，只是把手去撫弄。

家樹先見她唱大鼓的那種神氣，就覺不錯，現在又見她含情脈脈，不帶點些兒輕狂，**風塵中有這樣的人物，卻是不可多得**，因笑道：「原來你們都是一家人，倒很省事，你們為什麼不上落子館去唱？」

那婦人嘆了一口氣道：「還不是為了窮啊！你瞧，我們姑娘穿這樣一身衣服，怎樣能到落子館去？再說她二叔，又沒個人緣兒，也找不著什麼人幫忙。要像你這樣的好人，一天遇得著一個，我們就夠嚼穀*的了，還敢望別的嗎？樊少爺，你府上在哪兒？我們能去請安嗎？」

家樹告訴了她地點，笑道：「那是我們親戚家裡。」一面說著話，一面就走出了外壇門。因路上來往人多，不便和她母女說話，僱車先回去了。

到家之後，已經是黃昏時候了。家樹用了一點茶水，他表兄陶伯和就請他到飯廳裡吃飯。

陶伯和有一個五歲的小姐，一個三歲的少爺，另有保姆帶著。夫婦兩個，連同家樹，席上只有三個座位。

家樹上坐，他夫婦兩橫頭。陶太太一面吃飯，一面看著家樹笑道：「這一晌子，表弟喜歡一人獨遊，很有趣嗎？」

家樹道：「你二位都忙，我不好意思常要你們陪伴著，只好獨遊了。」

伯和道：「今天在什麼地方來？」

家樹道：「聽戲。」

陶太太望了他微笑，耳朵上墜的兩片「翡翠秋葉」打著臉上，搖擺不定，微微地搖了一搖頭道：「不對吧。」說時，把手上拿著吃飯的牙筷頭，反著在家樹臉上輕戳了一下，笑道：「臉都曬得這樣紅，戲院子裡不能有這樣厲害的太陽吧。」

伯和也笑道：「據劉福說，你和天橋一個練把式的老頭認識，那老頭有一個姑娘。」

家樹笑道：「那是笑話了，難道我為了他有一個姑娘，才去和他交朋友不成？」

陶太太道：「表弟倒真是平民化，不過這種走江湖的人，可是不能惹他們，你要交女朋友——」說到這裡，將筷子頭指了一指自己的鼻尖，笑道：「我有的是，可以和你介紹啊！」

家樹道：「表嫂說了這話好幾次了，但是始終不曾和我介紹一個。」

陶太太道：「你在家裡，我怎樣給你介紹呢？必定要你跟著我到北京飯店去，我才能給你介紹。」

家樹道：「我又不會跳舞，到了舞廳裡，只管看人跳舞，自己坐在一邊發呆，那是一點意思也沒有。」

陶太太笑道：「去一次兩次，那是沒有意思的，但是去得多了，認識了女朋友之後，你就覺得有意思了。無論如何，總比到天橋去坐在那又髒又臭的小茶館裡強得多。」

家樹道：「表嫂總疑心我到天橋去有什麼意思，其實我不過去了兩三回，要說他們練的那種把式，不能用走江湖的眼光看他們，實在有些本領。」

伯和笑道：「不要提了，反正是過去的事。是江湖派也好，不是江湖派也好，他已遠走高飛，和他辯論些什麼？」

當下家樹聽了這話，忽然疑惑起來，**關壽峰遠走高飛，他何以知道？**自己本想追問一句，一來這樣追問，未免太關切了，二來怕是劉福報告的。這時劉福正站在旁邊伺候吃飯，追問出來，恐怕給劉福加罪，因此也就默然不說了。

平常吃過了晚飯，陶太太就要開始去忙著修飾的，因為上北京飯店跳舞，或者到真光、平安兩電影院去看電影，都是這時候開始了，因此陶太太一放下筷子，就進上房內室去了。

家樹道：「表嫂忙著換衣服去了，看樣子又要去跳舞。」

伯和道：「今晚上我們一塊兒去，好不好？」

家樹道：「我不去，我沒有西服。」

伯和道：「何必要西服，穿漂亮一點的衣服就行了。」說到這裡，笑了一笑，又道：「只要身上的衣服穿得沒有一點皺紋，頭髮梳得光光滑滑的，一樣可以博得女友的歡心。」

家樹笑道：「這樣子說，不是女為悅己者容，倒是士為悅己者容了。」

伯和道：「我們為悅己者容，你要知道，別人為討我們的歡心，更要修飾啊，你不信，到跳舞場裡去看看，那些奇裝異服的女子，她為著什麼？都是為了自己照鏡子嗎？」

家樹笑道：「你這話要少說，讓表嫂聽見了，就是一場交涉。」

伯和道：「這話也不算侮辱啊！女子好修飾，也並不是一定有引誘男子的觀念，不過是一點虛榮之心，以為自己好看，可以讓人羨慕，可以讓人稱讚，所以外國人男子對女子可以當面稱許她美麗的。你表嫂在跳舞場裡，若是有人稱許她美麗，我不但不忌妒，還要很喜歡的，然而她未必有這個資格。」

兩人說著話，也一面走著，踱到上房的客廳裡來。只見中間圓桌上，放了一只四方的玻璃盒子，玻璃稜角上，都用五色印花綢來滾好，盒子裡面也是紅綢鋪的底。家樹道：「這是誰送給表兄一個銀盾？盒子倒精緻，銀盾呢？」

伯和口裡銜了半截雪茄，用嘴唇將雪茄掀動著，笑了一笑道：「你仔細看，這不是裝銀盾的盒子呀！」

家樹道：「果然不是，這盒子大而不高，而且盒托太矮，這是裝什麼用的呢？莫不是盛玉器的？」

伯和笑道：「越猜越遠。暫且不說，過一會子，你就明白了。」

家樹笑笑，也不再問，心想：我等會倒要看一個究竟，這玻璃盒子究竟裝的是什麼東西！

不多大一會兒工夫，陶太太出來了。她穿了一件銀灰色綢子的長衫，只好齊平膝蓋，順長衫的四周邊沿都鑲了桃色的寬辮，辮子中間，有挑著藍色的細花和亮晶晶的水鑽，她光了一截脖子，掛著一副珠圈，在素淨中自然顯出富麗來。

家樹還未曾開口，陶太太先笑道：「表弟！我這件衣服新做的，好不好？」

家樹道：「表嫂是講究藝術的人，自己計劃著做出來的衣服，自然是好。」

陶太太道：「我以為中國的綢料，做女子的衣服最是好看。所以我做的衣服，無論是哪一季的，總以中國料子為主。就是鞋子，我也是如此，不主張那些印度緞、印度綢。」一說時，把她的一條玉腿抬了起來，踏在圓凳上。

家樹看時，白色的長絲襪緊裹著大腿，腳上穿著一雙銀灰緞子的跳舞鞋。沿鞋口也是鑲了細條紅辮，紅辮裡依樣有很細的水鑽，射人的目光。橫著腳背有一條鎖帶，帶子上橫排著一路珠子，而鞋尖正中，還有一朵精緻的蝴蝶，蝴蝶兩隻眼睛卻是兩顆珠子。

家樹笑道：「這一雙鞋，實在是太精緻了，除非墊了地毯的地方才可以下腳，若是隨便的地下也去走，可就辱沒了這雙鞋了。」

陶太太道：「北京人說，淨手洗指甲，做鞋泥裡踏，你沒有聽見說過嗎？不要說這雙鞋，就是裝鞋的這一個玻璃盒子也就很不錯了。」說時，向桌上一指，家樹這才恍然大悟，原來這樣精緻的東西，還是一只放鞋的盒子呢！

這時陶太太已穿了那鞋，正在光滑的地板上帶轉帶溜，只低了頭去審查，不料家樹卻插問一句：「這樣的鞋子要多少一雙？」

陶太太這才轉過身來笑道：「我也不知道多少錢，因為一家鞋店裡和我認識，我介紹了他有兩三千塊錢生意，所以送我一雙鞋作為謝禮。」

家樹道：「兩三千塊嗎？那有多少雙鞋？」

陶太太道：「不要說這種不見世面的話了，跳舞的鞋子，沒有幾塊錢一雙的，好一點，三四十塊錢一雙鞋，那是很平常的事，那不算什麼。」

家樹道：「原來如此，像表嫂這一雙鞋，就讓珠子是假的，也應該值幾十塊錢了。」

陶太太道：「小的珠子是不值什麼的，自然是真的。」

家樹笑道：「表嫂穿了這樣好的新衣，又穿了這樣好鞋子，今天一定是要到北京飯店去跳舞的了。」

陶太太道：「自然去，今天伯和去，你也去，我就趁著今晚朋友多的時候，給你介紹兩位女朋友。」

家樹笑道：「我剛才和伯和說了，沒有西裝，我不去。」

伯和道：「我也說了，沒有西裝不成問題，你何以還要提到這一件事？」

家樹道：「就是長衣服，我也沒有好的。」

當下陶太太見伯和也說服不了，便自己走回房去，拿了一瓶灑頭香水，一把牙梳出來，不問三七二十一，將香水瓶子掉過來，就向他頭上灑水。家樹連忙將頭偏著躲開，陶太太道：「不行不行，非梳一梳不可，不然我就不帶你去。」

家樹笑道：「我並不要去啊。」

伯和道：「我告訴你實話吧，跳舞還罷了，北京飯店的音樂不可不去一聽。他那裡樂隊的首領，是俄國音樂大學的校長托拉基夫。」

家樹道：「一個國立大學的校長，何至於到飯店裡去做音樂隊的首領？」

伯和道：「因為他是一個白黨，不容於紅色政府，才到中國來。若是現在俄國還是帝國，他自然有飯吃，何至於到中國來呢？」

家樹道：「果然如此，我倒非去不可。北京究竟是好地方，什麼人才都會在這裡齊集。」

陶太太見他說要去，很是歡喜，催著家樹換了衣服，和她夫婦二人，坐了自家的汽車，就向北京飯店而來。

這個時候，晚餐已經開過去了。吃過了飯的人，大家餘興勃勃，正要跳舞。伯和夫婦和家樹揀了一副座位，面著舞廳的中間而坐。由外面進來的人，正也陸續不斷。

這個時候，有一個十七八歲的女子，穿了蔥綠綢的西洋舞衣，兩隻胳膊和雪白的前胸後背，都露了許多在外面。這在北京飯店，原是極平常的事，但是最奇怪的，她的面貌和那唱大鼓的女孩子竟十分相像，不是她已經剪了頭髮，真要疑她就是一個了。

因為看得很奇怪，所以家樹兩隻眼睛儘管不住的看著那姑娘。陶太太同時卻站起身來，和那姑娘點頭。

姑娘一走過來，陶太太對家樹笑道：「我給你介紹介紹，這是密斯何麗娜！」隨著又給家樹通了姓名。

陶太太道：「密斯何和誰一路來的？」

何麗娜道：「沒有誰，就是我自己一個人。」

陶太太道：「那麼，可以坐在我們一處了。」

伯和夫婦是連著坐的，伯和坐中間，陶太太坐在左首，家樹坐在右首，家樹之右，還空了一把椅子。陶太太就道：「密斯何！就在這裡坐吧。」

何小姐一回頭，見那裡有一把空椅子，就毫不客氣地在那椅子上坐下。

家樹先不必看她那人，就聞到一陣芬芳馥郁的脂粉味，自己雖不看她，然而心裡頭總不免在那裡揣想著，以為這人美麗是美麗，放蕩也就太放蕩了……

飯店裡西崽*對何麗娜很熟，這時見她坐下，便笑著過來叫了一聲：「何小姐！」

何麗娜將手一揮，很低地不知道說了一句什麼，但是很像英語。不多一會兒，西崽捧了一瓶啤酒來，放一只玻璃杯在何麗娜面前。打開瓶塞，滿滿的給她斟了一滿杯。

那酒斟得快，鼓著氣泡兒，只在酒杯子裡打旋轉。何麗娜也不等那酒旋停住，端起杯子來，「咕嘟」一聲，就喝了一口。喝時，左腿放在右腿上，那肉色的絲襪子緊裹著珠圓玉潤的肌膚，在電燈下面看得很清楚。

當下家樹心裡想：中國人對於女子的身體認為是神秘的，所以文字上不很大形容肉體之美，而從古以來，美女身上的稱讚名詞，什麼杏眼，桃腮，蝤蠐*，春蔥，櫻桃，什麼都歌頌到了，然絕沒有什麼恭頌人家兩條腿的。

尤其是古人的兩條腿，非常的尊重，以為穿叉腳褲子都不很好看，必定罩上一副長裙，把腳尖都給它罩住。現在染了西方的文明，婦女們也要西方之美，大家都設法露出這兩條腿來，其實這兩條腿，除富於挑撥性而外，不見得怎樣美。

家樹如此的想著，目光注視著麗娜小姐的膝蓋，目不轉睛的向下看。陶太太看見，對著伯和微微一笑，又將手胳膊碰了伯和一下，伯和心裡明白，也報之以微笑。這時，音樂臺的音樂已經奏了起來，男男女女互相摟抱著，便跳舞起來——然而何麗娜卻沒有去。

一個人的性情都是這樣，常和老實的人在一處，見了活潑些的，便覺聰明可喜；但是常和活潑的人在一處，見了忠實些的，又覺得溫存可親了。何小姐日日在跳舞場裡混，見的都是些很活躍的青年，現在忽然遇到家樹這樣的忠厚少年，便動了她的好奇心，要和這位忠實的少年談一談，也成為朋友，看看老實的朋友，那趣味又是怎樣，因此坐著沒動，等家樹開口要求跳舞。

凡是跳舞場的女友，在音樂奏起之後，不去和別人跳舞，默然地坐在一位男友身邊，這正是給予男友求舞的一個機會，也不啻對你說，我等你跳舞。無如家樹就不會跳舞，自然也不會啟口。

這時伯和夫婦都各找舞伴去了，只剩兩人對坐，家樹大窘之下，只好側過身子去，看著舞場上的舞伴。何小姐斟了一杯酒捧在手裡，臉上現出微笑，只管將那玻璃杯口去碰那又齊又白的牙齒，頭不動，眼珠卻緩緩地斜過來看著家樹。等了有十分鐘之久，家樹也沒說什麼。

麗娜放下酒杯問道：「密斯脫樊！你為什麼不去跳舞？」

家樹道：「慚愧得很，我不會這個。」

麗娜笑道：「不要客氣了，現在的青年，有幾個不會跳舞的？」

家樹笑道：「實在是不會，就是這地方，我今天還是第一次來呢。」

麗娜道：「真的嗎？但這也是很容易的事，只要密斯脫樊和令親學一個禮拜，管保全都會了。」

家樹笑道：「在這歌舞場中，我們是相形見絀的，不學也罷。」說到這裡，伯和夫婦歇著舞回來了。看見家樹和麗娜談得很好，二人心中暗笑。當時大家又談了一會，麗娜雖然和別人去跳舞了兩回，但是始終回到這邊席上來坐。

到了十二點鐘以後，家樹先有些倦意了，對伯和道：「回去吧。」

伯和道：「時候還早啊。」

家樹道：「我沒有這福氣，覺得頭有些昏。」

伯和道：「誰叫你喝那些酒呢？」

伯和因為明天要上衙門，也贊成早些回去，不過怕太太不同意，所以未曾開口，現在家樹說要回去，正好借風轉舵，便道：「既是你頭昏，我們就回去吧。」叫了西崽來，一算帳，共是十五元幾角。

伯和在身上拿出兩張十元的鈔票，交給西崽，將手一揮道：「拿去吧。」西崽微微一鞠躬，道了一聲謝。家樹只知道伯和夫婦每月跳舞西餐費很多，但不知道究竟用多少。現在看起來，只是幾瓶清淡的飲料就是廿塊錢，怪不得要花錢。

當時何麗娜見他們走，也要走，說道：「密斯脫陶！我的車沒來，搭你的車坐一坐，坐得下嗎？」

伯和道：「可以可以。」於是走出舞廳，到儲衣室裡去穿衣服。

那西崽見何小姐進來，早在鉤上取下一件女大衣，提了衣抬肩讓她穿上。穿好之後，何小姐打開提包，就抽出兩元鈔票來，西崽一鞠躬，接著去了。

這一下，讓家樹受了很大的刺激。白天自己給那唱大鼓書的一塊錢，人家就受寵若驚，認為不世的奇遇，真是不登高山，不見平地。像她這樣用錢，簡直是把大洋錢看作大銅子。若是一個人做了她的丈夫，這種費用，容易供給嗎？當時這樣想著，看何小姐卻毫不為意，和陶太太談笑著，一路走出飯店。

這時雖然夜已深了，然而這門口樹林下的汽車和人力車一排一排地由北向南停下。伯和找了半天，才把自己的汽車找著。

汽車裡坐四個人，是非把一個坐倒座兒不可的。伯和自認是主人，一定讓家樹坐在上面軟椅上，家樹坐在椅角上，讓出地方來，麗娜竟不客氣坐了中間，和家樹擠在一處。她那邊自然是陶太太坐了。

車子開動了，麗娜抬起一隻手捶了一捶頭，笑道：「怎麼回事？我的頭有點暈了！」正在這時，汽車突然拐了一個小彎，向家樹這邊一側，麗娜的那一隻胳膊就碰了他的臉一下。」

麗娜回轉臉來，連忙對家樹道：「真對不起，撞到哪裡沒有？」

家樹笑道：「照密斯何這樣說，我這人是紙糊的了，只要動他一下，就要破皮的。」

伯和道：「是啊，你這些時候正在講究武術，像密斯何這樣弱不禁風的人，就是真打你幾下，你也不在乎。」

何小姐連連說道：「不敢當，不敢當。」說著就對家樹一笑。

四個人在汽車裡談得很熱鬧，不多一會兒，就先到了何小姐家。汽車的喇叭遙遙地叫了三聲，突然人家門上電燈一亮，映著兩扇朱漆大門。何小姐操著英語，道了晚安，下車而去。朱漆門已是洞開，讓她進去了。

二 黛玉悲秋

這裡他們三人回家以後，伯和笑道：「家樹！好機會啊！密斯何對你的態度太好了。」

家樹道：「這話從何說起？我們不過是今天初次見面的朋友，她對我談得上什麼態度？」

陶太太道：「是真的，我和何小姐交朋友許久了，我從沒見過她對於初見面的朋友是這樣又客氣又親密的，你好好的和她周旋吧，將來我喝你一碗冬瓜湯。」

伯和笑道：「你不要說這種北京土謎了，他知道什麼叫冬瓜湯？家樹，我告訴你吧，**喝冬瓜湯，就是給你作媒**。」

家樹笑道：「我不敢存那種奢望，但是作媒何以叫喝冬瓜湯呢？」

陶太太道：「那就是北京土產，他也舉不出所以然來。但是真作媒的人，也不曾見他真喝過冬瓜湯，不過你和何小姐願意給我冬瓜湯喝，我是肯喝的。」

家樹道：「表嫂這話，太沒有根據了，一個初會面的朋友，哪裡就能夠談到婚姻問題上去？」

陶太太道：「怎麼不能！**舊式的婚姻，不見面還談到婚姻上去呢**，你看看外國電影的婚事，不是十之八九一見傾心嗎？譬如你和那個關老頭子的女兒，又何嘗不是一見就發生友誼呢？」

家樹自覺不是表嫂的敵手，笑著避回自己屋子裡去了。一個人受了聲色的刺激，不是馬上就能安貼的。家樹睡的鋼絲床頭，有一只小茶櫃，茶櫃上直立著荷葉蓋的電燈，正向床上射著燈光，燈光下放了一本《紅樓夢》，還是前兩晚臨睡時候放在這兒的。拿起一本來看，隨手一翻，恰是林黛玉鼓琴的那一段。

由這小說上，想到白天唱《黛玉悲秋》的女子，心想她何嘗沒有何小姐美麗！何小姐生長在有錢的人家裡，茶房替她穿一件外衣，就賞兩塊錢，唱大鼓書的姑娘唱了一段大鼓，只賞了她一塊錢，她家裡人就感激涕零。由此可以看到**美人的身分，也是以金錢為轉移的**。

據自己看來，那姑娘和何小姐長得差不多，年紀還要輕些，我要是說上天橋去聽那人的大鼓書，表嫂一定不滿意的。可是只和何小姐初見面，她就極力要和我作媒了。

一人這樣想著，只把書拿在手裡沉沉地想下去，轉念到與其和何小姐這種人做朋友，莫如和唱大鼓的姑娘認識了。她母親曾請我到她家裡去，何妨去看看呢，我倒可以借此探探她的身世。這一晚上，也不知道什麼緣故，想了幾個更次。

到了次日，家樹也不曾吃午飯，說是要到大學校裡去拿章程看看，就出門了。伯和夫婦以為上午無地方可玩，也相信他的話。

家樹不敢在家門口坐車，上了大街，僱車到水車胡同。

到了水車胡同口上，就下了車，卻慢慢走進去，一家一家的門牌看去。到了西口上，果然三號人家的門牌邊，有一張小紅紙片，寫了「沈宅」兩個字。門是很窄小的，裡面有一道半破的木隔扇擋住，木隔扇下擺了一只穢水桶，七八個破瓦缽子，一只破煤筐子，堆了穢土，還在隔扇上掛了一條斷腳板凳。隔扇有兩三個大窟窿，可以看到裡面院子裡晾了一繩子的衣服，衣服下似乎也有一盆夾竹桃花，然而紛披下垂，上面是撒滿了灰土。

家樹一看，這院子是很不潔淨，向這樣的屋子裡跑，倒有一點不好意思，於是緩緩地從這大門踱了過去，這一踱過去，恰是一條大街。在大街上望了一望，心想難道老遠地走了來又跑回家去不成？既來之則安之，當然進去看看，於是掉轉身仍回到胡同裡來。

走到門口，本打算進去，但是依舊為難起來。人家是個唱大鼓書的，和我並無關係，我無緣無故到這種人家去做什麼？這一猶豫，放開腳步，就把門走了過去。

走過去兩三家還是退回來，因想他叫我找姓沈的人家，我就找姓沈的得了，只要是她家，她們家裡人都認識我的，難道她們還能不招待我嗎？主意想定，還是上前去拍門。

剛要拍門，又一想，不對，不對，自己為什麼找人呢？說起來倒怪不好意思的，因此雖自告奮勇去拍門，手還沒有拍到門，又縮轉來了。站在門邊，先咳嗽了兩聲，覺得這就有人出來，可以答話了。

誰料出來的人，在隔扇裡先說起話來道：「門口瞧瞧去，有人來了。」家樹聽聲音正是唱大鼓書的那姑娘，連忙向後一縮，輕輕地放著腳步，趕快的就走。

一直要到胡同口上了，後面有人叫道：「樊先生！樊先生！就在這兒，你走錯了。」回頭看時，正是那姑娘的母親沈大娘，一路招手，一路跑來，瞇著眼睛笑道：

「樊先生你怎麼到了門口又不進去？」

家樹這才停住腳道：「我看見你們家裡沒人出來，以為裡面沒人，所以走了。」

沈大娘道：「你沒有敲門，我們哪會知道啊？」說著話，伸了兩手支著，讓家樹進門去。家樹身不由自主地就跟了她進去，只覺那院子裡到處是東西。

當下沈大娘開了門，讓進一間屋子。屋子裡也是床鋪鍋爐盆缽椅凳，樣樣都有，簡直沒有安身之處。再轉一個彎，引進一間套房裡，靠著窗戶有一張大土炕，簡直將屋子佔去了三分之二，剩下一些空地，只設了一張小條桌，兩把破了靠背的椅子，什麼陳設也沒有。

有兩只灰黑色的箱子，兩只柳條筐，都堆在炕的一頭，這邊才鋪了一張蘆席，蘆席上隨疊著又薄又窄的棉被，越顯得這炕寬大。浮面鋪的，倒是床紅呢被，可是不紅而黑了，牆上新新舊舊的貼了幾張年畫，什麼《耗子嫁閨女》、《王小二怕媳婦》，大紅大綠，塗了一遍。

家樹從來不曾到過這種地方，現在覺得有一種很奇異的感想。沈大娘讓他在小椅子上坐了，用著一只白瓷杯，斟了一杯馬溺似的釅茶放在桌上。

這茶杯恰好鄰近一只熏糊了燈罩的煤油燈，回頭一看桌上，漆都成了魚鱗斑，自己心裡暗算，**住在很華麗很高貴一所屋子裡的人，為什麼到這種地方來？**這樣想著，渾身都是不舒服。心想：我莫如坐一會子就走吧。

正這樣想著，那姑娘進來了。她倒是很大方，笑著點了一個頭，接上說道：「你吃水。」

沈大娘道：「姑娘！你陪樊先生一會兒，我去買點瓜子來。」

家樹要起身攔阻時，人已走遠了。

現在屋子裡剩了一男一女，更沒有話說了。

那姑娘將椅子移了一移，把棉被又整了一整，順便在炕上坐下，問家樹道：「你抽煙捲吧？」

家樹搖搖手道：「我不會抽煙。」這話說完，又沒有話說了。

那姑娘又站起來，將掛在懸繩上的一條毛巾牽了一牽，將桌上的什物移了一移，把那煤油燈和一只破碗送到外面屋子裡去，口裡可就說道：「它們是什麼東西？也向屋裡堆。」東西送出去回來，她還是沒話說。

家樹有了這久的猶豫時間，這才想起話來了，因道：「大姑娘！你也在落子館*裡去過嗎？」這話說出，又覺失言了，因為沈大娘說過，是不曾上落子館的。

姑娘倒未加考慮，答道：「去過的。」

家樹道：「在落子館裡，一定是有個芳名的了。」

姑娘低了頭，微笑道：「叫鳳喜，名字可是俗得很！」

家樹笑道：「很雅緻。」因自言自語地吟道：「鳳兮鳳兮！」

鳳喜笑道：「你錯了，我是恭喜賀喜的那個喜字。」

家樹道：「呀！原來姑娘還認識字。在哪個學校裡讀書的？」

鳳喜笑道：「哪裡進過學堂？從前我們院子裡的街坊，是個教書的先生，我在他那裡念過一年多書，稍微認識幾個字，《論語》上就有『鳳兮』這兩個字，你說對不對？」

家樹笑道：「對的，能寫信嗎？」

鳳喜笑著搖了一搖頭。

家樹道：「記帳呢？」

鳳喜道：「我們這種人家，還記個什麼帳呢？」

家樹道：「你家裡除了你唱大鼓之外，還有別人掙錢嗎？」

鳳喜道：「我媽接一點活做做。」

家樹道：「什麼叫『活』？」

鳳喜先就抿嘴一笑，然後說道：「你真是個南邊人，什麼話也不懂。就是人家拿了衣服鞋襪來做，這就叫『做活』。這沒有什麼難，我也成。要不然，颳風下雨，不能出去怎麼辦？」

家樹道：「這樣說，姑娘倒是一個能幹人了。」

鳳喜笑著低了頭，搭訕著，將一個食指在膝蓋上畫了幾畫，家樹再要說什麼，沈大娘已經買了東西回來了，於是雙方都不作聲，都寂然起來。

沈大娘將兩個紙包打開，一包是花生米，一包是瓜子，全放在炕上，笑道：「樊先生！你請用一點，真是不好意思說，連一隻乾淨碟子都沒有。」

鳳喜低低地道：「別說那些話，怪貧的。」

沈大娘笑道：「這是真話，有什麼貧？」說畢，又出去弄茶水去了。

鳳喜看了看屋子外頭，然後抓了一把瓜子，遞了過來，笑著對家樹道：「你接著吧，桌上髒。」

家樹聽說，果然伸手接了。

鳳喜笑道：「你真是斯文人，雙手伸出來，比我們的還要白淨。」

家樹且不理她話，但昂了頭，卻微笑起來。

鳳喜道：「你樂什麼？我話說錯了嗎？你瞧，誰手白淨？」

家樹道：「不是，不是，我覺得北京人說話，又伶俐，又俏皮，說起來真好聽。譬如剛才你所說那句『怪貧的』，那個『貧』字就有意思。」

鳳喜笑道：「是嗎？」

家樹道：「我何曾說謊？尤其是北京的小姑娘，她們斯斯文文的談起話，好像戲臺上唱戲一樣，真好聽。」

鳳喜笑道：「以後你別聽我唱大鼓書了，就到我家裡來聽我說話吧。」

沈大娘送了茶進來問道：「聽你說什麼？」

鳳喜將嘴向家樹一努道：「他說北京話好聽，北京姑娘說話更好聽。」

沈大娘道：「真的嗎？樊先生！讓我這丫頭跟著你當使女去，天天伺候你，這話可就有得聽了。」

家樹道：「那怎敢當！」

只說到這裡，鳳喜斟了一杯熱茶，雙手遞到家樹面前，眼望著他，輕輕地道：「你喝茶，這樣伺候，你瞧成不成？」

家樹接了那杯茶，也就一笑。他初進門的時候，覺得這屋又窄小，又不潔淨，立刻就要走。這時坐下來了，儘管談得有趣，就不覺時候長。

那沈大娘只把茶伺候好了，也就走開。

家樹道：「你這院子裡共有幾家人家？」

鳳喜道：「一共三家，都是做小生意買賣的，你不嫌屋子髒，儘管來，不要緊的。」

家樹看了她，嘻嘻地笑，鳳喜盤了兩隻腳坐在炕上，用手抱著膝蓋，帶著笑容，默然而坐。半晌，問道：「你為什麼老望著我笑？」

家樹道：「因為你笑我才笑的。」

鳳喜道：「這不是你的真話，這一定有別的緣故。」

家樹道：「老實說吧，我看你的樣子，很像我一個女朋友。」

鳳喜搖搖頭道：「不能不能，你的女朋友一定是千金小姐，哪能像我長得這樣寒磣。」

家樹道：「不然，你比她長得好。」

鳳喜聽了，且不說什麼，只望著他把嘴一撇，家樹見她這樣子，更禁不住一陣大笑。又談了一會，沈大娘進來道：「樊先生！你別走，就在我們這兒吃午飯去。沒有什麼好吃的東西，給你做點炸醬麵吧。」

家樹起身道：「不坐了，下次再來吧。」因在身上掏了一張五元的鈔票，交在沈大娘手裡，笑道：「小意思，給大姑娘買雙鞋穿。」說畢，臉先紅了。因不好意思，三腳兩步搶著出來，牽了一牽衣服，慢慢走著。

走不多路，後面忽然有人咳嗽了兩三聲，回頭看時，鳳喜笑著走上前。回頭見沒有人，因道：「你丟了東西了。」

家樹伸手到袋裡摸了摸，昂頭想道：「我沒有丟什麼。」

鳳喜也在身上一掏，掏出一個報紙包兒，紙包的很不齊整，像是忙著包的。她就遞給家樹道：「你丟的東西在這裡。」

家樹接過來，正要打開，鳳喜將手按住，瞟了他一眼，笑道：「別瞧，瞧了就不靈，揣起來，回家再瞧吧。再見！再見！」她說畢，也很快的回家去了。

家樹這時恍然大悟，才明白了並不是自己丟下的紙包，心裡又是一喜。家樹哪裡等得回家再看，一面走路，一面就將紙包打開。這一看，不覺心裡又是一喜，**原來紙包裡不是別的什麼，乃是一張鳳喜本人的四寸半身相片。**

這相片原是用一個小玻璃框子裝的，懸在炕裡面的牆上。當時因坐在對面，看了一看，現在鳳喜追了送來，一定是知道自己很愛這張相片的了，心想：**這個女子實在是可人意，只可惜出在這唱大鼓書的人家。近朱者赤，近墨者黑，溫柔之中，總不免有一點放蕩的樣子，倒是怪可惜的。**

一路想著，一路就走了去，也忘了坐車。

及至到了家，才覺得有些疲乏，便斜躺在沙發上，細味剛才和她談話的情形，覺得津津有味。劉福給他送茶送水，他都不知道，一坐就是兩個多鐘頭。

因起身到後院子裡去，忽然有一陣五香燉肉的香味，由空氣裡傳將過來，忽然心裡一動，醒悟過來，今天還沒有吃午飯。走回房去，便按鈴叫了劉福來道：「給我買點什麼吃的來吧，我還沒有吃飯。」

劉福道：「表少爺還沒有吃飯嗎？怎樣回來的時候不說哩？」

家樹道：「我忘了說了。」

劉福道：「你有什麼可樂的事兒嗎？怎麼會把吃飯都給忘了？」

家樹也說不出所以然來，只是微笑。

劉福道：「買東西倒反是慢了，我去叫廚房裡趕著給你辦一點吧。」說畢，他也笑著去了。

一會子，廚子送了一碟冷葷，一碗湯，一碗木樨飯來。這木樨飯就是蛋炒飯，因為雞蛋在飯裡像小朵的桂花一樣，所以叫做木樨。但是真要把這話問起北京人來，北京人是數典而忘祖的。

當時廚子把菜飯送到桌上來，家樹便一人坐下吃飯。吃飯的時候，不免又想到鳳喜家裡留著吃炸醬麵的那一幕喜劇。回想我要是真在她家裡吃麵，恐怕她會親手做給我來吃，那就更覺得有味了。

人在出神，手裡拿了湯匙，就只管舀了湯向飯碗裡倒，倒了一匙，又是一匙，不知不覺之間，在木樨飯裡倒上大半碗湯。

偶然停止不倒湯了，低頭一看，自己好笑起來，心想：從來沒有人在木樨飯裡淘湯的，聽差看見，豈不要說我南邊人，連吃木樨飯都不會，當時就低著頭，稀哩呼嚕，把一大碗湯淘木樨飯趕快吃了下去。

但是在他未吃完之前，劉福已經舀了水進來，預備打手巾把了。

家樹吃完，他遞上手巾把來，家樹一隻手接了手巾擦臉，一隻手伸到懷裡去掏摸，掏摸一陣，忽然丟了手巾，屋子裡四圍找將起來。抽屜裡，書架上，床上枕頭下面，全都尋到了，裡屋跑到外屋，外屋跑到裡屋，儘管亂跑亂找。

劉福看到忍不住了，便問道：「表少爺！你丟了什麼？」

家樹道：「一個報紙包的小紙包，不到一尺長，平平的，扁扁的，你看見沒有？」

劉福道：「我就沒有看見你帶這個紙包回來，到哪兒找去？」

家樹四處找不著，忙亂了一陣子，只得罷了。休息了一會，躺在外屋裡軟榻上，一想起今天的報還沒有看過，便叫劉福把裡屋桌上的報取過來看。

劉福走進裡屋，將折疊著還沒有打開的一疊報順手取了過來，報紙一拖，啪的一聲，有一樣東西落在地下，劉福一彎腰，撿起來一看，正是一個扁扁平平的報紙包。那報紙因為沒有黏著物，已經散開了，露出裡面一角相片來。劉福且不聲張，先偷著看了一看，見是一個十六七歲小姑娘的半身相片，這才恍然大悟表少爺今天回來喪魂失魄的原故，仍舊把報紙將相片包好，嚷起來道：「這不是一個報紙包？」

家樹聽說，連忙就跑進屋來，一把將報紙奪了過去，笑問道：「你打開看了嗎？」

劉福道：「沒有，這裡好像是本外國書。」

家樹道：「你怎麼知道是外國書？」

劉福道：「摸著硬梆梆的，好像是外國書的書殼子。」

家樹也不和他辯說，只是一笑。等劉福將屋子收拾得乾淨去了，他才將那相片拿出來，躺著仔細把握，好在那相片也不大，便把它夾在一本很厚的西裝書裡面。

到了下午，伯和由衙門裡回來了，因在走廊上散步，便隔著窗戶問道：「家樹，投考章程取回來了嗎？」

家樹道：「取回來了。」一面答話，一面在桌子抽屜裡取出前幾天郵寄來的一份章程在手裡，便走將出來。

伯和道：「北京的大學，實在是不少，你若是專看他們的章程，沒有哪個不是說得井井有條的，而且考起學生來，應有的功課，也都考上一考。其實考取之後，學校裡的功課，比考試時候的程度要矮上許多倍。所投考的學生都是這樣說，就是怕考不取，考取之後，到學校裡去唸書，是沒有多大問題。」

家樹道：「那也不可一概而論。」

伯和道：「不可一概而論嗎？正可一概而論呢。國立大學那完全是個名，只要你是出風頭的學生，經年不跨過學校的大門，那也不要緊。常在雜誌上發表作品的楊文佳就是一個例，他曾託我寫信，介紹到南邊中學校裡去，教了一年半書。現在因為他這一班學生要畢業了，他又由南邊回來，參與畢業考。學校當局因為他是個有名的學生，兩年不曾上課也不去管他。你看學校是多麼容易進！」

他一面說話，一面看那章程。看到後面，忽然一陣微笑，問道：「家樹！你今天在哪裡來？」

家樹雖然心虛，但不信伯和會看出什麼破綻，便道：「你豈不是明知故問？我是去拿章程來了，你還不知道嗎？」

伯和手上捧了章程，搖了一搖頭笑道：「你當面撒謊，把我老大哥當小孩子嗎？這章程是一個星期以前，打郵政局裡寄來的。」

家樹道：「你有什麼證據，知道是郵政局裡寄來的？」

當下伯和也不再說，一手托了章程，一手向章程上一指，卻笑著伸到家樹面前來。

家樹看時，只見那上面蓋了郵政局的墨戳，而且上面的日期號碼還印得十分明顯。無論如何，這是不容掩飾的了。家樹一時急得面紅耳赤，說不出所以然來，反是對他笑了一笑。

伯和笑道：「小孩子！你還是不會撒謊。你不會說在抽屜裡拿錯了章程嗎？今天拿來的，放在抽屜裡，和舊有的章程都混亂了。新的沒有拿來，舊的倒拿來了，你這樣一說，破綻也就蓋過去了，為什麼不說呢？」

家樹笑道：「這樣看來，你倒是個撒謊的老內行了。」

伯和道：「大概有這種能耐吧！你願意學就讓我慢慢地教你。**你要知道應付女子，說謊是唯一的條件啊。**」

家樹道：「我有什麼女子？你老是這樣俏皮我。」

伯和道：「關家那個大姑娘和你不是很好嗎？你應該——」

家樹連忙攔住道：「那個關家大姑娘現在在什麼地方，你知道嗎？」

家樹本是一句反問的話，實出於無心，伯和倒以為是他要考考自己，便道：「我有什麼不知道？她搬開這裡，就住到後門去了。你每次一人出去，總是大半天，不是到後門去了，到哪裡去了？」

家樹道：「你何以知道她住在後門？看見他們搬的嗎？」

這時，陶太太忽然由屋子裡走出來，連忙把話來扯開，問家樹道：「表弟什麼時候回來的？在外面吃過飯嗎？我這裡有乳油蛋糕，玫瑰餅乾，要不要吃一點？」

家樹道：「我吃了飯，點心吃不下了。」

陶太太一面說話，一面就把眼光對伯和渾身上下望了一望。伯和似乎覺悟過來了，便也進房去取了一根雪茄來抽著，也不知在哪裡掏了一本書來，便斜躺在沙發上抽煙看書。

家樹雖然很惦記關壽峰，無如伯和說話，總要牽涉到關大姑娘身上去，犯著很大的嫌疑，只得默然無語，自走開了。不過心裡就起了一個很大的疑問，關家搬走了，連自己都不知道，伯和何以知道他搬到後門去了？這事若果是真，必然是劉福報告的，回頭我倒要盤問盤問他。今天且擱在心裡。

次日早上，伯和是上衙門去了。陶太太又因為晚上鬧了一宿的跳舞，睡著還沒有起來。兩個小孩子，有老媽子陪著，送到幼稚園裡去了，因此上房裡面，倒很沉靜。家樹起床之後，除了漱洗，接上便是拿了一疊報，在沙發上看。

這是老規矩，當在看報的時候，劉福便會送一碟餅乾一杯牛乳來。

陶家是帶點歐化的人家，早上雖不正式開早茶，牛乳咖啡一類的東西是少不了的。一會兒，送了早點進來，家樹就笑道：「劉福！你在這兒多少年了，事情倒辦得很有秩序。」

劉福聽了這句話，心裡不由得一陣歡喜，笑道：「年數不少了，有六七年了。」

家樹道：「你就是專管上房裡這些事吧？」

劉福道：「可不是，忙倒是不忙，就是一天到晚都抽不開身來。」

家樹道：「還好，大爺還只有一個太太，若是討了姨太太，事情就要多許多了。」

劉福笑道：「照我們大爺的意思，早就要討了，可是大奶奶很精明，這件事不好辦。」

家樹笑道：「也不算精明，我看你們大爺就有不少的女朋友。」

劉福道：「女朋友要什麼緊！我們大奶奶也有不少的男朋友呢！」

家樹道：「大奶奶的朋友，是真正的朋友，那沒關係，你們大爺的女朋友，我在跳舞場上會過的，像妖精一樣，可就不大妥當。你大爺的事情，我是知道，專門留心女子身上的事，好比我打算跟著那關壽峰想學一點武術，這也沒有什麼可注意的價值，他因為關家有個姑娘，就老提到她，常說關家搬到後門去住了，叫我找她去，你看好笑不好笑？」

劉福聽了這話，臉上似乎有些不自在的樣子。

家樹道：「搬到後門去了，他怎麼會知道？大概又是你給你們大爺調查得來的。」

劉福也不知道自己主人翁是怎樣說的，倒不敢一味狡賴，便道：「我原來也不知道，因為有一次有事到後門去，碰著那關家老頭，他說是搬到那兒去了。究竟住在哪兒？我也不知道。」

家樹看那種情形，就料到關家搬家，和他多少有些關係，也不知道如何把個戇老頭子氣走了，心裡很過意不去。不過他們老疑惑我認識那老頭子，是別有用意，我倒不必去犯這個嫌疑。

明白到此，也就不必向下追問，當時依然談些別的閒話將這事遮蓋過去。

吃過午飯，家樹心想，這一些時候玩夠了，從今天起，應該把幾樣重要的功課趁閒理一理，於是找了兩本書，對著窗戶，就攤在桌上來看。

看不到三頁，有一個聽差進來說：「有電話來了，請表少爺說話。」

他是大門口的聽差，家樹就知道是前面小客室裡的電話機說話，走到前面去接電話。說話的是個婦人聲音，自稱姓沈，家樹一聽，倒愣住了，哪裡認識這樣一個姓沈的？後來她說：「我們姑娘今天到先農壇一家茶社裡去唱，你沒有事，可以來喝碗茶。」

家樹這才明白了，是鳳喜的母親沈大娘打來的電話，便問：「在哪家茶社裡？」她說：「記不著字號，你要去總可以找著的。」

家樹便答應了一個「來」字，將電話掛上了。回到屋子裡去想了一想，鳳喜已經到茶社裡去唱大鼓了，這茶社裡，究竟像個局面，不是外壇鐘樓下那樣難堪，她今天新到茶社，我必得去看看。

這樣一計算，剛才攤出來的書本，又沒有法子往下看了，好容易捺下性子來看書，沒有看到三頁，怎麼又要走？還是看書吧！因此把剛才的念頭拋開，還是坐定了看書。說也奇怪，眼睛對著書上，心裡只管把鳳喜唱大鼓的情形，和自己談話的那種態度慢慢地一樣一樣想起，彷彿那個人的聲音笑貌就在面前。自己先還看著書，以後不看書了，手壓住了書，頭偏著，眼光由玻璃窗內直射到玻璃窗外。

玻璃窗外，原是朱漆的圓柱，彩畫的屋簷，綠油油的葡萄架，**然而他的眼光卻一樣也不曾看到，只是一個十七八歲的小姑娘，穿了淡藍竹布的長衫，雪白的臉兒，漆黑的髮辮，清清楚楚，齊齊整整的，對了他有說有笑——**

家樹腦子裡出現了這一個幻影，便記起那張相片，心裡思索著：當時收起那張相片的時候，是夾在一本西裝書裡，可是夾在哪一本西裝書裡，當時又沒有注意，於是便把橫桌上擺好了的書，一本一本提出來抖一抖，以為這樣找，總可以找出來的，不料把書一齊抖完了，也不見相片落下來。

剛才分明夾在書裡的，怎麼一會兒又找不著了？今天也不知道為了什麼，老是心猿意馬，做事飄飄忽忽的。只這一張相片，今天就找了兩次，真是莫名其妙。於是坐在椅子上出了一會神，細想究竟放在哪裡？想來想去，一點不錯，還是夾在那西裝書裡。因此站起來在屋子裡踱來踱去，以便想起是如何拿書，如何夾起，偶然走到外邊屋子裡，看見躺椅邊短几上，放了一本綠殼子的西裝書，恍然大悟，原是放在這本書裡的。當時根本上就沒有拿到裡邊屋子裡去，自己拚命的在裡邊屋裡找，豈不可笑嗎？在書裡將相片取出，就靠在沙發上一看，把剛才一陣忙亂的苦惱都已解除無遺。看見這相，含笑相視，就有一股喜氣迎人，心想：她由鐘樓的露天下升到茶社裡去賣唱，總算升一級了。今天是第一次，我不能不去看看。這樣一想，便不能在家再坐了。在箱子裡拿了一些零碎錢，雇了車，一直到先農壇去。

這一天，先農壇的遊人最多，柏樹林子下，到處都是茶棚茶館。家樹處處留意，都沒有找著鳳喜，一直快到後壇了，那紅牆邊，支了兩塊蘆席棚，棚外有個大茶壺爐子，放在一張破桌上燒水。過來一點，放了有上十張桌子，蒙了半舊的白布，隨配著幾張舊籐椅，都放在柏樹蔭下。

正北向，有兩張條桌併在一處。桌上放了一把三弦子，桌子邊支著一個鼓架。家樹一看，猜著莫非在這裡？所謂茶社，不過是個名，實在是茶攤子罷了。有株柏樹兜上，有一條二尺長的白布，上面寫了一行大字是「來遠樓茶社」。家樹看到，不覺自笑了起來，**不但不能「來遠」，這裡根本就沒有什麼「樓」**。

家樹望了一望，正要走開，只見紅牆的下邊，有那沈大娘轉了出來。她手上拿了一把大蒲扇，站在日光裡面，遙遙地就向樊家樹招了兩招，口裡就說道：「樊先生！樊先生！就是這兒。」

同時鳳喜也在她身後轉將出來，手裡提了一根白棉線，下面拴著一個大螞蚱，笑嘻嘻向著這邊點了一個頭。

家樹還不曾轉回去，那賣茶的夥計早迎上前來，笑道：「這兒清靜，就在這裡喝一碗吧。」

家樹看一看這地方，也不過坐了三四張桌子，自己若不添上去，恐怕就沒有人能出大鼓書錢了，於是就含著笑，隨隨便便地在一張桌邊坐了。

鳳喜和沈大娘都坐在那橫條桌子邊。她只不過偶然向著這邊一望而已。家樹明白，這是她們唱書的規矩：賣唱的時候，是不來招呼客人的。

過了一會兒，只見鳳喜的叔叔，口裡銜著一支煙捲，一步一點頭的樣子，慢慢走了過來。

他身後又跟著一個十二三歲的小女孩，黃黃的臉兒，梳著左右分垂的兩條黑辮。她一跑一跳，兩個小辮跳跑得一甩一甩的，倒很有趣。

到了茶座裡，鳳喜的叔叔和家樹遙遙地點了兩個頭，然後就坐到橫桌正面，抱起三弦試了一試。先是那個十二三歲的小女孩，打著鼓唱了一段，自己拿個小柳條盤子，挨著茶座討錢。總共不過上十個人，也不過扔了上十個銅子，家樹卻丟了一張銅子票。

女孩子收回錢去了，鳳喜站起來，牽了一牽她的藍竹布長衫，又把手將頭髮的兩鬢和腦頂上各撫摩了一會子，然後才到桌子邊，拿起鼓板，敲拍起來。

當她唱的時候，來往過路的人，倒有不少站在茶座外看。及至她唱完了，大家料到要來討錢，零零落落地就走開了。鳳喜的叔叔放下三弦子，對著那些走開人的後背望著微嘆了一口氣，卻親自拿了那個柳條盤子向各桌上化錢。

他到了家樹桌上，倒格外地客氣，蹲了一蹲身子，又伸長了脖子，笑了一笑。**家樹也不知道什麼緣故，只是覺得少了拿不出手**，又掏了一塊錢出來，放在柳條盤子裡。鳳喜叔叔身子向前一彎道：「多謝！多謝！」家樹因此地到東城太遠，不敢多耽擱，又坐了一會，會了茶帳，就回去了。

自這天起，家樹每日必來一次，聽了鳳喜唱完，給一塊錢就走。一連四五天，有一日回去，走到內壇門口，正碰到沈大娘，她一見面，先笑了，迎上前來道：「樊先生！你就回去嗎？明天還得請你來。」

家樹道：「有工夫就來。」

沈大娘笑道：「別那樣說，別那樣說，你總得來一趟，我們姑娘全指望著你捧，你要不來，我們就沒意思了。」說時，她將那大蒲扇撐住了下巴頦，想了一想，就低聲道：「明天不要你聽大鼓，你早一點兒來。」

家樹道：「另外有什麼事嗎？」

沈大娘道：「這個地方，一早來就最好。你不是愛聽鳳喜說話嗎？明天我讓她陪你談談。」

家樹紅了臉道：「你一定要我來，我下午來就是了。」

沈大娘回頭一望，見身後並沒有什麼人，卻將蒲扇輕輕地拍了一拍他的手胳膊，笑道：「別！早上來吸新鮮空氣多好！我叫鳳喜六點鐘就在茶座上等你，我起不了那早，可是不能來陪。」

家樹要說什麼，話到口頭，又忍了回去，站在路心，對沈大娘一笑。沈大娘還是將扇葉子輕輕地拍了他，低低地道：「別忘了，早來！明天會——不，明天我會你不著，過天會吧。」說罷，就一笑走了。

家樹心想，她叫鳳喜明天一早陪我談話，未見得是出於什麼感情作用，恐怕是特別聯絡，多要我兩個錢而已。不過雖是這樣，我還得來。我要不來，讓鳳喜一個人在這兒等，叫她等到什麼時候哩！

當日回去，就對伯和夫婦扯了一個謊，說是明天要到清華大學去找一個人，一早就要出城。伯和夫婦知道他有些舊同學在清華，對於這話倒也相信。

次日，家樹起了一個早，果然五點鐘後就到了先農壇內守了。那個時候，太陽在東方起來不多高，淡黃的顏色斜照在柏林東方的樹葉一邊，在林深處的柏樹，太陽照不著，翠蒼蒼的，卻吐出一股清芬的柏葉香。

進內壇門，柏林下那一條平坦的大路，兩面栽著的草花，帶著露水珠子，開得格外的鮮艷。人在翠蔭下走，早上的涼風帶了那清芬之氣，向人身上撲將來，精神為之一爽。最是短籬上的牽牛花，在綠油油的葉叢子裡，冒出一朵朵深藍淺紫的大花，是從來所不易見。綠葉裡面的絡緯蟲，似乎還不知道天亮了，令叮令叮，偶然還發出夜鳴的一兩聲餘響。

這樣的長道，不見什麼遊人，只瓜棚子外面，伸出一個吊水轆轤，那下面是一口土井，轆轤轉了直響，似乎有人在那裡汲水。在這樣的寂靜境界裡，不見有什麼生物的形影。走了一些路，有幾個長尾巴喜鵲在路上帶走帶跳的找零食吃，見人來到，哄的一聲，飛上柏樹去了。

家樹轉了一個圈圈，不見有什麼人，自己覺得來得太早，就在路邊一張露椅上坐下休息。那一陣陣的涼風，吹到人身上，將衣服和頭髮掀動，自然令人感到一種舒服。因此一手扶著椅背，慢慢地就睡著了。

家樹正睡時，只覺有樣東西拂得臉怪癢的，用手撥幾次，也不曾撥去。睜眼看時，鳳喜站在面前，手上高提了一條花布手絹，手絹一只犄角正在鼻子尖上飄蕩呢。

家樹站了起來笑道：「你怎麼這樣頑皮？」**看她身上，今天換了一件藍竹布褂，束著黑布短裙，下面露出兩條著白襪子的圓腿來，頭上也改挽了雙圓髻，光脖子上，露出一排稀稀的長毫毛。這是未開臉的女子的一種表示，然而在這種素女的裝束上，最能給予人一種處女的美感。**

家樹笑道：「今天怎麼換了女學生的裝束了？」

鳳喜笑道：「我就愛當學生。樊先生！你瞧我這樣子，冒充得過去嗎？」

家樹笑道：「豈但可以冒充，簡直就是麼！」

她說著話，也一挨身在露椅上坐下。

家樹道：「你母親叫我一早到這裡來會你，是什麼意思？」

鳳喜笑道：「因為你下午來了，我要唱大鼓，不能陪你，所以早晌約你談談。」

家樹笑道：「你叫我來談，我們談什麼呢？」

鳳喜笑道：「談談就談談麼，哪裡還一定要談什麼呢？」

家樹側著身子，靠住椅子背，對了她微笑。她眼珠一溜，也抿嘴一笑。在肋下鈕絆上取下手絹，右手拿著，只管向左手一個食指一道一道纏繞著。頭微低著，卻沒有向家樹望來。家樹也不作聲，看她何時為止。

去了一會子，鳳喜忽然掉轉頭來，笑道：「幹嘛老望著我？」

家樹道：「你不是找我談話嗎？我等著你說呢。」

鳳喜低頭沉吟道：「等我想一想看，我要和你說什麼——哦，有了，你家裡都有些什麼人？」

家樹笑道：「看你的樣子，你很聰明，何以你的記性就是這樣壞！我上次不是告訴你了嗎？怎麼你又問？」

鳳喜笑道：「你真的沒有嗎？沒有——」說時，望了家樹微笑。

家樹道：「我真沒有訂親，這也犯不著說謊的事。你為什麼老問？」

鳳喜這倒有些不好意思，將左腿架在右腿上，兩隻手扯著手絹的兩只角，只管在膝蓋上磨來磨去，半晌才說道：「問問也不要緊呀！」

家樹道：「緊是不要緊，可是你老追著問，我不知你有什麼意思？」

鳳喜搖了一搖頭，微笑著道：「沒有意思。」

家樹道：「你問了我了，我可以問你嗎？」

鳳喜道：「我家裡人你全知道，還問什麼呢？」

家樹道：「見了面的，我自然知道。沒有見過面的，我怎樣曉得？你問我有沒有，你也有沒有呢？」

鳳喜聽說，把頭偏到一邊，卻不理他這話。在她這一邊臉上，可以看到她微泛一陣喜色，似乎正在微笑呢。

家樹道：「你這人不講理。」

鳳喜連忙將身子一扭，掉轉頭來道：「我怎樣不講理？」

家樹道：「你問我的話，我全說了。我問你的話，你就一個字不提。這不是不講理嗎？」

鳳喜笑道：「我問你的話，我是真不知道，你問我的話，你本來知道，你是存心。」

家樹被她說破，倒哈哈地笑起來了。

鳳喜道：「早晌這裡的空氣很好，溜躂溜躂，別光聊天了。」說時，她已先站起身來，家樹也就站起，於是陪著她在園子裡溜躂。

二人走著，不覺到了柏林深處。家樹道：「你實說，你母親叫你一早來約我，是不是有什麼事求我？」

鳳喜聽說，不肯作聲，只管低了頭走，家樹道：「這有什麼難為情的呢？我辦得到，我自然可以辦。我辦不到，你就算碰了釘子。這兒只你我兩個人，也沒有第三個人知道。」

鳳喜依然低了頭，看著那方磚鋪的路，一塊磚一塊磚，數了向著前面走，還是低了頭道：「你若是肯辦，一定辦得到的。」

家樹道：「那你就儘管說吧。」

鳳喜道：「說這話，真有些不好意思。可是你得原諒我，要不，我是不肯說的。」

家樹道：「你不說，我也明白了，莫不是你母親叫你和我要錢？」

鳳喜聽說，便點了點頭。

家樹道：「要多少呢？」

鳳喜道：「我們總還是認識不久的人，你又花了好些個錢了，真不應該和你開口，也是事到頭來不自由，這話不得不說。我媽和『翠雲軒』商量好了，讓我到那裡去唱，不過那落子館裡，不能像現在這樣隨便，總得做兩件衣服。所以想和你商量，借個十塊八塊的。」

家樹道：「可以可以。」說時，在身上一摸，就摸出一張十元的鈔票，交在她手上。

鳳喜接了錢，小心地把錢放進口袋裡，這才抬起頭回過臉來，很鄭重的樣子說道：「多謝多謝。」

家樹道：「錢我是給你了，不過你真上落子館唱大鼓，我很可惜。」

鳳喜道：「你倒說是這樣要飯的一樣唱才好嗎？」

家樹道：「不是那樣。你現在賣唱，是窮得沒奈何，要人家的錢也不多，人家聽了，隨便扔幾個子兒就算了；你若是上落子館，一樣地望客人花一塊錢點曲子，非得人捧不可，以後的事就難說了。那個地方是很墮落的，『墮落』這兩個字你懂不懂？」

鳳喜道：「我怎麼不懂！也是沒有法子呀。」說時，依舊低了頭，看著腳步下的方磚，一步一步數了走過去。

家樹也是默然，陪著她走，過了一會道：「你不是願意女學生打扮嗎？我若送你到學堂裡唸書去，你去不去呢？」

鳳喜聽了這句話，猛然停住腳步不走，回過頭卻望著家樹道：「真的嗎？」接上又笑道：「你別拿我開玩笑。」

家樹道：「絕不是開玩笑，我看你天分很好，像一個讀書人，我很願幫你的忙，讓你得一個好結果。」

鳳喜道：「你有這樣的好意，我死也忘不了，可是我家裡指望著我掙錢，我不賣唱哪成呢？」

家樹道：「我既然要幫你的忙，我就幫到底。你家裡每月要用多少錢，都是我的。我老實告訴你，我家裡還有幾個錢，一個月多花一百八十，倒不在乎的。」

鳳喜扯著家樹的手，微微地跳了一跳道：「我一世做的夢，今天真有指望了，你能真這樣救我，我一輩子不忘你的大恩。」說著，站了過來，對著家樹一鞠躬，掉轉身就跑了。

家樹倒愣住了，她為什麼要跑呢？難道這樣的話，她倒不願聽嗎？自己呆呆立著。只見鳳喜一直跑進柏樹林子，那林子裡正有一塊石板桌子，兩個石凳，她就坐在石凳上，兩隻胳膊伏在石桌上，頭就枕在胳膊上。

家樹遠遠地看去，她好像是在那裡哭，這更大惑不解了。本來想過去問一聲，又不明白自己獲罪之由，就背了兩隻手走來走去。

鳳喜伏在石桌上哭了一會子，抬起一隻胳膊，頭卻藏在胳膊下，回轉來向這裡望著。她看見家樹這樣來去不定，覺得他是沒有領會自己的意思，因此很躊躇，再不忍讓人家為難了，竭力地忍住了哭，站將起來，慢慢地轉過身子，向著家樹這邊。

家樹看了這樣子，知道她並不拒絕自己過去勸解的，就慢慢地向她身邊走來。她見家樹過來，便牽了牽衣襟，又扭轉身去，看了身後的裙子，接著便抬起手來，輕輕地按著頭上梳的雙髻。她那眼光只望著地下，不敢向家樹平視。

家樹道：「你為什麼這樣子？我話說得太唐突了嗎？」

鳳喜不懂「唐突」兩個字是怎麼解，這才抬頭問道：「什麼？」

家樹道：「我實在是一番好意，你剛才是不是嫌我不該說這句話？」

鳳喜低著頭搖了一搖。

家樹道：「哦！是了。大概這件事你怕家裡不能夠答應吧？」

鳳喜搖著頭道：「不是的。」

家樹道：「那為什麼呢？我真不明白了。」

鳳喜抽出手絹來，將臉上輕輕擦了一下，腳步可是向前走著，慢慢道：「我覺得你待我太好了。」

家樹道：「那為什麼要哭呢？」

鳳喜望著他一笑道：「誰哭了？我沒哭。」

家樹道：「你當面就撒謊，剛才你不是哭是做什麼？你把臉給我看看！你的眼睛還是紅的呢！」

鳳喜不但不將臉朝著他，而且把身子一扭，偏過臉去。

家樹道：「你說，這究竟為了什麼？」

鳳喜道：「這可真正奇怪，我不知道為著什麼，好好兒的，心裡一陣——」她頓了一頓道：「也不是難過，不知道怎麼著，好好的要哭。你瞧，這不是怪事嗎？你剛才所說的話，是真的嗎？可別冤我，我是死心眼兒，你說了，我是非常相信的。」

家樹道：「我何必冤你呢？你和我要錢，我先給了你了，不然，可以說是我說了話省得給錢。」

鳳喜笑道：「不是那樣說，你別多心，我是——你瞧，我都說不上來了。」

家樹道：「你不要說，你的心事我都明白了，我幫你讀書的話，你家裡通得過通不過呢？」

鳳喜笑道：「大概可以辦到，不過我家裡——」說到這裡，她的話又不說下去了。

家樹道：「你家裡的家用，那是一點不成問題的，**只要你母親讓你讀書，我就先拿出一筆錢來，做你們家的家用也可以**。以後我不給你家用時，你就不唸書，再去唱大鼓也不要緊。」

鳳喜道：「唉！你別老說這個話，我還有什麼信你不過的！找個地方再坐一坐，我還有許多話要問你。」

家樹站住腳道：「有話你就問吧，何必還要找個地方坐著說呢！」

鳳喜就站住了腳，偏著頭想了一想，笑道：「我原是想有許多話要說，可是你一問起來，我也不知道怎樣，好像就沒有什麼可說的了，你有什麼要說的沒有？」說時，眼睛就瞟了他一下。

家樹笑道：「我也沒有什麼可說的。」

鳳喜道：「那麼我就回去了，今天起來得是真早，我得回去再睡一睡。」

當下兩個人都不言語，並排走著，繞上了出門的大道，剛剛要出那紅色的圓洞門了，家樹忽然站住了腳笑道：「還走一會兒吧，再要向前走，就出了這內壇門了。」

鳳喜要說時，家樹已經回轉了身，還是由大路走了回去。

鳳喜也就不由自主地又跟著他走，直走到後壇門口，鳳喜停住腳笑道：「你打算還往哪裡走？就這樣走一輩子嗎？」

家樹道：「我倒並不是愛走，坐著說話，沒有相當的地方；站著說話，又不成個規矩，所以彼此一面走一面說話最好，走著走著，也不知道受累，所以這路越走越遠了。**我們真能這樣同走一輩子，那倒是有趣！**」

鳳喜聽著，只是笑了一笑，卻也沒說什麼，又不覺糊里糊塗地還走到壇門口來。她笑道：「又到門口了，怎麼樣，我們還走回去嗎？」

家樹伸出左手，掀了袖口一看手錶，笑道：「也還不過是九點鐘。」

鳳喜道：「真夠瞧的了，六點多鐘說話起，已說到九點，這還不該回去嗎？明天我們還見面不見面？」

家樹道：「明兒也許不見面。」

鳳喜道：「後天呢？」

家樹道：「無論如何，後天我們非見面不可，因為我要得你的回信啦！」

鳳喜笑道：「還是啊！既然後天就要見面的，為什麼今天老不願散開？」

家樹笑道：「你繞了這麼大一個彎子，原來不過是要說這一句話。好吧，我們今天散了，明天早上，我們還是在這裡相會，等你的回信。」

鳳喜道：「怎麼一回事？剛才你還說明天也許不相會，怎麼這又說明天早上等我的回信？」

家樹笑道：「我想還是明天會面的好，若是後天早上才見面，我又得多悶上一天了。」

鳳喜笑道：「我就知道你不成。好！你明天等我的喜信吧。」

家樹道：「就有喜信了嗎？有這樣早嗎？」

鳳喜笑著一低頭，人向前一鑽，已走過去好幾步，回轉頭來瞅了他一眼道：「你這人總是這樣說話咬字眼，我不和你說了。」

這時鳳喜越走越遠，家樹已追不上，因道：「你跑什麼？我還有話說呢！」

鳳喜道：「已經說了這半天的話，沒有什麼可說的了。明兒個六點鐘，壇裡見。」她身子也不轉過，只回轉頭來和家樹點了幾點。

他遙遙地看著她，那一團笑容，都暈滿兩頰，那一副臨去而又惹人憐愛的態度，是格外容易印到腦子裡去。

鳳喜走了好遠，家樹兀自對著她的後影出神，直待望不見了，然後自己才走出去。可是一出壇門，這又為難起來了。自己原是說了到清華大學去的，這會子就回家去，豈不是前言不符後語？總要找個事兒，混住身子，到下半天回去才對。想著有了，後門兩個大學都有自己的朋友，不如到那裡會他們一會，混去大半日的光陰，到了下午，我再回家，隨便怎樣胡扯一下子，伯和是猜不出來的。主意想定了，便坐了電車到後門來。

家樹一下電車，身後忽然有人低低地叫了一聲：「樊先生。」

家樹連忙回頭看時，卻是關壽峰的女兒秀姑。她穿著一件舊竹布長衫，蓬了一把頭髮，臉上黃黃的，瘦削了許多，不像從前那樣豐秀；人也沒有什麼精神，膽怯怯的，不像從前那樣落落大方；眼睛紅紅的，倒像哭了一般。一看之下，不由心裡一驚，因問道：「原來是關姑娘！好久不見了，令尊大人也沒有通知我一聲就搬走了。我倒打聽了好幾回，都沒有打聽出令尊的下落。」

秀姑道：「是的，搬得太急促，沒有告訴樊先生，他現在病了，病得很厲害，請大夫看著，總是不見好。」說著這話，就把眉毛皺著成了一條線，兩隻眉尖幾乎皺到一處來。

家樹道：「大姑娘有事嗎？若是有工夫，請你帶我到府上去，我要看一看令尊。」

秀姑道：「我原是買東西回去，有工夫！我給你雇輛車！」

家樹道：「路遠嗎？」

秀姑道：「路倒是不遠，拐過一個胡同就是。」

家樹道：「路不遠就走了去吧！請大姑娘在前面走。」

秀姑勉強笑了一笑，就先走。

家樹見她低了頭，一步一步地向前走，走了幾步，卻又回頭向家樹看上一看，說道：「胡同裡髒得很，該雇一輛車就好了。」

家樹道：「不要緊的，我平常就不大愛坐車。」

秀姑只管這樣慢慢地走去，忽然一抬頭，快到胡同口上，自己從門口走過去一大截路，卻停住了一笑道：「要命！我把自己家門口走過了都不知道。」

家樹並沒有說什麼，秀姑的臉卻漲得通紅，於是她繞過身來，將家樹帶回，走到一扇黑大門邊，將虛掩的門推了一推，走將進去。

這裡是個假四合院，只有南北是房子，屋宇雖是很舊，倒還乾淨。一進那門樓，拐到一間南屋子的窗下，就聽見裡面有一陣呻吟之聲。

秀姑道：「爹！樊先生來了。」

裡面床上他父親關壽峰道：「哪個樊先生？」

家樹道：「關大叔！是我。來看你病來了。」

壽峰道：「呵喲！那可不敢當。」說這話時，聲音極細微，接上又哼了幾聲。

家樹跟著秀姑走進屋去，秀姑道：「樊先生！你就在外面屋子裡坐一坐，讓我進去拾掇拾掇屋子，裡面有病人，屋子裡面亂得很。」

家樹怕他屋子裡有什麼不可公開之處，人家不讓進去，就不進去。

秀姑進去，只聽得裡面屋了一陣器具搬移之聲。停了一會，秀姑一手理著鬢髮，一手扶著門笑道：「樊先生！你請進。」

家樹走進去，只見上面床上靠牆頭疊了一床被，關壽峰偏著頭躺在上面。看他身上穿了一件舊藍布夾襖，兩隻手臂露在外面，瘦得像兩截枯柴一樣，走近前一看他的臉色，兩腮都沒有了，兩根顴骨高撐起來，眼睛眶又凹了下去，哪裡還有人形！

他見家樹上前，把頭略微點了一點，斷續著道：「樊先生——你——你是——好朋友啊！我快死了，哪有朋友來看我哩！」

家樹看見他這種樣子，也是慘然。秀姑就把身旁的椅子移了一移，請家樹坐下。家樹看看他這屋子，東西比從前減少得多，不過還潔淨，有幾支信香，剛剛點著，插在桌子縫裡，大概是秀姑剛才辦的。一看那桌子上放了一塊現洋，幾張銅子票，下面卻壓了一張印了藍字的白紙，分明是當票。

家樹一見，就想到秀姑剛才在街上說買東西，並沒有見她帶著什麼，大概是當了當回來了，怪不得屋子裡東西減少許多，因向秀姑道：「令尊病了多久了呢？」

秀姑道：「搬來了就病，一天比一天沉重，就病到現在。大夫也瞧了好幾個，總是不見效，我們又沒有一個靠得住的親戚朋友，什麼事全是我去辦，我一點也不懂，真是乾著急。」說著兩手交叉，垂著在胸前，人就靠住了桌子站定，胸脯一起一落，嘴又一張，嘆了一口無聲的氣。

家樹看著他父女這種情形，委實可憐，既無錢，又無人力，想了一想，向壽峰道：「關大叔！你信西醫不信？」

秀姑道：「只要治得好病，倒不論什麼大夫。可是——」說到這裡，就現出很躊躇的樣子。

家樹道：「錢的事不要緊，我可以想法子，因為令尊大人的病太沉重了，不進醫院是不容易奏效的。我有一個好朋友，在一家醫院裡辦事，若說是我的朋友，遇事都可以優待，花不了多少錢，若是關大叔願意去的話，我就去叫一輛汽車來，送關大叔去。」

關壽峰睡在枕上，偏了頭望著家樹，都呆過去了。

秀姑偷眼看她父親那樣子，竟是很願意去的，便笑著對家樹道：「樊先生有這樣的好意，我們真是要謝謝了。不過醫院裡治病，家裡人不能跟著去吧？」

家樹聽說，又沉默了一會，卻趕緊一搖頭道：「不要緊，住二等房間，家裡人就可以在一處了。令尊的病，我看是一刻也不能耽擱，我有一點事，還要回家去一趟，請大姑娘收拾收拾東西，至多兩個鐘頭我就來。」說時，在身上掏出兩張五元的鈔票，放在桌上，說道：「關大叔病了這久，一定有些煤麵零碎小帳，這點錢，就請你留下開銷小帳，我先去一去，回頭就來，大家都不要急。」說著，他和床上點了一個頭，自去了。

他走得是非常的匆忙，秀姑要道謝他兩句都來不及，他已經走遠了。秀姑隨著他身後，一直送到大門口，直望著他身後遙遙而去，不見人影，還呆呆地望著。

過了許久，秀姑因聽到裡邊屋子有哼聲，才回轉身來。進得屋子，只見她父親望了桌上的鈔票，微笑道：「秀姑！天、天、天無絕人……之路呀……」他帶哼帶說，那臉上的微笑漸漸收住，眼角上卻有兩道汪汪的淚珠斜流下來，直滴到枕上。

秀姑也覺得心裡頭有一種酸甜苦辣，說不出來的感覺，微笑道：「難得有樊先生這樣好人，你的病一定可以好的，要不然，哪有這麼巧，憑什麼都當光了，今天就碰到了樊先生。」

關壽峰聽了，心裡也覺寬了許多。

本來病人病之好壞，精神要作一半主，在這天上午，壽峰覺得病既沉重，醫院費又毫無籌措的法子，心裡非常焦急，病勢也自然加重，現在樊家樹許了給自己找醫院，又放下了這些錢讓自己來零花，心裡突然得了一種安慰；二來平生是個尚義氣的人，這種慷慨的舉動合了他的脾胃，不由得精神為之一振，所以當日樊家樹去了以後，他就讓秀姑疊了被條，放在床頭，自己靠在上面，抬起了半截身子，看著秀姑收拾行李，檢點傢俱，心裡覺得很為安慰。

秀姑道：「你老人家精神稍微好一點，就躺下去睡睡吧，不要久坐起來，省得又受了累。」

壽峰點了點頭，也沒有說什麼，依然望著秀姑檢點東西。半晌，他忽然想起一件事，問秀姑道：「樊先生怎樣知道我病了？是你在街上無意中碰見了他呢，還是他聽說我病了，找到這裡來看我的呢？」

秀姑一想，若說家樹是無意中碰到的，那麼，人家這一番好意都要失個乾淨，縱然不失個乾淨，他的見義勇為的程度也大為減色；自己對於人家的盛意固然是二十四分感謝了，可是父親感謝到什麼程度卻是不知，何妨說得更切實些，讓父親永久不忘記呢！因此，藉著檢箱子的機會，低了頭答道：「人家是聽了你害病，特意來看你的，哪有那麼樣子巧，在路上遇得見他呢？」

壽峰聽說，又點了點頭。

秀姑將東西剛剛收拾完畢，只聽得大門外嗚啦嗚啦兩聲汽車喇叭響，不一會工夫，家樹走進來問道：「東西收拾好了沒有？醫院裡我已經訂好了房子了，大姑娘也可以去。」

秀姑道：「樊先生出去這一會子，連醫院裡都去了，真是為我們忙，我們心裡過不去。」說著，臉上不由得一陣紅。

家樹道：「大姑娘你太客氣了，關大叔這病，少不得還有要我幫忙的地方，我若是做一點小事，你心裡就過意不去，一次以後，我就不便幫忙了。」

秀姑望著他笑了一笑，嘴裡也就不知道說些什麼，只見她嘴唇微微一動，卻聽不出她說的是什麼。

壽峰躺在床上，只望著他們客氣，也就不曾作聲。

家樹站在一邊，忽然「呵」了一聲道：「這時我才想起來了，關大叔是怎樣上汽車呢？大姑娘，你們同院子的街坊，能請來幫一幫忙嗎？」

秀姑笑道：「這倒不費事，有我就行了。」

家樹見她自說行了，不便再說。

當下秀姑將東西收拾妥當，送了一床被褥到汽車上去，然後替壽峰穿好衣服。她伸開兩手，輕輕便便的將壽峰一托，橫抱在胳膊上，面不改色的，從從容容將壽峰送上汽車。

家樹卻不料秀姑清清秀秀的一位姑娘，竟有這大的力量。壽峰不但是個病人，而且身材高大，很不容易抱起來的，據這樣看來，秀姑的力氣也不在小處了，當時把這事擱在心裡，也不曾說什麼。

汽車的正座讓壽峰躺了，家樹和秀姑只好各踞了一個倒座。汽車猛然一開，家樹一個不留神，身子向前一栽，幾乎栽在壽峰身上。秀姑手快，伸了胳膊，橫著向家樹面前一攔，把他攔住了。

家樹覺得自己太疏神了，微笑了一笑。秀姑也不明緣由，微笑了一笑。及至秀姑縮了手回去，他想到她手臂溜圓玉白，很合乎現代人所謂的肌肉美。這正是燕趙佳人所有的特質，江南女子是夢想不到的，心裡如此想著，卻又不免偏了頭，向秀姑抱在胸前的雙臂看去。忽然壽峰哼了一聲，他便抬頭看著病人憔悴的顏色，把剛才一剎那的觀念給打消了。

不多大一會，已到了醫院門口，由醫院裡的院役將病人抬進了病房。秀姑隨著家樹後面進去，這是二等病室，又寬敞，又乾淨，自然覺得比家裡舒服多了。家樹一直讓他們安置停當，大夫來看過了，說是病還有救，然後他才安慰了幾句而去。

秀姑一打聽，這病室是五塊錢一天，有些藥品費還在外。這醫院是外國人開的，家樹何曾認識，他已經代繳醫藥費一百元了，**她心裡真不能不有點疑惑，這位樊先生，不過是個學生，不見得有多少餘錢，何以對我父親是這樣慷慨？我父親是偌大年紀，他又是個青春少年，兩下裡也沒有做朋友的可能性，那麼，他為什麼這樣待我們好呢？**

父親在床上安然地睡熟了，她坐在床下面一張短榻上沉沉地想著，只管這樣的想下去，把臉都想紅了，還是自己警戒著自己：父親剛由家裡移到醫院裡來，病還不曾有轉好的希望，自己怎樣又去想到這些不相干的事情上去！於是把這一團疑雲又擱下去了。

自這天起，隔一天半天，家樹總要到醫院裡來看壽峰一次，一直約有一個禮拜下去，壽峰的病果然見好許多。

不過他這病體，原是十分沉重，縱然去了危險期，還得在醫院裡調養。醫生說，他還得繼續住兩三個星期。秀姑聽了這話，非常為難，要住下去，哪裡有這些錢交付醫院？若是不住，豈不是前功盡棄！

但是在這為難之際，院役送了一張收條進來，說是錢由那位樊先生交付了，收條請這裡關家大姑娘收下。秀姑接了那收條一看，又是交付了五十元。他為什麼要交給我這一張收條，分明是讓我知道，不要著急了。這個人做事，前前後後真是想得周到。這樣看來，我父親的病可以安心在這裡調治，不必憂慮了。心既定了，就離開醫院，常常回家去看看。前幾天是有了心事，只是向著病人發愁，現在心裡舒適了，就把家裡存著的幾本鼓詞兒一齊帶到醫院裡來看。

這一日下午，家樹又來探病來了，恰好壽峰已是在床上睡著了。秀姑捧了一本小本子，斜坐在床面前椅子上看，似乎很有味的樣子。她猛抬頭，看見家樹進來，連忙把那小本向她父親枕頭底下亂塞，但是家樹已經看見那書面上的題名，乃是「劉香女」三個字。

家樹道：「關大叔睡得很香，不要驚醒他。」說著，向她搖了一搖手。

秀姑微笑著，便彎了彎腰，請家樹坐下。

家樹笑道：「大姑娘很認識字嗎？」

秀姑道：「不認識多少字，不過家父稍微教我讀過兩本書，平常瞧一份兒小報，一半看，還一半猜呢。」

家樹道：「大姑娘看的那個書，沒有多大意思，你大概是喜歡武俠的，我明天送一部很好的書給你看看吧。」

秀姑笑道：「我先要謝謝你了。」

家樹道：「這也值不得謝，很小的事情。」

秀姑道：「我常聽到家父說，大恩大謝，樊先生幫我這樣一個大忙，真不知道怎樣報答你才好。」說到這裡，她似乎極端地不好意思，一手扶了椅子背，一手便去理那耳朵邊垂下來的鬢髮。

家樹看到她這種難為情的情形，不知道怎樣和人家說話才好，走到桌子邊，拿起藥水瓶子看了看，映著光看看瓶子裡的藥水去了半截，因問道：「喝了一半了，這一瓶子是喝幾次的？」其實這瓶子上貼著的紙標已經標明了，乃是每日三次，每次二格，原用不著再問的了。

他問過之後，回頭看看床上睡的關壽峰，依然有不斷的鼻息聲，因道：「關大叔睡著了。我不驚動他，回去了，再見吧。」

他說這句再見時，當然臉上帶著一點笑容。秀姑又引為奇怪了，說再見就再見吧，為什麼還多此一笑呢？於是又想到樊家樹每回來探病，或者還含有其他的含意也未可知，心裡就不住地暗想著，這個人用心良苦，但是他雖不表示出來，我是知道的了。

正在秀姑這樣推進一步去想的時候，恰好次日家樹來探病，帶了一部《兒女英雄傳》來了。當日秀姑接著這一部小說，還不覺得有什麼深刻的感想，經過三天三晚，把這部《兒女英雄傳》看到安公子要娶十三妹的時候，心裡又布下疑陣了，**莫非他家裡原是有個張金鳳，故意把這種書給我看嗎？**

這個人做事，好像是永不明說，只讓人家去猜似的，這一著棋，我大概猜得不很離譜，但是這件事，是讓我很為難的。**現在不是安公子的時代，我哪裡能去做十三妹呢？**這樣一想，立刻將眉深鎖，就發起愁來，眉一皺，心裡也兀自不安起來。

關壽峰睡在床上，見女兒臉上紅一陣白一陣，便道：「孩子，我看你好像有些不安的樣子，你為著什麼？」

秀姑笑道：「我不為什麼呀！」

壽峰道：「這一向子，你伺候我的病，我看你也有些倦了，不如你回家去歇兩天吧！」

秀姑一笑道：「唉！你哪裡就會猜著人的心事了。」

壽峰道：「你有什麼心事，我倒閒著無事，要猜上一猜。」

秀姑笑道：「猜什麼呢？我是看到書上這事，老替他發愁。」

壽峰道：「咳！傻孩子，你真是『聽評書掉淚，替古人擔憂』了。我們自己的事都要人家替我們發愁，哪裡有工夫替書上的人發愁呢？」

秀姑道：「可不是！難得樊先生幫了咱們這樣一個大忙，咱們要怎樣謝人家哩。」

壽峰道：「放著後來的日子長遠，**咱們總有可以報答他的時候**。咱們也不必老放在嘴上說，老說著又不能辦到，怪貧的！」

秀姑聽她父親如此說，也就默然。

這日下午，家樹又來探病，秀姑想到父親「怪貧」的那一句話，就未曾和他說什麼。家樹看到關壽峰的病已經好了，用不著天天來看，就有三天不曾到醫院裡來。秀姑又疑惑起來，莫不是為了我那天對他很冷淡，他惱起我來了。人家對咱們是二十四分的厚情，咱們還對人家冷冷淡淡的，當然是不對。也怪不得人家懶得來了。

及至三天以後，家樹來了，遂又恢復了以前的態度，便對家樹道：「你送的那部小說，非常有趣。若是還有這樣的小說，請你還借兩本我看看。」

家樹道：「很有趣嗎？別的不成，要看小說，那是很容易辦的事情，要幾大箱子都辦得到，但不知道要看哪一種的？」

秀姑想了一想，笑道：「像何玉鳳這樣的人就好。」

家樹笑道：「當然的，姑娘們就喜歡看姑娘的事。我明天送一部來吧，你看了之後，準會說比劉香女強，那裡頭可沒有落難公子中狀元。」

秀姑笑道：「我也不一定要瞧落難公子中狀元，只要是有趣味的就得了。」

家樹在客邊，就不曾預備有多少小說，身邊就只有一部《紅樓夢》，秀姑只說借書，並沒有說一定要什麼書，不如就把這個借給她得了。當日在醫院裡回來，就把那部《紅樓夢》清理出來，到了次日親自送到醫院裡去。

秀姑向來不曾看過這種長江大河的長篇小說，自從看了《兒女英雄傳》以後，覺得這個比那小本子《劉香女》、《孟姜女》強得多，因此接過《紅樓夢》去，絲毫不曾加以考慮，就看起來。

看了前幾回，還不過是覺得熱鬧有趣而已，看了兩本之後，心裡想著幸而父親還不曾問我書上是些什麼。因此，只將看的一本《紅樓夢》捲了放在身上，拿出來坐得離父親遠遠地看，其餘的卻用報紙包了，放在包裹裡，桌子上依然擺著那部《兒女英雄傳》，英雄傳上面，又覆了一本父親勸看的《太上感應篇》。

關壽峰雖認得字，卻捺不下性子看書，他以為秀姑看書，無非解悶，自己不要看，也不曾去過問。秀姑看了兩天以後，便覺一刻也捨不得放下。

一直到第三日，家樹又來探病來了，因問秀姑那書好看不好看？翻到什麼地方了？秀姑還不曾答覆，臉先紅了，復又背對著床上，不讓病人看見，嘴裡支吾著一陣，隨便說道：「我還沒有看幾本呢。」復又笑道：「不是沒有看幾本，不過看了幾回罷了。」

家樹見她說得前後顛倒，就也笑了一笑。因壽峰躺在床上，臉望著他，便轉過身去和壽峰說話。秀姑是一種什麼情形，卻沒有理會。醫院裡本是不便久坐的，加上自己本又有事，談一會便走了。

秀姑見家樹是這樣來去匆匆，心想他也是不好意思的了，**既然不好意思，為什麼又拿這種書給我看哩！我看他問我話的時候，有些藏頭露尾，莫非他有什麼字跡放在書裡頭？**

想到這裡，好像這一猜很是對勁，等父親睡了，連忙將包袱打開，把那些未看的書先拿在手裡抖擻了一番，隨後又將書頁亂翻了一陣，翻到最後一本，果然有一張半截的紅色八行。心裡先噗通跳了一下，將那紙拿起來看時，上寫「九月九日，溫《紅樓夢》至此，不忍卒讀矣。」

秀姑揣測了一番，竟是與自己無關的，這才放心把書重新包好。不過《紅樓夢》卻是更看得有趣。

晚上父親睡了，躺在床上，亮了電燈，只管一頁一頁的向下看去，後來直覺得眼皮有點澀，兩手一伸，打了一個呵欠，恰好屋外面的鐘噹噹噹敲過三下，心想糟了，怎麼看到這個時候，明天怎樣起來得了呢？再也不敢看了，便熄了電燈。

秀姑閉眼睡覺，不料一夜未睡，現在要睡起來，反是清醒清醒的。走廊下那掛鐘的擺聲，滴答滴答，一下一下，聽得清清楚楚，同時《紅樓夢》上的事情，好像在目前一幕一幕演了過去。

由《紅樓夢》又想到了送書的樊家樹，便覺得**這人只是心上用事，不肯說出來的，然而不肯說出來，我也猜個正著，我父親就很喜歡他。論門第，論學問，再談到性情兒，模樣兒，真不能讓咱們挑眼。這樣的人兒都不要，亮著燈籠哪兒找去？**他是個維新的人兒，他一定會帶著我一路上公園去逛的。那個時候，我也只好將就點兒了。可是遇見了熟人，我還是睬人不睬人呢？人家問起來，我又怎樣的對答呢？……

秀姑想著想著，也不知怎樣，自己便恍恍惚惚地果然在公園裡，家樹伸過一隻手來挽了自己的胳膊，一步一步地走。公園裡人一對一對走著，也有對自己望了來的，但是心裡很得意，不料我關秀姑也有今日。

正在得意，忽然有人喝道：「你這不知廉恥的丫頭，怎麼跟了人上公園來？」抬頭一看，卻是自己父親，急得無地自容，卻哭了起來。

壽峰又對家樹罵道：「你這人面獸心的人，我只說你和我交朋友，是一番好意，原來你是來騙我的閨女，我非和你打官司不可！」說時，一把已揪住了家樹的衣領。

秀姑急了，拉著父親，連說「去不得，去不得」，渾身汗如雨下。這一陣又急又哭，把自己鬧醒了，睜眼一看，病室的窗外已經放進來了陽光，卻是小小的一場夢。一摸額角，兀自出著汗珠兒。

秀姑定了一定神，便穿衣起來，自己梳洗了一陣，壽峰方才醒來。他一見秀姑，便道：「孩子，我昨夜裡做了一個夢。」

秀姑一怔，嚇得不敢作聲，只低了頭。

壽峰又道：「我夢見病好了，可是和你媽在一處，不知道是吉是凶？」

秀姑笑道：「你真也迷信，隨便一個夢算什麼？若是夢了就有吉有凶，愛做夢的，天天晚上做夢，還管不了許多呢！」

壽峰笑道：「你現在倒也維新起來了。」

秀姑不敢接著說什麼，恰是看護婦進來，便將話牽扯過去了。但是在這一天，她心上總放不下這一段怪夢。心想天下事是說不定的，也許真有這樣一天。若是真有這樣一天，我父親他也會像夢裡一樣，跟他反對嗎？那可成了笑話了。

秀姑天天看小說，看得都非常有趣。今天看小說，便變了一種情形，將書拿在手上，看了幾頁，不期然而然地將書放下，只管出神。

那看護婦見她右手將書捲了，左手撐住椅靠，托著腮，兩隻眼睛望了一堵白粉牆，動也不動，先還不注意她，約莫有十分鐘的工夫，見她眼珠也不曾轉上一轉，便走到她身後，輕輕悄悄兒地蹲下身去，將她手上拿的書抽了過來翻著一看，原來是《紅樓夢》，暗中咬著嘴唇便點了點頭。

這看護婦本也只二十歲附近，雪白的臉兒，因為有點近視，加上一副眼鏡，越見其媚。她已剪了髮，養著劉海式的短髮，又烏又亮，和她身上那件白衣一襯，真是黑白分明。院長因為她當看護以來惹了許多麻煩，現在撥她專看護老年人或婦女。壽峰這病室裡，就是她管理。

終日周旋，和秀姑倒很投機，常笑問秀姑：「家樹是誰？」秀姑說是父親的朋友，那看護笑著總不肯信。這時她看了《紅樓夢》，忽然省悟，情不自禁，將書拍了秀姑肩上一下，又噗嗤一笑道：「我明白了，那就是你的賈寶玉吧！」

這一嚷，連秀姑和壽峰都是一驚。

秀姑還不曾說話，壽峰便問：「誰的寶玉？」

女看護才知失口說錯了話，和秀姑都大窘起來。可是壽峰依然是追問著，非問出來不可。

那看護婦就從從容容的笑道：「是我撿到一塊假寶石，送給她玩，她丟了，剛才我看見桌子下一塊碎瓷片，以為是假寶石呢。」

壽峰笑道：「原來如此，你們很驚慌的說著，倒嚇了我一跳。」

秀姑見父親不注意，這才把心定下了，站起身來，就假裝收拾桌上東西，將書放下，以後當著父親的面，就不敢看小說了。

自這天起，壽峰的病慢慢兒見好，家樹來探望得更疏了。壽峰一想，這一場病，花了人家的錢很多，哪好意思再在醫院裡住著，就告訴醫生，自己決定住滿了這星期就走。醫生的意思，原還讓他再調理一些時。他就說所有的醫藥都是朋友代出的，不便再擾及朋友，醫生也覺得不錯，就答應他了。恰好其間有幾天工夫，家樹不曾到醫院來。最後一天，秀姑到會計部算清了帳目，還找回一點零錢，於是雇了一輛馬車，父女二人就回家去了。——待到家樹到醫院來探病時，關氏父女已出院兩天了。

且說家樹那天到醫院裡，正好碰著那近視眼女看護，她先笑道：「樊先生！你怎麼有兩天不曾來？」

家樹因她的話問得突兀，心想莫非關氏父女因我不來，有點見怪了，其實我並不是禮貌不到，因為壽峰的病實在好了，用不著作虛偽人情來看他的。

他這樣沉吟著，女看護便笑道：「那位關女士她一定很諒解的，不過，樊先生也應該到他家裡去探望探望才好。」

家樹雖然覺得女看護是誤會了，然而也無關緊要，就並不辯正。

當下家樹出了醫院，覺得時間還早，果然往後門到關家來。秀姑正在大門外買菜，猛然一抬頭，往後退了一步笑道：「樊先生！真對不住，我們沒有通知，就搬出醫院來了。」

家樹道：「大叔太客氣了，我既然將他請到醫院裡去了，又何在乎最後幾天！這幾天我也實在太忙，沒有到醫院裡來看關大叔，我覺得太對不住，我是特意來道歉的。」

秀姑聽了這話，臉先紅了，低著頭笑道：「不是不是，你真是誤會了，我們是過意不去，只要在家裡能調養，也就不必再住醫院了，請家裡坐吧。」說著，她就在前面引導。

關壽峰在屋子裡聽到家樹的聲音，便先嚷道：「呵唷！樊先生嗎？不敢當。」

家樹走進房，見他靠了一疊高被，坐在床頭，人已爽健得多了，笑道：「大叔果然好了，但不知道現在飲食怎麼樣了？」

壽峰點點頭道：「慢慢快復原了，難得老弟救了我一條老命，等我好了，我一定要……」

家樹笑道：「大叔！我們早已說了，不說什麼報恩謝恩，怎麼又提起來了？」

秀姑道：「樊先生！你要知道我父親，他是有什麼就要說什麼的，他心裡這樣想著，你不要他說出來，他悶在心裡，就更加難過了。」

家樹道：「既然如此，大叔要說什麼，就說出什麼來吧。病體剛好的人，心裡悶著也不好，倒不如讓大叔說出來為是。」

壽峰凝了一會神，將手理著日久未修刮的鬍子，微微一笑道：「有倒是有兩句話，現在且不要說出來，候我下了地再說吧。」

秀姑一聽父親的話藏頭露尾，好生奇怪。而且害病以來，父親今天是第一次有笑，

這裡面當另有絕妙文章。如此一望，羞潮上臉，不好意思在屋子裡站著，就走出去了。

家樹也覺得壽峰說的話有點尷尬，接上秀姑聽了這話又躲避開去，越發顯著痕跡了。和壽峰談了一會子話，又安慰了他幾句，便告辭出來。秀姑原站在院子裡，這時就藉著關大門為由，送著家樹出來。家樹不敢多謙遜，只一點頭就一直走出來了。

家樹回得家來，想關壽峰今天怎麼說出那種話來，怪不得我表兄說我愛他的女兒，連他自己都有這種意思了。至於秀姑，卻又不同，自從她一見我，好像就未免有情，而今我這樣援助她父親，自然更是要誤會的了，好在壽峰的病現在總算全好了，我不去看他，也沒有什麼關係，自今以後，我還是疏遠他父女一點為是，不然我一番好意倒成了別有所圖了。

話又說回來了，**秀姑眉宇之間對我自有一種深情，她哪裡知道我現在的境況呢**！想到這裡，情不自禁地就把鳳喜送的那張相片由書裡拿了出來，捧在手裡看。

看著鳳喜那樣含睇微笑的樣子，覺得她那嬌憨可掬的模樣兒，絕不是秀姑那樣老老實實的樣子可比。等她上學之後，再加上一點文明氣象，就越發地好了。我手裡若是這樣把她栽培出來，真也是識英雄於未遇，以後她有了知識，自然更會感激我。

由此想去，自覺得躊躇滿志，在屋裡便坐不住了。對著鏡子，理了一理頭髮，就坐了車到水車胡同來。

現在，鳳喜家裡已經收拾得很乾淨，鳳喜換了一件白底藍鴛鴦格的瘦窄長衫，靠著門框，閒望著天上的白雲在出神，一低頭忽然看見家樹，便笑道：「你不是說今天不來，等我搬到新房子裡去再來嗎？」

家樹笑道：「我在家裡也是無事，想邀你出去玩玩。」

鳳喜道：「我媽和我叔叔都到新房子那邊去拾掇屋子去了，我要在家裡看家，你到我這裡來受委屈，也不止一次，好在明天就搬了，受委屈也不過今天一天，你就在我這裡談談吧，別又老遠地跑到公園裡去。」

家樹笑道：「你家裡一個人都沒有，你也敢留我嗎？」

鳳喜笑著啐了一口，又抽出掖在肋下的長手絹，向著家樹抖了幾抖。

家樹道：「我是實話，你的意思怎麼樣呢？」

鳳喜道：「你又不是強盜，來搶我什麼，再說我就是一個人，也沒什麼可搶的，青天白日，留你在這兒坐一會，要什麼緊！」

家樹笑道：「你說只有一個人，可知**有一種強盜專要搶人哩**。你唱大鼓，沒唱過要搶壓寨夫人的故事嗎？」

鳳喜將身子一扭道：「我不和你說了。」她一面說著，一面就跳到裡面屋子裡去了。

家樹也說道：「你真怕我嗎？為什麼跑了？」說著這話，也就跟著跑進來。屋子裡破桌子早是換了新的了，今天又另加了一方白桌布，炕上的舊被也是早已拋棄，而所有的新被褥，也都用一方大白布被單蓋上。家樹道：「這是為什麼？明天就要搬了，今天還忙著這樣煥然一新？」

鳳喜笑道：「你到我們這兒來，老是說不衛生，我們洗的洗了，刷的刷了，換的換了，你還是不大樂意。昨天你對我媽說，醫院裡真衛生，什麼都是白的，我媽就信了你的話，今天就趕著買了白布來蓋上。那邊新屋子裡買的床和木器，我原是要紅色的，信了你的話，今天又去換白漆的了。」

家樹笑道：「這未免隔靴搔癢，然而也用心良苦。」

鳳喜走上前，一把拉住了他的袖子道：「哼！那不行，你抖著文罵人。」說時，鼓了嘴，將身子扭了幾扭。

家樹笑道：「我並不是罵人，我是說你家人很能聽我的話。」

鳳喜道：「那自然啦！現在我一家人都指望著你過日子，怎樣能不聽你的話。可是我得了你許多好處，我仔細一想，又為難起來了。據你說，你老太爺是做過大官的，天津還開著銀行，你的門第是多麼高，像我們這樣唱大鼓的人，哪配呀？」說著，靠了椅子坐下，低了頭回手撈過辮梢玩弄。

家樹笑道：「你這話，我不大明白。你所說的，是什麼配不配？」

鳳喜瞟了一眼，又低著頭道：「別裝傻了，你是聰明人裡面挑出來的，倒會不明白？」

家樹笑道：「明是明白了，但是我父親早過世去了，大官有什麼相干，我叔叔不過在天津銀行裡當一個總理，也是替人辦事，並不怎樣闊，就是闊，我們是叔侄，誰管得了誰？我所以讓你讀書，固然是讓你增長知識，可也就是抬高你的身分，不過你把書念好了，身分抬高了，不要忘了我才好。」

鳳喜笑道：「老實說吧，我們家裡真把你當著神靈了，你瞧他們那一分兒巴結你，真怕你有一點兒不高興。我是更不要說了，一輩子全指望著你，哪裡會肯把你忘了！別說身分抬不高，就是抬得高，也全仗著你呀。人心都是肉做的，我現在免得拋頭露面，就和平地登了天一樣，像這樣的恩人，亮著燈籠哪兒找去！難道我真是個傻子，這一點兒事都不懂嗎？」

鳳喜這一番話，說得非常懇切，家樹見她低了頭，望了兩隻交叉搖曳的腳尖，就站到她身邊，用手慢慢兒撫摩著她的頭髮，笑道：「你這話倒是幾句知心話，我也很相信的，只要你始終是這樣，花幾個錢，我是不在乎的，我給的那兩百塊錢，現在還有多少？」

鳳喜望著家樹笑道：「你叔叔是開銀行的，多少錢做多少事，難道說你不明白？添衣服，買東西，搬房子，你想還該剩多少錢了？」

家樹道：「我想也是不夠的，明天到銀行裡去，我還給你找一點款子來。」

因見鳳喜仰著臉，臉上的粉香噴噴的，就用手撫摸著她的臉。

鳳喜笑著，將嘴向房門口一努，家樹回頭看時，原來是新製的門簾子，高高捲起呢，於是也不覺得笑了。

過了一會子，鳳喜的叔叔回來了。他就是在先農壇彈三弦子的那人，他原名沈尚德。但是這一胡同的街坊，都叫他沈三弦子，又因為四個字叫得累贅，簡稱沈三弦，叫得久了，人家又改叫了沈三玄（註：玄，舊京諺語。意謂其事無把握，而帶危險性也。），這意思說他吃飯，喝酒，抽大煙，三件大事，每天都得鬧饑荒。

不過這半個月來，有了樊家樹這一個財神爺接濟，沈三玄卻成了沈三樂。今天在新房子裡收拾了半天，精神疲倦了，就向他嫂子沈大娘要拿點錢去抽大煙。

沈大娘說是昨天給的一塊錢，今天不能再給，因此他又跑回來，打算和侄女來商量。一走到外邊屋子裡，見裡面屋子的門簾業已放下，就不便進去，先隔著門簾子咳嗽了兩聲。

鳳喜道：「叔叔回來了嗎？那邊屋子拾掇得怎麼樣了？樊先生在這裡呢。」

沈三玄隔著門簾叫了一聲「樊先生」，就不進來了。

鳳喜打起門簾子，沈三玄笑道：「姑娘！我今天的黑飯又斷了糧了，你接濟接濟我吧。」

家樹便道：「這大煙，我看你忌了吧。這年頭兒，吃飯都發生問題，哪裡還經得住再添上一樣大煙！」

沈三玄點著頭，低低地道：「你說得是，我早就打算忌的。」

家樹笑道：「抽煙的人都是這樣，你一提起忌煙，他就說早要忌的，但是說上一千回一萬回，背轉身去，還照樣抽。」

沈三玄見家樹有不歡喜的樣子，鳳喜坐在炕沿上，左腿壓著右腿，兩手交叉著，將膝蓋抱住，兩個小腮幫子繃得鼓也似地緊，沈三玄一看這種神情，是不容開口討錢的了，只得搭訕著和同院子的人講話，就走開了。

家樹望著鳳喜低低地笑道：「真是討厭，不先不後，他恰好是這個時候回來。」

鳳喜也笑道：「別瞎說，他聽到了，還不知道咱們幹了什麼呢！」

家樹道：「我看他那樣子，大概是要錢，你就……」

鳳喜道：「別理他，我娘兒倆有什麼對他不住的！憑他那個能耐，還鬧上煙酒兩癮，早就過不下去了。現在他說我認識你，全是他的功勞，跟著就長脾氣。這一程子，每天一塊錢還嫌不夠，以後日子長遠著咧，你想哪能還由著他的性兒？」

家樹笑道：「以前我以為你不過聰明而已，如今看起來，你是很識大體，將來居家過日子，一定不錯。」

鳳喜瞟了他一眼道：「你說著說著，又不正經起來了。」

家樹笑著把臉一偏，還沒有答話，鳳喜「喲」了一聲，在身上掏出手絹，走上前一步，按著家樹的胳膊道：「你低一低頭。」

家樹正要把頭低著，鳳喜的母親沈大娘一腳踏了進來。鳳喜向後一縮，家樹也有點不好意思。

沈大娘道：「那邊屋子全拾掇好了，明天就搬，樊先生明天到我們家來，就有地方坐了。可是話又說回來了，明天搬著家，恐怕還是亂七八糟的，到後天大概好了，要不，你後天一早去，準樂意。」

家樹聽說，笑了一笑。然而心裡總不大自然，仍是無話可說，坐了一會兒，因道：「你們應該收拾東西了，我不在這裡打攪你們了。」說畢，他拿了帽子戴在頭上，起身就要走。

鳳喜一見他要走，非常著急，連連將手向他招了幾招道：「別忙啊！擦一把臉再走麼。你瞧你瞧，哎喲！你瞧。」

家樹笑道：「回家去，平白地要擦臉做什麼？」說了這句，他已走出外邊屋子。

鳳喜將手連推了她母親幾下，笑道：「媽！你說了一聲，讓他擦一把臉再走。」

沈大娘也笑道：「你這丫頭，什麼事拿樊先生開心，我大耳刮子打你！樊先生你請便吧，別理她。」

家樹以為鳳喜今天太快樂了，果然也不理會她的話，逕自回家。

三 當局者迷

到了吃晚飯的時候，家樹坐在正面，陶伯和夫婦坐在兩邊。陶太太正吃著飯，忽然噗嗤一笑，偏轉頭噴了滿地毯的飯粒。伯和道：「你想到什麼事情，突然好笑起來？」陶太太笑道：「你到我這邊來，我告訴你。」伯和道：「你就這樣告訴我，還不行嗎？為什麼還要我走過來才告訴我？」陶太太笑道：「自然有原因，我要是騙你，回頭讓你隨便怎樣罰我都成。」伯和聽他太太如此說了，果然放了碗筷，就走將過來。陶太太嘴對家樹臉上一努，笑道：「你看那是什麼？」伯和一看，原來家樹左腮上有六塊紅印，每兩塊月牙形的印子，上下一對印在一處，六塊紅印，恰是三對。

伯和向太太一笑道：「原來如此。」

家樹見他夫婦注意臉上，伸手在臉上摸了一摸，並沒有什麼，因笑道：「你們不要打什麼啞謎，我臉上有什麼？老實對我說了吧。」

陶太太笑道：「我們老實對你說嗎？還是你老實對我們說了吧。再說，要對你老實講，我倒反覺得怪不好意思了。」於是走到屋子裡去，連忙拿出一面鏡子來，交給家樹道：「你自己照一照吧，我知道你臉上有什麼呢？」

家樹果然拿著鏡子一照，不由得臉上通紅，一直紅到耳朵後邊去。

陶太太笑道：「是什麼印了呢？你說你說。」

頓了一頓，家樹已經有了辦法了，便笑道：「我說是什麼事情，原來是這些紅墨水點。這有什麼奇怪，大概是我寫字的時候，沾染到臉上去了的。」

伯和道：「墨水瓶子上的水至多是染在手上，怎麼會染到臉上去？」

家樹道：「既然可以沾染到手上，自然可以由手上染到臉上。」

伯和道：「這道理也很通的，但不知你手上的紅墨水還留著沒有？」

這一句話，把家樹提醒了，笑道：「真是不巧，手上的紅印我已經擦去了，現在只留著臉上的。」

伯和聽到，只管笑了起來。正有一句什麼話待要說出，陶太太坐在對面，只管搖著頭，伯和明白他太太的意思，就不向下說了。

當下家樹放下飯碗趕忙就跑回自己屋子裡，將鏡子一照，這正是幾塊鮮紅的印，用手指一擦，沾得很緊，並摩擦不掉。

劉福打了洗臉水來，家樹一隻手掩住了臉，卻滿屋子去找肥皂。

劉福道：「表少爺找什麼？臉上破了皮，要找橡皮膏嗎？」

家樹笑了一笑道：「是的，你出去吧。兩個人在這裡，我心裡很亂，更不容易去找了。」

劉福放下水，只好走了。

家樹找到肥皂，對了鏡子洗臉，正將那幾塊紅印擦著，陶太太一個親信的女僕王媽，卻用手端著一個瓷器茶杯進來，她笑道：「表少爺，我們太太叫我送了一杯醋來，她說，煙脂沾在肉上，若是洗不掉的話，用點醋擦擦，自然會掉了。」

家樹聽了這話，半晌沒有個理會處。

這王媽是個二十多歲的人，頭髮老是梳得光溜溜的，圓圓的臉兒，老是抹著粉，向來做上房事，見男子就不好意思，現在奉了太太的命，送這東西來，很是尷尬。家樹又害臊，不肯說什麼，她也就一扭頭走了。

家樹好容易把胭脂擦掉了，倒不好意思再出去了，反正是天色不早，就睡覺了。到了次日吃早飯，兀自不好意思，所幸伯和夫婦對這事一字也不提，不過陶太太有點微笑而已。

家樹吃過了飯，便揣想到鳳喜家裡正在搬家，本想去看看，又怕引起伯和夫婦的疑心，只得拿了一本書，隨便在屋裡看。心裡有事，看書是看不下去的，又坐在書案邊，寫了幾封信。

挨到下午，又想鳳喜的新房子一定布置完事了，最好是這個時候去看看，他們如有布置不妥當之處，可以立刻糾正過來。不過看表兄表嫂的意思，對於我幾乎是寸步留意，一出門，回來不免又是一番猜疑。自己又害臊，鎮定不住，還是不去吧。——自己給自己這樣難題作。

到黃昏將近的時候，屋角上放過來的一線太陽斜照在東邊白粉牆上，紫藤花架的上半截，彷彿淡抹著一層金漆；至於花架下半截，又是陰沉沉的，羅列在地下的許多盆景，是剛剛由噴水壺噴過了水，顯著分外的幽媚，同時並發出一種清芬之氣。

家樹就在走廊下兩根朱紅柱子下面，不住地來往徘徊。

劉福由外面走了進來，便問道：「表少爺！今天為什麼不出門了？」

家樹笑著點了點頭，沒有說什麼。心裡立刻想起來：是啊，我是天天出門去一趟的，因為昨天晚上發現了臉上的脂印，今天就不出去，這痕跡越是分明了，索性照常的出去，毫不在乎，倒也讓他們看不出所以然來。因此又換了衣服，戴上帽子，向鳳喜新搬的地方而來。

這是家樹看好了的房子，乃是一所獨門獨院的小房子，正北兩明一暗，一間做了沈大娘的臥室，一間做了鳳喜的臥室，還空出正中的屋子做鳳喜的書房。外面兩間東西房，一間住了沈三玄，一間作廚房，正是一點也不擠窄。

院子裡有兩棵屋簷般大的槐樹，這個時候，正好新出的嫩綠葉子鋪滿了全樹，映著地下都是綠色的；有幾枝上，露著一兩朵新開的白花，還透著一股香氣。

這胡同出去，就是一條大街，相距不遠，便有一個女子職業學校。鳳喜已經是在這裡報名納費了。

現在家樹到了這裡，一看門外，一帶白牆，牆頭上冒出一叢綠樹葉子來，朱漆的兩扇小門，在白牆中間閉著，看去倒真有幾分意思。

家樹一敲門，聽到門裡邊噗通噗通一陣腳步響，開開門來，鳳喜笑嘻嘻地站著。

家樹道：「你不知道我今天會來吧？」

鳳喜道：「一打門，我就知道是你，所以自己來開門。昨天我叫你擦一把臉再走，為什麼不理？」

家樹笑道：「我不埋怨你，你還埋怨我嗎？你為什麼嘴上擦著那許多胭脂呢？」

鳳喜不等他說完，抽身就向裡走，家樹也就跟著走了進去。

沈大娘在北屋子裡迎了出來笑道：「你們什麼事兒這樣樂？在外面就樂了進來。」

家樹道：「你們搬了房子，我該道喜呀，為什麼不樂呢？」說著話，走進北屋子裡來，果然布置一新。

沈大娘卻毫不遲疑地將右邊的門簾子一隻手高高舉起，意思是讓家樹進去，他也未嘗考慮就進去了。

屋子裡裱糊得雪亮，正如鳳喜昨天所說，是一房白漆傢俱。上面一張假鐵床，也是用白漆漆了，被褥都也是白布，只是上面覆了一床小紅絨毯子。

家樹笑道：「既然都是白的，為什麼這毯子又是紅的哩？」

沈大娘笑道：「年輕輕兒的，哪有不愛個紅兒綠兒的哩。這裡頭我還有點別的意思，你這樣一個聰明人，不應該不知道。」

家樹道：「我這人太笨，非你告訴我，我是不懂的。你說，這裡頭還有什麼問題？」

沈大娘正待要說，鳳喜一路從外面屋子裡嚷了進來，說道：「媽！你別說。」

沈大娘見她進來，就放下門簾子走開了。

鳳喜道：「你看看，這屋子乾淨不乾淨？」

家樹笑道：「你太舒服了，你現在一個人住一間屋子，一個人睡一張床，比從前有天淵之別了，你要怎樣謝我呢？」

鳳喜低了頭，整理床上被單，笑著道：「現在睡這樣的小木床，也沒有什麼特別，將來等你送了我的大銅床，我再來謝你吧。」

家樹道：「那倒也容易。不過『特別』兩個字，我有點不懂，睡了銅床，又怎樣特別呢？」

鳳喜道：「那有什麼不懂！不過是舒服罷了，你不許再往下說，你再要往下說，我就惱了。」睨著家樹又抿嘴一笑。

當下家樹向壁上四周看了一看，笑道：「裱糊得倒是乾淨，但是光禿禿的也不好，等我給你找點東西陳設陳設吧。」

鳳喜道：「我只要一樣，別的都由你去辦。」

家樹道：「要一樣什麼？要多少錢辦呢？」

鳳喜道：「你這話說得真該打，**難道我除了花錢的事，就不和你開口要的嗎？**」

家樹笑道：「我誤會了，以為你要買什麼值錢的古玩字畫，並不是說你要錢。」

鳳喜道：「古玩字畫哪兒比得上！**這東西只有你有，不知道你肯賞光不肯賞光？**」

家樹道：「只有我有的，這是什麼東西呢？我倒想不起來，等我猜猜。」

家樹兩手向著胸前一環抱，偏著頭正待要思索，鳳喜笑道：「不要瞎猜，我告訴你吧。我看見有幾個姐妹們，她們的屋子裡，都排著一架放大的相片，我想要你一張大相片在這屋子裡掛著，成不成？」

家樹萬不料她鄭重地說出來卻是這樣一件事，笑道：「我不知道你說的是什麼東西，原來是要我一張相片，有有有。」

鳳喜笑道：「從前在水車胡同住著，我不敢和你要，那樣的髒屋子，掛著你的相片，連我心裡也不安。現在搬到這兒來，乾淨是乾淨多了，一半也可以說是你的家……」

鳳喜說到這裡，肩膀一聳，又將舌頭一伸道：「這可是我說錯了。」

沈大娘在外面插嘴道：「幹嘛說錯了呀？這兒裡裡外外，哪樣不是樊先生花的錢？能說不是人家有一半兒份嗎？最好是全份都算樊先生的，孩子，就怕你沒有那麼大的造化。」說畢，接上哈哈一陣大笑。

家樹聽了，不好怎樣答言，鳳喜卻拉著他的衣襟一扯，只管擠眉弄眼，家樹笑嘻嘻的，心裡自有一種不易說出的愉快。

自這天起，沈家也就差不多把家樹當著家裡人一樣，隨便進出。

家樹原是和沈大娘將條件商議好了，鳳喜從此讀書，不去賣藝，家樹除供給鳳喜的學費而外，每月又供給沈家五十塊錢的家用。沈三玄在家裡吃喝，他自己出去賣藝，卻不管他；但是那些不上品的朋友，可不許向家裡引。

沈大娘又說：「他原是懶不過的人，有了吃喝住，他哪裡還會上天橋去掙那三五十個銅子去？」

家樹覺得話很對，也就放寬心了。

過了幾天，鳳喜又做了幾件學生式的衣裙，由家樹親自送到女子職業學校補習班去，另給她起了一個學名，叫做「鳳兮」。

這學校是半日讀書，半日作女紅的，原是為失學和謀職業的婦女而設，所以鳳喜在這學校裡倒不算年長；自己本也認識幾個字，卻也勉強可以聽課。不過上了幾天課之後，吵著要家樹辦幾樣東西：第一是手錶；第二是兩截式的高跟皮鞋；第三是白紡綢圍巾。她說同學都有，她不能沒有。家樹也以為她初上學，不讓她丟面子，掃了興頭，都買了。

過了兩天，鳳喜又問他要兩樣東西：一樣是自來水筆；一樣是玳瑁邊眼鏡。

家樹笑道：「英文字母你還沒有認全，要自來水筆做什麼？這還罷了，你又不近視，也不遠視，好好兒的，戴什麼眼鏡？」

鳳喜道：「自來水筆，寫中國字也是一樣使啊。眼鏡可以買平光的，不近視也可以戴。」

家樹笑道：「不用提，又是同學都有，你不能不買了。只要你好好兒的讀書，我倒不在乎這個，我就給你買了吧。你同學有的，還有什麼你是沒有的，索性說出來，我好一塊兒辦。」

鳳喜笑道：「有是有一樣，可是我怕你不大贊成。」

家樹道：「贊成不贊成是另一問題，你且先說出來是什麼？」

鳳喜道：「我瞧同學裡面，十個倒有七八個戴了金戒指的，我想也戴一個。」

家樹對她臉上望了許久，然後笑道：「你說，應該怎樣的戴法？戴錯了是要鬧出笑話來的。」

鳳喜道：「這有什麼不明白！」說著話，將小指伸將出來，勾了一勾，笑道：「戴在這個手指頭上，還有什麼錯的嗎？」

家樹道：「那是什麼意思？你說了出來。」

鳳喜道：「你要我說，我就說吧。那是守獨身主義。」

家樹道：「什麼叫守獨身主義？」

鳳喜低了頭一跑，跑出房門外去，然後說道：「你不給我買東西也罷，老問什麼？問得人怪不好意思的。」

家樹笑著對沈大娘道：「我這學費總算花得不冤，鳳喜念了幾天書，居然學得這些法門了。」

沈大娘也只說得一句：「改良的年頭兒嘛！」就嘻嘻地笑了。

次日恰恰是個星期日，家樹吃過午飯，便約鳳喜一同上街，買了自來水筆和平光眼鏡，又到金珠店裡，給她買了一個赤金戒指。

眼鏡她已戴上了，自來水筆也用筆插夾在大襟上，只有這個金戒指，她卻收在身上，不曾戴上。家樹將她送到家，首先便問她這戒指為什麼不戴起來。

鳳喜和家樹在屋子裡說話，沈大娘照例是避開的，這時鳳喜卻拉著家樹的手道：「你什麼都明白，難道這一點事還裝糊塗！」說著，就把盛戒指的小盒遞給他，將左手直伸到他面前，笑道：「給我戴上。」

家樹笑著答應了一聲「是」，左手托著鳳喜的手，右手兩個指頭，鉗著戒指，舉著問鳳喜道：「應該哪個指頭？」

鳳喜笑著，就把無名指蹺起來，嘴一努道：「這個。」

家樹道：「你糊塗，昨兒剛說守獨身主義，守獨身主義是戴在無名指上嗎？」

鳳喜道：「我明白，你才糊塗。若戴在小指上，我要你給我戴上做什麼？」

家樹拿著她的無名指，將戒指輕輕地向上面套，望著她笑道：「**這一戴上，你就姓樊了，明白嗎？**」

鳳喜使勁將指頭向上一伸，把戒指套住，然後抽身一跑，伏在窗前一張小桌上，格格的笑將起來。

家樹笑道：「別笑別笑，我有幾句話問你。你明日上學，同學看見你這戒指，他們要問起你的那人是誰，你怎樣答應？」

鳳喜笑道：「我以為是什麼要緊的事，你這樣很正經地問著，那有什麼要緊！我隨便答應就是了。」

家樹道：「好！譬如我就是你的同學吧，我就問：嘿！密斯沈，大喜啊！手上今天添了一個東西了，那人是誰？」

鳳喜道：「那人就是送戒指給我的人。」

家樹道：「你們是怎樣認識的？這戀愛的經過，能告訴我們嗎？」

鳳喜道：「他是我表兄，我表兄就是他。這樣說行不行？」

家樹笑道：「行是行，我怎麼又成了你的表哥了。」

鳳喜道：「這樣一說，可不就省下許多麻煩！」

家樹道：「你有表兄沒有？」

鳳喜道：「有哇！可是年紀太小，一百年還差三十歲哩。」

家樹道：「今天你怎麼這樣樂？」

鳳喜道：「我樂啊，你不樂嗎？老實對你說吧，我一向是提心吊膽，現在是十分放心了，我怎樣不樂呢？」

家樹見她真情流露，一派天真，也是樂不可支，睡在小木床上，兩隻腳直豎起來，架到床橫頭高欄上去，而且還儘管搖曳不定。

沈大娘在隔壁屋子裡問道：「你們一回來直樂到現在，什麼可樂的？說給我聽聽。」

鳳喜道：「今天先不告訴你，你到明天就知道了。」

沈大娘見鳳喜高興到這般樣子，料是家樹又給了不少的錢，便留家樹在這裡吃晚飯，親自到附近館子去叫了幾樣菜，只單獨地讓鳳喜一人陪著。

家樹也覺得話越說越多，吃完晚飯以後，想走幾回，復又坐下。最後拿著帽子在手上，還是坐了三十分鐘才走。

到了家裡，已經十二點多鐘了。家樹走進房一亮電燈，卻見自己寫字檯上，放著一條小小方塊兒的花綢手絹。拿起一嗅，馥郁襲人，這自然是女子之物了。難道是表嫂到我屋子裡，遺落在這裡的？

拿起來仔細一看，那巾角上，卻另有紅綠線繡的三個英文字母H．L．N．表嫂的姓名是陳蕙芳，這三個字母，和那姓名的拼音差得很遠，當然不是她了。**既不是她，這屋子裡哪有第二個用這花手絹的女子來呢？**

自己好生不解。這時劉福送茶水進來，笑道：「表少爺！你今天出門的功夫不小了，有一位生客來拜訪你哩。」說著，就呈上一張小名片來。

家樹接過一看，恍然大悟，這是何麗娜的，便問她是什麼時候來的？

劉福道：「是七點鐘來的，在這裡吃過晚飯，就和大爺少奶奶一塊兒跳舞去了。」

家樹道：「她又到我屋子裡來做什麼？」

劉福道：「她來——表少爺怎樣知道了？她說表少爺不在家，就來看看表少爺的屋子，在屋裡坐了一會，又翻了一翻書，交給我一張名片，然後才走的。」

家樹道：「翻了一翻書嗎？翻的什麼書？」

劉福道：「這可沒有留意，大概就是桌上放的書吧。」

家樹這才注意到桌上的一本紅皮書，**鳳喜的相片正是夾在這裡面的**，她要翻了這書，相片就會讓她看見的，於是將書一揭，**果然相片挪了頁數了**。原是夾在書中間的，現在夾在封面之下了。**這樣看來，分明是有人將書頁翻動，又把相片拿著看了**。好在這位何女士卻和本人沒甚來往，這相片是誰，她當然也不知道，若是這相片讓表嫂看見，那就不免她要仔細盤問的了。而且**鳳喜的相，又有點和何小姐的相彷彿，她驚異之下，或者要追問起來的，那更是逼著我揭開秘幕了**。

今天晚上，伯和夫婦跳舞回來，當然是很夜深的了，明天吃早飯時，若是表嫂知道，少不得相問，明日再看話答話吧。這樣想著，就不免擬了一番敷衍的話，預備答覆。可是到了次日，陶太太只說何小姐昨晚是特意來拜訪的，不能不回拜，卻沒有提到別的什麼。

家樹道：「我和她們家裡並不認識，專去拜訪何小姐不大好，等下個禮拜六，我到北京飯店跳舞廳上去會她吧。」

陶太太道：「你這未免太看不起女子了，人家專誠來拜訪了你，你還不屑去回拜，非等到有順便的機會不可。」

家樹笑道：「我並不是不屑於去回拜，一個青年男子無端到人家家裡去拜訪人家小姐，仔細人家用棍子打了出來。」

陶太太道：「你不要胡說，人家何小姐家裡是很文明的，況且你也不是沒有到過人家家裡去拜訪小姐的呀。」

家樹道：「哪有這事！」可是也就只能說出這四個字來分辯，不能再說別的了。伯和也對家樹說：「應該去回拜人家一趟。何小姐家裡是很文明的，她有的是男朋友去拜訪，決不會嘗閉門羹的。」

家樹被他兩人說得軟化了，就笑著答應去看何小姐一次。

過了一天，天氣很好，本想這天上午去訪何小姐的，偏是這一天早上，卻來了一封意外的信。信封上的字寫得非常不整齊，下款只署著「內詳」，拆開來一看，信上寫道：

家樹仁弟大人臺鑒：

一別芝顏，條又旬日，敬惟文明進步，公事順隨，為疇為頌。卑人命途不佳，前者患恙，蒙得抬愛，賴已逢凶化吉，現已步履如亙，本當到寓叩謝，又多不便，奈何奈何。

敬於月之十日正午，在舍下恭候臺光，小酌爽敘，勿卻是幸。套言不敘。

臺安。

關壽峰頓首。

這一封信，連別字帶欠通，共不過百十個字，卻寫了三張八行。看那口氣，還是在《尺牘大全》上抄了許多下來的。像他那種人，生平也不會拿幾回筆桿，硬湊付了這樣一封信出來，看他是多麼有誠意！就念著這一點，也不能不去赴約，因此又把去拜訪何小姐的原約打消，直向後門關壽峰家來。

一進院子，就見屋子裡放了白爐子，煤球正籠著很旺的火。屋簷下放了一張小桌子，上面滿放著葷素菜餚，秀姑繫了一條圍裙，站在桌子邊，光了兩隻溜圓雪白的胳膊，正在切菜。

她看見家樹進來，笑道：「爸爸！樊先生來了。」說著話，菜刀也來不及放下，搶一步，給家樹打了簾子。

壽峰聽說，也由屋子裡迎將出來，笑道：「我怕你有事，或者來不了，我們姑娘說是只要有信去，你是一定來，真算她猜著了。」說時，便伸手拉著家樹的手，笑道：「我想在館子裡吃著不恭敬，所以我就買了一點東西，讓小女自己做一點家常風味嘗嘗。你就別談口味，瞧我們表表這一點心吧。」

家樹道：「究竟還是關大叔過於客氣，實在高興的時候願意喝兩盅，隨便哪一天來遇著就喝，何必還要費上許多事！」

壽峰笑道：「人有三分口福，似乎都是命裡注定的。不瞞你說，這一場病，是害得我當盡賣光，我哪裡還有錢買大魚大肉去！可巧前天由南方來了一個徒弟，他現在在大學堂裡當了一名拳術教師，混得比我強，看見我窮，就扔下一點零錢給我用，將來或者我也要找他去。」

說著話，秀姑已經進來，搶著拿了一條小褥子，鋪在木椅上，讓家樹坐下。接上就提開水壺進來，沏上一壺茶，茶壺裡臨時並沒有擱下茶葉，想是早已預備好了的。沏完了茶，她又拿了兩支衛生香進來，燃好了，插在桌上的舊銅爐裡。一回頭，看見茶杯子還空著，卻走過來給他斟上一杯茶，笑道：「這是我在胡同口上要來的自來水，你喝一點。」

她只說著這話，儘管低了頭。家樹眼裡看見，心裡不免盤算，我對這位姑娘沒有絲毫意思，她為什麼一見了我，就是如此羞人答答神氣？這倒叫我理是不好，不理也是不好了，索性大大方方的，只當自己糊塗，沒有懂得她的意思就是了，因此一切不客氣，只管開懷和壽峰談話。

當下壽峰笑道：「我是個爽快人，老弟！你也是個爽快人，我有幾句話，回頭要藉著酒蓋了臉，和你談談。」

他說到這裡，伸著手搔了一搔頭，又搓了一搓巴掌，正待接著向下說時，恰好秀姑走了進來，擦抹了桌子，將杯筷擺在桌上。家樹一看，只有兩副杯筷，便道：「為什麼少放一副杯筷？大姑娘不上桌嗎？」

秀姑聽了這話，剛待答言，她那臉上的紅印兒先起了一個小酒暈兒。

壽峰躊躇著道：「不吧，她得拾掇東西，可是……那又顯著見外了。也好。秀姑你把菜全弄得了，一塊兒坐著談談，你要有事，回頭再去也不遲。」

秀姑心想，我何嘗有事，便隨便答應了一聲，自去做菜去了。

壽峰笑道：「老弟！你瞧我這孩子，真不像一個練把式人養的，我要不是她，我就不成家了。這也叫天無絕人之路，可是往將來說，……」

外面秀姑炒著菜，正嗆著一口油煙，連連咳嗽了幾聲，接上她隔著窗戶笑道：「好在樊先生不算外人，要不然你這樣誇獎自己的閨女，給人笑話。」

壽峰一聽，哈哈大笑，兩手向上一舉，伸了一個懶腰。

家樹見壽峰兩隻黃皮膚的手臂，筋肉怒張，很有些勁，便問道：「關大叔精神是復原了，但不知道力氣怎麼樣？」

壽峰笑道：「老了！本來就沒有什麼力量，談不到什麼復原，但是真要動起手來，自保總還有餘吧。」

家樹道：「大叔的力量，第一次會面，我就瞻仰過了。除此以外，一定還有別的絕技，可否再讓我瞻仰瞻仰。」

壽峰笑道：「老弟臺！我對你是用不著謙遜的。有是有兩手玩意兒，無奈傢伙都不在手邊。」

秀姑道：「你就隨便來一點兒什麼吧，人家樊先生說了，咱們好駁回嗎？」

壽峰笑道：「既然如此說，我就來找個小玩意吧。你瞧，簾子破了，飛進來許多蠅子，我把牠們取消吧。」說著，他將桌上的筷子取了一雙，倒拿在手裡，依然坐下了。等到蒼蠅飛過來，他隨隨便便地將筷子在空中一夾，然後送過來給家樹看道：「你瞧，這是什麼？」

家樹看時，只見那筷子頭不偏不倚，正正當當，夾住一個小蒼蠅。不由得先讚了一聲「好」，然後問道：「這雖是小玩意兒，卻是由大本領練了來的。但不知道大叔是由練哪項本事練出來的？」

關壽峰將筷子一鬆，一個蒼蠅落了地，筷子一伸，接上一夾，又來了一個蒼蠅。他就是如此一伸一夾，不多久的工夫，腳下竟有一二十頭蒼蠅之多，一個個都折了翅膀橫倒在地上。

家樹鼓了掌笑道：「這不但是看得快，夾得準而已；現在看這蠅子，一個個都死了，足見筷子頭上的力到勁到了。」

壽峰笑道：「這不過常鬧這個玩意，玩得多了，自然熟能生巧，並不算什麼功夫。若是一個人夾一隻蒼蠅都夾不死，那豈不成了笑話了嗎？」

家樹道：「我不是奇怪蒼蠅夾死了，我只奇怪蒼蠅的身體依然完整，不是像平常一巴掌撲了下去，打得血肉模糊的樣子。」

壽峰笑道：「這一點子事情，你還能論出個道理來，足見你遇事肯留心了。」

家樹笑道：「這種本領，擴而充之起來，似乎就可以伸手接人家放來的暗器。**我們常在小說上，看到什麼接鏢接箭一類的武藝，大概也是這種手法。**」

壽峰笑道：「不要談這個吧，就真有那種本領，現在也沒用，誰能跑到陣頭上，伸著兩手接子彈去？」

秀姑見家樹不住地談到武藝，端了酒菜進來，只是抿嘴微笑。她給壽峰換了一雙筷子，自己也就拿了一副杯筷來，放在一邊。壽峰讓家樹上座，父女二人左右相陪。秀姑先拿了家樹面前的酒杯過來，將酒瓶子斟好了一杯酒，然後雙手捧著送了過去。

家樹站起來道：「這樣客氣，那會讓我吃不飽的。大姑娘，你隨便吧。」嘴裡說著這話，他的視線就不由得射到秀姑的那雙手上。見她的十指雖不是鳳喜那般纖秀，但是一樣的細嫩雪白。那十個指頭，剪得光光的，露著紅玉似的指甲縫，心裡便想：他父女意思之間，常表示他這位姑娘能接家傳的，現在看她這般嫩手，未必能名副其實。

他心裡如此想著，當然不免呆了一呆。秀姑連忙縮著手，坐下去了。家樹猛然省悟，她或者誤會了，因笑對壽峰道：「大叔的本領如此了不得，這大姑娘一定是很好的了，可是我仔細估量著，是很斯文的，一點看不出來。」

壽峰笑道：「斯文嗎？你是多誇獎了。這兩年大一點，不好意思鬧了，早幾年她真能在家裡飛簷走壁。」

家樹看了看秀姑的顏色，便笑道：「小時候，誰也是淘氣的。說到飛簷走壁，小時候看了北方的小說，總是說著這種事，心裡自然是奇怪。自從到了北方之後，我才明白了，原來北方的房屋，蓋得既是很低，而且屋瓦都是用泥灰嵌住了的。這要飛簷走壁，並不覺得怎樣難了。」

秀姑坐在一邊，還是抿了嘴微笑。

家樹一面吃喝，一面和壽峰父女談話，不覺到了下午三四點鐘。壽峰道：「老弟！

今天談得很痛快，你若是沒有什麼事，就坐到晚上再走吧。」

家樹因他父女慇勤款待，回去也是無事，就又坐下來。

當下秀姑收了碗筷，擦抹了桌椅，重新沏了茶，燃了香，拿了他父親一件衣服，靠在屋門邊一張椅子上坐了縫補，閒聽著說話，卻不答言。

後來壽峰和家樹慢慢地談到家事，又由家事談到陶家，家樹說表嫂有兩個孩子，秀姑便像有點省悟的樣子，「哦」了一聲道：「那位小姐，在什麼學堂裡唸書？」

家樹道：「小得很，還不曾上學呢。」

秀姑道：「是嗎？我從前住在那兒的時候，看見有位十六七歲的小姐，長得很清秀的，天天去上學，那又是誰？」

家樹笑道：「那是大姑娘弄錯了，我表哥今年只二十八歲，哪裡有那大的女孩子！」

秀姑剛才好像是有一件什麼事明白了，聽到這裡，臉上又罩著了疑幕，看了看父親，又低頭縫衣了。

壽峰見秀姑老不離開，便道：「我還留樊先生坐一會兒呢，你再去上一壺自來水來。」

秀姑道：「我早就預備好了，提了一大桶自來水在家裡放著呢。」

壽峰見秀姑坐著不願動，這也沒有法子，只得由她。

家樹談了許久，也曾起身告辭兩次，壽峰總是將他留住，一直說到無甚可說了，壽峰才道：「過兩天，我再約老弟一個地方喝茶去，天色已晚，我就不強留了。」

家樹笑著告辭，壽峰送到大門外。

只在這個當兒，秀姑一個人在屋子裡，連忙包了一個紙包，也跟著到大門口來，對壽峰道：「樊先生走了嗎？他借給我的書，我還沒有送還他呢。」

壽峰道：「他不是回家，僱車要到大喜胡同，還不曾雇好呢。」

秀姑趕出門外，家樹還在走著，秀姑先笑道：「樊先生！請留步。」

家樹萬不料她又會追出來相送，只得站住了腳問道：「大姑娘！你又要客氣。」

秀姑笑道：「不是客氣，你借給我的幾本書，請你帶了回去。」說著，就把包好了的書，雙手遞了過去。

家樹道：「原來是這個，這很不值什麼，你就留下也可以，我這時不回家，留在你這兒，下次我再來帶回去吧。」

秀姑手裡捧了書包，低了頭望著手笑道：「你帶回去吧，我還做有一點活兒送給你呢。」她說到最後這一句，幾乎都聽不出是說什麼話，只有一點兒微微的語音而已。

家樹見她有十分難為情的樣子，只得接了過去，笑道：「那麼我先謝謝了。」

秀姑見他已收下，說了一聲「再會」，馬上掉轉身子自回家去。

壽峰道：「人家並不是回家去，讓人家夾了一包書到處帶著，怪不方便的。」

秀姑道：「你說他是到大喜胡同去，我信了，我在那地方遇到他有兩三回，有一次，他還同著一個女學生走呢。那是他什麼人？」

壽峰道：「你這是少見多怪了，這年頭兒，男女還要是什麼人才能夠在一處走嗎？我今天倒是有意思問問他家中底細，偏是你又在當面，有許多話，我也不好問得，照說他在北京是不會有親戚的。」

秀姑聽父親說到這裡，卻避開了，可是她心裡未免有點懊悔，早知道父親今天留著他談話是有意的，早早避開也好。他究竟是什麼意思？今晚便曉得了，也省得我老是惦記，今天這機會錯過，又不知道哪一天可以能問到這話了。

不過由今天的事看來，很可以證明父親是有意的，以前怕父親不贊成的話，卻又不成問題了，只是自己親眼得見家樹同了一個女學生在大喜胡同走，那是他什麼人？不把這事解釋了，心裡總覺不安。

前後想了兩天，這事情總不曾放心得下。彷彿記得那附近有個女學堂，莫非就是那裡的學生？我倒要找個機會調查一下。

在她如此想著，立刻就覺得要去看看才覺心裡安慰，因此對父親說，有點事要出去，自己卻私自到大喜胡同前後來查訪，以為或者又可以碰到他二人，當面一招呼，那個女子是誰？他就無可隱藏了。

當秀姑到大喜胡同來查訪的時候，恰是事有湊巧，她經過兩叢槐樹一扇小紅門之外，自己覺得這人家別有一種風趣。

正呆了一呆，卻聽得白粉低牆裡，有一個男子笑道：「我晚上再來吧，趁著今天晚上好月亮，又是槐花香味兒，你把那《漢宮秋》給我彈上一段，行不行？」

秀姑聽那男子的聲音正是樊家樹，接上「呀」的一聲，那兩扇小紅門已經開了，待要躲閃，已經來不及，只見家樹在前，上次遇到的那個女學生在後，一路走將出來。

家樹首先叫道：「大姑娘！你怎麼走到這裡來了？」

秀姑還未曾開言，家樹又道：「我給你介紹，這是沈大姑娘。」說著將手向身邊的鳳喜一指，鳳喜就走向前，兩手握了秀姑一隻右手，向她渾身一溜，笑道：「樊先生常說你來的，難得相會，請到家裡坐吧。」

秀姑聽了她的話，一時摸不著頭腦，心想她怎麼也是稱為先生，進去看看也好，於是也笑道：「好吧，我就到府上去看看，樊先生也慢點走，可以嗎？」

家樹道：「當然奉陪。」於是二人笑嘻嘻地把她引進來。

沈大娘見是家樹讓進來的，也就上前招呼，笑著道：「大姑娘！我們這兒也就像樊先生家裡一樣，你別客氣呀。」

秀姑又是一怔，這是什麼話？原先在外面屋子裡坐著的，後來沈大娘一定把她讓進鳳喜屋子裡，自己卻好避到外面屋子裡去沏茶裝糕果碟。

秀姑見這屋子裡陳設得很雅潔，正面牆上，高高地掛了一副鏡框子，**裡面安好了一張放大的半身男像，笑容可掬，藹然可親的向著人，那正是樊家樹。到了這時，心裡禁不住噗通噗通亂跳一陣，把事也猜有個七八成了**，再看家樹也是毫無忌憚，在這屋子裡陪客。

沈大娘將茶點送了進來，見秀姑連向相片看了幾下，笑道：「你瞧，這相片真像呀！是樊先生今天送來的，才掛上呢！我說這兒像他家裡，那是不假啊！咱們親戚朋友都不多，盼望你以後衝著樊先生的面子常來啊！他每天都在這裡的。」

沈大娘這樣說上了一套，秀姑臉上早是紅一陣，白一陣，很覺不安的樣子。

家樹一想，她不要誤會了，便笑道：「以前我還未曾對關大叔說過北京有親戚呢，大姑娘回去一說，關大叔大概也要奇怪了。」

家樹望了秀姑，秀姑向著窗外看看天色，隨意地答道：「那有什麼奇怪呢？」聲音答得細微極了，似乎還帶一點顫音。

家樹也沉默了，無甚可說。還是沈氏母女問問她的家事才不寂寞。

又約莫坐談了十分鐘，秀姑牽了一牽衣襟，站起來說聲「再會」，便告辭要走。沈氏母女堅留，哪裡留得住。

秀姑出得門來，只覺得渾身癱軟，兩腳站立不住，只是要沉下去，趕快雇了一輛人力車，一直回家。到了家裡，便向床上和衣倒下，扯了被將身子和頸蓋住，竟哭起來了。

壽峰見女兒回來，臉色已經不對，匆匆的進了臥房，又不曾出來，便站在房門口，先叫了一聲，伸頭向裡一望，只見秀姑橫躺在床上，被直擁蓋著上半截，下面光著兩隻叉腳褲子，只管是抖顫個不了。

壽峰道：「啊！孩子，你這是怎麼了？」接連問了幾句，秀姑才在被裡緩緩地答應了三個字：「是我……病……了。」

壽峰道：「我剛剛好，你怎麼又病了啊！」說著話，走上前，俯著身子，便伸了一隻手來撫摩她的額角。這一下伸在眼睛邊，卻摸了一把眼淚。

壽峰道：「你頭上發著燒呢，摸我這一手的汗，你脫了衣服好好地躺一會兒吧。」

秀姑道：「好吧，你到外面去吧，我自己會脫衣服睡的。」

壽峰聽她說了，就走出房門去。秀姑急急忙忙就脫了長衣和鞋，蓋了被睡覺。

壽峰站在房門外連叫了幾聲，秀姑只哼著答應了一聲，意思是表明睡了。壽峰聽她的話，是果然睡了，也就不再追問。

可是秀姑這一場大睡，睡到晚上點燈以後還不曾起床，似乎是真病了。壽峰不覺又走進房來，輕輕地問道：「孩子，你身體覺得怎麼樣？要不然，找一個大夫來瞧瞧吧。」

秀姑半晌不曾說話，然後才慢慢地說道：「不要緊的，讓我好好地睡一晚晌，明日就會好的。」

壽峰道：「你這病來得很奇怪，是在外面染了毒氣，還是走多了路，受了累？你在哪兒來？好好地變成這個樣子！」

秀姑見父親問到了這話，要說出是到沈家去了，未免顯著自己無聊；若說不是到沈家去的，自己又指不出別的地方來，事情更要弄糟，只得假裝睡著，沒有聽見。

壽峰叫喚了幾聲，因她沒有答應，就走到外邊屋子裡去了。

過了一晚，次日一清早，隔壁古廟樹上的老鴉還在呱呱地叫。秀姑已經醒了，就在床上不斷地咳嗽。

壽峰因為她病了，一晚都不曾睡好，這邊一咳嗽，他便問道：「孩子，你身子好些了嗎？」

秀姑本想不作聲，又怕父親掛記，只得答應道：「現在好了，沒有多大的毛病，待一會兒我就好了。你睡吧，別管我的事。」

壽峰聽她說話的聲音卻也硬朗，不會是有病，也就放心睡了。不料一覺醒來，同院子的人都已起來了，秀姑關了房門，還是不曾出來。

往日這個時候，茶水都已預備妥當了，今天連煤爐子都沒有籠上，一定是秀姑身體很疲弱，不能起來，因也不再言語，自起了床燃著了爐子，去燒茶水。

當下秀姑趕著將衣穿好，又對鏡子攏了一攏頭髮，對著鏡子裡自己的影子仔細看了看，皺了眉，搖搖頭，長長地嘆了一口氣，走出房門來，嘻嘻地笑道：「我又沒病，不過是昨日跑到天橋去看看有熟人沒有，就走累了。」

壽峰道：「你這傻子，由後門到前門，整個地穿城而過，怎麼也不坐車？」

秀姑笑道：「說出來，你要笑話了，我忘了帶錢，身上剩著幾個銅子，只回來搭了一截電車。」

壽峰道：「你就不會雇洋車雇到家再給嗎？」

秀姑一看屋子外沒人，便低聲道：「自你病後，我什麼也沒練過了，我想先走走道，活動活動，不料走得太猛，可就受累了。」

這一番話，壽峰倒也很相信，就不再問。

秀姑洗了手臉，自接過麵缽，和了麵做了一大碗麵給她父親吃，自己卻只將碗盛了大半碗白麵湯，也不上桌，坐在一邊，一口一口地呷著。

壽峰道：「你不吃嗎？」

秀姑微笑道：「起來得晚，先餓一餓吧。」

壽峰也未加注意，吃過飯，自出門散步去了。

秀姑一人在家，今天覺得十分煩惱，先倒在床上睡了片刻，哪裡睡得著。想到沒有梳頭，就起來對著鏡子梳，原想梳兩個髻，梳到中間，覺得費事，只改梳了一條辮子。

梳完了頭，自己做了一點水泡茶喝，水開了，將茶泡了，只喝了半杯，又不喝了，無聊得很，還是找一點活計做做吧。於是把活計盆拿出來，隨便翻了翻，又不知道做哪樣是好。活計盆放在腿上，兩手倒撐起來托著下頦發了一會子呆，環境都隨著沉寂起來。

正在這時，就有一陣輕輕的沉檀香氣透空而來。同時剝剝剝，又有一陣木魚之聲，也由牆那邊送過來，這是隔壁一個仁壽寺和尚唸經之聲呢。

原來這是一所窮苦的老廟，廟裡只有一個七十歲的老和尚靜覺在裡面看守。壽峰閒著無事，也曾和他下圍棋散悶。這和尚常說，壽峰父女臉上總帶有一點剛強之氣，勸他們無事唸唸經。壽峰父女都笑了。

和尚因秀姑常送些素菜給他，曾對她說：「大姑娘！你為人太實心眼了，**心田厚，慧眼淺，是容易招煩惱的**，將來有一天發生煩惱的時候，你就來對我實說吧。」

秀姑因為這老和尚平常不多說一句話的，就把他這話記在心裡。當壽峰生病的時候，秀姑以為用得著老和尚，便去請教他。他說：「這是愁苦，不是煩惱，好好的伺候你令尊吧。」秀姑也就算了。今天行坐不安，大概這可以說是煩惱了。這一陣檀香和一陣木魚之聲，引起了她記著和尚的話，就放下活計，到隔壁廟裡來尋老和尚。

靜覺正側坐在佛案邊，敲著木魚，他一見秀姑，將木魚放下，笑道：「姑娘，別慌張，有話慢慢地說。」

秀姑並不覺得自己慌張，聽他如此說，就放緩了腳步。

靜覺將秀姑讓到左邊一個高蒲團上坐了，然後笑道：「你今天忽然到廟裡來。是為了那姓樊的事情嗎？」

秀姑聽了，臉色不覺一變。

靜覺笑道：「我早告訴了你，心田厚，慧眼淺，容易生煩惱啊！**什麼事都是一個緣**

分，強求不得的，我看他是另有心中人呀！」

秀姑聽老和尚雖只說幾句話，都中了心病。彷彿是親知親見一般，不由得毛骨悚然，向靜覺跪了下去，垂著淚，低著聲道：「老師父你是活菩薩，我願出家了。」

靜覺伸手摸著她的頭笑道：「大姑娘，你起來，我慢慢和你說。」

秀姑拜了兩拜，起來又坐了。

靜覺微笑道：「你不要以為我一口說破你的隱情，你就奇怪。你要知道天下事當局者迷，你由陪令尊上醫院到現在，常有個樊少爺來往，街坊誰不知道呢？我在廟外，碰到你送那姓樊的兩回，我就明白了。」

秀姑道：「我以前是錯了，我願意跟著老師父出家。」

靜覺微笑道：「出家兩個字，哪裡是這樣輕輕便便出口的！為了一點不如意的事出家，將來也就可以為了一點得意的事還俗了。我這裡有本白話註解的《金剛經》，你可以拿去看看，若有不懂的地方，再來問我。你若細心把這書看上幾遍，也許會減少些煩惱的，至於出家的話，年輕人快不要提，免得增加了口孽。你回去吧，這裡不是姑娘們來的地方。」

秀姑讓老和尚幾句話封住了嘴，什麼話也不能再說，只得在和尚手裡拿了一本《金剛經》回去。到了家裡，有如得了什麼至寶一般，馬上展開書來看，其中有懂的，也有不懂的，不過自己認為這書可以解除煩惱，就不問懂不懂，只管按住頭向下看。

第一天，壽峰還以為她是看小說，第二天，她偶然將書蓋著，露出書面來，卻是《金剛經》，便笑道：「誰給你的？你怎麼看起這個來了？」

秀姑道：「我和隔壁老師父要來的，要解解煩惱哩。」

壽峰道：「什麼，你要解解煩惱？」

但是秀姑將書展了開來，兩隻手臂彎了向裡，伏在桌上，低著頭，口裡唧唧噥噥的唸著，父親問她的話，她卻不曾聽見。

壽峰以為婦女們都不免迷信的，也就不多管；可是從這日起，她居然把經文看得有點懂了，把書看出味來，復又在靜覺那裡要了兩本白話註解的經書來再看。

這一天正午，壽峰不在家，她將靜覺送的一尊小銅佛供在桌子中央，又把小銅香爐放在佛前，燃了一支佛香，攤開淺注的《妙法蓮華經》一頁一頁地看著。

同院子的人已是上街做買賣去了，婦人們又睡了午覺，屋子裡沉寂極了。那瓦簷上的麻雀下地來找散食吃，卻不時地在院子裡叫一兩聲。

秀姑一人在屋子裡讀經，正讀得心領神會，忽然有人在院子裡咳嗽了一聲，接上問道：「大叔在家嗎？」

秀姑隔著舊竹簾子一看，正是樊家樹，便道：「家父不在家。樊先生進來歇一會嗎？」

家樹聽說，便自打了簾子進來。

秀姑起身相迎道：「樊先生和家父有約會嗎？他可沒在家等。」說著話，一看家樹穿了一身藍嗶嘰的窄小西服，翻領插了一朵紅色的鮮花，頭髮也改變了樣子，梳得溜光，配著那白淨的面皮，年少了許多，一看之下，馬上就低了眼皮。

家樹道：「沒有約會，我因到後門來，順便訪大叔談談的。」

秀姑點了一點頭道：「哦，我去燒茶。」

家樹道：「不用，不用，我隨便談一談就走的。上次多謝大姑娘送我一副枕頭，繡的竹葉梅花，很好。大概費功夫不少吧？」

秀姑道：「小事情，還談它做什麼。」說著，家樹在靠門的一張椅子上坐下。秀姑也就在原地方坐下，低了頭將經書翻了兩頁。

家樹笑道：「這是木版的書，是什麼小說？」

秀姑低著頭搖了一搖道：「不是小說，是《蓮華經》。」

家樹道：「佛經是深奧的呀，幾天不見，大姑娘長進不少。」

秀姑道：「不算深，這是有白話註解的。」

家樹走過來，將書拿了去坐下來看。秀姑重燃了一支佛香，還是俯首坐下，卻在身邊活計盆裡，找了一把小剪刀，慢慢地剪著指甲，剪了又看，看了又剪……

這裡家樹翻了一翻書，便笑道：「這佛經果然容易懂，大姑娘有些心得嗎？」

秀姑道：「現在不敢說，將來也許能得些好處的。」

家樹笑道：「姑娘們學佛的，我倒少見。太太老太太們，那就多了。」

秀姑微笑道：「她們都是修下半輩子，或者修哪輩子的，我可不是那樣。」

家樹道：「凡是學一樣東西，或者好一樣東西，總有一個理由的。大姑娘不是修下半輩子，不是修哪輩子，為什麼呢？」

秀姑搖著頭道：「不為什麼，也不修什麼，看經就是看經，學佛就是學佛。」

家樹聽了這話，大覺驚訝，將經書放在桌上，兩手一拍道：「大姑娘你真長進得快，這不是書上容易看下來的，是哪個高僧高人點悟了你？我本來也不懂佛學，從前我們學校裡請過好和尚講過經，我聽過幾回，我知道你的話有來歷的。」

秀姑道：「樊先生！你別誇獎我，這些話，是隔壁老師父常告訴我的。**他說佛家最戒一個『貪』字，修下半輩子，或者修哪輩子，那就是貪，所以我不說修什麼。**」

家樹道：「大叔也常對我說，隔壁老廟裡，有個七十多歲的老和尚，不出外作佛事，不四處化緣，就是他了。我去見見行不行？」

秀姑道：「不行！他不見生人的。」

家樹道：「也是。大姑娘有什麼佛經，借兩部我看看。」

秀姑是始終低了頭修指甲的，這時才抬起頭來，向家樹一笑道：「我就只有這個，看了還得交還老師父呢。樊先生上進的人，幹嘛看這個？」

家樹道：「這樣說，我是與佛無緣的人了！」

秀姑不覺又低了頭，將經書翻著道：「經文上無非是個空字。**看經若是不解透，不如不看。解透了，什麼事都成空的，哪裡還能做事呢？**所以我勸樊先生不要看。」

家樹道：「這樣說，**大姑娘是看透了，把什麼事都看空了的了**。以前沒聽到大姑娘這樣說過呀，何以陡然看空了呢？有什麼緣故沒有？」

家樹這一句話，卻問到了題目以外，秀姑當著他的面，卻答不出來，反疑心他是有意來問的，只望著那佛香上的煙，捲著圈圈，慢慢向上升，發了呆。

家樹見她不作聲，也覺問得唐突。正在懊悔之際，忽然秀姑笑著向外一指道：「你聽，這就是緣故了。」

正在躊躇之間，恰好隔壁古廟裡又剝剝剝發出那木魚之聲，因指著牆外笑道：「你聽聽那隔壁的木魚響，還不夠引起人家學佛的念頭嗎？」

家樹覺得她這話，很有些勉強，但是人家只是這樣說的，不能說她是假話，因笑道：「果然如此，大姑娘，真算是個有悟性的人了。」說畢，微微地笑了一笑。

秀姑看他那神情，似乎有些不相信的樣子，因笑道：「人的心事，那是很難說的。」只說了這一句，她又低了頭去翻經書了。

家樹半晌沒有說話，秀姑也就半晌沒有抬頭。家樹咳嗽了兩聲，又掏身上的手絹擦了一擦臉問道：「大叔回來時候，是說不定的了？」

秀姑道：「可不是！」

家樹望了一望簾子外的天色，又坐了一會，因道：「大叔既是不知道什麼時候能回來，我也不必在這裡等，他回來的時候，請你說上一句，他若有功夫，請他打個電話給我，將來我們約一個日子談一談。」

秀姑道：「樊先生不多坐一會兒嗎？」

家樹沉吟了一下子，見秀姑還是低頭坐在那裡，便道：「不坐了，等哪天大叔在家的時候再來暢談吧。」說畢，起身自打簾子出來。

秀姑只掀了簾子伸著半截身子出來，就不再送了。家樹也覺得十分心灰意懶，她淡淡地招待，也就不能怪她。

走出她的大門，到了胡同中間，再回頭一看，只見秀姑站在門邊，手扶了門框，正向這邊呆呆地望著。家樹回望時，她身子向後一縮，就不見了。

家樹站在胡同裡也呆了一呆，回身一轉，走了幾步，又停住了。還是胡同口上，放著一輛人力車，問了一聲「要車嗎」，這才把家樹驚悟了，就坐了那輛車子到大喜胡同來。

家樹一到大喜胡同，鳳喜由屋裡迎到院子裡來，笑道：「我早下課回來了，在家裡老等著你。我想出去玩玩，你怎麼這時候才來？」說時，她便牽了家樹的手向屋裡拉。

家樹道：「不行，我今天心裡有點煩惱，懶得出去玩。」

鳳喜也不理會，把他拉到屋裡，將他引到窗前桌子邊，按了他對著鏡子坐下，拿了一把梳子來，就要向家樹頭上來梳。

家樹在鏡子裡看得清楚，連忙用手向後一攔，笑道：「別鬧了，別鬧了，再要梳光些，成了女人的頭了。」

鳳喜道：「要是不梳，索性讓它蓬著倒沒有什麼關係；若是梳光了，又亂著一綹頭髮，那就寒磣。」

家樹笑道：「若是那樣說，我明天還是讓它亂蓬蓬的吧。我覺得是那樣子省事多了。」說時，抬起左手在桌上撐著頭。

鳳喜向著鏡子裡笑道：「怎麼了？你瞧這個人，兩條眉毛差不多皺到一塊兒去了。今天你有什麼事那樣不順心？能不能告訴我的？」

家樹道：「心裡有點不痛快倒是事實，可是這件事，又和我毫不相干。」

鳳喜道：「你這是什麼話，既是不相干，你憑什麼要為它不痛快？」

家樹道：「說出來了，你也要奇怪的，上次到我們這裡來的那個關家大姑娘，現在她忽然唸經學佛起來了，看那意思是要出家哩。一個很好的人，這樣一來，不就毀了嗎？」

鳳喜道：「那她為著什麼？家事麻煩嗎？怪不得上次她到我們家裡來，是滿面愁容了。可是這也礙不著你什麼事，你幹嘛『聽評書掉淚，替古人擔憂』？」

家樹笑道：「我自己也是如此說呀，可是我為著這事，總覺心裡不安似的，你說怪不怪？」

鳳喜道：「那有什麼可怪，我瞧你們的感情，也怪不錯的啊！」

家樹道：「我和她父親是朋友，和她有什麼怪不錯！」

鳳喜向鏡子裡一撇嘴道：「你知道不知道，那是一個大大的好人。」

家樹也就向著鏡子笑了。

鳳喜將家樹的頭髮梳光滑了，便笑道：「我是想你帶我出去玩兒的，既是你不高興，我就不說了。」

家樹道：「不是我不高興，我總怕遇著了人。你再等個周年半載的，讓我把這事通知了家裡，以後你愛上哪裡，我就陪你到哪裡。你不知道，這兩天，我表哥表嫂正在偵探我的行動呢，我也只當不知道，照常的出門。出門的時候，我不是到什麼大學裡去找朋友，就是到他們常去的地方去，回家的時候，我又繞了道僱車回去，讓聽差去給車錢。他們調查了我兩個禮拜了，還沒有把我的行蹤調查出來，大概他們也有些納悶了。」

鳳喜道：「他們是親戚，你花你的錢，他們管得著嗎？」

家樹道：「管是他們管不著，但是他們給我家裡去一封信，這總禁他不住，在我還沒有通知家裡以前，家裡先知道了這事，那豈不是一個麻煩！至少也可以斷了我們的接濟，我到哪裡再找錢花去？」

鳳喜還不曾答話，沈大娘在外面屋子裡就答起話來，因道：「這話對了，這件事總得慢慢地商量，現在只要你把書唸得好好兒的，讓大爺樂了，你的終身大事那就是銅打鐵鑄的了。」

家樹笑道：「你這話有點兒不大相信我吧？要照你這話說，難道她不把書唸得好好的，我就會變心嗎？」

沈大娘也沒答應什麼，就跟著進來，對家樹眨了一眨眼，又笑了一笑。

鳳喜向家樹笑道：「傻瓜，媽把話嚇我，怕我不用功呢。你再跟著她的話音一轉，你瞧我要怎麼樣害怕！」

家樹聽她如此說，架了兩隻腳坐著，在下面的一隻腳，卻連連地拍著地作響，兩手環抱在胸前，頭只管望著自己的半身大相片微笑。

鳳喜將手拍了他肩上一下，笑道：「瞧你這樣子，又不準在生什麼小心眼兒呢！你瞧你望著你自己的像。」

家樹笑道：「你猜猜，我現在是想什麼心事？」

鳳喜道：「那我有什麼猜不出的。你的意思說，這個人長得不錯，要找一個好好兒的姑娘來配他才對，是不是？」

家樹笑道：「你猜是猜著了，可是只猜著一半。我的意思，好好兒的姑娘是找著了，可不知道這好好兒的姑娘，能不能夠始終相信他。」

鳳喜將臉一沉道：「你這是真話呢，還是鬧著玩兒的呢？難道說你一直到現在，你對於我還不大放心嗎？」

家樹微笑道：「別急呀，有理慢慢講呀！」

鳳喜道：「憑你說這話，我非得把心挖出來給你看不可。你想，別說我，就是我媽，就是我叔叔，他們哪一天不唸你幾聲兒好！再要說他們有三心二意，除非叫他們供你的長生祿位牌子了。」

家樹見她臉上紅紅的，腮幫子微微的鼓著，眼皮下垂，越是顯出那黑而且長的睫毛。這一種含嬌微嗔的樣子，又是一種形容不出來的美，因握了她一隻手道：「這是我一句笑話，你為什麼認真呢？」

鳳喜卻是垂頭不作聲。

這個時候，沈大娘已是早走了。向來家樹一和鳳喜說笑，她就避開的。

家樹見鳳喜還有生氣的樣子，將她的手放了，就要去放下門簾子。鳳喜笑著一把拉住他的手道：「幹嘛？門簾子掛著，礙你什麼事？」

家樹笑道：「給你放下來，不好嗎？」

鳳喜索性將那一隻手也拉住了他的手，微瞪著眼道：「好好兒地說著話，你又要作怪。」

家樹道：「你還生氣不生氣呢？」

鳳喜想了一想，笑道：「我不生氣了，你也別鬧了，行不行？」

家樹笑道：「行！那你要把月琴拿來，唱一段兒給我聽聽。」

鳳喜道：「唱一段倒可以，可是你要規規矩矩的，像上次那樣在月亮底下彈琴，你一高興了，你就胡來。」

家樹笑道：「那也不算胡來啊，既是你聲明在先，我就讓你好好地彈上一段。」鳳喜聽說果然洗了一把手，將壁上掛的月琴取了下來，對著家樹而坐，就彈了一段《四季相思》。

家樹道：「你幹嘛只彈不唱？」

鳳喜笑道：「這詞兒文縐縐的，我不大懂，我不願意唱。」

家樹道：「你既是不願唱，你幹嘛又彈這個呢？」

鳳喜道：「我聽到你說這個調子好，簡直是天上有，地下無，所以我就巴巴地叫我叔叔教我。我叔叔說這是一個不時興的調子，好多年沒有彈過，他也忘了。他想了兩天，又去問了人，才把詞兒也抄來了。我等你不在這兒的時候，我才跟我叔叔學，昨天才剛剛學會。你愛聽這個的，你聽聽我彈得怎樣？有你從前聽的那樣好嗎？」

家樹笑道：「我從前聽的是唱，並不是彈，你要我說，我也說不出一個所以然來。」

鳳喜笑道：「乾脆你就是要我唱上一段罷了，那麼，你聽著。」於是側著身子，將弦子調了一調，又回轉頭來向家樹微微一笑，這才彈唱起來。

家樹向著她微笑，連鼻息的聲音幾乎都沒有了。一直讓鳳喜彈唱完了，連連點頭道：「你真聰明，不但唱得好，而且是體貼入微哩。」

鳳喜將月琴向牆上一掛，然後靠了牆一伸懶腰，向著家樹微笑道：「怎麼樣？」家樹也是望了她微笑，半晌作聲不得。

鳳喜道：「你為什麼不說話了？」

家樹道：「這個調子，我倒是吹得來，哪一天，我帶了我那支洞簫來，你來唱，我來吹，看我們合得上合不上？剛才我一聽你唱，想起從前所唱的詞兒未嘗不是和你一樣！可是就沒有你唱得這樣好聽。我想想這緣故也不知在什麼地方，所以我就出了神了。」

鳳喜笑道：「你這人……唉，真夠淘氣的，一會兒惹我生氣，一會兒又引著我要笑，我真佩服你的本事就是了。」

家樹見她舉止動作無一不動人憐愛，把剛才在關家所感到的煩悶就完全取消了。

家樹這天在沈家，談到吃了晚飯回去。到家之後，見上房電燈通亮，料是伯和夫婦都在家裡，帽子也不曾取下，就一直走到上房裡來。

伯和手裡捧了一份晚報，銜著半截雪茄，躺在沙發上看。見家樹進門，將報向下一放，微笑了一笑，又兩手將報舉了起來，擋住了他的臉。家樹只看到一陣一陣的濃煙由報紙裡直冒將出來。

他手裡捧的報紙，也是不住地震動著，似乎笑得渾身顫動哩。家樹低頭一看身上，領孔裡正插著一朵鮮紅的花，連忙將花取了下來，握在手心裡。

恰好這個時候，陶太太正一掀門簾子走出來，笑道：「不要藏著，我已經看見了。」

家樹只得將花朵摔在痰盂裡，笑道：「**我越是做賊心虛，越是會破案，這是什麼道理？**」

陶太太笑道：「也沒有哪個管那種閒事，要破你的案。我所不明白的，就是我們正正經經給你介紹，你倒毫不在乎的，愛理不理，可是背著我們，你兩人怎樣又好到這般田地。」

家樹笑道：「表嫂這話，說得我不很明白，你和我介紹誰了？」

陶太太笑道：「咦！你還裝傻，我對於何小姐是怎樣的介紹給你，你總是落落難合，不屑和她做朋友，原來你私下卻和她要好得厲害。」

家樹這才明白，原來她說的是何麗娜，把心裡一塊石頭放下，因笑道：「表嫂你說這話，有什麼證據嗎？」

陶太太道：「有有有，可是要拿出來了，你怎樣答覆？」

家樹笑道：「拿出來了，我賠個不是。」

伯和臉藏在報裡笑道：「你又沒得罪我們，要賠什麼不是？」

家樹道：「那麼，做個小東吧。」

陶太太道：「這倒像話。可是你一人做東不行，你們是雙請，我們是雙到。」

家樹笑道：「無論什麼條件，我都接受，反正我自信你們拿不出我什麼證據。」

當下陶太太也不作聲，卻在懷裡輕輕一掏，掏出一張相片來向家樹面前一伸，笑道：「這是誰啊？」

家樹看時，**卻是鳳喜新照的一張相片**。這照片是鳳喜剪髮的那天照的，說是作為一種紀念品，送給家樹。**這相片和何麗娜的相，更相像了**，因笑道：「這不是何小姐。」

陶太太道：「不是何小姐是誰？你說出來，難道我和她這樣好的朋友，她的相我都看不出來嗎？」

家樹只是笑著說不是何小姐，可又說不出來這人是誰。

陶太太笑道：「這樣一來，我們可冤枉了一個人了，我從前以為你意中人是那關家姑娘，我想那倒不大方便，大家同住在一所胡同裡，貧富當然是沒有什麼關係，只是那關老頭子，劉福也認得，說是在天橋練把式的，讓人家知道了，卻不太好，後來他們搬走了，我們才將信將疑，直到於今，這疑團算是解決了。」

家樹道：「我早也就和他們叫冤了，我就疑心他們搬得太奇怪哩！」

伯和將報放下，坐了起來笑道：「你可不要疑心是我們轟他走的，不過我讓劉福到那大雜院裡去打聽過兩回，那老頭子倒一氣跑了。」

陶太太道：「不說這個了，我們還是討論這相片吧。家樹！你實說不實說？」

四　霸王別姬

家樹這時真為難起來了，要說是何小姐，那如何賴得上！要說是鳳喜的，這事說破，恐怕麻煩更大。沉吟了一會，笑著說：「你們有了真憑實據，我也賴不了，其實不是何小姐送我的，是我在照相館裡看見，出錢買了來的。這事做得不很大方，請你二位千萬不要告訴何小姐，不然我可要得罪一位朋友了。」

伯和夫婦還沒有答應，劉福正好進來說：「何小姐來了。」

家樹一聽這話，不免是一怔。

就在這時，聽到石階上的咯的咯一陣皮鞋響聲，接上嬌滴滴有人笑著說一聲「趕晚飯的客來了」，簾子一掀，何麗娜進來。

她今天只穿了一件窄小的芽黃色綢旗衫，額髮束著一串珠壓髮，斜插了一支西班牙硬殼扇面牌花，身上披了一件大大的西班牙的紅花披巾，四圍垂著很長的穗子，真是活潑潑的。

她一進門，和大家一鞠躬，笑道：「大家都在這裡，大概剛剛吃過晚飯吧，我算沒有趕上了。」說著話，背立著挨了一張沙發，胸面前握著披巾角的手一鬆，那圍巾就在身後溜了下來，一齊堆在沙發上。

原來家樹坐的地方正和這張沙發鄰近，此刻只覺一陣陣的脂粉香氣襲人鼻端。只在這時候，就不由得向何麗娜渾身上下打量了一番。

當他的目光這樣一閃時，伯和的眼光也就跟著他一閃。何麗娜似乎也就感覺到一點兒，因向陶太太道：「這件衣服不是新做的，有半年不曾穿了，你看很合身材嗎？」

陶太太對著她渾身上下又看了一看，抿嘴笑了一笑，點點頭道：「看不出是舊製的，這種衣服照相，非站在黑幕之前不可，你說是嗎？」問著這話，又不由得看了家樹一眼。

家樹通身發著熱，一直要向臉上烘托出來，隨手將伯和手上的晚報接了過來，也躺在沙發上捧著看。

何麗娜道：「除了團體而外，我有許多時候沒有照過相了。」

陶太太頓了一頓，然後笑道：「何小姐！你到我屋子裡來，我給你一樣東西看。」於是手拉著何小姐一同到屋子裡去。

到了屋裡，手拉著手，一同擠在一張椅子上坐了。

陶太太微微一笑道：「你可別多心，我拿一樣東西給你瞧。」於是頭偏著靠在何麗娜的肩上，將那張相片掏了出來，托在手掌給她看，問道：「你猜猜這張相片，我是從哪裡得來的？」

她正心裡奇怪著，何以他們三人對於我是這樣？莫非就為的是這張相片？由此聯想到上次在家樹書夾裡看到的那張相，心裡就明白了一大半，因微笑道：「我知道你是在哪裡得來的？」

陶太太伸過一隻胳膊，抱住她的腰，更覺得親密了，笑道：「親愛的！能不能照著樣子送我一張呢？」

何麗娜將相片拿起來看了一看，笑道：「你這張相片從哪裡來的，我很知道，但是……」

陶太太道：「這用不著像外交家加什麼但是的，你知道那就行了。不過他說，他是在照相館裡買來的，我認為這事不對，他要是真話，私下買女朋友的相片，是何居心？他要是假話呢，你送了他寶貴的東西，他還不見情，更不好了。」

何麗娜笑道：「我的太太，你雖然很會說話，但是我沒什麼可說，你也引不出來的。這張相片的事，我實在不大明白，你若是真要問個清清楚楚，最好你還是去問樊先生自己吧。他若肯說實話，你就知道關於我是怎樣不相干了。」

陶太太原猜何小姐或者不得已而承認，或者給一個硬不知道，**現在她說知是知道，可是與她無關，那一種淡淡的樣子，果然另有內幕**。

何小姐雖是極開通的人，不過事涉愛情，這其間誰也難免有不可告人之隱，便笑道：「喲！一張相片，也極其簡單的事啊，還另有周折嗎？那我就不說了。」

當時陶太太一笑了之，不肯將何小姐弄得太為難了。

何麗娜站起來，向陶太太微笑一下，大著聲音說道：「過幾天也許你就明白了。」

何麗娜說畢，走出房來。只見家樹欠著身子勉強笑著，似乎很難為情的樣子，便道：「密斯脫樊，也新改了西裝了。」

家樹明知道她是因無話可說，信口找了一個問題來討論的，這就不答覆也沒有什麼關係。不過自己不答覆，也是感到無話可說，便笑道：「屢次要去跳舞，不都是為著沒有西裝沒有去嗎？我是特意做了西裝預備跳舞用的。」

何麗娜笑道：「好極了！我正是來邀陶先生陶太太去跳舞的，那麼密斯脫樊，可以和我們一路去的了。」

家樹道：「還是不行，我只有便服，諸位是非北京飯店不可的，我臨時做晚禮服，可有些來不及呀。」

何麗娜道：「雖然那裡跳舞要守些規矩，但是也不一定的。」

家樹搖了搖頭，笑道：「明知道是不合規矩，何必一定要去犯規矩呢？」

何麗娜於是掉轉臉來對陶太太說道：「好久沒有到三星飯店去過，我們今晚上改到三星飯店去，好嗎？」

陶太太聽說，望了伯和，伯和口裡銜著雪茄，兩手互抱著在懷裡，又望著家樹，家樹卻偏過頭去，看著壁上的掛鐘道：「還只九點鐘，現在還不到跳舞的時候吧？」

伯和於是對著夫人道：「你對於何小姐的建議如何？到三星去也好，也可以給表弟一種便利。」

家樹正待說下去，陶太太笑道：「你再要說下去，不但對不起何小姐，連我們也對不起了。」

家樹一想，何小姐對自己非常客氣。自己老是不給人家一點面子也不大好，便笑道：「我雖不會跳舞，陪著去看看也好。」於是大家又閒談了一會。

出大門的時候，兩輛汽車都停在石階下，伯和夫婦前面走上了自己的汽車，開著就走了。

石階上剩了家樹和何麗娜，家樹還不曾說話時，何麗娜就先說了：「密斯脫樊，我是一輛破車，委屈一點，就坐我的破車去吧。」

家樹因她已經說明白了，不能再有所推諉，就和她一同坐上車子。在車上，家樹側了身子靠在車角上，中間椅墊上，和何麗娜倒相距著尺來寬的空位，何麗娜笑了笑，然後望了家樹一眼，才道：

「我有一句冒昧的話，要問一問密斯脫樊，上次我到寶齋去，看見一張留髮女郎的相片，很有些和我相像。今天陶太太又拿了一張剪髮女郎的相片給我看，更和我像得很了，陶太太她不問青紅皂白，指定了那相片就是我。」

家樹笑道：「這事真對何小姐不住。」

何麗娜道：「為什麼對我不住呢？難道我還不許貴友和我同樣嗎？」

家樹笑道：「因……為……」

何麗娜道：「不要緊的，陶太大和我說的話，**我只當是一幕趣劇，倒誤會得有味哩。但不知這兩個女孩兒，是不是姊妹一對呢？**」

家樹道：「原是一個人，不過一張相是未剪髮時所照，一張是剪了髮照的。」

何麗娜道：「現在在哪個學校呢？比我年輕得多呢？」

家樹笑了一笑。

何麗娜道：「有這樣漂亮的女朋友，怎麼不給我們介紹呢？這樣漂亮的小姑娘，我沒有看見過呀。」

家樹笑道：「本來有些像何小姐麼。」

何麗娜將腳在車墊上連頓了兩頓，笑道：「你瞧，我只管客氣，忘了人家和我是有些同樣的了。好在這只是當了密斯脫樊說，知道我是讚美貴友的，若是對了別人說，豈不是自誇自嗎？」

家樹待要再說什麼時，汽車已停在三星飯店門口了。當下二人將這話擱下，一同進舞廳去。

這時，伯和夫婦已要了飲料，在很衝要的座位等候了。他們進來，伯和夫婦讓座，那眉宇之間益發地有些喜氣洋洋了，何麗娜只當不知道一樣，還是照常的和家樹談話，家樹卻是受了一層拘束，人家提一句，才答應一句。

不多一會的工夫，音樂奏起來了，伯和便和何麗娜一同去跳舞。

家樹是不會跳舞的，陶太太又沒有得著舞伴，兩人只坐著喝檸檬水。

陶太太眼望著正跳舞的何小姐，卻對家樹道：「你瞧了看，這舞場裡的女子，有比她再美的沒有？」

家樹道：「何小姐果然是美，但是把她來比下一切，我卻是不敢下這種斷語。」

陶太太道：「情人眼裡出西施，你單就你說，你看她是不是比誰都美些呢？」

家樹笑道：「情人這兩個字，我是不敢領受的，關於相片這一件事，過幾天你也許就明白了。」

陶太太笑道：「好！你們在汽車上已經商量好了口供了，把我們瞞得死死的，將來若有用我們的地方，也能這樣嗎？我沒有別的法子報復你，將來我要辦什麼事，我對你也是瞞得死死的，那個時候，你要明白，我才不給你明白呢！」

家樹只是喝著水，一言不發。

伯和同何麗娜舞罷下來，一同歸了座。何麗娜見陶太太笑嘻嘻的樣子，便道：「關於那張相片的事，陶太太問明白了樊先生嗎？」

家樹不料她當面鑼對面鼓的就問起這話來，將一手扶了額頭，微抵著下唇，只等他們宣布此事的內容。

陶太太道：「始終沒有明白，他說過幾天我就明白了。」

何麗娜道：「我實說了吧，這件事連我還只明白過來一個鐘頭，兩個鐘頭以前，我和陶太太一樣，也是不明白呢。」

家樹真急了，情不自禁地就用右手輕輕地在桌子下面敲了一敲她的粉腿。

伯和道：「這話靠不住的，這是剛才二位同車的時候商量好了的話呢。」

何麗娜笑道：「實說就實說吧，是我新得的相片，送了一張給他，至於為什麼……」

伯和夫婦就笑著同說道：「只要你這樣說那就行了，至於為什麼，不必說，我們都明白的。」

何小姐見他們越說越誤會，只好不說了。

這時候樂隊又奏起樂來了，伯和因他夫人找不著舞伴，就和他夫人去舞。

何麗娜笑著對家樹道：「你為什麼不讓我把實話說出來？」

家樹道：「自然是有點原故的，但是我一定要讓密斯何明白。」

何麗娜笑道：「你以為我現在並不明白嗎？」說著，她將桌上花瓶子裡的花枝折了一小朵，兩個手指頭拈著長花蒂兒，向鼻子尖上嗅了一嗅，眼睛皮低著，兩腮上和鳳喜一般，有兩個小酒窩兒閃動著。

家樹卻無故的噗嗤一笑，何麗娜更是笑得厲害，左手掏出花綢手絹來，握著臉伏在桌上。

陶太太看到他兩人笑成那樣子，也不跳舞了，就和伯和一同回座。

家樹道：「你二位怎麼舞得半途而廢呢？」

陶太太道：「我看你二人談得如此有趣，我要來看看，你究竟有什麼事這樣好笑。」

何麗娜只向伯和夫婦微笑，說不出所以然來。家樹也是一樣，不答一詞。伯和夫婦心裡都默契了，也是彼此微笑了一笑。

家樹因不會跳舞，坐久了究竟感不到趣味，便對伯和道：「怎麼辦？我又要先走了。」

伯和道：「你要走，你就請便吧。」

陶太太道：「時候不早了，難道你雇洋車回去嗎？」

何麗娜道：「已經兩點鐘了，我也可以走了，我用車子送密斯脫樊回去吧。」

她說了這話，已是站起身來和伯和道著「再見」，家樹就不能再說不回去的話。大家到儲衣室裡取了衣帽，一路同出大門，同上汽車。

這時大街上，鋪戶一齊都已上門，直條條的大馬路，卻是靜蕩蕩的，一點聲息也沒有。汽車在街上飛駛著，只覺街旁的電燈，排班一般，一顆一顆向車後飛躍而去。偶然對面也有一輛汽車老遠地射著燈光飛駛而來，喇叭嗚嗚幾聲過去了，此外街上什麼也看不見。汽車轉過了大街，走進小胡同，更不見有什麼蹤影和聲音了。

家樹因對何麗娜道：「我們這汽車走胡同裡經過，要驚破人家多少好夢。跳舞場上沉醉的人，也和抽大煙的人差不多，人家睡得正酣的時候，他們正是興高采烈，又吃又喝。等到他們興盡回家，上床安歇，那就別人上學的應該上學，做事的應該做事了。」

何麗娜只是聽他的批評，一點也不回駁。

汽車開到了陶家門首，家樹下車，不覺信口說了一句客氣話：「明天見。」

何麗娜也就笑著點頭答應了一句「明天見」。

家樹從來沒有睡過如此晚的，因此一回屋裡就睡了。伯和夫婦卻一直到早晨四點鐘才回家。

次日上午，家樹醒來，已是快十二點了，又等了一個多鐘頭，伯和夫婦才起。吃過早飯，走到院子裡，只見那東邊白粉牆上，一片金黃色的日光，映著大半邊花影，可想日色偏西了。

他本想就出去看鳳喜，因為昨天的馬腳露得太明顯了，先且在屋子裡看了幾頁書，直等伯和上衙門去了，陶太太也上公園去了，料著他們不會猜自己會出門的，這才手上拿了帽子，背在身後，當是散步一般，慢慢地走了出門。

走到胡同裡，抬頭一看天上，只見幾隻零落的飛鳥，正背著天上的殘霞，悠然一瞥地飛了過去。再看電燈桿上，已經是亮了燈了。

家樹雇了一輛人力車，一直就向大喜胡同來。見了鳳喜，先道：「今天真來晚了。可是在我還算上午呢。」

鳳喜道：「你睡得很晚，剛起來嗎？昨天幹嘛去了？」

家樹道：「我表哥表嫂拉著我跳舞去了，我又不會這個，在飯店裡白熬了一宿。」

鳳喜道：「聽說跳舞的地方，隨便就可以摟著人家大姑娘跳舞的。當爺們的人，真佔便宜！你說你不會跳舞，我才不相信呢。你看見人家都摟著一個女的，你就不饞嗎？」

家樹笑道：「我這話說得你未必相信，我覺得男女的交際，要秘密一點，才有趣味的。跳舞場上，當著許多人，甚至於當著人家的丈夫摟著那女子，還能起什麼邪念！」

鳳喜道：「你說得那樣大方，哪天也帶我瞧瞧去，行不行？」

家樹道：「去是可以去的，可是我總怕碰到熟人。」

鳳喜一聽說，向一張籐椅子上一坐，兩手十指交叉著，放在胸前，低了頭，噘著嘴。

家樹笑著將手去摸她的臉，她一偏頭道：「別哄我了，老是這樣做賊似的，哪兒也去不得，什麼時候是出頭年？和人家小姐跳舞倒不怕人，和我出去，倒要怕人。」

家樹被她這樣一逼，逼得真無話可說了，便笑道：「這也值不得生這麼大氣，我就陪你去一回得了，那可是要好晚才能回來的。」

鳳喜道：「我倒不一定要去看跳舞，我就是嫌你老是這樣藏藏躲躲的，我心裡不安，連我一家子也心裡不安，因為你不肯說出來，我也不讓我媽到處說。可是親戚朋友陡然看見我們家變了一個樣了，還不定猜我幹了什麼壞事哩。」

家樹道：「為了這事，我也對你說過多次了，先等周年半載再說，各人有各人的困難，你總要原諒我才好。」

鳳喜索性一句話不說，倒到床上去睡了。

家樹百般解釋，總是無效，他也急了，拿起一個茶杯子，啪的一聲，就向地下一砸。

鳳喜不料他如此，吃了一驚，便抓著他的手，連問：「怎麼了？」幾乎要哭出來。

家樹卻握了她的手道：「你不要誤會了，我不是生氣，因為隨便怎樣解說，你也不相信，現在我把茶杯子摔一個給你看。我要是靠了幾個臭錢，不過是戲弄你，並沒有真心，那麼，我就像這茶杯子一樣。」

鳳喜原不知道怎樣是好，現在聽家樹所說，不過是起誓，一想自己逼人太甚，實是自己不好，倒「哇」的一聲哭了。

沈大娘在外面屋子裡，先聽到打碎一樣東西，砸了一下響，已經不免發怔，正待進房去勸解幾句，接上又聽得鳳喜哭了，這就知道他們是事情弄僵了。連忙就跑了進來，笑道：「怎麼了？剛才還說得好好兒的，這一會子功夫，怎麼就惱了？」

家樹道：「並沒有惱，我扔了一個茶杯，她倒嚇哭了。你瞧怪不怪？」

沈大娘道：「本來她就捨不得亂扔東西的，你買的這茶杯子，她又真愛，別說她，就是我也怪心疼的，你再要摔一個，我也得哭了。」說著放大聲音，打了一個哈哈。

鳳喜一個翻身坐了起來，噘著嘴道：「人家心裡都煩死了，你還樂呢。」

沈大娘道：「我不樂怎麼著？為了一只茶杯，還得娘兒倆抱頭痛哭一場嗎？」說著又一拍手，哈哈大笑地走開了。

沈大娘走後，家樹便拉著鳳喜的手，也就同坐在床上，笑問道：「從今以後，你不至於不相信我了吧？」

鳳喜道：「都是你自己生疑心，我幾時這樣說過呢？」一面說著，一面走下地來，蹲下身子去撿那打破了的碎瓷片。

家樹道：「這哪裡用得著拿手去撿，拿一把掃帚，隨便掃一掃得了，你這樣仔細割了你的手。」

鳳喜道：「割了手，活該！那關你什麼事？」

家樹道：「不關我什麼事嗎？能說不關我什麼事嗎？」說著，兩手攙著鳳喜，就讓她站起來。

鳳喜手上正拿了許多碎瓷片，給家樹一拉，一鬆手又扔到地上來，啪的一聲響，沈大娘「哎喲」了一聲，然後跑了進來道：「怎麼著，又摔了一個嗎？可別跟不會說話的東西生氣！我真急了，要是這樣，我就先得哭。」一面說著，一面走進來，見還是那些碎瓷片，便道：「怎麼回事，沒有砸嗎？」

鳳喜道：「你找個掃帚，把這些碎瓷片掃了去吧。」

沈大娘看他們的面色不是先前那氣鼓鼓的樣子，便找了掃帚，將瓷片兒掃了出去。

家樹道：「你看你母親，面子上是勉強的笑著，其實她心裡難過極了，以後你還是別生氣吧。」

鳳喜道：「鬧了這麼久，到底還是我生氣？」

家樹道：「只要你不生氣，那就好辦。」於是將手拍了鳳喜的肩膀，笑道：「得！今天算我冒昧一點，把你得罪了，以後我遇事總是好好兒的說，你別見怪。」口裡說著，手就撲撲撲地響，只管在她肩上拍著。

當下鳳喜站起身來，對了鏡子慢慢地理著鬢髮，一句聲也不作；又找了手巾，對了鏡子揩了一揩臉上的淚容，再又撲了一撲粉。家樹見著，不由得噗嗤一笑。

鳳喜道：「你笑什麼？」

家樹道：「我想起了一樁事，自己也解答不過來。就是這胭脂粉，為什麼只許女子搽，不許男子搽呢？而且女子總說不願人家看她的呢，既是不願人家看她，為什麼又為了好看在搽粉呢？難道說搽了粉讓自己看嗎？」

鳳喜聽說，將手上的粉撲遙遙地向桌上粉缸裡一抛，對家樹道：「你既是這樣說，我就不搽粉了，可是我這兩盒香粉，也不知道是哪隻小狗給我買回來的。你先別問搽粉的，你還是問那買粉的去吧。」

家樹聽說，向前一迎，剛要走近鳳喜的身邊，鳳喜卻向旁邊一閃，口裡說著頭一偏道：「別又來哄人。」

家樹不料她有此一著，身子向壁上一碰，碰得懸的大鏡子向下一落。幸而鏡子後面有繩子拴著的，不曾落到地上。

鳳喜連忙兩手將家樹一扶，笑道：「碰著了沒有？嚇我一跳。」說著，又回轉一隻手去，連連拍了幾下胸口。

家樹道：「你不是不讓我親熱你嗎？怎樣又來扶著我呢？」說時望了她的臉，看她怎樣回答這一句不好回答的話。

鳳喜道：「我和你有什麼仇恨，見你要摔倒，我都不顧？」

家樹笑道：「這樣說，你還是願意我親近的了。」

鳳喜被他一句話說破，索性伏到小桌上，格格地笑將起來，這樣一來，剛才兩人所起的一段交涉，總算煙消雲散。

家樹因昨晚上沒有睡得好，也沒有在鳳喜這裡吃晚飯，就回去了。到了陶家剛一坐下，就來了電話，一接話時，是何麗娜打來的，她先開口說：「怎麼樣，要失信嗎？」

家樹摸不著頭腦，因道：「請你告訴我吧，我預約了什麼事？一時我記不起來。」

何麗娜道：「昨天你下車的時候，你不是對我說了今天見嗎？這有多久的時候，就全忘了嗎？」

家樹這才想起來了，昨日臨別之時，對她說了一句「明天見」，當時極隨便的一句敷衍話，不料她倒認為事實。**她一個善於交際的人，難道這樣一句客氣話，她都會不知道嗎？**不過她既問起來，自己總不便說那原來是隨便說的，因道：「不能忘記，我在家裡正等密斯何的電話呢。」

何麗娜道：「那麼我請你看電影吧。我先到『平安』去，買了票，放在門口，你只一提到我，茶房就會告訴你我在哪裡了。」

家樹以為她總會約著去看跳舞的，不料她又改約了看電影，不過這倒比較合意一點，省得到跳舞場裡去坐著做呆子，就在電話裡答應了準來。

家樹是在客廳裡接的電話，以為伯和夫婦總不會知道。剛走進房去，只聽到陶太太在走廊上笑道：「開演的時候也就快到了，還在家裡做什麼？我用車子先送你去吧。」

家樹笑道：「你們的消息真靈通，何小姐約我看電影，你們怎樣又知道了？」

陶太太道：「對不住，你們在前面說話，我在後面安上插銷，偷聽來著，但是不算完全偷聽，事先我徵求了何小姐同意的。」

家樹道：「這有什麼意思呢？」

陶太太道：「我雖有點開玩笑的意思，但是實在是好意，你信不信？」

家樹道：「信的，**表哥表嫂怕我們走不上愛情之路，特意來指導著呢。**」

陶太太於是笑著去了。

不多一會，果然劉福進來說：「車已開出去了，請表少爺上車。」

家樹一想，**反正是他們知道了，索性大大方方和何小姐來往，以後他們就不會疑到另和什麼關家姑娘開家姑娘來往了**，因此也不推辭，就坐了汽車到「平安」電影院去。

家樹一進門，向收票的茶房只問了一個何字，茶房連忙答道：「何小姐在包廂裡。」於是他就引導著家樹，掀開了綠幔，將他送到一座包廂裡。

何小姐把並排的一張椅子移了一移，就站起來讓座，家樹便坐下了，因道：「密斯何是正式請客呢？還特意坐著包廂？」

何麗娜笑道：「這也算請客，未免笑話，不過坐包廂，談話便當一點，不會礙著別人的事。」

家樹沉吟了一會，也沒敢望著何麗娜的臉，慢慢地道：「昨天那張照片的事，我覺得很對不住密斯何。」說著話時，手裡捧了一張電影說明書，低了頭在看。

何麗娜道：「這事我早就不在心上了，還提它做什麼？就算我真送了一張相片，這也是朋友的常事，又要什麼緊！令表嫂向來是喜歡鬧著玩笑的人，她不過和你開開玩笑罷了，她哪裡是干涉你的什麼事情呢？」

她說著話時，卻把一小包口香糖打開來，抽出兩片，自己送了一片到口裡去含著，兩個尖尖的指頭，鉗著一片，隨便地伸了過來，向家樹臉上碰了一碰。

家樹回頭看時，她才回眸一笑，說了兩個字「吃糖」，**家樹接著糖，不覺心裡微微蕩漾了一下，當時也說不出所以然來**，卻自然地將那片糖送到嘴裡去。

一會兒，電影開映了，家樹默然的坐著，暗地只聞到一陣極濃厚的香味撲入鼻端。何麗娜反不如他那樣沉默，射出英文字幕來，她就輕聲喃喃的唸著，偶然還提出一兩句來，掉轉頭來和家樹討論。

今天這片子，正是一張言情的，大概是一個貴族女子很醉心一個藝術家，那藝術家嫌那女子太奢華了，卻是沒有一點憐香惜玉之意。後來那女子擯絕了一切繁華的服飾，也去學美術，再去和那藝術家接近，然而，他只說那女子的藝術去成熟時期還早，並不談到愛情。那女子又以為他是嫌自己學問不夠，又極力地去用功，後來許多男子因為她既美又賢，都向她求愛，那藝術家才出來干涉。

這時，女子問：「你不愛我，又不許我愛人，那是什麼意思呢？」他說：「我早就愛你的，我不表示出來，就是刺激你去完成你的藝術呀。」

何麗娜看著，當對家樹說：「這女子多癡呀！這男子要後悔的。」直到末了，又對家樹道：「原來這男子如此做作是有用意的，**我想一個人要糾正一個人的行為過來，是莫過於愛人的了**。」

家樹笑道：「可不是！不過還要補充一句：**一個人要改變一個人的行為，也是莫過於愛人的**。」

家樹本是就著影片批評，何麗娜卻不能再作聲。因為電影已完，大家就一同出了影戲院。

她道：「密斯脫樊！還是我用車子送你回府吧。」

家樹道：「天天都要送，這未免太麻煩吧。」

何麗娜道：「連今日也不過兩回，哪裡是天天呢？」

家樹因她站在身後，是有意讓上車的，這也無須虛謙，又上了車同坐。

何麗娜對汽車伕道：「先送樊先生回陶宅，我們就回家。」

車子開了，家樹問道：「不上跳舞場了嗎？還早呀！這時候正是跳舞熱鬧的時候哩！」

何麗娜道：「你不是不大贊成跳舞的嗎？」

家樹笑道：「那可不敢。不過我自己不會，感不到興趣罷了。」

何麗娜道：「你既感不到興趣，為什麼要我去哩？」

家樹道：「這很容易答覆，因為密斯何是感到興趣的，所以我勸你去。」

何麗娜搖了一搖頭道：「那也不見得，原來不天天跳舞的，不過偶然高興，就去一兩回罷了。昨天你對我說，跳舞的人和抽大煙的人是顛倒晝夜的，我回去仔細一想，你這話果然不錯，可是一個人要不找一兩樣娛樂，那就生活也太枯燥了，你能不能夠給我介紹一兩樣娛樂呢？」

家樹道：「娛樂的法子是有的，密斯何這樣一個聰明人，還不會找相當的娛樂事情嗎？」

何麗娜笑道：「朋友不是有互助之誼嗎？我想你是常常不離書本的人，見解當然比我們整天整夜都玩的人要高出一籌，所以我願你給我介紹一兩樣可娛樂的事。至於我同意不同意，感到興味，不感到興味，那又是一事。你總不能因為我是一個喜歡跳舞的人，就連一種娛樂品也不屑於介紹給我。」

家樹連道：「言重言重。我說一句老實話，我對於社會上一切娛樂的事，都不大在行，這會子叫我介紹一樣給人，真是一部廿四史，不知從何說起了。」

何麗娜道：「你不要管哪樣娛樂於我是最合適，你只要把你所喜歡的說出來就成。」

家樹道：「這倒容易，就現在而論，我喜歡音樂。」

何麗娜道：「是哪一種音樂呢？」

家樹剛待答覆，車子已開到了門口，這次連「明天見」三個字也不敢說了，只是點了一個頭就下車，心裡唸著：明日她總不能來相約了。

恰是事情碰巧不過，次日，有個俄國鋼琴聖手闊別烈夫，在北京飯店獻技。還不曾到上午十二點，何小姐就專差送了一張赴音樂會的入門券來，券上刊著價錢來，乃是五元，時間是晚上九時，也並不耽誤別的事情，這倒不能不去看看，因此到了那時，就一人獨去。

這音樂會是在大舞廳裡舉行，臨時設著一排一排的椅子，椅子上都掛了白紙牌，上面列了號頭，來賓是按著票號，對了椅子號碼入座的。

家樹找著自己的位子時，鄰座一個女郎回轉頭來，正是何麗娜。

她先笑道：「我猜你不用電約也一定會來的，因為今天這種音樂會，你若不來，那就不是真喜歡音樂的人了。」

家樹也就只好一笑，不加深辯，但是這個音樂會，主體是鋼琴獨奏，此外，前後配了一些西樂，好雖好，家樹卻不十分對勁。

音樂會完了，何麗娜對他道：「這音樂實在好，也許可以引起我的興趣來。你說我應該學哪一樣，提琴呢？鋼琴呢？」

家樹笑道：「這個我可外行。因為我只會聽，不會動手呢。」說著話，二人走出大舞廳。這裡是飯廳，平常跳舞都在這裡。這時飯店裡使役們，正在張羅著主顧入座。

小音樂臺上，也有奏樂的坐上去了，看這樣子，馬上就要跳舞。家樹便笑道：「密斯何不走了吧？」

何麗娜笑道：「你以為我又要跳舞嗎？」

家樹道：「據我所聽到說，會跳舞的人聽到音樂奏起來腳板就會癢的，而況現在所到的，是跳舞時間的跳舞場呢。」

何麗娜道：「你這話說得是很有理，但是我今天晚上就沒有預備跳舞呢。不信，你瞧瞧這個。」說時，她由長旗袍下，伸出一隻腳來。

家樹看時，見她穿的不是那跳舞的皮鞋，是一雙平底的白緞子繡花鞋，因笑道：「這倒好像是自己預先限制自己的意思。那為什麼呢？」

何麗娜道：「什麼也不為，就是我感不到興趣罷了，不要說別的，還是讓我用車子送你回去吧。」

家樹索性就不推辭，讓她再送一天。——這樣一來，伯和夫婦就十分明瞭了，**以為從前沒有說破他們的交情，所以他們來往很秘密；現在既然知道了，索性公開起來，人**

家是明明白白正正當當的交際，也就不必去過問了。

就是這樣，約莫有一個星期，天氣已漸漸炎熱起來。何麗娜或者隔半日，或者隔一日，總有一個電話給家樹，約他到公園裡去避暑，或者到北海遊船。家樹雖不次次都去，礙著面子，也不好意思如何拒絕。

這一天上午，家樹忽然接到家裡由杭州來的一封電報，說是母親病了，叫他趕快回去。家樹一接到電報，心就慌了，**若是母親的病不是十分沉重，也不會打電報來的。**坐火車到杭州，前後要算四個日子，是否趕上母子去見一面，尚不可知，因此便拿了電報，來和伯和商量，打算今天晚上搭通車就走。

伯和道：「你在北京，也沒有多大的事情，姑母既是有病，你最好早一天到家，讓她早一天安心。就是有些朋友方面的零碎小事，你交給我給你代辦就是了。」

家樹皺了眉道：「別的都罷了，只是在同鄉方面挪用了幾百塊錢，非得還人不可。叔叔好久沒有由天津匯款來了，表哥能不能代我籌劃一點？只要這款子付還了人家，我今天就可以走。」

伯和道：「你要多少呢？」

家樹沉吟了一會道：「最好是五百，若是籌不齊，就是三百也好。」

伯和道：「你這話倒怪了，該人五百，就還人五百；該人三百，就還人三百，怎麼沒有五百，三百也好呢？」

家樹道：「該是只該人三百多塊錢，不過我想多有一二百元，帶點東西回南送人。」

伯和道：「那倒不必，一來你是趕回去看母親的病，人家都知道你臨行匆促；二來你是當學生的人，是消耗的時代，不送人家東西，人家不能來怪你。至於你欠了人家一點款子，當然是要還了再走的好，我給你墊出來就是了。」

家樹聽說，不覺向他一拱手，笑道：「感激得很！」

伯和道：「這一點款子，也不至於就博你一揖，你什麼事這樣急著要錢？」

家樹紅了臉道：「有什麼著急呢？不過我愛一個面子，怕人家說我欠債脫逃罷了。」

當下伯和想著，一定是他一二月以來應酬女朋友鬧虧空了。何小姐本是自己介紹給他的，他就是多花了錢，自己也不便於去追究，於是便到內室去，取了三百元鈔票，送到家樹屋子裡來。

他拿著的鈔票五十元一疊，一共是六疊，當遞給家樹的時候，伯和卻發現了其中有一疊是十元一張，因伸著手，要拿回一疊五元一張的去。

家樹拿著向懷裡一藏，笑道：「老大哥！你只當替我餞行了，多借五十元與我如何？」

伯和笑道：「我倒不在乎，不過多借五十元，你就多花五十元，將來一算總帳，我怕姑母會怪我。」

家樹道：「不，不，這個錢將來由我私人奉還，不告訴母親的。」他一面說著，一面在身上掏了鑰匙，去開箱子，假裝著整理箱子裡的東西，卻把箱子裡存的鈔票也一把拿起來，揣在身上，把箱子關了，對伯和道：「我就去還債了，不過這些債主，東一個，西一個，我恐怕要很晚才能回來呢。」

伯和道：「不到密斯何那裡去辭行嗎？」

家樹也不答應他的話，已是匆匆忙忙走出大門來了。

家樹今天這一走，也不像往日那樣考慮，看見人力車子，馬上就跳了上去，說著「大喜胡同，快拉。」人力車伕見他是由一所大宅門裡出來的，又是不講價錢的僱主，料是不錯，拉了車子飛跑。

不多時到了沈家門口，家樹抓了一把銅子票給車伕，就向裡跑。

這時，鳳喜夾了一個書包在肋下，正要向外走，家樹一見，連忙將她拉住，笑道：「今天不要上學了，我有話和你說。」

鳳喜看他雖然笑著，然而神氣很是不定，也就握著家樹的手道：「怎麼了？瞧你這神氣。」

家樹道：「我今天晚上就要回南去了。」

鳳喜道：「什麼？你要回南去？」

家樹道：「是的，我一早接了家裡的電報，說是我母親病了，讓我趕快回去見一面，我心裡亂極了，現在一點辦法沒有。今天晚上有到上海的通車，我就搭今晚上的車子走了。」

鳳喜聽了這話，半晌作聲不得，噗的一聲，脅下一個書包落在地上。書包恰是沒有扣得住，將硯臺、墨水瓶、書本和所有的東西，滾了一地。

沈大娘聽到家樹要走，身上繫的一條藍布大圍襟，也來不及解下，光了兩隻胳膊，拿起圍襟，不住地擦著手，由旁邊廚房裡三腳兩步走到院子裡，望著家樹道：「我的先生，瞧，壓根兒就沒聽到說你老太太不舒服，怎麼突然打電報來了哩？」說畢這話，望著家樹只是發愣。

家樹道：「這話長，我們到屋子裡去再說吧。」於是拉了鳳喜，一同進屋去。沈大娘還是掀起那圍襟，不住地互擦著胳膊。

家樹道：「你們的事我都預備好了，我這次回南遲則三個月，快則一個月，或兩個月，我一定回來的。我現在給你們預備三個月家用，希望你們還是照我在北京一樣的過日子。萬一到了三個月……無論如何，兩個月內，我總得趕著回來。」說著，就在身上一掏，掏出兩卷鈔票來。

先理好了三百元，交給沈大娘，然後手理著鈔票，向鳳喜道：「我不在這裡的時候，你少買點東西吧，我現在給你留下一百塊錢零用，你看夠是不夠？」

那**沈大娘聽到說家樹要走，猶如晴天打了一個霹靂，什麼話也說不出來，及至家樹掏出許多錢來，心裡一塊石頭就落了地**，現在家樹又和鳳喜留下零錢花，便笑道：「我的大爺，你在這裡，你怎樣的慣著她，我們管不著；你這一走，哪裡還能由她的性兒呀！你是給留不給留都沒有關係，你留下這些，那也儘夠了。」

鳳喜聽到家樹要走，好像似失了主宰，要哭，很不好意思；不哭，又覺得心裡只管一陣一陣的心酸。現在母親替她說了，才答道：「我也沒有什麼事要用錢。」

家樹道：「有這麼些日子，總難免有什麼事要花錢的。」於是把那卷鈔票悄悄的塞在鳳喜手裡。

鳳喜道：「錢我是不在乎，可是你在三個月裡，準能回來嗎？」

家樹道：「我怎麼不回來？我還有許多事都沒有料理哩！而且我今天晚上走，什麼東西也不帶，怎麼不回來呢？」說著，便在身上掏出那張電報紙來，因道：「你看看，我母親病了，我怎能……」

鳳喜按住他的手，向著他微笑道：「難道我還疑心你不成？你不要我，乾脆不來就是了，誰也不能找到陶宅去挨上幾棍子，可是我心裡慌得很，怎麼辦？」於是就牽了他一隻手按在胸前，果然隔著衣服，兀自感覺到心裡噗突噗突亂跳。

當下家樹便攜著鳳喜的手到屋子裡去，軟語低聲地安慰了一頓，又說：「關壽峰這人，古道熱腸，是個難得的老人家，回頭我到那裡去辭行，我就拜託拜託他常來看看你們，你們有什麼事要找他幫忙，我知道他準不會推辭。」

鳳喜道：「你留下這些錢，大家有吃有喝，我想不會有什麼事。和人家不大熟，就別去麻煩人家了。」

家樹道：「**這也不過備而不用的一著棋罷了，誰又知道什麼時候有事？什麼時候沒事呢？**」鳳喜點點頭。

家樹把各事都已安排妥當了，就是還有幾句話要和沈三玄說，恰是他又上天橋茶館去了，只得下午再來一趟，在沈家坐了一會，就到幾個學友寓所告別，然後到關壽峰家來。

家樹進了院子，只見壽峰光了脊梁，緊緊地束著一根板帶在腰裡。他挺直著一站，站在院子當中，將那隻筋紋亂鼓著的右胳膊伸了出去。

秀姑也穿了緊身衣服，把父親那隻胳膊當了槓子盤。四周屋簷下，男男女女，站了一周，都笑嘻嘻地望著。秀姑正把一隻腳鉤住了她父親的胳膊，一腳虛懸，兩腳張開，做了一個飛燕投林的勢子。

她頭朝著下倒著背向上一翻，才看見了家樹，噗的一聲，一腳落地，人向上一站，笑道：「喲！客來了，我們全不知道。」

關壽峰一回轉身來，連忙笑著點頭，在柱上抓住掛的衣服穿了，因道：「這後門鼓樓下茶鋪子裡，咱們又湊付了一個小局面，天天玩兒，他們哥兒們，要瞧瞧我爺兒倆的玩意兒，今天在家裡也是閒著，一高興，就在院子裡耍上了。」

那些院子裡的人，見壽峰來了客，各自散了。

壽峰將家樹讓到屋子裡，笑道：「老弟臺，我很惦記你，你不來，我又不便去看你，今天你怎麼有工夫來了？今天咱們得來上兩壺。」

家樹道：「照理我是應該奉陪，可是來不及了。」於是把今天要走的話說了一遍。

壽峰道：「這是你的孝心，為人兒女的，當這麼著，可是咱們這一份交情，就讓你白來辭一辭行，有點兒說不過去。」

家樹道：「大叔是個灑脫人，難道還拘那些俗套？」一句未了，秀姑已經換了一身衣服出來，便笑問道：「樊先生這一去，還來不來呢？」

家樹道：「來的，大概三個月以內就回來的，因為我在北京還有許多事情沒有辦完呢。」

秀姑道：「是呀！令親那邊，不全得你自家照應嗎？」她說著這話時，就向家樹偷看了一眼，手上可是拿了茶壺，預備去泡茶。

家樹搖手道：「不必費事了，我今天忙得很，不能久坐了，三個月後再見吧。」說著起身告辭，秀姑也只說得一聲「再見」。

當下壽峰握了他的手，緩步而行，一直送到胡同口上，家樹站住了，對壽峰道：「大叔！我有一件事要重託你。」

關壽峰將他的手握著搖撼了幾下，注視著道：「小兄弟，你說吧，我雖上了兩歲年紀，若說遇到大事，我還能出一身汗，你有什麼事交給我就是了，辦得到辦不到，那是另外一句話，但是我絕不省一分力量。」

家樹頓了一頓，笑道：「也沒有什麼重大的事，只是舍親那邊，一個是小孩子，她的大人又不大懂事，我去之後，說不定她們會有要人幫忙的時候。」

壽峰道：「你的親戚，就是我的親戚，有事只管來找我，她要是三更天來找我，我若是四更天才去，我算不是咱們武聖人後代子孫。」

家樹連忙笑道：「大叔言重了，送君千里，終須一別，請回府吧，我們三個月後見。」

壽峰微笑了一笑，握了一握手，自回去了。

當家樹坐了車子，二次又到大喜胡同來的時候，沈三玄還沒回來。鳳喜母女倒是沒有似先前那樣失魂落魄的。

家樹道：「我的行李箱子全沒有檢，坐一會兒就要回去的，你們想想，還有什麼話要說的嗎？」

鳳喜道：「什麼話也沒有，只是望你快回來，快回來，快回來！」

家樹道：「怎麼這些個『快回來』？」

鳳喜道：「這就多嗎？我恨不得說上一千句哩。」

家樹和沈大娘都笑起來了。

沈大娘道：「我本想給大爺餞行的，大爺既是要回去收拾行李，我去買一點切麵，煮一碗來當點心吧。」

家樹點頭說了一句「也好」，於是沈大娘走了。

屋子裡，只剩鳳喜和家樹兩個人。家樹默然，鳳喜也默然。院子裡槐樹這時候叢叢綠葉長得密密層層的了。太陽雖然正午，那陽光射不過樹葉，樹葉下更顯得涼陰陰的，屋子裡卻平添了一種淒涼況味似的。

四周都岑寂了，只遠遠地有幾處新蟬之聲喳喳地送了來。家樹望了窗戶上道：「你看這窗格子上，新糊了一層綠紗，屋子更顯得綠陰陰的了。」

鳳喜抿嘴一笑道：「你又露了怯了，冷布怎麼叫著綠紗呢？紗有那麼賤！只賣幾個子兒一尺。」

家樹道：「究竟是紗，不過你們叫做冷布罷了。這東西很像做帳子的珍珠羅，夏天糊窗戶真好！南方不多見，我倒要帶一些到南方去送人。」

鳳喜笑道：「別缺德！人家知道了，讓人笑掉牙。」

家樹也不去答覆她這句話，見她小畫案上花瓶裡插著幾枝石榴花，有點歪斜，便給她整理好了，又偏著頭看了一看。

鳳喜道：「你都要走了，就只這一會子，光陰多寶貴，你有什麼話要吩咐我的沒有？若是有，也該說出來呀。」

家樹笑道：「真奇怪！我卻有好些話要說，可是又不知道說哪一種話好。要不，你來問我吧。你問我一句，我答應一句。」

鳳喜於是偏著頭，用牙咬了下唇，凝眸想了一想，突然問道：「三個月內，你準能回來嗎？」

家樹道：「我以為你想了半天，想出一個什麼問題來，原來還是這個，我不是早說了嗎？」

鳳喜笑道：「我也是想不起有什麼話問你。」

家樹笑道：「不必問了，實在我們都是心理作用，並沒有什麼話要說，所以也說不出什麼話來。」

二人正說著話，家樹偶然看到壁上掛了一支洞簫，便道：「幾時你又學會了吹的了？」

鳳喜道：「我不會吹，上次我聽到你說你會吹，我想我彈著唱著，你吹著，你一聽是個樂子，所以我買了一支簫、一支笛子在這裡預備著。要不，今天我們就試試看，先樂他一樂好嗎？」

家樹道：「我心裡亂得很，恐怕吹不上。」

鳳喜道：「那麼，我彈一段給你送行吧。」

家樹接了母親臨危的電報，心裡一點樂趣沒有，哪有心聽曲子！鳳喜年輕，一味的只知道取自己歡心，哪裡知道自己的意思！但是要不讓她唱，彼此馬上就分別了，又怕掃了她的面子，便點了點頭。

鳳喜將壁上的月琴抱在懷裡，先試著撥了一撥弦子，然後笑問道：「你愛《四季相思》，還是來這個吧。」

家樹道：「這個讓我回來的那天再唱，那才有意思，你有什麼悲哀一點的調子，給我唱一個。」

鳳喜頭一偏道：「幹嘛？」

家樹道：「我正想著我的母親，要唱悲哀些的，我才聽得進耳。」

鳳喜道：「好，我今天都依你。我給你彈一段《馬鞍山》的反二簧吧，可是我不會唱。」

家樹道：「光彈就好。」

於是鳳喜斜側了身子，將《伯牙哭子期》的一段反調緩緩地彈完。家樹一聲不言語的聽著，最後點了點頭。

鳳喜見他很有興會的樣子，便道：「你愛聽，索性把《霸王別姬》那四句歌兒彈給你聽一聽吧，你瞧怎麼樣？」

家樹心裡一動，便道：「這個調子……我以前沒聽到你說過，你幾時學會的？」

鳳喜道：「這很容易呀，歸里包堆只有四句，我叔叔說戲臺上唱來個，不用胡琴，就是月琴和三弦子，我早會了。」說時，她也不等家樹再說什麼，一高興，就把項羽的《垓下歌》彈了起來。

家樹聽了一遍，點點頭道：「很好！我不料你會這個，再來一段。」

鳳喜臉望著家樹，懷裡抱了月琴，十指齊動，只管彈著。

家樹向來喜歡聽這齣戲，歌的腔味也曾揣摩，就情不自禁地合著月琴唱起來。只唱得第三句「騅不逝兮可奈何」，一個「何」字未完，只聽得「崩」的一聲，月琴弦子斷了，鳳喜「哎呀」了一聲，抱著月琴望著人發了呆。

家樹笑道：「你本來把弦子上得太緊了，不要緊的，我是什麼也不忌諱的。」

鳳喜勉強站起來笑道：「真不湊巧了。」說著話，將月琴掛在壁上。她轉過臉來時，臉兒通紅了。

家樹雖然是個新人物，**然而遇到這種兆頭，究竟也未免有點芥蒂，也愣住了。兩人正在無法轉圜的時候，又聽得院子外「噹啷」一聲，好像打碎了一樣東西，正是讓人不快之上又加不快了。**

只見廚房門口灑了一地的麵湯，沈大娘手上正拿了一些瓷片，扔到穢土筐子裡去。她見鳳喜出來，伸了伸舌頭，向屋子裡指了指，又搖了一搖手。

鳳喜跑近一步，因悄悄地問道：「你是怎麼了？」

沈大娘道：「我做好了麵剛要端到屋子裡去，一滑手，就落在地下打碎了。不要緊，我做了三碗，我不吃，端兩碗進去，你陪他吃去吧。」

鳳喜也覺得這事未免太湊巧，無論家樹忌諱不忌諱，總是不讓他知道的好，因站在院子裡高聲道：「又嚇了我一下，死倒土的沒事幹，把破花盆子扔著玩呢。」

家樹對這事也沒留心，不去問它真假，讓鳳喜陪著吃過了麵，就有三點多鐘了。

家樹道：「時候不早了，我要回去了。」

鳳喜聽了這話，望著他默然不語。家樹執著她的手，一掌托著，一掌去撫摩她的手背，微笑道：「你只管放心，無論如何，兩個月內，我一準回來的。」

鳳喜依然不語，低了頭，左手抽了脅下的手絹，只左右擦著兩眼。

家樹道：「何必如此！不過六七個禮拜，說過也就過去了。」說著話，攜著鳳喜的手向院子外走。

沈大娘也跟在後面，扯起大圍襟來，在眼睛皮上不住地擦著。

三人默默地走出大門，家樹掉轉身來，向著鳳喜道：「我的話都說完了，你只緊緊的記上一句，好好唸書。」

鳳喜道：「這個你放心，我不唸書整天在家裡也是閒著，我幹什麼呢？」

家樹又向沈大娘道：「你老人家用不著叮囑，三叔偏是一天都沒回來，我的話，都請你轉告就是了。」

沈大娘道：「你放心，他天天只要有喝有抽，也沒有什麼麻煩的。」

家樹向著鳳喜呆立了許久，然後握了一握她的手道：「走了，你自己珍重點吧。」說畢，轉身就走。

鳳喜靠著門站定，等家樹走過了幾家門戶，然後嚷道：「你記著，到了杭州，就給我來信。」

家樹回轉身來，點了點頭，又道：「你們進去吧。」

鳳喜和沈大娘只點了點頭，依然地站著。

家樹走出了胡同口，回頭望不見了她們，這才雇了人力車到陶宅來。伯和夫婦已經買了許多東西，送到他房裡。桌上卻另擺著兩個錦邊的玻璃盒子，由玻璃外向內看，裡面是紅綢裡子，上面用紅絲線綑著幾條人參。

家樹正待說表哥怎麼這樣破費，卻見一個盒子裡，參上放著一張小小的名片，正是「何麗娜」，那名片還有紫色水鋼筆寫的字，於是打開盒子，將名片拿起來一看，上面寫道：「聞君回杭探伯母之疾，吉人天相，諒占勿藥。茲送上關東人參兩盒，為伯母壽，粗餞諒已不及，晚間當至車站恭送。」

家樹將名片看完了，自言自語道：「這又是一件出人意外的事。聽說她每日都是睡到一兩點鐘起來的人，這些事情，她怎麼知道了？而且還趕著送了禮來。正在這一點上看來，也就覺得人情很重了。」

正這般想著，何麗娜卻又打了電話來。在電話裡說是趕不及餞行，真對不住，晚上再到車站來送，說的話，也還是名片上寫下的兩件事，家樹也無別話可說，只是道謝而已。

通車是八點多鐘開，伯和催著提前開了晚飯，就吩咐聽差將行李送上汽車去。

只在這時，何麗娜笑著一直走進來，後面跟了汽車伕，又提著一個蒲包。

陶太太笑道：「看這樣子，又是二批禮物到了。」

家樹便道：「先前那種厚賜，已經是不敢當，怎麼又送了來了？」

何麗娜笑道：「這個可不敢說是禮，津浦車我是坐過多次的，除了梨沒有別的好水果，順便帶了這一點來，以破長途的寂寞。」

伯和是始終不離開那半截雪茄的，這時他嘴裡銜著煙，正背了兩手在走廊上踱著，頭上已經戴了帽子，正是要等家樹一路出門。

他聽了何麗娜的話，突然由屋子外跑了進來，笑道：「密斯何什麼時候有這樣一個大發明？水果可以破岑寂？」

何麗娜一彎腰，在地板上撿起半截雪茄笑道：「我也是第一次看到，陶先生嘴裡的煙會落到地上。」

陶太太道：「不要說笑話了，鐘點快到了，快上車吧，車票早買好了，不要誤了車，白扔掉幾十塊錢。」

家樹也是不敢耽誤，於是四人一齊走出大門來。伯和夫婦還是自己坐了一輛車，先走了。

汽車到了車站，何麗娜給他提著小皮包一路走進站去，伯和夫婦已經在頭等車房裡等候了。

到了車上，陶太太對家樹道：「今天你的機會好，頭等座客人很少，你一個人可以住下這間房了。」

伯和笑道：「在車上要坐兩天，一個人坐在屋子裡，還覺得怪悶的。」

陶太太將鞋尖向擺在車板上的水果蒲包輕輕踢了兩下，笑道：「那要什麼緊！有這個東西，可以打破長途的岑寂呢。」

這一說，大家又樂了。

何麗娜笑道：「陶太太！你記著吧，往後別當著我說錯話，要說錯了，我可要撈你的後腿哩。」

陶太太笑道：「是的，總有那一天。若是不撈住後腿，怎麼向牆外一扔呢？」

何麗娜還不懂這話，怔怔的向陶太太望著。

陶太太笑道：「這是一個俗語典故，你不懂嗎？就叫『進了房，扔過牆』。」

家樹聽了這話，覺得她這言語未免太顯露一點。正怕何麗娜要生氣，但是她倒笑嘻嘻的，伸著手在陶太太肩上輕輕拍了一下。

這一間屋子，放了兩件行李，又有四個人，就嫌著擠窄。家樹道：「快開車了，諸位請回吧。」

陶太太就對伯和丟了一個眼色，微笑道：「我們先走一步，怎麼樣？」伯和便向家樹叮囑了幾句好好照應姑母病、到了家就寫信來的話，然後就下車。

這時，何麗娜在過道上，靠了窗戶站住，默然不語。家樹只得對她道：「密斯何！也請回吧。」

何麗娜道：「我沒有事。」說著這三個字，依然未動。

伯和夫婦已經由月臺上走了。家樹因她未走，就請她到屋子裡來坐。她手拿著那小皮包，只管撫弄，家樹也不便再催她下車，就搭訕著去整理行李。

忽然月臺上噹噹的打著開車鈴了，何麗娜卻打開小皮包來，手裡拿著一樣東西，笑道：「我還有一樣東西送你。」遞著東西過來時，臉上也不免微微地有點紅暈。

家樹接過來一看，卻是她的一張四寸半身相片，便捧著拱了拱手道聲「謝謝」，何麗娜已是走出車房門，不及聽了。

家樹打開窗子，見她站在月臺上，便道：「現在可以請回去了。」

何麗娜道：「既然快開車，何以不等著開車再走呢。」

說著話時，火車已緩緩地移動，何麗娜還跟著火車急走了兩步，笑道：「到了就請來信，別忘了。」

她一隻右手早舉著一塊粉紅綢手絹，在空中招展。

家樹憑了窗子，漸漸地和何麗娜離遠，最後是人影混亂，看不清楚了，這才坐下來，將她遞的一張相片仔細看了看，覺得這相片比人還端莊些。紙張光滑無痕，當然是新照的了，於此倒也見得她為人與用心了，滿腹為著母親病重的煩惱，有了何麗娜從中一周旋，倒解去煩悶不少。

車子開著，查過了票，茶房張羅過去了，家樹拉攏房門，一人正自出神。忽聽得門外有人說道：「你找姓樊的不是？這屋子裡倒是個姓樊的。」

家樹很納悶：在車上有誰來找我？隨手將門拉開，只見關壽峰和秀姑正在和茶房說話，便說道：「是關大叔！你們坐車到哪裡去？」於是將他二人引進房來。

壽峰笑道：「我們哪裡也不去，是來送行的。」

家樹道：「大概是在車上找我不著，車子開了，把你帶走的。補了票沒有？」

壽峰連連搖手道：「不是不是，我們原不打算來送行，自你打我舍下去了之後，我就找了我一個關外新拜門的徒弟，和他要了一支參來，這東西雖然沒有玻璃盒子裝著，倒是地道貨。我特意送到車站，請你帶回去給老太太泡水喝，可是一進站，就瞧見有貴客在這兒送行，我們爺兒倆可不敢露面，買了到豐臺的票，先在三等車上等著，讓開了車，我再來找你。」

說著話時，他將脅下夾著的一個藍布小包袱打開，裡面是個人家裝線襪的舊紙盒子。打開盒子，裡面鋪著乾淨棉絮，上面也放著兩支齊整的人參，比何麗娜送的還好。

家樹道：「大叔！你這未免太客氣了，讓我心裡不安。」

壽峰道：「不瞞你說，叫我拿錢去買這個，我沒有那大力量。我那徒弟，就是在吉林採參的，我向來不開口和徒弟要東西，這次我可對他說明，要送一個人情，叫他務必給我找兩支好的。我就是怕他身邊沒有，要不白天我就對你明說了。」

家樹道：「既不是大叔破費買來的，我這就拜領了，只是不敢當大叔和大姑娘還送到豐臺。」

壽峰笑道：「這算不了什麼！我爺兒倆今夜在豐臺小店裡睡上一宿，明天早上慢慢溜躂進城，也是個樂事。」

他雖這樣說，家樹覺著這老人的意思實在誠懇，口裡連說：「感激感激。」壽峰笑道：「這一點子事，都得說上許多感激，那我關老壽一生，也不知道要感激人家多少呢！」

家樹道：「大叔來倒罷了，怎好又讓大姑娘也出一趟小小的門！」

秀姑自見面後，一句話也不曾說，這才對家樹微微笑了一笑。壽峰道：「老弟！咱們用不著客氣。」

說話時，火車將到豐臺，壽峰又道：「你白天說有令親的事要我照顧，我瞧你想說又怕說，話沒有說出來，你儘管說，究竟是怎麼回事？」

家樹頓一頓，接上又是一笑。

壽峰道：「有什麼意思，只管說，我辦得到，當面答應下了，讓你好放心；辦不到，我也是直說，咱們或者也有個商量。」

家樹又低頭想了想，笑道：「實在也沒有什麼了不得的事，你二位無事，可以常到那邊坐坐，她們真有事，就會請教了。」

壽峰還要問時，秀姑就道：「好！就是那麼著吧。你瞧外面，到了豐臺了。」

大家向外看時，一排一排的電燈在半空裡向車後移去。燈光下，已看到站臺。壽峰說了一聲「再會」，就下了車。

家樹也出了車房，送到車門口。見他父女二人立在露天裡，電燈光下，晚風一陣陣吹動他們的衣服角，他們也不知道晚涼，呆呆地望著這邊。

壽峰這老頭子卻抬起一隻手來，不住地抓著耳朵邊短髮，彼此對著呆立一會，在微笑與點頭的當兒，火車已緩緩出了站。

壽峰父女望不見了火車，然後才出站去，找了一家小客店住下。第二天，起了個早，就走回北京來。

過了兩天，便叫秀姑到沈家去了一趟。沈家倒待她很好，留著吃飯，才讓她回家。秀姑對父親說：「他們家一共只三口子人，一個叔叔，是整天地不回家，家裡就是娘兒倆，瞧著去，姑娘上學，娘在家裡做活，日子過得很順遂的，大概沒什麼事。」

壽峰聽說人家家裡只有娘兒倆，去了也覺著不便，過一個禮拜，就讓秀姑去探望她們一次。後來接到家樹由杭州寄來的回音，說是母親並沒有大病，在家裡料理一點事務就會北上的，壽峰聽到這話，更認為照應沈家一事無關重要了。

有一天，秀姑又從沈家回來，對壽峰道：「你猜沈姑娘那個叔叔是誰吧？今天可讓咱碰著了，瞧他那大年紀，可不說人話。」

壽峰道：「據你看是個怎樣的人？」

秀姑哼了一聲道：「他燒了灰，我也認識，不就是在天橋唱大鼓的沈三玄嗎？」

壽峰道：「不能吧！樊先生會和這種人結親戚？」

秀姑道：「一點也不會假，他今天回來，醉得像爛泥似的，他可不知道我在他們姑娘屋子裡，一進門就罵上了。

「他說：『姓樊的太不懂事，娘也有錢，女也有錢，怎麼就不給我的錢！咱們姑娘吃他一點，喝他一點，就這樣給他，沒那麼便宜事。他家在南方，知道他家裡是怎麼回事？咱們姑娘說不定是給他做二房做三房，要不，他會找媳婦找到唱大鼓的家裡來？既是那麼著，咱們就得賣一注子錢。我沈三玄混了半輩子，找著有錢的主兒了，我還不應該撈幾文嗎？』

「她母女倆聽了這話，真急了，都跑了出去說是有客。你猜他怎麼說？他說：『客要什麼緊！還能餓肚子不吃飯嗎？她也要吃飯，咱們鬧吃飯的事，就不算沖犯著她。』」

壽峰手上正拿著三個小白銅球兒，挪搓著消遣，聽了這話，三個銅球在右掌心裡得兒叮噹轉著亂響，左手捏著一個大拳頭舉起來，瞪了眼對秀姑道：「這小子別撞著我！」

秀姑笑道：「你幹嘛對我生這麼大氣？我又沒罵人。」

壽峰這才把一隻舉了拳頭的手緩緩放下來，因問道：「後來他還說什麼了？」

秀姑道：「我瞧著她娘兒倆怪為難的，當時我就告辭回來了。我想這姑娘一定是唱大鼓書的，她屋子裡都掛著月琴三弦子呢。」

壽峰聽了，昂著頭只管想，手心裡三個白銅球轉得是更忙更響了，自言自語地道：

「樊先生這人，我是知道的，倒不會知道什麼貧賤富貴，可是不應該到唱大鼓書的裡面去找人，再說，還是這位沈三玄的賢侄女。——這姑娘長得美不美呢？」

秀姑道：「美是美極了，人是挺活潑，說話也挺伶俐。她把女學生的衣服一穿，真不會想到她是打天橋來的。」

壽峰點點頭道：「是了，**算樊先生在草窠裡撿到這樣一顆夜明珠，怪不得再三的說讓我給她們照應一點**，大概也是怕會出什麼毛病，所以一再的託著我，可又不好意思說出來。既是這麼著，我明天就去找沈三玄，教訓他一頓。」

秀姑道：「不是我說你，你心眼兒太直一點，隨便怎麼著，人家總是親戚，你的言語又不會客氣，把姓沈的得罪了，姓樊的未必會說你一聲好兒。他又沒做出對不住姓樊的什麼事，不過言語重一點，你只當我沒告訴你就結了。」

壽峰雖覺得女兒的話不錯，但是心裡頭總覺得好不舒服。

當天憋了一天的悶氣，到了第二日，壽峰吃過午飯，實在憋不住了，身上揣了一些零錢，瞞著秀姑，就上天橋來。

五　飛來橫禍

自己在各處露天街上，轉了一周，那些唱大鼓的蘆席棚裡都望了一望，並不見沈三玄，心想這要找到什麼時候？便走到從前武術會喝水的那家「天一軒」茶館子裡來。只一進門，夥計先叫道：「關大叔！咱們短見，今天什麼風吹了來？」

壽峰道：「有事上天橋來找個人，順便來瞧瞧朋友。」

後面一些練把式的青年都扔了傢伙，全擁出來，將他圍著坐在一張桌子上，又遞煙，又倒茶，忙個不了。有的說：「難得大叔來的。今天給我們露一手，行不行？」

壽峰道：「不行。我今兒要找一個人，這個人若找不著，什麼事也幹得無味。」

大家知道他脾氣，就問他要找誰，壽峰說是找沈三玄。有知道的，便道：「大叔！你這樣一個好人，幹嘛要找這種混蛋去？」

壽峰道：「我就是為了他不成人，我才來找他的。」

那人便問：「是在什麼地方找他？」

壽峰說是大鼓書棚。那人笑道：「現在不是從前的沈三玄了，他不靠賣手藝了，不過他倒常愛上落子館找朋友，你要找他，倒不如上落子館去瞧瞧。」

壽峰聽了這話，立刻站起來，對大家道：「咱們改日會。」說畢，就向外走。

有人道：「你別忙呀，你知道上哪一家呢？我在『群樂』門口碰到過他兩回，你上那兒試試看。」

壽峰已經走了老遠，便點點頭，不多的路，便是群樂書館，站在門口，倒愣住了，不知道怎麼好。在天橋這地方，雖然盤桓過許多日子，但是這大鼓書館向來不曾進去過，今天為了人家的事，倒要破這個例，進去要怎樣的應付，可別讓人笑話。

正在猶豫著，卻見兩個穿綢衣的青年，渾身香撲撲的，一推進去。心想有個做樣子的在先，就跟著進去吧。

接上一推門，便有一陣絲絃鼓板之聲送入耳來。迎面乃是一方板壁，上面也塗了一些綠漆，算是屏風。轉過屏風去，見正面是一座木架支的小臺，正中擺了桌案，一個彈三弦子，兩個拉胡琴的漢子，圍著兩面坐了。

右邊擺了一個小鼓架，一個十幾歲的女孩子，油頭粉面，穿著一身綢衣，站在那裡打著鼓板唱書。執著鼓條子的手，一舉一落，明晃晃的戴了一支手錶，又是兩個金戒指。臺後面左右放著兩排板凳，大大小小，胖胖瘦瘦，坐著七八個女子，都是穿得像花蝴蝶兒似的。

壽峰一見，就覺得有點不順眼。待要轉身出去，就有一個穿灰布長衫人，一手拿了茶壺，一手拿了一個茶杯，向面前桌上一放，和壽峰翻了眼道：「就在這裡坐怎麼樣？」

壽峰心想，這小子瞧我不像是花錢的，也翻著眼向他一哼。

壽峰坐下來看時，這裡是一所大敞廳，四面都是木板子圍著，中間有兩條長桌，有兩丈多長，是直擺著。桌子下，一邊一條長板凳。靠了板壁，另有幾張小桌子向臺橫列。各桌上，一共也不過十來個聽書的，倒都也衣服華麗。

自己所坐的地方，乃是長桌的中間，鄰座坐著一個穿軍服的黑漢子，帽子和一根細竹鞭子放在桌上，一隻腳架在凳上，露出他那長腰漆黑光亮的大馬靴來。

他手指裡夾著半支煙捲，也不抽一口，卻只管向著臺上不住的叫著好。臺上那個女子唱完了，又有一個穿灰布長衫的，手裡拿了個小籐簸箕，向各人面前討錢。

壽峰看時，也有扔幾個銅子的，也有扔一兩張銅子票的。壽峰一想，這也不見怎樣闊，就瞧我姓關的花不起嗎？收錢的到了面前，一伸手，就向簸箕裡丟了二十枚銅子。收錢的人笑也不笑一笑，轉身去了。

只在這時，走進來一個黑麻子，穿了紡綢長衫紗馬褂，戴了巴拿馬草帽，只一進門，臺上的姑娘、臺下的夥計全望著他。

先前那個送茶壺的，早是遠遠地一個深鞠躬，笑道：「二爺！你剛來？」便在旁邊桌子下，抽出一塊藍布墊子，放在一張小桌邊的椅子上，笑著點頭道：「二爺！你這兒坐！給你泡一壺龍井好嗎？天氣熱了，清淡一點兒的，倒是去心火。」

那二爺欲理不理的樣子，只把頭隨點了一點，隨手將帽子交給那人，一屁股就在椅子上坐下，兩隻粗胳膊向桌上一伏，一雙肉眼就向臺上那些姑娘瞅著一笑。

壽峰看在眼裡，心裡只管冷笑。本來在這裡找不到沈三玄，就打算要走，現在見這個二爺進門，這一種威風，倒大可看一看，於是又坐著喝了兩杯茶，出了兩回錢。

這時，就有個矮胖子，一件藍布大褂的袖子，直罩過手指頭，輕輕悄悄地走到那個鄰座的軍人面前，由衫袖籠裡伸出一柄長折扇來。

他將那折扇打開，伸到軍人面前，笑著輕輕地道：「你不點一齣？」

壽峰偷眼看那扇子上寫了銅子兒大的字。三字一句，四字一句，都是些書曲名，如《宋江殺媳》、《長阪坡》之類，心裡這就明白，鼓兒詞上常常鬧些舞衫歌扇，歌扇這名堂，倒是有的。

那軍人卻沒有看那扇子，向那人翻了眼一望道：「忙什麼？」

那人便笑著答應一個「是」字，然後轉身直奔那二爺桌上。他俯著身子，就著二爺耳朵邊，也不知道咕噥了一些什麼，隨後那人笑著去了，臺上一個黃臉瘦子，走到臺口，眼睛向著二爺說道：「紅寶姑娘唱過去了，沒有她的什麼事，讓她休息休息，現在特煩翠蘭姑娘，唱她的拿手好曲子《二姐姐逛廟》。」末了兩句，將聲音特別的提高。

他說完退下去，就有一個十八九歲的姑娘站在臺口，倒有幾分姿色，一雙水汪汪的眼睛，滴溜溜的轉著眼珠子，四面看人。

她拿著鼓條子，先合著胡琴三弦，奏了一套軍鼓軍號，然後才唱起來。唱完了，收錢的照例收錢，收到那二爺面前，只見掏了一塊現洋錢，噹的一聲，扔在籐簸箕裡。**壽峰一見，這才明白，怪不得他們這樣歡迎，是個花大錢的。**

那個收錢的笑著道：「二爺還點幾個，讓翠蘭接著唱下去吧。」

二爺點了一點頭。收錢以後，那翠蘭姑娘接著上臺。這次她唱得極短，還不到十分鐘的工夫就完了事，收錢的時候，那二爺又是掏出一塊現洋，丟了出去。

壽峰等了許久，不見沈三玄來，料是他並不一準到這兒來的。在這裡老等著，聽是聽不出什麼意味，看又看不入眼，怪不舒服的，因此站起來就向外走。

書場上見這麼一個老頭子，進來就坐，起身便去，也不知道他是幹什麼的，都望著他，壽峰一點也不為意，只管走他的。

走不了多少路，遇到了一個玩把式的朋友，他便問道：「大叔！你找著沈三玄了嗎？」

壽峰道：「別提了。我在群樂館子裡坐了許久，我真生氣。老在那兒待著吧，知道來不來？到別家去找吧，那是讓我這糟老頭子多現一處眼。」

那人道：「沒有找著嗎？你瞧那不是——」說著，他用手向前一指。

壽峰跟著他手指的地方一看，只見沈三玄手上拿了一根短棍子，棍子上站著一隻鳥，晃著兩隻膀子，他有一步沒一步的，慢慢走了過來。

壽峰一見，就覺有氣，口裡哼著道：「瞧你這塊骨頭，只吃了三天飽飯，就講究玩個鳥兒。」迎了上去，老遠地就喝了一聲道：「呔！沈三玄！你抖起來了。」

原來關壽峰在天橋茶館子裡練把式的時候，很有個名兒，沈三玄又到茶館子門口彈過弦子的，所以他認識壽峰，平空讓他喝了一聲，很不高興，但是知道這老頭子很有幾分力量，不敢惹他。便遠遠地蹲了一蹲身子，笑道：「大叔！你好，咱們短見。」

壽峰見他這樣一客氣，不免心裡先軟化了一半，因道：「我有什麼好！你現在找了一門做官的親戚，你算好了。」

沈三玄笑道：「你怎麼也知道了！咱們好久沒談過，找個地方喝一壺兒好不好？」

壽峰翻了眼睛，望著他道：「怎麼著？你想請我？喝酒還是喝茶呢？」

沈三玄道：「既然是請大叔，當然是喝酒。」

壽峰道：「我倒是愛喝幾杯，可是要你請，兩個酒鬼到一處，人家會疑心我混你的酒喝。往南有遛馬的，咱們到那裡喝碗水，看他們跑兩趟。」

沈三玄一見壽峰撅著鬍子說話，不敢不依。

穿過兩條地攤，沿路一列席棚茶館，人都滿了。道外一條寬土溝，太陽光裡，浮塵擁起，有幾個人騎著馬來往的飛跑。土溝那邊，一大群小孩子隨著來往的馬，過去一匹，嚷上一陣。沈三玄心想：這有什麼意思？但是看看壽峰倒現出笑嘻嘻的樣子來，似乎很得勁。只得就在附近一家小茶館，揀了一副沿門向外的座頭坐下。

喝著茶，沈三玄才慢慢地問道：「大叔！你怎麼知道我攀了一門子好親？」

壽峰道：「怎麼不知道！我閨女還到你府上去過好幾回呢。」

沈三玄道：「呵呀！她們老說有個關家姑娘來串門子，我說是誰，原來是你的大姑娘，我一點不知道，你別見怪。」

壽峰道：「誰來管這些閒帳！我老實對你說，我今天上天橋，就是來找你來了。我聽說你嫌姓樊的沒有給你錢，你要搗亂。我不知道就得，我知道了，你可別胡來。姓樊的臨走，**他可拜託了我給他照料家事。他的事就像我的事一樣**，你要胡來，我關老頭子不是好惹的。」

沈三玄劈頭受了他這個「烏天蓋」，又不知道說這話是什麼意思，便笑道：「沒有的話，我從前一天不得一天過，恨不得都要了飯了，而今吃喝穿全不愁，不都是姓樊的好處嗎？我怎麼能使壞！難道我倒不願吃飽飯嗎？」說著就給壽峰斟茶，一味的恭維。

壽峰讓他一陪小心，先就生不起氣來，加上他說的話也很有理，並不勉強，氣就全消了，因道：「但願你知道好了。我是姓樊的朋友，何必要多你們親戚的事。」

沈三玄道：「那也沒關係，**你就是個仗義的老前輩，不認識的人，你見他受了委**

屈，都得打個抱不平，何況是朋友，又在至好呢？」

說著話時，只見那土溝裡兩個人騎著兩匹沒有鞍子的馬，八隻蹄子蹴著那地下的浮土，如煙囪裡的濃煙一般，向上飛騰起來。馬就在這浮煙裡面，浮著上面的身子，飛一般地過去。

壽峰只望著那兩匹馬出神，沈三玄說些什麼，他都未曾聽到。

沈三玄見壽峰不理會這件事了，就也不向下說，等壽峰看得入神了，便道：「大叔！我還有事，不能奉陪，先走一步，行不行？」

壽峰道：「你請便吧。」沈三玄巴不得這一聲，會了茶帳，就悄悄地離開了茶館。

沈三玄手上拿棍子，舉著一隻小鳥，只低著頭想：這老頭子那個點得火著的脾氣，是說得到做得到的。也不知道他為了什麼事，巴巴地來找我，幸而我三言兩語，把他糊過去了，要不然，今天就得挨揍。

正想到這裡，棍子上那小鳥噗哧一聲，向臉上一撲，自己突然吃了一驚，定睛看時，卻是從前同場中的一個朋友。

那人先笑道：「沈三哥！聽說你現在攀了個好親戚，抖起來了！怎麼老不瞧見你？」

沈三玄笑道：「你還說我抖起來了，你瞧你這一身衣服，穿得比我闊啊！」

原來那人正穿的是紡綢長衫，紗馬褂，拿著尺許長的檀香折扇，不像是個書場上人了。

那人道：「老朋友難得遇見的，咱們找個地方談談，好嗎？」

沈三玄連說「可以」，於是二人找了一家小酒館，去吃喝著談起來。二人不談則已，一談之下，就把沈家事發生了一個大變化。

原來那人叫黃鶴聲，也是個彈三弦子的。因為他跟著的那個姑娘嫁了一個師長做姨太太，他就託了那位姑娘說情，在師長面前當了一名副官。因他為人有些小聰明，遂不斷地和姨太太買東西，中飽的款子不少，也就發了小財了，當時黃鶴聲多喝了幾杯酒，又不免把自己得意的事誇耀了幾句。

沈三玄聽在心裡，也不願丟面子，因道：「我雖沒有你的事情好，可是也湊付著過得去。我那侄姑娘，你也見過的，現在找著一個有錢的主兒，我們一家子現在都算吃她的。」於是把大概的情形說了一遍，因又道：「你要是得空，可以到我們那裡去瞧瞧。」

黃鶴聲也就笑道：「朋友都樂意朋友好的，我得去瞧瞧。」

兩人說著話，便已酒醉飯飽。黃鶴聲也不待沈三玄謙遜，先就在身上掏出一個皮夾子，拿出一大捲鈔票，由鈔票內抽出一張十元的，給了店伙去付酒飯帳。找了錢來，他隨手就付了一塊錢的小費，然後大搖大擺走出門去。看到人力車停在路邊，一腳跨上去，坐著車便走了。

沈三玄看著，點了點頭，又嘆了口氣。

到了家裡，直奔入房。見著沈大娘便問道：「大嫂！你猜到我們家來的那個關家姑娘是誰吧？她就是天橋教把式關老頭子的閨女，我在街上見著了那老頭子就會害怕，你幹嘛把他閨女往家裡引？這老頭子，有人說他是強盜出身，我瞧就像。你瞧著吧，總有一天，他要吃『衛生丸』的。」

沈大娘道：「哪個練把式的老頭子？我不認識。你幹嘛好好兒的罵人？」

沈三玄道：「天橋地方大著呢，什麼人沒有？你們哪裡會全認得！你不知道這老頭子真可惡，今天他遇著我，教訓了我一頓。瞧他那意思還是姓樊的拜託他這樣的。各家有各家的事，幹嘛要他多咱們的事？他媽的！他是什麼東西！」

沈大娘道：「又在哪裡灌了這些個黃湯？張嘴就罵人。姓關的得罪了你，姓樊的又沒得罪你，幹嘛又把姓樊的拉上？」

沈三玄道：「那是啊！**姓樊的臨走給了你幾百塊錢，你們哪裡見過這個，就把他當了一尊佛爺了，哪裡敢得罪他！就憑那幾個小錢，把你娘倆的心都賣給人家了**，真是不值啊！你瞧黃鶴聲大哥，而今多闊！身上整百塊的揣著鈔票，他不過是雅琴的師父，雅琴做了太太就把他升了副官。鳳喜和我是什麼情分？我待她又怎麼來著？可是，我撈著什麼了？花幾個零錢……」

沈大娘道：「你天天用了錢，天天還要回來嘮叨一頓。你侄女可沒做太太，哪兒給你找副官做去？醉得不像個人樣了，躺著炕上找副官做去吧。」

沈大娘也懶得理他，說完自上廚房去了。沈三玄卻也醉得厲害，摸進房去，果然倒在炕上躺下。

到了次日，沈三玄想起約黃鶴聲今天來，便在家裡候著，不曾出去。

上午十一點多鐘的時候，只聽到門外一陣汽車響，接上就有人打門。

沈三玄倒有兩個朋友是給人開汽車的，正想莫非他們來了？自己一路來開門，口裡可就說著：「你們有事幹的，幹嘛也學著我，到處胡串門子！」

手上將門一開，只見黃鶴聲手裡搖著扇子，走下汽車來，一伸手拍了沈三玄的肩道：「你還是這樣子省儉，怎麼聽差也不用一個，自己來開門？」

沈三玄心裡想著，我哪輩子發了財沒用，怎麼說出「省儉」兩個字來了？心裡如此想著，口裡也就隨便答應他。把黃鶴聲請到屋子裡，自己就忙著泡茶拿煙捲。

黃鶴聲用手掀了玻璃上的白紗向窗子外一看，口裡說道：「小小的房子，收拾得倒很精緻。」正說完這句話，只見一個十六七歲的女郎，剪了頭髮，穿著皮鞋，短短的白花紗旗袍，只比膝蓋長一點，露出一大截穿了白襪子的腿，脅下卻夾了一個書包，因回轉頭來問道：「老玄！你家裡從哪兒來的一位女學生？」

沈三玄道：「黃爺！我昨天不是告訴了你嗎？這就是我那侄女姑娘。」

黃鶴聲笑道：「嘿！就是她。可真時髦，越長越標緻了，憑她這個長相兒，要去唱大鼓書，準紅得起來。這話可又說回來了，趁早兒找了個主，有吃有喝，一家都安了心也好。」

沈三玄對窗子外望了一望，然後低聲說道：「安了心嗎？我們這是騎了驢子翻帳本，走著瞧。你想，一個當少爺的人到外面來唸書，家裡能給他多少錢花！頭裡兩個月，讓他東拉西扯，找幾個錢，湊付著安了這個家。這也就是現在，過兩個月瞧瞧，我猜就不行了，就是行，也不過是她娘兒倆的好處，我能撈著什麼好處？

「那小子臨走的時候，給我留下錢沒留下錢，我也不知道。可是我大嫂，每天就只給一百多銅子我花。現在銅子兒是極不值錢，一百多銅子，不過合三四毛錢。你說讓我幹嘛好？從前沒有這個姓樊的，我一天也找百十來個子兒，而今還不是一樣嗎？

「依著我，姑娘現在有兩件行頭了，趁著這個機會，就找家館子露一露，也許真紅起來。到那時候，隨便怎樣，也撈個三塊兩塊一天。你說是不是？」

黃鶴聲笑道：「照你的算法，你是對了。你們那侄姑娘放著現成的女學生不做，又要去唱曲子侍候人，她肯幹嘛？」

沈三玄道：「當女學生，瞎扯罷了，我說姓樊的那小子，自己就胡來。現在當女學生的，幾個能唸書唸得像爺們一樣，能幹大事？我瞧什麼也不成，唸了三天書，先講平等自由。」

說到這裡，他聲音又低了一低道：「我這侄女自小兒就調皮，往後再一講平等自由，她能再跟姓樊的，那才怪呢！」

黃鶴聲正要接話，只聽到沈大娘在北屋子裡嚷道：「三弟！咱們門口停著一輛汽車，是誰來了？」

黃鶴聲就向屋子外答道：「沈家大嫂子，是我，我還沒瞧你呢。」說著話已經走出屋來，老遠地連作幾個揖道：「咱們住過街坊，我和老玄是多年的朋友了，你還認得我嗎？」

沈大娘站在北屋門口倒愣住了。雖覺得有點面熟，可是記不起來他究竟是姓張姓李？她正在愣著，沈三玄搶著跑了出來道：「大嫂！黃爺你怎樣會記不起來？他現在可闊了，當了副官了，他們衙門裡有的是汽車，只要是官，就可坐公家的汽車出來。門口的汽車，就是黃爺坐來的。你瞧見沒有？那車子是真大，坐十個人，都不會嫌擠。黃大哥！你的師長大人姓什麼？我又忘了。」

黃鶴聲便說是「姓尚」。沈三玄道：「對了！是有名的尚大人。雅琴姑娘現在就是尚大人的二房。雖然是二房，可是尚大人真喜歡她，比結髮的那位夫人還要好多少倍，不然，怎樣就能給黃爺升了副官呢！」

黃鶴聲因為沈大娘不知道他最近的來歷，正想把大概情形先說了出來，現在沈三玄搶出來一介紹，自己不曾告訴他的，他都說出來了，這就用不著再說了。

沈大娘這時也記起從前果然住過街坊的，便笑道：「老街坊還會見著，這是難得的事啊！請到北屋子裡坐坐。」

沈三玄巴不得這一聲，就攙著黃鶴聲的手，將他向北屋子裡引。沈大娘說是老街坊，索性讓鳳喜也出來見見。

黃鶴聲就近一看鳳喜，心想這孩子修飾得乾淨，的確比小時俊秀得多。——怪不怪，**老鴉窠裡真鑽出一個鳳凰來了！**

當時坐著閒談了一會，就告辭出門。

沈三玄搶著上前來開大門，黃鶴聲見沈大娘在屋子裡沒有出來，就執著沈三玄的手道：「你在自己屋子裡先和我說的那些話，是真的嗎？」

沈三玄猛然間聽到，不懂他用意所在，卻只管望著黃鶴聲的臉。

黃鶴聲道：「我說的話，你沒有懂嗎？就是你向著我抱怨的那一番話。」

沈三玄忽然醒悟過來，連道：「是了，是了，我明白了！黃爺！你看是有什麼路子，提拔做小弟的，小弟一輩子忘不了。」

黃鶴聲牽著他的手，搖撼了幾下，笑道：「碰巧也許有機會，你聽信兒吧。」說畢，黃鶴聲上車而去。

原來黃鶴聲跟的這位尚師長所帶的軍隊，就駐紮在北京西郊。他的公館設在城裡，有一部分人也就在公館裡辦事。這黃鶴聲副官，就是在公館裡辦事的一位副官。

當時他回了公館，恰好尚師長有事叫他。他就放下帽子和扇子，整了一整衣服，然後才到上房來見尚師長。

尚師長道：「我找了你半天，都沒有看見你，你到……」

黃鶴聲不等他把這一句問完，就笑起來道：「師長上次吩咐要找的人，今天倒是找著了，今天就是為這個出去了一趟。」

尚師長道：「劉大帥這個人，眼光是非常高的，差不多的人，他可看不上眼。」

黃鶴聲道：「這個人準好，模樣兒是不必提了。在先她是唱大鼓書的，現在又在唸書，透著更文明。光提那性情兒，現在就不容易找得著。要是沒有幾門長處的人，也不敢給師長說。」

尚師長將嘴唇上養的菱角鬍子左右擰了兩下，笑道：「口說無憑，我總得先看看人。」

黃鶴聲道：「這容易，這人兒的三叔和鶴聲是至好的朋友，只要鶴聲去和他說一說，他是無不從命，但不知師長要在什麼地方看她？」

尚師長道：「當然把她叫到我家裡來，難道我還為了這個，找地方去等著她不成？」

黃鶴聲答應了兩聲「是」，心裡可想著：**現在人家也是良家婦女，好端端的要人家送來看，可不容易**。一面想著，一面偷看尚師長的臉色，見他臉色還平常，便笑道：「若是有太太的命令，說是讓她到公館裡來玩玩，她是一定來的。」

原來這師長的正室現在原籍，下人所謂太太，就是指著雅琴而言。

尚師長道：「那倒沒關係，只要她肯來，讓太太陪著，在我們這兒多玩一會兒，我倒可以看個仔細。」說著，他那菱角式的鬍子尖，笑著向上動了兩動，露出嘴裡兩粒黃燦燦的金牙。

當下黃鶴聲見上峰已是答應了，這事自好著手，便約好了明天下午，把人接了來。當天晚上就派人把沈三玄叫到尚宅，引了他到自己臥室裡談話。前後約談了一個鐘頭，沈三玄笑得由屋子裡滾將出來。黃鶴聲因也要出門，就讓他同坐了自己的汽車，把他送到家門口。

沈三玄下了車，見自己家的大門卻是虛掩的，倒有點不高興，推了門進去，在院子裡便嚷起來道：「大嫂！你不開門，沒有看見，我是坐汽車回來的。今天我算開了眼，嘗了新，坐了汽車了，黃副官算待咱們不錯，他這樣闊了，還認識咱們，真是難得！」

沈大娘道：「別現眼了，歸里包堆，人家請你吃了一回館子，坐了一趟汽車，就恨不得把人家捧上天，這要是他給你百兒八十的，你沒有老子，得把他認作老子看待了。」

沈三玄道：「百兒八十，那不算什麼，也許不止幫我百兒八十的忙呢。人家有那番好意，你娘兒倆樂意不樂意，我都不管，可是我總得說出來，就是現在這位尚師長的太太，想著瞧瞧小姊妹們，要接鳳喜到他家去玩玩。明天打過兩點，就派兩名護兵押了汽車來接，就說人家雖是同行出身，可是現成為師長太太了。師長有多大，大概你還不大清楚，若說把前清的官一比，準是頭品頂戴吧。人家派汽車來接鳳喜，這面子可就大了，若是不去，可真有些對不住人。」

沈大娘道：「你別瞎扯，從前咱們和雅琴就沒有什麼來往，這會子她做了闊太太了，倒會和咱們要好起來？我不信。」

沈三玄道：「我也是這樣說呀，可是今天黃副官為了這個，特意把我請去說的。假是一點兒也假不了，難得尚太太單單地念到咱們，所以我說這交情大了，不去真對不住人。」

沈大娘道：「我想雅琴未必記得起咱們，不過是黃鶴聲告訴了她，她就想起咱們來了。」

沈三玄道：「大嫂！你別這樣提名道姓的，咱們背後叫慣了，將來當面也許不留神叫了出來的。**人家有錢有勢，攀交情還怕攀不上，把人家要得罪了，那可是不大方便，**明天鳳喜還是去不去呢？」

沈大娘道：「也不知道你的話靠得住靠不住？若是人家真派了汽車來接，那倒是不去不成。要不，人家真說咱們不識抬舉。」

沈三玄心下大喜，因道：「你是知情達禮的人，當然會讓她去。可是咱們這位侄姑娘，可有點怯官——」

他們在外面屋子說話，鳳喜在屋子裡已聽了一個夠，便道：「別那樣瞧不起人，我到過的地方，你們還沒有到過呢。雅琴雖然做了太太，人還總是那個舊人，我怕什麼？」

沈三玄道：「只要你能去就行，我可不服你賭嘴。」

沈三玄心裡又怕把話說僵了，說完了這句，就回到自己屋子裡去了。

到了次日，沈三玄起了個早，可是起來早了，又沒有什麼事可做。他就拿了一把掃帚，在院子裡掃地。

沈大娘起來，開門一見，笑道：「喲！咱們家要發財了吧，三叔會起來這麼早，給我掃院子。」

沈三玄笑了，因道：「我也不知道怎麼著，天亮就醒了，老睡不著，早上閒著沒有事，掃掃院子，比閒等著強。再說你們家人少，我又光吃光喝，鳳喜更是當學生了，裡裡外外全得你一個人照理，我也應該給你娘兒倆幫點忙了。」

說著，用手向鳳喜屋子裡指了一指，輕輕地道：「她起來沒有？尚太太那兒，她答應準去嗎？她要是不去，你可得說著她一點，咱們現在好好的做起體面人家，也該要幾門子好親好友走走。你什麼事不知道，覺得我做兄弟這句話說得對嗎？」

沈大娘笑道：「你這人今天一好全好，肯做事，說話也受聽。」

沈三玄笑道：「**一個人不能糊塗一輩子，總有一天明白過來**。好比就像那尚師長太太，從前唱大鼓書的時候，不見得怎樣開闊，可是如今一做了師長太太，連我們這樣的老窮街坊，她也記起來了，說來說去，我們這侄姑娘到底是決定了去沒有？」

沈大娘道：「這也沒有什麼決定不決定，汽車來了，讓她去就是了。」

沈三玄道：「讓她去不成，總要她自己肯去才成呢。」

沈大娘道：「唉！怪貧的，你老說著做什麼？」

沈三玄見嫂嫂如此說，就不好意思再說了。

過了一會，鳳喜也起床了，她由廚房裡端了一盆水，正要向北屋子裡去，沈三玄道：「侄姑娘，今天起來得早哇！」

鳳喜將嘴一撇道：「幹嘛呀？知道你今天起了一天早，一見面就損人。」

沈三玄由屋子裡走了出來，笑嘻嘻地道：「我真不是損你，你看，今天這院子掃得乾淨嗎？」

鳳喜微微一笑道：「乾淨。」說時，她已端了水走進房去。

沈三玄在院子裡槐樹底下徘徊了一陣，等著鳳喜出來。半晌，還在裡面，自己轉過槐樹那邊去，嘩啦一聲，一盆洗臉水由身後潑了過來，一件藍竹布大褂濕了大半截。

鳳喜站在房門口，手裡拿著空洗臉盆，連連叫著「糟糕」。

沈三玄道：「還好，沒潑著上身，這件大褂反正是要洗的。」

鳳喜見他並不生氣，笑道：「我回回潑水都是這樣，站在門口，往槐樹底下一潑，哪一回也沒事，可不知道今天你會站在這裡，你快脫下來，讓我給你洗一洗吧。」

沈三玄道：「我也不等著穿，忙什麼？我不是聽到你說，要到尚師長家裡去嗎？」

鳳喜道：「是你回來要我們去的，怎麼倒說是聽到我說的呢？」

沈三玄道：「消息是我帶來的，可是去不去，那在乎你。我聽到你準去，是嗎？姊妹家裡也應該來往來往，將來——」

鳳喜道：「唉！你淋了一身的水，趕快去換衣服吧，何必站在這裡廢話。」

沈三玄讓鳳喜一逼，無可再說了，只得走回房去，將衣服換下。等到衣服換了，再出來時，鳳喜已經進房去了，於是裝著抽煙找取火兒，走到北屋子裡來，隔著門問道：「侄姑娘！我要不要給黃副官通個電話？」

鳳喜迎了出來道：「哪個什麼黃副官？有什麼事要通電話？」

沈三玄笑道：「你怎麼忘了？不是到尚家去嗎？」

鳳喜道：「你怎麼老蘑菇！我不去了。」說著手一掀門簾子，捲過了頭，身子一轉，便進房去了。

沈三玄看她身子突然一掉，頭上剪的短髮就是一旋，彷彿是僵著脖子進去了，他心裡噗通一跳，要安慰兩句是不敢，不安慰兩句，又怕事情要決裂。站在屋子中間，只管抽煙捲。

半晌，才說道：「我沒有敢麻煩呀，我只說了一句，你就生氣了。」

鳳喜道：「早上我還沒起來，就聽見你問媽了，**你想巴結闊人，讓我給你去作引線，是不是？**憑你這樣一說，我要不去了，看你怎麼樣？」

沈三玄不敢作聲，溜到自己屋子裡去了。

到了吃午飯的時候，沈三玄一看鳳喜的臉色，已經和平常一樣，這才從從容容的對沈大娘道：「你下午要出去的話你就出去吧，我在家看一天的家得了。」

沈大娘口裡正吃著飯，就只對他搖了一搖頭。

沈三玄道：「那尚太太就只說了要大姑娘去，要不然，你也可以跟了去。可是話又說回來了，以後彼此走熟了，來往自然可以隨便。」

他說話，手裡捧著筷子碗，下巴直伸到碗中心，向對面坐的鳳喜望著。鳳喜卻不理會，只是吃她的飯。

沈三玄將筷子一下一下的扒著飯，卻微微一笑。沈大娘看了一看，也沒有理會。

沈三玄只得笑道：「我這人還是這樣的脾氣，人家有什麼事沒有辦了，我只同人家著急。大姑娘到底去不去，應該決定一下，過一會子，人家的汽車也來了。可是依著我說，哪怕去一會兒就回來哩，那都不要緊，可是敷衍面子，總得去一趟。原車子回來，要不了多少時候，至多一點鐘罷了。」

說到這裡，鳳喜已是先吃完了飯，就放下了碗，先進去了。

沈三玄輕輕地道：「大嫂你可別讓她不去。」

沈大娘道：「你真貧。」說著，將筷子一按，啪的一聲響，左手將碗放在桌上，又向中間一推，她雖沒有說什麼，好像一肚子不高興，都在這一按一推上，完全表示出來。

沈三玄一人自笑起來道：「我是好意，不願我說，我就不說。」他只說了這句話，也就只管低頭吃飯。

往常沈三玄一放下飯碗，就要出門去的，今天他吃過飯之後，卻只是銜了一根煙捲，不停地在院子裡閒步。

到了兩點鐘，門口一陣汽車響，他心裡就是一跳，出去開門一看，正是尚宅派來的汽車。車子上先跳下兩位掛盒子炮的武裝兵士來。

沈三玄笑著點了點頭道：「二位不是黃副官派來接沈姑娘的嗎？她就是我侄女，黃副官和我是至好的朋友。」於是把那兩位兵士請到自己屋子裡待著，自己悄悄地走到北屋子裡去，對沈大娘道：「怎麼辦？汽車來了。」

沈大娘道：「你侄女兒她鬧彆扭，她不肯去哩。」

沈三玄一聽這話，慌了，連道：「不成，那可不成。」

沈大娘道：「她不願去，我也沒法子，不成，又怎麼樣呢？」

沈三玄皺了雙眉，脖子一軟，腦袋歪著偏到肩上，向著沈大娘笑道：「你何必和我為難，你叫她去吧。兩個大兵在我屋子裡待著，他們身上都帶著傢伙，我真有些怕。」

說話時，活現出那可憐的樣子，給沈大娘連連作了幾個揖。

沈大娘笑道：「我瞧你今天為了這事，真出了一身汗。」

沈三玄還要說時，只見鳳喜換了衣履出來，正是要出門的樣子，因問道：「要不要讓那兩個大兵喝一碗水呢？」

鳳喜道：「你先是怕我不去，我要去了，你又要和人家客氣。」

沈三玄笑著向外面一跑，口裡連道：「開車開車，這就走了。」他走忙了，後腳忘了跨門檻，噗通一聲，摔了一個蛙翻白出闥。他也顧不了許多，爬了起來，就向自己屋子裡跑，對著那兩個兵連連作揖道：「勞駕久等，我侄女姑娘出來了。」

兩個護兵一路走出來，見鳳喜長衫革履，料著就是要接的那人了，便齊齊的走上前，和鳳喜行了個舉手軍禮。

鳳喜向來見了大兵就有三分害怕，不料今天見了大兵倒大模大樣的，受他倆的敬禮，心下不由得就是一陣歡喜。兩個大兵在前引路，只一出大門，早有一個兵搶上前一步，給她開了汽車門。

鳳喜坐上汽車，汽車兩邊，一邊站著一個兵，於是風馳電掣，開向尚宅來。

鳳喜坐在車上，不由得前後左右，看了個不歇。見路上的行人對這車子都非常注意，心想**他們的意思，見我坐了帶著護兵的汽車，哪還不會猜我是闊人家裡的眷屬嗎？**

車子到了尚家，兩個護兵，一個搶進門去報信，一個就來開車門。

鳳喜下了車子，便見有兩個穿得齊整一點的老媽子，笑嘻嘻的同叫了一聲「沈小姐」，接上蹲著身子請了一個安，一個道：「你請吧！我們太太等著哩。」

鳳喜也不知道如何答覆是好，只是用鼻子哼著應了一聲。老媽子帶她順著走廊，走過兩道金碧輝煌的院落，到了第三進，只見高臺階上一個渾身羅綺的少婦，扶著一個十二三歲的女孩，楊柳臨風的一般，站在那裡，卻是笑嘻嘻的，先微微地點了一點頭。

那不是別人，正是從前唱大鼓書、現在做師長太太的雅琴。

記得當年，她身體很強健的，能騎著腳踏車，在城南公園跑，如今倒變得這樣嬌嫩相，站著都得扶住人。她這裡打量雅琴，雅琴也在那裡打量她。**雅琴總以為鳳喜還是從前那種小家子，今天來至多是罩上一件紅綠褂子而已。現在一看她是個極文明的樣子，雖然不甚華麗，然而和從前簡直是兩個人了。**

她不等鳳喜上前，立刻離開扶著的那女孩，迎上前來，握著鳳喜的手道：「大妹子，你好嗎？想不到咱們今天在這兒見面啊！你現在很好嗎？」

說著這話，她執著鳳喜的手，依然還是向她渾身上下打量，笑道：「我真想不到呀！怪不得黃副官說你好了。」

鳳喜只笑著，不知道她命意所在，也就不好怎樣答應她的話。她牽著鳳喜的手，一路走進屋子裡去。

鳳喜進門來，見這間堂屋就像一所大殿一樣，裡面陳設的那些木器，像圖畫上所看到的差不多。四處陳設的古玩字畫也說不上名目，只看正中大理石紫檀木炕邊，一面放著一架鐘，就有一個人高；其次容易令人感覺的，就是腳下踏著的地毯，也不知道有多厚，彷彿人在床上行路一般，只覺軟綿綿的。

這時有個老媽子在右邊門下，高捲著門簾，讓了雅琴帶鳳喜進去。穿過一間房子，這才是雅琴的臥室。**迎面一張大銅床，垂著珍珠羅的帳子，床上的被褥就像綢緞莊的玻璃樣子櫃一般，不用得再看其他的陳設，就覺得眼花繚亂了。**

雅琴道：「大妹子！我不把你當外人，所以讓你到我屋子裡來坐。咱們不容易見面，你可別走，在我這裡吃了晚飯去，回頭談談，開話匣子給你聽也好，開無線電收音機給你聽也好。咱們這無線電和平常的不同，能聽到外國的戲院子唱戲，你瞧這可透著新鮮。」說著又向床後一指道：「你瞧那不是一扇小門嗎？那裡是洗澡的屋子。」說著拉了鳳喜的手，推門讓她向裡看。裡面白玉也似的，上下全是白瓷磚砌成的。

鳳喜不好意思細看，只伸頭望了一望，就退回來了。

雅琴笑道：「吃完了飯，你在我這裡洗了澡再走。」一直讓雅琴把殷勤招待的意思都說完了，才讓著她在一張紫皮沙發上坐了。

對過小茶桌上，正放了一架小小的電扇。一個老媽子張羅過茶水，正要去開電扇，雅琴道：「別忙，拿一瓶香水來。」

老媽子取了一瓶香水來，雅琴接過手，打開塞子，向滿屋子一灑，然後再讓老媽子開電扇。風葉一動，於是滿室皆香——鳳喜在未來之先，心裡也就想著，雅琴雖是個師長的姨太太，自己這一會見，也算不錯，就是和她談談，也不見得相差若干，**現在這一比較之下，這才覺得自己所見的不廣，雅琴說起話來，咱們師長長，咱們師長短，這也就不好說什麼，只是聽一句是一句而已。**

她們在這裡說話，那尚師長早已偷著在隔壁屋子裡一架綠紗屏風後，看了一個飽。**覺得自己的如夫人和鳳喜一比，就是泥土見了金，人家並不用得要脂粉珠玉那些東西陪**

襯，自然有一種天生的媚態，可惜這話已和劉將軍說過，不然這個美人是不能不據為己有的了。

原來這劉將軍是劉大帥的胞兄弟，現在以後備軍司令的資格，兼任了駐京辦公處長，就是劉大帥的靈魂。當鳳喜來的時候，這劉將軍也就到尚師長家裡來小坐。因為無聊得很，要想找兩個人，就在尚家打個小牌消遣消遣。

閒談了一會，尚師長笑道：「我聽說大帥要在北京找一個如夫人，我就託人去訪，今天倒找來了一位，是我們姨太太的姊妹，不知道究竟如何，讓我先偷著去看看。」

劉將軍笑道：「我們老二的事，我是知道，這人究竟他看得上眼，看不上眼，讓我先考一考分數，那才不錯。若是我說行，至少有個大八成兒他樂意，要不然，你亂往那裡送，鬧不出一個好處來，先倒碰釘子，那又何必！」

尚師長一聽有理，就約好自己先進去，把鳳喜叫出來，大家見面。劉將軍聽說，很是贊成，就讓尚師長先進上房去，他在客廳裡等。

不料等了大半天，還不見尚師長出來。他在尚家是很熟識的，也等得有些不耐煩，就向上房走去，口裡喊著尚師長的號道：「體仁！體仁！怎麼一進去就不出來了？」

尚師長連忙離開了碧紗屏風，走到門口來迎著他，因笑道：「錯是真不錯，似乎年歲太小一點。」

劉將軍道：「越小越好哇！你怎麼倒有嫌她過小的意思呢？請出來見見吧。」

尚師長連連搖著手道：「別嚷！別嚷！究竟能不能夠請出來見一見，我還不敢硬作這個主，得問問我們『內閣總理』呢。」於是把劉將軍讓到內客廳，然後吩咐聽差，去請姨太太出來。

雅琴一進門，尚師長先笑道：「人，我瞧見了。你說從前她也唱過大鼓書，我是不相信。你瞧瞧她那斯斯文文的樣子，真像一個……」

雅琴哪裡等他說完，連忙微瞪著眼道：「你以為這是好話嗎？誰不願意一生下地就是大小姐，投胎投錯了可也沒法子。唱大鼓書的人，也是人生父母養的。在臺上唱大鼓書，一下了臺，一樣的是穿衣吃飯，難道說唱大鼓書，臉子上還會長著一行字是下等人，到哪兒也掛上這塊牌子嗎？你說她斯斯文文的，不像唱大鼓的，我不知道其餘唱過大鼓的，有怎麼一個壞相？」

尚師長坐在沙發上，兩腳一抬，手一拍，身子向後一仰，哈哈大笑道：「這可了不得，一句話把咱們夫人的怒氣引上來了。我說她沒有唱大鼓書的樣子，並不是說你有那個樣子呀！在你面前，說你姊妹們好，你也是有體面的事，幹嘛這樣生氣？」說畢，又哈哈大笑。

雅琴道：「別樂了！有什麼事快對我說吧，人家屋子裡還有客呢！」

尚師長笑道：「就是為了她才請你來呢，你去請她出來，我們大家談一談行不行？」

雅琴便低聲道：「別胡鬧吧！人家有了主兒了，雖然是沒嫁過去，她現在就過的是男家的日子，總算是一位沒過門的少奶奶，要把她當著……」

尚師長道：「是你的姊妹們，也算是我的小姨子，讓她瞧瞧這不成器的老姊夫，我把她當著親戚，還不成嗎？」

他說了這話，放大著聲音，打了一個哈哈，就逕自走進房去。

劉將軍急於要看人，也緊緊跟著，但是當他二人進房時，屋子裡何曾有人！劉將軍先急了，大叫起來道：「體仁！你真是豈有此理。有美人兒就有美人兒，沒有美人兒，幹嘛冤我？」

尚師長笑著，也不作聲，卻只管向浴室門裡努嘴。

雅琴已是跑進來，笑道：「我妹子年輕，有點害臊，你們可別胡搗亂。」說著，走進浴室。

只見鳳喜背著身子，朝著鏡子站住，雅琴上前一把將她拉住，笑道：「為什麼要藏起來？都是朋友親戚，要見，就大家見見，他們還能把你吃下去不成？」說著將鳳喜拚命的拉了出來。

鳳喜低了頭，身子靠了壁，走一步挨一步，挨到銅床邊，無論如何不肯向前走了。

當雅琴在浴室裡說話之時，劉、尚二人的眼光，早是兩道電光似的射進浴室門去。

及至鳳喜走了出來，劉將軍早是渾身的汗毛管向上一翻，酥麻了一陣，不料平空走出這樣美麗的一個女子來，滿臉的笑容朝著雅琴道：「這是尚太太不對，有上客在這裡，也不好好的先給我們一個信，讓我們糊里糊塗嚷著進來，真是對不住。」說著，走上前一步，就向鳳喜鞠了半個躬，笑道：「這位小姐貴姓？我們來得魯莽一點，你不要見怪。」

鳳喜見人家這樣客客氣氣，就不好意思不再理會，只得擺脫了雅琴的手，站定了，和劉將軍鞠躬回禮，雅琴便站在三人中間，一一介紹了，然後大家一路出了房門，到內客廳裡來坐。

鳳喜挨著雅琴一處坐下，低了頭，看著那地毯織的大花紋，上牙微微地咬了一點下嘴唇，在眼裡雖然討厭劉將軍那樣年老，更討厭他斜著一雙麻黃眼睛只管看人，可是常聽到人說，將軍這官，位分不小，就是在大鼓詞上也常常唱到將軍這個名詞的。現在的將軍雖然和古來的不見得一樣，然而一定是一個大官，所以坐在一邊，也不免偷看他兩眼，心裡想著，**大官的名字聽了固然是好聽，可是看起來也不過是一個極平凡的人，這又是叫聞名不如見面了**。

當她這樣想時，雅琴在一邊就東一句西一句，只管牽引著鳳喜說話。大家共坐了半點鐘，也就比初見面的時候熟識得多了。

劉將軍道：「我們在這裡枯坐有什麼意思？現成的四隻腳，我們來場小牌好不好？」尚師長和雅琴都同聲答應了，鳳喜只當沒有知道，並不理會。

雅琴道：「大妹子！我們來打四圈玩兒，好不好？」

鳳喜掉轉身，向雅琴搖了一搖頭，輕輕地道：「我不會。」

雅琴還不曾答話，劉將軍就笑著道：「不能夠，現在的小姐們，沒有不會打牌的。來來來，打四圈，若是沈小姐不來的話，那就嫌我們是粗人，攀交不上。」

鳳喜只得笑道：「你說這話，我可不敢當。」

劉將軍道：「既不是嫌我們粗魯，為什麼不來呢？」

鳳喜道：「不是不來，因為我不會這個。」

劉將軍道：「你不會也不要緊，我叫兩個人在你後面看著，做你的參謀就是了，輸贏都不要緊，你有個姐姐在這兒保著你的鏢呢，再說，我們也不過是圖個消遣，誰又在乎幾個錢。來吧，來吧！」

在劉將軍說時，尚師長已是吩咐僕役們安排場面，就在客廳中間擺起桌椅，桌上鋪了桌毯。鳳喜坐在一邊，冷眼看著，總是不作聲。等場面安排好了，雅琴笑著伸手挽住鳳喜一隻胳膊道：「來吧來吧！人家都等著你，你一個人好意思不來嗎？」

鳳喜心想，若是不來，覺得有點不給人家面子，只得低了頭，兩手扶了桌子沿，站著不動，卻也不說什麼。

雅琴笑道：「來吧！我們兩個人開來往銀行，我這裡先給你墊上一筆本錢，輸了算是我的。」說時，她就在身上掏出一搭鈔票，向鳳喜衣袋裡一塞，笑道：「那就算你的了。」

鳳喜覺得那一搭票子，厚得軟綿綿的，大概不會少，只是礙了面子，不好掏出來看一看。然而有了這些錢，就是輸，也可以抵擋一陣，不至於不能下場的了，因之才抬頭一笑道：「我的母親說了讓我坐一會子就回去的。我可不能耽誤久了。」

雅琴道：「喲，這麼大姑娘還離不開媽媽，在我這裡，還不是像在你家裡一樣嗎？多玩一會子要什麼緊！咱們老不見面，見了幹嘛就走？你不許再說那話，再說那話，我就和你惱了。」

劉、尚二人一看她並沒有推辭的意思，似乎是允許打牌的了，早是坐下來，將手伸到桌上，亂洗著牌。

劉將軍笑道：「沈小姐！來來來！我們等著呢。」

雅琴用手將她一按，按著她在椅子上坐下，自己也就坐到鳳喜的下手來。

鳳喜因大家都坐定了，自己不能呆坐在這裡，兩隻手不知不覺地伸上桌去，也將牌和弄起來。她的上手，正是劉將軍。她一上場，便是極力的照應，所打的牌，都是中心張子，鳳喜吃牌的機會，卻是隨時都有，一上場兩圈中就和了四牌，從此以後，手氣是只見其旺，上手的劉將軍恰成了個反比例，一牌也沒有和。

有一牌，鳳喜手上，起了八張筒子，只有五張散牌，心想：贏了錢不少，犧牲一點也不要緊，因是放開膽子來，只把萬子、索子打去，抓了筒子，一律留著。自己起手就拆了一對五萬打去，接上又打了一對八索，心想在上手的人或者會留心，可是劉將軍也不打萬子，也不打索子，張張打的都是筒子，鳳喜吃七八九筒下來，碰了一對九筒，手上是一筒作頭，三四五六筒，外帶一張孤白板，等著吃二五四七筒定和。

劉將軍本就專打筒子的，他打了一張七筒，鳳喜喜不自勝，叫了聲：「吃！」正待打出白板去，同時雅琴叫了一聲：「碰！」卻拿了兩張七筒碰去了。

鳳喜吃不著不要緊，這樣一來，自己一手是筒子，不啻已告訴人，這樣清清順順的清一色卻和不到，真是可惜得很。

劉將軍偷眼一看她，見她臉上微微泛出一層紅暈，不由得微微一笑，到了他起牌的時候，起了一張一萬，他毫不考慮的把手上四五六三張筒子，拆了一張四筒打出去。鳳喜又怕人碰了，等了一等，輕悄悄地放出五六筒吃了。

雅琴向劉將軍道：「瞧見沒有？人家是三副筒子下了地，誰要打筒子，誰就該吃包子了。」

劉將軍微笑道：「她是假的，決計和不了筒子。」

雅琴道：「和筒子不和筒子，那都不管它，你知道她要吃四七筒，怎麼偏偏還打一張四筒給她吃？」

劉將軍「呵」了一聲，用手在頭上一摸道：「這是我失了神。」說話之間，又該劉將軍打牌了，他笑道：「我不信，真有清一色嗎？我可捨不得我這一手好牌拆散來，我包了。」說著抽出張五筒來，向面前一擺，然後兩個指頭按著，由桌面上向鳳喜面前一推，笑道：「要不要？」

鳳喜見他打那張四筒就有點成心，如今更打出五筒來，明是放自己和的，心裡一動，臉上兩個小酒窩兒就動了一動，微笑道：「可真和了。」於是將牌向外一攤。劉將軍嚷起來道：「沒有話說，吃包子，吃包子。」於是將自己的牌向牌堆裡一推，接上就掏鈔票，點了一點數目和零碎籌碼，一齊送到鳳喜面前來。

鳳喜笑道：「忙什麼呀！」

劉將軍道：「越是吃包子，越是要給錢給得痛快，要不然人家會疑心我是撒賴的。」如此一說，大家都笑了。

鳳喜也就在這一笑中間，把錢收了去。尚師長在桌子下面，用腳踢了一踢雅琴的腿，又踢了一踢劉將軍的腿，於是三個人相視而笑。

四圈牌都打完了，鳳喜已經贏三四百元，自己也不知道牌有多大？也不知道一根籌碼應該值多少錢，反正是人家拿來就收，給錢出去，問了再給。

雖然覺得有點坐在悶葫蘆裡，但是一問起來，又怕現出了小家子氣象，只可估量著罷了，心裡不由得連喊了幾聲慚愧，今天幸而是劉將軍牌打得鬆，放了自己和了一副大牌，設若今天不是這樣，只管輸下去，自己哪裡來的這些錢付牌帳？今天這樣輕輕悄悄地上場，總算冒著很大的危險，回頭看看他們輸錢的，卻是依然笑嘻嘻地打牌。原來富貴人家對於銀錢是這樣不在乎，平常人家把十塊八塊錢看得磨盤那樣重大，今天一比，又算長了見識了。

在這四圈牌打完之後，鳳喜本想不來了，然而自己贏了這多錢，這話卻不好說出口。可是他們坐著動也不動，並不徵求鳳喜的同意，接著向下打。又打完四圈，鳳喜卻再贏了百多元，心裡卻怕他們不捨。然而劉將軍站起來，打一個呵欠，伸了一個懶腰，這是疲倦的表示了。

大家一起身，早就有老媽子打了香噴噴的手巾把遞了過來。手巾放下，又另有個女僕，恭恭敬敬的送了一杯茶到手上。

鳳喜喝了一口，待要將茶杯放下，那女僕早笑著接了過去，剛咳嗽了一聲，待要吐痰，又有一個聽差，搶著彎了腰，將痰盂送到腳下，心想**富貴人家，實在太享福**，就是在這裡作客，偶然由他照應一二，真也就感到太舒服了，因對雅琴道：「你們太客氣了，要是這樣，以後我就不好來。」

雅琴道：「不敢客氣呀！今天留你吃飯，就是家裡的廚子湊付著做的，可沒有到館子裡去叫菜。你可別見怪！」

鳳喜笑道：「你說不客氣不客氣，到底還是客氣起來了。」她說著，心裡也就暗想，大概是他們家隨便吃的菜飯。這時，雅琴又一讓，把她讓到內客廳裡。

這裡是一間小雅室，只見一張小圓桌上，擺滿了碗碟，兩個穿了白衣服的聽差，在屋子一邊斜斜地站定，等著恭敬侍候。

尚師長說鳳喜是初次來的客，一定要她坐了上位，劉將軍並不謙遜，就在鳳喜下手坐著，尚師長向劉將軍笑了一笑，就在下面坐了。

剛一坐定，穿白衣服的聽差，便端上大碗紅燒魚翅，放在桌子中間。鳳喜心裡又自罵了一聲慚愧，原來他們家的便飯都是如此好的。

那劉將軍端著杯子，喝了一口酒，滿桌的葷菜，他都不吃，就只把手上的牙筷，去撥動那一碟生拌紅皮蘿蔔與黃瓜。

雅琴笑道：「劉將軍今天要把我們的菜一樣嘗一下才好，我們今天換了廚子了。」

劉將軍道：「這廚子真是難雇，南方的，北方的，我真也換得不少了，到於今也沒有一個合適的。」

尚師長笑道：「你找廚子，真是一個名，家裡既然沒有太太，自己又不大住家裡，幹嘛要找廚子？」

劉將軍道：「我不能一餐也不在家吃呀，若是不用廚子，有不出門的時候，怎麼辦呢？唉！自從我們太太去世以後，無論什麼都不順手，至少說吧，我花費的，和著沒有人管家的那檔子損失，恐怕有七八萬了。」

尚師長道：「據我想，恐怕還不止呢。自從你沒有了太太，北京、天津、上海你哪兒不逛？這個花的錢的數目，你算得出來嗎？」

劉將軍聽說，哈哈地笑了。

鳳喜坐在上面，聽著他們說話，都是繁華一方面的事情，可沒有法子搭進話去，只是默然的聽著，吃了一餐飯，劉將軍也就背了一餐飯的歷史。

飯後，雅琴將鳳喜引到浴室裡去，她自出去了。鳳喜掩上門，連忙將身上揣的鈔票拿出點了一點，贏的已有四百多元。雅琴借墊的那一筆賭本，卻是二百五十元。那疊鈔票是另行捲著的，卻未曾和贏的錢混到一處，因此將那卷鈔票依然另行放著。

洗完了一個澡出來，就把那鈔票遞還雅琴道：「多謝你借本錢給我，我該還了。」雅琴伸著巴掌，將鳳喜拿了鈔票的手向外一推，一搖頭道：「小事！這還用得掛在口上啦。」

鳳喜以為她至多是謙遜兩句，也就收回去了，不料這樣一來，她反認為是小氣，不由得自己倒先紅了臉，因笑道：「無論多少，沒有個人借錢不還的！」

雅琴道：「你就留著吧，等下次我們打小牌的時候再算得了。」

鳳喜一見二百多元，心想很能置點東西，她既不肯要，落得收下，便笑道：「那樣也好。」於是又揣到袋裡去，看一看手錶，因笑道：「姐姐不是說用汽車送我回去嗎？勞你駕，我要走了，快九點鐘了。」

雅琴道：「忙什麼呢？有汽車送你，就是晚一點也不要緊啊！」

鳳喜道：「我是怕我媽惦記，不然多坐一會兒，也不算什麼。再說，我來熟了，以後常見面，又何在乎今天一天哩。」

雅琴道：「這樣說，我就不強留。」於是吩咐聽差，叫開車送客。

這時，劉將軍跑了進來，笑道：「怎麼樣？沈小姐就要走麼？我還想請尚太太陪沈小姐聽戲呢。」

鳳喜輕輕地說了一聲：「不敢當。」雅琴代答道：「我妹子還有事，今天不能不回去，劉將軍要請，改一個日子，我一定奉陪的。」

劉將軍道：「好好！就是就是！讓我的車子送沈小姐回去吧。」

雅琴笑道：「我知道劉將軍要不做一點人情，心裡是過不去的，那麼，大妹子，你就坐劉將軍的汽車去吧。」

鳳喜只道了一聲「隨便吧」，也不能說一定要坐哪個的車子，一定不坐哪個的車子，於是尚氏夫婦和劉將軍一同將鳳喜送到大門外來，一直在電燈光下，看她上了車，然後才進去。

鳳喜到家只一拍門，沈大娘和沈三玄都迎將出來，沈三玄見她是笑嘻嘻的樣子，也不由得跟著笑將起來。

鳳喜一直走回房裡，便道：「媽！你快來快來。」

沈大娘一進房，只見鳳喜衣裳還不曾換，將身子背了窗戶，在身上不斷地掏著，掏了許多鈔票放在床上，看那票子上的字都是十元五元的，不由得失聲道：「哎呀，你是在哪裡——」

說到一個「裡」字，自己連忙抬起自己的右手將嘴掩上，然後伸著頭望了鈔票，又望了一望鳳喜的臉，低低地微笑道：「果然的，你在哪裡弄來這些錢？」

鳳喜把今天經過的事低著聲音詳詳細細的說了，因笑道：「我一天掙這麼些個錢，這一輩子也就只這一次，可是我看他們輸錢的倒真不在乎，那個劉將軍還說請我去聽戲呢。」說到這句話，聲音可就大了。

沈大娘道：「這可別亂答應。一個大姑娘家跟著一個爺們去聽戲，讓姓樊的知道了，可是不便。」

一句未了，只聽到沈三玄在窗子外搭言道：「大嫂你怎麼啦？這位劉將軍就是劉大帥的兄弟，這權柄就大著啦。」

沈大娘和鳳喜同時嚇了一跳。沈大娘望屋子外頭一跑，向門口一攔，鳳喜就把床上的鈔票向被褥底下亂塞。

沈三玄走到外面屋子裡，對沈大娘道：「大嫂！剛才我在院子裡聽到說，劉將軍要請大姑娘聽戲，這是難得的，人家給的這個面子可就大了，為什麼不能去？他既然是和尚太太算朋友，咱們高攀一點，也算是朋友。」

沈大娘連忙攔住道：「這又礙著你什麼事？要你劈里啪啦說上一陣子。」

沈三玄有一句話待說，吸了一口氣，就笑著忍回去了，他嘴裡雖不說，走回房去，心裡自是暗喜。

當下沈大娘裝著要睡，就去早早的關了北屋子門，這才到鳳喜屋子裡來將鈔票細細的點了五次，共是七百二十元。

沈大娘一屁股坐在床上，拉著鳳喜的手，微笑著低聲道：「孩子，咱們今年這運氣可不算壞啊！湊上樊大爺留下的錢，這就是上千數了，要照著放印子錢那樣的盤法，過個周年半載，咱們就可以過個半輩子了。」

鳳喜聽了，也是不住地微笑。到了睡覺的時候，在枕頭上還不住的盤算那一注子鈔票，應該怎樣花去，若是放在家裡，錢太多了，怕出什麼亂子；要存到銀行裡去，向來又沒有經歷過，不知道是怎麼一個手續。

要是照母親的話，放印子錢，好是好，自己家裡也借過印子錢用的，借人家三十塊錢，作為銅子一百吊，每三天還本利十吊，兩個月還清，整整是個對倍，母親還一回錢，背地裡就咒人家一次，總說他吃一個死一個，自己放起印子錢來，人家又不是一樣的咒罵嗎？

想了大半晚上，也不曾想出一個辦法，有了這多鈔票，一點好處沒有得到，倒弄得大半晚沒有睡好。

次日清晨，一覺醒來，連忙就拿了鑰匙去開小箱子，一見鈔票還是整捲的塞在箱子犄角上，這才放了心。

沈大娘一腳踏進房來，張著大嘴，輕輕地問道：「你幹什麼？」

鳳喜笑道：「我做了一個噩夢。」說了將手向沈三玄的屋子一指道：「夢到那個人把錢搶去了，我和他奪來著，奪了一身的汗，你摸摸我的脊梁。」

沈大娘笑道：「我也是鬧了一晚上的夢，別提了，鬧得酒鬼知道了，可真是個麻煩。」她母女二人這樣的提防沈三玄，但是沈三玄一早起來，就出門去了，到晚半天他才回家。一見著鳳喜，就拱手道：「恭喜你發了一個小財呀。我勸你去，這事沒有錯吧！」

鳳喜道：「我發了什麼財？有錢打天上掉下來嗎？」

沈三玄笑道：「雖然不能打天上掉下來，反正也來得很便宜。昨晚在尚家打牌，你贏了好幾百塊錢，那不算發個小財嗎？反正我又不想分你一文半文，瞞著我做什麼？我剛才到尚公館去，遇到那黃副官，他全對我說了，還會假嗎？他說了呢，尚太太今天晚上在第一舞臺包了個大廂，要請你去聽戲，讓我回來先說一聲，大概等一會就要派汽車來接你了。」

鳳喜因道：「我贏是贏了一點款子，可是借了雅琴姐兩三百塊，還沒有還她呢。」

沈三玄連連將手搖著道：「這個我管不著，我是問你聽戲不聽戲？」

當下鳳喜猶豫一陣，卻沒有答應出來，因見沈大娘在自己屋子裡，便退到屋子裡問她道：「媽！你說我去還是不去呢？要是去的話，一定還有尚師長、劉將軍在內，老和爺們在一處，可有些不便。況且是晚晌，得夜深才能回來。要是不去，雅琴待我真不錯，況且今天又是為我包的廂，我硬要掃了人家面子，可是怪不好意思的。」

她說著這話，眉頭皺了很深。

沈大娘道：「這也不要什麼緊，愁得兩道眉毛拴疙瘩做什麼？你就坐了他們的車子到戲館子去走一趟，看一兩齣戲，早早地回來就是了。」

沈三玄在外面屋子裡聽到這話，一拍手跳了起來道：「這不結了！有尚太太陪在一塊兒，原車子來，原車子去，要什麼緊！掇飾掇飾換了衣服等著吧！汽車一來，這就好走。」

鳳喜雖覺得他這話有點偏於奉承，但是真去坐著包廂聽戲，可不能不修飾一番，因此撲了一撲粉，又換了一件自己認為最得意的英綠紡綢旗衫。

因為家樹在北京的時候，說她已經夠艷麗的了，衣服寧可清淡些，而況一個做女學生的人，也不宜穿得太華麗了，所以在鳳喜許多新裝之中，這一件衣服卻是上品。

鳳喜換了衣服，恰好尚師長派來接客的汽車也就剛剛開到。押汽車的護兵已經熟了，敲了門進來就在院子裡叫道：「沈太太！我們太太派車子來接小姐了。」

沈大娘從來不曾經人叫過太太，在屋子裡聽到這聲太太，立刻笑了起來道：「好好！請你們等一等吧。」

兩個護兵答應了一聲「是」。沈大娘於是笑著對鳳喜道：「人家真太客氣了，你就走吧。」

鳳喜笑著出了門，沈大娘本想送出去的，繼而一想，那護兵都叫了我是太太，自己可不要太看不起自己了，哪有一個太太黑夜到大門口來關門的！因此只在屋子裡叫一聲：「早些回來吧。」

鳳喜正自高興，一直上汽車去，也沒有理會她那句話。

這汽車一直開到第一舞臺門口，另有兩個護兵站了等候，一見鳳喜從汽車上下來，就上前叫著「小姐」，在前引路。

二門邊戲館子裡的守門與驗票人，共有七八個，見著鳳喜前後有四個掛盒子炮的，都退後一步，閃在兩旁，一齊鞠著躬，還有兩個人說：「小姐，你來啦？」

鳳喜怕他們會看出不是真小姐來，就挺著胸脯子並不理會他們，然後走了進去。到了包廂裡，果然是尚師長夫婦和劉將軍在那裡。

這是一個大包廂，前面一排椅子，可以坐四個人。鳳喜一進來，他們都站起來讓座。一眼看見劉將軍坐在北頭，正中空了一把椅子，是緊挨著他的，分明這就是虛席以待的了。

本當不坐，下手一把椅子卻是雅琴坐的，她早是將身子一側，把空椅子移了一移，笑道：「我們一塊兒坐著談談吧。」

鳳喜雖看到身後有四張椅子，正站著一個侍女，兩個女僕，自己絕不能與她們為伍，只得含著笑坐下來。

剛一落座，劉將軍便斟了一杯茶，雙手遞到她面前欄杆扶板上，還笑著叫了一聲：「沈小姐喝茶」，接上又把碟子裡的瓜子、花生、糖、陳皮梅、水果之類，不住地抓著向面前遞送，鳳喜只能說著「不要客氣」，可沒有法子禁止他。

這個時候，臺上正演的是一齣《三擊掌》，一個蒼髯老生呆坐著聽，一個穿了宮服的旦角慢慢兒地唱，一點引不起觀客的興趣，因之滿戲園子裡，只聽到一種轟隆轟隆鬧蚊子的聲浪，先是少數人說話，後來聽不見唱戲，索性大家都說話。

劉將軍也就向著鳳喜談話，問她在哪家學校，學校裡有些什麼功課。由學校裡，又少不得問到家裡，劉將軍聽她說只有一個叔叔閒在家裡，便問：「從前他幹什麼的呢？」鳳喜想要說明，怕人家看不起，紅著臉，只說了一句「是做生意」，劉將軍也就笑了。

這裡鳳喜越覺得不好意思，就回轉頭來和雅琴說話。只見她項脖上掛了一串珠圈，在那雪青綢衫上直垂到胸脯前，卻配襯得很明顯，因笑問道：「這珠子買多少錢啦？」她問時，心裡也想著，曾見人在洋貨鋪裡買的，不過是幾毛錢罷了。她的雖好，大概也不過一兩塊錢，心裡正自盤算著，可不敢問出來，不料雅琴答覆著道：「這個真倒是真的，珠子不很大，是一千二百塊錢買的。」

鳳喜不覺心裡一跳，復又問一聲道：「多少錢呢？」

雅琴道：「一千二百塊錢買的，貴了嗎？有人說只值八九百塊錢呢。」

鳳喜將手托了珠圈，偏著頭做出鑒賞的樣子，笑道：「也值呢！前些時我看過一副不如這個的，還賣這樣的價錢呢。」

只在這時，鳳喜索性看了看雅琴穿的衣服。只覺那料子又細又亮，可是不知道這個該叫什麼名字。再看那料子上，全用了白色絲線繡著各種白鶴，各有各式的樣子，兩隻袖口和衣襟的底擺，卻又繡了浪紋與水藻，都是綠白的絲線配成的。

這一比自己一件英綠的半新紡綢旗衫，清雅都是一樣，然而自己一方，未免顯著單調與寒酸起來，估量著這種衣料，又不知道要值一百八十，自己不要瞎問，給人笑話。於是就把詞鋒移到看戲上去，問唱的戲是什麼意思？戲詞是怎樣？

雅琴望著劉將軍，將嘴一努，笑道：「哪！你問他。他是個老戲迷，大概十齣戲，他就能懂九齣。」

鳳喜自從昨日劉將軍放一牌和了清一色，就覺得和這人說話有點不便，但是人家總是一味的客氣，怎能置之不理！他滔滔不絕的說著，鳳喜也只好帶一點笑容，半晌答應一句很簡單的話。

大家正將戲看得有趣，那尚師長忽然將眉毛連皺了幾皺，因道：「這戲館子裡空氣真壞，我頭暈得天旋地轉了。」

雅琴聽說，連忙掉轉身來，執著尚師長的手，輕輕地道：「今天的戲也不大好，要不，我們先回去吧。」

尚師長道：「可有點對不——」

劉將軍一迭連聲的說：「不要緊，不要緊，回頭沈小姐要回家，我可以用車送她回去的。」

鳳喜聽說，心裡很不願意，但是自己既不能挽留有病的人不回家，就是自己要說回去，也有點和人存心鬧彆扭似的，只是站了起來，躊躇著說不出所以然來。在她這躊躇期間，雅琴已是走出了包廂，連叫了兩聲「對不住」，說「改天再請」，於是她和尚師長就走了。

這裡鳳喜只和劉將軍兩人看戲，椅後的女僕早是跟著雅琴一同回去。這時鳳喜雖然兩隻眼注射在臺上，然而臺上的戲演的是些什麼情節，卻是一點也分不出來。本來坐著的包廂，臨頭就有一架風扇，吹得非常涼快的，偏是身上由心裡直熱出來，熱透脊梁，彷彿有汗跟著向外冒，肚子裡有一句要告辭回家的話，幾次要和劉將軍說，總覺突然，怕人家見怪。**本來劉將軍就處處體貼，和人家同坐一個包廂，多看一會兒戲，也很不算什麼，難道這一點面子都不能給人**？因此坐在這裡，儘管是心不安，那一句話始終不能說出來，還是坐著。

劉將軍給她斟了一杯茶，她笑著欠了一欠身子。

劉將軍趁著這機會望了她的臉道：「沈小姐！今天的戲不大很好，這個禮拜六，這兒有好戲，我請沈小姐再來聽一回，肯賞光嗎？」

鳳喜聽說，頓了一頓，微笑道：「多謝！怕是沒有工夫。」

劉將軍笑道：「現在是放暑假的時候，不會沒有工夫。乾脆不肯賞光就是了，既不肯賞光，那也不敢勉強，剛才沈小姐看著尚太太一串珠鍊，好像很喜歡似的，我家裡倒收著有一串，也許比尚太太的還好，我想送給沈小姐，不知道沈小姐肯不肯賞收？」

鳳喜兩個小酒窩兒一動，笑道：「那怎樣敢當！」

劉將軍道：「只要肯收，我一定送來，府上在大喜胡同門牌多少號？」

鳳喜道：「門牌五號。可是將軍送東西去，萬不敢當的。」說著又笑了。——由這裡起，兩人索性談起話來，把戲臺上的戲都忘了。

說著話，不知不覺戲完了。

劉將軍笑道：「沈小姐！讓我送你回去吧，夜深了，僱車是不容易的。」

鳳喜只說「不客氣」，卻也沒有拒絕。劉將軍和她一路出了戲院門。劉將軍的汽車是有護兵押著的，就停放在戲院門口。

要上車之際，劉將軍不覺攙了鳳喜一把，跟著一同坐上車去，上車以後，劉將軍卻吩咐站在車邊的護兵不必跟車，自走了回去，隨手又把車篷頂上嵌著的那盞乾電池電燈給擰滅了。

汽車走得很快，十分鐘的時間，鳳喜已經到了家門口。

劉將軍擰著了電燈，小汽車伕便跳下車來開了車門。鳳喜下了車，劉將軍連道：「再見再見！」鳳喜也沒有作聲，自去拍門。

門鈴只一響，沈大娘一迭連聲答應著出來開了門，一面問道：「就是前面那汽車送你回來的嗎？我是叫你去了早點回，還是等戲完了才回來嗎？一點多鐘了，這真把我等個夠。」

鳳喜低了頭，悄然無語的走回房去。

沈大娘見她如此，也就連忙跟進房來，見她臉上紅紅的，額前垂髮卻蓬鬆了一點，輕輕問道：「孩子，怎麼了？」

鳳喜強笑道：「不怎麼樣呀？幹嘛問這句話？」

沈大娘道：「也許受了熱吧？瞧你這不自在的樣子。」

鳳喜道：「可不是！」

沈大娘覺著尚太太請聽戲，也不至於有什麼岔事，也就不問了。

這裡鳳喜慢慢地換著衣履，卻在衣袋裡又掏出一卷鈔票來，點了一點，乃是十元一張的三十張。心想：這錢要不要告訴母親呢？當他在汽車上，捉著我的手，把鈔票塞我手裡時候，說「這三百塊錢，拿去還尚太太的賭本吧」，我不該收他的就好了，因之讓他小看了我，就說「沈小姐，你以為我不知道你的歷史嗎？你和從前的尚太太幹一樣的事情哩」。——他能說出這話來，所以他就毫無忌憚了。

想到這裡，呆呆地坐在小鐵床上，左手捏著那一卷鈔票，右手卻伸了食指中指兩個指頭去撫摩自己的嘴唇。

想到這裡，起身掩了房門又坐下，心想他說明天還要送一串珠圈給我，若是照雅琴的話，要值一千多塊錢，一個新見面的人送我這重的禮，那算什麼意思呢？據他再三的說，他的太太是去世了的，那麼，他對於我——想到這裡，不由得沉沉地想。

鳳喜一手扶了臉，正偏過頭去，只見壁上掛著的家樹半身像，微笑地向著自己。也不知什麼緣故，忽然打了一個寒噤，接上就出了一身冷汗，不敢看了。於是連忙將枕頭挪開，把那一卷鈔票塞在被褥底下。

就只這一掀，卻看見那裡有家樹寄來的幾封信，將信封拿在手上，一封一封的將信紙抽出來看了一看。信上所說的，如「自別後，看見十六七歲的女郎就會想到你」；「我們的事情，慢慢地對母親說，大概可望成功。我向來不騙母親，為了你撒謊不少，我說你是個窮學生呢，母親倒很贊成這種人，以後回北京我們就可以公開的一路走了」；「母親完全好了，我恨不得飛回北京來，因為我們的前途，將來是越走越光明的。我要趕回來過過這光明的愛情日子」；「**我們的愛情絕不是建築在金錢上，我也絕不敢把這幾個臭錢來侮辱你，但是我願幫助你能夠自立，不至於像以前去受金錢的壓迫。**」這些話，在別人看了，或者覺得很平常，鳳喜看了，便覺得句句話都打入自己的心坎裡。看完信之後，不覺得又抬頭看了一看家樹的像，覺得他在鎮靜之中，還含著一種安慰人的微笑。

他說絕不敢拿金錢來侮辱我。但是願幫助我自立，不受金錢的壓迫，這是事實。要不然他何必費那些事送我進職業學校呢？在先農壇唱大鼓書的時候，他走來就給一塊錢，那天他絕沒有想到和我認識的，不過是幫我罷了。不是我們找他，今天當然還是在鐘樓底下賣唱。**現在用他的錢，培植自己成了一個小姐，馬上就要背著他做對不住他的事，那麼，良心上說得過去嗎？那劉將軍那一大把年紀，又是一個粗魯的樣子，哪有姓樊的那樣溫存！姓劉的雖然能花錢，我不用他的錢，也沒有關係，姓樊的錢，雖然花得不像他那樣慷慨，然而當日要沒有他的錢，就成了叫化子了。**

想著又看看家樹的像，心裡更覺不安，有了，我今天以後，不和雅琴來往也就是了，於是脫了衣服，滅了電燈，且自睡覺。

六　富貴逼人

鳳喜一挨著枕頭，卻想到枕頭下的那一筆款子，更又想到劉將軍許的那一串珠子，想到雅琴穿的那身衣服，想到尚師長家裡那種繁華，設若自己做了一個將軍的太太，那種舒服，恐怕還在雅琴之上。

劉將軍有些行動雖然過粗一點，那正是為了愛我，哪個男子又不是如此的呢？我若是和他開口，要個一萬八千決計不成問題，他是照辦的，我今年十七歲，跟他十年也不算老，十年之內，我能夠弄他多少錢！我一輩子都是財神了。

想到這裡，洋樓，汽車，珠寶，如花似錦的陳設，成群結隊的傭人，都一幕一幕在眼面前過去，這些東西並不是幻影，只要對劉將軍說一聲「我願嫁你」，一齊都來了。生在世上，這些適意的事情，多少人希望不到，為什麼自己隨便可以取得，倒不要呢？

雖然是用了姓樊的這些錢，然而以自己待姓樊的而論，未嘗對他不住。退一步說的話，就算白用了他幾個錢，我發了財，本息一併歸還，也就對得住他了。這樣掉背一想，覺得情理兩合，於是汽車，洋房，珠寶，又一樣一樣的在眼前現了出來。

鳳喜只覺富貴逼人來，也不知道如何措置才好，彷彿自己已是貴夫人，就正忙著料理這些珠寶財產，卻忘了在床上睡覺。

正是這樣神魂顛倒的時候，忽有一種聲音破空而來，將她的迷夢驚醒，好像家樹就在面前微笑似的。

原來離此不遠，有一幢佛寺，每到天亮的時候，都要打上一遍早鐘，鳳喜聽到這種鐘聲，這才覺得顛倒了一夜，心想：我起初認識樊大爺的時候，心裡並沒有這樣亂過，今天我這是為著什麼？這劉將軍不過是多給我幾個錢，對於情義兩個字，哪裡有樊大爺那樣體貼！樊大爺當日認得我的時候，我是什麼樣子？現在又是什麼樣子？那個時候沒有飯吃，就一家都去巴結人家，而今還吃著人家的飯，看著別人比他闊，就不要他，良心太講不過去了。

這時窗紙上慢慢地現出了白色，屋子裡慢慢地光亮，睜眼一看，便見牆上所掛著家樹的像，正向人微笑，鳳喜突然自說了一句道：「這是我不對。」

沈大娘正也醒了，便在那邊屋子問道：「孩子！你嚷什麼？說夢話嗎？」

鳳喜因母親在問，索性不作聲，當是說了夢話，這才息了一切的思慮。睡到正午十二點鐘以後方才醒過來。

鳳喜起床後，也不知道是何緣故，似乎今日的精神不如往日那樣自然，沈大娘見她無論坐在哪裡，都是低了頭，將兩隻手去搓手絹，手絹不在手邊，就去捲著衣裳角，因問道：「你這是怎麼了？別是昨夜回來著了涼吧？本來也就回來得太晚一點啦。」

鳳喜對於此話也不承認，也不否認，總是默然地坐著。

一人坐在屋子裡，正想到床頭被褥下，將家樹寄來的信又看上一遍，一掀被褥，就把劉將軍給的那捲鈔票看到了，便想起這錢放在被褥下究是不穩當，就拿著點了一點數目，打開自己裝零碎什物的小皮箱，將鈔票收進去。

正關上箱子時，只聽得沈三玄由外面一路嚷到北屋子裡來，說是劉將軍派人送東西來了，鳳喜聽了這話，倒是一怔，手扶了小箱子蓋，只是呆呆地站著。過了一會子，沈大娘自己捧了一個藍色細絨的圓盒子進來，揭開蓋子雙手托著，送到鳳喜面前，笑道：「孩子！你瞧，人家又送這些東西來了。」

鳳喜看了，只是微微一笑。

沈大娘道：「我聽說珍珠瑪瑙都是很值錢的東西，這大概值好幾十塊錢吧。」

鳳喜道：「趕快別嚷，讓人聽見了，說咱們沒有見過世面，雅琴姐一掛，還不如這個呢，都值一千二百多，這個當然不止呢。」

沈大娘聽了這話，將盒子放在小茶桌上，人向後一退，坐在床上，半晌說不出話來，只望了鳳喜的臉。

鳳喜微笑道：「你以為我冤你嗎？我說的是真話。」

沈大娘輕輕一拍手道：「想不到一個生人送咱們這重的禮，這可怎麼好？」

這時，沈三玄道：「大嫂！人家送禮的在那裡等著哩，他說讓咱們給他一張回片；他又說，可別賞錢，賞了錢，回去劉將軍要革掉他的差事。」

鳳喜聽說，和沈大娘都笑了，於是拿了一張鳳喜的小名片，讓來人帶了回去。

這個時候，劉將軍又在尚師長家裡，送禮的人拿了名片，一直就到尚家回信。

劉將軍正和尚師長在一間私室裡躺著抽大煙，銅床下面橫了一張方凳子，尚師長的小丫頭小金翠兒燒著煙兩邊遞送。

劉將軍橫躺在三個疊著的鴨絨方枕上，眼睛鼻子歪到一邊，兩隻手捧著煙槍塞在嘴裡，正對著床中間煙盤裡一點豆大的燈光，努力地吞吸，屋頂上下垂的電扇，遠遠有風吹來，微微的拂動綢褲腳，他並不理會，加上那燈頭上煙泡子嘰哩呼嚕之聲，知道他吸得正出神了。

就在這個時候，送禮的聽差一直到屋子裡來回話，劉將軍一見他，翻了眼睛，可說不出話來，卻抬起一隻手來，向那聽差連招了幾招，一口氣將這筒煙吸完，一頭坐了起來，抵緊了嘴不張口。

小金翠兒連忙在旁邊桌上斟了一杯茶，雙手遞到劉將軍手上，他接過去，昂起頭來，咕嘟一聲喝了，然後噴出煙來，在面前繞成了一團，這才問道：「東西收下了嗎？」

聽差道：「收下了。」說著，將那張小名片呈了過去。劉將軍將手一揮，讓聽差退出去，然後笑著把名片向嘴上一貼，叫了一聲：「小人兒！」

尚師長正接過小金翠兒燒好的煙要吸，見他有這個動作，便放下煙槍，笑著叫了他的名字道：「德柱兄！瞧你這樣子，大概你是自己要留下來的了，我好容易給大帥找著一個相當的人兒，你又要了去。」

劉將軍笑道：「我們大爺有的是美人，你給他找，緩一步要什麼緊！」

尚師長也坐了起來，拍了一拍劉將軍的肩膀道：「人家是有主兒的，不是落子館裡的姑娘，出錢就買得來的。」

劉將軍道：「**有主兒要什麼緊！漫說沒出門，還是人家大閨女，就算出了門子，讓咱們爺們愛上了，會弄不到手嗎**？你猜怎麼著？」說到這裡，眼望著小金翠兒，就向尚師長耳朵裡說了幾句。

尚師長道：「這是昨晚晌的事嗎？我可不敢信。」

劉將軍道：「你不信嗎？我馬上試驗給你看看。」於是將床頭邊的電鈴按了一按，吩咐聽差將自己的汽車開到沈小姐家去，就說劉將軍在尚師長家裡，接沈小姐到這裡來打小牌玩兒。聽差傳話出去，兩個押車的護兵就駕了汽車，飛馳到沈家來。

這時，鳳喜正坐在屋子裡發愁，她一手撐了桌子托著頭，只管看著玻璃窗外的槐樹發呆。一支橫枝上，正有兩個小麻雀兒站著，一個小麻雀兒站著沒動，一個小麻雀兒在那麻雀左右，展著小翅膀，搖動著小尾巴跳來跳去，口裡還不住喳喳的叫著。

沈大娘坐在一張矮凳上，拿了一柄蒲扇，有一下沒一下地招著，輕輕地道：「這事透著奇怪，**幹嘛他送你這些東西哩？照說咱們不怕錢咬了手，可知道他安著什麼心眼兒哩？我也不知道怎麼回事，今天只是心裡跳著，也不知道是愛上了這些錢，也不知道是怕事。**」說時，用手摸了一摸胸口。

鳳喜道：「**我越想越怕了，樊大爺待咱們那些個好處，咱們能夠一掉過臉來就忘了嗎？**」

正說到這裡，只聽見院子裡有人叫道：「密斯沈在家嗎？」

鳳喜向玻璃窗外看時，只見她的同學雙壁仁，站在槐樹蔭下。她穿著一件水紅綢敞領對襟短衣，翻領外套著一條寶藍色長領帶，光著一大截胳膊，和一片白胸脯在外面，下面繫著寶藍裙子，只有一尺長，由上至下，露著整條套著白絲襪的圓腿，手上卻挽著一頂細梗草帽。

鳳喜笑道：「噢！打扮的真俏皮，上哪兒打拳去？」一面說著，一面迎出院子來。

雙璧仁笑道：「我知道你有一支好洞簫，今天借給我們用一用，行不行？」

鳳喜道：「可以。談一會兒再去吧，我悶得慌呢！」

雙璧仁笑道：「別悶了，你們密斯脫樊快來了。我今天可不能坐，大門外還有一個人在那裡等著呢！」

鳳喜笑道：「是你那人兒嗎？」

雙璧仁笑著咬了下唇，點了點頭。

鳳喜道：「不要緊，也可以請到裡面來坐坐呀！」

雙璧仁道：「我們上北海划船去，不在你這兒打攪了。」

鳳喜點了點頭，就不留她了，取了洞簫交給她，攜著她的手，送出大門。果然一個西裝少年正在門口徘徊，見了鳳喜，笑著點了一個頭，就和雙璧仁並肩而去。

雙璧仁本來只有十七八歲，這西裝少年也不過二十邊，正是一對兒，她心裡不由得想著，**郎才女貌，好一個黃金時代啊**！論起樊大爺來，不見得不如這少年，只是雙女士是位小姐，我是個賣藝的，這卻差遠了。然而由此可知**樊大爺更是待我不錯**，望著他二人的後影，卻呆呆地站住。

一陣汽車車輪聲驚動了鳳喜的知覺，那一輛汽車恰好停在自己門口，鳳喜連忙縮到屋子裡去，一會便聽到沈大娘嚷進來，說是劉將軍派汽車來接，到尚師長家裡去打小牌玩兒。

鳳喜皺眉道：「今天要我聽戲，明天要我打牌，咱們這一份兒身分，夠得上嗎？我可不去。」

沈大娘道：「呀！你這是什麼話呢？人家劉將軍和咱們這樣客氣，咱們好意思駁回人家嗎？」

鳳喜掀著玻璃窗上的紗幕，向外看了一看，見沈三玄不在院子裡，便回轉頭來，正色向沈大娘道：「媽！我現在要問你一句話，**設若你現在也是一個姑娘，要是找女婿的話，你是願意像雙小姐一樣，找個品貌相當的人，成雙成對呢？還是只在乎錢，像雅琴姐，去嫁一個黑不溜秋的老粗呢？**」

沈大娘聽她這話，先是愣住了，後就說道：「你的話，我也明白了，可是什麼師長，什麼將軍，全是你自己去認得的，我又沒提過半個字。」

鳳喜道：「那就是了，什麼廢話也不用說。勞你駕，你給我走一趟，把這個珠圈和他給我的款子送還給他，**咱們不是陪老爺們開心的，他有錢，到別地方去抖吧。**」說著，忙開了箱子，把珠圈和那三百元鈔票一齊拿了出來，遞給沈大娘。

沈大娘見鳳喜的態度這樣堅決，便道：「你不去就不去，他還能把你搶了去嗎？幹嘛把這些東西送還他呢？」

鳳喜冷笑道：「你不想想他送這些東西給我們幹嘛的嗎？你收了他的東西，要想不去，可是不成呢，我剛才不是說了嗎，你是不是光貪著錢呢？你既然不是光貪著錢，那我就請你送回去。」

沈大娘將東西捧在手裡，不免要仔細籌劃一番。尤其是那三百元鈔票，事先並不知道有的，原來昨晚劉將軍送她回家，還給了這些錢，怪不得鬧著一宿都不安了，因點了點頭道：「我哪有不樂意發財的！不過這個錢，倒是不好收。你既然是不肯收，自然你的算盤打定了的，那麼，我也犯不著多你的什麼事，就給你送回去。可是這事別讓酒鬼知道，我看這件事，他是在裡頭安了心眼兒的。」

鳳喜冷笑道：「這算你明白了。」

沈大娘又猶疑了一陣子，看看珠子，又看看鈔票，嘆了一口氣，就走出去對來接的人道：「我們姑娘不大舒服，我親自去見你們將軍道謝吧。」接的人，本不知道這裡面的事情，現在見有這屋裡的主人出來，不愁交不了差，便和沈大娘一路去了。

鳳喜很怕沈三玄知道，又要來糾纏，因此躲在屋裡也不敢出去。不多一會兒，只聽沈三玄在院子裡叫道：「大嫂！我出去了，你來帶上門，今天我們大姑娘又不定要帶多少鈔票回來了，明天該給我幾個錢去買煙土了吧。」說畢，唱著「孤離了龍書案」的二簧，走出門去了。

鳳喜關了門，一人在院子裡徘徊著，卻聽到鄰居那邊有婦人的聲音道：「唉！我是從前錯了，圖他是個現任官，就受點委屈跟著他了，可是他倚恃著他有幾個臭錢，簡直把人當牛馬看待。我要不逃出來，性命都沒有了。」

又一婦人答道：「是啊！年輕輕兒的，幹嘛不貪個花花世界？只瞧錢啊。你沒聽見說嗎，當家是個年輕郎，餐餐窩頭心不涼。大姐！你是對了。」

鳳喜不料好風在隔壁吹來，卻帶來這種安慰的話，自然地心曠神怡起來。約有一個半小時，沈大娘回來了。這次，可沒有那帶盒子炮的護兵押汽車送來，沈大娘是雇了人力車子回來的。不等到屋裡，鳳喜便問：「他們怎樣說？」

沈大娘道：「我可怯官，不敢見什麼將軍，我就一直見著雅琴，說是不敢受人家這樣的重禮，況且你妹子是有了主兒的人，也不像從前了。雅琴是個聰明人，我一說，她還有什麼不明白！她也就不往下說了。我在那兒的時候，劉將軍請她到前面客廳裡說話去的，回來之後，臉上先是有點為難似的，後來也就很平常了，我倒和她談了一些從前的事才回來，大概以後他們不找你來了。」

鳳喜聽了這話，如釋重負，倒高興起來。到了晚上，原以為沈三玄知道了一定要囉唆一陣的，不料他只當不知道，一個字也不提。

到了第三日，有兩個警察闖進來查戶口，沈三玄搶著上前說了一陣，報告是唱大鼓書的，除了自己，還有一個侄女鳳喜，也是幹這個的。鳳喜原來報戶口是學界，叔叔又報了是大鼓娘，很不歡喜，但是他已經說出去了，挽回也來不及，只得罷了。

又過了一天，沈三玄整天也沒出去。

到了下午三點鐘的時候，一個巡警領了三個帶盒子炮的人衝了進來，口裡先嚷道：「沈鳳喜在家嗎？」

鳳喜心想**誰這樣大名小姓的，一進門就叫人？掀了玻璃窗上的白紗一看，心裡倒是一怔：這為什麼？**

這個時候，沈三玄迎了上前，就答道：「諸位有什麼事找她？」

其中一個護兵道：「你們的生意到了，我們將軍家裡今天有堂會，讓鳳喜去一下。」

沈大娘由屋子裡迎了出去道：「老總！你錯了，鳳喜是我閨女，她從前是唱大鼓，可是現在她唸書，當學生了，怎麼好出去應堂會？」

一個護兵道：「你怎麼這樣不識抬舉？咱們將軍看得起你，才叫你去唱堂會，你倒推諉起來。」

第二個護兵就道：「有功夫和他們說這些個嗎？揍！」只說了一個「揍」字，只聽砰的一聲，就碎了門上一塊玻璃。沈三玄卻作好作歹，央告了一陣，把四個人勸到他屋子裡去坐了。

沈大娘臉上嚇變了色，呆坐在屋子裡，作聲不得，鳳喜伏在床上，將手絹擦著眼淚。

沈三玄卻同一個警察一路走了進來，那警察便道：「這位大娘！你們姑娘現在是學生，我也知道，我天天在崗位上，就看見她夾了書包走過去的，可是你們戶口冊上報的是唱大鼓書，人家打著官話來叫你們姑娘去，這可是推不了的，再說——」

沈大娘生氣道：「再說什麼？你們都是存心。」

沈三玄便對巡警笑道：「你這位先生，請到外面坐一會兒，等我慢慢地來和我大嫂說吧。」說著，又拱了拱手，巡警便出去了。

沈三玄對沈大娘道：「大嫂！你怎麼啦？我們犯得上和他們一般見識嗎？說翻了，他真許開槍。好漢不吃眼前虧，他們既然是駕著這老虎勢子來了，肯就空手回去嗎？我想既然是堂會，自然不像上落子館，讓大姑娘對付著去一趟，早早地回來就結了，誰叫咱們從前是幹這個的！若說將來透著麻煩，咱們趁早找房子搬家，以後隱姓埋名，他也沒法子找咱們了。你若是不放心，我就和大姑娘一路去，再說堂會裡，也不是咱們姑娘一個人，人家去得，咱們也去得，要什麼緊！」

沈大娘正想駁三玄的話，在竹簾子縫裡，卻見那三個護兵由三玄屋子裡搶了出來。其中有一個，手扶著裝盒子炮的皮袋，向著屋子裡瞪著眼睛，喝道：「誰有這麼些功夫和你們廢話，去，不去，乾脆就是一句，你若是不去，我們有我們的打算。」說著話時，手就去解那皮袋的扣子，意思好像是要抽出那盒子炮來。

沈大娘「喲」了一聲，身子向旁邊一閃，臉色變成白紙一般。

沈三玄連連搖手道：「不要緊！不要緊！」說著，又走到院子裡去，陪著笑作揖道：「三位老總！再等一等吧。她已經在換衣服了，頂多還有十分鐘，請抽一根煙吧。」說著，拿出一盒煙捲，弓著身子，一人遞了一支，然後笑著又拱了一拱手。

那三個護兵經不住他這一份兒央告，又到他屋子裡去了。

當下沈三玄將腦袋垂得偏在肩膀上，顯出那萬分為難的樣子，走進屋來，皺著眉對沈大娘道：「你瞧我這份為難。」又低了一低聲音道：「我的嫂嫂！那槍子兒可是無情的，若是真開起槍來，那可透著麻煩。」

沈大娘這兩天讓劉將軍、尚軍長一抬，已經是不怕兵，現在讓盒子炮一嚇，又怕起來了，一句話也說不出。

沈三玄道：「姑娘！你瞧你媽這份兒為難，你換件衣服，讓我送你去吧。」

鳳喜這時已哭了一頓子，又在窗戶下躲著看了一陣，見那幾個護兵在院子裡走來走去，那大馬靴只管走著咯吱咯吱地響，也呆了。聽了三玄說陪著一路去，膽子略微壯了一些，正要到外面屋子裡去和母親說兩句，兩隻腳卻如釘在地上一般提不起來。

停了一停，扶著壁子走出來，只見她母親兩隻胳膊互相抱著，渾身如篩糠一般地抖，鳳喜將兩手慢慢地撫摸著頭髮，望了沈大娘道：「既是非去不可，我就去一趟，反正也不能把我吃下去。」

沈三玄拍掌一笑道：「這不結了！大姑娘！我陪你去，保你沒事回來，你趕快換衣服去。」

鳳喜道：「咱們賣的是嘴，又不是開估衣鋪，穿什麼衣服去。」

只在這時，已經有一個兵闖進屋來，問道：「鬧了半天，怎麼衣服還沒有換呢？我們上頭有命令，差使辦不好，回去交不了數，那可別怪我們弟兄們不講面子了。」

沈三玄連道：「這就走！這就走！」說著話，將鳳喜先推進屋子裡去，隨後兩手拖起沈大娘離開椅子，也將她推進屋去。

當她們進了屋子，其餘兩個兵也進了外面屋子了，娘兒倆話也不敢說，鳳喜將冷手巾擦了一擦臉上的淚痕，換了件長衣，走到外面屋子裡，低聲說道：「走哇！」

三個兵互相看著，微笑了一笑，走出了院子。沈三玄裝出一個保護人的樣子，緊緊跟隨鳳喜，一同上了汽車，一直開到劉將軍家來。

一路上，鳳喜心裡想著，所謂堂會，**恐怕是靠不住的事，我是個不唱大鼓書的人了，為什麼一定要我去**？及至到了劉將軍家門首，一見汽車停了不少，是個請客的樣子，堂會也就不假了。

下了車，三玄已不見，就由兩個護兵引導，引到一所大客廳前面來。客廳前簾子高掛，有許多人在裡面，有躺在籐榻上的，有坐著說話的，有斜坐軟椅上，兩腳高高支起，抽著煙捲的，看那神情，都是大模大樣。劉將軍、尚師長也在那裡，今天見面，那一副面孔，可就不像以前了，望著一睬也不睬。

這大廳外是個院子，院子裡搭著涼棚，六七個唱大鼓書的姑娘，都在那裡向著正面客廳坐著。鳳喜也認得兩三個，只得上前招呼，坐在一處。因為這院子裡四圍都站著拿槍的兵，大姑娘們都斯斯文文的，連咳嗽起來，都掏出手絹來摀住了嘴。

坐了一會，由客廳裡走出一個武裝馬弁，帶了護兵，就在涼棚中間，向上列著鼓案，先讓幾個大鼓娘各唱了一支曲子。隨後，客廳裡電燈亮了，中間正擺著筵席，讓客入座。

這時，劉將軍將手向外一招道：「該輪著那姓沈的小妞兒唱了，叫她就在咱們身邊唱。」說著，用手向酒席邊地上一指，表示是要她在那裡唱的意思。

馬弁答應著，在外面將沈三玄叫了進來，沈三玄提著三弦子走到客廳裡去，突然站定了腳，恭恭敬敬向筵席上三鞠躬。鳳喜到了這種地步，也無可違抗，便低了頭，走進客廳。

沈三玄已是和別人借好了鼓板，這時由一個護兵捧了進來，所放的地方，離著筵席也不過二三尺路，劉將軍見她進來，倒笑著先說道：「沈小姐！勞駕，我們可就不客氣了。」說時，他用手上的筷子照著席面，在空中畫了一個大圈，然後將筷子向鳳喜一指，笑道：「諸位！你可別小瞧了人，**這是一位女學生啦。我有心抬舉她，和她交個朋友，她可使出小姐的身分，不肯理我，可是我有張天師的照妖鏡，照出了她的原形，**今天叫兩個護兵就把她提了來了。今天我得讓我的同行，和她的同行比上一比，瞧瞧咱們可夠得上交個朋友？」

沈三玄聽說，連忙放下三弦，走近前一步，向劉將軍請了一個安，滿面是笑道：「將軍！請你息怒。我這侄女兒，她是小孩子，不懂事，她得罪了將軍，讓她給將軍賠上個不是，總讓將軍平下這口氣。」

劉將軍眼睛一瞪道：「你是什麼東西？這地方有你說話的份兒？」說著，端起一杯酒，照著沈三玄臉上潑了過去。

沈三玄碰了這樣一個大釘子，站起來，便偏到一邊去。

這時，尚師長已是伸手搖了兩搖，笑道：「德柱！你這是何必，犯得著跟他們一般見識。他既然是說，讓鳳喜給你賠不是，我們就問問他，這個不是要怎樣的賠法？」說著話時，偷眼看看鳳喜。

只見鳳喜手扶著鼓架，背過臉去，只管抬起手來擦著眼睛，沈三玄像木頭一般筆直的站著，便笑道：「你這一生氣不打緊，把人家逼得那樣子。」說時，將手向沈三玄一揮，笑道：「得！你先和她唱上一段吧，唱得劉將軍一開心，不但不罰你，還有賞呢。」

沈三玄借了這個機會，請了一個安，就坐下去，彈起三弦子來。

鳳喜一看這種形勢，知道反抗不得，只好將手絹擦了一擦眼睛，回轉身來，打著鼓板，唱了一支《黛玉悲秋》。

劉將軍見她那楚楚可憐的模樣兒，又唱得這樣淒涼婉轉，一腔怒氣也就慢慢消除。

鳳喜唱完，合座都鼓起掌來，劉將軍也笑著吩咐馬弁道：「倒一杯茶給這姑娘喝。」尚師長便向鳳喜笑道：「怎麼樣？我說劉將軍自然會好不是？你這孩子，真不懂得哄人。」他一說，合座大笑起來。

鳳喜心想，你這話分明是侮辱我，我憑什麼要哄姓劉的？心裡正在發狠，手上讓人碰了一碰，看時，一個彪形大漢，穿了武裝，捧了一杯茶送到面前來，鳳喜倒吃了一驚，便勉強微笑著道了「勞駕」，接過茶杯去。

劉將軍道：「鳳喜！你唱得是不錯，可是剛才唱的那段曲子顯著太悲哀，來一個招樂兒的吧。」

尚師長道：「那麼，唱個《大妞兒逛廟》吧。」

劉將軍笑道：「不！還是來個《拴娃娃》吧。」這一說，大家都看著鳳喜微笑。

原來舊京的風俗，凡是婦人，求兒子不得的，或者閨女大了，沒有找著婆婆家，都到東嶽廟裡去拴娃娃。拴娃娃的辦法，就是身上暗藏一根細繩子，將送子娘娘面前泥形小孩偷偷地拴上，這拴娃娃的大鼓詞，就是形容婦人上廟拴娃娃的一段事情，出之於妙齡女郎之口，當然是一件很有趣的事了。而且唱這種曲子，不但是需要口齒伶俐，而且臉上總要帶一點調皮的樣子才能合拍，若是板著一副面孔唱，就沒有意思了。

鳳喜不料他們竟會點著這種曲子，正要說「不會」時，沈三玄就對她笑道：「姑娘！你對付唱一個吧。」

劉將軍道：「那不行！對付唱不行，一定得好好的唱，若是唱得不好，再唱一遍，再唱不好，還唱三遍，非唱好不能完事。」

鳳喜一肚子苦水，臉上倒要笑嘻嘻地逗著老爺們笑，恨不得有地縫都鑽了下去。轉身一想，唱好既是可以放走，倒不如哄著他們一點，早早脫身為妙。心思一變，馬上就笑嘻嘻地唱將起來，滿席的人不像以前那樣愛聽不聽的了，聽一段，叫一陣好，聽一段，叫一陣好。

鳳喜把這一段唱完，大家都稱讚不已，就有人說：「咱們都是拿槍桿兒的，要談個賞罰嚴明，她先是得罪了劉將軍，所以罰她唱，現在唱得很好，就應該賞她一點好處。」

劉將軍用兩個指頭擰著上嘴唇短鬍子的尖端，就微微一笑，因道：「對付這位姑娘，可是不容易說個賞字，我送過她上千塊錢的東西，她都給我退回來了，我還有什麼東西可賞呢？」

尚師長笑道：「別盡談錢啦，你得說著人話，**沈姑娘只談個有情有義，哪在乎錢！**」

劉將軍笑道：「是嗎？那就讓你也來坐一個，咱們還交朋友吧。」說著，先向鳳喜招了一招手，接著將頭向後一偏，向馬弁瞪了一眼，喝道：「端把椅子來，加個座兒。」看那些馬弁，渾身武裝，雄赳赳的樣子，只是劉將軍這一喝，他們乖得像馴羊一般，蚊子的哼聲也沒有，於是就緊靠著劉將軍身旁，放下一張方凳子。

鳳喜一想，那些武夫都是那樣怕他，自己一個嬌弱女孩子，怎樣敢和他抵抗！只好大著膽子說道：「我就在一邊奉陪吧，這可不敢當。」

劉將軍道：「既然是我們叫你坐，你就只管坐下，你若不坐下。就是瞧不起我了。」尚師長站起走過來，拖了她一隻手到劉將軍身邊，將她一按，按著鳳喜在凳子上坐下。這時，席上已添了杯筷，就有人給她斟上一滿杯酒，劉將軍舉著杯子向她笑道：「喝呀！」鳳喜也只好將杯子聞了一聞，然後笑道：「對不住！我不會喝酒。」

劉將軍聽她如此說，便表示不願意的樣子，停了半晌，才板著臉道：「還是不給面子嗎？」

鳳喜回頭一看，沈三玄已經走了，這裡只剩她一人，立刻轉了念頭，笑道：「喝是不會喝，可是這頭一杯酒，我一定要喝下去的。」說著，端起杯子，一仰脖子，全喝下去了。

喝完了，還對大眾照了一照杯。杯子放下，馬上在旁邊桌上拿過酒壺，挨著席次，斟了一遍酒。每斟一位酒，都問一問貴姓，說兩句客氣話。這些人都笑嘻嘻的，端起杯子來，一飲而盡。

到了最後，便是劉將軍面前了，鳳喜笑著對他道：「劉將軍！請你先乾了杯子裡的。」劉將軍更不推辭，將酒喝完了，便伸了杯子，來接鳳喜的酒。鳳喜斟著酒，眼睛向他一溜，低低地笑著道：「將軍！你還生我小孩子的氣嗎？」

劉將軍端著杯子也咕嘟一聲喝完了，撐不住哈哈大笑道：「我值得和你生氣嗎？來！咱們大家樂一樂吧。」於是向客廳外一招手，對馬弁道：「把她們全叫進來。」馬弁會意，就把階下一班大鼓娘一齊叫了進來。

劉將軍向著全席的客道：「諸位別瞧著我一個人樂，大家快活一陣子。」說時，那些來賓如蜂子出籠一般，各人拉著一個大鼓娘，先狂笑一陣，這一桌酒席也就趁此散了，有碰著合意的，便拉到一處坐了，碰不著合意的，又向別一對裡面去插科打諢。

這裡劉將軍攙著鳳喜的手，同到一邊一張沙發上坐下，笑道：「你瞧人家是怎樣找樂兒？那一天晚晌，咱們分手還是好好兒，為什麼到了第二日，就把我的禮物都退回哩？」

鳳喜被他拉住了手，心裡想掙脫，又不敢掙脫，只得微笑道：「無緣無故的，我怎樣敢受將軍這樣重的禮哩。」她口裡說著話，腳就在地下塗抹，那意思是說：我恨你！

我恨你！

劉將軍笑道：「在你雖然說是無緣無故，可是我送你的禮是有緣有故呀。你很聰明，你難道還不明白？」他口裡說著話，一隻手撫摸著鳳喜的胳膊，就慢慢向上伸。

鳳喜突然向上一站，手向回一縮，笑道：「我母親很惦記我的，我和你告假，我……」

劉將軍也站了起來，將手擺了兩擺道：「別忙呀！我還有許多話要和你說呢。」

鳳喜笑道：「有話說也不忙呀！讓我下次再來說就是了。」

劉將軍兩眼望著她，好久不作聲，聳著雙肩，冷笑了一聲，便吩咐叫沈三玄。

沈三玄被馬弁叫到裡面，不敢近前，只遠遠地垂手站著。

劉將軍道：「我告訴你，今天我叫你們來，本想出我一口惡氣，可是我這人心腸又軟不過，你侄女直和我賠不是，我也不好計較了。你回去說，我還沒有娶太太，現在的姨太太，也就和正太太差不多，只要你們懂事，我也不一定續絃的，我姓劉的，一生不虧人，叫你嫂子來，我馬上給她幾千塊錢過活。你明白一點，別不識抬舉！」

劉將軍越說越厲害，說到最後，瞪了眼，喝道：「你去吧！她不回去，我留下了。」

鳳喜聽了這一遍話，心裡一急，一陣頭暈目眩，便倒在沙發上，昏了過去。

沈三玄眼睜睜望著，可不敢上前攙扶。劉將軍用手撫摸著她的額角，說道：「不要緊的，我有的是熟大夫，打電話叫他來瞧瞧就是了。」

這大廳裡一些來賓，也立刻圍攏起來。

沈三玄不敢和闊人們混跡在一處，依然退到外面衛兵室裡來聽消息。不到十分鐘，來了一個西醫，一直就奔上房，有了一會兒，大夫出來了，他說：「打了一針，又灌下去許多葡萄酒，人已經回轉來了，只要休養一晚，明天就可以像好人一樣的。」

沈三玄聽了這消息，心裡才落下一塊石頭，只要她無性命之憂，在這裡休養幾天，倒是更好，不過心裡躊躇著，她發暈了，要不要告訴嫂嫂呢？

正在這時，劉將軍派了一個馬弁出來說：「人已不要緊了。回去叫她母親來，將軍有話要對她說。」

沈三玄料是自己上前不得，就回家去，把話告訴了沈大娘。沈大娘一聽這話，心裡亂跳，將大小鎖找了一大把出來，將箱子以至房門都鎖上了，出得大門，雇了一乘人力車，就向劉將軍家來。

這時已夜深，劉將軍家裡的賓客也都散了，由一個馬弁將沈大娘引進上房，後又由一個老媽子，將沈大娘引上樓去。

這樓前是一字通廊，一個雙十字架的玻璃窗內，垂著紫色的帷幔，隔著窗子看那燦爛的燈光，帶著鮮艷之色，便覺這裡不是等閒的地方了。

由正門穿過堂屋，旁邊有一掛雙垂的綠幔，老媽子又引將進去，只見裡面金碧輝煌，陳設得非常華麗。上面一張銅床，去了上半截的欄杆。天花板上，掛著一副垂鐘式的羅帳，罩住了這張床。在遠處看著，那電光映著，羅帳如有如無，就見鳳喜側著身子躺在裡面，床前兩個穿白衣的女子坐著看守她。

沈大娘曾見過，這是醫院裡來的人了。沈大娘要向前去掀帳子，那女看護對她搖搖手道：「她睡著了，你不要驚動她，驚醒了她是很危險的。」

沈大娘見女看護的態度是那樣鄭重，只好不上前，便問老媽子道：「這是你們將軍的屋子嗎？」

老媽子道：「不是！原是我們太太的屋子。後來太太回天津，就在天津故世了，這屋子還留著，老太太你瞧瞧，這屋子多麼好，你姑娘若跟了我們將軍，那真是造化。」

沈大娘默然，因問：「劉將軍哪裡去了？」

老媽子道：「有要緊的公事，開會去了，大概今天晚晌不能回家，他是常開會開到天亮的。」

沈大娘聽了這話，倒又寬慰了一點子。可是坐在這屋子裡，先是女看護不許驚動鳳喜，後來鳳喜醒過來了，女看護又不讓多說話。

相守到了下半夜，兩個女看護出去睡了，老媽子端了兩張睡椅，和沈大娘一個人坐了一張，輕輕地對沈大娘道：「我們將軍吩咐了，只叫你來陪著你姑娘，可是不讓多說話。你要有什麼心事，等我們將軍回來了，和我們將軍當面說吧。」

沈大娘到了這裡，也不知道怎麼回事，心裡自然畏懼起來，老媽子不讓多說話，也就不多說話。

夏日夜短，天快亮了，鳳喜睡足了，已是十分清醒，便下床將沈大娘搖撼著。她醒過來，鳳喜將手對老媽子一指，又搖了一搖，然後輕輕地道：「我只好還裝著病，要出去是不行的了，**回頭你去問問關家大叔，看他還有救我的什麼法子沒有？**」說時，那老媽子在睡椅上翻著身，鳳喜就溜上床去了。

沈大娘心裡有事，哪裡睡得著，約有六七點鐘的光景，只聽到窗外一陣腳步聲，就有人叫道：「將軍來了。」

那老媽子一個翻身坐起來，連連搖著沈大娘道：「快起快起！」沈大娘起身時，劉將軍已進門了，彷彿見綠幔外有兩個穿黃色短衣服的人在那裡站著，自己打算要質問劉將軍的幾句話，完全嚇回去了，還是劉將軍拿了手上的長柄折扇指點著她道：「你是鳳喜的媽嗎？」

沈大娘說了一個「是」字，手扶著身邊的椅靠，向後退了一步。

劉將軍將扇子向屋子四周揮了一揮，笑道：「你看，這地方比你們家裡怎樣？讓你姑娘在這裡住著，不比在家裡強嗎？」

沈大娘抬頭看了看他，雖然還是笑嘻嘻的樣子，但是他那眼神裡，卻帶有一種殺氣，哪裡敢駁他，只說得一個「是」字。

劉將軍道：「大概你熬了一宿，也受累了，你可以先回去歇息歇息，晚半天到我這裡來，我有話和你說。」

沈大娘聽他的話，偷一眼看了看鳳喜，見她睡著不動，眼珠可向屋子外看著，沈大娘會意，就答應著劉將軍的話，走出來了，她記著鳳喜的話，並不回家，一直就到關壽峰家來。

這時，壽峰正在院子裡做早起的功夫，忽然見沈大娘走進來，便問道：「你這位大嫂，有什麼急事找人嗎？瞧你這臉色！」

沈大娘站著定了定神笑道：「我打聽打聽，這裡有位關大叔嗎？」

關壽峰道：「你大嫂貴姓？」

沈大娘說了，壽峰一掀自己堂屋門簾子，向她連招幾下手道：「來來！請到裡面來說話。」

沈大娘一看他那情形，大概就是關壽峰了，跟著進屋來，就問道：「你是關大叔嗎？」

秀姑聽說，便由裡面屋子裡走出來，笑道：「沈大嬸！你是稀客……」

壽峰道：「別客氣了，等她說話吧，我看她憋著一肚子事要說呢，大嫂！你說吧。若是要我姓關的幫忙的地方，我要說一個不字，算不夠朋友。」

沈大娘笑道：「你請坐。」自己也就在桌子邊一張方凳上坐下。

壽峰道：「大嫂！要你親自來找我，大概不是什麼小事，你說你說！」說時，睜了兩個大圓眼睛望著沈大娘。

沈大娘也忍耐不住了，於是把劉將軍關著鳳喜的事說了一遍。至於以前在尚家往來的事，卻含糊其辭只說了一兩句。

壽峰聽了此言，一句話也不說，咚的一聲，便將桌子一拍。

秀姑給沈大娘倒了一碗茶，正放到桌子上，桌子一震，將杯子噹啷一聲震倒，濺了沈大娘一袖口水，秀姑忙著找了手絹來和她擦抹，只賠不是。

壽峰倒不理會，跳著腳道：「這是什麼世界！北京城裡，大總統住著的地方都是這樣不講理，若是在別地方，老百姓別過日子了，大街上有的是好看的姑娘，看見了……」

秀姑搶著上前，將他的手使勁拉住，說道：「爸爸！你這是怎麼了？連嚷帶跳一陣子，這事就算完了嗎？幸虧沈大嬸早就聽我說了你是這樣點爆竹的脾氣，要不然，你先在自己家裡這樣鬧上一陣子，那算什麼？」

壽峰讓他姑娘一勸，突然向後一坐，把一把舊太師椅子嘩啦一聲，坐一個大窟窿，人就跟著椅子腿一齊倒在地下。

沈大娘不料這老頭子會生這麼大氣，倒愣住了，望著他作聲不得。

壽峰站起來也不言語，坐到靠門一個石凳上去，兩手托了下巴，撅著鬍子，兀自生氣。一看那把椅子，拆成了七八十塊木片，倒又噗嗤一聲，接上哈哈大笑起來。因站著對沈大娘拱拱手道：「大嫂！你別見笑，我就是點火藥似的這一股子火性，憑怎麼樣忍耐著，也是改不了，可是事情一過身也就忘了。你瞧我這會子出了這椅子的氣，回頭我們姑娘一心痛，就該叨嘮三天三宿了。」

說時，不等沈大娘答詞，昂頭想了一想，一拍手道：「得！就是這樣辦，這叫先下手為強，後下手遭殃。大嫂！你贊成不贊成？」

秀姑道：「回頭又要說我多事了，你一個人鬧了半天，也沒有說出一個字來。你問人家贊成不贊成，人家知道贊成什麼呢？」

壽峰笑道：「是了，我倒忘了和大嫂說，你的姑娘，若是照你說的話，就住在那樓上，無論如何，我可以把她救出來，可是這樣一來，不定闖上多大的亂子，你今天晚上二更天，收拾細軟東西，就帶到我這裡來，我這裡一拐彎就是城牆，我預備兩根長繩子吊出城去。我有一個徒弟，住在城外大王莊，讓他帶你去住幾時，等樊先生來了，或是帶你們回南，或是就暫住在城外，那時再說。你瞧怎樣？」

沈大娘道：「好是好，但是我姑娘在那裡面，你有什麼法子救她出來呢？」

壽峰道：「這是我的事，你就別管了，我要屈你在我這兒吃一餐便飯，不知道你可有功夫？也不光是吃飯，我得引幾個朋友和你見見。」

沈大娘道：「若是留我有話說，我就擾你一頓，可是你別費事。」

壽峰道：「不費事不行，可也不是請你。」於是，伸手在他褲帶子中間掛著的舊褡褳裡，摸索了一陣，摸出一元銀幣，又是些零碎銅子票，一齊交到秀姑手上道：「你把那葫蘆提了去，打上二斤白乾，多的都買菜，買回來了，就請沈大嬸兒幫著你做，我去把你幾位師兄找來。」說畢，他找了一件藍布大褂披上，就出門去了。

秀姑將屋子收拾了一下，不便留沈大娘一人在家裡，也邀著她一路出門去買酒菜。回來時，秀姑買了五十個饅頭，又叫切麵鋪烙十斤家常餅，到了十二點鐘，送到家裡去。

沈大娘道：「姑娘！你家請多少客？預備這些個吃的。」

秀姑笑道：「我預備三個客吃的。若是來四個客，也許就鬧饑荒了。」

沈大娘聽了秀姑的話，只奇怪在心裡。陪著她到家，將菜洗做時，便聽到門口一陣雜亂的腳步聲。見先來的一個人，一頂破舊草帽，戴著向後仰，一件短褂，齊胸的鈕扣全敞著，露出一片黑而且胖的胸脯來。後面還有一個長臉麻子，一個禿子，都笑著叫「師妹」，抱了拳頭作揖。

最後是關壽峰，卻倒提了一隻羊腿子進來，遠遠地向上一舉道：「你周師兄不肯白吃咱們一餐，還貼一隻羊腿，咱們燒著吃吧。」於是將羊腿放在屋簷下桌上，引各人進屋。

沈大娘也進來相見，壽峰給他介紹：那先進來的叫快刀周，是羊屠夫；麻子叫江老海，是吹糖人兒的；禿子便叫王二禿子，是趕大車的。

壽峰道：「大嫂！你的事我都對他們說了，他們都是我的好徒弟，只要答應幫忙，掉下腦袋來，不能說上一個不字，我這徒弟他就住在大王莊，家裡還種地，憑我的面子，在他家裡吃上周年半載的窩窩頭，絕不會推辭的。」說時，就指著王二禿子。

王二禿子也笑道：「你聽著，我師父這年高有德的人，絕不能冤你，我自己有媳婦，有老娘，還有個大妹子。我又整個月不回家，要說大姑娘寄居在我們那兒，是再能夠放心沒有的了。」

江老海道：「王二哥！當著人家大孀兒在這兒，幹嘛說出這樣的話來？」

王二禿子道：「別那麼說呀！這年頭兒，**知人知面不知心**，十七八歲大姑娘打算避難到人家家裡去，能不打聽打聽嗎？我乾脆說來，也省得人家不放心。話是不好聽，可是不比人家心裡納悶強嗎？」

這一說，大家都笑了。

一會兒，秀姑將菜做好了，擺上桌來，乃是兩海碗紅燒大塊牛肉，一大盤子肉絲炒雜拌，一大瓦盆子老雞煨豆腐。秀姑笑道：「周師兄！你送來的羊腿，現在可來不及做，下午煨好了，給你們下麵條吃。」

快刀周道：「怎麼著？晚上還有一餐嗎？這樣子，連師妹都發下重賞了。王二哥！江大哥！咱們得費力啊！」

王二禿子將腦袋一伸，用手拍著後腦脖子道：「這大的北京城，除了咱們師父，誰是知道咱們的？為了師父，丟下這顆禿腦袋，我都樂意。」

大家又笑了。說話時，秀姑拿出四隻粗碗，提著葫蘆，倒了四大碗酒，笑道：「這是給你們師徒四位倒下的，我和大嬸兒都不喝。」

王二禿子道：「好香牛肉。」說著，拿了一個饅頭蘸著牛肉汁，只兩口，先吃了一個，一抬腿，跨過板凳，先坐下了。因望著沈大娘道：「大嬸你上坐，別笑話，我們弟兄都是老粗，不懂得禮節。」

於是大家坐下，只空了上位。沈大娘看他們都很痛快的，也就不推辭，坐下了。

壽峰見大家坐定，便端著碗，先喝了兩口酒，然後說道：「不是我今天辦不了大事，要拉你們受累，我讀過兩句書，知道古人有這樣一句話：『**士為知己者死**。』像咱們這樣的人，老爺少爺哪裡會看在眼裡？可是這位樊先生就不同，和我交了朋友還救了我一條老命。他和我交朋友的時候，不但是他親戚不樂意，連他親戚家裡的聽差都看著不順眼，**我看遍富貴人家的子弟，沒有像他這樣胸襟開闊的**。二禿子，你不是說沒有人識你們嗎？我敢說那樊先生若和你們見了面，他就能識你們。這樣的朋友，我們總得交一交。這位大嬸兒的姑娘，就是樊先生沒過門的少奶奶，我們能眼見人家吃虧嗎？」

秀姑道：「你老人家要三位師兄幫忙，就說要人幫忙的話，這樣牛頭不對馬嘴，鬧上一陣，還是沒有談到本題。」

快刀周道：「師父！我們全懂，不用師父再說了，師父就是不說，叫我們做一點小事，我們還有什麼為難的嗎？」

說話時，大家吃喝起來。他們將酒喝完，都是左手拿著饅頭，右手拿著筷子，不住的吃。五十個饅頭，沈大娘和秀姑只吃到四五個時便就光了。

接上切麵鋪將烙餅拿來，那師徒四人各取了一張四兩重的餅攤在桌上，將筷子大把的夾著肉絲雜拌放在餅上，然後將餅捲成拳頭大的捲兒，拿著便吃，不一會，餅也吃光。

秀姑用大碗盛上幾碗紅豆細米粥，放在一邊涼著，這時端上桌來，便聽到唏哩呼嚕之聲，粥又喝光。沈大娘坐著，看得呆了。

壽峰笑道：「大嬸！你看到我們吃飯，有點害怕嗎？大概放開量來，我們吃個三五斤麵還不受累呢。要不，幾百斤氣力從哪裡來？」

王二禿子站起來笑道：「師父！你不說這幾句話，我真不敢……」以下他也不曾說完，已端了那瓦盆老雞煨豆腐，對了盆口就喝，一口氣將剩的湯水喝完，「噯」的一聲，將瓦盆放下，笑著對秀姑道：「師妹！你別生氣，我做客就是一樣不好，不讓肚子受委屈。」

秀姑笑道：「你只管吃，誰也沒攔你。你若是嫌不夠，還有半個雞架子，你拿起來吃了吧。」

王二禿子笑道：「吃就吃，在師父家裡，也不算饞。」於是在盆子裡，拿起那半隻雞骨頭架子，連湯帶汁，滴了一桌，他可不問，站著彎了腰，將骨頭一頓咀嚼。

沈大娘笑道：「這位王二哥，人真是有趣。我是一肚子有事的人，都讓他招樂了。」這句話，倒提醒了關壽峰，便道：「大嫂！你是有事的人，你請便吧，我留你在這裡，就是讓你和我徒弟見一見面，好讓你知道他們並不是壞人。請你暗裡給你大姑娘通個信，今天晚上，無論看到什麼，都不要驚慌，一驚慌，事情可就糟了。」

沈大娘聽著，心裡可就想：他們搗什麼鬼，可不要弄出大事來，但是人家是一番好意，這話可不能說出來，當時道謝而去。

沈大娘走了以後，壽峰就對江老海道：「該先用著你了，你先去探探路，回頭我讓老周跟了去，給你商量商量。」

江老海會意，先告辭回去，將糖人兒擔子挑著，一直就奔到劉將軍公館。先到大門口看看，那裡是大街邊一所橫胡同裡，門口閃出一塊石板鋪的敞地，圍了八字照牆，當照牆正中，一列有幾棵槐樹，有一挑賣水果的，一挑賣燒餅的，歇在樹蔭下，有幾個似乎差役的人，圍著挑子說笑。大門口兩個背大刀的衛兵，分左右站著，他一動，那刀把垂下來整尺長的紅綠布擺個不住，便覺帶了一種殺氣。

江老海將擔子在樹蔭歇了，取出小糖鑼敲了兩下，看看大門外的牆都是一色水磨磚砌的，雖然高不過一丈五六尺，可是牆上都掛了電網。

這牆是齊簷的，牆上便是屋頂了。由這牆向右，轉著向北，正是一條直胡同。江老海便挑了擔子走進那胡同去，一看這牆拖得很遠，直到一個隔壁胡同方才轉過去，分明這劉家的屋子是直占在兩胡同之間了。

挑著擔子，轉到屋後，左方卻靠著人家，胡同曲著向上去了。這裡算閃出一小截胡同拐彎處，於是歇了擔子，四處估量一番。見那牆上的電網也是牽連不斷，而且電線上還縛了許多小鐵刺，牆上插了尖銳的玻璃片。

看牆裡時，露出一片濃密的枝葉，彷彿是個小花園，在轉彎處的中間，卻有三間小小的閣樓，比牆又高出丈多。牆中挖了三個百葉窗洞，窗口子緊閉，窗口與牆一般平，只有三方隔磚的麻石，突出來約三四寸，那電網只在窗戶頭上橫空牽了過去。江老海看著發呆，只管搔著頭髮。

就在這時，有人「呔」了一聲道：「吹糖人兒的，你怎麼不敲鑼？」

江老海回頭看時，乃是快刀周由前面走過來。

江老海四周一看無人，便低聲道：「我看這裡門戶很緊，是不容易進去的，只有這樓上三個窗戶可以設法。」

快刀周道：「不但是這個，我看了看，這兩頭胡同口上都有警察的崗位，晚上來往，真很不方便呢。」

江老海道：「你先回去告訴師父，我還在這前後轉兩個圈兒，把出路多看好幾條。」

快刀周去了，江老海帶做著生意，將這裡前前後後的街巷都轉遍了。直等太陽要落西山，然後挑了擔子直回關家來。

壽峰因同住還有院鄰，卻並不聲張。晚餐時，只說約了三個徒弟吃羊腿煮麵，把事情計議妥了，院鄰都是做小買賣的，而且和關氏父女感情很好，也不會疑到他們要做什麼驚人的事。

吃過晚夜，壽峰說是到前門去聽夜戲，師徒就陸續出門。王二禿子借了兩輛人力車，放在胡同口，大家出來了，王二禿子和江老海各拉了一輛車，走到有說書桌子的小茶館外，將一人守著車，三人去聽書。

書場完了已是十二點鐘以後，壽峰和快刀周各坐了一輛車，故意繞著街巷慢慢地走。約莫挨到兩點多鐘，車子拉到劉宅後牆，將車歇了。

這胡同轉角處，正有一盞路燈，高懸在一丈多高以外。由胡同兩頭黑暗中看這裡，正是清楚，壽峰在身上掏出一個大銅子，對著電燈泡拋了去，只聽噗的一聲，眼前便是一黑。

壽峰抬頭將閣樓的牆看了一看，笑道：「這也沒有什麼難，就是照著我們所議的法子試試。」於是王二禿子面牆站定，蹲了下去，快刀周就站在他的肩上，他慢慢站起來，兩手反背，伸了巴掌，江老海踏在他的手上，走上他的肩，接著踏了快刀周的手，又上他的肩，便疊成了三層人。

最後壽峰踏在江老海的肩上，手向上一伸，身子輕輕一縱，就抓住了窗口上的麻石，起一個鷂鷂翻架式，一手抓住了百葉窗格的橫縫，人就蹲在窗口。牆下三個人見他站定，上面兩個便跳下了地。

壽峰將窗上的百葉用手捏住，只一揉，便有一塊成了碎粉。接連碎了幾塊，就折斷一大片百葉。左手抓住窗縫，右手伸進去，開了鐵鉤與上下插閂，就開了一扇窗戶。身子一閃，兩扇齊開，立腳的地就大了。

百葉窗裡是玻璃窗，也關上的，於是將身上預備好了的一根裁玻璃針拿出，先將玻璃劃了一個小洞，用手捏住，然後整塊的裁了下來，接著去了兩塊玻璃，人就可以探進身子了。

壽峰倒爬了進去，四周一看，乃是一所空樓，於是打開窗戶，將衣服下繫在腰上的一根麻繩解了下來，向牆下一拋，下面快刀周手拿了繩子，緣了上來。二人依舊把朝外的百葉窗關好，下樓尋路。

這裡果然是一所花園，不過到處是很深的野草，似乎這裡很久沒有人管理的了。

在野草裡面尋到一條路，由路過去，穿過一座假山，便是一所矮牆。由假山石上輕輕一縱，便站在那矮牆上。

壽峰一站定腳，連忙蹲了下來。原來牆對過是一列廂屋，電光通亮。隔了窗子，刀勺聲、碗碟聲響個不了，同時有一陣油腥味順著風吹來。觀測以上種種，分明這是廚房了。

快刀周這時也蹲在身邊，將壽峰衣服一扯，輕輕地道：「這時候廚房裡還做東西吃，我們怎樣下手？」

壽峰道：「你不必作聲，跟著我行事就是了。」

蹲了一會，卻聽見有推門聲，接上有人問道：「李爺爺！該開稀飯了吧？」

又有一個人道：「稀飯不准吃呢，你預備一點麵條子吧，那沈家小姐還要和將軍開談判呢。」

又有一個道：「什麼小姐！不過是個唱大鼓書的小姑娘罷了。」

壽峰聽了這話，倒是一怔，**怎麼還要吃麵開談判？難道這事還有挽回的餘地嗎？**

壽峰跨過了屋脊，順著一列廂房屋脊的後身，向前面走去。只見一幢西式樓房迎面而起，樓後身是齊簷的高牆，上下十個窗口，有幾處放出亮光來。遠看去，那玻璃窗上的光，有映帶著綠色的，有映帶著紅色的，也有是白色的。只在那窗戶上，可以分出那玻璃窗那裡是一間房，那兩處是共一間房，那有亮光的地方，當然是有人的所在了。

遠遠望去，那紅色光是由樓上射出來的，在樓外光射出來的空間，有一叢黑巍巍的影子，將那光掩映著。帶著光的地方，可以看出那是橫空的樹葉，樹葉裡面有一根很粗的橫幹，卻是由隔壁院子裡伸過來的。

回頭看隔院時，正有一棵高出雲表的老槐樹。壽峰大喜，這正是一個絕好的梯子，於是手撫著瓦溝，人作蛇行。

到了屋簷下，向前一看，這院子裡黑漆漆的，正沒有點著電燈，於是向下一溜，兩手先落地，拉了一個大鼎，一點聲音沒有，兩腳向下一落，人就站了起來。

快刀周卻依舊在屋簷上蹲著，因為這裡正好藉著那橫枝兒樹葉擋住了窗戶裡射出來的光。壽峰緣上那大槐樹，到了樹中間，看出那橫幹的末端，於是倒掛著身子，兩手兩腳橫緣了出去，緣到尖端，看此處距那玻璃窗還有兩三尺，玻璃之內，垂著兩幅極薄的紅紗，在外面看去，只能看到屋子裡一些隱約中的陳設品。

彷彿有一面大鏡子懸在壁中間，那裡將電燈光反射出來，這和沈大娘所說關住鳳喜的屋子頗有些相像。只是這屋子裡是否還有其他的人陪著卻看不出來，於是一面靜聽屋裡的響動，一面看這屋子的電燈線是由哪裡去的。

只在這靜默的時間，沉寂陰涼的空氣裡，卻夾著一陣很濃厚的鴉片煙氣味。用鼻子去嗅那煙味傳來的地方卻在樓下。

壽峰聽沈大娘曾說過，劉將軍會抽鴉片煙的，在上房裡，這樣夜深能抽出這樣的煙氣味來，這當然不是別人所幹的事。便向下看了一看地勢，約莫相距兩丈高，於是盤到樹梢，讓橫幹向下沉著，然後一放手，輕輕的落在地上。順著牆向右轉，是一道附牆的圍廊。

只剛到這裡，便聽得身後有腳步聲，這可不能大意，連忙向走廊頂上一跳，平躺在上面。果然有兩個人說著話過來。

人由走廊下經過，帶著一陣油醬氣味，這大概是送晚餐過去了。等人過去，壽峰一昂頭，卻見樓牆上有一個透氣眼透出光來，站在這走廊頂上，正好張望。

這眼是古錢式的格子，裡頭小玻璃掩扇卻擱在一邊，在外只看到正面半截床，果然是一個人橫躺在那裡抽煙。剛才送過去的晚餐，卻不見放在這屋子裡。

一會兒，進來一個三十上下的女僕，床上那人，一個翻身向上一爬，右手上拿了煙槍，直插在大腿上，左手撅了鬍子尖，笑問道：「她吃了沒有？」

女僕道：「她在吃呢，將軍不去吃嗎？」

那人笑道：「讓她吃得飽飽的吧，我去了，她又得礙著面子，不好意思吃。她吃完了，你再來給我一個信，我就去。」

女僕答應去了。

壽峰聽了納悶得很，一回身，快刀周正在廊下張望，連忙向下一跳，扯他到了僻靜處問道：「你怎麼也跑了來？」

快刀周道：「我剛才爬在那紅紗窗外看的，正是關在那屋子裡，可是那姑娘自自在在地在那兒吃麵，這不怪嗎？」

壽峰埋怨道：「你怎麼如此大意！你伏在窗子上看，讓屋子裡人看見，可不是玩的。」

快刀周道：「師父你怎麼啦？窗紗這種東西，就是為了暗處可以看明處，晚上屋子裡有電燈，我們在窗子外，正好向裡看。」

壽峰「哦」了一聲道：「我倒一時愣住了，我想這邊屋子有通氣眼的，那邊一定也有通氣眼的。我們到那邊去看看，聽那姓劉的說話，還不定什麼時候睡覺，咱們可別胡亂動手。」

當下二人伏著走過兩重屋脊，再到長槐樹的那邊院子，沿著靠樓的牆走來。這邊牆和樓之間並無矮牆，只有一條小夾道。這邊牆上沒有透氣眼，卻有一扇小窗。壽峰估量了一番，那窗子離屋簷約莫有一人低，他點了頭，復爬上大槐樹，由槐樹渡到屋頂上，然後走到左邊側面，兩腳鉤了屋簷，一個「金鉤倒掛」式，人倒垂下來，恰是不高不低，剛剛頭伸過窗子，兩手反轉來，一手扶著一面，推開百葉窗扇，看得屋子裡清清楚楚。

對著窗戶，便是一張紅皮的沙發軟椅子，一個很清秀的女子，兩手抱著右膝蓋斜坐在上面，那正是鳳喜無疑了。看她的臉色，並不怎樣恐懼，頭正看了這窗子，眼珠也不轉一轉，似乎在想什麼。

先前在樓下看到的那個女僕，拿了一個手巾把，送到她手上，笑道：「你還擦一把，要不要撲一點粉呢？」

鳳喜接過手巾，在嘴唇上只抹了一抹，懶懶的將手巾向女僕手上一拋，女僕含笑接過去。一會兒，卻拿了一個粉膏盒，一個粉缸，一面小鏡子，一齊送到鳳喜面前。

鳳喜果然接過粉缸，取出粉撲，朝著鏡子撲了兩撲。

女僕笑道：「這是外國來的香粉膏，不用一點嗎？」

鳳喜將粉撲向粉缸裡一擲，搖了一搖頭。

女僕隨手將鏡子、粉撲放在窗下桌上。看那桌上，大大小小擺了十幾個錦盒。盒子也有揭開的，也有關上的。看那盒子裡時，亮晶晶的，也有珍珠，也有鑽石。這些盒子旁，另外還有兩本很厚的帳簿，一小堆中外鑰匙。

壽峰在外看見，心裡有一點明白了。

接著，只聽一陣步履聲，坐在沙發上的鳳喜突然將身子掉了轉去，原來是劉將軍進來了。他笑向鳳喜道：「沈小姐！我叫他們告訴你的話，你都聽見了嗎？」

鳳喜依然背著身子不理會他。劉將軍將手指著桌上的東西道：「**只要你樂意，這大概值二十萬，都是你的了，你跟著我，雖不能說要什麼有什麼，可是準能保你這一輩子都享福。**我昨天的事，做得是有點對你不起，只要你答應我，我準給你把面子挽回來。」

鳳喜突然向上一站，板著臉問道：「我的臉都丟盡了，還有什麼法子挽回來？你把人家姑娘關在家裡，還不是愛怎樣辦就怎樣辦嗎？」

劉將軍笑著向她連作兩個揖，笑道：「得！都是我的不是。只要你樂意，我們這一場喜事，大大的鋪張一下。」

鳳喜依然坐下，背過臉去。

劉將軍道：「我以前呢，的確是想把你當一位姨太太，關在家裡就得了，這兩天，我看你為人很有骨格，也很懂事，足可以當我的太太，我就正式把你續絃吧。我既然正式討你，就要講個門當戶對，我有個朋友沈旅長，也是本京人，就讓他認你做遠房的妹妹，然後嫁過來，你看這面子夠不夠？」

鳳喜也不答應，也不拒絕，依然背身坐著。

劉將軍一回頭，對女僕一努嘴，女僕笑著走了。

劉將軍掩了房門，將桌上的兩本帳簿捧在手裡，向鳳喜面前走過來。

鳳喜向上一站，喝問道：「你幹嘛？」

劉將軍笑道：「我說了，你是有志氣的人，我敢胡來嗎？這兩本帳簿，還有帳簿上擺著的銀行折子和圖章，是我送你小小的一份人情，請你親手收下。」

鳳喜向後退了一退，用手推著道：「我沒有這大的福氣。」

劉將軍向下一跪，將帳簿高舉起來道：「你若今天不接過去，我就跪一宿不起來。」

鳳喜靠了沙發的圍靠，倒愣住了，停了一停，因道：「有話你只管起來說，你一個將軍，這成什麼樣子？」

劉將軍道：「你不接過去，我是不起來的。」

鳳喜道：「唉！真是膩死我了！我就接過來。」說著不覺嫣然一笑。

正是：**無情最是黃金物，變盡天下兒女心**。壽峰在外面看見，一鬆腳向牆下一落，直落到夾道地下。

快刀周正在矮牆上給關壽峰巡風，見他突然由屋脊上向下一落，以為他失了腳，跌下來了，連忙跑上前去。

只見壽峰好好地迎上前來，在黑暗中將手向外一探，做著要去的樣子，於是二人跳過幾重牆，直向後園子裡來。

快刀周道：「師父，怎麼回事？」

關壽峰昂著頭，向天上嘆了一口氣。

快刀周道：「怎麼樣？這事很棘手嗎？」

壽峰道：「棘手是不棘手，我們若有三十萬洋錢就好辦了，出去說吧。」

二人依然走到閣樓上，打開窗子，放下繩子，快刀周先握了繩子向下一溜，壽峰卻解了繩子，跳將下去。

江老海、王二禿子迎上前來，都忙著問：「順手嗎？」

壽峰嘆著氣，將看到的事略略說了一遍，道：「我若是不看在樊先生的面上，我就一刀殺了她，我還去救她嗎？」

王二禿子道：「古語道得好：『寧度畜生不度人』，就是這個說法。咱們在閣樓上放一把火，燒他媽的一場，也出這口惡氣。」

壽峰笑道：「不要說孩子話，我們去給那大嬸兒一個信，叫她預備做外老太太發洋財吧。」

快刀周道：「不！若要是照這樣子看，大概她母親是來過一趟的。既來了，一定說好了條件，她未必還到師父家裡去了。」

壽峰道：「好在我們回去，走她門口過，也不繞道，我們順便去瞧瞧。」說著，二人坐車，一人拉車，雖然夜深，崗警卻也不去注意，一路走到大喜胡同，停在沈家門首。

這裡牆很低，壽峰憑空一躍就跳進去。到了院子裡，先藏在槐樹裡，見屋子裡都是黑漆漆的，似乎都睡著了，便溜下樹來，貼近窗戶用耳朵一聽，卻聽得裡面呼聲大作。

這是上房，當然是沈大娘在這裡睡的了。再向西廂房外聽了一聽，也有呼聲，沈家一共只有三個人，一個在劉家，兩個在家裡，當然沒有人到自己家裡去。

正在竊聽的時候，忽聽到沈大娘在上房裡說起話來。壽峰聽到，倒嚇了一跳，連忙向樹上一跳。

這院子不大，又是深夜，說話的聲音，聽得清清楚楚。她道：「將軍待我們這樣好，我們要不答應，良心上也說不過去呀。」

聽那聲音，正是沈大娘的聲音，原來在說夢話呢。

壽峰聽了，又嘆了一口氣，就跳出牆來，對大家道：「走走走！再要待一會，我要殺人了。」

快刀周等一聽，知道是沈家人變了心。若再要糾纏，真許會生出事故來。大家便一陣風似的，齊回關家來。

到了門口，壽峰道：「累了你們一宿，你們回去吧，說不定將來還有事，我再找你們。」

王二禿子道：「我明天上午來聽信兒，瞧瞧他們究竟是怎麼回事。我今天晚上，一定是睡不著，要不，我陪師父談這麼一宿，也好出胸頭這口惡氣。」

壽峰笑著拍了他的肩膀道：「你倒和我一樣，回去吧！別讓師妹不樂意了。」

王二禿子一拍脖子道：「忙了一天一宿，沒闖禍，腦袋跟禿子回去吧。」

大家聽著，都樂了，於是一笑而散。

秀姑心裡有事，也是不曾睡著，聽得門外有人說話，知道是壽峰回家來了，就開了門，秀姑道：「沈家大孀兒可沒來，你們怎樣辦的？」

壽峰一言不發，直奔屋裡。

秀姑看那樣子，知道就是失敗了，因道：「一個將軍家裡，四周都是警衛的人，本來也就不易下手。」

壽峰道：「什麼不易下手！只要她們願意出來，十個姑娘也救出來了。」

秀姑道：「怎麼樣？難道她娘兒倆還變了心嗎？」

壽峰道：「怎麼不是！」於是把今晚上的事說了一遍，嘆口氣道：「從今以後，我才知道人心換人心這句話是假的，不過是金子換人心罷了。」

秀姑道：「有這樣的事嗎？——那沈家姑娘挺聰明的一個樣子，倒看不出是這樣下場！她們倒罷了，可是樊先生回來，有多麼難過，把他的心都會灰透了。」

壽峰冷笑道：「灰透了也是活該！這年頭兒幹嘛做好人呢？」

秀姑笑道：「你老人家氣得這樣，這又算什麼？快天亮了，睡覺吧。」

壽峰道：「我也是活該！誰叫我多管閒事哩。」

秀姑也好笑起來，就不理他了。

壽峰找出他的旱煙袋，安上一小碗子關東葉子，端了一把籐椅，攔門坐著，望了院子外的天色抽煙。壽峰的老脾氣，**不是氣極了不會抽煙的**，現在將煙抽得如此有味，那正是想事情想得極厲害了。

秀姑因為夜深了，怕驚動了院鄰，也不曾作聲。

卻也是奇怪，這事並不與自己什麼相干，偏是睡到床上，就會替他們當事人設想：**從此以後，鳳喜還有臉和樊家樹見面嗎？家樹回來了，還會對她那樣迷戀嗎？就情理而論，他們是無法重圓的了。無法重圓，各人又應該怎麼樣？**自己只管一層一層推了下去，一直到天色大亮，這也用不著睡覺了，便起床洗掃屋子。

在往日，做完了事，便應該聽到隔壁廟裡的木魚唸經聲，自己也就捧了一本經書來作早課。今天卻是事也不曾做完，隔壁的木魚聲已經起來了。

也不知道是老和尚今天早課提了前，也不知道是自己做事沒有精神，把時間耽誤了。現在爐子不曾籠著火，水也不曾燒，父親醒過來，洗的喝的會都沒有，今天的早課只好算了吧，於是定了定神，將茶水燒好，然後才把壽峰叫醒。

壽峰站起來，伸了個懶腰，笑道：「我老了！怎麼小小的受這麼一點子累，就會睡得這樣死！」

秀姑道：「我想了一晚晌，我以為這件事不能含糊過去，我們得寫一封快信給樊先生去吧。」

壽峰笑道：「你還說我喜歡管閒事呢，我都沒有想一宿，你怎麼會想一宿呢？想了一宿，就是這麼一句話嗎？你這孩子太沒有出息了。」

秀姑臉一紅，便笑道：「我幹嘛想一宿？我也犯不上呀。」

壽峰道：「是你自己說的，又不是我說的。我知道犯得上犯不上呢？」

秀姑本覺得要寫一封信告訴家樹才對的，而且也要到沈家去看看沈大娘這時究竟取的什麼態度，可是經了父親這一度談話，就不大好意思過問了。

七 滄海桑田

又過了兩天，江老海卻跑來對關壽峰道：「師父！這事透著奇怪，沈家搬走了，我今天走那胡同裡過身，見那大門閉上，外面貼了招租帖子了。我做生意的時候，和買糖人兒的小孩子一問，據說頭一天一早就搬了。」

壽峰道：「這是理之當然，也沒有什麼可怪的，她們不搬走，還等著姓樊的來找她嗎？」

江老海道：「她們這樣忘恩負義，師父得寫一封信告訴那樊先生。」

壽峰道：「我早寫了一封信去了。」

秀姑在屋子裡聽到，就連忙出來問道：「你寫了信嗎？我怎麼沒有看見你寫哩？」

壽峰道：「我這一肚子文字，要寫出這一場事來，不是自己給自己找罪受嗎？而且也怕寫的不好，人家看不清楚，我是請隔壁老和尚寫的，他寫是寫了，卻笑著對我說：『好管閒事的人，往往就會把閒事管得成了自己的正事，結果，比原來當事人也許更麻煩。』他話是說得有理，但是我怎麼能夠不問哩！老和尚把那信寫得很婉轉，而且還勸了人家一頓，可是**這樣失意的事，年輕輕的人遇到，哪是幾句話就可以解勸得了的！**也許他也不用回信，過兩天就來了。」

江老海道：「他來了，我很願和他見見。」

壽峰道：「那很容易，他回了京，還短得了到我這裡來嗎！」

秀姑道：「這裡寄信到杭州，要幾天到哩？」

壽峰笑道：「我沒在郵政局裡幹過事，這個可不知道。」

秀姑噘了嘴道：「你這老人家，也不知道怎麼回事，說起話來，老是給我釘子碰。」

壽峰笑道：「我是實話呀！可是照火車走起來說，有四個日子，到了杭州了。」

當下秀姑走回房去，默計了一會兒日期：大概信去四天，動身四天，再耽誤兩天，有十天總可以到京了，現在信去幾天，一個星期內外必然是來的。那個時候，看他是什麼態度？難道他還能像以前那種樣子對人嗎？

秀姑心裡有了這樣一個問題，就不住的盤算，尤其是每日晚晌，幾乎合眼就會想到這件事上來。起先幾天，每日還是照常的唸經，到了七八天頭上，心裡只管亂起來，竟按捺不下心事去唸經，心想不要得罪了佛爺，索性拋開一邊，不要作幌子吧。

關壽峰看到，便笑道：「你也膩了嗎？年輕人學佛唸經，哪有那麼便宜的事呀！」秀姑道：「我哪是膩了？我是這兩天心裡有點不舒服，把經擱下了，從明天起，我還是照常唸起來的。」秀姑說了，便緊記在心上。

到了次日，秀姑把屋子打掃完畢，將小檀香爐取來放在桌上，用個匙子挑了一小匙檀香末放在爐子裡，點著了，剛剛要進自己屋子去，要去拿一本佛經出來，偶一回頭，只見簾子外一個穿白色長衫的人影子一閃，接上那人咳嗽了一聲，秀姑忙在窗紙的破窟窿內向外一看，雖不曾看到那人的面孔，**只就那身材言，已可證明是樊家樹無疑了。**一失神，便不由嚷起來道：「果然是樊先生來了！」

壽峰在屋子裡聽到，迎了出去，便握著家樹的手，一路走進來。

秀姑站在內房門口，忘了自己是要進屋去拿什麼東西的了，便道：「樊先生來了！今天到的嗎？」說著話時，看樊家樹雖然風度依舊，可是臉上微微泛出一層焦黃之色，兩道眉峰都將峰尖緊束著。

當秀姑問話時候，他雖然向著人一笑，可是那兩道眉毛依然緊緊地皺將起來，答應著道：「今天早上到的。大姑娘好！」

秀姑一時也想不起用什麼話來安慰人家，只得報之以笑。

當下壽峰讓家樹坐下，先道：「老弟！你不要灰心，**人生在世，就如做夢一般，早也是醒，遲也是醒，天下無百年不散的筵席，你不要放在心上吧。**」

秀姑笑道：「你先別勸人家，你得把這事經過詳詳細細告訴人家呀。」

壽峰將鬍子一摸，笑道：「是啊！信上不能寫得那麼明白，我得先告訴你。」於是昂著頭想了一想，笑道：「我打哪兒說起呢？」

家樹笑道：「隨便吧，我反正有的是工夫，和大叔談談也好。」

秀姑心裡想：他今天不忙了，以前他何以是那樣忙呢？——嘴裡不曾說出來，可就向著他微笑了。家樹也不知道她這微笑由何而來？也就跟著報之以微笑了。

這裡壽峰想過之後，急著就先把那晚上到劉將軍家裡的事先說了。

家樹聽到，臉上青一陣，白一陣，最後，就勉強笑道：「本來銀錢是好的東西，誰人不愛！也不必去怪她了。」

壽峰點了點頭道：「老弟！你這樣存心不錯，一個窮人家出身的女孩子，哪裡見得慣這個呢，不怪她動心了。」

秀姑坐在一邊，她的臉倒突然紅了，搖了搖頭道：「你這話，不見得吧，是窮人家姑娘就見不得銀錢嗎？」

壽峰哈哈笑道：「是哇！我們只管說寬心話，忘了這兒有個窮人家姑娘等著呢。」

家樹笑道：「無論哪一界的人，本來不可一概而論的，但不知道這個姓劉的，怎樣平空地會把鳳喜關了去的？」

壽峰道：「這個我們原也不清楚，我們是聽沈家大嫂說的。」於是將查戶口唱堂會的一段事也說了。

家樹本來有忿恨不平的樣子的，聽到這裡，臉色忽然和平起來，連點了幾下頭道：「這也就難怪了，**原是天上掉下來的一場飛禍，一個將軍要算計一個小姑娘，哪有什麼法子去抵抗他呢？**」

壽峰道：「老弟！你這話可得考量考量，雖然說一個小姑娘不能和一個將軍抵抗，要說真不愛他的錢，他未必忍心下那種毒手，會要沈家姑娘的性命，就算性命保不了，憑著你待她那樣好，為你死了也是應該。我可不知道抖文*，可是師父就相傳下來兩句話，是『**疾風知勁草，板蕩識忠臣**』，要到這年頭兒才能夠看出人心來。」

家樹嘆了一口氣道：「大叔說的，怕不是正理，可是一個未曾讀過書——」

家樹說到這裡，將關氏父女看著，頓了一頓，就接著道：「而且又沒經過賢父兄、賢師友指導過她，她哪裡會明白這些大道理，我們也只好責人欲寬了。」

秀姑忍不住插口道：「樊先生真是忠厚一流，到了這種地步，還回護著沈家妹子呢。」

家樹道：「不是我回護她，她已經做錯了，就是怪她也無法挽救的了，一個人的良心，總只能昧著片刻的，時間久了，慢慢地就會回想過來的，這個日子，怕她心裡不會比我更難受啊！」

秀姑淡淡一笑，略點了一點頭道：「你說得也是。」

家樹一看秀姑臉上有大不以為然的樣子，便笑道：「她本來是不對，要說是無可奈何，怎麼她家都趕著搬開了哩？」

壽峰道：「你怎麼知道她家搬走了？你先去了一趟嗎？」

家樹道：「是的，我不能不先去問問她母親，這一段緣由因何而起。」

壽峰道：「樹從腳下爛，禍事真從天上掉下來的究竟是少。」說到這裡，就想把鳳喜和尚師長夫婦來往的事告訴他。

秀姑一看她父親的神氣，知是要如此，就眼望著她父親，微微地擺了兩擺頭。壽峰也看出家樹還有迴護鳳喜的意思，這話說出來，他格外傷心，也就不說了。

但家樹卻問道：「大叔說她們樹從根下爛，莫不是我去以後，她們有些胡來嗎？」

壽峰道：「那倒沒有，不過是她們從前幹了賣唱的事，人家容易瞧她不起罷了。」

家樹聽了壽峰的話，雖然將信將疑，然而轉念一想，自己臨走之時，和她們留下那麼些個錢，在最短期內不應該感到生活困難的，那麼，鳳喜又不是天性下賤的人，何至於有什麼軌外行動呢？如此一想，也不追究壽峰的話了。

當日關氏父女極力的安慰了他一頓，又留著他吃過午飯。

午飯以後，秀姑道：「爸爸！我看樊先生心裡怪悶的，咱們陪著他到什剎海去乘涼吧。」

家樹道：「這地方我倒是沒去過，我很想去看看。」

秀姑道：「雖然不是公園，野景兒倒是不錯，離我們這兒不遠。」

家樹見她說時，眉峰帶著一團喜容，說到遊玩，今天雖然沒有這個興致，卻也不便過拂她的盛意。

壽峰一邊看出他躊躇的樣子，便道：「大概樊先生一下車就出門，行李也沒收拾呢，後日就是舊曆七月七，什剎海的玩意兒會多一點。」

家樹便接著道：「好！就是後天吧，後天我準來邀大叔大姑娘一塊兒去。」

秀姑先覺得他從中攔阻，未免掃興，後來想到他提出七月七，這老人家倒也有些意思，不可辜負他的盛意，就是後天去也好，於是答道：「好吧！那天我們等著樊先生，你可別失信。」接著一笑。

家樹道：「大姑娘！我幾時失過信？」

秀姑無可說了，於是大家一笑而別。

家樹回得陶家，伯和已經是叫僕役們給他將行李收拾妥當。

家樹回到房裡，覺得是無甚可做，知道伯和夫婦在家，就慢慢地踱到上房裡來。

陶太太笑道：「你什麼事這樣忙？一回京之後，就跑了個一溜煙，何小姐見著面了嗎？」

家樹淡淡地道：「事情忙得很，哪有工夫去見朋友！」

陶太太道：「這就是你不對了，你走的時候，人家巴巴地送到車站，你回來了，可不通知人家一聲。你什麼大人物，何小姐非巴結你不可？」

家樹道：「表嫂總是替何小姐批評我，而且還是理由很充足，叫我有什麼可說的！那麼，勞你駕，就給我打個電話通知何小姐一聲吧。」

家樹說出來了，又有一點後悔，表嫂可不是聽差，怎麼叫她打電話呢？自己是這樣懊悔著，不料陶太太坐在橫窗的一張長桌邊，已經拿了桌上的分機，向何家打通了電話。陶太太一面說著話，一面將手向家樹連招了幾招，笑道：「來！來！來！她要和你說話。」

家樹上前接著話機，那邊何麗娜問道：「我很歡迎啦！老太太全好了嗎？」

家樹道：「全好了，多謝你惦記著。」

何麗娜笑道：「還好！回南一趟，沒有把北京話忘了，今天上午到的嗎？怎麼不早給我一個信？不然我一定到車站上去接你。」

家樹連說：「不敢當。」

何麗娜又道：「今天有工夫嗎？我給你接風。」

家樹道：「不敢當。」

何麗娜道：「大概是沒工夫，現在不出門嗎？我來看你。」

家樹道：「不敢當。」

伯和坐在一邊，看著家樹打電話，只是微笑，便插嘴道：「怎麼許多不敢當，除了你不敢當，誰又敢當呢？」

何麗娜道：「你為什麼笑起來？」

家樹道：「我表兄說笑話呢。」

何麗娜道：「他說什麼呢？」

陶太太走上前奪過電話來道：「密斯何！我們這電話借給人打，是照長途電話的規矩，要收費的，而且好朋友說話加倍，我看你為節省經濟起見，乾脆還是當面來談談吧。」於是就放下了電話筒。

家樹道：「我回京來，應該先去看看人家才是。怎樣倒讓人家來？」

伯和笑道：「家樹！你取這種態度，我非常表同情，從前我和你表嫂經過你這個時代，我是處處卑躬屈節，你表嫂卻是敢當的，我也問過人，男女雙方的愛情，為什麼男子要處在受降服的情形裡呢？有些人說，這事已經成了一種趨勢，男子總是要受女子挾制的，不然，為什麼男子要得著一個女子，就叫求戀呢？有求於人，當然要卑躬屈節了，這話雖然是事實，但是在理上卻講不通，為什麼女子就不求戀呢？現在我看到你們的情形，恰是和我當年的情形相反，算是給我們出了一口惡氣。」

陶太太道：「原來你存了這個心眼兒，怪不得你這一向子對著我都是那樣落落難合的樣子了。」

伯和笑道：「哪裡有這樣的事！有了這樣的事，我就沒有什麼不平之氣，惟其是自己沒有出息，這才希望人家不像我，聊以解嘲了。」

陶太太正待要搭上一句話，家樹就道：「表兄這話說得實在可憐，要是這樣，我不敢結婚了。」他說了這話，就是陶太太也忍不住笑了。

過了一會，何麗娜早是笑嘻嘻地由外面走了進來，先給家樹一鞠躬，笑問道：「伯母好？」

家樹答應：「好！」

又問：「今天什麼時候到的？」

答：「是今天早上到的。」

陶太太笑道：「你們真要算不怕膩。我猜這些話，你們在電話裡都問過了，這是第二次吧？」

何麗娜道：「見了面，總得客氣一點，要不然，說什麼呢？」

家樹因道：「說起客氣來，我倒想起來了，何小姐送的那些東西，實在多謝得很。我這回北上，動身匆忙得很，沒有帶什麼來。」

何麗娜道：「哪有老人家帶東西給晚輩的，那可不敢當了。」

但是家樹說著時，已走了出去，不一會子，捧了一包東西進來，一齊放在桌上笑道：「小包是土產，杭州帶來的藕粉和茶葉，那兩大捲，是我在上海買的一點時新衣料。」

何麗娜連道：「不敢當！不敢當！」

伯和聽了，和陶太太相視而笑。

何麗娜道：「二位笑什麼？又是客氣壞了嗎？」

陶太太道：「倒不是客氣壞了，正是說客氣得有趣呢。先前打電話，家樹說了許多不敢當，現在你兩人見面之後，你又說了許多不敢當，都說不敢當，實在都是敢當。」

伯和斜靠在沙發上，將右腿架了起來，搖曳了幾下，口裡銜著雪茄，向陶太太微笑道：「敢當什麼？不敢當什麼？——當官呢？當律師呢？當教員呢？」

陶太太先是沒有領會他的意思，後來他連舉兩個例就明白了，笑道：「你說當什麼呢？無非當朋友罷了。」

何麗娜只當沒有聽見，看到那屋角上放著的話匣子，便笑問道：「你們買了什麼新片子沒有？若是買了，拿出來開一遍讓我聽聽看，我也要去買。」

陶太太笑著點頭道：「好吧，新買了兩張愛情曲的片子，可以開給你聽聽。」

何麗娜搖搖頭道：「不！我膩煩這個，有什麼皮黃片子，倒可以試試。」

伯和依然搖曳著他的右腿，笑道：「密斯何！你膩煩愛情兩個字嗎？別啊！你們這個年歲，正當其時呢，要是你們都膩煩愛情，像我們中年的人應該入山學道了，可是不然，我們愛情的日子過得是非常甜蜜呢！」

陶太太回頭瞪了他一眼道：「不要胡扯。」

何麗娜將兩掌一合，向空一拜，笑道：「阿彌陀佛！陶先生也有個管頭。」於是大家都笑了。

且說家樹在一邊坐著，總是不言語。他一看到何小姐，不覺就聯想到相像的鳳喜。何小姐的相貌，只是比鳳喜稍為清瘦一點，另外有一種過分的時髦，反而失去了那處女之美與自然之美，只是成了一個冒充的外國小姐而已。

可是這是初結交時候的事。後來見著她有時很時髦，有時很樸素，就像今天，她只穿了一件天青色的直羅旗衫，從前披到肩上的長髮，這是家樹認為最不愜意的一件事，以為既無所謂美，而又累贅不堪。

這話於家樹動身的前兩天，在陶太太面前討論過，卻不曾告訴過何麗娜。但是今天她將長髮剪了，已經改了操向兩鬢的雙鉤式了，這樣一來，她的姿勢不同了，臉上也覺得豐秀些，就更像鳳喜了。

自己正是在這裡鑒賞，忽然又看到她舉起手來唸佛，又想到了關秀姑，她乃另是一種女兒家的態度，只是合則留，不合則去的樣子，何麗娜和鳳喜都不同，卻是一味的纏綿，鳳喜是小兒女的態度居多，有些天真爛漫處；何麗娜又不然，交際場中出入慣了，世故很深，男子的心事怎樣，她不言不語之間就看了一個透。這種女子，好便是天地間唯一無二的知己，不好呢，男子就會讓她玩弄於股掌之上。

家樹只是如此沉沉地想著，屋子裡的人議論些什麼，他都不曾去理會。

這時，伯和看看掛鐘道：「時間到了，我要上衙門去了，你們今天下午打算到什麼地方去消遣？回頭我好來邀你們一塊兒去吃飯。今天下午還是這樣的熱，到北海乘涼去，好不好？」

何麗娜道：「就是那樣吧，我來做個小東請三位吃晚飯。」

陶太太笑道：「也請我嗎？這可不敢當啊！」

何麗娜笑道：「我不知陶太太怎麼回事，總是喜歡拿我開玩笑，哪怕是一件極不相干的事，一句極不相干的話呢，可是由陶太太看去，都非常可笑。」

伯和道：「人生天地間，若是遇到你們這種境遇的人，都不足作為談笑的資料，那麼，天地間的笑料也就會有時而窮了。」說畢，他笑嘻嘻地走了。

這裡陶太太因聽了有出去玩的約會，立刻心裡不安定起來，因道：「密斯何坐車來的嗎？我們三人同坐你的車子去吧。」說時，望著家樹道：「先生走哇。」

家樹心裡有事，今天下車之後，忙到現在，哪有興致去玩！只是她們一團高興，都說要去，自己要攔阻她們的遊興，未免太煞風景，便懶懶地站將起來，伸了一個懶腰，只是向她們二人一笑。

陶太太道：「幹嘛呀？不帶我同坐汽車也不要緊，你們先同坐著汽車去，我隨後到。」

家樹道：「這是哪裡來的話？我並沒有作聲，你怎麼知道我不要你同坐汽車呢？」

陶太太笑道：「我還看不透你的性情嗎？我是老手呢。」

家樹道：「得！得！我們同走吧。」於是不再待陶太太說話，就起身了。

三人同坐車到了北海，一進門，陶太太就遇著幾個女朋友，過去說話去了，回著頭對何麗娜道：「南岸這時正當著西曬，你們先到北岸五龍亭去等我吧。」說完管自便走。

何麗娜和家樹順著東岸向北行，轉過了瓊島，東岸那一帶高入半空的槐樹，抹著湖水西邊的殘陽，綠葉子西邊罩著金黃色，東邊避著日光，更陰沉起來。

一棵樹連著一棵樹，一棵樹上的蟬聲，也就連著一棵樹上的蟬聲；樹下一條寬達數丈的大道，東邊是鋪滿了野草的小山，西邊是綠荷萬頃的北海，越覺得這古槐，不帶一點市廛*氣，樹既然高大，路又遠且直，人在樹蔭下走著，彷彿渺小了許多。

何麗娜笑道：「密斯脫樊！你又在想什麼心事了？我看你今天雖然出來玩，是很勉強的。」

家樹笑道：「你多心了。我正在欣賞這裡的風景呢。」

何麗娜道：「這話我有些不相信，一個剛從西湖來的人，會醉心北海的風景嗎？」

家樹道：「不然！西湖有西湖的好處，北海有北海的好處，像這樣一道襟湖帶山的槐樹林子，西湖就不會有。」說著將手向前一指道：「你看北岸那紅色的圍牆，配合著琉璃瓦，在綠樹之間映著這海裡落下去的日光，多麼好看，簡直是絕妙的著色圖畫。不但是西湖，全世界也只有北京有這樣的好景致，我這回到杭州去，我覺得在西湖蓋別墅的人實在是笨，放著這樣東方之美的屋宇不蓋，要蓋許多洋樓。尤其是那些洋旅館，俗不可耐，倘若也照宮殿式蓋起紅牆綠瓦的樓閣來，一定比洋樓好。」

何麗娜笑道：「這個我很知道，你很醉心北京之美的，尤其是人的一方面。」

家樹只好一笑。

說著話，已到了北岸五龍亭前，因為最後一個亭子人少些，就在那裡靠近水邊一張茶座上坐下。

自太陽落水坐起，一直等到星斗滿天，還不見伯和夫婦前來。家樹等不過，直走出亭子，迎上大道來，這才見他夫妻倆並排走著，慢慢由水岸邊踱將來。

陶太太先開口道：「你們話說完了嗎？伯和早在南岸找著了我，我要讓你們多說幾句話，所以在那邊漪瀾堂先坐了一會，然後坐船過來的。」

家樹想分辯兩句，又無話可講，也默然了。

到了亭子裡坐下，陶太太道：「伯和！我猜得怎麼樣？不是第五個亭子嗎？惟有這裡是僻靜好談心的了。」

何麗娜覺得他們所猜的很遠，也笑了。

當下由何麗娜做東，陪著大家吃過了晚飯，已是夜色深疏了。天上的星斗，倒在沒有荷葉的水中，露出一片天來，卻蕩漾不定；水上有幾盞紅燈移動，那便是渡海的小畫舫了。遠望漪瀾堂的長廊，樓上下幾列電燈更映到水裡去，那些雕欄石砌也隱隱可見。

伯和笑道：「我每在北岸，看見漪瀾堂的夜色，便動了歸思。」

家樹道：「那為什麼？」

伯和道：「我記得在長江上游作客的時候，每次上江輪都是夜裡，你看這不活像一隻江輪泊在江心嗎？」

何麗娜笑道：「陶先生！真虧你形容得出，真像啊！」

伯和道：「我還有個感想。我每在北海乘涼，覺得這裡天上的星光別有一種趣味。」

家樹道：「本來這裡很空闊，四圍是樹，中間是水，襯托得好。」

伯和笑道：「非也。我覺得在這裡看天上的銀河格外明亮，設若那河就只有北海這樣寬，我要是牛郎織女，我都不敢從鵲背上渡過去。何況天河絕不止這樣寬呢。」

家樹笑道：「胡扯胡扯！」

陶太太也是怔怔地聽，以為在這裡對天河有什麼感想，現在卻明白了，笑道：「你這真是『聽評書掉淚，替古人擔憂』哩。現在天上也是物質文明的時代，有輪船，有火車，還有飛機，怕不容易過河嗎？我猜今年是牛郎先過河，因為他是坐火車來的。」

伯和道：「可不是，初五一早，牛郎就過河了，這個時候，也許他們見面了。」

陶太太抬著頭望了一望道：「我看見了，他們兩個人這時坐在水邊亭子下喝汽水呢。」

這時，家樹和何麗娜都拿了玻璃杯子喝著汽水呢。

何麗娜一聽忍笑不住，頭一偏，將汽水噴了陶太太兩隻長統絲襪都噴濕了，便將一隻胳膊橫在茶桌上，自己伏在臂膊上笑個不了。

陶太太道：「這也沒有什麼可樂的事！為什麼笑成這個樣子？」

何麗娜道：「你這樣拿我開玩笑，笑還不許我笑嗎？」說著，抬起頭來，只管用手絹去拂拭面孔。

家樹對於伯和夫婦開玩笑雖是司空見慣，但是笑話說得這樣著痕跡的，今天還是第一回。而且何麗娜也在當面，一個小姐讓人這樣開玩笑，未免難堪，但是看看何麗娜卻笑成那樣子，一點不覺難堪，於是這又感到新式的女子，態度又另是一種的了……

當下伯和見大家暫時無話可說，想了一想，於是又開口道：「其實我剛才這話，也不完全是開玩笑。聽到說這北海公園的主辦人，要在七月七日開雙七大會，在這水中間，用電燈架起鵲橋來，水裡大放河燈。那天晚上，一定可以熱鬧一下子。你二位來不來呢？」

家樹道：「太熱鬧的地方，我是不大愛到的，再說吧。」

何麗娜一句話沒有說出，經他一說，就忍回去了。

陶太太道：「你愛遊清雅的地方，下一個禮拜日，我們一塊兒到北戴河洗海水澡去，好嗎？到那裡還不用住旅館，我們認得陳總長，有一所別墅在那裡，便當得多了。」

何麗娜道：「有這樣的好地方，我也去一個。」

家樹道：「我不能玩了，我要看一點功課，預備考試了。若要考不上一個學校，我這次趕回北京來，就無意義了。」

伯和道：「你放心！有你這樣的程度，學校準可以考取的。若是你趕回北京來，不過是如此，那才無意義呢。」

伯和這樣說著，雖然沒有將他的心事完全猜對，然而他不免添了無限的感觸，望著天上的銀河，一言不發。

家樹這種情形，何麗娜卻能猜個八九，她坐在對面椅子上望著他，只嗑著白瓜子，也是不作聲。半晌，忽然嘆了一口氣，她這一口氣嘆出，大家倒詫異起來。

陶太太首先就問她這為什麼？她笑道：「偶然嘆一口氣，有什麼原因呢？」

陶太太笑道：「這話有點不通吧！現在有人忽然大哭起來，或者大笑起來，要說並沒有原因，行嗎？嘆氣也是人一種不平之氣，當然有原因。伯和常說『不平則鳴』——你鳴的是哪一點呢？」

何麗娜道：「說出來也不要緊，不過有點孩子氣罷了。我想一個人修到了神仙，總算有福了，可是他們一樣的有別離，那麼，人在世上更難說了。」

家樹忍不住了，便道：「密斯何說的是雙星的故事嗎？這天河乃是無數的恆星……」

伯和攔住道：「得了！得了！這又誰不知道？這種神話管它是真是假，反正在我們這樣乾燥煩悶的人生裡，可以添上一些有趣的材料，我們拿來解解悶也好，這可無所礙於物質文明，何必戳穿它，譬如歐美人家在聖誕節晚上的聖誕老人，未免增加兒童迷信思想，然而至今，小孩兒的長輩依然假扮著，也無非是個趣字。」

家樹笑道：「好吧，我宣告失敗。」

陶太太道：「本來嘛，密斯何藉著神仙還有別離一句話來自寬自解，已經是不得已，退一步想了，偏是你還要證明神仙沒有那件事，未免大煞風景。密斯何！你覺我的話對嗎？」

何麗娜道：「都對的。」

陶太太笑道：「這就怪了！怎麼會都對呢？」

何麗娜道：「怎麼不是都對呢！樊先生是給我常識上的指正，陶先生是給我心靈上的體會。」

陶太太笑道：「你真會說話，誰也不得罪。」

當他們在這裡辯論的時候，家樹又默然了。伯和夫婦還不大留意，**何麗娜卻早知道了，越是看出他無所可否，就越覺得他是真不快，他這不快，似乎不是從南方帶來的，乃是回北京以後新感到的，那是什麼事呢？莫非他那個女朋友對他有不滿之處嗎？**何麗娜這樣想著，也就沉默起來。這茶座上反而只剩伯和夫婦兩個人說話了。坐久一點，陶太太也感到他們有些鬱鬱不樂了，就提議回家。

伯和道：「我們的車子在後門，我們不過海去了。」

陶太太道：「這樣夜深，讓密斯何一個人到南岸去嗎？」

伯和道：「家樹送一送吧，到了前門，正好讓何小姐的車子送你回家。」

何麗娜道：「不要緊的，我坐船到漪瀾堂。」

陶太太道：「由漪瀾堂到大門口，還有一大截路呢。」她聽說，就默然了。

家樹覺得，若是完全不作聲，未免故作癡聾，太對不住人，便道：「不必客氣，還是我來送密斯何過去吧。」

伯和突然向上一站，將巴掌連鼓了一陣，笑道：「很好！很好！就是這樣吧。」

家樹笑道：「這也用不著鼓掌呀！」

伯和未加深辯，和他太太走了。

這裡何麗娜慢慢地站起，正想舉著手要伸一個懶腰，手只略抬了一抬，隨又放下來，望著家樹微笑道：「又要勞你駕一趟。我們不坐船，還走過去，好嗎？」

家樹笑著說了一聲「隨便」，於是何麗娜會了帳，走出五龍亭來。

當二人再走到東岸時，那槐樹林子黑鬱鬱的，很遠很遠，有一盞電燈，樹葉子映著，也就放出青光來。

這樹林下一條寬而且長的道，越發幽深了，要走許多時間，才有兩三個人相遇，所以非常的沉靜。兩人的腳步一步一步在道上走著，噗噗的腳踏聲，都能聽將出來。在這靜默的境地裡，便彷彿嗅到何麗娜身上的一種濃香，由晚風吹得蕩漾著，只在空氣裡跟著人盤旋。

走到樹蔭下，背著燈光處，就是那露椅上，一雙雙的人影掩藏著，同時唧唧噥噥的是一種談話聲，在這陰沉沉地夜氣裡格外刺耳。

離著那露椅遠些，何麗娜就對他笑道：「你看這些人的行為，有什麼感想？」

家樹道：「無所謂感想。」

何麗娜道：「一人對於眼前的事情，感想或好或壞都可以，絕不能一點感想都沒有。」

家樹道：「你說是眼前的事嗎？越是眼前的事，越是不能發生什麼感想，譬如天天吃飯，我們一定有筷子碗的，你見了筷子碗，會發生什麼感想呢？」

何麗娜笑說：「你這話有些不近情理，這種事怎麼能和吃飯的事說成一樣呢？」

家樹道：「就怕還夠不上這種程度，若夠得上這種程度，就無論什麼人看到，也不會發生感想了。」

何麗娜笑道：「你雖不大說話，說出話來，人家是駁不倒的。你對任何一件事都是這樣不肯輕易表示態度的嗎？」

家樹不覺笑起來了，何麗娜又不便再問，於是復沉寂起來。

二人走過這一道東岸，快要出大門了，走上一道長石橋，橋下的荷葉重重疊疊，鋪成了一片荷堆，卻不看見一點水。

何麗娜忽然站住了腳道：「這裡荷葉太茂盛，且慢點走。」於是靠在橋的石欄杆上，向下望著。

這時並沒有月光，由橋上往下看，只是烏壓壓的一片，並看不出什麼意思來。家樹不作聲，也就背對了橋欄杆站立了一會。

何麗娜轉過身來道：「走吧，但是……樊先生！你今天好像有什麼心事似的。」

家樹嘆了一口長氣，不曾答覆她的話，何麗娜以為他有難言之隱，又不便問了。

二人出了大門，同上了汽車，還是靜默著。

直等汽車快到陶家門首了，何麗娜道：「我只送你到門口，不進去了，你……你……你若有要我幫忙之處，我願盡量的幫忙。」

家樹道：「謝謝！」說著，就和她點了一個頭，車子停住，自作別回家去。

這天晚晌，家樹心裡想著：我的事如何能要麗娜幫忙？她對於我總算很有好感，可是她的富貴氣逼人，不能成為同調的。

到了次日，想起送何麗娜的東西，因為昨天要去遊北海，匆忙未曾帶走，還放在上房。就叫老媽子搬了出來，雇了一輛人力車，一直就到何宅來。

到了門房一問，何小姐還不曾起床。家樹一想，既是不曾起床，也就不必驚動了，因掏出一張片子，和帶來的東西一齊都放在門房裡。

家樹剛一轉身，只覺有一陣香氣撲鼻而來，看時，有一個短衣漢子，手裡提著白籐小籃子站在身邊，籃子浮面蓋了幾張嫩荷葉，在荷葉下露出一束一尺多長的花梗來。

門房道：「糙花兒！我們這裡天天早上有人上菜市帶回來，沒有花嗎？……誰教你送這個？」

那人將荷葉一掀，又是一陣香氣。籃子裡荷葉托著紅紅白白鮮艷奪目的花朵。那人將一束珊瑚晚香玉，一束玉簪花，拿起來一舉道：「這是送小姐插花瓶的，不算錢。」說畢，卻另提了兩串花起來，一串茉莉花穿的圓球，一串是白蘭花穿的花排子。

門房道：「今天你另外送禮了，這要多少錢？」

那人道：「今天算三塊錢吧。」說著向門房一笑。

家樹在一邊聽了，倒不覺一驚，問道：「怎麼這樣貴？」

那賣花人將家樹看了看，笑道：「先生！你是南方人，你把北京城裡的茉莉花、白蘭花當南方價錢賣嗎？我是天天上這兒送花，老主顧，不敢多說錢，要在生地方，我還不賣呢。」

家樹道：「天天往這兒送花，都是這麼些個價錢嗎？」

賣花的道：「大概總差不多吧，這兒大小姐很愛花，一年總做我千兒八百塊錢的生意呢。」

家樹聽著點了一點頭，自行回去了。

他剛一到家，何麗娜就來了電話，說是剛才失迎，非常抱歉，向來不醒得這般晚，只因昨夜回來晚了，三點鐘才睡著，所以今天起床很遲，這可對不住。

家樹便答應她：「我自己也是剛醒過來就到府上去的。」

何麗娜問他：「今天在不在家？」

家樹就答應：「回京以後，要去看許多朋友，恐怕有兩天忙。」

何麗娜也就只好說著「再會」了。

其實這天家樹整日不曾出門，看了幾頁功課，神志還是不能定，就長長地作了一篇日記。日記上有幾句記著是：

「從前我看到婦人一年要穿幾百元的跳舞鞋子，我已經驚異了，**今天我更看到一個女子，一年的插頭花要用一千多元，於是我笑以前的事少見多怪了，不知道再過一些時，我會看到比這更能花錢的婦女不能？**或者今天的事，不久也是歸入少見多怪之列了。」寫好之後，還在最後一句旁邊，加上一道雙圈。

這天，伯和夫婦以為他已開始考試預備，也就不來驚動他了。

到了次日，已是陰曆的七月七，家樹想起秀姑的約會，吃過午飯，身上揣了一些零錢，就到關家來。老遠的在胡同口上，就看見秀姑在門外盼望著，及至車子走近時，她又進去了。

走了進去，壽峰由屋裡迎到院子裡來，笑道：「不必進去了，要喝茶說話，咱們到什剎海說去。」

家樹很知道這老頭兒脾氣的，便問道：「大姑娘呢？同走哇。」

秀姑在屋子裡咳嗽了兩聲，整著衣襟走了出來。

壽峰是不耐等了，已經出門，秀姑便和家樹在後跟著。秀姑自己穿了一件白褂，又繫上一條黑裙，在鞋攤子上昨日新收的一雙舊皮鞋，今天也擦得亮亮的穿了。這和一個學生模樣的青年男子在一處走，越可以襯著自己是個樸素而又文明的女子了。

走出胡同來，壽峰待要僱車，秀姑便道：「路又不遠，我們走了去吧。」

她走著路，心裡卻在盤算著：若是遇見熟人，他們看見我今天的情形，豈不會疑心到我……記得我從前曾夢到同遊公園的一回事，而今分明是應了這個夢了……她只管沉沉的想著，忘了一切，及至到了什剎海，眼前忽然開闊起來，這才猛然地醒悟。

家樹站在壽峰之後，跟著走到海邊，原來所謂海者，卻是一個空名，只見眼前一片青青，全是些水田，水田中間，斜斜的土堤，由南至北直穿了過去。這土堤有好幾丈寬，長著七八丈高的大柳樹；這柳樹一棵連著一棵，這土堤倒成了一條柳岸了。

水田約莫有四五里路一個圍子，在柳岸上，露出人家屋頂和城樓宮殿來，雖然這裡並沒有什麼點綴，卻也清爽宜人，所有來遊的遊人，都走上那道土堤。

柳樹下臨時支著蘆席棚子，有小酒館，有小茶館，還有玩雜耍的。壽峰帶著家樹走了大半截堤，卻回頭笑問道：「你覺得這裡怎麼樣？有點意思嗎？」

家樹笑道：「反正比天橋那地方乾淨。」

壽峰笑道：「這樣說，你是不大願意這地方。那麼，我們先去找地方坐一坐再說吧。」於是三個人放慢了腳步，兩邊找座。

蘆席棚裡，便有一個人出來攔住了路，向三人點著頭笑道：「你們三位歇歇吧，我們這兒乾淨，還有小花園，雅緻得很！」

家樹看時，這棚子三面敞著，向東南遙對著一片水田，水田里種的荷葉亂蓬蓬的，直伸到岸上來，在棚外柳樹蔭下，擺了幾張紅漆桌子，便對壽峰道：「就是這裡吧。」壽峰還不曾答言，那夥計已經是嚷著打手巾，事實上也不能不進去了。

三人揀了一副靠水田的座位坐下，夥計送上茶來，家樹首先問道：「你說這兒有小花園，花園在哪裡？」

夥計笑著一指說：「那不是？」

大家看時，原來在柳蔭下挖了大餐桌面大的一塊地，栽了些五色小喇叭花和西洋馬齒莧；沿著松土，插了幾根竹竿木棍，用細粗繩子編了網，上面爬著扁豆絲瓜籐，倒開了幾朵紅的黃的花朵，大家一見都笑了。

家樹道：「**天下事，都是這樣聞名不如見面**。北京的陶然亭，去過了，是城牆下葦塘子裡一所破廟；什剎海現在又到了，是些野田。」

壽峰道：「**這個你不能埋怨傳說的錯了，這是人事有變遷**，陶然亭那地方，從前四處都是水，也有樹林子，一百年前，那裡還能撐船呢，而今水乾了，樹林子沒有了，廟也就破了，再說到什剎海，那是我親眼得見的，這兒全是一片汪洋的大湖，水淺的地方也有些荷花，而且這裡的水，就是玉泉山來的活水，一直通三海。

「當年北京城裡，先農壇、社稷壇都是禁地，更別提三海和頤和園了。住在北京城裡的闊人，整天花天酒地，鬧得膩，要找清閒之地，換換口味，只有這兒和陶然亭了。至於現在的闊人，一動就說上西山。你想，那個時候，可是沒汽車，誰能坐著拖屍的騾車，跑那麼遠去？可是打我眼睛裡看去，我還是樂意在這種蘆席棚子下喝一口水，比較的舒服。

「有一次，我到中央公園去，口渴了，要到茶座上找個座兒。你猜怎樣著？我走過去，簡直沒有人理會。叫了兩聲茶房，走過來一個穿白布長衣的，他對我瞪著眼說：『我們這兒茶賣兩毛錢一壺。』瞧他那樣子，看我是個窮老頭兒，喝不起茶，我不和他說就走了。你瞧，一到了這什剎海，這兒茶房是怎樣？我還是我上次到中央公園去穿著的那件藍布大褂，可是他老遠地就招呼著我請到裡面坐了。」

家樹笑道：「那總算好，大叔不曾把公園裡的夥計打上一頓呢。」

壽峰道：「他和我一樣，也是個窮小子，犯不著和他計較。好像什剎海這地方，從前也是不招待藍布大褂朋友，而今穿綢衣的不大來，藍布大褂朋友就是上客，也許中央公園將來也有那樣一天。」

家樹道：「**桑田變滄海，滄海變桑田**，古今的事本來就說不定，若是這北京三海改成四海，這什剎海也把紅牆圍起，造起宮殿來，當然這裡的水田也就成了花池了。」說著，將手向南角一指，指著那一帶綠柳裡的宮牆。

就在這一指之間，忽然看見一輛汽車由南岸直開上柳堤來，柳堤上的人紛紛向兩邊讓開。這什剎海雖是自然的公園，可是警廳也有管理的規則，車馬在兩頭停住，不許開進柳堤上來。這一輛汽車獨能開到人叢中來，大概又是官吏了。

壽峰也看見了，便道：「我們剛說要闊人來，闊人這就來了。若是闊人都要這樣騎著老虎橫衝直撞，那就這地方不變成公園也好，因為照著現在這樣子，我們還能到這兒來搖搖擺擺，若一抖起來，我們又少一個可逛的地方了。」

家樹聽著微笑，只一回頭，那輛汽車，不前不後，恰恰停在這茶棚對過，只見汽車兩邊，站著四個背大刀掛盒子炮的護兵，跳下車來，將車門一開，家樹這座上三個人，不由得都注意起來，看是怎樣一個闊人？

及至那人走下車來，**大家都吃一驚，原來不是赳赳武夫，也不是衣冠整肅的老爺，卻是一個穿著渾身羅綺的青年女子。再仔細看時，那女子不是別人，正是鳳喜。**

家樹身子向上一站，兩手按了桌子，「啊」了一聲，瞪了眼睛，呆住了作聲不得。鳳喜下車之時，未曾向著這邊看來，及至家樹「啊」了一聲，她抬頭一看，也不知道和那四個護兵說了一句什麼，立刻身子向後一縮，扶著車門，鑽到車子裡去了，接著那四個護兵也跟上車去，分兩邊站定，馬上汽車嗚的一聲就開走了。

家樹在鳳喜未曾抬頭之時，還未曾看得真切，不敢斷定，及至看清楚了，鳳喜身子猛然一轉，她腳踏著車門下的踏板，穿的印花亮紗旗衫，衣褶掀動，一陣風過，飄蕩起來。因衣襟飄蕩，家樹連帶的看到她腿上的跳舞襪子。

家樹想起從前鳳喜曾要求過買跳舞襪子，因為平常的也要八塊錢一雙，就不曾買，還勸了她一頓，以為不應該那樣奢侈，而今她是如願以償了。在這樣一凝想之間，喇叭嗚嗚聲中，汽車已失所在了。

秀姑坐的所在，正是對著蘆棚外的大道，更看得清楚，知道家樹心中一定受有很大的刺激，要安慰他兩句，又不知要怎樣說著才好。

壽峰先是很驚訝，後來一想，明白了，便站起來，拍著家樹的肩膀道：「老弟！你**家樹臉對著茶棚外呆了，秀姑又向著家樹的臉看呆了。**看著什麼了？」

家樹點了點頭，坐將下來，微微地嘆了一口氣，臉卻望著秀姑。

壽峰問道：「我的眼睛不大好，剛才車上下來的那個人，我沒有十分看清楚。是姓沈的嗎？」

秀姑道：「沒有兩天你還見著呢，怎麼倒問起我來？」

壽峰道：「雖然沒有兩天，地方不同呀，穿的衣服也不同呀，這一股子威風，更不同呀！誰想得到呢？」

家樹聽了壽峰這幾句話，臉上一陣白似一陣，手拿著一滿杯茶，喝一口便放下，放下又端起來喝一口，卻只是不作聲。

秀姑一想，**今天這一會，你應該死心塌地，對她不再留戀了吧！**因對壽峰道：「剛才我倒想向前看看她的，反正我也是個女子。她就是有四個護兵，諒她也不能將我怎樣！」

壽峰道：「那才叫多事呢！這種人還去理她做什麼？她有臉見咱們，咱們還沒有臉見她呢，總算她還知道一點羞恥，避開咱們了。」

家樹手摸著那茶杯，搖著頭，又嘆了一口氣。

壽峰笑道：「樊家老弟！我知道你心裡有些不好過。可是你剛才還說了呢，桑田變成滄海，滄海變成桑田，**那麼大的東西，說變就變，何況一個人呢**。我說一句不中聽的話，你就只當這趟南下，她得急病死了。那不也就算了嗎？」

秀姑笑道：「你老人家這話有些不妥，何不說是只當原來就不認識她呢？若是她真得急病死了，樊先生能這樣子嗎？」

秀姑把這話剛說完，忽然轉念：**我這話更不妥了，我怎麼會知道他不能這樣？我一個女子為什麼批評男子對於女子的態度，這豈不現出輕薄的相來嗎？**於是先偷看了看壽峰，再又偷看家樹，見他們並沒有什麼表示，自己的顏色才安定了。

家樹沉思了許久，好像省悟了一件什麼事的樣子，然後點點頭對壽峰道：「**世上的事，本來難說定，她一個弱女子，上上下下用四個護兵看守著她，叫她有什麼法子？**設若她真和我們打招呼，不但她自己要發生危險，恐怕還不免連累著我們呢。」

壽峰笑道：「老弟！你這人太好說話了，我都替你生氣呢，你自己倒以為沒事。」

家樹道：「寧人負我吧。」

壽峰雖不大懂文學，這句話是明白的，於是用手摸著鬍子，嘆了一口氣。

秀姑更不作聲，卻向他微笑了一笑。笑是第一個感覺的命令，當第二個感覺發生時，便想到這笑有點不妥，連忙將手上的小白折扇打開，掩在鼻子以下。家樹也覺自己這話有點過分，就不敢多說了。

坐談了一會，壽峰遇到兩個熟人，那朋友一定要拉著過去談談，只得留下家樹和秀姑在這裡。

二人默然坐了一會，家樹覺得老不開口又不好，便問道：「我去了南方一個多月，大姑娘的佛學一定長進不少了，現在看了些什麼佛經了？」

秀姑搖了一搖頭，微笑道：「沒有看什麼佛經。」

家樹道：「這又何必相瞞，上次我到府上去，我就看到大姑娘燃好一爐香，正要唸經呢。」

秀姑道：「不過是《金剛經》、《心經》罷了，上次老師父送一本《蓮華經》給我，我就看不懂，而且家父說，年輕的人看佛經，未免消磨志氣，有點反對，我也就不勉強了，樊先生是反對學佛的吧？」

家樹搖著頭道：「不！我也願意學佛。」

秀姑道：「樊先生前程遠大，為了一點小小不如意的事就要學佛，未免不值！」

家樹道：「天下哪有樣樣值得做的事，這也只好看破一點罷了。」

秀姑道：「樊先生真是一片好心待人，可惜人家偏不知道好歹。」

家樹將手指蘸著茶杯子裡的剩茶，在桌上搽抹著，不覺連連寫了好幾個「好」字。

壽峰走回來了，便笑道：「哎，你什麼事想出了神？寫上許多好字。」

家樹笑了，站起來道：「我們坐得久了，回去吧。」

壽峰看他心神不定，也不強留，就請他再看一看這裡的露天遊戲場去。

會了茶錢，一直順著大道向南，見柳蔭下漸漸蘆棚相接，除茶酒攤而外，有練把式的，有說相聲的，有唱綳綳兒戲的，有拉畫片的，盡頭還有一所蘆棚戲園。家樹看著倒也有趣，把心裡的煩悶解除了一些。

又走過去，卻聽到一陣絃索鼓板之聲順風吹來，看時，原來是柳樹下水邊，有一個老頭子帶著一個女孩子在那兒唱大鼓書，周圍卻也擺了幾條短腳長板凳。

家樹一看到這種現象，不由得前塵影事兜上心來，一陣頭暈，幾乎要摔倒在地，連忙一手按住了頭，站住了不動。

壽峰搶上前，攙著他道：「你怎麼了？中了暑嗎？」

家樹道：「對了！我聞到一種不大好的氣味，心裡難受得發昏了。」

壽峰見路邊有個茶座，扶著他坐下。

秀姑道：「樊先生大概坐不住了，我先去雇一輛車來，送樊先生回去吧。」

她一人走上前，又遇到一所蘆棚舞臺，這舞臺比較齊整一點，門口網繩欄上掛著很大的紅紙海報，上面大書特書：今天七月七日應節好戲《天河配》。秀姑忽然想起，父親約了今天在什剎海相會，不能完全是無意的啊！

本來大家談得好好的，又遇見了那個人，但是他見那個人不但不生氣，反而十分原諒她，那麼，今天那個人沒來，他又能有什麼表示呢？這倒很好，可以把他為人看穿了……秀姑只是這樣想著，卻忘了去僱車子。

壽峰忽然在後面嚷道：「怎麼了？」

回頭看時，家樹已經和壽峰一路由後面跟了來，家樹笑道：「大姑娘為什麼對戲報出神？要聽戲嗎？」

秀姑笑著搖了一搖頭，卻見他走路已是平常，顏色已平定了，便道：「樊先生好了嗎？剛才可把我嚇了一跳。」說到這個「跳」字，可又偷眼向壽峰看了一看，接上臉也就紅了。

壽峰雖不曾注意，但是這樣一來，就不便說要再玩的話，只得默然著走了。到了南岸，靠了北海的圍牆，已是停著一大排人力車，隨便可雇。家樹站著呆了一呆，因問壽峰道：「大叔，我們分手嗎？」

壽峰道：「你身體不大舒服，回去吧，我們也許在這裡還遛一遛彎兒。」

秀姑站在柳樹下，那垂下來的長柳條兒如垂著綠幔一般，披到她肩上，她伸手拿住了一根柳條，和折扇一把握著，右手卻將柳條上的綠葉子一片一片兒的扯將下來，向地下拋去，只是望著壽峰和家樹說話，並不答言。

那些停在路旁的人力車伕都是這樣想著：這三個人站在這裡不曾走，一定是要僱車的了。一陣風似的，有上十個車伕圍了上來，爭問著要車不要？家樹被他們圍困不過，只得坐上一輛車子就拉起走了。只是在車上揭了帽子，和壽峰點點頭說了一聲「再會」。

當下壽峰對秀姑道：「我們沒事，今天還是個節期，我帶著你還走走吧。」

秀姑聽說，這才把手上的柳條放下了，跟著父親走。

壽峰道：「怎麼回事？你也是這樣悶悶不樂的樣子，你也是中了暑了？」

秀姑笑道：「我中什麼暑？我也沒有那麼大命啦。」

壽峰道：「你這是什麼話？中暑不中暑，還論命大命小嗎？」

秀姑依舊是默然地跟著壽峰走，並不答覆。壽峰看她是這樣地不高興，也就沒有什麼遊興，於是二人就慢慢開著步子，走回家去。

到了家之後，天色也就慢慢地昏黑了。

吃過晚飯，秀姑淨了手臉，定了一定心事，正要拿出一本佛經來看，卻聽得院子裡有人道：「大姑娘！你也不出來瞧瞧嗎？今天天上這天河多麼明亮呀！」

秀姑道：「天天晚上都有的東西，那有什麼可看的？」

院子外有人答道：「今天晚上，牛郎會織女。」

秀姑正待答應，有人接嘴道：「**別向天上看牛郎織女了，讓牛郎看咱們吧。他們在天上，一年倒還有一度相會，看著這地下的人，多少在今天生離死別的，人換了一班又是一班，他們倆是一年一度的相會著，多麼好！我們別替神仙擔憂，替自己擔憂吧。**」

秀姑聽了這話，就不由得發起呆來，把看佛經的念頭丟開，逕自睡覺了。

自這天起，秀姑覺著有什麼感觸，一會兒很高興，一會兒又很發愁，只是感到心神不寧。

但是就自那天起，有三天之久，家樹又不曾再來。秀姑便對壽峰說道：「樊先生這次回來，不像從前，幾天不見，也許他會鬧出什麼意外，我們得瞧他一瞧才好。」

壽峰道：「我要是能去瞧他，我早就和他往來了，**他們那親戚家裡總看著我們是下等人**，我們去就碰上一個釘子倒不算什麼，可是他們親戚要說上樊先生兩句，人家面子上怎樣擱得下？」

秀姑皺了眉道：「這話也是，可是人家要有什麼不如意的話，咱們也不去瞧人家一瞧，好像對不住似的。」

壽峰道：「好吧！今天晚上我去瞧他一瞧吧。」

秀姑便一笑道：「不是我來麻煩你，這實在也應該的事。」

父女們這樣的約好，不料到了這天晚上，壽峰有點不舒服，同時屋簷下也滴滴答答有了雨聲，秀姑就不讓她父親去看家樹，以為天晴了再說。壽峰覺得無甚緊要，自睡著了。

但是這個時候，家樹確是身體有病，因為學校的考期已近，又要預備功課，人更覺疲倦起來。

這天晚上，他只喝了一點稀飯，便勉強地打起精神在電燈下看書。偏是這一天晚上，伯和夫婦都沒有出門，約了幾位客，在上房裡打麻將牌。越是心煩的人聽了這種嘩啦嘩啦的牌聲，十分吵人，先雖充耳不聞，無奈總是安不住神。彷彿之間，有一種涼靜空氣由紗窗子裡透將進來，加上這屋子裡，只有桌上的一盞銅檠電燈，用綠綢罩了，便更顯得這屋子陰沉沉的了。

家樹偶然一抬頭，看到掛著的月分牌，已經是陰曆七月十一了，今夜月亮該有大半圓，一年的月色，是秋天最好，心裡既是煩悶，不如到外面來看看月色消遣，於是熄了電燈，走出屋來，在走廊上走著。

向天上看時，這裡正讓院子裡的花架擋得一點天色都看不見。於是繞了個彎子，彎到左邊一個內跨院來。

這院子裡北面，一列三間屋，乃是伯和的書房，布置得很是幽雅的，而且伯和自己也許整個星期不到書房來一次，這裡就更覺得幽靜了。

這院子裡壘著有一座小小的假山，靠山栽了兩叢小竹子，院子正中，卻一列栽有四棵高大的梧桐。向來這裡就帶著秋氣的，在這陰沉沉的夜色裡，這院子裡就更顯得有一種淒涼蕭瑟的景象。

抬頭看天上，陰雲四布，只是雲塊不接頭的地方，露出一點兩點星光來。那大半輪新月，只是在雲裡微透出一團散光，模模糊糊，並不見整個的月影。

那雲只管移動，彷彿月亮就在雲裡鑽動一般，後來月亮在雲裡鑽出來，就照見梧桐葉子綠油油的，階石上也是透濕，原來晚間下了雨，並不知道呢。

那月亮正偏偏的照著，掛在梧桐一個橫枝上，大有詩意。心裡原是極煩悶的，心想看看月亮，也可以解解悶，於是也不告訴人，就拿了一張帆布架子床，架在走廊下來看月。

不料只一轉身之間，梧桐葉上的月亮不見了，雲塊外的殘星也沒有了，一院漆黑，梧桐樹便是黑暗中幾叢高巍巍的影子。不多久，樹枝上有噗篤噗篤的聲音落到地上，家樹想，莫不是下雨了？於是走下石階，抬頭觀望，正是下了很細很密的雨絲。

黑夜裡雖看不見雨點，覺得這雨絲由樹縫裡帶著寒氣向人撲了來，梧桐葉上積得雨絲多，便不時滴下大的水點到地上。

家樹正這樣望著，一片梧桐葉子就隨了積雨落在家樹臉上。家樹讓這樹葉一打，臉上冰了一下，便也覺得身上有些冷了，就復走到走廊下，仍在帆布床上躺著。

現在，家樹只覺得一院子的沉寂，在那邊院子裡的打牌聲一點聽不見，只有梧桐上的積雨，點點滴滴向下落著，一聲一聲很清楚，**這種環境裡，那萬斛閒愁便一齊湧上心來，人不知在什麼地方了**。

家樹正這樣凝想著，忽然有一株梧桐樹無風自動起來了，立時唏哩沙啦，水點和樹葉落了滿地，突然有了這種現象，不由得吃了一驚，自己也不知是何緣故，連忙走回屋子裡去，先將桌燈一開，卻見墨盒下面壓了一張字條，寫著酒杯大八個字，乃是「**風雨欺人，勸君珍重。**」

一看桌上放的小玻璃鐘，已是兩點有餘，**這時候，誰在這裡留了字？未免奇怪了。**

家樹拿了那張字條，仔細看了看，很是疑惑，不知道是誰寫著留下來的，家裡伯和夫婦用不著如此，聽差自然是不敢。看那筆跡，還很秀潤，有點像女子的字，何麗娜是不曾來，**哪還有第二個女子能夠在半夜送進這字條來呢？**

再一看桌上，墨盒不曾蓋得完整，一枝毛筆，沒有套筆帽，滾到了桌子犄角上去了，再一想想，剛才跨院裡梧桐樹上那一陣無風自動，更加明白。

心裡默念著，這樣的風雨之夜，要人家跳牆越屋而來，未免擔著幾分危險，**她這樣跳牆越屋，只是要看一看我幹什麼，未免隆情可感。要是這樣默受了，良心上過不去，要說對於她去做一種什麼表示，然而這種表示，又怎樣的表示出來呢？自己受了她這種盛情，不由得心上添了一種極深的印象，**但是自己和她的性情卻有些不相同，這是無可奈何的事了，睡上床去，輾轉不寐，把生平的事像翻亂書一般，東一段西一段，只是糊里糊塗的想著。

到了次日清晨，自己忽然頭暈起來，待要起床，彷彿頭上戴著一個鐵帽子，腦袋上重顛顛地抬不起來，只好又躺下了。這一躺下，不料就病起來，一病兩天，不曾出臥室。

第二天下午，何麗娜才知道這個消息，就專程來看病。

她到了陶家，先不向上房去，一直就到家樹的屋子裡來，站在門外，先輕輕咳嗽了兩聲，然後問道：「樊先生在家嗎？」

家樹聽得清楚，是何麗娜的聲音，就答道：「對不住，我病了。在床上呢！」

何麗娜笑道：「我原知道你病了，特意來看病的。」說著話，她已經走進屋子來了。

家樹穿了短衣，赤著雙腳，高高地枕著枕頭，在枕邊亂堆著十幾本書，另外還有些糖果瓶子和丸藥紙包。**但是這些東西之中，另有一種可注目的東西，就是幾張相片背朝外，面朝下，覆在書頁上。**

何麗娜進得門來，滴溜著一雙眼睛的光線就在那書頁上轉著。

家樹先還不知道，後來明白了，就故意清理著書，把那相片夾在書本子裡，一齊放到一邊去了，笑道：「我真是不恭得很，衣服沒有穿，襪子也沒有穿。」說著，兩手扶了床沿，就伸腳下床來踏著鞋。

何麗娜突然向前，一伸兩手道：「我們還客氣嗎？」

她說這話時，本想就按住著家樹的肩膀，不讓他站起來的。後來忽然想到，這事未免孟浪一點。她這一猶豫，那兩隻伸出來的手，也就停頓了，再伸不上前去，只把兩隻手做了一個伸出去的虛勢子，離著床沿有一二尺遠，倒呆住了。

家樹若是站起來，便和她面對面的立著了，坐著不動，也是不好，只得笑道：「恭敬不如從命，我就躺下了。何小姐請坐，我叫他們倒茶。」

何麗娜笑道：「我是來探病的，你倒要張羅我？」

家樹還不曾答話時，陶太太從外面答著話進來了。她道：「你專誠來探病，他張羅張羅，還不應該的嗎？你別客氣，你再客氣，人家心裡就更不安了。」

何麗娜笑道：「陶太太又該開玩笑了。」說著話，向後退了兩步。

陶太太一隻手挽著她的手，一隻手拍著她的肩膀，向她微微一笑，卻不說什麼。

何麗娜卻正著顏色道：「樊先生怎麼突然得著病了？找大夫瞧瞧嗎？」

陶太太道：「我早就主張他瞧瞧去的，況且快要考學校呢。」

何麗娜這才抽開了陶太太兩隻手，又向後退了幾步，搭訕著就翻桌上的書。只翻了兩頁，卻在書頁子裡面翻出一張字條來，乃是「風雨欺人，勸君珍重。」大字下面，卻有兩行小字：「**落花有意，流水無情，奈何奈何！**」

這大字和小字分明是兩種筆跡，而且小字看得出是家樹添注的，自己且不作聲，就悄悄地將這字紙握在手心裡，然後慢慢放到衣袋裡去了。因為陶太太在屋子裡，也不便久坐，又勸家樹還是上醫院看看好，不要釀成了大病，就和陶太太到上房去了。

家樹也想著自己既要趕去考試，不可耽誤，去看看也好，又想著關氏父女對自己很留心，要通知他們一聲才對。這天晚上，人靜了，就起床寫了一封信給壽峰，又想到壽峰在家的時候少，這信封面上就寫了秀姑的名字。信寫完了，人也夠疲倦的了，將信向桌上一本書裡一夾，便上床睡了。

次日早上，還不曾醒過來，何麗娜又來看他的病，見他在床上睡得正酣，未便驚動，就到桌上打開墨盒，要留上一個字條，忽見昨日夾著字條的書本還在那裡，心想這書裡或者不止這一張字條，還有可尋的材料也未可知，於是又將書本翻了一翻，只一掀，那一封信就露了出來，信上寫著：後門內鄰佛寺胡同二十號關秀姑女士收啟。

何麗娜看到，不由心裡一跳，回頭一看家樹，依然穩睡，於是心裡將這地址緊緊地記下了，信還夾在書裡，也不留字條，自出房去了。

家樹醒來，已是十點鐘，馬上上醫院，中途經過郵局，將給秀姑的信投寄了，到了醫院裡，仔細一檢查，也沒有什麼大病，醫生開了藥單，卻叫他多多的到公園裡去散步，認為非處在良好的環境，解放心靈不可。今天吃了這藥，明天再來看。家樹急於要自己的病好，自然是照辦。

這醫院，便是上次壽峰養病的所在，那個有點近視的女看護，一見迎了上來，笑道：「樊先生，密斯關好嗎？」

家樹點了點頭。女看護道：「密斯關怎麼不陪著來呢？」

家樹笑道：「我們也不常見面的。」說著就走開了。

到了次日下午，家樹上醫院來復診，一進門，就見那女看護向這邊指著道：「來了來了。」原來秀姑正站著和她說話，是在打聽自己來沒有來呢。

秀姑一見，也不和女看護談話了，自迎上來。一看家樹時，帽子拿在手上，蓬蓬的露出一頭亂髮，臉上伸出兩個高拱的顴骨來，這就覺得上面的眼眶，下面的腮肉都凹了進去，臉上白得像紙一般，一點血色沒有，只有穿的那件淡青秋羅長衫飄飄然不著肉，越是現出他骨瘦如柴了。

秀姑「啊」了一聲道：「幾天不見，怎麼病得這樣厲害！你是那晚讓雨打著，受了涼了。」

家樹道：「我很感謝大姑娘照顧。」說著，回頭四周看了一看，見沒有人，因低聲道：「我有一件大事要拜託大叔，今天約大叔來，大叔沒來嗎？」

秀姑沉吟了一會道：「是，你有什麼話，告訴我是一樣的。」

當下二人走到廊下，家樹在一張露椅上坐下了。因道：「我這病是心病……」

秀姑站在他面前，臉就是一紅。

家樹正著色道：「也不是別的心病，就是每天晚晌，我都會做可怕的夢，夢到鳳喜受人的虐待。昨晚又夢見了，夢見她讓人綁在一根柱子上，頭上的短頭髮披到臉上和口裡，七八個大兵圍著她，一個大兵，拿了籐鞭子在她身上亂抽。她滿臉都是眼淚，張著嘴叫救命，有一個抽出手槍來，對著她說：『你再嚷就把你打死。』我嚇醒了，一身的冷汗將裡衣都濕透了。我想這件事，不見得完全是夢，最好能打聽一點消息出來才好。這事除了大叔，別人也沒有這大的能耐。」

秀姑笑道：「樊先生你這樣一個文明人，怎麼相信起夢來了呢？你要知道她現在很享福，用不著你掛念她的。」

家樹道：「雖然這樣說，可是這是理想上的話，究竟在裡面是不是受虐待，我們哪會知道！況且我這種噩夢，不是做了一天，這裡面恐怕總不能沒有一點緣故！」

秀姑見他那種憂愁的樣子，兩道眉峰幾乎緊湊到一處去，他心中的苦悶，絕不是言語可以解釋的，便道：「樊先生，你寬心吧。我回去就可以和家父商量的。好在他是熟路，再去看一趟，也不要緊。」

家樹便帶一點笑容道：「那就好極了，什麼時候回我的信呢？」

秀姑想了一想，笑道：「你身體不大好，自然是等著回信的，三天之內吧。」

家樹站了起來，抱著拳頭，微微的向秀姑拱了拱手，口裡連道：「勞駕，勞駕。」

秀姑心裡雖覺得不平，可是見他那可憐的樣子，卻又老大不忍，陪著他掛了復診的號，送著他到了候診室。看到他由診病室又出來了，然後問他醫生怎麼說，要緊不要緊，家樹笑道：「你瞧，我還能老遠地到醫院來治病，有什麼要緊，不過他總說我精神上受了刺激，要好好地靜養，多多上公園。」

說著話時，秀姑見他只管喘氣，本想攙著他出門上車，無如自己不是那種新式的女子，沒有那種勇氣，只是近近地跟在家樹後面走，眼望著他上車而去，自己才一步一步挨著人家牆腳下走路。

她心裡想著劉將軍家裡，上次讓父親去了一次，已經是冒險，現在哪有再讓他去的道理。但是**樊先生救了我父親一條命，現在眼見得他害了這種重病，我又怎能置之不理！我且先到劉家前後去看看，究竟是怎麼個樣子**，於是決定了主意，向劉家而來。

秀姑自劉家前門繞到屋後看了一周，不但是大門口有四個背大刀的，另外又加了兩個背快槍的，那條屋邊的長胡同，丁字拐彎的地方，添了一個警察崗位，又添了一個背槍的衛兵，似乎劉家對於上次的事有點知道，現在加以警戒了。

據著這種情形看來，這地方是冒險不得的了。但進不去，又從何處打聽鳳喜的消息？這只有一個辦法，去找鳳喜的母親，然而她的母親在哪裡？又是不知道。

一天打聽不出鳳喜的消息，家樹一天就不安心，他既天天夢到鳳喜，也許鳳喜真受了虐待，**看那個女子不是負心人，她讓姓劉的騙了去，又拿勢力來壓迫，一個十幾歲的女孩子，她哪裡抵抗得了！若是她真還有心在樊先生身上，我若把她二人弄得破鏡重圓，她二人應當如何感激我哩**。

秀姑一人只管低頭想著，也不知走到了什麼地方，猛然抬頭看時，卻是由劉家左邊的小巷，轉到右邊的小巷來了。走了半天，只把人家的屋繞了一個大圈圈。

自己前面有兩個婦人一同走路，一個約莫有五十多歲，一個只有二十上下。那年老的道：「我看那大人對你還不怎樣，就是嫌你小腳。」

那一個年輕的道：「不成就算了，我看那老爺脾氣大，也難伺候呢，可是那樣大年紀的老爺，怎麼太太那樣小，我還疑心她是小姐呢。」

秀姑聽了這話，不由得心裡一動，這所說的，豈不是劉家嗎？

那年老的又道：「李姐，你先回店去吧。我還要到街上去買點東西，回頭見。」說著，她就慢慢地走上了前。

秀姑這就明白了，那老婦是個介紹傭工的，少婦是寄住在介紹傭工的小店裡的，便緊走兩步，跟著那老婦，在後面叫了一聲「老太太」。

這「老太太」三字，雖是北京對老婦人普通的稱呼，但是下等人聽了，便覺得叫者十分客氣，所以那老婦立刻掉轉身子來問道：「你這位姑娘面生啦，有什麼事？」

秀姑見旁邊有個僻靜的小胡同，將她引到裡面，笑問道：「剛才我聽到你和那位大嫂說的話，是說劉將軍家裡嗎？」

老婦道：「是的。你打聽做什麼？」

秀姑笑道：「那位大嫂既是沒有說上，老太太，你就介紹我去怎麼樣？」

那老婦將秀姑渾身上下打量了一番，笑道：「姑娘，你別和我開玩笑！憑你這樣子，會要去幫工？況且我們店裡來找事的人，都要告訴我們底細，或者找一個保人，我們才敢薦出去。」

秀姑在身上一摸，掏出兩塊錢來，笑道：「我不是要去幫工，老實告訴你吧，我有一個親戚的女孩子，讓拐子拐去了，我在四處打聽，聽說賣在劉家，我想看看，又沒法子進去。你若是假說我是找事的，把我引進去看看，我這兩塊錢就送你去買一件衣服穿。」說時，將三個指頭鉗住兩塊光滑溜圓的洋錢，搓著嘎嘎作響。

老婦眼睛望了洋錢，掀起一隻衣角，擦著手道：「去一趟得兩塊錢，敢情好，可是你真遇到了那孩子，那孩子一嚷起來，怎麼辦呢？那劉將軍脾氣可不好惹呀！」

秀姑笑道：「這個不要緊，那孩子三歲讓人拐走，現在有十八九歲了，哪裡會認得我！我去看看，不過是記個大五形兒，我也不認得她呀。」

老婦將手一伸，就要來取那洋錢，笑道：「好事都是人做的，聽你說得怪可憐兒的，我帶你去一趟吧。」

秀姑將手向懷裡一縮，笑道：「設若他們說我不像當老媽子的，那怎麼辦呢？」

老婦笑道：「大宅門裡出來的老姐妹們，手上帶著金溜子的還多著呢，不過沒有你年輕罷了，可是劉家他正要找年輕的，這倒對勁兒，要去我們就去，別讓店裡人知道。」

秀姑見她答應了，就把兩塊錢交給她，那老婦又叫秀姑進門之後少說話，只看她的眼色行事，於是就引著秀姑向劉宅來。秀姑只低了頭，跟著老婦進門。

由門房通報以後，一路走進上房，遠遠地就見走廊下擺了一張湘妃榻，鳳喜穿著粉紅綢短衣，踏著白緞子拖鞋，斜靠在那榻上。榻前一張紫檀小茶几，上面放了兩個大瓷盤子，堆上堆下放著雪藕、玫瑰葡萄、蘋果、玉芽梨。淺紅嫩綠，不吃也好看。

湘妃榻四圍羅列著許多盆景。這晚半天，那晚香玉珍珠蘭之屬正放出香氣來，老婦看見鳳喜，遠遠地蹲下去請了一個安，笑道：「太太，你不是嫌小腳的嗎？我給你找一個大腳的來了。」

鳳喜一抬頭，不料來的是秀姑，臉色立刻一紅。

秀姑望了她，站在老婦身後，搖了一搖手，又將嘴微微向老婦一努，鳳喜本由湘妃榻上站了起來，一看秀姑的情形，又鎮定著坐了下去。

恰是巧，一句話不曾問，劉將軍出來了。秀姑偷眼看他時，粗黑的面孔上，那短鬍子尖向上豎起，那麻黃眼睛如放電光一般的看著人，身上穿著紡綢短衫褲，衫袖捲著肘彎以上，一手叉著腰，一手拿了一個大梨，夾著皮亂咬。秀姑不敢看他，就低了頭。

他將梨指著秀姑道：「她也是來做工的嗎？」

老婦蹲著向劉將軍請了一個安，笑道：「可不是嘛，她媽是在一個總長家裡做工的。她跟著她媽做細活，現在想自己出來找一點事。她可是個大姑娘，你瞧成不成？」

劉將軍笑著點了點頭道：「怎麼不成！今天就上工吧，我們太太年輕，就要找個年輕的人伺候她才對，這個姑娘倒也不錯，你瞧怎麼樣？」

當劉將軍走出來的時候，鳳喜站了起來，拿了一串葡萄，只管一顆一顆地摘了下來，向口裡吸著蜜瓤。吸了一顆，又摘一顆，眼睛只望著果盤子裡，不敢看秀姑。等到劉將軍問起她的話來，她才答道：「我隨便你。」

劉將軍張著嘴哈哈大笑起來，走了過來，將右手一伸，托住鳳喜的下巴頦，讓鳳喜揚著臉，左手一個指頭，點著鳳喜道：「找一個漂亮的人兒，你不樂意嗎？去年我到上海去，看見人家有雇大姑娘做事的，叫做大姐。我就羨慕的了不得，回北京來，找了一年也沒找著，今天真找著了，我為什麼不用？別說她是一個人，就是一個狐狸精變的，我都得用下。」說時抽了手回來，自己一陣亂鼓掌，又道：「那不行！你有生氣的樣子，你得樂。」說時，橫了眼睛望著鳳喜。鳳喜果然對他嘻嘻地笑了。

秀姑看了這樣子，嘴裡說不出什麼，可是兩隻腳站在地上，恨不得將地站下一個窟窿去。

劉將軍道：「呔！那姑娘你在我這裡幹下去吧，我給你三十塊錢一個月，你嫌不嫌少？」

秀姑一看他那樣子，便微微一笑，低著聲音道：「今天我得回去取鋪蓋，明天來上工吧。」

劉將軍走近一步，向她道：「你別害臊，有話對我說呀。好吧，我明天上天津去，後天就回來的，你別因為沒看見我就不幹。也別聽我這小太太的話，她做不了主的。」

鳳喜手裡拿著一個雪梨，背過臉用小刀子削皮，對秀姑以目示意。秀姑領悟了，便扯了一扯老婦的衣襟，一同出來了。

老婦走到僻巷裡，將衣襟扯起來，指著額角上的冷汗道：「我的媽，我的魂都嚇掉了，這真不是可以鬧著玩的！」

秀姑一笑，轉身自回家了。

秀姑到了家裡，將話告訴了壽峰。壽峰笑道：「使倒使得。可是將來你一溜，那姓劉的和老婆子要起人來，她要受累了。」

秀姑見父親答應了，很是歡喜。

八 遊園驚夢

次日上午秀姑先到醫院裡見家樹，將詳細的經過都告訴了他。家樹忘其所以，不覺深深地對秀姑作了三個揖。

秀姑向後退了兩步，笑著低了聲音道：「你這樣多禮。」

家樹道：「我也來不及寫信了，請你今天仔細地問她一問，她若是不忘記我，我請她趁著今明天這個機會，找個地方和我談兩句話。」說著，又想了一想道：「不吧，我還是寫幾個字給她。」於是向醫院裡要了一張紙，用身上的自來水筆，就在候診室裡伏在長椅的椅靠上寫。

可是提起筆先寫了「鳳喜」兩字就呆住了，以下寫什麼呢？候診室裡人很多，又怕只管出神會引起人家注意，於是接著寫了八個字：「我對於你依然如舊。」寫完，搖了一搖頭，把筆收起，將紙捏成一團對秀姑道：「我沒法寫，還是你告訴她的好。」

秀姑也只好點了點頭，起身便走。

家樹又追到候診室外來，對秀姑道：「信還是帶去吧，她總看得出是我的親筆。」於是又把紙團展開，找了一個西式窗口，添上一行字：「傷心人白。」

秀姑看他寫這四個字的時候，臉色慘白。秀姑也覺得他實可傷心，心裡有點忍不住淒楚，手裡拿過字紙就閃開一邊，因道：「我有了機會，再打電話告訴你吧。」

秀姑匆匆地離開了醫院，就到劉將軍家來，向門房裡說明了是來試工的，一直就奔上房。上房另有女僕，再引她到鳳喜臥室裡去。

鳳喜一見，便說道：「將軍到天津去了，我也不知道他有什麼事分配你做，今天你先在我屋子裡陪著我，做點小事吧。」

秀姑會意，答應了一聲「是」。等到屋子裡無人，鳳喜才皺了眉道：「大姐，你的膽子真大！怎麼敢冒充找事，混到這裡來，若是識破了，恐怕你的性命難保，就是我也不得了。」

秀姑笑道：「是呀，這是將軍家裡，不是鬧著玩的，可是還有個人，性命也難保呢！我拚了我這條命也只好來一趟。為什麼呢？因為人家救過我父親的命，我不能不救他的命。」

秀姑說著話，臉色慢慢地不好看，最後就板著臉，兩手一抱膝蓋，坐到一邊椅子上。

鳳喜道：「大姐，你這話是說我忘恩負義嗎？我也是沒有法子呀！現在樊大爺怎麼樣了，他叫你來有什麼意思？」

秀姑便在身上掏出字條，交給鳳喜道：「這是他讓我帶給你的信。」於是把那天什剎海見面以至現在的情形說了一遍。

鳳喜將字條看了一看，連忙捏成一個紙團，塞在衣袋裡，因道：「他忘不了我，我知道，可是我現在已經嫁了人，我還有什麼法子！就請你告訴他，多謝他惦記。至於他待我的好處，我也忘不了，不瞞你說，現在我手上倒也方便，拿個一萬八千兒的還不值什麼，我有點東西謝他，請你給我拿了去。」

秀姑笑道：「一萬八千——就是十萬八萬，你也拿得出來，這個我早知道了，但是他不望你謝他，只要你治他的病。」

鳳喜道：「我又不是大夫，我怎麼能治他的病？」

秀姑道：「你想，他害病，無非是想你，現在你有兩個藥方可以治他的病：其一，你是趁了這個機會，跟他逃去；其二，你當面對他說明，你不愛他了，現在日子過得很好。這樣，他就死心塌地不再想你了，病也就好了。我跟人家傳信，只得說到這種樣子，你要怎麼辦，那就聽憑於你。」說完，又板起了臉孔。

鳳喜看看秀姑的臉色，又想想她的話，過了好一會兒，才開口道：「好吧，我就見見他也不要緊，這兩天我媽不大舒服，明天起一個早，我回家去看我母親，我就由後門溜出去找個地方和他見見。不過要碰到了人，那禍不小，還是先農壇地方，早上僻靜，叫他一早就在那裡等著我吧。」

秀姑道：「你答應的話，可不能失信，不去不要緊，約了不去，你是更害了他。」

鳳喜道：「我絕不失信，你若不放心，你就在我這裡假做兩天工，等我明天去會著了他，或者你不願意做，或者我辭你。」

秀姑站立起來，將胸一拍道：「好吧，就是你們將軍回來了，我也不怕。」於是讓鳳喜看守住了家中下人，趁著機會，打了一個電話給家樹，約他明天一早，在先農壇柏樹林下等著。

家樹正在床上臥著揣想：**秀姑這個人，秉著兒女心腸，卻有英雄氣概，一個姑娘，居然能夠假扮女僕，去探訪侯門似海的路子，義氣和膽略都不可及，這種人固然是天賦**

的俠性，但若非對我有特別好的感情，又哪裡肯做這種既冒險又犯嫌疑的事！

可是她對我這樣的好，我對她總是淡淡的，未免不合。這種人，心地忠厚，行為爽快，都有可取，雖然缺少一些新式女子的態度，而也就在這上面可以顯出她的長處來，我還是丟了鳳喜去迎合她吧。

正是這樣想著，秀姑的電話來了，說鳳喜約了明日一早到先農壇去會面，家樹得了這個消息，把剛才所想的一切事情又完全推翻了，心想鳳喜受了武力的監視，還約我到先農壇去會面，可想那天什剎海會面，她躲了開去，乃是出於不得已。

先農壇這地方，本是和鳳喜定情之所，鳳喜而今又約著在先農壇會面，這裡面很含有深情。**這樣一早就約我去，莫非她有意思言歸於好嗎？說好了，也許她明天就跟著我回來，那麼，我向哪一方面逃去為是呢？**若是真有這樣的機會，我不在北京讀書了，馬上帶了她回杭州去。據這種情形看來，恐怕雖有武力壓迫她，她也未必屈服的！

越想越對，連次日怎樣雇汽車，怎樣到火車站，怎樣由火車上寫信通知伯和夫婦都計劃好了。這一晚晌，就完全計劃著明日逃走的事。知道明天要起早的，一到十二點鐘，就早早的睡覺，以便明日好起一個早。

誰知上床之後，只管想著心事，反是拖延到了兩點鐘才睡著。一覺醒來，天色大亮，不免吃了一驚。趕快披衣起床，扭了電燈一看，卻原來是兩點三刻，自己還只睡了四十五分鐘的覺，並不曾多睡。

低著頭，隔著玻璃窗向外看時，原來是月亮的光，到天亮還早呢！

重新睡下，迷迷糊糊地，彷彿是在先農壇，彷彿又是在火車上，彷彿又是在西湖邊。猛然一驚，醒了過來，還只四點鐘。自己為什麼這樣容易醒？倒也莫名其妙。想著不必睡了，坐著養養神吧。

秋初依然是日長夜短，五點鐘，天也就亮了。這時候，什麼人都是不會起來的。家樹自己到廚房裡舀了一點涼水洗臉，就悄悄地走到門房裡，將聽差叫醒，只說依了醫生的話，要天亮就上公園去吸新鮮空氣，叫他開了門，雇了人力車，直向先農壇來。

這個時候，太陽是剛出土，由東邊天壇的柏樹林子頂上發著黃黃的顏色，照到一片青蘆地上。家樹記得上次到這裡來的時候，這裡的青蘆不過是幾寸長，一望平疇草綠，倒有些像江南春早。現在的青蘆，都長得有四五尺深，外壇幾條大道陷入青蘆叢中，風刮著那成片的長蘆，前仆後繼，成著一層一層的綠浪。

那零落的老柏都在綠浪中站立，這與上次和鳳喜在這裡的情形有點不同了。下車進了內壇門，太陽還在樹梢，不曾射到地上來。

柏林下大路格外陰沉沉的，這裡的聲音，是格外沉寂，在樹外看藏在樹裡的古殿紅牆，似乎越把這裡的空氣襯托得幽靜下來。有隻喜鵲飛到家樹頭上，踏下一支枯枝，噗的一聲，落了下來，打破了這柏林裡的沉寂。

家樹順著路，繞過了一帶未曾開門的茶棚，走到古殿另一邊一個石凳邊，這正是上次說明幫鳳喜的忙，鳳喜樂極生悲，忽然痛哭的地方。**一切都是一樣，只是殿西角映著太陽的陰影，略微傾斜著向北，這是表示時序不同了。**

家樹想著，鳳喜來到這裡，一定會想起那天早上定情的事，記得那天早上的事，當然會找到這裡來的，因之就在石凳上坐下，靜等鳳喜自來。但是心裡雖主張在這裡靜等，然而自己的眼睛可忍耐不住，早是四處張望。張望之後，身子也忍耐不住，就站起來不住的徘徊。

這柏林子裡，地下的草亂蓬蓬的，都長有一兩尺深。夏日的草蟲，現在都長老了，在深草裡唧唧的叫著，這周圍哪裡有點人影和人聲？

正是這樣躊躇著，忽然聽到身後有一陣窸窣之聲，只見草叢裡走出一個人來，手中拿著一把花紙傘，將頭蓋了半截，身上穿的是藍竹布旗衫，腳由草裡踏出來，是白襪白布鞋。

家樹雖知道這是一個女子，然而這種服飾，不像是現在的鳳喜，不敢上前說話。及至她將傘一收，臉上雖然還戴著一副墨晶眼鏡，然而這是鳳喜無疑，連忙搶步上前，握著她的手道：「**我真不料我回南一趟，有這樣的慘變！**」

鳳喜默然，又嘆了一口氣。

家樹接過她的傘放在石桌上，讓她在石凳上坐下，因問道：「你還記得這地方嗎？」

鳳喜點點頭。

家樹道：「你不要傷心，我對你的事完全諒解的，不看別的，只看你現在所穿的衣服，還是從前我們在一處用的，可見你並不是那種人，只圖眼前富貴的。你對舊時的布衣服還忘不了，穿布衣服時候交的朋友當然忘不了的，你從前在這兒樂極生悲，好好地哭了出來，現在我看到你這種樣子，我喜歡到也要哭出來了。」說著，就拿出手絹擦了一擦眼睛。

鳳喜本有兩句話要說，因他這一陣誇獎，把要說的話又忍回去了。

家樹道：「人家都說你變了心了，只是我不相信。今日一見，我猜得果然不錯，足見我們的交情究竟不同呀。你怎麼不作聲？你趕快說呀！我什麼都預備了，只要你馬上能走，我們馬上就上車站。今天十點鐘正有一班到浦口的通車，我們走吧。」

家樹見著鳳喜，以為她還像從前一樣很有感情，所以說要她一路同去。

鳳喜聽到這話，不由得嚇了一嚇，便道：「大爺，你這是什麼話？難道我這樣敗柳殘花的人，你還願意嗎？」

家樹也道：「你這是什麼話？」

鳳喜道：「事到如今，什麼話都不用說了，只怪我命不好，做了一個唱大鼓書的孩子，所以自己不能作主，有勢力的要怎麼辦，我就怎麼辦，像你樊大爺，還愁討不到一頭好親事嗎？把我丟了吧。可是你待我的好處，我也絕不能忘了，我自然要報答你。」

家樹搶著道：「怎麼樣？你就從此和我分手了嗎？我知道，你的意思說，以為讓姓劉的把你搶去了，這是一件可恥的事情，不好意思再嫁我，其實是不要緊的，在從前，女子失身於人，無論是願意或者被強迫的，就像一塊白布染黑了一樣，不能再算白布的；可是現在的年頭兒不是那樣說，只要丈夫真愛他妻子，妻子真愛他丈夫，身體上受了一點侮辱，卻與彼此的愛情，一點沒有關係，因為我們的愛情都是在精神上，不是在形式上，只要精神上是一樣的，……」

家樹這樣絮絮叨叨的向下說著，鳳喜卻是低著頭看著自己白布鞋尖，去踢那石凳前的亂草，看那意思，這些話似乎都沒有聽得清楚。

家樹一見這樣，很著急，伸手攜著她一隻胳膊，微微地搖撼了兩下，因問道：「鳳喜，怎麼樣，你心裡還有什麼說不出來的苦處嗎？」

鳳喜的頭益發地低著了，半晌，說了一句道：「我對不起你。」

家樹放了她的手，拿了草帽子當著扇子搖了幾搖道：「這樣說，你是決計不能和我相合了！也罷，我也不勉強你。那姓劉的待你怎麼樣，能永不變心嗎？」

鳳喜仍舊低著頭，卻搖了兩搖。

家樹道：「你既然保不住他不會變心，設若將來他真變了心，他是有勢力的，你是沒有勢力的，那怎樣辦？你還不如跟著我走吧。**人生在世，富貴固然是要的，愛情也是要的，你是個很聰明的人，難道這一點，你還看不出來？**而況且我家裡雖不是十分有錢，不瞞你說，兩三萬塊錢的家財，那是有的。我又沒有三兄四弟，有了這些個錢，還不夠養活我們一輩子的嗎？」

鳳喜本來將頭抬起來了，家樹說上這一大串，她又把頭低將下去了。

家樹道：「你不要不作聲呀！你要知道，我望你跟著我走，雖然一半是自己的私心，一半也是救你。」

只在這時，鳳喜忽然抬起頭來，揚著臉問家樹道：「一半是救我嗎？我在姓劉的家裡，料他也不會吃了我，這個你倒可以放心。」

家樹聽到這話，不由得臉色為之一變，站在一邊只管發愣。停了一會，點了一點頭道：「好，這算我完全誤會了，你既是決定跟姓劉的，你今天來此地是什麼意思？是不是和我告別，今生今世永不見面了吧？」

鳳喜道：「你別生氣，讓我慢慢地和你說，人心都是肉做的，你樊大爺待我那一番好處，我哪裡忘得了！可是我只有這個身子，我讓人家強佔了去了，不能分開一半來伺候你。」

家樹皺了眉，將腳一頓道：「你還不明白，只要你肯回來……」

鳳喜道：「我明白，你雖然那樣說不要緊，可是我心裡總過不去的！乾脆一句話，我們是無緣了。我今天是偷出來的，你不見我還穿著這樣一身舊衣服嗎？若是讓他們看見了，放了好衣服不穿，弄成這種樣子，他們是要大大疑心的。我自己私下也估計了一下子，大概用你樊大爺的錢總快到兩千吧，我也沒有別個法子來報你這個恩，不瞞你說，那姓劉的一把就撥了五萬塊錢讓我存在銀行裡，這個錢，隨便我怎麼樣用，他不過問，現在我自己也會開支票，拿錢很方便。」

說到這裡，鳳喜在身上掏出一個粉鏡盒子來，打開盒子，卻露出一張支票。她將支票遞給家樹道：「不敢說是謝你，反正我不敢白用大爺的錢。」

當鳳喜打開粉鏡，露出支票的時候，家樹心裡已是噗突噗突跳了幾下，及至鳳喜將支票送過來，不由得渾身的肌肉顫動，面色如土。她將支票遞過來，也就不知所以的將支票接著，一句話說不出來。

停了一停，醒悟過來了，將支票一看，填的是四千元正，簽字的地方，印著小小的紅章，那四個篆字，清清楚楚可以看得出，乃是「**劉沈鳳兮**」。

家樹鎮定了自己的態度，向著鳳喜微笑道：「這是你賞我的錢嗎？」

鳳喜道：「你幹嘛這樣說呀？我送你這一點款子，這也無非聊表寸心。」

家樹笑道：「這倒確是你的好心，我應該領受的。你說花了我的錢，差不多快到兩千，所以現在送我四千，總算是來了個對倍了。哈哈！我這事算做得不錯，有個對本對利了。」越說越覺得笑容滿面，說完了笑聲大作，昂著頭，張著口，只管哈哈哈笑個不絕。

鳳喜先還以為他真歡喜了，後來看到他的態度不同，也不知道他是發了狂，也不知道他是故意如此，靠了石桌站住，呆呆地向他望著。

家樹兩手張開，向天空一伸。大笑道：「好，我發了財了！我沒有見過錢，我沒有見過四千塊錢一張的支票，今天算我開了眼了，我怎麼不笑？天哪！天哪！四千塊一張的支票，我沒有見過呀！」說著，兩手垂了下來，又合到一處，望了那張支票笑道：「你的魔力大，能買人家的身子，也能買人家的良心，但是我不在乎呢！」兩手比著，拿了支票，嗤的一聲，撕成兩半邊。接上將支票一陣亂撕，撕成了許多碎塊，然後兩手握著向空中一拋，被風一吹，這四千元就變成一二十隻小白蝴蝶，在日光裡飛舞。

家樹昂著頭笑道：「哈哈，這很好看哪！錢呀，錢呀，有時候你也會讓人看不起吧！」

到了這時，鳳喜才知道家樹是恨極了這件事，特意撕了支票來出這一口氣的，頃刻之間，既是羞慚，又是後悔，不知道如何是好，待要分說兩句，家樹是連蹦帶跳，連嚷帶笑，簡直不讓人有分說的餘地。就是這樣，鳳喜是越羞越急，越急越說不出話，兩眼眶子一熱，卻有兩行眼淚直流下來。

家樹往日見著她流淚，一定百般安慰的，今天見著她流淚，遠遠的彎了身子，卻是笑嘻嘻地看著她。

鳳喜見他如此，越是哭得厲害，索性坐在石凳上伏在石桌上哭將起來。

家樹站立一邊，慢慢地止住了笑聲，就呆望著她。

見她哭著，兩隻肩膀只管聳動，雖然她沒有大大的發出哭聲，然而看見這背影，知道她哭得傷心極了，心想她究竟是個意志薄弱的青年女子，剛才那樣羞辱她，未免過分，**愛情是相互的，既是她貪圖富貴，就讓她去貪圖富貴，何必強人所難！**就是她拿錢出來，未嘗不是好意，她哪裡有那樣高超的思想，知道這是侮辱人的行為。

思想一變遷，就很想過去陪兩句不是。這裡剛一移腳，鳳喜忽然站了起來，將手指著眼淚，向家樹一面哭一面說道：「你為什麼這樣子對待我？我的身子是我自己的，我要嫁給誰，就嫁給誰，你有什麼法子來干涉我？」

她一隻手伸到衣袋裡，掏出一個金戒指來，將腳一頓道：「我們並沒有訂婚，這是你留著給我做紀念的，我不要了，你拿回去吧。」說時，將戒指向家樹腳下一丟。

恰好這裡是磚地，金戒指落在地上，叮鈴鈴一陣響。家樹不料她一翻臉，卻有此一著，彎著腰將戒指撿起，便戴在指頭上，自說道：「為什麼不要？我自己還留著作紀念呢。」說畢，取了帽子，和鳳喜深深地一鞠躬，笑嘻嘻地道：「劉將軍夫人，願你前途幸福無量！我們再見了。」戴著草帽，掉轉身子便走，一路打著哈哈，大笑而去。

鳳喜站在那裡，望著家樹轉入柏林就不見了，自己呆了一陣子，只見東邊的太陽已慢慢升到臨頭，時候不早了，不敢多停留，又怕追上了家樹，慢慢地走出內壇。

她的母親沈大娘由旁邊小樹叢裡一個小亭上走下來，迎著她道：「怎麼去這半天，把我急壞了，我看見樊大爺一路笑著，大概他得了四千塊錢，心裡也就滿足了。」

鳳喜微笑，點著頭道：「他心裡滿足了。」

沈大娘道：「哎呀，你眼睛還有些兒紅，哭來著吧？傻孩子！」

鳳喜道：「我哭什麼？我才犯不上哭呢。」說著，掏出一條潮濕的手絹，將眼睛擦了一擦。

沈大娘一路陪著行走，一路問道：「樊大爺接了那四千塊錢的支票，他說了些什麼呢？」

鳳喜道：「他有什麼可說的！他把支票撕了。」

沈大娘道：「什麼，把支票撕了？」於是就追著鳳喜，問這件事的究竟。

鳳喜把家樹的情形一說，沈大娘冷笑道：「生氣？活該他生氣！這倒好，一下說破了，斷了他的念頭，以後就不會和咱們來麻煩了。」

鳳喜也不作聲，出了外壇雇了車子，同回母親家裡，仍然由後門進去，急急地換了衣服，坐上大門口的汽車，就向劉將軍家來。

因為鳳喜出去得早，這時候回來，還只有八點鐘。

回到房裡，秀姑便不住地向她打量。鳳喜怕被別人看出破綻來，對屋子裡的老媽子道：「你們都出去，我起來得早了，還得睡睡呢。」

大家聽她如此說，都走開了。

鳳喜睡是不要睡，只是滿腔心事，坐立不安，也就倒在床上躺下，便想著家樹今日那種大笑，一定是傷心已極。雖然他的行為不對，然而他今日還癡心妄想，打算邀我一同逃走，可見他的心的確是沒有變的，但是你不要錢，也不要緊，為什麼當面把支票扯碎來呢？這不是太讓我下不去嗎？……糊里糊塗的想著，便昏昏沉沉地睡去。

及至醒來，不覺已是十一點多鐘了。坐在床上一睜眼，就見秀姑在外面探頭望了一望。鳳喜對她招招手，讓她走了進來。秀姑輕輕地問道：「你見著他沒有？」

鳳喜只說了聲「見著了」，就聽到外面老媽子叫道：「將軍回來了。」秀姑趕快閃到一邊站住。

那劉將軍一走進門，也不管屋子裡有人沒人，搶著上前，走到床邊，兩手按了鳳喜兩隻肩膀，輕輕拍了兩下，笑道：「好傢伙！我都由天津回到北京了，你還沒有起來。」一手捧了鳳喜的臉，將頭一低。

鳳喜微微一笑，將眼睛向秀姑站的地方一瞟，又把嘴一努，劉將軍放了手掉轉身來，向秀姑先打了一個哈哈，然後笑道：「你昨天就來了嗎？」秀姑正著臉色，答應了一聲：「是。」

劉將軍回頭向鳳喜道：「這孩子模樣兒有個上中等。就是太板一點兒。」又和秀姑點著頭笑道：「你出去吧，有事我再來叫你。」

劉將軍忽然向鳳喜的臉上注視著道：「你又哭了嗎？我走了，準是你想著姓樊的那個小王八蛋。」兩手扶了鳳喜的肩膀向前一推，鳳喜支持不住，便倒在床上了。

鳳喜一點也不生氣，坐了起來，用手理著臉上的亂髮，向他笑道：「你幹嘛總是這樣多心？我幹什麼想他？我是起了一個早，回去看了看我媽。我媽昨晚晌幾乎病得要死，你想想看，我有個不著急的嗎？」

劉將軍笑道：「我猜你哭了不是？你媽病了，怎麼不早對我說，我也好找個大夫給她瞧瞧去。小寶貝兒哪，你要什麼，我總給你什麼。」說著，一伸手，又將鳳喜的小臉泡兒撅了一下。

秀姑一見這副情形，很不入眼，一低頭，就避出屋外去。她心裡想著，這種地方怎樣可以長住呢？但是鳳喜是不是有什麼話要自己轉達，卻又不敢斷定，總得等一個機會，和她暢談暢談，然後才可以知道她和家樹的事情究竟如何？因此一想，便忍耐著住下了。

劉將軍在屋子裡麻煩了一陣子，已到開午飯的時候，就和鳳喜一路出來吃午飯去了。一會子工夫，伺候吃飯的老媽子來對秀姑說：「將軍不喜歡年紀大的，還是你去吧。」

秀姑走到樓下堂屋裡，只見他二人，對面坐著。劉將軍手上拿了一個空碗向秀姑照了一照，望著她一笑，那意思就是要秀姑盛飯。

秀姑既在這裡，不能不上前，只得走到他面前，接了碗過來。他左手上的空碗先不放著，卻將右手的筷子倒過來，在秀姑的臉上輕輕地戳了一下，笑道：「你在那張總長家裡也鬧著玩嗎？」

秀姑望了他一眼，卻不作聲，接過碗給他盛了飯，站到一邊。

鳳喜笑道：「人家初來，又是個姑娘，別和人家鬧，人家怪不好意思的。」

劉將軍道：「有什麼怪不好意思？要不好意思，就別到人家家裡來。我瞧你這樣子，倒是有點兒吃醋。」

鳳喜見他臉上並沒有笑容，就不敢作聲。

劉將軍回過頭來，和秀姑笑道：「別信你太太的話，我要鬧著玩，誰也攔阻不了我，你聽見說過沒有？北京有種老媽子，叫做……叫做……哈哈，叫做上炕的。」

這時，秀姑正在一張茶几邊，茶几上有一套茶杯茶壺，手摸著茶壺，恨不得拿了起來，就向他頭上劈了過去。

鳳喜眼睛望了她，又望了一望門外院子裡。看那院子裡，正有幾個武裝兵士走來走去，秀姑只得默然無語，將手縮了回來。

他二人吃完了飯，另一個老媽子打了手巾把過去。

劉將軍卻向鳳喜笑道：「剛才我說了你一句吃醋，大概你又生氣了。這裡又沒有外人，我說了一句，又要什麼緊呢？小寶貝兒，別生氣，我來給你擦一把臉。」說著，他也不管這兒有人無人，左手一抱，將鳳喜摟在懷裡，右手拿了洗臉手巾，向她滿臉一陣亂擦。

鳳喜兩手將手巾拉了下來，見劉將軍滿臉都是笑容，便撅了嘴，向旁邊一閃道：「謝謝，別這樣親熱，少罵我兩句就是了。」

劉將軍笑道：「我是有口無心的，你還有什麼不知道？以後我不生你的氣就是了。」

鳳喜也不說什麼，回身自上樓去了。秀姑不敢多在他面前停留，也跟著她走上樓去，便和大家在樓廊上搭的一張桌子上吃飯。

秀姑她們吃飯吃到半中間，只見劉將軍穿著短衣，袖子捲得高高的，手上拿了一根細籐的馬鞭子，氣勢洶洶地走了上來。

大家看了他這種情形，都為之一怔。他也不管，把腳步走著咚咚地響，掀開簾子，直到屋子裡去。在外面就聽到他大喝一聲道：「我今天打死你這賤東西！」只這一句話說完，就聽見鞭子刷地響了一聲，接上又是一聲「哎喲」，嚎啕大哭起來。頃刻之間，鞭子聲，哭聲，嚷聲，罵聲，東西撞打聲，鬧成了一片。

秀姑和三個老媽子吃飯，先還怔怔地聽著，後來鳳喜只嚷：「救命哪！救命哪！」秀姑實在忍耐不住，放下碗來就跑進房去。其餘三個老媽子見著這種情形，也跟了進去，只見鳳喜蹲著身子，躲在桌子底下，頭髮蓬成一團，滿面都是淚痕，口裡不住的嚷，人不住左閃右避。劉將軍手上拿了鞭子向著桌子腿與人，只管亂打亂抽。

秀姑搶了上前，兩手抱住他拿鞭子的一隻手，連叫道：「將軍，請你慢慢說，可別這樣。」

劉將軍讓秀姑抱住了手，鞭子就垂將下來，望著桌子底下不住地喘氣。那三個老媽子見秀姑已是勸解下來了，便有人上前接過了鞭子，又有人打了手巾把，給他擦臉，又有人斟上一杯熱茶送到他手上。

秀姑看看他不會打了，閃開一邊，只見屋裡的東西七零八亂，滿地是衣襪瓷器碎玻璃，就是這一刻兒工夫，倒不料屋子裡鬧得如此的厲害！

再看桌子底下的鳳喜，一隻腳穿了鞋，一隻腳是光穿了絲襪，身上一件藍綢緞衫，撕著垂下來好幾塊，一大半都染了黑灰，她簡直不像人樣子。

秀姑走上前，向桌子下道：「太太，你起來洗洗臉吧。」

劉將軍聽到這一聲「太太」，將手上的茶杯，連著一滿杯茶，噹一聲摔在樓板上，突然站了起來喝著道：「什麼太太？她配嗎？他媽的臭窯姐兒，好不識抬舉！我這樣的待她，她竟送一頂綠帽子給我戴。」說著，他又撿起了樓板上那根鞭子。

秀姑便搶住他拿鞭的手，向他微笑道：「將軍，你怎麼啦？她有什麼不對，儘管慢慢地問她，動手就打，你把她打死了，也是分不出青紅皂白的！你瞧我吧。」說著，又向他做了一個長時間的微笑。

他手上的鞭子自然地落在地下。秀姑將一張椅子移了一移，因道：「你坐下，等她起來，你有什麼話再和她說，反正她也飛不了。你瞧，你氣得這個樣兒！」說著，又斟了一杯茶，送到劉將軍手裡，笑道：「你喝一點兒，先解解渴。」

劉將軍看看秀姑道：「你這話倒也有理，讓她起來，等我來慢慢地審問她，我也不怕她飛上天去。」接過那一杯茶一仰脖子喝了。

秀姑接過空杯子，由桌子底下將鳳喜拉出來，暗暗向她使了一個眼色，然後把她拉到隔壁的屋子裡去，給她洗臉梳頭。別的老媽子要來，秀姑故意將嘴向外面一努，教她們伺候男主人，老媽子信以為真，就不曾進來了。

這裡秀姑細看鳳喜身上，左一條紅痕，右一條紅痕，身上猶如畫的紅網一樣。秀姑輕輕地道：「我的天，怎麼下這樣的毒手！」

鳳喜本來止住了哭，不過是不斷地嘆著冷氣。秀姑這一驚訝，她又哭將起來，緊緊地拉住了秀姑的手，好像有無限的心事，都由這一拉手之中要傳說出來。

秀姑也很瞭解她的意思，因道：「這或者是他一時的誤會，你從從容容的對他說破也就是了，不過你要想法子，把我的事遮掩過去，我倒不要緊，別為了這不相干的事，又連累著我的父親。」

鳳喜道：「你放心，我不能那樣不知好歹，你為了我們的事這樣的失身分，我還能把你拉下水來嗎？」

秀姑安頓了她，不敢多說話，怕劉將軍疑心，就先閃到外邊屋子裡來。

劉將軍見秀姑出來，就向她一笑，笑得他那雙麻黃眼睛合成了一條小縫，用一個小蘿蔔似的食指指著她道：「你別害怕，我就是這個脾氣，受不得委屈，可是人家要待我好呢，把我這腦袋割了給他我也樂意，你若是像今天這樣做事，我就會一天一天的更加喜歡你的。」

劉將軍說著話，一手伸了過來，將秀姑的胳膊一撈，就把她拉到懷裡。

秀姑心中如火燒一般，恨不得回手一拳就把他打倒，只得輕輕地道：「這些個人在這兒，別這樣呀，你不是還生著氣嗎？」

劉將軍聽她如此說，才放了手，笑道：「我就依著你，回頭我們再說吧。」

這時，鳳喜已是換了一件衣服走了出來。劉將軍立刻將臉一板，用手指著她道：「你說，你今天早上為什麼打你媽家裡後門溜出去了，我可有人跟著呢，你不是到先農壇去了嗎？你說那是為什麼？你還瞞著我，說瞧你媽的病嗎？那老幫子就不是好東西！她帶著你為非作歹，可和你巡風，你以為我到了天津去了，你就可以胡來了，可是我有耳報神，我全知道呢。你好好的說，說明白了，我不難為你，要不然，你這條小八字兒就在我手掌心裡。」說著，將左手的五指一伸，咬著牙捏成了拳頭，翻了兩個大眼睛望著她。

鳳喜一想，這事大概瞞不了，不如實說了吧，因道：「你不問青紅皂白，動手就打，叫我說什麼？現在你已經打了我一頓，也出了氣，可以讓我說了。我現在不是決計跟著你過嗎？可是我從前也得過姓樊的好處不少，叫我就這樣把他扔了，我心裡也過不去，我聽到我媽說，他常去找我媽，我想我是姓劉的人啦，常要他到我家裡去走著，那算怎麼一回事呢？所以我就對媽說，趁你上天津，約他會一面，一來呢，絕了他的念頭，不再找我家了；二來呢，我也報他一點兒恩，所以我開了一張四千塊錢的支票給他。他一聽說我跟定了你，把支票撕了，一句話不說就走了，你想，我要是還和他來往，我約著他在家裡會面，那多方便，我不肯讓他到我家裡去，就是為了不讓他沾著。你信不信，可以再打聽去。」

劉將軍聽了她這話，不覺得氣先消了一半，因道：「果然是這樣嗎？好，我把人叫你媽去了，回頭一對口供，對得相符，我就饒了你，要不然，你別想活著。」

說到這裡，恰好聽差進來說：「外老太太來了。」

劉將軍喝道：「什麼外老太太，她配嗎？叫她在樓下等著。」

秀姑就笑著向他道：「你要打算問她的話，最好別生氣，慢慢地和她商量著，我先去安頓著她，你再消消氣，慢慢地下來，看好不好呢？」

劉將軍點頭道：「行！你是為著我的，就依著你。」

秀姑連忙下樓，到外面將沈大娘引進樓下，匆匆地對她道：「你只別提我，說是姓樊的常到你家，你和姑娘約著到先農壇見面，其餘說實話就沒事了。」

沈大娘也猜著今天突然地派人去叫來，而且不讓在家裡片刻停留，料著今日就有事，馬上到了劉家，及至一聽秀姑的話，心裡不住地慌亂，秀姑只引她到屋子裡來就走開了，又不敢多問。

不多一會，劉將軍已換了一件長衣，一面扣鈕扣，一面走進屋來。

沈大娘因他臉上一點笑容都沒有，就老遠地迎著他，請了個雙腿安。

劉將軍點了點頭道：「你姑娘太欺負我了，對不住，我教訓了她一頓，你知道嗎？」

沈大娘笑道：「她年輕，什麼不懂，全靠你指教，怎麼說是對不住啊！」

劉將軍道：「你坐下，我有話要和你慢慢說。」就正中的紫檀方桌上，指著旁邊的椅子，沈大娘坐下了。

劉將軍道：「你娘兒倆今天早晌做的事，我早知道了，你說出來，怎麼回事？若是和你姑娘口供對了，那算我錯了；若是不對，我老劉是不好惹的！」

沈大娘一聽，果然有事，料著秀姑招呼的話沒有錯，就照著她的意思把話說了。

劉將軍聽著口供相同，伸手抓了抓耳朵，笑道：「他媽的，我真糟糕！這可錯怪了好人，其實這樣辦，我也很贊成，明的告訴我，我也許可的，反正你姑娘是一死心兒跟著我啊。你上樓給我勸勸她去，我還有事呢。」

沈大娘不料這大一個問題隨便幾句話就說開了，身上先乾了一把汗。到了樓上，只見鳳喜眼睛紅紅的，靠了桌子，手指上夾了一支煙捲，放在嘴裡抽著。

就在她抬著胳膊的當兒，遠遠看見她手脈以下，有三條手指粗細的紅痕。鳳喜看見母親只叫了一聲媽，哇的一聲就哭出來了。

秀姑在旁看到，倒替她們著急，因道：「這禍事剛過去，你又哭？」

沈大娘一看這樣子，就知道她受了不小的委屈，連忙上前，拉著她的胳膊問道：「這都是打的嗎？」

鳳喜道：「你瞧瞧我身上吧。」說著，掉過背去，對了她的媽。

沈大娘將衣襟一掀，倒退兩步，拖著聲音道：「我的娘呀，這都是什麼打的，打得這個樣子厲害！我的……兒……」只這一個「兒」字，她也哭了。

鳳喜轉過身，握著她母親的手，便道：「你別哭，哭著讓他聽到了，他一生氣，那籐鞭子我可受不了！」

秀姑道：「這話對，只要說明白了，把這事對付過去了，大家樂得省點事。幹嘛還鬧不休？」

沈大娘道：「大姑娘，你哪裡知道，**我這丫頭長這麼大，重巴掌也沒有上過她的頭，不料她現在跟著將軍做太太，一呼百諾的，倒會打得她滿身是傷**。你瞧，我有個不心痛的呀！」

這幾句話說著，正兜動了鳳喜一腔苦水，也哽哽咽咽哭了起來。

秀姑正待勸止她們不要哭，那劉將軍卻放開大步走將進來。秀姑嚇了一跳。她母女兩人正哭得厲害，他一不高興，恐怕要打在一處，心裡一橫，他果然那樣做，今天我要拚他一下，非讓他受一番教訓不可。

不料那劉將軍進來，卻換了一副和藹可親的樣子，對沈大娘笑道：「剛才你說的話，我聽到了，**你說你捨不得你姑娘，我哪裡又捨得打她。可是你要知道，咱們這樣有面子的人，什麼也不怕，就怕戴綠帽子！**無論怎麼說，你們瞞著我去瞧個小爺們總是真的，就這一點，我就可以拿起槍來打死了她。」

劉將軍說到這裡，右手捏了拳頭，在左掌心裡擊了一下，又將腳一頓。同時這屋子裡三個女人都不由得吃了一驚。

劉將軍又接著道：「這話可又說回來了，她雖然是瞞著我做的事，心眼兒裡可是為著我，我抽了她一頓鞭子，算是教訓她以後不要冒失，我都不生氣，你們還生氣嗎？」沈氏母女本就有三分怕他，加上又叮囑不許生氣，娘兒倆只好掏出手絹，揩了一揩眼睛，將淚容收了。

劉將軍對沈大娘道：「現在沒事，你可以回去了，你在這裡，又要引著她傷心起來的。」

沈大娘見女兒受了這樣的委屈，正要仔仔細細和她談一談，現在劉將軍要她回家，心裡未免有點不以為然，因笑道：「我不惹她傷心就是了，你瞧，這屋子裡弄得亂七八糟，我給她收拾收拾吧。」

劉將軍道：「我這裡有的是伺候她的人，這個用不著擔心，你回去吧。你若不回去，那就是存心和我搗亂了。」

鳳喜道：「媽！你回去吧，我不生氣就是了。」

沈大娘看了看劉將軍的顏色，不敢多說，只得低著頭回去了。

當下劉將軍叫人來收拾屋子，卻帶鳳喜到樓下臥室裡去燒鴉片煙，並吩咐秀姑跟著。到了臥室裡，銅床上的煙具是整日整夜擺著，並不收拾的，鳳喜點了煙燈，和劉將軍隔著煙盤子，橫躺在床上。

劉將軍歪了頭，高枕在白緞子軟枕上，含著微笑，看看鳳喜，又看看秀姑，一隻手先撫弄著煙簽子，然後向她點了一點，笑道：「燒煙非要你們這種人陪著，不能有趣味。」又指著秀姑道：「有了你，那些老幫子我就看不慣了，你好好的巴結差使，將來有你的好處。我只要痛快，花錢是不在乎的。」

秀姑不作聲，揚了頭只看壁上鏡框中的西洋畫，鳳喜只把煙簽子拈著煙膏子燒煙，卻當不知道。

原來鳳喜本不會燒煙，因為到了劉家來，劉將軍非逼著她燒煙不可，她只得勉強從事。好在這也並非什麼難事，自然一學自會。

劉將軍因她不作聲，便問道：「幹嘛不言語，還恨我嗎？」

鳳喜道：「說都說明白了，我還恨你做什麼呢？況且我做的事本也不對，你教訓我是應該的。」說著，拿起煙槍，在煙斗上裝好了煙泡，便遞了過來，在劉將軍嘴上碰了一碰，同時笑著向他道：「你先抽一口。」

劉將軍笑著捧了煙槍抽起來，因笑道：「你現在不恨我了嗎？」

鳳喜笑道：「我不是說了嗎？你教訓我也是應該的，怎麼你還說這話呢？」

劉將軍笑道：「你嘴裡雖然這樣說，可是你究竟恨我不恨，是藏在你心裡，我哪裡會知道！」

鳳喜道：「這可難了，你若是不相信，自然我嘴裡怎麼說也不成，我又沒有那樣的本領，可以把心掏給你看。」

劉將軍笑道：「我自然不能那樣不講理，要你掏出心來，可是要看出你的心來，也不算什麼，只要你好好兒的唱上一段給我聽，我就會看出你的心來了，你果然不恨我，你就會唱得像平常一樣；若是你心裡不樂意，你就唱不好的，你唱不唱？」

鳳喜笑道：「我為什麼不唱？你要唱什麼，我就唱什麼。」

劉將軍噴著煙突然坐了起來，將大腿一拍道：「若是這樣，我就一點不疑心了，你隨便唱吧，越唱得多，我越是不疑心。你別燒煙，我自己會來。」說著又倒在床上，斜著眼睛，望了鳳喜道：「你唱你唱。」

鳳喜看那樣子，大概是不唱不行，自己只輕輕將身子一轉，坐了起來。**只在這一轉身之間，身上的皮膚和衣褲互相磨擦，痛入肺腑，兩行眼淚幾乎要由眼睛眶子裡搶了出來**，但是這眼淚真要流出來，又是禍事，連忙低了頭咳嗽不住，笑道：「煙嗆了嗓子，找一杯茶喝吧。」於是將手絹擦了眼睛，自己起身倒了一杯茶喝。

劉將軍道：「這兩天你老是咳嗽，大概傷了風了，可是我這一頓鞭子，當了一劑良藥，一定給你出了不少的汗。傷風的毛病，只要多出一點兒汗，那就自然會好的。」

鳳喜笑道：「這樣的藥，好是好，可是吃藥的人有些受不了呢！」她說時，用眼睛斜看著劉將軍微笑。

劉將軍笑道：「你這小東西，倒會說俏皮話，你就唱吧，這個時候，我心裡樂著呢。」

鳳喜將一杯茶喝完了就端了一張方凳子，斜對床前坐著，問道：「唱大鼓書，還是唱戲呢？」

劉將軍道：「大鼓書我都聽得膩了，戲是清唱沒有味，你給我唱個小調兒聽聽吧。」

鳳喜沒有法子，只得從從容容地唱起來。

唱完了一支，劉將軍點頭道：「唱得不錯。」因見秀姑貼近房門口一張茶几站著，便笑問道：「這曲子唱得很好聽嗎？你會不會？」

秀姑用冷眼看著他，牙齒對咬著，幾乎都要碎開。這時他問起來了，也不好說什麼，只微笑了一笑。

劉將軍對鳳喜道：「唱得好，你再唱一個吧。」

鳳喜不敢違拗，又唱了一個。

劉將軍聽出味來了，只管要她唱，一直唱了四個，劉將軍還要聽。

鳳喜肚子裡的小調向來有限，現在就只剩一個《四季相思》了，這個老曲子，是家樹教了唱的，一唱起來就會想著他，因之躊躇了一會，才淡淡一笑道：「有是還有一支曲子，很難唱。怕唱不好呢。」

劉將軍道：「越是難唱的，越是好聽，更要唱，非唱不行。」說著，一頭坐了起來，望著鳳喜。

鳳喜看了看劉將軍，又回頭看了看秀姑，便唱起來，但是口裡在唱，腦筋裡人就彷彿在騰雲駕霧一般，眼面前的東西都覺有點轉動。

唱到一半，頭重過幾十斤，身子向旁邊一歪，便連著方凳一起倒了下來。

劉將軍連忙喝問道：「怎麼了？」

秀姑看到，連忙上前將她攙平時，只見她臉色灰白，兩手冰冷，人是軟綿綿的，一點也站立不定。秀姑就兩手一抄，將她橫抱著，輕輕地放在一張長沙發上。

劉將軍已是放了煙槍，站立在地板上，看到秀姑毫不吃力的樣子，便微笑道：「你這人長得這樣，倒有這樣大力氣！」說著，一伸手就握住了秀姑的右胳膊，笑道：「肉長得挺結實，真不含糊。」

秀姑將手一縮，沉著臉道：「這兒有個人都快要死了，你還有心開玩笑。」

劉將軍笑道：「她不過頭暈罷了，躺一會兒就好了。」說著，也就去摸了摸鳳喜的手，「呀」了一聲道：「這孩子真病了，快找大夫吧。」便按著鈴將聽差叫進來，吩咐打電話找大夫。

自己將鳳喜身上撫摸了一會，自言自語地道：「劉德柱，你下的手也太毒了！怎麼會把人家打得渾身是傷呢？這樣子還要她唱曲子，也難怪她受不了的了。」

他這樣說著，倒又拿起鳳喜一隻胳膊，不住的嗅著。

這時，屋子裡的人已擠滿了，都是來伺候太太的。隨著一位西醫也跟了進來，將鳳喜身上看了一看，就明白了一半。又診察了一會子病象，便道：「這個並不是什麼重症，不過是受了一點刺激，好好的休養兩天就行了，屋子裡這些人可是不大合宜。」

說著，向屋子四周看了一看。

劉將軍便用手向大家一揮道：「誰要你們在這兒？你們都會治病，我倒省了錢，用不著找大夫來瞧了。走走走！」說著，手只管推，腳只管踢，把屋子裡的男兵、女僕一起都轟了出去。

秀姑讓劉將軍管束住了，正是脫身不得，趁著這個機會就正好躲出房來。……因為人家被轟，她也就一塊兒躲出來，心裡本想著今天晚上就溜回家去的，但是一看鳳喜這種情形，恐怕是生死莫卜，若是走了，重來不得，這以後的種種消息又從何處打聽出來呢？於是悄悄地到了樓上，給家樹通了一個電話，說是這裡發生了很重大的事，只好在這裡再看守一宿，請他和父親通個信。

秀姑把話說完，也不等家樹再問，就把電話掛上了。

這一天晚上，果然鳳喜病得很重，大家將她搬到樓上寢室裡。一個上半夜，她都是昏迷不醒。劉將軍聽了醫生的話，讓她靜養，卻邀了幾個朋友到飯店裡開房間找樂去了。兩點鐘以後，女僕們都去睡覺了，只剩秀姑和一個年老的楊媽同坐在屋子裡，伺候著鳳喜的茶水。

秀姑無事，卻和楊媽談著話來消磨時間。說到了鳳喜的傷，楊媽將頭一伸，輕輕地說道：「唉，這就算厲害嗎？真厲害的，你還沒有看見過呢！從前，我們這兒也是一個正太太，一個姨太太，不用提，正太太是上了年紀的人，整天的受氣，她受氣不過，回老家去了。不多時，就在老家過去了。太太一死，姨太太就抖了，整天地坐著汽車出去聽戲遊公園。據說，她在外面認識了男朋友了。

「有一天晚晌，姨太太聽夜戲，十二點多鐘才回來，咱們將軍那天沒有出門，抽著大煙等著，看看錶，又抽抽煙；抽抽煙，又坐起來。一打過十二點，他就要了一杯子白蘭地酒喝了，一個人在屋子裡，又跳又罵。

「一會子功夫，姨太太回來了，只剛上這樓，將軍走上前就是一腳，把她踢在地下，左手一把揪著她的頭髮，右手在懷兜裡掏出一管手槍，指著她的臉，逼問她從哪裡來。姨太太嚇慌了，告著饒，哭著說：『沒有別的，就是和表哥吃了一會館子，聽戲是假的。』我們老遠地站著，哪敢上前！只聽到那手槍啪啪兩下響，將軍抓著人，隔了欄杆就向樓下一扔……」

楊媽不曾說完，只聽到床上「啊呀」一聲。回頭看時，鳳喜在床上一個翻身，由床上滾到樓板上來。

秀姑和楊媽都嚇了一跳，連忙走上前，將她扶到床上去。她原來並不曾睡著，伸了手拉住秀姑的衣襟，哭著道：「嚇死我了，你們得救我一救呀！」

楊媽也嚇慌了，呆呆地在一邊站著望了她，作聲不得。秀姑卻用手拍著鳳喜道：「你不要害怕，楊媽只當你睡著了，和我說了鬧著玩的，哪裡有這一回事！」

鳳喜道：「假是假不了的，我也不害怕了，害怕我又怎麼樣呢？」說時又嘆了一口氣。秀姑待要再安慰她兩句，便聽到樓下一陣喧嘩，大概是劉將軍回來了。楊媽就顫巍巍的對鳳喜道：「我的太太，剛才的話，你可千萬別說出來，說出來了，我這小八字有點靠不住。」

鳳喜道：「你放心，我絕不會說的。」

只在這時，忽聽到劉將軍在窗子外嚷道：「現在怎麼樣，比以前好些了嗎？」鳳喜在床上一個翻身面朝裡，秀姑和楊媽也連忙掉轉身來，迎到房門口。劉將軍進了房，便笑著向秀姑道：「她怎麼樣？」秀姑道：「睡著沒有醒呢，我們走開別吵了她吧。」

秀姑的行李用物都不曾帶來，劉將軍卻是體貼得到，早是給了她一張小鐵床和一副被褥，而且不要和那些老媽子同住，就在樓下廊子邊一間很乾淨的西廂房裡住。

秀姑下得樓來，那楊媽又似乎忘了她的恐懼，在電燈光下向秀姑微微一笑。而這一笑時，她便望著秀姑住的那間屋子。

秀姑也明白她的意思，鼻子一哼，也冷笑了一聲，她悄悄地進房去，將門關緊，熄了電燈，便和衣而睡。

一覺醒來時，太陽已由屋簷下照下大半截白光來。只聽得劉將軍的聲音在樓簷上罵罵咧咧地道：「搗他媽的什麼亂！鬧了我一宿也沒有睡著，家裡可受不了，把她送到醫院裡去吧。」

秀姑聽了這話，逆料是鳳喜的病沒有好，趕忙開了門出來，一直上樓，只見鳳喜的頭髮，亂得像一團敗草一般，披了滿臉，只穿了一件對襟的粉紅小褂子，卻有兩個鈕扣是錯扣著，將褂子斜穿在身上。

她一言不發，直挺著胸脯，坐在一把硬木椅子上，兩隻眼睛在亂頭髮裡看人，一條短褲露出膝蓋以下的白腿與腳，只是如打鞦韆一樣，搖擺不定。她看到秀姑進來，露著白牙齒向秀姑一笑，那樣子真有幾分慘厲怕人。

秀姑站在門口頓了一頓，然後才進房去，向她問道：「太太，你是怎麼了？」

「拿手槍嚇我，不讓我言語，我就不言語、我也沒犯那麼大罪，該槍斃，你說是不是？我沒有陪人去聽戲，也沒有表哥，不能把我槍斃了往樓下扔。我銀行裡還有五萬塊錢，首飾也值好幾千，年輕輕兒的，我可捨不得死！大姐，你說我這話對不對？」

秀姑一手握著她的手，一手卻掩住了她的嘴，復又連連和她搖手。

這時，進來兩個馬弁，對鳳喜道：「太太你不舒服，請你……」

他們還沒有說完，鳳喜哇地一聲哭了起來，赤著腳一蹦，兩手抱了秀姑的脖子，爬在秀姑身上，嚷道：「了不得，了不得！他們要拖我去槍斃了。」

馬弁笑道：「太太，你別多心，我們是陪你上醫院去的。」

鳳喜跳著腳道：「我不去，我不去，你們是槍斃我的！」

兩個馬弁看到這種樣子，呆呆地望著，一點沒有辦法。

劉將軍在樓廊子上正等著她出去呢，見她不肯走，就跳了腳走進來道：「你這兩個飯桶！她說不走，就讓她不走嗎？你不會把她拖了去嗎？」

馬弁究竟是怕將軍的，將軍都生了氣了，只得大膽上前，一人拖了鳳喜一隻胳膊就走，鳳喜哪裡肯去，又哭又嚷，又踢又倒，鬧了一陣，便躺在地下亂滾。

秀姑看了，心裡老大不忍，正想和劉將軍說，暫時不送她到醫院去，可是又進來兩個馬弁，一共四個人，硬把鳳喜抬下樓去了。

鳳喜在人叢中伸出一隻手來，向後亂招，直嚷：「大姐救命！」一直抬出內院去了，還聽見嚷聲呢。

秀姑自從鳳喜變了心以後，本來就十分恨她，現在見她這樣瘋魔了，又覺她年輕輕的人，受了人家的強迫，受了人家的壓迫，未免可憐，因此伏在樓邊欄杆上灑了幾點淚。

劉將軍在她身後看見，便笑道：「你怎麼了？女人的心總是軟的！你瞧，我都不哭，你倒哭了。」

秀姑趁了這個機會，便指著眼淚，向劉將軍微微一笑道：「可不是，我就是這樣容易掉淚，太太在哪個醫院裡，回頭讓我去看看，行不行？」

劉將軍笑道：「行！這是你的好心，為什麼不行？你們老是這樣有照應，不吃醋，那就好辦了。我也不知道哪個醫院好，我讓他們把她送到急救醫院去了。那個醫院很貴的，大概壞不了，回頭我讓汽車送你去吧。今天上午，你陪我一塊兒吃飯，好不好？」

秀姑道：「那怎樣可以，一個下人和將軍坐在一處，那不是笑話嗎？」

劉將軍笑道：「有什麼笑話？我愛怎樣抬舉你，就怎樣抬舉你，就是我的太太，她出身還不如你呢。」

秀姑道：「究竟不大方便，將來再說吧。」

劉將軍見了她害臊的情形，得意之極，手拍著欄杆，哈哈大笑。

到了正午吃飯的時候，劉將軍一個人吃飯，卻擺了一桌的菜。他把伺候聽差老媽一起轟出了飯廳，只要秀姑一個人盛飯，那些男女僕役們都不免替她捏一把汗，她卻處之泰然。

劉將軍的飯盛好了，放在桌上，然後向後倒退兩步，正著顏色說道：「將軍，你待我這一番好心，我明白了。誰有不願意做將軍太太的嗎？可是我有句話要先說明：你若是依得了我，我做三房四房都肯；要不然，我在這裡，工也不敢做了。」

劉將軍手上捧了筷子碗，只呆望著秀姑發笑道：「這孩子乾脆，倒和我對勁兒。」

秀姑站定，兩隻手臂環抱在胸前，斜斜地對了劉將軍說道：「我雖是一個當下人的，可是我還是個姑娘，糊里糊塗的陪你玩，那是害了我一生。就是說你不嫌我寒磣，收我做個二房，也要正正當當的辦喜事，一來我家裡還有父母呢；二來，你有太太，還有這些個底下人，也讓人家瞧我不起。我是千肯萬肯的，可不知道你是真喜歡我，是假喜歡我？你若是真喜歡我，必能體諒我這一點苦心。」說著說著，手放下來了，頭也低下來了，聲音也微細了，現出十二分不好意思的形狀來。

劉將軍放下碗筷，用手摸著臉，躊躇著笑道：「你的話是對的，可是你別拿話來氣我！」

秀姑道：「這就不對了。我一個窮人家的孩子，像你這樣的人不跟，還打算跟誰呢？你瞧我是氣人的孩子嗎？」

劉將軍笑道：「得！就是這樣辦，可是日子要快一點子才好。」

秀姑道：「只要不是今天，你辦得及，明天都成，可是你先別和我鬧著玩，省得下人看見了，說我不正經。」

劉將軍笑道：「算你說得有理，也不急在明天一天，後天就是好日子，就是後天吧。今天你不是到醫院裡去嗎？順便你就回家對你父母說一聲，大概他們不能不答應吧。」

秀姑道：「這是我的終身大事，他們怎麼樣管得了！再說，他們做夢也想不到呢，哪有不答應的道理！」

這一套話，說得劉將軍滿心搔不著癢處，便道：「你別和老媽子那些人在一處吃飯了，我吃完了就走的，你就在這桌上吃吧。」

秀姑噗嗤一笑，點著頭答應了。

劉將軍心想：**無論哪一個女子，沒有不喜歡人家恭維的**，你瞧這姑娘，我就只給她這一點面子，她就樂了。他想著高興，也笑了。只是為了鳳喜，耽誤了一早晌沒有辦事，這就坐了汽車出門了。

秀姑知道他走遠了，就叫了幾個老媽子，一同到桌上來，大家吃了一個痛快。秀姑吃得飽了，說是將軍吩咐的，就坐了家裡的公用品車，到急救醫院來看鳳喜。

鳳喜住的是頭等病室，一個人住了一個很精緻乾淨的屋子。她躺在一張鐵床上，將白色的被褥，包圍了身子，只有披著亂蓬蓬散髮的頭，露出外面，深深地陷入軟枕裡。

秀姑一進房門，就聽到她口裡絮絮叨叨什麼用手槍打人，把我扔下樓去，說個不絕。她說的話，有時候聽得很清楚，有時卻有音無字。不過她嘴裡，總不斷的叫著樊大爺，床前一張矮的沙發，她母親沈大娘卻斜坐在那裡掩面垂淚，一抬頭看見秀姑，站起來點著頭道：「關大姐，你瞧，這是怎麼好？」只說了這一句，兩行眼淚，如拋沙一般，直湧了出來。

秀姑看床上的鳳喜時，兩頰上現出很深的紅色，眼睛緊緊地閉著，口裡含糊著只管說：「扔下樓去，扔下樓去。」

秀姑道：「這樣子她是迷糊了，大夫怎麼說呢？」

沈大娘道：「我初來的時候，真是怕人啦，她又能嚷，又能哭，現在大概是累了，就這樣的躺下兩個鐘頭啦。我看人是不成的了。」說著，就伏在沙發靠背上窸窸窣窣的抬著肩膀哭。

秀姑正待勸她兩句，只見鳳喜在床上將身子一扭，格格地笑將起來，越笑越高聲，閉著眼睛道：「你冤我，一百多萬傢俬，全給我管嗎？只要你再不打我就成。你瞧，打得我這一身傷！」說畢，又哭起來了。

沈大娘伸著兩手顛了幾顛道：「她就是這樣子笑一陣子，哭一陣子，你瞧是怎麼好？」鳳喜卻在床上答道：「這件事，你別讓人家知道，傳到樊大爺耳朵裡去了，你們是多麼寒磣哪！」說著，她就睜開眼了。看見了秀姑，便由被裡伸出一隻手來，搖了一搖，笑道：「你不是關大姐？見著樊大爺給我問好。你說我對不住他，我快死了，他原諒我年輕不懂事吧！」說著，放聲大哭。

秀姑連忙上前握了她的手，她就將秀姑的手背去擦眼淚。秀姑另用一隻手，隔了被去拍她的脊梁，只說：「樊大爺一定原諒你的，也許來看你呢。」

這裡鳳喜哭著，卻驚動了醫院裡的女看護，連忙走進來道：「你這位姑娘，快出去吧，病人見了客是會受刺激的。」

秀姑知道醫院裡規矩，是不應當違抗看護的，就走出病室來了，這一來，**她心裡又受一種感觸，覺得人生的緣法，真是有一定的：鳳喜和家樹決裂到這種地步，彼此還有一線牽連。看鳳喜睡在床上，不斷的念著樊大爺，樊大爺哪裡會知道，**我給他傳一個信吧。於是就在醫院裡打了一個電話給家樹，請他到中央公園去，有話和他說。家樹接了電話，喜不自勝，約了馬上就來。

當下秀姑吩咐汽車回劉宅，自僱人力車到公園來。到了公園門口，她心裡猛可的想起一樁事：記得在醫院裡伺候父親的時候，曾做了一個夢，夢到和家樹挽了手臂，同在公園裡遊玩。不料今日居然有和他同遊的機會，**天下事就是這樣：真事好像是夢；做夢，也有日子會真起來的，我這不是一個例子嗎？**

只是電話打得太匆促了，只說了到公園來相會，卻忘了說在公園裡一個什麼地方相會。公園裡是這樣的大，到哪裡去找他呢？

心裡想著，剛走上大門內的遊廊，這個啞謎就給人揭破了，原來家樹就在遊廊總口的矮欄上坐了，他是早在這裡等候呢。

他一見秀姑便迎上前來，笑道：「我接了電話，馬上雇了車子就搶著來了。據我猜，你一定還是沒有到的，所以我就在這裡坐著等候，不然公園裡是這樣大，你找我，我又找你，怎麼樣子會面呢？大姑娘真為我受了屈，我十二分不過意，我得請請你，表示一番謝意。」

秀姑道：「不瞞你說，我們爺兒倆就是這個脾氣，喜歡管閒事，只要事情辦得痛快，謝不謝，倒是不在乎的。」

兩人說著話，順著遊廊向東走，經過了闊人聚合的「來今雨軒」，復經過了地狹少人行的故宮外牆。

秀姑單獨和一個少年走著，是生來破題兒第一遭的事情，在許多人面前，不覺是要低了頭，在不見什麼人的地方，更是要低了頭。自己從來不懂得怕見人，卻不解為了什麼，今天只是心神不寧起來。

同走到公園的後面，一起柏樹林子下，家樹道：「在這兒找個地方坐坐，看一看荷花吧？」

秀姑便答應了。

在柏林的西犄角上，是一列茶座，茶座外是皇城的寬濠，濠那邊一列蕭疏的宮柳，掩映著一列城牆，尤其是西邊城牆轉角處，城下四五棵高柳，簇擁著一角箭樓，真個如圖畫一般。

但是家樹只叫秀姑看荷花，卻沒有叫秀姑看箭樓。秀姑找了一個茶座，在椅子上坐下，看看城濠裡的荷葉，一半都焦黃了，東倒西歪橫臥在水面，高高兒的挺著一些蓮蓬，伸出荷葉上來，哪裡有朵荷花？

家樹也坐下了，就在她對面。茶座上的夥計送過了茶壺瓜子，家樹斟過了茶，敬過了瓜子，既不知道秀姑有什麼事要商量，自己又不敢亂問，便笑了一笑。

秀姑看了一看四周，微笑道：「這地方景致很好。」

家樹道：「景致很好。」

秀姑道：「前幾天我們在什剎海，荷葉還綠著呢，只幾天工夫，這荷葉就殘敗了。」說到這裡，**秀姑心裡忽然一驚，這是個敷衍話，不要他疑心我有所指吧**，便正色道：「樊先生，我今天和你通電話，並不是我自己有什麼事要和你商量，就是那沈家姑娘，她也很可憐。」

家樹哈哈一笑道：「大姑娘，你還提她做什麼？可憐不可憐與我有什麼相干！」

秀姑道：「她從前做的事，本來有些不對，可是……」

家樹將手連搖了幾搖道：「大姑娘既然知道她有些不對，那就行了。自那天先農壇分手以後，我就決定了，再不提到她了，**士各有志，何必相強**。大姑娘是個很爽快的人，所以我也不要多話。乾脆，**今生今世，我不願意再提到她**。」

秀姑聽他說得如此決絕，本不便再告訴鳳喜的事，只是他願意提鳳喜不提鳳喜是一事，鳳喜現在的痛苦要不要家樹知道又是一事，因笑道：「設若她現在死了，樊先生作何感想？」

家樹冷笑道：「那是她自作自受，我能有什麼感想？大姑娘你不要提她，一提她，我心裡就難過得很。」

秀姑道：「既然如此，我暫時就不提她，將來再說吧。」

「將來再說這四個字，我非常贊成，無論什麼事，就眼前來說，絕不能認為就是一定圓滿的。古人說，『疾風知勁草，板蕩識忠臣』，所以必定要到危難的時候，才看得出好人來的。不過那個時候，就知道也未免遲了。而且真是好人，他也絕不為了要現出自己的真面目，倒願人有災有難。

「譬如令尊大人，他是相信古往今來那些俠客的。但俠客所為，是除暴安良，**鋤強扶弱。沒有強暴之人，做出不軌的事來，就用不著俠客**，難道說作俠客的為了自己要顯一顯本領，還希望生出不軌的事情來不成？所以到了現在，我又算受了一番教訓，增長了一番知識。我現在知道從前不認識好人了。」

秀姑聽他這種口音，分明是句句暗射著自己，一想自認識家樹以來，這一顆心早就許給了他，無如慇勤也罷，疏淡也罷，他總是漠不關心，所以索性跳出圈子外去，用第三者的資格來給他們圓場。不料自己已經跳出圈子外來了，他卻是又突然有這樣向來不曾有的懇切表示，這真是意料所不及了，因笑道：

「樊先生說得很透澈，就是像我這樣肚子裡沒有一點墨水的人，也明白了……」

家樹笑著只管嗑瓜子，又自己斟了一杯茶喝了，問道：「大叔從前很相信我的，現在大概知道我有點胡鬧吧。」

秀姑道：「不，他老人家有什麼話，都會當面說的。」

家樹道：「自然，他老人家是很爽快的。不過也有件事很讓我納悶：兩個月前，彷彿他老人家有一件事要和我說，又不好說似的，我又不便問，究竟不知道是一件什麼事？」

秀姑這時正看著濠裡的荷葉，見有一個很大的紅色蜻蜓，在一起小荷葉邊飛著，卻把牠的尾巴在水上一點一起，經過很久的時間不曾飛開。她也看出了神。所以家樹說的這些話，秀姑是不是聽清楚了；或者聽得越清楚，反而不肯回答，這都讓家樹無法揣測，隨話答話，也沒有可以重敘之理，這也就默然了。

秀姑看了城牆，笑道：「我家胡同口上也有一堵城牆，出來就讓它抵住，覺得非常討厭，這裡也是一堵城牆，看了去，就是很好的風景了。」

家樹道：「可不是，我也覺得這裡的城牆有意思。」

兩個人說來說去，只是就風景上討論。

正說到很有興趣的時候，樹林子裡忽然有茶房嚷著：「有樊先生沒有？」

家樹點著頭只問了一聲：「哪裡找？」

一個茶房走上前來，便遞了一張名片給秀姑道：「你貴姓樊嗎？我是『來今雨軒』的茶房，有一位何小姐請過去說話。」

秀姑接著那名片一看，卻是「何麗娜」三個字，猶疑著道：「我並不認得這個人，是樊先生的朋友吧？」

家樹道：「是的，是的。這個人你不能不見，待一會我給你介紹。」因對茶房道：「你對何小姐說，我們就來。」

茶房答應去了。

家樹道：「大姑娘，我們到『來今雨軒』去坐坐吧，那何小姐是我表嫂的朋友，人倒很和氣的。」

秀姑笑道：「我這樣子，和人家小姐坐在一處，不但自己難為情，人家也會怪不好意思的。」

家樹笑道：「大姑娘是極爽快的人，難道還拘那種俗套嗎？」

秀姑就怕人家說她不大方，便點點頭道：「見見也好，可是我坐不了多大一會兒就要走的。」

家樹道：「那隨便你，只要介紹你和她見一見面，那就行了。」於是家樹會了茶帳，就和秀姑一路到「來今雨軒」來。

家樹引秀姑到了露臺欄杆邊，只見茶座上一個時裝女郎笑盈盈的站了起來，向著這邊點頭。秀姑猛然看到她，不由得嚇了一大跳：鳳喜明明病在醫院裡，怎麼到這裡來了？老遠地站著只是發愣。

家樹明白，連忙搶上前介紹，說明這是「何女士」，這是「關女士」。何麗娜見秀姑只穿了一件寬大的藍布大褂，而且沒有剪髮，挽著一雙細辮如意髻，骨肉停勻，臉如滿月，是一個很康健又樸素的舊式女子，因伸著手握了秀姑的手，笑道：「請坐，請坐，我就聽見樊先生說過關女士是一個豪爽的人。今天幸會。」

秀姑等她說出話來，這才證明她的確不是鳳喜。

家樹向來沒有提到認識一個何小姐，怎麼倒在何小姐面前會提起我？大概他們的交情也非同泛泛吧，她既是一見面這樣的親熱，也就不能不客氣一點，因笑道：「剛才何小姐去請樊先生，我是不好意思來高攀。樊先生一定要給我介紹介紹，我只好來了。」

何麗娜笑道：「不要那樣客氣。交朋友只要彼此性情相投，是不應該在形跡上有什麼分別的啊！」於是挪了一挪椅子，讓秀姑坐下。家樹也在何麗娜對面坐下了。

秀姑這時將何麗娜仔細看了一看，**見她的面孔和鳳喜的面孔，大體上簡直沒有多大的分別，只是何麗娜的面孔略為豐潤一點，在她的舉動和說話上，處處持重一點，不像鳳喜那樣任性。這兩個人若是在一處走著，無論是誰，也會說她們是姊妹一對兒。**

她模樣兒既然是這樣的好，身分更不必提，學問自然是好的。除了年歲而外，恐怕**鳳喜沒有一樣賽得過她的呢！那麼，家樹丟了一個鳳喜，有這一個何小姐抵缺，他也沒有什麼遺憾的了，又何怪對於鳳喜的事淡然置之哩。**心裡想著事，何小姐春風滿面的招待就沒有心去理會，只是含著微笑，隨便去答應她的話。

何麗娜道：「我早就在這裡坐著的，我看見關女士和樊先生走過去，我就猜中了一半。」

家樹道：「哦，你看見我們走過去的，我們在那邊喝茶，你也是猜中的嗎？」

何麗娜道：「那倒不是。剛才我在園裡兜了一個圈子，我在林子外邊看見你二位呢。」

家樹聽了默然不語。

何麗娜道：「難得遇到關女士的。我打算請關女士喝一杯酒，肯賞光嗎？」

秀姑道：「今天實在有點事，不能叨擾，請何小姐另約一個日子，我沒有不到的。」

何麗娜笑道：「莫不是關女士嫌我們有點富貴氣吧？若說是有事，何以今天又有工夫到公園裡來呢？」

家樹道：「她的確是有事。不是我說要介紹她和密斯何見面，她早就走了。」

何麗娜看著二人笑了一笑，便道：「既是如此，我就不必到公園外去找館子。這裡的西餐倒也不錯，就在這裡吃一點東西，好不好？」

秀姑這時只覺心神不安貼起來，哪有心吃飯，便將椅子一挪，站立起來，笑道：「真對不住，我有事要走了。」

何麗娜和家樹都站起來，因道：「就是不肯吃東西，再坐一會兒也不要緊。」

秀姑笑道：「實在不是不肯。老實說，我今天到公園裡來，就是有要緊的事和樊先生商量，雖然沒有商量出一個結果來，我也應該去回人家的信了。」

她說了這話，就離開了茶座。

何麗娜見她不肯再坐，也不強留，握著她的手，直送到人行路上來，笑嘻嘻地道：「今天真對不住，改天我一定再奉邀的。樊先生和我差不多天天見面，有話請樊先生轉達吧。」說著又握著秀姑的手搖撼了幾下，然後告別回座去了。

秀姑低著頭，一路走去，心裡想：我們先由「來今雨軒」過，她就注意了，我們到柏樹林子裡去喝茶，她又在林子外偵查，這樣子，她倒很疑心我。其實我今天是為了鳳喜來的，與我自己什麼相干呢？她說她天天和樊先生見面，這話不假，不但如此，樊先生到「來今雨軒」去，那麼些茶座並不要尋找，一直就把她找著了，一定他們是常在這裡相會的。

沈鳳喜本是出山之水，人家又有了情人，你還戀他則甚？至於我呢，更用不著為別人操心了，心裡想著，也不知是往哪裡走去了，見路旁有一張露椅，就隨身坐下了。一人靜坐著，忽又想到：家樹今天說的「疾風知勁草」那番話，不能無因，莫非我錯疑了，自己斜靠在露椅上，只是靜靜地想。

遠看那走廊上的人，來來往往，有一半是男女成對的，於是又聯想到從前在醫院裡做的那個夢，又想到家樹所說父親要提未提的一個問題，由此種種，就覺得剛才對這位何小姐的看法似乎也不對，因此心裡感到一些寬慰。

心裡一寬慰，也就抬起頭來，忽然見家樹和何麗娜並肩而行，由走廊上向外走去。同時身邊有兩個男子，一個指道：

「那不是家樹？女的是誰？」

一個道：「我知道，那是他的未婚妻沈女士，他還正式給我介紹過呢。」

這個沈字，秀姑恰未聽得清楚，心裡這就恍然大悟，自己一人微笑了一笑，起身出園而去。

這一去，卻做了一番驚天動地的事。

九 驚人之舉

秀姑在公園裡看到家樹和何麗娜並肩而行，恰又聽到人說，他們是一對未婚夫婦，這才心中恍然：無論如何，男子對於女子的愛情，總是以容貌為先決條件的。自己本來毫無牽掛的了，何必又捲入漩渦，剛才一陣胡思亂想，未免太沒有經驗了。

想到這裡，自己倒笑將起來。劉將軍也罷，樊大爺也罷，沈大姑娘也罷，我一概都不必問了，我還是回家去，陪著我的父親。

意思決定了，便走出公園來，也不僱車了。出了公園，便是天安門外的石板舊御道。御道兩旁的綠槐，在晴朗的日光裡，留下兩道清涼的濃蔭。

秀姑緩著腳步，一步一步的在濃蔭下面走。自己只管這樣走著，不料已走到了離急救醫院不遠的地方來，心想既是到了這地方來，何不順便再去看看鳳喜，從此以後，我和這可憐的孩子也是永不見面了。如此想著，掉轉身就向醫院這條路上來。

剛剛要進醫院門，卻看到劉將軍坐的那輛汽車橫攔在大門口。自己一愣，待要縮著腳轉去，劉將軍開了車門，笑著連連招手道：「你不是來了一次嗎，還去看她做什麼？我們一塊兒回家去吧。」

他說著話已經走下車來，就要來攙住秀姑。秀姑想著，若是不去，在街上拉拉扯扯，未免不成樣子，好在自己是拿定了主意的了，就是和他去，憑著自己這一點本領，也不怕他，於是微微笑著，就和劉將軍一同坐上汽車去。到了劉家，劉將軍讓她一路上樓，笑著握了她的手道：「醫院裡那個人恐怕是不行了，你若是跟著我，也許就把你扶正。」

秀姑聽了這話，一腔熱血沸騰簇湧到臉上來，彷彿身上的肌肉都有些顫動。劉將軍看她臉上泛著紅色，笑道：「這兒又沒有外人，你害什麼臊！你說，你究竟願不願意這樣？」

秀姑微笑道：「我怎麼不願意，就怕沒有那種福氣！」

劉將軍將她的手握著搖了兩搖，笑道：「你這孩子看去老實，可是也很會說話，我們的喜事就定的是後天，你看怎麼樣？你把話對你父親說過沒有？」

秀姑道：「說了，他十分願意。他還說喜事之後，還要來見見你，請你給他個差事辦辦呢。」

劉將軍一拍手笑道：「這還要說嗎？有差事不給老丈人辦，倒應該給誰去辦呢？今天晚上，你無論如何得陪著我吃飯，先讓底下人看看，我已經把你抬起來了，也省得後天辦喜事，他們說是突然而來。」

秀姑道：「你左一句辦喜事，右一句辦喜事，這喜事你打算是怎樣的辦法呢？」

劉將軍聽說，又伸手搔了一搔頭髮，笑道：「這件事，我覺得有點為難的。若是辦大了，先娶的哪一個，我都很隨便，娶你更加熱鬧起來，有點說不過去；再說日子也太急一點，似乎辦不過來，若是隨便呢，我又怕你不願意。」

秀姑道：「我倒不在乎這個，就是底下人看不起，我倒有法子，一來你可以省事一點，二來我也可以免得底下人看不起。」

劉將軍笑道：「有這一個好法子，我還有不樂意的嗎？你說，要怎樣的辦？」

秀姑道：「若是叫我想這個法子，我也想不出來。我想起從前有的人也是為了省事，就是新郎和新娘一同跑到西山去，等回來之後，他們就說辦完了喜事，連客都沒有請，我們要是這樣的辦才好。」

劉將軍一聽這話，笑得跳了起來，拉著秀姑的手道：「我的小寶貝！你要是肯這樣辦，我省了不少的事，我又是個急性子的人，說要辦，巴不得馬上就辦，要一鋪張的話，兩天總會來不及的，現在只要上西山一走，那費什麼事？有的是汽車，什麼時候都成。……反正趕出城去，又用不著打來回的。今天我們就去，你看好不好？」

秀姑笑道：「你不是說了不忙在一兩天嗎？」

劉將軍肩膀聳了一聳，又抬了頭對秀姑的臉色看了一看，笑道：「也不知道怎麼回事，我對你是越看越愛，恨不得馬上……」說著，只管格格地笑。

秀姑道：「今天太晚了，明天吧。」

劉將軍笑道：「得啦，我的新太太！就是今天吧，你要些什麼，你快說，我這就叫人去辦，辦來了，我們一塊兒出城。」說時，又來抓住秀姑的手。

秀姑笑道：「婚姻大事，你這人有這樣子急！」

劉將軍笑道：「你不知道，我一見就想你，等到今天，已經是等夠了，喜事多延誤一天，我是多急一天。要不然，我們同住著一個院子，我在樓上，你在樓下，那也是不便當不是？」說著，又把肩膀抬了一抬。

秀姑眉毛一動，眼睛望著劉將軍，用牙咬著下唇，向他點了點頭。在秀姑這一點頭之間，似乎鼻子微微地哼了一聲，可是劉將軍並沒有聽見，他笑道：「怎麼樣，你答應了嗎？」

秀姑笑道：「好吧，就是今天，你乾脆，我也給你一個痛快！」

劉將軍笑得渾身肌肉都顫起來，向秀姑行了一個舉手禮道：「謝謝你答應了，你要些什麼東西，我好預備著。」

秀姑道：「除非你自己要什麼，我是一點也不要，此外，我還有一件事，和你要求一下，請你派四個護兵，一輛汽車，送我回家對父親辭別，你若是有零碎現款的話，送我一點，我也好交給父親，辦點喜酒，請請親戚朋友，也是他養我一場。」

劉將軍道：「成成成！這是小事，本來我也應該下一點聘禮，現款家裡怕不多，我記得有兩千多塊錢，你全拿去吧，反正你父親要短什麼，我都給他辦。」

秀姑將手指頭扳著算了一算，笑道：「要不了許多，窮人家裡多了錢，那是要招禍的！你就給我一千四百塊錢吧。」

劉將軍道：「你這是個什麼算法？」

秀姑道：「你不必問，過了些時候，你或者就明白了。」笑將起來，笑得厲害，把腰都笑彎了。

劉將軍也笑道：「這孩子淘氣，打了一個啞謎，我沒有猜著，就笑得這樣。好吧，我就照辦。」

於是在箱子裡取出一千二百元鈔票二百元現洋來，交給秀姑道：「我知道你父親一定喜歡看白花花的洋錢的，所以多給他找些現洋。」

秀姑笑道：「算你能辦事，我正這樣想著，話還沒有說出來呢。」

劉將軍笑道：「我就是你小心眼兒裡的一條混世蟲麼，你的心事我還有猜不透的嗎？」

秀姑聽了這話，真個心裡一陣噁心，哈哈大笑，笑得伏在桌上。

劉將軍拍著她的肩膀道：「別淘氣了，汽車早預備好了，快回去吧，我還等著你回來出城呢。」

當下秀姑抬頭一看壁上的鐘已經四點多，真也不敢耽誤，馬上出門，坐了汽車回家。汽車兩邊，各站兩個衛兵，圍個風雨不透，秀姑看了，痛快之極，只是微笑。不多一會，汽車到了家門口，恰好關壽峰在門口盼望。

秀姑下了車，拉著父親的手進屋去，笑道：「還好你在家，要不然我還得去找師兄，那可費事了。」說著，將手上夾的一個大手巾包放在桌上。

壽峰看了，先是莫名其妙，後來秀姑詳詳細細一說，他就摸著鬍子點點頭道：「你這辦法對！我教把式教得有點膩了，藉著劉將軍找個出頭之日也好。別讓人家盡等，你就快去吧。」

秀姑含著微笑，走出屋來，和同院的三家院鄰都告了辭，說是已經有了出身之所，不回來了，大家再見吧。

院鄰見她數日不回，現在又坐了帶兵的汽車回來告別，都十分詫異，可是知道她爺兒倆脾氣，他們做事，是不樂意人家問的，也就不便問，只猜秀姑是必涉及婚姻問題罷了。

秀姑出門，大家打算要送她上車，壽峰卻在院子裡攔住了，說道：「那裡有大兵，你們犯不上和他們見面。」

院鄰知道壽峰的脾氣大，不敢違拗，只得站住了。

壽峰聽得汽車嗚嗚的一陣響，已經走遠了，然後對院鄰拱拱手道：「我們相處這麼久，我有一件事要拜託諸位，不知道肯不肯？」

院鄰都說：「只要辦得到，總幫忙。」

壽峰道：「我的大姑娘，現在有了人家了，今天晚晌就得出京，我有點捨不得，要送她一送，可是我身邊又新得了一點款子，放在家裡，恐怕不穩當，要分存在三位家裡，不知道行不行？」

大家聽說，不過是這一點小事，都答應了。

壽峰於是將一千二百元鈔票分作四百塊錢三股，用布包了，那二百元現款卻放在一條板帶裡，將板帶束在腰上，然後將這三個布包，一個院鄰家裡存放一個，對他們道：「我若是到了晚上兩點鐘不回來，就請你們把這布包打開看看，可是我若在兩點鐘以前回來，還得求求各位將原包退回我。」說畢，也不等院鄰再答話，拱了一拱手，馬上就走了。

壽峰走到街上，在一家熟鋪子裡，給家樹通了一個電話，正好家樹是回家了，接著電話。壽峰便說：「有幾句要緊的話，和你當面談一談，就在四牌樓一家『喜相逢』的小館子裡等著你，你可不要餓著肚子來，咱們好放量喝兩盅。」

家樹一想：一定是秀姑回去，把在公園裡的話說了，這老頭子是個急性人，他一聽了就要辦，所以叫我去面談。這是老頭子一番血忱，不可辜負了，便答應著馬上來。

家樹到了四牌樓，果然有家小酒館，門口懸著「喜相逢」的招牌，只見壽峰兩手伏在樓口欄杆上，也是四處瞧人，看見了家樹連招帶嚷地道：「這裡這裡。」

家樹由館子走上樓去，便見靠近樓口的一張桌上，已經擺好了酒菜，杯筷卻是兩副，分明是壽峰虛席以待了。

壽峰讓家樹對面坐下，因問道：「老弟，你帶了錢沒有？」

家樹道：「帶了一點款子，但是不多，大叔若是短錢用，我馬上回家取了來。」

壽峰連連搖著手道：「不，不，我今天發了一個小財，不至於借錢。我問你有錢沒有，是說今天這一餐酒應該你請的了。」

家樹笑道：「自然自然，寬一點，或者年紀比我小一點，就該請我嗎？」

「我可不是那樣說，我老實告訴你吧，**今天這一頓酒吃過，咱們就要分手了**，咱們交了幾個月好朋友，你豈不應該給我餞一餞行？」

家樹聽了，倒吃了一驚，問道：「大叔突然要到哪裡去？大姑娘呢？」

壽峰道：「我們本是沒有在哪裡安基落業的，今天愛到哪裡就上哪裡；明天待得膩了，再搬一處，也沒有什麼牽掛，談不上什麼突然不突然，我一家就是爺兒倆，自然也分不開。」

家樹道：「**大叔是個風塵中的豪俠人物**，我也不敢多問，但不知大叔哪一天動身？以後我們還有見面的日子沒有？」

壽峰道：「吃完了酒我就走，至於以後見面不見面，那可是難說，就如當初咱們在天橋交朋友，哪裡是料得到的呢！」

他說著話，便提啤酒壺來，先向家樹杯子裡斟上了一杯，然後又自斟一杯，舉起杯子來，向家樹比了一比，笑道：「老兄弟！咱們先喝一個痛快，別說那些閒話。」於是二人同乾了一杯。

又照了一照杯，家樹道：「既是我給大叔餞行，應當我來斟酒。」於是接過酒壺，給關壽峰斟啤酒來。壽峰酒到便喝，並不辭杯。

一會兒工夫，約莫喝了一斤多酒，壽峰手按了杯子，站將起來，笑道：「酒是夠了，我還要趕路，我還有兩句話要和你說一說。」

家樹道：「你有什麼話儘管說，只要是我能做的事，我無不從命。」

壽峰道：「有一件事，大概你還不知道，有一個人為了你，可受了累了。」於是將鳳喜受打得了病，睡在醫院裡的話，都對他說了。

又道：「據我們孩子說，她人迷糊的睡著，還直說對不住你，看來這個孩子還是年輕不懂事，不能說她忘恩負義，最好你得給她想點法子。」

家樹默然了一會，因道：「縱然我不計較她那些短處，但是我是一個學生，怎麼和一個有勢力的軍閥去比試，她現時不是在人家手掌心裡嗎？」

壽峰昂頭一笑道：「**有勢力的人就能抓得住他愛的東西嗎？那也不見得……楚霸王百戰百勝，還保不住一個虞姬呢！**我這話是隨便說，也不是叫你這時候在人家手心裡抓回來，以後有了機會，你別記著前嫌就是了。」

家樹道：「果然她回心轉意了，又有了機會，我自然也願意再引導她上正路，但是我這一顆心讓她傷感極了，現在我極相信的人實在別有一個，卻並不是她。」

壽峰笑道：「我聽到我們孩子說，你還認識一個何小姐，和沈家姑娘模樣兒差不多，可是這年頭兒，大小姐更不容易應付啊！這話又說回來了，你究竟相信哪一個，這看你的意思，旁人也不必多扯淡，只是這個孩子也許馬上就得要人關照她，你有機會關照她一點就是了，時候已然是不早，我還得趕出城去，我要吃飯了。」

於是喊著夥計取了飯來，傾了菜湯在飯碗裡，一口氣吃下去幾碗飯，才放下碗筷，站起來道：「咱們是後會有期。」

夥計送上手巾把，他一面揩著，一面就走。

家樹始終不曾問得他到哪裡去，又為了什麼緣故要走，怔怔的望著他下樓而去。轉身伏到窗前看時，見他背著一個小包袱在肩上，已走到街心，回過頭看見家樹，點著頭笑了一笑，逕自開著大步而去。

這裡家樹想著：這事太怪！這老頭子雖是豪爽的人，可是一樣的兒女情長——上次他帶秀姑送我到豐臺，不是很依戀的嗎？怎麼這次告別，極端的決絕。看他表面上鎮靜，彷彿心裡卻有一件急事要辦，所以突然地走了。

他十幾年前本來是個風塵中的人物，難保他不是舊案重提；又，這兩天秀姑冒充傭工，混到劉家去，也是極危險的事，或者露出了什麼破綻，也未可知。心裡這樣躊躇著，伏在欄杆上望了一會，便會了酒飯帳，自回家去。

家樹到了家裡，桌上卻放了一個洋式信封，用玫瑰紫的顏色墨水寫著字，一望而知是何麗娜的字，隨手拿起來拆開一看，上寫著：

家樹，今晚群英戲院演全本《能仁寺》，另外還有一齣《審頭刺湯》，是兩本很好的戲，我包了一個三號廂，請你務必賞光，你的好友麗娜。

家樹心裡本是十分地煩悶，想借此消遣也好。

吃過晚飯以後，家樹便上戲院子包廂裡來，果然是何麗娜一個人在那裡。她見家樹到了，連忙將並排那張椅子上夾斗篷拿起，那意思是讓他坐下。他自然坐下了。

看過了《審頭刺湯》，接上便是《能仁寺》，家樹看著戲，不住地點頭。何麗娜笑道：「你不是說你不懂戲嗎？怎麼今晚看得這樣有味？」

家樹笑道：「湊合罷了，不過我是很贊成這戲中女子的身分。」

何麗娜道：「這一齣《能仁寺》和《審頭刺湯》連續在一處，大可玩味，**設若那個雪雁有這個十三妹的本領，她豈不省得為了報仇送命？**」

家樹道：「天下事哪能十全！這個十三妹在《能仁寺》這一幕，實在是個生龍活虎，可惜做《兒女英雄傳》的人硬把她嫁給了安龍媒，結果是做了一個當家二奶奶。」

何麗娜道：「其實天下哪有像十三妹這種人？中國人說武俠，總會流入神話的，前兩天我在這裡看了一齣《紅線盜盒》，那個紅線簡直是個飛仙，未免有點形容過甚。」

家樹道：「那是當然，無論什麼事，到了文人的筆尖，伶人的舞臺上，都要渲染一番的，若說是俠義之流，倒不是沒有。」

何麗娜道：「凡事百聞不如一見，無論人家說得怎樣神乎其神，總要看見才能相信，你說有劍俠，你看見過沒有？」

家樹道：「劍仙或者沒有看見過，若說俠義的武士，當然看過的，不但我見過，也許你也見過，因為**這種人，絕對不露真面目的，你和他見面，他是和平常的人一樣，你哪裡會知道！**」

何麗娜道：「你這話太無憑據了，看見過，自己並不知道，豈不是等於沒有看見過一樣！」

家樹笑道：「聽戲吧，不要辯論了。」這時，臺上的十三妹，正是舉著刀和安公子張金鳳作媒，家樹看了只是出神，一直等戲完，卻嘆了一口氣。

何麗娜笑道：「你嘆什麼氣？」

家樹道：「何小姐這個人，有點傻。」

何麗娜臉一紅，笑道：「我什麼傻？」

家樹道：「我不是說你，我是說臺上那個十三妹何玉鳳何小姐有點傻。自己是閒雲野鶴，偏偏要給人家作媒，結果還是把自己也捲入了漩渦，這不是傻嗎？」

何麗娜自己誤會了，也就不好意思再說，一同出門。到了門口，笑著和家樹道：「我怕令表嫂開玩笑，我只能把車子送你到胡同口上。」

家樹道：「用不著，我自己僱車回去吧。」於是和她告別，自回家去。

家樹到家一看手錶，已是一點鐘，馬上脫衣就寢。在床上想到人生如夢，是不錯的。過去一點鐘，鑼鼓聲中，正看到十三妹大殺黑風崗強梁*的和尚，何等熱鬧！現時便睡在床上，一切等諸泡影。當年真有個《能仁寺》也不過如此，一瞬即過。

可是人生為七情所蔽，誰能看得破呢？關氏父女說是什麼都看得破，其實像他這種愛打抱不平的人，正是十二分看不破。今天這一別，不知他父女幹什麼去了？這個時候，是否也安歇了呢？秀姑的立場，固然不像十三妹，可是她一番熱心，勝於十三妹待安公子、張姑娘了。

自己就這樣胡思亂想，整夜不曾睡好。

次日起來，已是很遲，下午是投考的大學發榜的時候了，家樹便去看榜。所幸自己考得努力，竟是高高考取正科生了。

有幾個朋友知道了，說是他的大問題已經解決，拉了去看電影吃館子。家樹也覺得去了一樁心事，應當痛快一陣，也就隨著大家鬧，把關、沈兩家的事一時都放下了。

又過了一天，家樹清早起來之後，一來沒有什麼心事，二來又不用得趕忙預備功課，想起了何麗娜請了看戲多次，現在沒有事了，看看今天有什麼好戲，應當回請她一下才好。這樣想著，便拿了兩份日報，斜躺在沙發上來看。

偶然一翻，卻有一行特號字的大題目射入眼簾，乃是「劉德柱將軍前晚在西山被人暗殺！」隨後又三行頭號字小題目，是「凶手係一妙齡女郎，題壁留言，不知去向。案情曲折，背景不明。」

家樹一看這幾行大字，不由得心裡噗突噗突亂跳起來，匆匆忙忙先將新聞看了一遍。看過之後，復又仔細地看了一遍。仔細看過一遍之後，再又逐段的將字句推敲。

他的心潮起落，如狂風暴雨一般，一陣一陣緊張，頸脖子靠著沙發靠背的地方潮濕了一大塊，只覺上身的小衣已經和背上緊緊地黏著了。原來那新聞載的是：

劉巡閱使介弟劉德柱，德威將軍，現任五省徵收督辦，兼駐北京辦公處長，為政治上重要人物。最近劉新娶一夫人，欲覓一伶俐女傭服侍，傭工介紹所遂引一妙齡女郎進見。劉與新夫人一見之下，認為滿意，遂即收下。

女郎自稱吳姓，父業農，母在張總長家傭工，因家貧而為此。劉以此亦常情，未予深究。惟此間有可疑之點，即女郎上工以後，傭工介紹者並未至劉宅向女郎索傭費，女亦未由家中取鋪蓋來，至所謂張總長，更不知何家矣！

女在宅傭工數日，甚得主人歡；適新夫人染急症，入醫院診治，女乃常獨身在上房進出。至前三日，劉忽揚言，將納女為小星。女亦喜，洋洋有得色，因雙方不願以喜事驚動親友，於前日下午五時，攜隨從二人，同赴西山八大處，度此佳期。

抵西山後，劉欲宿西山飯店，女不可，乃摒隨從，坐小轎二乘，至山上之極樂寺投宿。寺中固設有潔淨臥室，以備中西遊人品息者也。寺中僧侶聞係劉將軍到來，慇勤招待，派人至西山飯店借用被褥，並辦酒食上山。

晚間，劉命僧燃雙紅燭，與女同飲，談笑甚歡。酒酣，由女扶之入寢，僧則捧雙燭臺為之導。僧別去，恐有人擾及好夢，且代為倒曳裡院之門。

至次日，日上山頭而將軍不起；僧不敢催喚，待之而已。由上午而正午，由正午而日西下，睡者仍不起，僧疑以為異，在院中故作大聲驚之。因室中寂無人聲，且呼且推門入，則見劉高臥床上，而女不見矣。

僧猶以劉睡熟，女或小出，縮身欲退，偶抬頭，則見白粉壁上斑斑有血跡，模糊成字，字云：「（上略）現在他又再三蹂躪女子，欺到我身，我謊賊至山上，點穴殺之，以為國家社會除一大害。我割賊胳臂出血，用棉絮蘸血寫在壁上，表明我做我當，與旁人無干。中華民國×年×月×日夜十二時。不平女士氣。」

文字粗通，果為女子口吻。僧大駭，即視床上之人已僵臥無氣息矣，當即飛馳下山報警，一面通電話城內，分途緝凶。

軍警機關以案情重大，即於秘密中以迅速的手腕覓取線索，因劉宅護兵云：女曾於出城之前回家一次，即至吳家搜索，則剩一座空房，並院鄰亦於一早遷出。詢之街鄰，該戶有父女二人姓關，非姓吳也。關以教練把式為業，亦尚安分，何以令其女為此，則不可知。及拘傭工介紹所人，店東稱此女實非該處介紹之人，其引女入劉宅之女伙友（俗稱跑道兒的），則謂女係在劉宅旁所遇，彼以兩元錢運動，求引入劉宅，一覓親戚者。不料劉竟收用，致生此禍。故女實在行蹤，彼亦無從答覆。

觀乎此，則關氏父女之暗殺劉氏，實預有布置者。現軍警機關，正在繼續偵緝凶犯，詳情未便發表。但據云已有蛛絲馬跡可尋，或者不難水落石出也。

家樹想，新聞中的前段還罷了，後段所載與關氏有點往來的人，似乎都有被捕傳訊的可能。自己和關氏父女往來雖然知道的很少，然而也不是絕對沒有人知道。設若自己在街上行動，讓偵探捉去，自己坐牢事小，一來要連累表兄，二來要急壞南方的母親，不如暫時躲上一躲，等這件事有了著落再上課。

家樹想定了主意，便裝著很從容的樣子，慢慢地踱到北屋子來。伯和正也是拿了一份報，在沙發上看，放下報向家樹道：「你看了報沒有？出了暗殺案了。」

家樹淡淡地一笑道：「看見了，這也不足為奇！」

伯和道：「不足為奇嗎？孩子話，這一件事，一定是有政治背景的。」說著，昂了頭想了想，搖搖頭道：「這一著棋子下得毒啊！只可惜手段卑劣一點，是一條美人計。」

家樹道：「不像有政治背景吧。」

伯和道：「你還沒有走入仕途，你哪裡知道仕途勾心鬥角的巧妙，這一個女子，我知道是由峨嵋山上買下來的，報酬總在十萬以上。」

伯和說得高興，點了一支雪茄煙吸著，將最近時局的大勢背了一個滾瓜爛熟。

家樹手上拿了一本書，只管微笑，一直等他說完了，才道：「我想今天到天津看看叔叔去，等開學時候再來。本來我早就應去的了，只因為沒有發榜，一點小病又沒有好，所以遲延了。」

陶太太在屋子裡笑道：「我也贊成你去一趟，前天在電話裡和二嬸談話還說到你呢，只是不忙在今天就走。」

家樹笑道：「我在北京又沒事了，只是靜等著開學。我的性子又是急的，說要做什麼，就想做什麼的。」

陶太太道：「今天走也可以，你搭四點半鐘車走吧，也從容一點。」

家樹道：「四點鐘以前就沒有車嗎？」

陶太太道：「你幹嘛那樣急？兩點鐘倒是有一趟車，那是慢車，你坐了那車，更要急壞了。」

家樹怕伯和夫婦疑心，不便再說，便回房去收拾收拾零碎東西。自己也不知什麼原故，表面上儘管是盡量的鎮靜，可是心裡頭卻慌亂得異常。

吃過了午飯，家樹便在走廊下踱來踱去，不時地看看錶，是否就到了三點。踱了幾個來回，因聽差望著，又怕他們會識破了，復走進房去在床上躺著。好容易熬到三點多鐘，便辭了陶太太上車站。

一直等到坐在二等車裡，心裡比較地安貼一點了，卻聽到站臺上一陣亂，立刻幾個巡警和一群人向後擁著走，只聽見說：「又拿住了兩個了，又拿住了兩個了。」

家樹聽了這話，一顆心幾乎要由腔子裡直跳到口裡來，連忙在提囊裡抽了一本書，放出很自然的樣子，微側著身子看，耳邊卻聽到同車子的人說：「捉到了扒手了。」

家樹覺得又是自己發生誤會了，身子上冒了一陣冷汗。心裡現在沒有別的想法，只盼望著火車早早的開。

一會兒，車輪輾動了，很快出了東便門。家樹如釋重負，這才有了工夫鑒賞火車窗外的風景。心裡想：**人生的禍福真是說不定，不料我今天突然要到天津去，壽峰這老頭兒昨天和我告別的時候，何以不通我一點消息，也省得我今天受這一陣虛驚！**

家樹的叔叔樊端本在法租界有一幢住房，家樹下了火車之後，雇著人力車，就向叔叔家來。

這裡是一所面馬路的洋樓，外面是鐵柵門，進去是個略有花木的小院子，迎面就是一座黑字紅磚樓，高高直立。走進鐵柵門，小門房裡鑽出來一個聽差，連忙接住了手提箱道：「我們接著北京電話，正打算去接侄少爺呢，你倒來了。」

家樹道：「老爺在家嗎？」

答道：「到河北去了。聽說有應酬。」

問：「二位小姐呢？」

答：「看電影去了。」

於是就在端本的書房裡看看書，看看報，等他們回來。

過一會，淑宜和靜宜兩姊妹先回來了。淑宜現在十七歲，靜宜十四歲，都是極活潑的小姑娘。

靜宜聽說家樹來了，在院子裡便嚷了起來道：「哥哥來了，在哪兒？怎麼早不給我們一個信呢？大哥，恭喜呀！你大喜呀！」

她說著時，那蓬頭髮上插著的紅結花，跳得一閃一閃，看她是很樂呢。

家樹倒莫名其妙，究竟是喜從何來？因道：「一個當學生的人，在大學預科讀完了書之後，不應該升入正科的嗎？就是這一點，有什麼可喜的呢？」

靜宜將嘴一起道：「你真把我們當小孩子耍啦！事到於今，以為我們還不知道嗎？你要是這樣，到了你做新郎的時候，不多罰你喝幾盅酒，那才怪呢！」

家樹道：「你這話真說得我莫名其妙，什麼大喜？做什麼新郎？」

淑宜穿的是一件長長的筒衫，那袖子裡的手腕細得像筆管一般。兩隻手和了袖子左右一抄，同插在兩邊脅下插袋裡，斜靠了門，將一隻腳微微提起，把那高跟鞋的後跟踏著地板，得得作響。衣服都抖起波浪紋來，眼睛看了家樹，只管微笑。

家樹道：「怎麼樣，你也和我打這個啞謎嗎？」

淑宜笑道：「我打什麼啞謎？你才是和我們打啞謎呢！我總不說，等到那一天水落石出，你自然會把啞謎告訴人的，我才犯不著和你瞎猜呢！反正我心裡明白就是了。」

淑宜在這裡說著，靜宜一個轉身，就不見了。

不多一會兒的時候，又聽到地板咚咚一陣響，靜宜突然跳進房來，手上拿了一張相片和家樹對照了一照，笑道：「你不瞧瞧這是誰？你能屈心，說不認得這個人嗎？」

家樹一看，乃是鳳喜的四寸半身相片，這種相片，自己雖有幾張，卻不曾送人，怎樣會有一張傳到天津來了，便點點頭道：「這個人，不錯，我認識，**但是你們把她當什麼人呢？**」

淑宜也走近前，在靜宜手裡將相片拿了過來，在手上仔細地看了一看，微笑道：「現在呢，我們不知道要怎麼樣的稱呼？若說到將來，我們叫她一聲嫂嫂，大概還不至於不承認吧！」

家樹道：「好吧，將來再看罷！」

靜宜道：「到現在還不承認，將來我們總要報復你的。」

家樹見兩個妹妹說得這樣切實，不像是毫無根據，大概她們一定是由陶家聽到了一點什麼消息，所以附會成了這個說法。當時也只得裝傻，只管笑著，卻把在北京遊玩的事情和兩個妹妹閒談，把喜事問題牽拉開去。

過了一會，有個老媽子進來道：「樊太太吩咐，請侄少爺上樓。」於是家樹便跟著老媽子一直到嬸娘臥室裡，只見嬸娘穿了一件黑綢衣衫，下襬有兩個鈕扣不曾扣住，腳上踏了拖鞋，口裡銜著煙捲，很舒適的樣子，斜躺在沙發上。

家樹站著叫了一聲「嬸娘」，在一邊坐下。

樊太太道：「你早就來了，怎麼不通知我一聲呢？你來了很好，你不來，我還要寫信去叫你來呢。」

家樹道：「有什麼事嗎？」

樊太太將臉色正了一正，人也坐正了，便道：「不就是為了陶家表兄來信，提到你的親事嗎？那孩子我曾見過的，相片大家也瞧見了，自然是上等人材。據你表嫂說，人也很聰明，門第本是不用談；就是談門第的話，也是門當戶對。這年頭兒，婚姻大事，只要當事人願意，我們做大人的當然是順水推舟，落得做個人情。」

家樹笑道：「嬸娘說的話，我倒有些摸不透了，我在北京，並沒有和表哥表嫂談到什麼婚姻問題，要說到那個相片上的人，我雖認識，並不是朋友。若說到門當戶對，我要說明了，恐怕嬸娘要哈哈大笑吧。」

樊太太道：「事情我都知道了，你還賴什麼呢？她父親做過多年的鹽務署長，她伯父又是一個代理公使，和我們正走的是一條道，怎麼說是我要哈哈大笑呢？」說了，又吸著煙捲。

家樹想想心裡好笑，**原來他們也誤會了，又是把鳳喜的相片當了何麗娜**，要想更正過自己的話來，又怕把鳳喜這件事露出破綻來了，便道：「那些話都不必去研究了，我實在沒有想到什麼婚姻問題，不知道陶家表兄怎樣會寫信通知我們家裡的？」

樊太太道：「當然嘍，也許是你表嫂作這個媒有點買空賣空，但是不能啦，像她那樣的文明人，還會做舊社會上那種說謊的媒人嗎？而且這位何小姐的父親，前幾天到天津來了一趟，專門請你叔父吃了一餐飯，又提到了你。將你的文才品行著實誇獎了一陣子。」

家樹笑道：「這話我就不知從何而起了，那位何署長我始終沒有見過面，他哪裡會知道我？而且我聽到說，何家是窮極奢華的，我去了有點自慚形穢，我就只到他家裡去了兩三回，他又從何而知我的文才品行呢？」

樊太太道：「難道就不許他的小姐對父親說嗎？陶太太信上說，你和那何小姐幾乎是天天見面，當然是無話不說的了。我倒不明白，你為了這件事來，為什麼又不肯說？」

家樹笑道：「你老人家有所不知！這件事，陶太太根本就誤會了，那何小姐本是她的朋友，怎樣能夠不到陶家來？何小姐又是喜歡交際的，自然我們就常見面了。陶太太老是開玩笑，說是要作媒，我們以為她也不過開玩笑而已，不料她真這樣作起來。其實現在男女社交公開的時候，男女交朋友的很多，不能說凡是男女做了朋友，就會發生婚姻問題。」

樊太太聽了他這些話，只管將煙捲抽著，抽完了一根，接著又抽一根，口裡只管噴著煙，昂了頭想家樹說的這層理由。

家樹笑道：「你老人家想想看，我這話不說的是很對嗎？」

姨太太是十二點鐘回來，叔叔樊端本是晚上兩點鐘回來，這一晚晌，算是大家都不曾見面。

到了次日十二點鐘以後，樊端本方始下床，到樓下來看報，家樹也在這裡，叔侄便見著了。

樊端本道：「我聽說你已經考取大學本科了，這很好。讀書總是以北京為宜，學校設備很完全，又有那些圖書館，教授的人才也是在北京集中。」

他說著話時，板了那副正經面孔，一點笑容也沒有。家樹從幼就有點怕叔叔，雖然現在分居多年，然而那先入為主的思想總是去不掉，樊端本一板起臉子來，他就覺得有教訓的意味，不敢胡亂對答。

這時樊端本坐在長椅子上，隨手將一疊報翻著看了一看，向著報上自言自語的道：「這政局恐怕是有一點變動。照潔身的歷史關係說起來，這是與他有利的，這樣一來，恐怕他真會跳上一步去幹財長；就是這個口北關，也就不用費什麼力了。」樊端本原戴了一副托力克的眼鏡，這鏡子的金絲腳是很軟的，因為戴得久了，眼鏡的鏡架子便會由鼻梁上墜了下來。樊端本也來不及用手去托鏡子了，眼光卻由鏡子上緣折射出來，看家樹何以坐不定。

他這一看不要緊，家樹肚子裡的陳笑和現在的新笑並攏一處，噗嗤一聲笑了出來。樊端本用右手兩個指頭將眼鏡向上一托，正襟坐著，問家樹道：「你笑什麼？」

家樹吃了一驚，笑早不知何處去了，便道：「今年回杭州去，在月老祠裡鬧著玩，抽了一張籤，籤上說是『怪底重陽消息好，一山紅葉醉於人』。」

家樹說了這話，自己心裡可就想著，這實在謅得不成詩句，說畢，就看了樊端本的臉色道：「我想這兩句話，並不像月老祠裡的籤，若是說到叔叔身上，或有點像，倒好像說叔叔的差事，重陽就可發表似的。」

樊端本聽了此言，將手不住地理著鬍子，手牽著幾根鬍子梢，點了幾點頭道：「雖然附會，倒有點像。你不知道，我剛才所說的話原是有根據的，何潔身做這些年的闊差事，錢是掙得不少，可是他也實在花得不少，尤其是在賭上。前次在張老頭子家裡打牌，八圈之間輸了六七萬，我看他還是神色自若，口裡銜著雪茄煙，煙灰都不落一點下來，真是鎮靜極了。不過輸完之後，也許有點心痛，就不免想法子要把錢弄回來。「上次就是輸錢的第二天，專門請我吃飯，有一件鹽務上的事，若辦成功，大概他可以弄一二十萬，請我特別幫忙。報酬呢，就是口北關監督。我做了這多年的商務，本來就懶作馮婦，無奈他是再三的要求，不容我不答應，我想那雖是個小職，多少也替國家辦點事；二來我也想到塞北地方去看看，賞玩賞玩關塞的風景。潔身倒也很知道你，說是你少年老成。那意思之間，倒也很贊成你們的親事。」

家樹這才明白了，**鬧了半天，他和何小姐的父親何廉在官場上有點合作，自己的婚事還是陪筆**。叔父早就想弄個鹽運使或關監督做做，總是沒有相當的機會，現在他正在高興頭上，且不要當面否認何麗娜的婚事，好在叔叔對於自己的婚事又不能干涉的，就由他去瞎扯吧。因此話提到這裡，家樹就談了一些別的話，將事扯了開去。

這時，恰好姨太太打扮得花蝴蝶兒似的走了進來，笑著向家樹點了點頭，並沒有說什麼。家樹因為嬸母有命令，不許稱姨太太為長輩，當了叔叔的面，又不敢照背地裡稱呼，叫她為姨太太，也就笑著站起來，含糊的叫了一聲。

姨太太也不理會，走上前，將端本手上的報奪了過來，一陣亂翻。

端本那一副正經面孔維持不住了，笑道：「你認識幾個字，也要查報？」

姨太太聽說，索性將報向端本手上一塞道：「你給我查一查，今天哪一家的戲好？」端本道：「我還有事，你不要來煩。」一面說時，一面給姨太太查著報了。

家樹覺得坐在這裡有些不便，就避開了。

家樹只來了十幾個鐘頭，就覺得在這裡起居有許多不適，見叔叔是不能暢談的，而且談的機會也少。嬸娘除說家常話，便是罵姨太太，只覺得嘮叨。姨太太更是不必說，未便談話的了。兩個妹妹，上午要去上學，下午回來，不是找學伴，就是出去玩去了，因此一人悶著，還是看書。

天津既沒有朋友，又沒有一點可清遊的地方，出了大門，便是洋房對峙的街道。第一二天，還在街上走走，到了第三天，既不買東西，就沒有在滿街車馬叢中一個人走來走去之理。加上在陶家住慣了那花木扶疏的院子，現在住這樣四面高牆的洋房子，便覺得十分地煩悶，加上鳳喜和劉將軍的事情，又不知道變化到什麼程度，雖然是避開了是非地，反是焦躁不安。

一混過了一個星期。這天下午，忽然聽差來說，北京何小姐請聽電話。家樹聽了，倒不覺一驚，有什麼要緊的事巴巴地打了長途電話來！連忙到客廳後接著電話一問。何麗娜首先一句便道：「好呀！你到天津來了，都不給我一個信。」

家樹道：「真對不住。我走得匆忙一點，但是我走的時候，請我表嫂轉達了。」

何麗娜問：「怎麼到了天津，信也不給我一封呢？」

家樹無話可答，只得笑了。

她道：「我請你吃午飯，來不來？」

家樹道：「你請我吃飯，要我坐飛機來嗎？」

何麗娜笑道：「你猜我在哪兒，以為我還在北京嗎？我也在天津呢！我家到府上不遠，請你過來談談好不好？」

家樹知道闊人們在京津兩方向來是有兩份住宅的，麗娜說在家裡，當然可信，不過家樹因為彼此的婚姻問題，兩家都有些知道了，這樣往還交際，是更著了痕跡，便道：「天津的地方，我很生疏，你讓我到哪裡撞木鐘去？」

何麗娜笑道：「我也知道你是不肯到我這裡來的，天津的地方又沒有什麼可以會面談話的地方。這樣吧，由你挑一個知道的館子吃午飯，我來找你，不然的話，我到你府上來也可以。」

家樹真怕她來了，就約著在新開的一家館子「一池春」吃飯。

家樹坐了人力車到飯館子裡，夥計見了就問：「你是樊先生嗎？」

家樹說：「是。」

他道：「何小姐已經來了。」便引家樹到了一個雅座。

何麗娜含笑相迎，就給他斟了一杯茶，安下座位。

家樹劈頭一句，就問：「你怎麼來了？」

何麗娜也笑說：「你怎麼來了？我也有家在這兒。」一口的喝著茶。

二人隔了一個方桌子犄角斜坐著，沉默了一會。

何麗娜用一個指頭鉤住了茶杯的小柄，舉著茶杯，只看茶杯上出的熱氣，眼睛望了茶上的煙，卻笑道：「我以為你很老實，可是你近來也很調皮了。」說畢，嘴唇抵住了茶杯口，向家樹微笑。

家樹道：「我什麼事調皮了？以為我到天津來，事先不曾告訴你嗎？但是我有苦衷，也許將來密斯何會明白的。」

何麗娜放下茶杯，兩手按住了桌子，身子向上一伸道：「幹嘛要將來？我這就明白了。我也知道，你對於我，向來是不大瞭解的，不過最近好一些，不然，我也不到天津來。我就不明白這件事，你和我一點表示沒有，倒讓你令叔出面呢？」

她這樣說著，雖然臉上還有一點笑意，卻是很鄭重地說出來，絕不能認為是開玩笑的了。

家樹因道：「密斯何，這是什麼話，我一點不懂，家叔有什麼事出面？」

何麗娜道：「你令叔寫信給陶先生，你知道不知道？」

答：「不知道。」

又問：「那麼，你到天津來，是不是與我有點關係？」

家樹道：「這可怪了，我到天津來，怎麼會和密斯何有關係呢？我因為預備考大學的時候，不能到天津來，現在學校考取了，事情告了一個段落，北京到天津這一點路，我當然要來看看叔叔嬸嬸，這絕不能還為了什麼。」

家樹原是要徹底解釋麗娜的誤會，卻沒想到話說得太決絕了，何麗娜也逆料他必有一個很委婉的答覆，不想碰了這一個大釘子，心裡一不痛快，一汪眼淚恨不得就要滾了出來。

但是她極力的鎮定著，微微一笑道：「這真是我一個極大的誤會了，幸而這件事還不曾通知到舍下去，若是這事讓下人知道了，我面子上多少有點下不去哩！我不明白令叔什麼意思，開這一個大玩笑？」說時，打開她手拿的皮包，在裡面取出一封信來，交給家樹。

看時，是樊端本寫給伯和的，信上說：

伯和姻侄文鑒：

這次舍侄來津，近況均已獲悉，甚慰。所談及何府親事，彼已默認，少年人終不改兒女之態，殊可笑也。此事，請婉達潔身署長，以早成良緣。潔身與愚，本有合作之意，兩家既結秦晉之好，將來事業愈覺成就可即矣，至於家嫂方面，愚得賢伉儷來信後，即已快函徵求同意。茲得覆謂舍侄上次回杭時，曾在其行李中發現女子照片二張，係屬一人。據云：舍侄曾微露其意，將與此女訂婚，但未詳言身家籍貫。家嫂以相片上女子甚為秀慧，若相片上即為何小姐，彼極贊成，並寄一相片來津，囑愚調查。

按前內人來京，曾在貴寓與何小姐會面多次，愚亦曾晤何小姐。茲觀相片，果為此女。家嫂同情，亦老眼之非花也。總之，各方面皆不成問題，有勞清神，當令家樹多備喜酒相謝月老耳。專此布達，即祝儷福。

愚樊端本頓首

家樹將信從頭看了兩遍，不料又錯上加錯的，弄了這一個大錯。若要承認，本無此事；若要不承認，由北京鬧到天津，由天津鬧到杭州，雙方都認為婚姻成就，一下推翻全案，何麗娜是個講交際愛面子的人，這有多難為情！因之拿了這封信，只管是看，半晌作聲不得。

這裡何麗娜見他不說，也不追問，自要了紙筆開了一個菜單子，吩咐夥計去做菜。反是家樹不過意，皺了眉，用手搔著頭髮，口裡不住地說：「我很抱歉！我很抱歉！」

何麗娜笑道：「這又並不是樊大爺錯了，抱什麼歉呢？」她說著話，抓了碟子裡的花生仁，剝去外面的紅衣，吃得很香，臉色是笑嘻嘻的，一點也不介意。

家樹道：「天下事情，往往是越巧越錯，其實我們的友誼，也不能說錯，只是……」說到「只是」兩個字，他也拿了一粒花生仁在嘴裡咀嚼著，眼望了何麗娜，卻不向下說了。

何麗娜道：「只是性情不同罷了，對不對呢？樊大爺雖然也是公子哥兒，可是沒有公子哥兒的奢華。我呢，從小就奢華慣了，改不過來，其實我也並不是不能吃苦的人！當年我在學校讀書時候，我也是和同學一樣，穿的是制服，吃的是學校裡的伙食，**你說我奢華過甚，這是環境養成我的，並不是生來就如此。**」

家樹正苦於無詞可答，好容易得到這樣一個回話的機會，卻不願放過，因道：「這話從何而起，我在什麼地方批評過何小姐奢華？我是向來不在朋友面前攻擊朋友的。」

何麗娜道：「我自然有證據，不過我也有點小小的過失。有一天，大爺不是送了杭州帶來的東西到舍下去嗎？我失迎得很，非常抱歉。後來你有點貴恙，我去看了，因為你不曾醒，隨手翻了一翻桌上的書，看到一張『落花有意，流水無情』的字條。是我好奇心重，拿回去了。回家之後，我想這行為不對，於是次日又把字條送回去，在送回桌上的時候，無意中我看到兩樣東西：第一樣是你給那關女士的信。我以為這位關女士就是和我相貌相同的那位小姐，所以注意到她的通信地址上去。第二樣是你的日記，我又無意翻了一翻，恰恰看到你批評我買花的那一段批文，這不是隨便撒謊的吧！不過我對於你的批文，我很贊成，本來太浪費了，只是這裡又添了我一個疑團。」說著便笑了一笑。

這時，夥計已送上菜來了。夥計問一聲：「要什麼酒？」

家樹說：「早上吃飯，不要酒吧。」

麗娜道：「樊大爺能喝的，為什麼不喝？來兩壺白乾，你這裡有論杯的白蘭地沒有？有就斟上兩杯。要是論瓶買的話，我沒有那個量，那又是浪費了！」說著，向家樹一笑。

家樹道：「白蘭地罷了，白乾就厲害了。」

何麗娜眉毛一動，腮上兩個淺淺的小酒窩兒一閃，用手一指鼻尖道：「我喝！」家樹可沒有法子禁止她不喝酒，只得默然。

夥計斟上兩杯白蘭地，放到何麗娜面前，然後才拿著兩壺白乾來。她端起小高腳玻璃杯子，向家樹請了一請，笑道：「請你自斟自飲，不要客氣。我知道你是喜歡十三妹這一路人物的，要大馬關刀，敞開來乾的。」說著，舉起杯子，一下就喝了小半杯。

家樹知道她是沒有多大酒量，見她這樣放量喝起酒來，倒很有點為她擔心。

她將酒喝了，笑道：「我知道這件事與私人道德方面有點不合，然而自己自首了，你總可以原諒了。我還有一個疑團，藉著今天三分酒氣，蓋了面子，我要問一問樊大爺。那位關女士我是見面了，並不是我理想中相貌和我相同的那一位，不知樊大爺何以認識了她？她是一個大俠客呀！報上登的，西山案裡那個女刺客，她的住址，不是和這位關女士相同嗎？難怪那晚你看戲，口口聲聲談著俠女，如今我也明白了。痛快！我居然也有這樣一個朋友，不知她住在哪裡？我要拜她為師，也做一番驚人的事業去。」說著，端起酒杯來。

家樹見何麗娜又要喝酒，連忙站起來，一伸手按住了她的酒杯，鄭重地說道：「密斯何，我看你今天的神氣似乎特別的來得興奮，你能不能安靜些，讓我把我的事情和你解釋一下子？」

何麗娜馬上放了酒杯笑道：「很好，那我是很歡迎啦，就請你說吧。」

家樹見她真不喝了，於是將認識關、沈以至最近的情形大概說了一遍，因道：「密斯何，你替我想想，我受了這兩個打擊，而且還帶點危險性，這種事又不可以亂對人說，我這種環境，不是也很難過的嗎？」

何麗娜點點頭道：「原來如此，那完全是我誤會，大概你老太太寄到天津來的那張相片又是張冠李戴了。」

家樹道：「正是這樣，可是現在十分後悔，不該讓我母親看到那相片，將來要追問起來，我將何詞以對？」

何麗娜默然地坐著吃菜，不覺得又端起酒杯子來喝了兩口。

家樹道：「密斯何現在可以諒解我了吧？」

何麗娜笑著點了點頭道：「大爺，我完全諒解。」

家樹道：「密斯何，你今天為什麼這樣的客氣？左一句大爺，右一句大爺，這不顯著我們的交情生疏得多嗎？」

何麗娜道：「當然是生疏得多！若不是生疏，……唉！不用說了，反正是彼此明白。」說完，又端起酒杯，接連喝上幾口。

家樹也不曾留意，那兩杯白蘭地不聲不響地就完全喝下去了。

這時，家樹已經是吃飯了，何麗娜卻將坐的方凳向後一挪，兩手食指交叉，放在腿上，也不吃喝，也不說話。

家樹道：「密斯何，你不用一點飯嗎？上午喝這些空心酒，肚子裡會發燒的。」

何麗娜笑道：「發燒不發，不在乎喝酒不喝酒。」

家樹見她總有些憤恨不平的樣子，欲待安慰她幾句，又不知怎樣安慰才好。吃完了飯，便笑道：「天津這地方，只有熱鬧的馬路，可沒有什麼玩的，只有一樣比北京好，電影片子是先到此地，下午我請你看電影，你有功夫嗎？」

何麗娜想了一想道：「等我回去料理一點小事，若是能奉陪的話，我再打電話來奉約。」說著，叫了一聲夥計開帳來。

夥計開了帳來時，何麗娜將菜單搶了過去，也不知在身上掏出了幾塊錢，就向夥計手上一塞，站起來對家樹道：「既然是看電影，也許我們回頭再會吧。」說畢，她一點也不猶豫，立刻掀開簾子就走出去了。

家樹是個被請的，決沒有反留住主人之理，只聽到一陣皮鞋響聲，何麗娜是走遠了。表面看來，她是很無禮的，不過她受了自己一個打擊，總不能沒有一點不快之念，也就不能怪她了。

家樹一個人很掃興的回家，在書房裡拿著一本書，隨便地翻了幾頁，只覺今天這件事令人有點不大高興，由此又轉身一想，我只碰了這一個釘子，就覺得不快，她呢，由北京跑到天津來，滿心裡藏了一個水到渠成、月圓花好之夢，結果卻完全錯了。

她那樣一個慕虛榮的女子，能和我說出許多實話，連偷看日記的話都告訴我了，她是怎樣的誠懇呢！而且我那樣的批文都能誠意接受，這人未嘗不可取，無論如何，我應當安慰她一下，好在約了她下午看電影，我就於電影散場後再回請她就得了。

家樹是這樣想著，忽然聽差拿了一封信進來遞給他。信封上寫著：「專呈樊大爺臺啟，何緘。」連忙拆開來一看，只有一張信紙，草草的寫了幾句道：

家樹先生：

別矣！我這正是高興而來，掃興而去。由此我覺得還是我以前的人生觀不錯，就是得樂且樂，凡事強求不來的。

傷透了心的麗娜手上。於火車半小時前。

家樹看這張紙是鋼筆寫的，歪歪斜斜，有好幾個字都看不出，只是猜出來的。文句說的都不很透澈，但是可以看出她要變更宗旨了。末尾寫著「於火車半小時前」，大概是上火車半小時前，或者是火車開行時半小時以前了。

心想：她要是回北京去還好一點，若是坐火車到別處去，自己這個責任就大了，連忙叫了聽差來，問：「這時候有南下的火車沒有？有出山海關的火車沒有？」

聽差見他問得慌張，便笑道：「我給你向總站打個電話問問。」

「你給我叫輛汽車上總站，越快越好。」

聽差道：「向銀行裡去電話，把家裡的車叫回來，不好嗎？」

「胡說！你瞧我花不起錢？」

聽差見他有什麼急事，便用電話向汽車行裡叫車。

當下家樹拿了帽子在手上，在樓廊下來往徘徊著，又吩咐聽差打電話催一催。聽差笑道：「我的大爺！汽車又不是電話，怎麼叫來就來，總得幾分鐘呀！」

家樹也不和他們深辯，便在大門口站著。好容易汽車開到了門口，車輪子剛一停，家樹手一扶車門，就要上去，車門一開，卻出來一個花枝招展的少婦，笑著向家樹點頭道：「啊喲！侄少爺，不敢當，不敢當。」

家樹看時，原來這是繆姨太太，是來赴這邊太太的牌約的，她以為家樹是出來歡迎，給她開汽車門呢！

家樹忙中不知所措，胡亂的說了一句道：「家叔在家裡呢，請進吧。」說了這句話，又有一輛汽車來了，家樹便掉轉頭問道：「你們是汽車行裡來的嗎？」

汽車伕答應：「是。」家樹也不待細說，自開了車門，坐上車去，就叫上火車總站，弄得那繆姨太太站著發愣，空歡喜了一下子。

家樹坐在車裡，只嫌車子開得不快。到了火車站，也來不及吩咐汽車伕等不等，下了車，直奔賣月臺票的地方。

買了月臺票，進站門，只見上車的旅客一大半都是由天橋上繞到月臺那邊去，料想這是要開的火車，也由天橋上跑了過去。到月臺上一看火車，見車板上寫著「京奉」兩個大字，這不是南下，是東去的了。

看看車上，人倒是很多，不管是與不是，且上去看看。於是先在頭等包房外轉了一轉，又在飯車上，又到二等車上，都看了看，並沒有何麗娜。

明知道她不坐三等車的，也在車外，隔著窗子向裡張望張望，身旁恰有一個站警，就向他打聽：「南下車現在有沒有？」

站警說：「到海口的車開出去半個鐘頭了，這是到奉天去的車。」

家樹一想：對了，用寫信的時間去計算，她一定是搭南下車到上海去了。她雖然有錢，可是上海那地方，越有錢越容易墮落，也越容易遭危險，而況她又是個孤身弱女，萬一有點疏虞，我雖不殺伯仁，伯仁由我而死，責任是推卸不了的。於是無精打采的，由天橋上轉回這邊月臺來。

剛下得天橋，家樹卻見這邊一列車，也是紛紛地上著人，車上也是寫著「京奉」二字。不過火車頭卻在北而不在南，好像是到北京去的，因又找著站警問了一問，果然是上北京的，馬上就要開了。家樹想著：或者她回京去也未可料，因慢慢地挨著車窗找了去。

這一列車，頭等車掛在中間，由三等而二等，由二等而頭等。找了兩個窗子，只見有一間小車室中，有一個女子，披了黑色的斗篷，斜了身子坐在靠椅上，用手絹擦著淚。她的臉，是半背著車窗的，卻看不出來。家樹想著：這個女子既是垂淚惜別，怎麼沒有人送行？何麗娜在南下車上，不是和她一樣嗎？如此一想，不由得呆住了，只管向著車子出神。

只在這時，站上幾聲鐘響，接上這邊車頭上的氣笛，嗚嗚一聲，車子一搖動，就要開了。車子這樣的擺盪，卻驚醒了那個垂淚的女子。她忽然一抬頭，向外看著，似乎是偵察車開沒有開。這一抬頭之間，家樹看清楚了，正是何麗娜！只見她滿臉都是淚痕，還不住地擦著呢。

家樹一見大喜，便叫了一聲：「密斯何！」但是車輪已經慢慢轉動向北，人也移過去了。何麗娜正看著前面，卻沒有注意到車外有人尋她，玻璃窗關得鐵緊，叫的聲音，她也是不曾聽見。

家樹心裡十分難過，追著車子跑了幾步，口裡依然叫著：「密斯何！密斯何！」一會兒工夫，整列火車都開過去了。**眼見得火車成了一條小黑點，把一個傷透了心而又是滿面淚痕的人載回北京去了。**

家樹這一來，未免十分後悔，對於何麗娜也不免有一點愛惜之念。

家樹悵悵地站在站臺上望了火車的影子，心裡非常的難受，呆立了一會子，仍舊出站坐了汽車回家。到了門口，自給車錢，以免家裡人知道，可是家裡人全知道了。

靜宜笑問道：「大哥為什麼一個人坐了車子到火車站去，是接何小姐嗎？我們剛才接到陶太太的信，說是她要來哩，你的消息真靈通啊！」

家樹欲待否認，**可是到火車站去為什麼呢？只得笑了。**……自這天起，心裡又添了一段放不下的心事。

然而何麗娜卻處在家樹的反面。這時，她一個人在頭等車包房裡落了一陣眼淚，車子過了楊村，自己忽然不哭了，向茶房要了一把手巾擦擦臉，掏出身上的粉匣，重新上了一次蜀粉，便到飯車上來，要了一起啤酒，憑窗看景，自斟自飲。

這飯車上除了幾個外國人而外，中國人卻只有一個穿軍服的中年軍官，那軍官正坐在何麗娜的對面，先一見，他好像吃了一驚；後來坐得久了，他才鎮定了。

何麗娜見他穿黃呢制服，繫了武裝帶，軍帽放在桌上，金邊帽箍黃燦燦的，分明是個高級軍官。這裡打量他時，他倒轉了頭去看窗外的風景。何麗娜微笑了一笑，等他轉過頭來，卻站起身和他點了點頭。

那軍官真出於意外，先是愣住了，然後才補著點了一點頭。

何麗娜笑道：「閣下不是沈旅長嗎？我姓何，有一次在西便門外看賽馬，家父介紹過一次。」

那軍官才笑著「呵」了一聲道：「對了，我說怪面善呢。我就是沈國英，令尊何署長沒曾到天津來？」

何麗娜和他談起世交了，索性就自己走過來，和沈國英在一張桌上，對面坐下，笑道：「沈旅長！剛才我看見你忽然遇到我有一點驚訝的樣子，是不是因為我像個熟人？」

沈國英被她說破了，笑道：「是的，但是我也說不起來在哪裡會過何小姐的？」

何麗娜笑道：「你這個熟人，我也知道，是不是劉德柱將軍的夫人？我是聽到好些人說，我們有些相像呢。沈旅長不是和劉將軍感情很好嗎？」

沈國英聽了這話，沉吟了一會，笑道：「那也無所謂，不過他的夫人，我在酒席上曾會過一次面，劉德柱還要給我們攀本家，不料過兩天就出了西山那一件事，我又有軍事在身，不常在京，那位新夫人現在可不知道怎樣了，何小姐認識嗎？」

何麗娜道：「不認識，我倒很想見見她，我們究竟是怎樣一個像法，沈旅長能給我們介紹嗎？」

沈國英又沉吟了一下，笑道：「看機會吧。」

何麗娜這算找著一個旅行的伴侶了，便和沈國英滔滔不絕，談到了北京。下車之時，約了再會。

何麗娜回到家，就打了一個電話給陶太太，約了晚上在北京飯店跳舞場上會。陶太太說：「你不是到天津去了嗎？而且你也許久不跳舞了，今天何以這樣的大高興而特高興？」

何麗娜笑而不言，只說見面再談。

到了這晚十點鐘，陶太太和伯和一路到北京飯店來，只見何麗娜新燙著頭髮，臉上搽著脂粉，穿了袒胸露臂的黃綢舞衣，讓一大群男女圍坐在中間。

她看見陶伯和夫婦，便起身相迎。陶太太拉著她的手，對她渾身上下看了一看，笑道：「美麗極了，什麼事這樣高興，今天重來跳舞？」

「高興就是了，何必還要為什麼呢？」

臺上奏起樂來。何麗娜拉著伯和的手道：「來，今天我們同舞。」說著，一手握著伯和的手，一手搭了伯和的肩，不由伯和不同舞。

舞完了，伯和少不得又要問何麗娜為什麼這樣高興。她就表示不耐煩的樣子道：「難道我生來是個憂悶的人，不許有快樂這一天的嗎？」

伯和心知有異，卻猜不著她受了什麼刺激，也只好不問了。

這天晚晌，何麗娜舞到三點鐘方才回家。

到了次日，又是照樣的快樂，舞到夜深。一連三日，到第四日，舞場上不見她了。可是在這天，伯和夫婦接到她個人出面的一封柬帖：

「禮拜六晚上，在西洋同學會大廳上，設筵恭候，舉行化裝跳舞大會。」

並且說明用俄國樂隊，有鋼琴手脫而樂夫加入。

伯和接到這突如其來的請柬，心中詫異，便和夫人商量道：「照何小姐那種資格，舉行一個跳舞大會很不算什麼，可是她和家樹成了朋友以後，家樹是反對她舉止豪華的人，她也就省錢多了，這次何以變了態度，辦這樣盛大的宴會？這種行動，正是和家樹的意見相反，這與他們的婚姻豈不會發生障礙嗎？」

陶太太道：「據我看，她一定是婚姻有了把握了，所以高興到這樣子。可是很奇怪，儘管快活，可不許人家去問她為什麼快活。」

伯和笑道：「你這個月老多少也擔點責任啦，別為了她幾天快活，把繫好了的紅絲給綳斷了。這一場宴會當然是阻止不了她，最好是這場宴會之後不要再繼續向下鬧才好。」

陶太太道：「一個人忽然變了態度，那總有一個緣故的，勸阻反而不好。我看不要去管她，看她鬧出一個什麼結局來……反正不能永久瞞住人不知道的。」

伯和也覺有理，就置之不問。

到了星期六晚上七點鐘，伯和夫婦前去赴會。

一到西洋同學會門口，只見車馬停了一大片。朱紅的一字門樓下，一列掛了十幾盞五彩燈籠，在彩光照耀裡面，現出松枝架和國旗。伯和心裡想：真個大鬧，連大門外都鋪張起來了。

進了大門，重重的院落和廊子，都是彩紙條和燈籠。那大廳上，更是陳設得花團錦簇。正中的音樂臺用了柏枝鮮花編成一雙大孔雀，孔雀尾開著屏，寬闊有四五丈。臺下一起寬展的舞場，東西兩面用鮮花紮著圍欄與欄杆，彩紙如雨絲一般的擠密，由屋頂上墜了下來。

伯和看了，望著夫人，陶太太微笑點點頭。

何麗娜穿了一件白底綠色絲繡的綢衫，站在大廳門口，電光照著，喜氣洋洋的迎接來賓，就有她的男女招待分別將客送入休息室。

伯和見了何麗娜笑道：「密斯何，你快樂啊！」

何麗娜笑道：「大家的快樂。」

伯和待要說第二句話時，她又在招呼別的客了。

當下伯和夫婦在休息室裡休息著，一看室外東客廳列了三面連環的長案，看看那位子竟在一百上下。各休息室裡男女雜沓，聲音鬧哄哄地，這裡自然不少伯和夫婦的朋友，二人也就忙著在裡面應酬起來。

一會兒功夫，只聽到一陣鈴響，就有人來招待大家入席，按著席次，每一席上，都有粉紅綢條，寫了來賓的姓名，放在桌上。伯和夫婦按照自己的席次坐下，一看滿席的男女來賓，衣香鬢影，十分熱鬧，但是各人的臉上都不免帶點驚訝之色，大概都是不知道何麗娜何以有此一會。

這時，何麗娜出來了，坐在正中的主人席上。她已不是先前穿的那件白底綠繡花綢衫了，換了一件紫色緞子綻水鑽辮的綢衫，身上緊緊地套著一件藍色團花一字琵琶襟小嵌肩，這又完全是富家女郎裝束了，大家看見，就劈劈啪啪鼓掌歡迎。

何麗娜且不坐下，將刀子敲了空盤，等大家靜了，便笑道：

「諸位今天光臨，我很榮幸。但是我今天突然招待諸位，諸位一定不明白是什麼理由。我先不說出來，是怕阻礙了我的事，現在向諸位道歉。可是現在我再要不說出來，諸位未免吃一餐悶酒。

「老實奉告吧，我要和許多好朋友暫時告別了。我到哪裡去呢？這個我現在還不能決定，也不能發表。不過我可以預告的，就是此去，是有所為，不是毫無意味的。我要借此讀些書，而且陶冶我的性情。從此以後，我或者要另做一個新的人。至於新的人，或者是比於今更快樂呢，或者十分的寂寞呢？我也說不定。

「總之，**人生於世，要應當及時行樂。現在能快樂，現在就快樂一下子**，不要白費心機，去找將來那虛無縹緲的快樂。大家快樂快樂吧！」

說著，舉起一大滿杯酒，向滿座請了一請。

大家聽了她這話，勉強也有些人鼓掌，可是更疑惑了——尤其是伯和夫婦和那沈國英旅長是如此。

十 四季相思

且說那沈旅長自認識何麗娜以後，曾到何家去拜會兩次，談得很投機。他想劉將軍討了那位夫人，令人欣羨不置，不料居然還有和她同樣的人兒可尋，而且身分知識都比劉太太高一籌，這個機會不可失。現在要提到婚姻問題，當然是早一點，可是再過一個星期，就有提議的可能了，在這滿腔熱血騰湧之間，恰好是宴會的請帖下到，所以今天的宴會，他也到了。

何麗娜似乎也知道他的來意似的，把他的座位定著緊靠了主人翁。沈旅長找著自己的座位時，高興得了不得，現在聽到何麗娜這一番演說，卻不能不奇怪了，可是這在盛大的宴會上，也沒有去盤問人家的道理，只好放在心上。

當下何麗娜說完了，人家都不知她葫蘆裡賣的什麼藥？也沒有接著演說。還是陶太太站起來道：「何小姐的宗旨，既是要快樂一天，我們來賓，就勉從何小姐之後快樂一番，以答主人翁的雅意。諸位快快吃，吃完了好化裝跳舞去，今晚我們就是找快樂，別的不必管，才是解人。」

大家聽說，倒鼓了一陣掌。

這時，大家全副精神都移到化裝上去，哪有心吃喝？草草的終了席，各人都紛紛奔往那化裝室中去。不到一個鐘頭，跳舞場上，已擠滿了奇裝異服的人：有的扮著鬼怪，有的扮著古人，有的扮著外國人，有的扮著神仙，不一而足。

忽然之間，音樂奏起，五彩的小紙花如飛雪一般，漫空亂飄。那東向松枝屏風後，四個古裝的小女孩，各在十四五歲之間，拿著雲拂宮扇，簇擁著何麗娜出來。

何麗娜戴了高髻的頭套，穿了古代宮裝，外加著黃緞八團龍衣，竟是戲臺上的一個中國皇后出來了。在場的人就如狂了一般，一陣鼓掌擁上前來。有幾個新聞記者，帶了照相匣子，就在會場中給她用鎂光照相。

照相已畢，大家就開始跳舞了。何麗娜今晚卻不擇人，只要是有男子和她點一點頭，她便迎上前去，和人家跳舞。看見旁邊沒有舞伴，站在那裡靜候的男子，她又丟了同舞的人，去陪著那個人舞。

舞了休息著，休息著又再舞，約莫有一個鐘頭，只苦了那位沈旅長。他穿了滿身的戎服，不曾化裝，也不會跳舞，只坐在一邊呆看。

何麗娜走到他身邊坐下，笑道：「沈旅長，你為什麼不跳舞？」

沈國英笑著搖了一搖頭，說是未學，何麗娜伸手一拍他的肩膀笑道：「唉，這年頭兒，年輕人要想時髦，跳舞是不可不學的呀！你既是看跳舞的，你就看吧。」說畢，大袖一拂，笑著轉到松枝屏風後去了。

不多一會的工夫，何麗娜又跳躍著出來。她不是先前那個樣子了：散著短髮，束了一個小花圈，耳朵上垂著兩個極大的圓耳環，上身脫得精光，只胸前鬆鬆的束了一個繡花扁兜肚，又戴了一串長珠圈，腰下繫著一個綠色絲條結的裙，絲條約有二尺長，稀稀的垂直向下，光著兩條腿，赤了一雙白腳，一跳便跳到舞場中間來。

她兩隻光胳膊，帶了一副香珠，垂著綠穗子，在夏威夷土人的裝束之中顯出一種嫵媚來。她將手一舉，嚷著笑道：「諸位，我跳一套草裙舞，請大家賞光。」有些風流子弟便首先鼓掌，甚至情不自禁有叫好的，於是大家圍了一個圈子，將何麗娜圍在中間。音樂臺上奏起胡拉舞的調子，何麗娜就舞起來。

這種草裙舞，舞起來，由下向上，身子成一個橫波浪式，兩隻手臂和著身子的波浪，上下左右的伸屈，頭和眼光也是那樣流動著，**只見那假的草裙，就是那絲條結的裙，及胸前垂的珠圈，兩耳的大環子，都搖搖擺擺起來。**

在一個粉裝玉琢的模樣之下，有了這種形相，當然是令人迴腸蕩氣，**慣於跳舞的人，看到還罷了，沈國英看了，目瞪口呆，作聲不得。**

舞了一陣，何麗娜將手一揚，樂已止了。她笑著問大家道：「快樂不快樂？」

大家一起應道：「快樂，快樂！」

何麗娜將兩手向嘴上連比幾比，然後向著人連拋幾拋，行了一個最時髦最熱烈的拋吻禮，然後又兩手牽著草裙子向眾人蹲了一蹲，她一轉身子，就跑進松枝屏風後去了。

大家以為她又去化裝了，仍舊雜沓跳舞，接上的鬧。不料她一進去後，卻始終不曾出來，直等到大家鬧過一個鐘頭，到化裝室裡去找她，她卻託了兩個女友告訴人，說是身子疲乏極了，只得先回家去，請大家繼續地跳舞。

大家一看鐘，已是兩點多了，主人翁既是走了，也就不必留戀，因之也紛紛散去。

這一晚，把個沈國英旅長鬧得未免有些兒女情長，英雄氣短。眼看來賓成雙作對，並肩而去，自己卻是悵悵一人獨回旅司令部。

到了次日，他十分地忍耐不住了，就便服簡從，到何廉家裡去拜會。原來這個時候，政局中正醞釀了一段極大的暗潮，何廉和沈國英都是裡面的主要分子，他們本也就常見面的。沈國英來了，何廉就在客廳裡和他相見。

沈國英笑道：「昨晚女公子在西洋同學會舉行那樣盛大的宴會，實在熱鬧！晚生有生以來還是第一次，今天特意來面謝。」

一個做文官的人，有一個英俊的武官當面自稱晚生，不由人不感動。而況沈國英的前途正又是未可限量的，更是不敢當了，便笑道：

「老弟臺，你太客氣，我這孩子實在有些歐化，只是愚夫婦年過五十，又只有這一個孩子，只要她不十分胡鬧，交際方面也只好由她了。」說著哈哈一笑，因回頭對聽差道：「去請了小姐來，說是沈旅長要面謝她。」

聽差便道：「小姐一早起來，九點鐘就出去了。出去的時候，還帶了兩個小提箱，似乎是到天津去了。」

何廉道：「問汽車伕應該知道呀。」

聽差道：「沒有坐自己的車子出去。」

沈國英一聽，又想起昨晚何麗娜說要到一個不告訴人的地方去，如今看來，竟是實現了。看那何廉形色也很是驚訝，似乎他也並不知道，便道：「既是何小姐不在家，改日再面謝吧。」說畢，他也就告辭而去。

從此一過三天，**何麗娜的行蹤始終沒有人知道**，就是他家裡父母，也只在屋裡尋到一封留下的信，說是要避免交際，暫時離開北京，於是大家都猜她乘西伯利亞鐵路的火車，到歐洲去了。

因為她早已說過，要到歐洲去遊歷一趟的，那沈國英也就感到何小姐是用情極濫，並不介意男女接近的人，**自己一番傾倒，結果成了夢幻**。

這時，時局的變化，一天比一天緊張，那個中流砥柱的劉巡閱使，忽然受了部下群將的請願，自動的掛冠下野。同時政府方面，又下了一道查辦令，因為沈旅長在事變中有功，就突然高昇了，升了愛國愛民軍第三鎮的統制。

以劉大帥為背景的內閣，當然是解散，在舊閣員裡找了一個非劉系的人代理總揆。何廉如願以償升了財政總長，劉將軍西山那樁案件自然是不值得注意，將它取消了，所有因嫌疑被傳的幾個人也都開釋了。因為劉家方面的財產恰好歸沈統制清理，沈國英就借住在劉將軍家裡，把他的東西細細地清理。

一日，沈國英在劉將軍的臥室裡，尋到了沈鳳喜一筆存款折子，又有許多相片，他未免一驚：難道這些東西，這位新夫人都不曾拿著就避開了？因叫了劉家的舊聽差來，告訴轉告劉太太，不必害怕，雖然公事公辦，可是劉太太自己私人的東西，當然由劉太太拿去，可以請劉太太出面來接洽。

聽差說：「自從劉太太到醫院裡去了，就沒有回來過。初去兩天，劉將軍還派人去照應，後來將軍在西山過世去了，有從前正太太的兩個舅老爺，帶著將軍兩個遠方侄少爺管理了家事，不認這個新太太，後來時局變了，統制派了軍警來，他們也跑了。這幾天，我們是更得不著消息。」

便，就說鳳喜是他妹子，可是醫院裡人說：「劉太太因為存款用完，今天上午已出院去了。」

沈國英聽說，就親自坐了汽車到醫院裡去看望她。自己又怕是男子看望女子不

著，心中十分的嘆息，又只得算了。

沈國英聽了這話，隨口道：「原來她已回家了，我不曾回家，還不知道呢。」說

好在他身上負著軍國大事，日久也就自然忘卻了。不過一個將軍的夫人，現在忽然無影無蹤，也是社會上要注意的一件事，而況劉氏兄弟又是時局中大不幸的人物，因之這一件事，在報上也是特為登載出來。

泉水，將來不知道要流落到什麼地步？喜的是西山這件案子，從此一點痕跡都沒有，可以安心回京上學了。

這新聞傳到了天津，家樹看到，就一憂一喜：**憂的是鳳喜不免要作一個二次的出山**

這天晌午，家樹和嬸嬸妹妹一家人吃飯，只見叔叔樊端本手上拿著帽子，走進屋來，就向嬸嬸作揖，笑道：「恭喜，恭喜！太太，我發表了。」說著，將帽子放下，分左右中間三把，摸著鬍子。

他的帽子隨手一放，放在一只琅瓷的飯盂上。

樊太太一見不妥，連忙起身拿在手裡，笑道：「發表了？恭喜，恭喜！」說著，也拿了帽子作揖。

樊端本隨手接過帽子，又戴在頭上。

樊太太道：「你又要出去嗎？你太辛苦了，吃了飯再去吧。」

樊端本道：「我不出去，休息一會，下午我就要到北京去見何總長了。」說著，向家樹拱拱手道：「也就是你的泰山。」

樊太太道：「你既不走，為什麼還戴上帽子？」

樊端本哈哈笑了一聲，取下帽子，隨手一放，還是放在那飯盂上。

姨太太在太太當面是不敢發言的，然而今天聽了這消息，也十分的歡喜，只管笑嘻嘻地，捧著飯碗，半晌只送幾粒飯到嘴裡去。

只有靜宜不曾十分瞭解，便問道：「你們都說發表了，發表了什麼？」

樊太太道：「你這孩子太不留心了！你爸爸新得了一個差使，是口北關監督，馬上就要上任了。這樣一來，便宜了你們，是實實在在的小姐了。」

家樹當時在一旁看著，心想：叔叔、嬸嬸樂得真有點過分了，但也不去插嘴，只陪著吃完了飯，就向樊端本說：「現在學校要正式上課了，若是叔叔上北京去，就一同去。」

樊端本道：「好極了！也許我可以借此介紹你見見未來的泰山哩。」

家樹也不便否認叔叔的話，免得掃了他的官興，自去收拾行囊。待到下午，和樊端本一路乘火車北上。好在嬸嬸、叔叔、妹妹都是歡天喜地的，並無所謂留戀。

到了北京，叔侄二人依然住在陶伯和家。

伯和因端本是個長輩，自然慇勤的招待。家樹也沒功夫和伯和夫婦談別後的話，但是逆料那個多情多事的陶太太一定和何麗娜打了電話，不到兩三個鐘頭，她就要來的，可是候了一夜，也不見一點消息。

次日中午，樊端本出門應酬去了，家樹和伯和夫婦吃飯。吃飯的時候，照例是有一番閒話的。家樹由叔叔的差使談到了何廉，由何廉談到何麗娜，因道：「這些時候，何小姐不常來嗎？」

陶太太鼻子哼了一聲，隨便答應，依然低頭吃她的飯。

家樹道：「為什麼不常來呢？」

陶太太道：「那是人家的自由啊！我管得著嗎？」

家樹碰了一個釘子，笑了一笑，也就不問了。談了一些別的話，又道：「我在天津接到何小姐一封信。」

陶太太當沒有聽見，只是低頭吃她的飯。

伯和將筷子頭輕輕地敲了她一下手背，笑道：「你這東西，真是淘氣！人家要討你一點消息，你就一點口風不露。」

陶太太頭一起，噗嗤一聲笑了，因道：「表弟，你雖然狡猾，終究不過是魯肅一流的人物，哪裡能到孔明面前來獻策呀？你要打聽消息，就乾脆問我得了，何必悶到現在呢？你也熬不住了，我告訴你吧，人家到外國去了。」

家樹笑道：「你又開玩笑。」

陶太太道：「我開什麼玩笑？實實在在的真事呢！」於是把何麗娜恢復跳舞的故態，以及大宴會告別的事說了一遍。

伯和笑道：「這一場化裝跳舞，她在交際界倒出了一個小小風頭，可是花錢也不少，聽說耗費兩三千呢。」

家樹聽了默然。伯和道：「你也不必懊喪。她若是到歐洲去了，少不得要家裡接濟款子，自然有信來的。我和姑母令叔商量商量，讓你也出洋，不就追上她了嗎？」

陶太太道：「男子漢都是賤骨頭！對於人家女子有接近的可能，就表示不在乎；女子要不理他，就尋死尋活的害相思病了，誰叫表弟以前不積極進行？」

家樹受了這幾句冤枉，又不敢細說出來，以至牽出關、沈兩家的事，這一分苦悶，比明顯失敗的滋味，還要難受。

家樹自從這一餐飯起，就不敢再提何小姐了。這幾個月來，自己周旋在三個女子之間，接近一個，便失去一個，真是大大的不幸。對何麗娜呢，本來無所謂，只是被動的。關秀姑呢，她有個好父親，自己又是個豪俠女子，不必去掛念，只有這個沈鳳喜，一朵好花生在荊棘叢中，自己把她尋出來加以培養，結果是飽受蹂躪，而今是生死莫卜，既是可惜，又是可憐，雖然她對不住我，只可以怨她年紀太小，家庭太壞了，而且關壽峰臨別又再三的教我搭救她，莫非她還在北京？於是又到從前她住的醫院裡去問。醫院裡人說：「她哥哥沈統制曾來接她的，早已出院了。」

家樹一聽，氣極了，心想這個女子如何這樣沒骨格！沈統制是她什麼哥哥？她倒好，跟著劉德柱的家產一起換主了。關大叔叫我別忘了她，這種人不忘了她，也是人生一種恥辱了，於是將關於女子的事完全丟開，在北京耽擱了幾天，待樊端本到口北就關監督去了，自己也就收拾書籍行李，搬入學校。

原來他的學校——春明大學，在北京北郊，離城還有十餘里之遙。當學生的人，是非住校不可的，家樹這半年以來，花了許多錢，受了許多氣，覺得離開城市的好，因此安心在學校裡讀書。這樣一來，也不覺得時光容易過去，一混就是秋末冬初了。

這天，是星期天，因為家樹常聽人說，西山的紅葉非常的好看，就一個人騎了一起牲口，向西山而來。

離著校舍，約莫有四五里路，這人行大道，卻凹入地裡，有一丈來深。雖然騎在驢子背上，也只看到兩邊園林，一些落葉蕭疏的樹梢。

原來北地的土質很鬆，大路上走著，全是鐵殼雙輪的大車，這車輪一軋就是兩條大轍，年深月久，大道便成了大溝。家樹正走到溝的深處，忽然旁邊樹林子裡有人喊出來道：「樊少爺，樊少爺！慢走一步，我們有話說。」

家樹正在疑惑，樹叢子裡已經跑出四個人，由土坎上向溝裡一跳。趕驢子的驢夫見他們來勢洶洶，吆喝一聲，便將驢子站住了。

家樹看那四個人時，都是短衣捲袖，後面兩個，腰上捆了板帶，板帶上各斜插了一把刀；當頭兩個，一個人手上各拿了一支手槍，當路一站，橫住了去路。

再看土坎上，還站有兩個巡風的，家樹心裡明白，這是北方人所謂路劫的了，因向來受了關壽峰的陶融，知道怕也無益，連忙滾下驢背，向當頭四個人拱拱手道：「兄弟是個學生，出來玩玩，也沒帶多少錢。諸位要什麼，儘管拿去。」

當頭一個匪人，瘦削的黃臉，卻長了一部落腮的鬍子，露著牙齒，打了一個哈哈，笑道：「我們等你不是一天了，你雖是一個學生，你家裡人又做大官，又開銀行，還少的是錢嗎？就是你父親那個關上，每天也進款論萬。」

家樹道：「諸位錯了，那是我叔叔。」

匪人道：「你父親也好，你叔叔也好，反正你是個財神爺。得！你就辛苦一趟吧。」說著，不由家樹不肯，兩個人向前抄著他的胳膊，就架上土坎。

家樹被人架著，心裡正自慌張，卻不防另有一個匪人，拿出兩張膏藥將他的眼睛貼住，於是家樹就墜入黑暗世界了。接上抬了一樣東西來，似乎是一塊門板，用木槓子抬著，卻叫家樹臥倒，仰睡在那門板上。又用了一條被，連頭帶腳，將他一蓋。他們而且再三的說：「你不許言語，你言語一聲，就提防你的八字！」

家樹知道是讓人家綁了架，只要家裡肯出錢，大概還沒有性命的危險。事已至此，也只好由他。

他們高高低低抬著，約莫走了二三十里路，才停下，卻有個生人的聲音迎頭問道：「來了嗎？」

答：「來了。」

在這時，卻聽到有牲口嚼草的聲音，有雞呼食的聲音，分明是走到有人家的地方來了。可是這裡人聲很少，只聽到頭上一種風過樹梢聲，將樹刮得嘩啦嘩啦的響。好像這地方，四面是樹，中間卻有一座小小的人家，自然是平靜的所在了。

一陣忙亂，家樹被他們攙著到了空氣很鬱塞的地方。有人說：「這是你的屋子。你躺下也行，坐著也行，聽你的便吧。」說著，就走出去了。

這裡家樹摸著，身旁硬梆梆的，有個土炕，炕上有些亂草，草上也有一條被，都亂堆著；炕後有些涼颼颼的風吹來。按照北方人規矩，都是靠了窗子燒炕的，不像南方人床對著窗戶。家樹想，大概這裡也有個窗戶了。

向前走，只有兩三步路，便是土壁。門卻在右手，因為剛才聽到他們出去時關門的響聲。門邊總有一個人守著，聽那窸窸窣窣的聲音，分明是靠門放了一堆高粱秸子，守的人躺在上面。——家樹對於這身外的一切，都是以耳代目，以鼻代目，分別去揣想。

起初很是煩悶；後來一想，煩悶也沒用，索性泰然的躺在炕上。所幸那些匪人對於飲食的供給倒很豐盛，每頓都有精緻的麵食和豬肉雞蛋，還有香儼茶，隨時取飲。要大小便，也有匪人陪他出房去。

在初來的兩天，這地方雖然更替換人看守，但是聲音很沉寂，似乎人不多，大概匪人出去探聽消息去了。

到了第四天，人聲便嘈雜，他們已安心無外患了，於是有個人坐在炕上對他道：「樊少爺，我們請你來，實在委屈一點。可是我們只想和府上籌點款子，和你並無冤無仇，你給我們寫一封信到府上去通知一聲，你看怎麼樣？」

家樹哪敢不依，只得聽從。於是就有人來，慢慢揭下臉上的膏藥。家樹眼前豁然開朗，看看這屋子，果然和自己揣想的差不多。門口站了兩個匪，各插著一把手槍在袋裡，面前擺了一張舊茶几，一個泥蠟臺，插了一支紅燭，並放了筆硯和信紙信封，原來已是夜裡了。

坐在炕沿上的匪人，戴了一副墨晶眼鏡，臉上又貼了兩張膏藥，大概他是不肯露真面目的了。

那人坐在一邊，就告訴他道：「請你寫信給樊監督，我們要借款十萬，由你作個中。若是肯借的話，就請他在接到信的半個月以內，派人到北郊大樹村老土地廟裡接洽，來人只許一個，戴黑呢帽，戴墨晶眼鏡為記。過期不來，我們就撕票了。——『撕票？』兩個字，你懂得嗎？」

說著，露了牙齒，嘿嘿一笑。家樹輕輕說：「知道。」但是對於十萬兩個字，覺得過分一點，提筆之時，想抬頭解釋兩句。匪人向上一站，伸手一拍他的肩膀，喝道：「你就照著我的話寫，一點也改動不得！改一字添一千。」

家樹不敢分辯了，只好將信寫給伯和，請伯和轉交。

當下家樹寫完信交給他們，臉上又給貼上了膏藥。那信如何送去，不得而知，只好每天在黑暗中悶著吃喝而已。

一想這信不知何日到伯和手上；伯和接了信，又不知要怎樣通知叔叔？若是一猶豫，這半個月的工夫就要延誤了，他們限期半月，只是要來人接洽，並不是要先交款，這一點，最好也不要誤解了……一人就這樣胡思亂想，度著時光。

轉眼就是十天了，家樹慢慢地和匪人也就熟識一點，知道這匪首李二疙疸，乃是由口外來的，北京近郊卻另有內線，那個戴黑眼鏡的就是了。守住的卻是兩個人換班，一個叫胡狗子，一個叫唐得祿，聽他們的口音，都是老於此道的。

因為在口北聽說樊端本有錢，有兒子在北京鄉下讀書，他們以為是好機會，所以遠道而來。家樹一想他們處心積慮，為的是和我為難，我既落到他們手心裡來了，豈肯輕易放過，這也只好聽天由命了。

有一天晚上，已經很夜深了，忽然遠遠地有一種腳步聲跑了過來，接上有個人在屋外叫了一聲，這裡全屋的人都驚醒了。

有人說：「走了水了。他媽的！來了灰葉子了。」

家樹在北方日久，也略略知道他們的黑話，灰葉子是指著兵，莫非剿匪的人來了。這一下子，也許有出險的一線希望。

這時隔壁屋裡一個帶著西北口音的人說道：「來多少，三十上下嗎？我們八個人，一個也對付他四五個，打發他們回姥姥家去。狗子！票交給你了，我們幹，快拿著傢伙。」

說話的正是李二疙疸，胡狗子就答應了。接上就聽到滿屋子腳步聲，試槍機聲，裝子彈聲，搬高粱秸子、搬木器傢具聲鬧成一起。

李二疙疸問道：「預備好了沒有？狗子，你看著票。」

大家又答應了一聲，呼呼而下。這時內外屋子的燈，都吹滅了。家樹只聽到那些人，全到院子裡去。接上，啪！啪！遙遙的就有幾下槍響。

家樹這時心裡亂跳，身上一陣一陣的冷汗向外流，實在忍不住了，便輕輕的問道：「胡大哥……」

一句話沒說完，胡狗子輕輕喝道：「別言語，下炕來，趴在地下。」

家樹讓他一句話提醒，連爬帶滾下得炕來，就伏在炕沿下。

這時外面的槍聲已連續不斷，有時刷的一聲，一粒子彈射入屋內。這屋裡一些匪人，卻像死過去了一樣，於是外面的槍聲也停止了。

不到半頓飯時，這院子裡，忽然劈啪劈啪，槍向外一陣亂放。接上那李二疙疸罵道：「好小子！你們再過來。哈哈，幹！朋友，幹他媽的！」

啪！啪！啪！

「哎喲，誰？劉三哥掛了彩了。他媽的！是什麼打的？打後面來。」

啪！啪！啪！

「打走了沒有？朋友！沉著氣。」

刷！

「好小子！把我帽子打了。」——

家樹趴在地下，只聽到槍聲罵聲，人的跑動聲，院子裡鬧成一片。自己一橫心，反正是死，想到屋子裡沒燈，於是也不徵求胡狗子的同意，就悄悄地將臉上的膏藥撕下。偷著張望時，由窗戶上射出來一些星光，看見胡狗子趴在炕上，只把頭伸在窗戶一邊張望，其餘是絕無所睹。只聽到院子外，天空裡，啪啪刷刷之聲時斷時續。緊張一陣，又緩和一陣。

一會兒，進來一個人，悄悄地胡狗子道：「風緊得很，天亮就不好辦了，咱們由後面溝裡衝出去。」

說話的便是李二疙疸，只見他站在炕上，向土牆上開了兩槍，壁子搖撼著，立刻露了一條縫。他又用手扒了幾扒，立刻有個大窟窿。

他用了一根木棍子挑了一件衣服，由窟窿裡伸出去，然後縮了進來，他輕輕地笑道：「這些渾蛋！只管堵著門，咱們不走等什麼？」他於是跑到院子裡去，又亂罵亂嚷，接上緊緊地放著槍。

就在這個時候，有兩個匪人進來，喁喁地商量了兩句，就爬出洞口。胡狗子在家樹臉上一摸，笑道：「你倒好，先撕了眼罩子了，爬過洞去，趴在地下走。」

家樹雖覺得出去危險，但不容不走，只得大著膽爬了出來，隨後胡狗子也出來了。這裡是個小土堆，胡狗子伸手將家樹使勁一推，便滾入一條溝內；接上胡狗子也滾了下來。剛剛滾到溝裡，刷刷！頭上過去兩顆子彈，於是伏在這地溝裡的有四個人，都死過去了一般，一點不動不響。

聽那屋前面，罵聲槍聲已經不在院子裡，似乎李二疙疸衝出大門去了。伏了一會，不見動靜。家樹定了一定神，抬頭看看天上，滿天星斗，風吹著光禿的樹梢，在星光下擺動作響。那西北風帶了沙土，吹打到臉上，如利刀割人一樣。

在屋裡有暖炕，不覺夜色寒冷，這時便格外地難受了。三個匪人聽屋前面打得正厲害，就兩個在前，一個在後，將家樹夾在中間，教他在地上爬著向前，如蛇一般的走。他們走走又昂頭探望探望，走著離開屋有三四十丈路，胡狗子吩咐家樹站起來彎著腰，拖了就跑，一口氣跑有半里之遙，這才在一叢樹下坐下。聽那前面，偶然還放一槍。約有一個鐘頭，忽聽得前面有腳步響，胡狗子將手裡快槍瞄準著問道：「誰？」那邊答說二疙疸回來了，胡狗子放下槍，果然李二疙疸和一個匪人來了。他喘著氣道：「趁著天不亮，趕快上山，今天晚晌算扎手，傷了三個兄弟！」

另一個土匪看見家樹罵道：「好小子！為了你，幾乎丟了吃飯的傢伙！豁出去了，毀了你吧。」

那匪人將手槍比著家樹的額角，只聽到啪噠一聲，原來李二疙疸在一邊看見，飛起一腳，將手槍踢到一邊去了，搶上前一步，執著他的手道：「你這是做什麼？發了瘋了嗎？」

那人笑道：「我槍裡沒有了子彈，嚇唬嚇唬他，看他膽量如何，誰能把財神爺斃了！」

李二疙疸道：「他那個膽量何用得試，你要把他嚇唬死了怎麼辦？別廢話了，走吧。」於是五個匪人輪流攙著家樹，就在黑暗中向前走。

家樹驚魂甫定，見他們又要帶著另走一個地方，不知道要到什麼地方去，心裡慌亂，腳下七高八低，就跟了他們走。

約莫走了二十里路，東方漸漸發白，便有高山迎面而來。家樹正待細細的分辨方向，胡狗子卻撕下了一起小衣襟，將他的眼睛重重包起。他扶著匪人，又走了一程，只覺得腳下一步一步向高登著山，是不是迎面那高山，卻不知道。

一會兒功夫，腳下感著無路，只是在斜坡上帶爬帶走，腳下常常的踏著碎石，和掛著長刺，雖然有人攙著，也是一走一跌，分明是在亂山上爬，已走的不是路了。

走了許久，腳下才踏著石臺階，聽著幾個匪人推門響，繼而腳下又踏著很方正的石板，高山上哪裡有這種地方，卻不知是什麼人家？後來走到長桌邊，聞到一點陳舊的香味，這才知道是一所廟。

匪人將家樹讓在一個草堆上坐下，他們各自忙亂著，好像他們是熟地方，卻分別去預備柴水。後來他們就關上了佛殿門，弄了一些枯柴，在殿中間燒著火。五個匪人都圍了火坐在一處，商量著暫熬過今天，明天再找地方。

家樹聽到他們又要換地方，家裡人是越發不容易找了，心裡非常焦急。

這天五個匪人都沒有離開，就火燒了幾回白薯吃。

李二疙疸道：「財神爺，將就一天吧，明天我們就會想法子給你弄點可口的。」家樹也不和他們客氣，勉強吃了兩個白薯，只是驚慌了一夜，又跑了這些路，哪裡受得住！柴火一熏，有點暖和，就睡著了。

家樹迷迷糊糊地就睡了一天，也不知是什麼時候，睡得正香甜的時間，忽覺自己的身子讓人一夾，那人很快的跑了幾步，就將自己放下。

只聽得有人喝道：「呔！你這些毛賊，給我醒過來。我大丈夫明人不做暗事。」

家樹聽那聲音，不是別人，正是關壽峰！這一喜非同小可，也顧不得什麼利害，馬上將紮住眼睛的布條向下一扯，只見秀姑也來了。

她和壽峰齊齊的站在佛殿門口，殿裡燒的枯柴還留著些搖擺不定的餘焰，照見李二疙疸和同夥都從地上草堆裡，一骨碌的爬起來。

壽峰喝道：「都給我站著！你們動一動，我這裡兩管槍一起響。」

原來壽峰、秀姑各端了一支快槍，一起拿著平直，向了那五個匪人瞄準。

他們果然不動，李二疙疸垂手直立微笑道：「朋友，你們是哪一路的？有話好說，何必這樣。」

壽峰道：「我們不是哪一路，不要瞎了你的狗眼！你們身邊的兩支快槍，我都借來了。你們腰裡還拴著幾支手槍，一起交出來，我就帶著人走。」說時，將槍又舉了一舉。

李二疙疸一看情形不好，首先就在身上掏出手槍來，向地下一丟，笑道：「這不算什麼，走江湖的人，走順風的時候也有，翻船的時候也有。」

接著又有兩個人將手槍丟在地下。

壽峰將槍口向裡撥著，讓他們向屋犄角上站，然後只一跳跳到屋子中間，將手槍撿了起來，全插在腰裡板帶上，復又退到殿門口，點了點頭，笑道：「我已經知道你們身上沒有了槍，可是別的傢伙保不住還有，我得在這裡等一等了。」說著，將身上插的手槍，取出一支交給秀姑道：「你帶著樊先生先下山，這幾個人交給我了，準沒有事。」

秀姑接了手槍，將身子在家樹面前一蹲，笑道：「現在顧不得許多了，性命要緊，我背著你走吧。」

家樹一想也不是謙遜之時，就伸了兩手，抱住秀姑的脖子。她將快槍夾在脅下，兩手向後托著家樹的膝蓋，連蹦帶跑，就向前走。

黑夜之間，家樹也不知經過些什麼地方，一會兒落了平地，秀姑才將家樹放下來，因道：「在這裡等一等家父吧，不要走失了。」

家樹舒了一口氣，這才覺得性命是自己的了。抬頭四望，天黑星稀，半空裡呼呼的風吹過去，冷氣向汗毛孔裡鑽進去，不由人不哆嗦起來。

秀姑也抬頭看了一看天色，笑道：「樊先生，你身上冷得很厲害吧，破大襖子穿不穿？」說著，只見她將身一縱，爬到樹上去，就在樹上取下一個包袱卷，打了開來，正是三件老羊皮光套子，就拿了一件提著領，披到家樹身上。

家樹道：「這地方哪有這樣東西，不是大姑娘帶來的嗎？」

秀姑道：「我們爺兒倆原各有一件，又給你預備下一件，上山的時候，都繫在這樹上的。」

家樹道：「難得關大叔和大姑娘想的這樣周到！教我何以為報呢？」

秀姑聽了這話，卻靠了樹幹，默然不語。

四周一點沒有聲音，二人靜靜地站立一會，只聽到一陣腳步響，遠遠的壽峰問道：「你們到了嗎？」

秀姑答應：「到了。」

壽峰倒提著那支快槍，到了面前。家樹迎上前向壽峰跪了下去，壽峰丟了槍，兩手將他攙起來道：「小兄弟，你是個新人物，怎樣行這種舊禮？」

家樹道：「大叔這大年紀，為小侄冒這大危險來相救，小侄這種感激，也不知道要由何說起！」

壽峰哈哈笑道：「你別謝我，你謝老天，他怎麼會生我這一個好管閒事的人哩！」

家樹便問：「何以知道這事，前來相救？」

壽峰道：「你這件事，報上已經登得很熱鬧了，我一聽到，就四處來訪。我聽到我徒弟王二禿子說，甜果林裡有幾個到鄉下來販果子販柿子的客人，形跡可疑，我就和我幾個徒弟前後一訪，果然不是正路。昨夜正想下手，恰好軍隊和他們開了火，我躲在軍隊後面，替你真抓了兩把汗。後來我聽到軍隊只嚷人跑了，想你已經脫了險。

「一早的時候，我裝著過路，看到地溝裡有好幾處人爬的痕跡都向著西北。我一直尋到大路上，還看到有些槍托的印子，我這就明白了，他們上了這裡的大山。這山有所玄帝廟，好久沒有和尚。我想他們不到這裡來，還上哪裡去藏躲？所以我們爺兒倆趁著他們昨天累乏了，今天晚上好下他們的手。他們躲在這山上，作夢也不會想到有人算計他，就讓我便便易易的將你救出來了。不然我爺兒倆可沒有槍，只帶了兩把刀，真不好辦呢！」說畢，哈哈一笑。

這時，遠遠的有幾聲雞啼。關壽峰道：「天快亮了，我們走吧。老在這裡，仔細賊跟下來。這兩根長槍，帶著走可惹人注意，我們把它毀了，扔在深井裡去吧。」於是將子彈取下，倒拿了槍，在石頭上一頓亂砸，兩支槍都砸了。

關壽峰一起送到路旁一口井邊，順手向裡一拋，口裡還說道：「得！省得留著害人。」於是他父女披上老羊裘，和家樹向大路上走去。

約走有二三里路，漸漸東方發亮，忽聽到後面一陣腳步亂響，似乎有好幾個人追了來。壽峰站住一聽，便對秀姑道：「是他們追來了，你引著樊先生先走，我來對付他們。」

見路邊有高土墩，掏出兩支手槍，便蹲了身子，隱在土墩後。

不料那追來的幾個人，並不顧慮，一直追到身前。他們看見面前有個土堆，似乎知道人藏在後面，就站定了嚷道：「朋友，你拿去的手槍可沒有子彈，你快把槍扔了，我們不怕你了。我們現在也沒帶槍，是好漢，你出來給我們比一比。」

壽峰聽了這話，將手槍對天空放了一下，果然沒有子彈。本想走出來，又怕匪人有槍彈，倒上了他的當，且不作聲，看他們怎麼樣。

只在這時，早有一個人跳上土墩，直衝了過來。

壽峰見他手上明晃晃拿著一把刀，不用說，真是沒有槍，於是將手槍一扔，笑道：「來得正好。」身子一起，向後一蹲一伸，就撈住了那人一條腿，那人啪吒一聲倒在地下。

壽峰一腳踢開了他手上的刀，然後抓住他一隻手，舉了起來，向對面一扔，笑道：「飯桶！去你的吧。」兩個匪人正待向前，被扔過去的人一撞，三個人滾作一團。

這時，壽峰在朦朧的曉色裡，看見後面還站著兩個人，並沒有槍，這就不怕了。走上前一笑道：「就你這幾個腳色，想來搶人？回去吧，別來送死！」

有個人道：「老頭子，你姓什麼？你沒打聽我李二疙疸不是好惹的嗎？」

壽峰說：「不知道。」

李二疙疸見他直立，不敢上前。

另一個匪人，手上舉了棍子，不管好歹，劈頭砍來。壽峰並不躲閃，只將右手抬起一隔，那棍子碰在胳膊上，一彈，直飛入半空裡去。那人哎喲滾在地上。先兩個被撞在地上的，這時一起過來，都讓壽峰一閃一掃一推，再滾了下去。

李二疙疸見壽峰厲害，站在老遠的道：「朋友！我今天算栽了斤斗，認識你了。」說畢，轉身便走。

約莫走有四五步，回身一揚手，一樣東西向壽峰頭上直射過來。壽峰將右手食指中指向上一伸，只一夾，將那東西夾住，原來是一支鋼鏢。

剛一看清，李二疙疸第二支又來，壽峰再舉左手兩個指頭，又夾住了。李二疙疸連拋來幾支鋼鏢，壽峰手上就像有吸鐵石一樣，完全都吸到手上，夾一支，扔一支，夾到最後一支，壽峰笑道：「這種東西，你身上帶有多少？乾脆一起扔了來吧。你扔完了，可就該輪著我來了。」說畢，將手一揚。

李二疙疸怕他真扔出來，撒腿就跑。

壽峰笑道：「我要進城去，沒工夫和你們算帳，便宜了你這小子！」說畢，撿起兩支手槍，也就轉身走了。

秀姑和家樹在一旁高坎下迎出來，笑道：「我聽到他們沒動槍，知道不是你的對手，我就沒上前了。」於是三人帶說帶走，約莫走了十幾里路，上了一個集鎮。這裡有到北京的長途汽車，三人就搭了長途汽車進城。

到了城裡，壽峰早將皮裘、武器做了一卷，交給秀姑，吩咐她回家，卻親自送家樹到陶伯和家來。

家樹在路上問道：「大叔原來還住在北京城裡，在什麼地方呢？」

壽峰答：「以後自知，現在且不必問。」

二人雇了人力車，乘到陶家，正有樊端本一個聽差在門口，一見家樹，轉身就向裡嚷道：「好了，好了，侄少爺回來了！」

家樹走到內院時，伯和夫婦和他叔叔都迎了出來。

伯和上前一步，執著他的手道：「我們早派人和前途接洽多次，怎麼沒交款，人就出來了呢？」

家樹道：「一言難盡！我先介紹這位救命大恩人。」於是把關壽峰向大家介紹著，同到客廳裡，將被救的事說了一遍。

樊端本究竟是閱世很深的人，看到壽峰精神矍鑠，氣宇軒昂，果然是位豪俠人物。走上前，向他深深三個大揖，笑道：「大恩不言報，我只是心感，不說虛套了。」

壽峰道：「樊監督！你有所不知，我和令侄是好朋友，朋友有了患難，有個不相助的嗎？你不說虛套，那就好。」

劉福這時正在一邊遞茶，壽峰一摸鬍子，向他笑道：「朋友，你們表少爺交我這老頭子，沒有吃虧吧？**你別瞧在天橋混飯吃的，九流三教什麼都有，可是也不少夠朋友的**！以後沒事，咱們鬧兩壺談談，你準會知道練把式的敢情也不錯。」

劉福羞了一大通紅的臉，不敢說什麼，自退去了。

當下壽峰拱拱手道：「大家再會。」起身就向外走。

家樹追到大門口，問道：「大叔，你府上在哪裡？我也好去看你啊！」

壽峰笑道：「我倒忘了，大喜胡同你從前往的所在，就是我家了。」說畢，笑嘻嘻的而去。

家樹回家，又談起往事，才知道叔叔為贖票而來，已出價到五萬，事被軍隊知道，所以有一場夜戰。

說到關壽峰父女，大家都嗟賞不已，樊端本還非和他換帖不可。這日家樹洗澡理髮，忙亂一陣，便早早休息了。

次日早上，家樹向大喜胡同來看壽峰。不料刮了半夜北風，便已飄飄蕩蕩，下了一場早雪。走上大街一看，那雪都有一尺來深，南北遙遙，只是一起白。天上的雪花正下得緊，白色的屋宇街道，更讓白色的雪霧，垂著白絡，隱隱地罩著，因之一切都在朦朧的白霧裡。

家樹坐了車子，在寒冷的白霧裡，穿過了幾條街道，不覺已是大喜胡同。也不知道什麼緣故，一進這胡同，便受著破異的感覺，又是歡喜，又是悽慘。自己原將大衣領子拉起來擋著臉，現在把領子放下，雪花亂飛在臉上，也不覺得冷。

這時，忽然有人喊道：「這不是樊大爺？」說著，一個人由車後面追上前來。家樹看時，卻是沈三玄。他穿著一件灰布棉袍子，橫一條，直一條，都是些油污黑跡，頭上戴的小瓜皮帽，成了膏藥一樣，沾了不少的雪花。他縮了脖子，倒提一把三弦子，噴著兩鼻孔熱氣追了上來，手扶著車子。

家樹跳下車來，給了車錢，便問道：「你怎麼還是這副情形，你的家呢？」

沈三玄不覺蹲了一蹲，給家樹請了個半腿兒安，哭喪著臉道：「我真不好意思再見你啦，老劉一死，我們什麼都完了。**關大叔真仗義，他聽到大夫說，鳳喜的病要用她心裡願意的事，願意的人，時時刻刻在面前逗引著，或者會慢慢醒過來**，恰好這裡原住的房子又空著，他出了錢，就讓我們搬回來——」

家樹不等他說完，便問道：「鳳喜什麼病？怎麼樣子？」

沈三玄道：「從前她是整天地哭，看見穿制服的人，不問是大兵，是巡警，或者是郵差，就說是來槍斃她的，哭得更厲害。搬到大喜胡同來了，倒是不哭，又老是傻笑，除了她媽，什麼人也不認得，大夫說她沒有什麼記憶力了，這大的雪。你到家裡坐吧。」說著，引著家樹上前。

沒多遠，家樹便見到了熟識的小紅門。白雪中那兩扇小紅門格外觸目。只是牆裡兩棵槐樹，只剩杈杈丫丫的白幹，不似以前綠葉蔭森了。那門半掩著，家樹只一推，就像身子觸了電一樣，渾身麻木起來。

首先看到的，便是滿地深雪，一個穿黑布褲紅短襖子的女郎站在雪地裡，靠了槐樹站住，兩隻腳已深埋在雪裡。她是背著門立住的，看她那蓬蓬的短髮上，灑了許多的雪花，腳下有一隻大碗，反蓋在雪上，碗邊有許多雪塊，又圓又扁，高高的壘著，倒像銀幣，那正是用碗底印的了。——北京有些小孩子們，在雪天喜歡這樣印假洋錢玩的。

有人在裡面喊道：「孩子，你進來吧，一會兒樊大爺就來了，我怕你鬧，又不敢拉你，凍了怎麼好呢？」

因為聽見門響，那女郎突然回過臉來，**家樹一看，正是鳳喜，只見她臉色白如紙，又更瘦削了**。

沈三玄上前道：「姑娘，你瞧，樊大爺真來了。」

只這一聲，沈大娘和壽峰父女全由屋裡跑了出來。

秀姑在雪地裡牽著鳳喜的手，引她到家樹面前，問道：「大妹子，你看看這是誰？」

鳳喜略偏著頭，對家樹呆望著，微微一笑，又搖搖頭。家樹見她眼光一點神也沒有，又是這副情形，什麼怨恨也忘了，便對了她問道：「你不認得我嗎？你只細細想想看。」於是拉了她的手，大家一路進屋來。

家樹見屋裡的布置大概如前，自己那一張大相片還微笑的掛著，只是中間有幾條裂縫，似乎是撕破了，重新黏攏的了。屋子中間放了一個白煤爐子，鳳喜伸了一雙光手在火上烤著，偏了頭，只是看家樹。

看的時候，總是笑吟吟的。家樹又道：「你真不認得我了嗎？」她忽然跑過來，笑道：「你們又拿相片冤我，可是相片不能夠說話啊！讓我摸摸看。」於是站在家樹當面，先摸了一摸他周身的輪廓，又摸著他的手，又摸著他的臉。

鳳喜摸的時候，大家看她癡得可憐，都呆呆地望著她。

家樹一直等她摸完了，才道：「**你明白了嗎？我是真正的一個人，不是相片啦**。相片在牆上不是？」說著一指。

鳳喜看看相片，看看人，笑容收起來，眼睛望了家樹，有點轉動，閉上眼，將手扶著頭，想了一想，復又睜開眼來點點頭道：「我……我……記……記起來了，你是大爺。不是夢！不是夢！」說時，手抖顫著，連說不是夢，不是夢，接上，渾身也抖顫起來。望了家樹有四五分鐘，哇的一聲，哭將起來。

沈大娘連忙跑了過來，將她攙著道：「孩子！孩子！你怎麼了？」

鳳喜哭道：「我哪有臉見大爺呀！」說著，向床上趴了睡著，更放聲大哭起來。

家樹看了這情形，一句話說不得，只是呆坐在一邊。

壽峰摸著鬍子道：「她或者明白過來了，索性讓她躺著，慢慢地醒吧！」於是將鳳喜鞋子脫了，讓她和衣在床上躺下，大家都讓到外面屋子裡來坐。

期間沈大娘、沈三玄一味的懺悔，壽峰一味的寬解，秀姑常常微笑；家樹只是沉思，卻一言不發。壽峰知道家樹沒有吃飯，掏出兩塊錢來，叫沈三玄買了些酒菜，約著圍爐賞雪。家樹也不推辭，就留在這裡。

大家在外面坐時，鳳喜先是哭了一會，隨後昏昏沉沉睡過去了。等到大家吃過飯時，鳳喜卻在裡面呻吟不已。沈大娘為了她卻進進出出好幾回，出來一次，卻看家樹臉色一次。

家樹到了這屋裡，前塵影事一一兜上心來，待著是如坐針氈，走了又覺有些不忍。壽峰和他談話，他就談兩句；壽峰不談話，他就默然的坐著。這時他皺了眉，端了一杯酒，只用嘴唇一點一點的呷著，彷彿聽到鳳喜微微的喊著樊大爺。

壽峰笑道：「老弟，無論什麼事，一肚子包容下去。她到了這種地步，你還計較她嗎？她叫著你，你進去瞧瞧她吧。」

家樹道：「那麼，我們大家進去瞧瞧吧。」

當下沈大娘將門簾掛起，於是大家都進來了。只見鳳喜將被蓋了下半截，將兩隻大紅袖子露了出來，那一張白而瘦的臉，現時卻在兩頰上露出兩塊大紅暈，那一頭的蓬頭髮更是散了滿枕。

她看見家樹，那一張掩在蓬蓬亂髮下的小臉，微點了一點，手半抬起來，招了一招，又指了一指床，家樹會意，走近前一步，要在床沿上坐下，回頭一看有這些人，就在鳳喜床頭邊一張椅子上坐下。

秀姑環了一隻手，正靠在這椅子背上呢。鳳喜將身子挪一挪，伸手握著了家樹的手道：「這是真的，這不是夢！許多洋錢，我夢見坐汽車，我夢見住洋樓。……呀！他要把我摔下樓，關大姐救我！救我！」說著，兩手撐了身子，從床上要向上一坐；然而她的氣力不夠，只昂起頭來，兩手撐不住，便向下一倒。

沈大娘搖頭道：「她又糊塗了，她又糊塗了。噯！這可怎麼好呢？我空歡喜了一陣子了。」說著便流下淚來。

壽峰也因為信了大夫的主意，鳳喜一步一步有些轉頭的希望了，而今她不但不見好，連身體都更覺得衰弱。站在身後，摸著鬍子點了一點頭道：「這孩子可憐！」

家樹剛才讓鳳喜的手摸著，只覺滾熱異常，如今見大家都替她可憐，也就作聲不得，大家都寂然了。

只聽到一陣呼嚕呼嚕的風過去，沙沙沙，下了一窗子的碎雪。陰暗的屋子裡，那一爐子煤火又漸漸地無光了，便覺得加倍的悽慘。

外面屋子裡，吃到半殘的酒菜兀自擺著，也無人過問了。再看鳳喜時，閉了眼睛，口裡不住的說道：「**這不是夢，這不是夢！**」

家樹道：「我來的時候，她還是好好的。這樣子，倒是我害了她了。索性請大夫來瞧瞧吧。」

沈大娘道：「那可是好，只是大夫出診的錢，聽說是十塊……」

家樹道：「那不要緊，我自然給他。」

大家商議了一陣，就讓沈三玄去請那急救醫院的大夫。

沈大娘去收拾碗筷。關氏父女和家樹三人看守著病人。家樹坐到一邊，兩腳踏在爐上烤火，用火筷子不住地撥著黑煤球。壽峰背了兩手，在屋子裡走來走去，點點頭，又嘆嘆氣。

秀姑側身坐在床沿上，給鳳喜理一理頭髮，又給她牽一牽被，又給她按按脈，也不作聲。因之一屋三個人都很沉寂，鳳喜又睡著了……

約有一個鐘頭，門口汽車喇叭響，家樹料是大夫到了，便迎出來。來的大夫，正是從前治鳳喜病的。

他走進來，看看屋子，又看看家樹，便問道：「劉太太家是這裡嗎？」

家樹聽了「劉太太」三個字，覺得異常刺耳，便道：「這是她娘家。」

那大夫點著頭，跟了家樹進屋。不料這一聲喇叭響驚動了鳳喜，在床上要爬起來，又不能起身，只是亂滾，口裡嚷道：「鞭子抽傷了我，就拿汽車送我上醫院嗎？大兵又來拖我了，我不去，我不去！」

關氏父女因大夫進來，便上前將她按住，讓大夫診了一診脈。大夫給她打了一針，說是給她退熱安神的，便搖著頭走到外邊屋子來，問了一問經過，因見家樹衣服不同，猜是劉將軍家的人，便道：

「我從前以為劉太太症不十分重，把環境給她轉過來，惡印象慢慢去掉，也許好了。現在她的病突然加重，家裡人恐怕不容易侍候，最好是送到瘋人院去吧。」

說著，又向屋子四周看了一看，因道：「那是官立的，可以不取費的，請你先生和家主商量吧。精神病是不能用藥治的，要不然，在這種設備簡單的家庭，恐怕……」說著，他淡笑了一笑。

家樹看他坐也不肯坐，當然是要走了，便問：「送到瘋人院去，什麼時候能好？」

大夫搖頭道：「那難說，也許一輩子……但是她或者不至於。好在家中人若不願意她在裡面，也可以接出來。」

家樹也不忍多問了，便付了出診費，讓大夫走了。

沈大娘垂淚道：「我讓這孩子拖累得不得了，若有養病的地方，就送她去吧，我只剩一條身子，哪怕去幫人家呢，也好過活了。」

家樹看鳳喜的病突然有變，也覺家裡養不得病，設若家裡人看護不周，真許她會鬧出什麼意外，只是怕沈大娘不答應，也就不能硬作主張，現在她先聲明要把鳳喜送到瘋人院去，那倒很好，就答應願補助瘋人院的用費，明天叫瘋人院用病人車來接鳳喜。

當大家把這件事商量了個段落之後，沈大娘已將白爐子新添了一爐紅火進來。她端了個方凳子，遠遠地離了火坐著，十指交叉，放在懷裡，只管望了火，垂下淚來道：「以後我剩一個孤鬼了！這孩子活著像……」連忙抄起衣襟搗了嘴，肩膀顫動著，只管哽咽。

秀姑道：「大嬸，你別傷心，要不，你跟我們到鄉下過去。」

壽峰道：「你是傻話了，人家一塊肉放在北京城裡呢，丟得開嗎？」

家樹萬感在心，今天除非不得已，總是低頭不說話，這時忽然走近一步，握著壽峰的手道：「大叔，我問了好幾次了，你總不肯將住所告訴我，現在我有一個兩全的辦法，不知道你容納不容納？」

壽峰摸了鬍子道：「我們也並不兩缺呀，要什麼兩全呢？」

家樹被他一駁，倒愣住了不能說了。

壽峰將他的手握著，搖了兩搖道：「你的意思我明白了，什麼辦法呢？」

家樹偷眼看了看秀姑，見她端了一杯熱茶，喝一口，微微呵一聲，似乎喝得很痛快，因道：「我們學校武術教師始終沒有請著，我想介紹大叔去，我們學校也是鄉下，附近有的是民房，你就可以住在那裡。而且我們那裡有附屬平民的中小學，大姑娘也可以讀書。將來我畢了業，我還可以陪大叔國裡國外，大大的遊歷一趟。」

說著，偷眼看秀姑。

秀姑卻望著她父親微笑道：「我還唸書當學生去，這倒好，八十歲學吹鼓手啦。」

壽峰點點頭道：「你這意思很好，過兩天，天氣晴得暖和了，你到西山『環翠園』我家裡去仔細商量吧。」

家樹不料壽峰毫不躊躇就答應了，卻是苦悶中的一喜，因道：「大叔家裡就住在那裡嗎？這名字真雅！」

壽峰道：「那也是原來的名字罷了。」

沈三玄在屋裡進進出出，找不著一個搭言的機會，這時聽壽峰說到「環翠園」，便插嘴道：「這地方很好，我也去過哩。」他說著，也沒有誰理他。

他又道：「樊大爺，你還唸書呀！你隨便就可弄個差事了，你叔老太爺不是很闊嗎？你若是肯提拔提拔我，要不……嘿嘿……給我薦個事，賞碗飯吃。」

家樹見他的樣子，就不免煩惱，聽了這話，加倍的不入耳，突然站起來，望著他道：「你們的親戚比我叔叔闊多著呢！」只說了這兩句，坐下來望著他，又作聲不得。

壽峰道：「嘐！老弟，你為什麼和他一般見識？三玄，你還不出去呀！」沈三玄垂了頭，出屋子去了。

這時，沈大娘正想有番話要說，見壽峰一開口，又默然了。

壽峰道：「好大雪！我們找個賞雪的地方，喝兩盅去吧。」

家樹也真坐不住了，便穿了大衣起身。

正要走時，卻聽到微微有歌曲之聲，仔細聽時，卻是：

「……忽聽得孤雁一聲叫，叫得人真個魂銷呀，可憐奴的天啦，天啦！郎是個有情的人，如何……」

這正是鳳喜唱著《四季相思》的秋季一段，淒楚婉轉，還是當日教她唱的那種音韻，不覺呆了。

壽峰道：「你想什麼？」

家樹道：「我的帽子呢？」

壽峰道：「你的帽子不是在你頭上嗎？你真也有些精神恍惚了。」

家樹一摸，這才恍然，未免有點不好意思，馬上就跟了壽峰走去。

二人在中華門外，找了一家羊肉館子，對著皇城裡那一起瓊樓玉宇，玉樹瓊花，痛飲了幾杯。

喝酒的時間，家樹又提到請壽峰就國術教師的事。壽峰道：「老弟，我答應了你，是冤了你；不答應你，是埋沒了你的好意。我告訴你說，我是為沈家姑娘才在大喜胡同借住幾天，將來你到我家裡去看看，你就明白了。」

家樹見老頭子不肯就，也不多說。

壽峰又道：「咱們都有心事，悶酒能傷人，八成兒就夠，別再喝了。你精神不大好，回家去休息吧。醫院的事，你交給我了，明天上午，大喜胡同會。」

家樹真覺身子支持不住，便作別回家。

到了次日，天色已晴，北方的冬雪落下來是不容易化的。家樹起來之後，便要出門，伯和說：「吃了半個多月苦，休息休息吧。滿城是雪，你往哪裡跑呢？」

家樹不便當了他們的面走，只好忍耐著；等到不留神，然後才上大喜胡同來。老遠地就看見醫院裡一輛接病人的廂車，停在沈家門口。

走進她家門，沈大娘扶著樹，站在殘雪邊，哭得涕淚橫流，只是微微地哽咽著，張了嘴不出聲，也收不攏來。

秀姑兩個眼圈兒紅紅的跑了出來，輕輕地道：「大嬸，她快出來了，你別哭呀！」

沈大娘將衣襟掀起，極力地擦乾眼淚，這才道：「大爺，你來得正好，不枉你們好一場！你送送她吧。這不就是送她進棺材嗎？」說著，又哽咽起來。

秀姑擦著淚道：「你別哭呀！快點讓她上車，回頭她的病犯了，可又不好辦。」

家樹見她這樣，也為之黯然，站在一邊移動不得。

壽峰在裡面喊道：「大嫂！你進來攙一攙她吧。」

沈大娘在外面屋子裡，用冷手巾擦了一把臉，然後進屋去。

不多一會兒，只見壽峰橫側身子，兩手將鳳喜抄住，一路走了出來。

鳳喜的頭髮已是梳得油光，臉上還抹了一點胭脂粉，身上卻將一件紫色緞夾衫罩在棉袍上，下面穿了長統絲襪，又是一雙單鞋。

沈大娘並排走著，也攙了她一隻手，她微笑道：「你們怎麼不換一件衣裳？箱子裡有的是，別省錢啦。」

她臉上雖有笑容，但是眼光是直射的。

出得院來，看見家樹，卻呆視著，笑道：「走呀，我們聽戲去呀！車在門口等著呢。」望了一會，忽然很驚訝的，將手一指道：「他，他，他是誰？」

壽峰怕她又鬧起來，夾了她便走，連道：「好戲快上場了。」

鳳喜走到大門邊，忽然死命地站住，嚷道：「別忙，別忙！這地下是什麼？是白麵呢，是銀子呢？」

沈大娘道：「孩子，你不知道嗎？這是下雪。」

她這樣一耽誤，家樹就走上前了，鳳喜笑道：「七月天下雪，不能夠！我記起來了，這是做夢。夢見樊大爺，夢見下白麵。」說著，對家樹道：「大爺，你別嚇唬我，相片不是我撕的……」說著，臉色一變，要哭起來。

汽車上的院役只管向壽峰招手，意思叫他們快上車。壽峰又一使勁，便將鳳喜抱進了車廂，卻只有沈大娘一人跟上車去，她伸出一隻手來向外亂招，院役將她的手一推，砰的一聲關住了車門。

車廂上有個小玻璃窗，鳳喜卻扒著窗戶向外看，頭髮又散亂了，衣領也歪了，卻只管對著門口送的人笑道：「聽戲去，聽戲去……」地上雪花亂滾，車子便開走了。

關氏父女、沈三玄和家樹同站在門口，都作聲不得。

家樹望了門口兩道很寬的車轍，印在凍雪上，嘆了一口氣，只管低著頭抬不起來。

壽峰拍了他的肩膀道：「老弟，你回去吧，五天後，西山見。」

家樹回頭看秀姑時，她也點頭道：「再見吧。」

這裡家樹點了一點頭，正待要走，沈三玄滿臉堆下笑來，向家樹請了一個安道：「過兩天我到陶公館裡和大爺問安去，行嗎？」

家樹隨在身上掏了幾張鈔票，向他手上一塞，板著臉道：「以後我們彼此不認識。」回頭對壽峰道：「我五天後準到。」掉轉身便走了。

這時地下的凍雪本是結實的，讓行人車馬一踏，又更光滑了。家樹只走兩步，噗地一聲，便跌在雪裡。

壽峰趕上前來，問怎麼了。家樹站起來，說是路滑，拍了一起身上的碎雪，兩手抄了一抄大衣領子，還向前走。也不知道什麼緣故，也不過再走了七八步，腳一滑，人又向深雪裡一滾。秀姑「喲」了一聲，跑上前來，正待彎腰扶他，見他已爬起來，便縮了手。

家樹站起來，將手扶著頭，皺眉頭道：「我是頭暈吧，怎麼連跌兩回呢？」秀姑雇了車過來，對家樹笑道：「我送你到家門口吧。」

壽峰點點頭道：「好，我在這裡等你。」

家樹口裡連說「不敢當」，卻也不十分堅拒，二人一同上車。

家樹車在前，秀姑車在後，路上和秀姑說幾句話，她也答應著，後來兩輛車慢慢離遠，及至進了自己胡同口時，後面的車子不曾轉過來，逕自去了。

家樹回得家去，便倒在一張沙發上躺下，也不知心裡是爽快，也不知心裡是悲慘，只推身子不舒服，就只管睡著。因為樊端本明天一早要回任去，勉強起來，陪著吃了一餐晚飯，便早睡了。

次日，家樹等樊端本走了，自己也回學校去，師友們見了，少不得又有一番慰問。及至聽說家樹是壽峰、秀姑救出來的，都說要見一見，最好就請壽峰來當國術教師。家樹見同學們倒先提議了，正中下懷。到了第五天的日子，坐了一輛汽車，繞著大道直向西山而來。

到了「碧雲寺」附近，家樹向鄉民一打聽，果然有個環翠園。翠園裡環著山麓，一周短牆，有一個小花園在內，很精緻的一幢洋樓，迎面而至。

家樹一人自言自語道：「不對吧，他們怎麼會住在這裡？」心裡猶豫著，卻儘管對那幢洋樓出神。

在門左邊看看，在門右邊又看看，正是進退莫定的時候，忽然看見秀姑由樓下走廊子上跳了下來，一面向前走，一面笑著向家樹招手道：「進來啊！怎麼望著呢？」

家樹向來不曾見秀姑有這樣活潑的樣子，這倒令人吃一驚了，因迎上前去問道：「大叔呢？」

秀姑笑道：「他一會兒就來的，請裡面坐吧。」說著，她在前面引路，進了那洋樓下，就引到一個客廳去。

這裡陳設得極華麗，兩個相連的客廳，一邊是紫檀雕花的傢具，配著中國古董；一邊卻是西洋陳設和絨面沙發，家樹心想：小說上常形容一個豪俠人物家裡如何富等王侯，果然不錯！心裡想著，只管四面張望，正待去看那面字畫上的上款，秀姑卻伸手一攔，笑道：「就請在這邊坐。」

家樹哪裡見她這樣隨便的談笑，更是出於意外了，笑道：「難道這還有什麼秘密嗎？」

秀姑道：「自然是有的。」

家樹道：「這就是府上嗎？」

秀姑聽到，不由格格一笑，點頭道：「請你等一等，我再告訴你。」

這時，有一個聽差送茶來，秀姑望了他一望，似乎是打個什麼招呼，接上便道：「樊先生，我們上樓去坐坐吧。」

家樹這時已不知到了什麼地方，且自由她擺布，便一路上樓去。

到了樓上，卻在一個書室裡坐著。書室後面，是個圓門，垂著雙幅黃幔，這裡更雅緻了。黃幔裡彷彿是個小佛堂，有好些掛著的佛像和供著的佛龕。

家樹正待一探頭看去，秀姑嚷了一聲：「客來了！」

黃幔一動，一個穿灰布旗袍的女子，臉色黃黃的，**由裡面出來。兩人一見，彼此都吃驚向後一縮，原來那女子卻是何麗娜。**

她先笑著點頭道：「樊先生好哇，關姑娘只說有個人要介紹我見一見，卻不料是你！」

家樹一時不能答話，只「呀」了一聲，望著秀姑道：「這倒奇了，二位怎麼會在此地會面？」

秀姑微笑道：「樊先生何必奇怪！說起來，這還得多謝你在公園裡給咱們那一番介紹。我搬出了城，也住在這裡近邊和何小姐成了鄉鄰。有一天，我走這園子門口，遇到何小姐，我們就來往起來了，她說，搬到鄉下來住，要永不進城了，對人說，可說是出了洋哩！我們這要算是在『外國相會』了。」說著，又吟吟微笑。

家樹聽她說畢，恍然大悟。此處是何總長的西山別墅，倒又入了關氏父女的圈套了，對著何麗娜又不便說什麼，只好含糊著道：「恕我來得冒昧了。」

何麗娜雖有十二分不滿家樹，然而滿地的雪，人家既然親自登門，應當極端原諒，因之也不追究他怎樣來的，免得他難為情，就很客氣的，讓他和秀姑在書房裡坐下，笑問道：「什麼時候由天津回來的？」

家樹隨答：「也不多久呢。」

問：「陶先生好？」

答：「他很好。」

問：「陶太太好？那裡雪也大嗎？」

家樹道：「很大的。」

問到這裡，何麗娜無甚可問了，便按鈴叫聽差倒茶。

聽差將茶送過了，何麗娜才想起一事，向秀姑笑道：「令尊大人呢？」

秀姑將窗幔掀起一角，向樓下指道：「那不是？」

家樹看時，見圍牆外有兩頭驢子，一隻驢空著，一隻驢身上堆了幾件行李，壽峰正趕著牲口到門口呢。

家樹道：「這是做什麼？」

秀姑又一指道：「你瞧，那叢樹下一幢小屋，那就是我家了，這不是離何小姐這裡很近嗎？可是今天，我們爺兒倆就辭了那家，要回山東原籍了。」

家樹道：「不能吧？」只說了這三字，卻接不下去。

秀姑卻不理會，笑道：「二位，送送我哇！」說了，起身便下樓。

何麗娜和家樹一起下樓，跟到園門口來。壽峰手上拿了小鞭子，和家樹笑著拱了拱手道：「你又是意外之事吧？我們再會了，我們再會了！」

何麗娜緊緊握了秀姑的手，低著聲道：「關姑娘，到今日，我才能完全知道你，你真不愧……」

秀姑連連搖手道：「我早和你說過，不要客氣的。」說時，她撒開何麗娜的手，將一起驢子的轡繩理了一理。

壽峰已是牽一頭驢子在手，家樹在壽峰面前站了許久，才道，「我送你一程，行不行？」

壽峰道：「可以的。」

秀姑對何麗娜笑著道了一聲保重。

家樹陪著慢走上大道，因道：「大叔，我知道你是行蹤無定的，誰也留不住。可不知道我們還能會面嗎？」

壽峰笑道：「**人生也有再相逢的，你還不明白嗎？只可惜我為你盡力，兩分只盡了一分罷了**。天氣冷，別送了。」說著，和秀姑各上驢背，加上一鞭，便得得順道而去。

秀姑在驢上先回頭望了兩望，約跑出幾十丈路，又帶了驢子轉來，一直走到家樹身邊，笑道：「真的，你別送了，仔細中了寒。」說畢，一掉驢頭，飛馳而去。卻有一樣東西，由她懷裡取出，拋在家樹腳下。

家樹連忙撿起，看時，是個紙包，打開紙包，有一綹烏而且細的頭髮，又是一張秀姑自己的半身相片，正面無字，翻過反面一看，有兩行字道：

「何小姐說，你不贊成後半截的十三妹，你的良心好，眼光也好，留此作個紀念吧！」

家樹唸了兩遍，猛然省悟，抬起頭來，她父女已影蹤全無了。對著那斜陽普照的大路，不覺灑下幾點淚來。

這裡家樹心裡正感到悽愴，卻不防身後有人道：「這爺兒倆真好，我也捨不得啊！」回頭看時，卻是何麗娜追來了。她笑道：「樊先生，能不能到我們那裡去坐坐呢？」

家樹連忙將紙包向身上一塞，說道：「我要先到西山飯店去開個房間，回頭再來暢談吧。」

何麗娜道：「那麼，你今天不回城了，在我舍下吃晚飯好嗎？」

家樹不便不答應，便說：「準到。」於是別了何麗娜，步行到西山飯店，開了一個窗子向外的樓房，一人坐在窗下，看看相片，又看看大路，又看看那一綹青絲，只管想著：這種人的行為真猜不透，究竟是有情是無情呢？照相片上的題字說，當然她是個獨身主義者；照這一綹頭髮說，**舊式的女子豈肯輕易送人的！就她未曾剪髮，何等寶貴頭髮，用這個送我，交情之深，更不必說了，可是她一拉我和鳳喜復合，二拉我和麗娜相會，又絕不是自謀的人，越想越猜不出個道理來，只管呆坐著。**

到了天色昏黑，何麗娜派聽差帶了一乘山轎來，說是汽車伕讓他休息去了，請你坐轎子去吃飯。家樹也是盛意難卻，便放下東西，到何麗娜處來。

這時，何家別墅的樓下客廳已點了一盞小汽油燈，照得如白晝一般。家樹剛一進門，脫下大衣，何麗娜便迎上前來，代聽差接著大衣和帽子。一見帽子上有許多雪花，便道：「又下雪了嗎？這是我大意了。這裡的轎子是個名目，其實是兩根槓子，抬一把椅子罷了。讓你吹一身雪，受著寒。該讓汽車接你才好。」

家樹笑道：「沒關係，沒關係。」說著搓了搓手，便靠近爐子坐著。爐子裡嗤嗤的響，火勢正旺，一室暖和如春。客廳裡桌上茶几上，擺了許多晚菊和早梅的盆景，另外還有秋海棠和千樣蓮之屬，正自欣欣向榮。家樹只管看著花，先坐了看，轉身又站起來看。

何麗娜道：「這花有什麼好看的嗎？」便也走過來。

家樹見她臉上已薄施脂粉，不是初見那樣黃黃的了，因道：「屋外下雪，屋裡有鮮花，我很佩服北京花兒匠技巧。」

何麗娜見他說著，目光仍是在花上，自己也覺得羞答答的，便道：「請你喝杯熱茶，就吃飯吧。」說著，親自端了一杯熱茶給他。

家樹剛一接茶杯，便有一陣花香，正是新品的玫瑰茶呢。

在家樹正喝著茶的當兒，何麗娜已同一個女僕，在一張圓桌上相對陳設兩副筷碟，接著送上菜來，只是四碗四碟，都是素的。一邊放下一碗白飯，也沒有酒。最特別的，兩個銀燭臺點著一雙大紅洋蠟燭，放在上方。

何麗娜笑道：「鄉居就是一樣不好，沒有電燈。」

家樹倒也沒注意她的解釋，便將拿在手上出神的茶杯放了，和她對面坐下吃飯。

何麗娜將筷子撥了一撥碗裡菜，笑道：「對不住，全是素菜，不過都是我親手做的。」

家樹道：「那真不敢當了。」

何麗娜等他吃了幾樣菜，便問：「口味怎樣？」

家樹說：「好。」

何麗娜道：「蔬菜吃慣了，那是很好的。我一到西山來，就吃素了。」說著，望了家樹，看他怎樣問話。

他不問，卻贊成道：「吃素我也贊成，那是很衛生的呀。」

何麗娜見他並不問所以然，也只得算了。

一時飯畢，女僕送來手巾，又收了碗筷。此刻，桌上單剩兩支紅燭。何麗娜和家樹對面在沙發上坐下，各端了一杯熱氣騰騰的玫瑰茶，慢慢呷著。

何麗娜望了茶几上的一盆紅梅，問道：「你以為我吃素是為了衛生嗎？你都不知道，別人就更不知道了。」

家樹停了一停，才「哦」了一聲道：「是了，密斯何現在學佛了，一個在黃金時代的青年，為什麼這樣消極呢？」

何麗娜抿嘴一笑，放下了茶杯，因走到屋旁話匣子邊，開了匣子，一面在一個櫥屜裡取出話起來放上，一面笑道：「為什麼呢，你難道一點不明白嗎？」

話匣子一唱起來，卻是一段《黛玉悲秋》的大鼓書。家樹一聽到那「清清冷冷的瀟湘院，一陣陣的西風吹動了綠紗窗」，不覺手上的茶杯子向下一落，「啊呀」了一聲。所幸落在地毯上，沒有打碎，只潑出去了一杯熱茶。

何麗娜將話匣子停住，連問：「怎麼了？」

家樹從從容容撿起茶杯來，笑道：「我怕這淒涼的調子……」

何麗娜笑道：「那麼，我換一段你愛聽的吧。」說著，便換了一張片子了。

原來那片子有一大段道白，有一句是「你們就對著這紅燭磕三個頭」，這正是《能仁寺》十三妹的一段。家樹一聽，忽然記起那晚聽戲的事，不覺一笑道：「密斯何，你好記性！」

何麗娜關了話匣子站到家樹面前，笑道：「你的記性也不壞……」只這一句，啪的一聲窗戶大開，卻有一束鮮花由外面拋了進來。

家樹走上前，撿起來一看，花上有一個小紅綢條，上面寫了一行字道：「關秀姑鞠躬敬賀。」連忙向窗外看時，大雪初停，月亮照在積雪上，白茫茫一起乾坤，皓潔無痕，哪裡有什麼人影？

家樹忽然心裡一動，覺得萬分對秀姑不住，一時萬感交集，猛然地墜下幾點淚來。

何麗娜因窗子開了，吹進一絲寒風，將燭光吹得閃了兩閃，連忙將窗子關了，隨手接過那一束花來。

家樹手上卻抽下了一支白色的菊花拿著，兀自背著燈光，向窗子立著。何麗娜將花上的綢條看了一看，笑道：「你瞧，關家大姑娘給我們開這大的玩笑！」

家樹依然背立著，並不言語。

何麗娜道：「她這樣來去如飛的人，哪裡會讓你看到，你還呆望了做什麼？」

家樹道：「眼睛裡面吹了兩粒沙子進去了。」說著，用手絹擦了眼睛，回轉頭來。

何麗娜一想，到處都讓雪蓋著，哪裡來的風沙？笑道：「**眼睛和愛情一樣，裡面摻不得一粒沙子的**，你說是不是？」說著，眉毛一揚，兩個酒窩兒一旋，望了家樹。

家樹呆呆地站著，左手拿了那支菊花，右手用大拇指食指，只管拈那花幹兒。半晌，微微地笑了一笑。

然而，何麗娜哪裡會知道這一笑命意的曲折，就一伸手，將紫色的窗幔，掩了玻璃窗，免得家樹再向外看。

那屋裡的燈光，將一雙人影便照著印在紫幔上。窗外天上那一輪寒月，冷清清的，孤單單的，在這樣冰天雪地中，照到這樣春氣蕩漾的屋子，有這風光旖旎的雙影，也未免含著羨慕的微笑哩。

續集

續集自序

《啼笑因緣》問世以來，前後差不多有四年，依然還留存在社會上，讓人注意著，卻出乎我的意料以外。有些讀者固然說這是茶餘酒後的東西，一讀便完了。可是也有些讀者，說在文藝上多少有點意味。

我對於這一層，都不去深辯，只是有些讀者卻根據了我的原書，另做些別的文字。當然，有比原書好的；可是對於原書未能十分瞭解的，也未嘗沒有。一個著作者，無論他的技巧如何，對於他自己的著作多少總有些愛護之志，所謂「敝帚自珍」，所謂「賣瓜的說瓜甜」，假使這「敝帚」，有人替我插上花，我自是歡喜；然而有人塗上爛泥，我也不能高興。

在三年以來，要求我作續集的讀者，數目我不能統計，但是這樣要求的信，不斷的由郵政局寄到我家，至今未曾停止。有人說：「你自己不續，恐怕別人要續了。」起初，我以為別人續，就讓他續吧，可是這半年以來，我又想著，假使續書出來並不如我所希望的那樣圓滿，又當如何呢？

原書是我做的，當然書中人物只有我知道最詳細，別人的續著，也許是新翻別樣花。為了這個原故，我正躊躇著，而印行原書的三友書社又不斷地來信要求我續著，他們的意思，也說是讀者的要求。我為了這些原因，便想著，不妨試一試。對於我的原來主張「不必續，不可續」，當然是矛盾的；然而這裡有一點不同的，就是我的續著是在原著以外去找出路，或者不算完全蛇足。這就是我作續著的緣起，其他用不著「賣瓜的說瓜甜」了。

張恨水

一九三三年

一 畫龍點睛

卻說西山的何氏別墅中，紫色的窗幔上，照著一雙人影。窗外冰天雪地中的一輪涼月，也未免對了這旖旎的風景發生微笑。

這兩個人影，一個是樊家樹，一個是何麗娜，影子是那樣倚傍一處，兩個人也就站著不遠。何麗娜眉毛一揚，兩個酒窩兒掀動起來，她沒有說話，竟是先笑起來了。

家樹笑道：「你今天太快活了吧？」

何麗娜笑道：「我快活，你不快活嗎？」說著，微微地搖了一搖頭，又笑道：「你不見得會快活吧？」

家樹道：「我怎麼不快活？在西山這地方，和『出洋』的朋友見面了。」

何麗娜笑著，也沒有什麼話說，向沙發椅子上引著道：「請坐，請坐。」家樹便坐下了。

何麗娜見家樹終於坐下，就親自重斟了一杯熱熱的玫瑰茶，遞到家樹手上，自己卻在他對面，一個錦墩上坐著。

家樹呷了茶，眼望了茶杯上出的熱氣，慢慢地看到何麗娜臉上，笑道：「何女士，你現在可以回城去了吧？」

他說這句話不要緊，何麗娜心裡不覺蕩漾了一下，因為這句話以內還有話的。自己是為婚姻不成功，一生氣避到西山來的，他現在說可以回城了吧，換句話說，也就是不必生氣了，不必生氣了，就是生氣的那個原因可以消滅了。

她不覺臉上泛起兩朵紅雲，頭微微一低。心裡可也就跟著為難：說是我回城了，覺得女兒家太沒有身分，在情人面前，是一隻馴羊；可是說不回城去，難道自己還和他鬧氣嗎？那麼，這個千載一時的機會又要失去了，縱然說為保持身分起見，也說含混一點，但是自己絕對沒有那個勇氣。

究竟她是一個聰明女郎，想起剛才所說，眼睛和愛情一樣裡面夾不得一粒沙子，便笑道：「你眼睛裡那一粒沙子，現在沒有了嗎？」

家樹微微點點頭道：「沒有沙子了，很乾淨的。」

他雖是那樣點了頭，可是他的眼光卻並不曾向她直視著，只是慢慢地呷著茶，看了桌上那對紅燭的燭花……

何麗娜看看家樹，見他不好意思說話，不便默然，於是拿出往日在交際場中那灑脫的態度來，笑道：「茶太熱了吧，要不要加點涼的？」

家樹道：「不用加涼的，熱一點好。」

何麗娜也不知是何緣故，突然噗嗤一聲笑了出來。笑畢，身子跟著一扭。家樹倒也愕然，自己很平常的說了這樣一句話，為什麼惹得她這樣大笑？喝玫瑰茶，是不能熱一點的嗎？

他正怔怔的望著，何麗娜才止住了笑向他道：「我是想起了一件事，就笑起來了，並不是笑你回答我的那一句話。」

家樹忽然有一點省悟，她今天老說雙關的話，大概這又是雙關的問話，自己糊裡糊塗的答覆對上了她那個點子了，當然，這是她願聽的話，自然是笑了。自己老實得可憐，竟是在一個姑娘當面讓人家玩了圈套了，便舉起茶杯來一飲而盡，然後站了起來道：「多謝密斯何，吵鬧了你許久，我要回旅館去了。」

何麗娜道：「外面的雪很深，你等一等，讓我吩咐汽車夫開車送你回去。」說著，她連忙跑到裡面屋子裡去拿了大衣和帽子出來，先將帽子交給家樹，然後兩手提了大衣，笑著向他點頭，那意思是讓他穿大衣。

這樣一來，家樹也不知如何是好，向後退了一步，兩手比著袖子，和她連連拱了幾下手道：「不敢當，不敢當！」

何麗娜笑道：「沒關係，你是一個客，我做主人的招待招待那也不要緊。」

家樹穿是不便穿，只好兩手接過大衣來，自行穿上。

何麗娜笑道：「別忙走呀，讓我找人來送。」

家樹道：「外面雖然很深的雪，可月亮是很大的！」他一面說，一面就向外走。

何麗娜說是吩咐人送，卻並沒有去叫人，輕輕悄悄的就在他身後緊緊地跟了出來。由樓下客廳外，直穿過花坪，就送到大門口來。

家樹剛到大門口，忽然一陣寒氣，夾著碎雪，向人臉上、脖子上直灑過來，這就想起何麗娜身上還穿的是灰布起袍，薄薄的分量，短短的袖子，怎樣可以抗冷？便回轉身道：「何女士請回吧，你衣裳太單薄。」

何麗娜道：「上面是月，下面是雪，這景致太好了，我願意看看。」

家樹道：「就是要看月色，也應當多穿兩件衣服。」

何麗娜聽說，心裡又蕩漾了一下，站在門洞子裡避著風，且不進去，遲疑了一會，才低聲道：樊先生明天不回學校去嗎？

家樹道：「看天氣如何，明天再說吧。」

何麗娜道：「那麼，明天請在我這裡午飯。就是要回學校，也吃了午飯去。」

說到這裡，女僕拿著大衣送了來，汽車夫也將車子開出大門來。何麗娜笑道：「人情做到底，我索性送樊先生回旅館去。」說時，她已把大衣穿了，開了汽車門，就坐上車去等著。

這是何小姐的車子，家樹不能將主人翁從她自己車子上轟了下來，只得也跟著坐上車來，笑道：「像主人翁這樣殷勤待客的，我實在還是少見。」

何麗娜笑道：「本來我閒居終日，一點事情沒有，也應該找些事情做做呀。」

二人說著話，汽車順了大道，很快地已經到了西山旅館門口。

家樹一路之上，心裡也就想著：假使她下車還送到旅館裡面去，那倒讓自己窮於應付了……可這時何麗娜卻笑道：「恕我不下車了，明天見吧。」家樹下得車來時，她還伸出一隻手在車外招了兩招。

家樹走進旅館裡，茶房開了房門，先送了一個點了燭的燭臺進來，然後又送上一壺茶，便向家樹道：「不要什麼了嗎？」

家樹聽聽這旅館裡，一切聲音寂然。鄉下人本來睡得很早，今晚又是寒夜，大概都安歇了，也沒有什麼可要，便向茶房擺了一擺頭，讓他自去。

這屋子裡爐火雖溫，只是桌上點了一支白蠟燭，發出那搖搖不定的燭光，在一間很大的屋子裡，更覺得這光線是十分微弱。自己很無聊的，將茶壺裡的茶斟上一杯。那茶斟到杯子裡，只有玲玲的響聲，一點熱氣也沒有，喝到嘴裡和涼水差不多，也僅僅是不冰牙罷了。

他放下茶杯，隔了窗紗，向外面看看，月光下面的雪地，真是銀妝玉琢的世界。家樹手掀了窗紗，向外面呆看了許久，然後坐在一張椅子上，只望了窗子出神，心裡就想著：**這樣冷冷靜靜的夜裡，不知關氏父女投宿在何處？也不知自己去後，何麗娜一人坐汽車回去，又作何種感想？**

他只管如此想著，也不知混了多少時間，耳邊下只聽到樓下面的鐘噹噹敲上了一陣，在鄉郊當然算是夜深的了，自己也該安歇了吧，於是展開了被，慢慢地上床去睡著。因為今天可想的事情太多了，靠上枕頭，還是不住的追前揣後想著……

待到次日醒來，這朝東的窗戶，正滿滿地曬著通紅的太陽。

家樹連忙翻身起床，推開窗紗一看，雪地上已經有不少的人來往。可是旅館前的大路已經被雪遮蓋著，一些看不出來了，心想：昨天的汽車已經打發走了，這個樣子，今天要回學校去已是不可能，除非向何麗娜借汽車一坐，但是這樣一來，二人的交情進步，可又要公開到朋友面前去了，第一是伯和夫婦又要進行「喝冬瓜湯」的那種工作了。

想了一會，覺得西山的雪景很是不壞，在這裡多耽擱一天，那也無所謂，於是吩咐茶房，取了一份早茶來，靠了窗戶，望著窗外的雪景，慢慢地吃喝著。

吃過了早茶，心裡正自想著：要不要去看一看何麗娜呢？果然去看她，自己的表示，就因昨晚一會太切實了；然而不去看她，在這裡既沒有書看，也沒有朋友談話，就這樣看雪景混日子過嗎？如此想著，一人就在窗子下徘徊。

忽然，一輛汽車很快地開到旅館門前。家樹認得，那是何麗娜的車子，不想自己去訪她不訪她這個主意未曾決定，人家倒先來了，於是走出房來，卻下樓去相迎，然而進來的不是何小姐，乃是何小姐的汽車夫。

他道：「樊先生，請你過去吧，我們小姐病了。」

家樹道：「什麼，病了？昨天晚上，我們分手還是好好的呀。」

汽車夫道：「我沒上樓去瞧，不知道是什麼病。據老媽子說，可病得很厲害呢！」

家樹聽說，也不再考慮，立刻坐了來車到何氏別墅。

女僕早是迎在樓梯邊，皺了眉道：「我們小姐燒得非常的厲害，我們要向宅裡打電話，小姐又不許。」

家樹道：「難道到現在為止，宅裡還不知道小姐在西山嗎？」

女僕道：「知道了幾天了，這汽車不就是宅裡打發著來接小姐回去的嗎？」

家樹說著話，跟了女僕走進何麗娜的臥室。只見一張小銅床，斜對了窗戶，何麗娜捲了一床被躺著，只有一頭的亂髮露在外面。

她知道家樹來了，立刻伸出一隻雪白的手臂，將被頭壓了一壓，在軟枕上露出通紅的兩頰來。她看到家樹，眼珠在長長的睫毛裡一轉，下巴微點著，那意思是多謝他來看病，家樹伸手去摸一摸她，覺得不對：她又不是鳳喜！

在家樹手一動，身子又向後一縮的時候，何麗娜已是看清楚了，立刻伸手向他招了一招道：「你摸摸我的額頭，燒得燙手呢。」

家樹這就不能不摸她了，走近床邊，先摸了她的額頭，然後又拿了她的手，按了一按脈，何麗娜就在這時候連連咳嗽了幾聲。

家樹道：「這病雖來得很猛，我想，一定是昨晚上受了涼感冒了。喝一碗薑湯，出一身汗，也就好了。」

何麗娜道：「因為如此，所以我不願意打電話回家去。」

家樹笑道：「這話可又說回來了，我可不是大夫，我說你是感冒，究竟是瞎猜的，設若不是的呢，豈不耽誤了醫治？」

何麗娜道：「當然是的。醫治是不必醫治，不過病裏更會感到寂寞。」

家樹笑道：「不知道我粗手大腳的，可適合看護的資格？假使我有那種資格的話……」

何麗娜不等他說完，燒得火熾一般的臉上，那個小酒窩兒依然掀動起來，微笑道：「看護是不敢當。大雪的天，在我這裏閒談談就是了。我知道你是要避嫌疑的，那末，我移到前面客廳裏去躺著吧。」

這可讓家樹為難了：**是承認避嫌呢，還是否認避嫌呢？**躊躇了一會子，卻只管笑著。

何麗娜道：「沒關係，我這床是活動的，讓他們來推一推就是了。」

女僕們早已會意，就有兩個人上前，來推著銅床。由這臥室經過一間屋子，就是樓上的客室，女僕們在腳後推著，家樹也扶了床的銅欄杆，跟了床，一步一步地向外走，何麗娜的一雙目光只落到家樹身上。

到了客廳裡，兩個女僕走開了。家樹就在旁邊一張椅子上坐了。他笑了，她也笑了，何麗娜道：「你笑什麼呢？」

家樹道：「何女士的行動似乎有點開倒車了，若是在半年以前，我想臥室裡也好，客廳裡也好，是不怕見客的！」

何麗娜想了一想，才微微一搖頭道：「你講這話似乎很知道我，可也不盡然。我的脾氣向來是放浪的，我倒也承認，可是也不至於在臥室裡見客。我今天在臥室裡見你，那算是破天荒的行動呢！」

家樹道：「那麼，我的朋友身分有些與人不同嗎？」

何麗娜聽了這話，臉上是很失望的樣子，不作聲。

家樹就站了起來，又用手扶了床欄杆，微低了腰道：「我剛才失言了。我的環境，你全知道，現在……」

何麗娜道：「我不能說什麼了。」

家樹道：「你剛才笑什麼呢？」

何麗娜道：「我不能說。」

家樹道：「為什麼不能說呢？」

何麗娜嘆了一口氣道：「無論是舊式的或者是新式的，女子總是癡心的！」

家樹用手摸了床欄杆，說不出話來。

何麗娜道：「你不要疑心，我不是說別的，我想在三個月以前，要你抵我的床欄杆邊推著我，那是不可能的！」

家樹聽了這話，覺得她真有些癡心，便道：「過去的事，不必去追究了。你身體不好，不必想這些。」

何麗娜道：「你摸摸我的額頭，現在還是那樣發燒嗎？」

家樹真也不便再避嫌疑，就半側了身子，坐在床上，用手去摸她的頭。她的額頭被家樹的手按著，似乎得了一種很深的安慰，微閉了眼睛，等著家樹撫摸。這個時候，樓上固然是寂然，就是樓下面，也沒有一點聲音，牆上掛的鐘，那機擺的響聲倒是軋唧軋唧，格外的喧響。

過了許久，何麗娜就對家樹道：「你替我叫一叫人，應該讓他們給你做一點吃的了。」

家樹道：「我早上已經吃過飯的，不忙，你不吃一點嗎？」

何麗娜雖是不想吃，經家樹如此一問，也只好點了一點頭。於是家樹就真個替她作傳達之役，把女僕叫了來，和她配製飲食。

這一天，家樹都在何氏別墅中。到了晚半天，何麗娜的病已經好了十之六七，但是她怕好得太快了，傭人們會笑話，所以依然躺著，吃過晚飯，家樹才回旅館去。

次日早上，家樹索性不必人請，就直接的來了。走到客廳裡時，那張銅床還在那裡放著。何麗娜已是披了一件紫絨的睡衣，用枕頭撐了腰，靠住床欄杆，捧了一本書，就著窗戶上的陽光看。

她臉上已經薄薄地抹了一層脂粉，簡直沒有病容了。

家樹道：「病好些嗎？」

何麗娜道：「病好些了，只是悶得很。」

家樹道：「那就回城去吧。」

何麗娜笑道：「你這話不通！人家有病的人還要到西山來養病呢，我在西山害了病，倒要進城去。」

家樹道：「這可難了，進城去不宜於養病，在鄉下又怕寂寞。」

何麗娜道：「我在鄉下住了這久，關於寂寞一層，倒也安之若素了。」

家樹在對面一張椅子上坐了，笑問道：「你看的什麼書？」

何麗娜將書向枕頭下一塞，笑道：「小說。」

家樹道：「小說嘛，一言以蔽之，不是女不愛男，就是男不愛女，或者男女都愛，男女都不愛。」

何麗娜道：「我瞧的不是言情小說。」

家樹道：「可是新式的小說沒有男女問題在內，是不叫座的。有人要把愛因斯坦的相對論編到小說裡來，我相信那小說的主人翁還是一對情侶。」

何麗娜笑道：「你的思想進步了，這個世界，是愛的世界，沒有男女問題，什麼都枯燥，所以愛情小說儘管多，那不會討厭的。譬如人的面孔，雖不過是鼻子眼睛，可是一千個人就一千個樣子，所以愛情的局面，也是一千個人一千個樣子，只要寫得好，愛情小說是不會雷同的。」

家樹笑道：「不過面孔也有相同的。」

何麗娜道：「面孔縱然相同，人心可不相同呀！」

家樹一想，這辯論只管說下去，有些不大妙的，便道：「你不要看書吧，你煩悶得很，我替你開話匣子好嗎？」

何麗娜點點頭道：「好的，我願聽一段大鼓。你在話匣子底下，擱片子的第二個抽屜裡，把那第三張片子拿出來唱。」

家樹笑道：「次序記得這樣清楚。是一張什麼片子，你如此愛聽？」

這話匣子就在房屋角邊，家樹依話行事，取出話片子一看，卻是一張《寶玉探病》，不由得微微一笑，也不作聲，放好片子，就撥動開閘。

那話起報著名道：「萬歲公司，請紅姑娘唱《寶玉探病》。」

何麗娜笑道：「我請你把《馬鞍山》那片子唱一遍，你怎麼唱起《寶玉探病》來了呢？」

家樹不知道她的命意所在，聽說之後，立刻將話匣子關起來了。這才坐下來向她笑道：「這個片子不能唱嗎？」

何麗娜笑道：「你何必問我！我現在怎麼樣，你又來做什麼的？你把我當林黛玉，我怎樣敢當？」

家樹一想，這真是冤枉，我何嘗要把你當林黛玉？而且我也不敢自比賈寶玉呀！便笑道：「這一段子錯，不知其錯在我，也不知其錯在你？」

何麗娜抿嘴微笑了一笑，向家樹身上打量了一番。

家樹笑道：「得啦！就算是我的錯處，你別見怪。」

何麗娜笑道：「喲！你那樣高比我，我還能怪你嗎？你若是願意唱，你就唱吧，我就勉強作個林黛玉。」

家樹聽了此話，也不知道是唱好，還是不唱好，只是向她微笑著。

何麗娜又向他微笑了一笑，然後說道：「其實不必唱《寶玉探病》，百年之後，也許有人要編《家樹探病》呢。」

家樹笑道：「你今日怎麼這樣快活，病全好了吧？」

有了這一句話，才把何麗娜提醒：自己原是個病人，躺在床上的，怎麼如此高興呢？眼珠一轉，有了主意了，笑道：「所以我說，不配聽《寶玉探病》的片子，我就學不會那多愁多病林姑娘的樣子。你再摸摸我看，我是一點也不發燒了。」

家樹因她好好的靠在床欄杆上，不好意思摸她的腮和額頭，只彎了腰站在床邊，撫摸了她的手背，依然向後退一步，坐在椅子上。

家樹看了她，她也看了家樹，二人對了視線，卻噗嗤一聲的笑了，大家也不知說什麼是好。

這時，女僕卻來報告，說是宅裡打了電話來請小姐務必回去，今天若不回去，明天一早，太太親自來接。

何麗娜道：「你回個電話，說我回去就是了，可是叮囑家裡，不許對外面說我回去了。」

女僕答應去了。

家樹笑道：「回城以後，行蹤還要守秘密嗎？」

何麗娜道：「並不是我有什麼虧心的事怕見人，可是你想想，那天我大大的熱鬧一場，在跳舞之後，與大家分手，結果我不過是在西山住了些時，並沒有什麼偉大的舉動，那倒怪寒磣的。不但如此，我就回自己的家去，也有些不好意思。我無所謂而來，無所謂而去，不太顯著孩子氣嗎？樊先生，我有一個無理的要求，你能答應嗎？」

家樹心裡怦怦跳了兩下，心想她不開口則已，如果開了口，只有答應的了。這件事，倒有女子先向男子開口的嗎？便勉強地鎮靜著道：「你太客氣，怎麼說上無理的要求呢？只要是辦得到的，我一定照辦。」

何麗娜笑道：「其實也沒有什麼了不得，請你念我是個病人，送我進城去。假使我父親在家呢，我介紹你談談；就是我父親不在家，你和我母親談談也好。」

家樹心想：送她回家去，這倒可以說是我把她接回去的；其二呢，也好像我送上門去讓人家相親。然而儘管明白這個原因，卻已答應在先盡力去辦，難道這還有什麼不能盡力的！表面上就慨然的答應了。

何麗娜大喜，立刻下床踏了拖鞋，就進臥室裡面梳洗打扮去了。家樹一看這樣子，她簡直是沒有什麼病呢。

當日在何氏別墅中吃了午飯，兩個女僕收拾東西先行，單是何麗娜和家樹同坐了一輛汽車進城。

何麗娜是感冒病，只要退了燒，病就算是好了的，所以在汽車上有說有笑。她說父親雖是一個官僚，然而思想是很新的，只管和他談話；母親是很仁慈的，對於女兒是十分的疼愛，女兒的話，她是極能相信的。

家樹心裡想：這些話，我都沒有知道的必要，不過她既說了，自己不能置之不理，因之也就隨著她的話音隨便答話，口裡不住的說「是」。

何麗娜笑道：「你不該說『是』！你應該說『喳』！」

家樹倒莫名起妙，問這是什麼意思？何麗娜笑道：「我聽說前清的聽差答應老爺說話的時候，無論老爺笑他，罵他，申斥他，他總直挺挺的站著，低了腦袋，答應一個『喳』字，我瞧你這神氣，很有些把我當大老爺，所以我說你答覆我，應該說『喳』！不應該說『是』！」

家樹笑了。

何麗娜眼睛向他一瞅道：「以後別這樣，你不是怕我，就是敷衍我了。」

家樹還只是笑，汽車已到了何家大門口。

汽車夫一按喇叭，門房探頭看到，早一路嚷了進去：「小姐回來了，小姐回來了！」何麗娜先下車，然後讓家樹下車，家裡男女僕人早迎到門口，都問：「小姐好哇。」何麗娜臉上那個酒窩，始終沒有起復起來，只說是「好」。大家向後一看，見跟著一個青年，有些人明白，各對了眼光，心裡說，敢怕是他勸回來的。

何麗娜問道：「總長在家嗎？」

答說：「聽說小姐要回來了，在家裡等著呢。」

何麗娜向家樹點頭笑道：「你跟我來。」又向僕人道：「請總長到內客廳，說是我請了樊少爺來了，就是口北關樊監督的侄少爺。」她說著，向後退一步，讓家樹前走。

家樹心裡想著，送上門讓人家看姑爺了，這倒有些羞人答答，只得繃住了面子，跟了何麗娜走。

經過了幾重碧廊朱檻，到了一個精緻的客廳裡來。

家樹剛坐定，何廉總長只穿了一件很輕巧的嗶嘰*駝絨袍子，口裡銜了雪茄，緩步踱了進來。

何麗娜一見，笑著跳了上前，拉住他的手道：「爸爸，我給你介紹這位樊君。你不是老說少年人總要老成就好嗎？這位樊君，就是你理想中那樣一個少年，是我的好朋友，你得客氣一點，別端老伯的架子。」

何廉年將半百，只有這個女兒，自她失蹤，寸心如割，好容易姑娘回來了，比他由署長一躍而為財政總長還要高興十倍。雖然姑娘太撒嬌了，也不忍說什麼，笑道：「是了，是了，有客在此啦。」

家樹看他很豐潤的面孔，留了一小撮短小的鬍子，手是圓粗而且白，真是個財政總長的相，於是上前一鞠躬，口稱老伯。

何麗娜道：「請坐吧。」

何廉這句話是姑娘代說了，也就賓主坐下，寒暄了幾句，他道：「我宦海升沉，到了風燭之年，只有這個孩子，未免慣養一點，樊君休要見笑。」

家樹欠身道：「女公子極聰明的，小侄非常佩服，早想過來向老伯請教，又怕孟浪了，在女公子口裡，知道老伯是個很慈祥的人。」

何廉笑了。見家樹說話很有分寸，卻也歡喜，又問問他念些什麼書，喜歡什麼娛樂。談到娛樂，何麗娜坐在一邊，就接嘴了，笑道：「說了你也不相信，一個大學生，不會跳舞，也不會溜冰，也不會打牌。」

何廉笑道：「淘氣！你以為大學生對於這些事都該會的嗎？」正說到這裡，聽差來說：「陶宅來了電話，問樊少爺就過去呢，還是有一會？」

家樹坐在這裡，究竟有些局促不安，便答道：「我就過去。」說著向何廉告辭。何廉道：「內人原想和樊君談一談，晚間無事嗎？到舍下來便飯。」

何麗娜聽了這話，喜歡得那小酒窩兒只管旋著，眼珠瞧了家樹。家樹看了她帶有十分希望著的神氣，心中實在不敢違拗，便答道：「請不要客氣。」

何廉道：「伯和夫婦請你代我約會一聲，我不約外人。」說著，送出內院門。像何廉這種有身分的人，送客照例不能遠，而況家樹又是未來的姑爺，當然也就不便太謙，只送到這裡就不送了。

何麗娜卻將家樹送過了幾重院子。家樹道：「你回來，還沒有見伯母，別送了。」

何麗娜道：「我也要吩咐汽車夫送你呀。」於是將家樹送到大門，直等他坐上了自己的汽車，才走到車門邊，向他低聲笑道：「陶太太又該和你亂開玩笑了。」

家樹微笑著。

何麗娜又笑道：「晚上見。」說著，給他代關了車門，於是車子開著走了。

何麗娜回轉身正要進去，卻有一輛站著四個衛兵的汽車，嗚的一聲，搶到門口。她知道是父親的客到了，身子一閃，打算由旁邊跨院裡走進去，然而那汽車上的客人走下來，老遠的叫了兩聲「何小姐」。

她回頭看時，卻是以前當旅長、現在作統制的沈國英。

他今天穿的是便服，看去不也是一個英俊少年嗎？他老早地將帽子取在手中，向何麗娜行一鞠躬禮，笑道：「呵喲！不料在這裡會到何小姐。」

何麗娜笑道：「沈統制是聽到朋友說我出洋去了，所以在家裡見著我，很以為奇怪吧？」

沈國英笑道：「對了，自那天跳舞會以後，我是欽佩何小姐了不得，次日就到府上來奉訪，不想說是何小姐走了。」

何麗娜道：「對的，我本來要出洋，不想剛要動身就害了病，沒有法子，只好到西山去休養些時。我今天病好剛回來，連家母還沒有會面呢。請到裡面坐，我見了家母再來奉陪。」說畢，點個頭就進去了。

沈國英心想：這位何小姐，真是態度不可測，那次由天津車上遇到，她突然地向我表示好感，跳舞會裡也是十分的親近，後來就回避不見，今天見著了，又是這樣的冷淡，**難道像我這樣一個少年得意的將領，她都不看在眼睛裡面嗎？……**

他在這裡沉吟著，何廉得了消息，已經遠迎出來。

沈國英笑道：「剛才遇到令嫒……」

何廉道：「她昨天還病著，剛由西山回家，還沒有到上房去呢。」

沈國英跟著何廉到內客室裡，見椅子上還有一件灰背大衣，便笑道：「剛才有女賓到此？」

何廉道：「這就是小女回家來，脫下留在這裡的，因為有人送了她回家來，她在這裡陪著。」

沈國英道：「怪不得剛才令嬡在大門口送一輛汽車走了，這人由西山送何小姐回來，一定是交誼很厚的。」

何廉沒有說什麼，只微笑了一笑。

沈國英想了一想，心裡似乎有一句話想說出來，但是他始終不肯說，只和何廉談了一小時的軍國大事，也就去了。

何廉走回內室，只見夫人在一張軟榻上坐了，女兒靠了母親，身子幾乎歪到懷裡去。何廉皺了眉道：「麗娜一在家裡，就像三歲的小孩子一樣，可是一出去呢，就天不怕地不怕。」

何麗娜坐正了道：「我也沒有什麼天不怕地不怕呀！有許多交際地方，還是你帶了我去的呢。」

何太太拍了她肩膀一下道：「給她找個厲厲害害的人，管她一管就好了。」

何廉道：「樊家那孩子，就老實。」

何太太道：「你不要把事情看得太準了，還說不定人家願意不願意呢。」

何廉道：「其實我也不一定要給他。」

何麗娜突然地站了起來，繃了臉，就向自己屋子裡去，鞋子走著地板，還咚咚作響。何太太微笑著，向她身後只努嘴。

聽不見她的鞋響了，何廉才微笑道：「這冤家對於姓樊的那個孩子，卻是用情很專。」

何太太道：「那還不好嗎？難道你希望她不忠於丈夫嗎？這孩子一年以來，越來越浪漫，我也很發愁，既是她自己肯改過來，那就很好。」

何廉卻也點了點頭，一面派人去問小姐，說是今晚請客，是家裡廚子做呢，還是館子裡叫去？小姐回了話：「就是家裡廚子做吧。」

何廉夫婦知道姑娘不生氣了，這才落下一塊石頭。

到了晚上七點鐘，家樹同著伯和夫婦一起來了。先是何麗娜出來相陪，其次是何廉，最後何太太出來。陶太太立刻迎上前問好，又向家樹招招手道：「表弟過來，你看這位老伯母是多麼好呵！」

家樹過來，行了個鞠躬禮。何太太早是由頭至腳看了個夠。這內客室裡，有了陶太太和何太太的話家常，又有何廉同伯和談時局，也就立刻熱鬧起來。

到了吃飯的時候，飯廳裡一張小圓桌上早陳設好了杯筷。陶太太和伯和丟了一個眼色，就笑道：「我們這裡，是三個主人三個客，我同伯和乾脆上坐了，不必謙虛，二位老人家請挨著我這邊坐。家樹，你坐伯和手下。」

這裡只設了六席，家樹下手一席，她不說，當然也就是何麗娜坐了。

家樹並非坐上席，不便再讓，何麗娜恐怕家樹受窘，索性作一個大方，靠了家樹坐下。

聽差提了一把酒壺，正待來斟酒，陶太太一揮手道：「這裡並無外人，我們自斟自飲吧。」

何麗娜是主人一邊，絕沒有讓父母斟酒之理，只好提了壺來斟酒。斟過了伯和夫婦，她才省悟過來，又是陶太太搗鬼，只得向家樹杯子裡斟去。家樹站起來，兩手捧了杯子接著。

陶太太向何廉道：「老伯，你是個研究文學有得的人，我請問你一個典，『相敬如賓』這四個字，在交際場上隨便可以用嗎？」

她問時，臉色很正，何廉一時不曾會悟，笑道：「這個典豈是可以亂用的？這只限於稱讚人家夫婦和睦。」

何麗娜已是斟完了酒，向陶太太瞟了一眼。倒是何太太明白了，向她道：「陶太太總是這樣淘氣！」

何廉也明白了，不覺用一個指頭擦了小鬍子微笑。

伯和端了杯子來向何麗娜笑道：「多謝，多謝！」又向家樹道：「喝酒，喝酒。」

何廉笑道：「有你賢伉儷在座，總不愁宴會不熱鬧！」於是全席的人都笑了。

在家樹今天來赴約的時候，樊、何兩方的關係已是很明白的表示出來了，**現在陶太太如此一用典，倒有些「畫龍點睛」之妙**，陶太太是個聰明人，若是那話不能說時，如何敢造次問那個典。這一個小約會，大家吃得很快樂。

飯畢，何麗娜將陶太太引到自己臥室後盥洗房去洗臉，便笑問道：「你當了老人家，怎麼胡亂和我開玩笑？」

陶太太道：「你可記得？我對你說過，總有那樣一天——現在是那樣一天了，你們幾時結婚？」

何麗娜笑道：「你越來越胡說了，怎麼提到那個問題上去？你們當了許多人就這樣大開起玩笑，鬧得大家都怪難為情的。」

陶太太笑道：「喲！這就怪難為情？再要向下說，比這難為情的事還多著啦。」說著話時，走到外面屋子裡來，在梳妝臺邊，將各項化妝品都看了一看，拿起一盒法國香粉，揭了蓋子，湊在鼻尖上聞了一聞，笑道：「這真是上等的東西，你來擦吧。」

何麗娜道：「晚上了，我又不出門，抹點雪花膏得了。」

陶太太對著鏡子裡她的影子微笑了一笑，道：「雖然不出門，可是比出門還要緊，今天你得好好的化妝才對。」

何麗娜笑道：「陶太太，我求饒了，你別開玩笑。我這人很率直的，也不用藏假，你想，現在到了開玩笑的時候嗎？」

陶太太道：「你要我不鬧你也成，你得叫我一聲表嫂。」

何麗娜道：「表嫂並不是什麼占便宜的稱呼呀！」

陶太太道：「你必得這樣叫我一聲。你若不叫我，將來你有請我幫忙的時候，我就不管了。」

可何麗娜總是不肯叫。

二人正鬧著，何太太卻進來，問道：「你們進來許久，怎麼老不出去？」

何麗娜鼓了嘴道：「陶太太淨拿人開玩笑。」

陶太太笑道：「伯母，請你起起這個理，我讓她叫我一聲表嫂，她不肯。」
何太太笑著，只說她淘氣。
陶太太笑道：「這碗冬瓜湯，我差不多忙了一年，和你也談過多次，現在大家就這樣彼此心照了。」
何太太道：「這個年月的婚姻，父母不過是顧問而已，我還有什麼說的？好在孩子是很老成，潔身已很中意。」
陶太太道：「那麼，要不要讓家樹叫開來呢？」
何太太道：「那倒不必，將來再說吧。」
陶太太這樣說著話，一轉眼，卻不看見了何麗娜，伸頭向盥洗房裡一看時，只見她坐在洗臉盆邊的椅子上，只管將濕手巾去擦眼淚。
陶太太倒吃了一驚：**她如今苦盡甘來，水到渠成，怎麼哭起來呢？**便走上前握了她的手道：「你怎麼了，你怎麼了？」
何麗娜將濕手巾向臉盆裡一扔，微笑道：「我不怎麼樣呀！」
何太太卻未留心此事，已經走開了。
陶太太看看外面屋子裡並沒有人，這才低聲笑道：「你哭什麼？」
何麗娜嘆了一口氣道：「女子無論思想新舊，總是癡心的，我對於家樹，真受了不少的委屈，這些事，你都知道，我不瞞你。」
陶太太道：「好在現時是大事成功了，你何必還為了過去的事傷心。」
何麗娜道：「就為了現在的情形，勾引起我以前的煩惱來，俗言說，日久見人心……」

陶太太拍了她的肩膀笑道：「不要孩子氣了，你不是很愛家樹嗎？你說這樣負氣的話，倒像有了什麼芥蒂，不是真愛他了。」

何麗娜一笑，就不說了。

陶太太說她臉上有淚容，怎好出去。何麗娜於是擦了一把臉，在梳妝臺前，將法國香粉在臉上淡敷了一層，而且還抹上了一點胭脂。陶太太只抿嘴笑著。到了小客室裡，賓主又坐談了許久，直到十二點鐘才分散。

臨別，陶太太向何麗娜笑道：「明天到我們家去玩啦，明天是星期，家樹不回學校去。」

何麗娜笑道：「我該休息休息了。」

陶太太道：「難道你不到我們那裡去嗎？其實一切要像以前一樣才好，要不然躲躲閃閃的，倒顯著小家子氣，當了老伯、伯母的面，我聲明一句，在你二位面前，我絕不開玩笑。」

何太太笑道：「陶太太，你這就不對，就算是你剛才的話，要她叫你一聲表嫂，一個做表嫂的人，對表妹總是這樣的亂開玩笑，還說你疼我們麗娜呢！」

陶太太這才笑嘻嘻地走了。

這一晚，是何麗娜最高興的一晚，到一點多鐘還不曾睡覺，就打了個電話到陶家，問表少爺睡著了沒有。那邊是劉福接的電話，悄悄地告訴家樹，家樹剛從上房下來，就到外邊小客室裡來接電話。

何麗娜首先一句，就問在哪裡接話，之後便道：「我明天來不來呢？」

家樹道：「沒關係，來吧。」

何麗娜道：「怪難為情的。」

家樹道：「那你就別來了。」

何麗娜道：「那又顯得我不大方似的。」

家樹還不曾答話，電話裡忽然有第三個人答道：「你瞧，這可真為難煞人！」

家樹笑道：「喝呵！表嫂在臥房裡插銷上偷聽呢。」

陶太太道：「我一聽到電話鈴響，我就知道是密斯何……」頓了一頓，她似乎和人在說話，她又道：「伯和說不應當叫密斯何了。」於是換一個男人的嗓子道：「表弟，表妹，恭喜呀。」

何麗娜道：「缺德！」說畢，戛然一聲將電話掛起來了。

家樹走回書房去，還聽到上房裡伯和夫婦笑成一團呢。

到了次日，家樹果然不曾回學校，何麗娜在十點鐘的時候就來了。陶太太乘機要挾，要何小姐請看電影，請吃飯。玩到晚上，又要請上跳舞場。

還是伯和解圍，說，「密斯何不像以前，以前為了家樹，還不跳舞，而今人家怎好去呢？你不瞧人家穿的是起底軟幫子鞋？」

於是改了請聽戲。到夜深十二時方始回家。

在何麗娜如此高興的時候，何廉在家裡可為難起來了。

原來這天晚上，有位夏雲山總長來拜會他。這個人是沈國英的把兄弟，現任交通總長，在政治上有絕大的勢力。當晚他來了，何廉就請到密室裡會談。

夏雲山首先笑道：「我今天為私而來，不談公事，我要請你做個忠實的批評，國英為人怎樣？可是有話要聲明，你不要認為他是我盟弟，就恭維他。」

何廉倒摸不著頭腦，為什麼他說起這話來，沈國英是手握兵權的人，豈可以胡亂批評，才笑道：「他少年英俊，當然是國家一個人才，這一次政局革新……」

夏雲山連連搖手道：「不對不對，我說了今天為私而來，你只說他在公事以外的行為如何就得了。」

何廉靠了椅子背，抽著雪茄，昂了頭靜想，偷看夏雲山時，見他斜躺在睡榻上微笑。這個情形並不嚴重，但是捉摸不到他問的是什麼用意，便笑道：

「論他私德……也很好麼，第一，他絕對不嫖，這是少年軍人裡面難得的！賭小錢或者有之，然而這無傷大雅。聽說他愛跳舞，愛攝影，這都是現代青年人不免的嗜好。為人很謙和，思想也不陳腐，聽說現在還請了一位老先生和他講歷史，這都不錯。」

夏雲山點頭笑道：「這不算怎樣出格的恭維，他的相貌如何呢？」

何廉笑道：「為什麼要評論到人家相貌上去，我對於星相一道可是外行。」

夏雲山笑道：「既然你有這種好的印象，我可以先說了。國英對於令嬡，他是十分的欽慕，很願意兩家作為秦晉之好，不過他揣想著，怕何總長早有乘龍快婿了，四處打聽，有的說有，有的又說沒有，特意讓我來探聽消息。」

何廉聽了這話，不免躊躇一番，接著便道：「實不相瞞，小女以前沒有提到婚姻問題上去，最近兩個月，才有一位姓樊的提到這事，而且僅僅是前兩天才定局的。」

夏雲山道：「已經放定了嗎？」

何廉道：「小女思想極新，姓樊的孩子也是個大學生，他們還需要什麼儀式？」

夏雲山聽了這話，不覺連嘆了兩口氣道：「可惜，可惜！」默然了許久，又道：「能不能想個法子轉圜呢？」

何廉道：「我要是個舊家庭，這就不成問題了，一切的婚姻儀式都沒有，我隨便的可以把全域推翻，於今小孩子們的婚姻，都建築在愛情之上，我們做父母的怎好相強！小女正是和那姓樊的孩子去消磨這星期日的時光去了，等她回來，我再問她，對於沈統制的盛意，我也只好說兩聲『可惜』。不過見了沈統制，請你老哥還要委婉的陳說才好。」說著，向夏雲山連拱了幾下手。

夏雲山對於這個月老做不成功，大是掃興，然而事實所限，也沒有法子，很是掃興的告辭走了。

當夏雲山出去的時候，何麗娜正自回來，到了母親房裡，告訴今天很是快樂。何廉在一邊聽到，卻不住地嘆氣，就把夏雲山今晚的來意說了一遍。

何麗娜道：「爸爸不必躊躇，你的意思我知道，以為我的婚姻你不能勉強，可是沈國英掌有兵權，又不敢得罪他，那不要緊，我明天親自去見一見他，把我的困難告訴一遍，也許他就諒解了。」

何廉道：「你親自去見他，有些不妥吧？」

何麗娜道：「那要什麼緊，難道他還能把我扣留下來嗎？」她說畢，倒坦然無事的去睡覺了。

到了次日，何麗娜一早起來。就到沈宅去拜會。原來沈國英前曾娶有夫人，亡故了兩年，現在丟下了一兒一女，上面還有兄嫂，因之他雖沒有家眷，卻也有很大的住宅。

何麗娜打聽得他九點鐘要上衙門，八點鐘就來拜訪。門房將名片送到上房去，沈國英看到，倒嚇了一大跳：昨天派人去作媒，**答應呢，你是不好意思見我；不答應呢，沒有關係，難道還來興問罪之師不成**？只是她來了，不能不見，立刻就迎到客廳裡來。

何麗娜一見，老早的就伸了手和他相握。自己將那件灰背大衣脫了下來，放在椅子上，坐下來，還不曾說一句寒暄的話，先笑道：「我今天沒有別事，特意來和沈統制道歉。」

沈國英雖是一個豪爽的軍人，聽了這話，也是心裡微微一動，不免將臉紅了起來，笑道：「呵喲！何小姐太客氣，什麼事呢？」

聽差們倒上茶來，沈國英道：「到廚房裡去給我泡兩杯檸檬茶來，何小姐在這裡，還給我預備兩份點心。」

何麗娜笑道：「不必客氣，我說幾句話就要走的。沈統制有事，我不多說話了，就是昨晚夏總長到舍下去說的那一番話，家父答覆的都是事實，不但如此，我是要貫徹我出洋的計劃，不久就要動身。本來呢，我不必親自到府上來解釋的，只是家父覺得這事很有些對人不住，好像是誠心撒謊，我想沈統制是個胸襟灑落的人，我為人又很浪漫，」說到這裡，又微微一笑道：「若不是浪漫性成，今天也不會到府上來拜訪。」

沈國英欠身道：「太客氣，太客氣。」

何麗娜眉毛一揚，酒窩兒一掀，笑道：「這是真話。我想事實是這樣，那要什麼緊，不如自己來直說了，彼此心裡坦然，若沈統制是像劉德柱將軍那樣的人，我就大可以不冒這個險了。」

她笑著將肩膀抬了一抬，眼睛向沈國英看著。

沈國英今天穿的是軍服，他將胸脯一挺，牽了一牽衣擺，以便掩蓋他羞怯的態度，又做了一個無聲的咳嗽才道：「絕對沒有關係，請不要介懷。」

何麗娜聽說，立刻站了起來，向他一鞠躬道：「我不敢多吵鬧，再見了。」

沈國英道：「何小姐縱然不願與武人為伍，既是來了，喝一杯茶去，大概不要緊。」

何麗娜笑道：「我倒是願意叨擾，只怕沈統制沒有閒工夫會客。」說著，又坐了下來，恰是聽差捧了茶點來，放在一張紫檀木的桌子上，二人隔了桌面坐下。

當下沈國英舉了杯子喝著茶，看看何麗娜，又看看那件大衣，記起那天在何家內客廳裡何廉說的話，便想那天內客廳裡的客，就是姓樊的了，他有福氣，得了這樣一位太太。

何麗娜見他那樣出神的樣子，笑道：「沈統制想什麼？不必失望，像你這樣的少年英雄，婚姻問題是最容易解決的了，像我這樣的人才，可以車載斗量，留著機會往後去挑選吧。」

沈國英笑道：「我想著武人總是粗魯的，很覺得昨天的事有些冒昧，請何小姐不必深究。」

何麗娜微笑著，端起玻璃杯子，呷了兩口茶。

沈國英坐在她對面，看了她那腥紅的嘴唇，雪白的牙齒，未免有些想入非非。

何麗娜放下茶杯，又突然站起來，沈國英搶上前一步，將大衣取在手裡，就要替她穿上。何麗娜連說「不敢當」。然而他拿了大衣，堅持非代為穿上不可，何麗娜道聲「勞駕」，只得背轉身來向著他，將大衣穿了。

不料沈國英和她穿衣，聞到她身上那一陣脂粉香，竟是呆了，手捏了衣服領子，不曾放下來。何麗娜回頭看著，他才省悟著放下了手。

何麗娜看了這個樣子，不敢再坐，又和他握了一握手，笑著說聲「再見」，立刻就走了。沈國英是沒有法子再挽留人家的了，只得跟在後面，送到大門口來，直看到何麗娜坐上了汽車方始回去。

他並不回上房，依然走到客廳裡來。只見何麗娜放的那杯檸檬茶放在桌子邊，於是將杯子取在手裡，轉著看了一看，心裡就想著：假使她是我的，我願意天天陪著她對坐下來喝檸檬茶。不必說別的，僅僅是那紅嘴唇白牙齒，已經夠人留戀的了！心裡默念著，大概杯子朝懷裡的所在，就是何麗娜嘴唇所碰著的所在，於是對準了那個方向，將茶慢慢地呷著。

自己所站的這方，也就是她座椅的前面，那麼，坐在這椅子上，也就如坐在她身上一般了。他坐下去，一手捏了杯子，一手撐了頭，靜靜的想著：假如是我有這樣一位夫人，無論什麼交際場合，我都能帶她去了，她不但長得美麗，而且言語流利，舉止大方，絕對是一位文明太太的資格，然而她不久以前，已為別人搶去了，假使自己在一二月之前就進行這件事，或者可以到手，挽了這樣丰姿翩翩的新夫人，同出同進，人生就滿足了。

想到這裡，他便微閉了眼睛，玩味挽著何麗娜的那種情形，心有所思，鼻子裡也如有所聞，彷彿便有一種芬芳之起，不斷的向鼻子裡襲了來。立刻睜眼一看，還不是一座空的客廳，哪裡有什麼女人？但是目前雖沒有女人，那一種若有若無的香氣卻依然聞得著。

是了是了，這一定是她坐在這椅子上的時候，由衣服上落下來的香氣。她去了如此之久，這一股子香氣還是如有如無的留著，這絕不是物質上單純的原故，加之還有心理作用在內。這樣看起來，自己簡直要為何小姐瘋魔了。

我這樣一個堂堂的男子漢，中國的政局，我還能左右一番，難道對於這樣一個女子就不能左右她嗎？憑我的力量，在北京城裡，漫說是個何麗娜，就是……

想到這裡，突然站了起來，捏了拳頭，將桌子重重地拍了一下。

停了一停，自己忽然搖了一搖頭，想著，慢來慢來，人家肝膽相照的，把肺腑之言來告訴我，我豈能對人家存什麼壞心眼！她以為我是武人，怕遇事要用武力，所以用情理來動我，若是我再去強迫人家，那真個與劉德柱無異了！

難道武人都是一丘之貉嗎？我不能讓人家料著，大丈夫做事，提得起放得下，算了，我忘了她了！他一個人沉沉的如此想著，已經把上衙門的時間都忘掉了。

那夏雲山昨天晚上由何家出來，曾到這裡來向沈國英回信，說是何潔身不知是何想法，對我們提的這件事倒不曾同意。沈國英笑著，只說愛情是不能勉強的，說完了也就不再提了。

夏雲山摸不著頭腦，今天一早，便打電話來問統制出去了沒有。這邊聽差答覆，剛才有一位何小姐來拜會統制，一人坐在客廳裡，還沒有走呢。夏雲山聽到，以為何小姐投降了，趕快坐了汽車，就到沈宅來探訪消息。

這個時候，沈國英依然坐在客廳裡。夏雲山是個無日不來的熟人，不用通報，徑直就向裡走。他走到客廳裡時，只見沈國英坐在一張紫檀太師椅上，一手撐了椅靠，托住了頭，一手放在椅上，只管輕輕地拍著。他的眼光只看了那地毯上的花紋，並不向前直視，夏雲山進來了，他也並不知道。

他忽然將桌子一拍，又大聲喝道：「我決計忘了她了，我要不忘了她，算不得是個丈夫！」

他這樣一作勢，倒嚇了夏雲山一跳，倒退一步，問道：「國英怎麼了？」

沈國英一抬頭，見盟兄到了，站起來，搖了一搖頭道：「**何麗娜這個女子，我又愛她，我又恨她，我又佩服她。**」

夏雲山笑道：「那是什麼原故？」

沈國英就把何麗娜今天前來的話說了一遍，因道：「這個女子，我真不奈她何！」

夏雲山笑道：「既是老弟臺如此說了，我又要說一句想開來的話，天下多美婦人，何必呢！就以何小姐而論，這種時髦女子，除了為花錢，也不懂別的，你忘了她，才是你的幸福。」

沈國英哈哈大笑道：「我忘了她了，我忘了她了！」

夏雲山一看他的態度真有些反常，就帶拉帶勸，把他拉出門，讓他上衙門去了。

夏雲山經過了這一件事，對於二三知己不免提到幾句，輾轉相傳，這話就轉到陶伯和耳朵裡來了。

陶伯和鑒於沈鳳喜鬧出一個大亂子，覺得家樹和沈國英作三角戀愛的競爭，那是很危險的事，於是和他們想出一個辦法，更惹出一道曲折來。

過了幾天，又是一個星期日，家樹由學校裡回來了，伯和備了酒菜，請他和何麗娜晚餐。

吃過了晚飯，大家坐著閒談，伯和問何麗娜道：「今晚打算到哪裡去消遣？」

何麗娜道：「家樹這一學期的功課耽誤得太厲害了，明天一早，讓他回學校去。隨便談談就得了，讓他早點睡吧。」

陶太太笑道：「真是女大十八變，我們表妹，那樣一個崇尚快樂主義者，到了現在，變成一個做賢妻良母的資格了。」

陶伯和口裡銜了雪茄，點了點頭道：「密斯何這倒也是真話，俗話說的，樂不可極。我常看到在北京的學生，以廣東和東三省的學生最奢侈，功課上便不很講究。廣東學生多半是商家，而且他們家鄉的文化多少還有些根底，東三省的學生，十之七八家在農村，他們的父兄也許連字都不認識，若是大地主呢，還好一點，若是平常的農人，每年匯幾千塊錢給兒子念書，可是不容易！」

何麗娜不等他說完，搶著笑道：「這樣說起來，也是男大十八變呀，像陶先生過這樣舒服生活的人，也講這些。」

伯和嘆了一口氣道：「我們是混到外交界來了，生活只管奢侈起來，沒有法子改善的……」

陶太太笑道：「得了，別廢話了。你自己有一篇文章要做，這個反面的起法，起得不對，話就越說越遠了，你還是言歸正傳吧。」

陶太太這樣說著，伯和於是取下雪茄，向煙灰缸裡彈了一彈灰，然後向樊、何二人道：「我有點意見，貢獻給二位，主張你們出洋去一趟。經費一層，密斯何當然是不成問題的了，就是家樹，也未嘗不能擔負，像你們這樣青春少年，正是求學上進的時候，隨便混過去了，真是可惜。」

家樹道：「出洋的這個意思，我是早已有之的，只是家母身弱多病，我放心不下，而且我也決定了，從即日期，除了每星期回城一次，一切課外的事，我全不管。」

陶太太道：「關於密斯何身上的事，是課以外呢，課以內呢？」

伯和笑道：「人家不說了一星期回城一次嗎？難道那是探望表兄表嫂不成？你別打岔了，讓他向下說。」

家樹道：「我不能出洋，就是這個理由，倒不用再向下說。」

伯和道：「若僅僅是這個理由，我倒有辦法，把姑母接到北京來，我們一處過。我是主張你到歐洲去留學的，由歐洲坐西伯利亞火車回來，也很便當。你對於機械學很富於興趣，乾脆你就到德國去，於今德國的馬克不值錢，中國人在德國留學，乃是最便宜不過的事了。」

家樹想了一想道：「表兄這樣熱心，讓我考量考量吧。」說時，偷眼去看何麗娜的神情。何麗娜含笑著，點了一點頭。

陶太太笑道：「有命令了，表弟，她贊成你去呀。」

然而何麗娜卻微擺著頭，笑道：「不是那個意思。我以為陶先生今天突然提到出洋的問題，那是有用意的，是不是為了沈國英的事，陶先生有些知道了，讓我躲避開來呢？」

伯和口銜了雪茄，靠在椅子上，昂了頭作個沉思的樣子道：「我以為犯不上和這些武人去計較。」

何麗娜笑道：「不用這樣婉轉的說。陶先生這個建議我是贊成的，我也願意到德國去學化學。這一個禮拜以內，我已籌劃好，這就請陶先生給我們辦兩張護照吧。家樹就因為老太太的事，躊躇不能決，既然陶先生答應把老太太接來，他就可以放膽走了。」

伯和望了家樹道：「你看怎麼樣？」

說著，將半截雪茄只管在茶几上的煙缸邊敲灰，似乎一下一下地敲著，都是在催家樹的答覆。

家樹胸一挺道：「好吧，我出洋去一趟，今天就寫信回家。」

陶太太道：「事情既議定了，我同伯和有個約會，你二位自去看電影吧。」

何麗娜道：「二位請便，我回家去了。」

伯和夫婦微笑著，換了衣服出門而去。

這裡何麗娜依然同家樹坐在上房裡談話。這一間屋子，有點陳設得像客廳，凡是陶家親近些的朋友，都在這裡談話。這裡有話匣，有鋼琴，有牌桌，幾個朋友小集合，是很雅致的。

靠玻璃窗下，一張橫桌上，放了好幾副器具，又有兩個大冊頁本子，上面夾了許多朋友的相片。何麗娜本想取一副象棋，來和家樹對子，看到冊頁本子翻開，上面有幾個小孩子的相片，活潑可愛，於是丟了棋子不拿，只管翻看相片。

她只掀動了四五頁，有一張自己的相片夾在中間。仔細看時，又不是自己的相片。哦，是了，正是陶太太因之引起誤會，錯弄姻緣的一個線索，乃是沈鳳喜的相片。

這張相片，不料陶太太留著還在，這不應當讓家樹再看見，他看見了，心裡會難受的，回頭看著家樹捧了一份晚報，躺在椅子上看，立刻抽了下來，向袋裡一塞，家樹卻不曾留意。

她坐到家樹身邊，向他笑道：「伯和倒遇事留心，他會替我們打算。」

家樹放下報來，望了何麗娜的臉，微笑道：「他遇事都留心，我應該遇事不放心了。」

何麗娜道：「此話怎講？」

家樹道：「他都知道事情有些危險性的了，可是我還不當什麼，人心是難測的，假使……」說到這裡，頓住了，微笑了一笑。

何麗娜笑道：「下面不用說了，我知道……假使沈國英像劉德柱呢？」

家樹聽了這話，不覺臉色變了起來，目光也呆住了，說不出話來。

何麗娜笑道：「你放心，不要緊的，我的父親不是沈三玄，你若是還不放心的話，你明天走了，我也回西山去，對外就說我的病復發了，到醫院去了。」

家樹道：「我並不是說沈國英這個人怎麼樣……」

何麗娜笑道：「那麼你是不放心我怎麼樣啦？——這真是難得的事，你也會把我放在心裡了。」

家樹笑道：「你還有些憤憤不平嗎？」

何麗娜笑著連連搖手道：「沒有沒有，不過我為你安心預備功課起見，真的，我明天就到西山去。我不好意思說預備功課的話，先靜一靜心，也是好的。」

家樹笑道：「這個辦法，贊成我是贊成的，但是未免讓你太難堪了。」

何麗娜笑著，又嘆了一口氣道：「這就算難堪嗎？唉！比這難堪的事還多著呢！」

家樹不便再說什麼了，就只閒談著笑話。

也不知經過了多少時間，門口有汽車聲，乃是伯和夫婦回來了。

伯和走進來，笑道：「喲，你們二位還在這裡閒談呀？」

何麗娜道：「出去看電影，趕不上時間了。」

陶太太道：「何小姐不是說要回家去的嗎？」

伯和道：「那是她談著談著就忘了，不記得我們剛訂婚的時候，在公園裡坐著，談起來就是一下午嗎？」

陶太太笑道：「別胡說，哪有這麼一回事！」

何麗娜笑道：「陶太太也有怕人開玩笑的日子了！我走了，改天見。」

陶太太道：「為什麼不是明天見呢？明天家樹還不走啦。」

何麗娜也不言語，自提了大衣步出屋子來，家樹趕到院子裡，接過大衣，替她穿上了。她低聲道：「你明天下午向西山通電話，我準在那裡的。」說時，暗暗地攜了家樹的手，緊緊地捏著，搖撼了兩下，那意思表示著，就是讓他放心。

家樹在電燈光下向她笑了，於是送出大門，讓她上了汽車，然後才回去。

有了這一晚的計議，一切事情都算是定了。次日何麗娜又回到西山去住。她本來對於男女交際場合是不大去了，回來之後，上過兩回電影院，一回跳舞場，男女朋友們都以日久不見，忽然遇到為怪，現在她又回到西山去，真個是曇花一現，朋友們更為奇怪。

二 各有因緣

再說那沈國英對何麗娜總是不能忘情，為了追蹤何麗娜，探探她的消息起見，也不時到那時髦小姐喜到的地方去遊玩，以為或者偶然可以和她遇到一回，然而總是不見。在朋友口中，又傳說她因病入醫院了，沈國英對於這個消息，當然是不勝其悵惘，可是他自己已經立誓把何麗娜忘了，這句話有夏雲山可以證明的，若是再去追求何麗娜，未免食言，自己承認不是個大丈夫了，所以他在表面上把這事絕口不提。

夏雲山有時提到男女婚姻問題的事，探探他的口氣，沈國英嘆了一口氣道：「那位講歷史的吳先生對我說了：『**欲除煩惱須無我，各有因緣莫羨人**。』我今日以前，是把後七個字來安慰我，今日以後，我可要把前七個字來解脫一切了。」

夏雲山聽他那個話，分明是正不能無我，正不免羨人，於是就讓自己的夫人到何家去打小牌玩兒的時候，順便向何太太要一張何小姐的相片。

何太太知道夏太太是沈統制的盟嫂，這張相片若落到他手上去，她就不免轉送到沈統制手上去，這可不大好。想起前幾天，麗娜曾拿了一張相片回來，說是和她非常之相像，何太太一看可不是嘛？大家取笑了一回，就扔在桌子抽屜了。至於是什麼人，有什麼來歷，何麗娜為了家樹的關係，卻是不曾說，因之也不曾留什麼意。

這時夏夫人要相片，**何太太給是不願意，不給又抹不下情面**，急中生智，突然地想起那張相片來，好在那張相片和女兒的樣子差不多的，縱然給人，人家也看不出來，於是也不再考量，就把那張相片交給了夏夫人，去搪塞這個人情。——期間僅僅是三小時的勾留，這張相片就到了沈府。

沈國英看到相片，吃了一驚，這張相片似乎在哪裡看到過她，**那絕不是何小姐！現在怎麼變成何小姐的相了呢？**那張相片，穿的是花柳條的褂子，套了緊身的坎肩，短裙子，長襪統，這完全是個極普通的女學生裝束，何小姐是不肯這樣裝扮的。

哦！是了，**這是劉德柱如夫人**＊**的相片**，在劉德柱家檢查東西的時候，不是檢查到了這樣一張相片嗎？這張相片，不知道與何家有什麼關係，何太太卻李代桃僵的把這張相片來抵數，這可有些奇怪了。

於是拿了相片在手，仔細端詳了一會，在許多地方看來，這固然與何麗娜的相貌差不多，可是她那嬌小的身材似乎比何小姐還要活潑。劉德柱這個蠢材，對於這樣一個可愛的女子，竟是把她逼得成神經病了。

後來派人到醫院裡去打聽，只說劉太太走了，至於走了以後，是向哪裡去了，卻不知道，於今倒可以把她找來看看。**她果然是個無主的落花，不妨把愛何麗娜的情移到她身上去，我就是這樣辦**，假使那個沈鳳喜，她能和我合作，我一定香花供養，盡量灌輸她的知識，陶養她的體質，然後帶了她出入交際場合，讓他們看看，除了何小姐外，我能不能找個漂亮的夫人？

他心裡如此想著的時候，一手拿了相片注視著，一手伸了一個指頭不住地在桌面上畫著圈圈。最後緊緊地捏了拳頭，抖了兩下，捏了拳頭，平空捶了兩下，咬了牙道：

「我決計把你弄了來，讓大家看看。」

他如此想著，當天就派人四處去打聽沈鳳喜的下落。

到了次日，他手下一個副官卻把沈三玄帶了來和他相見。沈國英聽說劉太太的叔父到了，卻不能不給一點面子，因之就到客廳裡來接見。

及至副官帶了進來，只見一個蠟人似的漢子，頭上戴了膏藥品似的瓜皮小帽，身上一件灰布棉袍，除了無數的油漬和髒點，還大大小小有許多燒痕，這種人會做劉將軍的泰山，令人有些不肯信。

正如此猶豫著的時候，沈三玄在門檻外搶進來一步，身子蹲著，垂了一隻右手，就向沈國英請了一個安。

沈國英是個嶄新的軍人，對於這種腐敗的禮節卻是有些看不慣，心裡先有三分不高興。可是他又轉念一想，假使這個劉太太家裡人身分太高了，又豈能讓我拿來作個洩氣的東西！惟其是讓自己可以隨便指揮，這才要利用她家裡面的人格低。

如此一轉念，便向三玄點了個頭。三玄站起來笑道：「剛才吳副官到小人家裡去，問我那侄女的下落。唉！不瞞統制說，她瘋了，現在瘋人院裡。」

沈國英道：「我也聽見說她有神經病的，但是在醫院裡不久就出來了。」

沈三玄道：「她出來了，後來又瘋了，我們全家鬧得不安，沒有法子，只好又把她送到瘋人院裡去。」說著，在身上掏出一張相片，雙手顫巍巍的送到沈國英面前。笑道：「你瞧，這是瘋人院裡給她照的一張相。」

沈國英接過來一看，乃是一張半身的女像，清秀的面龐，配著蓬亂的頭髮，雖然帶些憔悴的樣子，然而那帶了酒窩的笑靨，左手略略高抬，右手半向著懷裡，作個彈月琴的樣子。

沈國英道：「這就是劉太太嗎？」

沈三玄早已從吳副官口中略略知道了一點消息，便道：「她沒有得病的時候，劉將軍就和她翻了臉了，她早就不是劉家的人，劉家人誰也不認她。要不，稍微有碗飯吃，家裡怎樣也容留著她，不讓她上瘋人院了。其實，只要讓她順心，她的病就會好的。」

沈國英將這張相片拿在手裡沉吟了一會，因道：「猛然一看不像有病，仔細一看，她這一雙眼睛向前筆直的看著，那就是有病了，我派人和你一同去，把她接了來，我親眼看看，究竟是怎麼一個樣子？」

沈三玄道：「瘋人院的規矩，要領病人出來，那是很不容易的。」

吳副官站在門外，就插嘴道：「任憑在什麼地方，有我們宅裡一個電話，沒有不放出來的。」

沈三玄退後一步，於是又笑著向沈國英請了一個安道：「若是我那侄女救好了，我一家人永生永世忘不了你的大恩大德。」

沈國英向他微笑道：「這倒無需，我並不是對你侄女兒有什麼感情，也不是在北京十幾萬戶人家裡面單單的憐惜你一家，只因你的侄女，像我一個朋友……」

說到這裡，覺得以下的話不大好說，就微笑了一笑。

沈三玄怎敢問是什麼原故，口裡連連答應了幾聲「是」。

沈國英向他一揮手道：「你跟著我的副官去，先預備衣服鞋襪，明天把她接了來，她的病要是能治，我就找醫生和她治一治，若是不能治，我只好依然送到瘋人院裡去。」

沈三玄彎了一彎腰道：「是，那自然。」倒退兩步，就跟著吳副官走了。

這個消息傳遍了沈宅，上下人等沒有一個不奇怪的：莫不是主人翁也瘋了，怎麼要接個瘋子女人到家裡來？

沈國英的兄長是沒法勸止這個有權有勢的弟弟，只得打電話給夏總長請他來勸阻。

夏雲山聽到這個消息，很是驚異。次日當鳳喜還沒有接來之先，夏雲山就趕到沈國英家來。一見面，他就笑著喊道：「我的老弟臺，你自己也患神經病了吧？怎麼要把一個瘋子女人接到家裡來看看。」

沈國英笑道：「對了，**我是有了神經病，但是全世界的人，真不患神經病的，卻有幾個？**」

夏雲山道：「難道你要弄個瘋子做太太？那在閨房裡也沒有什麼樂趣吧！」

沈國英道：「她不過是一種病，並不是一種毒！是病就可以治，治好了病，我再收她做太太；治不好病，我把她當個沒有靈魂的何麗娜在我面前擺著，也是好的。我只把她當何小姐，就不嫌她病了。」

他如此說著，夏雲山也無以相難，心想：何以把瘋子當何麗娜？我且看看這個沒有靈魂的何麗娜究竟是什麼樣子？於是就陪了沈國英坐著等候。

不到一小時，吳副官進來報告，說是把沈鳳喜接來了。沈國英站起身來，笑著向院子裡迎上去。卻回過頭來向夏雲山笑道：「老實告訴你，我接的是何小姐，你不信，何小姐來了。那不是?」說著，手向進院子的那扇花隔扇門一指。

夏雲山看時，果然是何小姐。只是她穿得很樸素，只穿了一件黑綢的絨袍，頭髮蓬蓬鬆鬆的，臉上白中帶黃，並沒有搽什麼脂粉，好像是生了病的樣子。不過雖然帶幾分病象，然而她卻是笑嘻嘻的露著兩排白牙，眼睛直朝前面看著，兩個黑眼珠子並不轉動。

他是在交際場上早就認識何小姐了，雖然把她燒了灰，自己也是認得的，這不是何小姐是誰!不過猛然間看到，不免嚇得自己突然向後一縮，若不是看著身前身後站有許多人，一定要突然的叫了出來。但是那個何小姐，今天服裝不同了，連態度也不同了。她並不像往日一樣，見人言笑自若，她除了眼睛一直向前看著別人而外，就是對人嘻嘻地笑著。

她後面跟著一個類似下流社會的人物，搶上前一步，對她道：「孩子，你別傻笑了，這是沈統制，你不認識嗎?」

她兩道眼睛的視線依然向前，微搖了兩搖頭。夏雲山這有點疑惑了：怎麼會讓這種人叫何小姐做孩子?於是也就瞪了兩隻眼睛望了她。

沈國英走到她的面前，笑道：「你不是叫沈鳳喜嗎?」

她笑道：「對呀，我叫沈鳳喜呀，樊大爺沒回來嗎?」

夏雲山這才恍然，所謂沒靈魂的何小姐，那是很對的，原來沈鳳喜的相貌和何麗娜相像竟是到了這種地步!

當下沈國英回轉頭來向夏雲山笑道：「這不是我撒的什麼謊吧?你看這種情形，裝扮起來，和何小姐比賽一下，那不是個樂子嗎？」

夏雲山還不曾去加以批評，沈國英已經掉過臉，又去向沈鳳喜說話了，便道：「哪個樊大爺？」

鳳喜笑道：「喲！樊大爺你會不認識，就是我們的樊大爺麼。」說畢，將兩隻眼睛笑瞇瞇地看了沈國英。

跟在她後面的沈三玄，就上前一步，拉了她的衣袖道：「鳳喜，你不知道嗎？這是沈統制，他老人家的官可就大著啦！」

鳳喜望了沈國英微笑道：「他的官大著啦，樊大爺的官也不小呀！」

夏雲山問道：「怎麼她口口聲聲不離樊大爺？」

沈國英微笑道：「這裡面當然是有些原因，當了她的面，我們暫不必說。」於是吩咐僕役們團團將鳳喜圍住，卻叫人引了沈三玄到客廳裡來。

沈三玄一到客廳裡面，沈國英就問他道：「她怎麼口口聲聲都叫樊大爺，這樊大爺是誰呢？」

沈三玄到了現在，實在是走投無路了，不想卻又有了這樣一個沈統制和她談和，真是喜從天降，於是就把樊家樹和鳳喜的關係略微說了一點。

沈國英道：「咦！怎麼又是個姓樊的？這個姓樊的是哪裡人？」

沈三玄道：「是浙江人，他叔叔還是個關監督啦。」

沈國英道：「原來還是他！難怪他那樣鍾情於何小姐了！」又冷笑一聲道：「我這裡有的是閒房子，收拾出三間，讓你侄女在那裡養病，我相信她的病治得好。她病裡頭鬧不鬧呢？」

三玄道：「她不鬧，除非有時唱上幾句。她平常怕見胖子，怕見馬鞭子，怕聽保定口音的人說話；遇到了，她就會哭著嚷著，要不然，她老是見著人就笑，見人就問樊大爺，倒沒有別的，她知道挑好吃的東西吃，也知道挑好看的衣服穿。」

沈國英昂頭想了一想道：「我們這東跨院裡有幾間房子，很是平靜的，那就讓她暫時在我這裡住十天半個月再說吧。」說著，向沈三玄望了問道：「你對於我的這種辦法，放心嗎？」

三玄見統制望了他，早就退後一步，笑著請了一個安道：「難道在這兒養病還不比在瘋人院裡強上幾十萬倍嗎？」

沈國英淡淡地一笑道：「一切都看你們的造化。你去吧！」說著，將手一揮，把沈三玄揮了出去，自己躺在一張躺椅上把腳架了起來，順手在茶几上的雪茄煙盒子裡取了一根雪茄銜在嘴裡，在衣袋裡取出打火機，點著了煙，慢慢地吸著，向半空裡噴出一口煙來，接著還放出淡淡的微笑。

夏雲山看見他那逍遙自得的樣子，倒不免望了他發呆，許久才問道：「國英！我看你對於這件事，倒像辦得很得意。」

沈國英口裡噴著煙笑道：「那也無所謂，將來你再看吧。」

夏雲山正色道：「你就要出一口氣，憑你這樣的地位，什麼法子都有。瘋子可不是鬧著玩的！」

沈國英也一正臉色，坐了起來道：「你不必多為我擔心，你再要勸阻我這一件事，我就要拒絕你到我家裡來了。」

夏雲山雖是一個盟兄，其實任何事都要請教這位把弟，把弟發了脾氣，他也就不敢再說。

沈國英既然把事情做動了頭，索性放出手來做去，收拾了三間屋子，將鳳喜安頓在裡面；統制署裡有的是軍醫，派了一個醫官和看護，輪流的去調治，而且給了沈家一筆費用，准許沈大娘和沈三玄隨時進來看鳳喜。

原來沈大娘自從鳳喜進了瘋人院以後，雖然手邊上還有幾個積蓄，一來怕沈三玄知道會搶了去，二來是有減無增的錢，也不敢浪用，所以她就在大喜胡同附近找了一所兩間頭的灰棚屋子住下。

沈三玄依然是在天橋鬼混，沈大娘卻在家裡隨便做些女工。想到自己年將半百，一點依靠沒有，將來不知是如何了局，自己的姑娘，現在是病在瘋人院裡，難道她就這樣的瘋上一輩子嗎？想到這裡，便是淚如泉湧的流將下來。所以她在苦日子以外，還過著一份傷心的日子。

現在鳳喜到了沈國英家，她心裡又舒服了，心想：這樣看起來，還是養姑娘比小子的好，姑娘就是瘋了，現在還有人要她，而且一家人都沾些好處。將來姑娘要是不瘋了，少不了又是沈大人面前得寵的姨太太了。

從前劉將軍說，要找個姓沈的旅長做她的乾哥哥，於今不想這個沈旅長官更大了，還記得起她呢，這可好了。因之她收拾得乾乾淨淨的，每天都到沈宅跨院裡來探訪姑娘。——以沈國英的地位，撥出兩間閒房去安頓兩個閒人，這也不算什麼。所以在頭一兩天，大家都覺得他弄個瘋子女人在家裡住著有些奇怪，過了兩天，大家也就把這事情看得很淡薄了。

沈國英也是每天到鳳喜的屋子裡來看上一趟，遲早卻不一定。

這天，沈國英來看鳳喜的時候，恰好是沈大娘也在這裡，只見鳳喜拿了一張包點心的紙，在茶几上折疊著小玩意兒，笑嘻嘻地。

沈大娘站在一邊望了她發呆，沈國英進來，她請了個安，沈國英向她搖搖手，讓她別作聲，自己背了兩手，站在房門口望著。

鳳喜將紙疊成了個小公雞，兩手牽扯著，那兩個翅膀閃閃作動，笑得格格不斷。

沈大娘道：「姑娘，別孩子氣了，沈統制來了。」

鳳喜對於沈統制三個字似乎感不到什麼興奮之處，很隨便的回轉臉來看了一看，依然去牽動折疊的小雞。

沈國英緩緩走到她面前，將她折的玩物拿掉，然後兩手按住了她的手，放在茶几上，再向她臉上注視著道：「鳳喜，你還認得我嗎？」

鳳喜微起了頭，向他只是笑。

沈國英笑道：「你說，認識不認識我？你說了，我給糖你吃。」

鳳喜依然向著他笑，而且雙目注視著他。

國英不按住她的手了，在衣服袋裡取出一包糖果來，在她面前一晃，笑道：「這不是？你說話。」

鳳喜用很高的嗓音問道：「樊大爺回來了嗎？」她突然用很尖銳的聲音送到耳鼓裡面來，不由人不猛然地吃上一驚。他雖是個上過戰場的武夫，然而也情不自禁的向後退了一步。

沈大娘看到這個樣子，連忙搶上前道：「不要緊的，她很斯文的，不會鬧。」沈國英也覺得讓一個女子說著嚇得倒退了，這未免要讓人笑話，便不理會沈大娘的話，依然上前，執著她一隻手道：「你問的是樊大爺嗎？他是你什麼人？」

鳳喜笑道：「他呀？他是我的樊大爺呀，你不知道嗎？」說畢，她坐在凳上，一手托了頭，微偏著向外，口裡依舊喃喃的小聲唱著。雖然聽不出來唱的是些什麼詞句，然而聽那音調，可以聽得出來是《四季相思》調子。

當下沈國英便向沈大娘點點頭，把她叫出房門外來，低聲問道：「以前姓樊的很愛聽她唱這個曲子嗎？」

沈大娘皺了眉低聲道：「可不是。你修養好，別理她這個岔兒，一提到了姓樊的，她就會哭著鬧著不歇的。」

沈國英想了一想道：「姓樊的現時在北京，你知道嗎？」

沈大娘道：「唉！不瞞你說，自己的姑娘不好，我也不好意思再去求人家了。你在她面前，千萬可別提到他。」

沈國英道：「難道這個姓樊的，他就不再來看你們了嗎？」

沈大娘卻只嘆了一口氣。

沈國英看她這情形，當然也是有難言之隱，一個無知識的婦女在失意而又驚嚇之後，和她說這些也是無用，於是也就不談了。

當沈國英正在沉吟的時候，忽聽得窗戶裡面嬌柔婉轉唱了一句出來，正是《四季相思》中的句子：「才郎一去常常在外鄉……可憐奴哇瘦得不像人模樣。——樊大爺回來了嗎？」

沈國英聽了這話，不由心裡一動，連忙跨進房來一看，只見鳳喜兩手按了茶几，瞪了大眼睛向窗子外面看著。

她聽了腳步響，回轉頭來看著，便笑嘻嘻地望了沈國英，定了眼珠子不轉。

沈國英笑著和她點了幾點頭，有一句話正想說出來，她立刻就問出來道：「樊大爺回來了嗎？」

沈國英把這句話聽慣了，已不是初聽那樣的刺耳，便道：「樊大爺快回來了。」

他以為這是一句平常的話，卻不料起起引起她重重的注意，搶上前一步，拉了沈國英的手，跳起來道：「他不回來的，他不回來的，他笑我，他挖苦我，他氣起我上戲館子聽戲，把我圈起來了，他……」

說著說著，她哇的一聲哭了起來，伏在桌子上，又跳又哭。沈國英這可沒有了辦法，望了她不知所云。

沈大娘走向前，將她摟在懷裡，心肝寶貝，摸著拍著，用好言安慰了一陣。她還哭著樊大爺長樊大爺短，足足鬧了二三十分鐘方才停止。沈國英這算領教了，樊大爺這句話卻是答覆不得的。

次日，鳳喜躺在床上，卻沒有起來，據醫生說，她的心臟衰弱過甚，要好好休養幾天才能恢復原狀。沈國英這更知道是不能撩撥她，只有讓她一點兒也不受刺激，自由自便地過下去的了。

這樣的過了一個月之久，已是臘盡春回。鳳喜的脾氣，不但醫生看護知道，聽差們知道，就是沈國英也知道，所以大家都讓她好好地在房子裡一人調養，並不去撩撥她的脾氣，因之她除了見人就笑，見人就問樊大爺，倒也並沒有別的舉動。

沈國英看她的精神，漸漸有些鎮靜了，於是照著何麗娜常穿出來的幾套衣飾，照樣和鳳喜做了幾套。不但衣飾，何麗娜耳朵上垂的一對翠玉耳墜子，何麗娜身上的那件灰背大衣，一起都替鳳喜預備好。

星期日，沈國英在家裡大請一回客，期間有十之七八都認得何小姐的。在大客廳裡，酒席半酣，一個聽差來報告，姨太太回來了，沈國英笑著向聽差道：「讓她到這裡來和大家見見吧。」聽差答應著一個「是」，去了。不多一會兒，兩個聽差緊緊地跟著鳳喜走了進來。

客廳裡兩桌席面，男女不下三十人，一見之下都不由吃了一驚：何總長的小姐幾時嫁了沈國英做姨太太？……

原來剛才鳳喜穿了紫絨的旗袍，灰鼠的大衣，打扮了一身新，正是高興的了不得，精神上略微有點清楚。聽差又再三的叮囑，等會見人一鞠躬，千萬別言語，回頭多多的給你水果吃。鳳喜也就信了。因之現在她並不大聲疾呼，站在客廳外，老遠地就向人行了個鞠躬禮。

沈國英站了起來笑道：「這是小妾，讓她來斟一巡酒吧。」大家哪裡肯，同聲推謝。沈國英手向鳳喜一揮道：「你進去吧！」於是兩個聽差扶了鳳喜進去。

在座的人這時心裡就稀罕大了：那分明是何小姐！不但臉貌對，就是身上穿的衣服，也是何小姐平常喜歡穿的，不是她是誰？這豈非沈國英故意要賣弄一手，所以讓她到酒席筵前來。不然，一個姨太太由外面回家，有在宴會上報告之必要嗎？而且聽差也是不敢呀！……

大家如此揣想，奇怪上加上一道奇怪：以為何廉熱衷作官，所以對沈國英加倍的聯絡，將他的小姐屈居了作如夫人，怪不得最近交際場上不見其人了。

過不幾天，這個消息傳到何廉耳朵裡去了，氣得他死去活來。仔細一打聽，才知道那天沈國英將如夫人引出和大家相見雖是真的，但是他並沒有說如夫人姓何，也沒有說如夫人叫麗娜，別人要說是何小姐，與沈國英有什麼相干？前次麗娜也說過有個女子和她相貌相同，也許沈國英就是把這個人討去了。

而且有人說，這個女子是個瘋子，一度做過劉將軍的妾，更可以知道沈國英將她買弄出來，是有心要侮弄自己的姑娘。只是抓不著人家的錯處，不能去質問他。因為他討一個和何小姐相貌相同的人作妾，將起與來賓相見，這並不能構成侮辱行為的。

何廉吃了這一個大虧，就打電話把何麗娜叫回來。這時，家樹放寒假之後也住在西山，就一同回來。

何麗娜知道這件事，倒笑嘻嘻地說：「那才氣我不著呀，**真者自真，假者自假**，要證明這件事，我一出面，不用聲明，事情就大白了。他那叫瞎費心機，我才不氣呢！」

可是家樹聽說鳳喜又嫁了沈統制，以為她的瘋病好了。覺得這個女子實在沒有人格，一嫁再嫁。當時做那軍閥之奴，自己原還有愛惜她三分的意思，如今是只有可恨與可恥了。

當他在何家聽得這消息的時候，沒有什麼表示，及至回到陶伯和家來，只推頭暈，就躺在書房裡不肯起來。

這天晚上，何麗娜聽說他有病，就特意到書房來看病。家樹手上拿了一本老版唐詩，斜躺在睡榻上看下去。何麗娜挨著他身邊坐下，順手接過書來一翻，笑道：「你還有功夫看這種文章嗎？」

家樹嘆了口氣道：「我心裡煩悶不過，借這個來解解悶，其實書上說的是些什麼，我全不知道。」

何麗娜笑道：「你為什麼這樣子煩悶，據我想，一定是為了沈鳳喜，她……」

家樹一個翻身坐了起來，連忙將手向她手上一按，皺了眉道：「不要提到這件事了。」

何麗娜笑道：「我怎能不提？我正為這個事來和你商量呢。」說著，在身上掏兩張字紙，交給他道：「你瞧瞧，我這樣措詞很妥當嗎？」

家樹接了字紙看時，何麗娜卻兩手抱了膝蓋，斜著看家樹的臉色是很平和的，就向著他嘻嘻地笑了起來。

家樹看完了稿子，也望了何麗娜，二人噗嗤一笑，就擠到一處坐著了。

到了次日，各大報上卻登了兩則啟事，引起了社會上不少的人注意。那啟事是：

樊家樹　何麗娜
訂婚啟事

家樹、麗娜，以友誼日深，愛好愈篤，茲雙方稟明家長，訂為終身伴侶，凡諸親友，統此奉告。

何麗娜啟事

麗娜現已與樊君家樹訂婚，彼此以俱在青年，歲月未容閒度，相約訂婚之後，即日同赴歐洲求學。芸窗舊課，喜得重溫；舞榭芳塵，實已久絕。縱有陽虎同貌之破聞，實益曾參殺人之惡耗，特此奉聞，諸維朗照。

這兩則啟事在報上登過之後，社會上少不得又是一番轟動。

樊、何二人較為親密的朋友，都紛紛的預備和他二人餞行。但是樊、何二人對於這些應酬一齊謝絕，有一個月之久，才兩三天和人見一面。大家也捉摸不定他們的行蹤。最後，有上十天不見，才知道已經出洋了。

樊、何一走，這裡剩下了二沈，這局面又是一變。

光陰似箭一般地過去，轉眼便是四年了。

這四年裡面樊家樹和何麗娜在德國留學，不曾回來。沈國英後來又參加過兩次內戰，最後，他已解除了兵權，在北平做寓公。因為這時的政治重心已移到了南京，北京改了北平了，**只是有一件奇怪的事，便是鳳喜依然住在沈家**。

她的瘋病雖然沒有好，但是她絕對不哭，絕對不鬧了，只是笑嘻嘻的低了頭坐著，偶然抬起頭來問人一句：「樊大爺回來了嗎？」

沈國英看了她這樣子，覺得她是更可憐，由憐的一念慢慢地就生了愛情，心裡是更急於的要把鳳喜的病來治好。

她經了這樣悠久的歲月，已經認得了沈國英，每當沈國英走進屋子來的時候，她會站起來笑著說：「你來啦。」沈統制去的時候，她也會說聲：「明兒個見。」

沈國英每當屋子裡沒有人的時候，便拉了她在一處坐著，用很柔和的聲音向她道：「鳳喜，你不能想清楚以前的事，慢慢醒過來嗎？」

鳳喜卻是笑嘻嘻地反問他道：「我這是作夢嗎？我沒睡呀。」

沈國英有時將大鼓三弦搬到她面前，問道：「你記得唱過大鼓書嗎？」她有時也就想起一點，將鼓摟抱在懷裡，沉頭靜思，然而想不多久，立刻笑起來，說是一個大倭瓜。

沈國英有時讓她穿起女學生的衣服，讓她夾了書包，問她：「當過女學生嗎？」她一看見鏡子裡的影子，哈哈大笑，指著鏡子裡說：「那個女學生學我走路，學我說話，真淘氣！」

類於此的事情，沈國英把法子都試驗過了，然而她總是醒不過來。

沈國英種種的心血都用盡了，她總是不接受。他也只好自嘆一句道：「沈鳳喜，我總算對得住你，事到如今我總算白疼了你！因為我怎樣的愛你，是沒有法子讓你瞭解的了。」他如此想著，也把喚醒鳳喜的計劃漸漸拋開。

有一天，沈國英由湯山洗澡回來，在汽車上看見一個舊部李永勝團長在大路上走著，連忙停住了汽車，下車來招呼。

李團長穿的是呢質短衣，外罩呢大衣，在春潮料峭的曠野裡，似乎有些不勝寒縮的樣子，便問道：「李團長，多年不見了，你好嗎？」

李永勝向他周身看了一遍，笑答道：「沈統制比我的顏色好多了，我怎能夠像你那樣享福呢。唉！不過話又說回來了，在這個國亡家破的年頭兒，當軍人的，也不該想著享什麼福！」

沈國英看他臉色，黑裡透紫，現著是從風塵中來，便道：「你又在哪裡當差事？」

李永勝笑道：「差事可是差事，賣命不拿錢。」

沈國英道：「我早就想破了，國家養了一二百萬軍隊，哪有這些錢發餉？咱們當軍人的，也該別尋生路，別要國家養活著了。你就是幹，國家發不出餉來，也幹得沒有意思。」

李永勝笑道：「你以為我還在關裡呀？」

沈國英吃了一驚的樣子，回頭看了一看，低聲道：「老兄臺，怎麼著，你在關外混嗎？餓死事小，失節事大，你怎麼跟亡國奴後面去幹？」說著，將臉色沉了一沉。

李永勝笑道：「這樣說，你還有咱們共事時候的那股子勁。老實告訴你，我在義勇軍裡面混啦。這裡有義勇軍一個機關，我有事剛在這裡接頭來著。」說著，向路外一個村子裡一指。

沈國英和他握了手笑道：「對不住，對不住，我說錯了話啦。究竟還是我們十八旅的人有種，算沒白吃國家的糧餉。你怎麼不坐車，也不起頭牲口？」

李永勝笑道：「我的老上司，我們幹義勇軍是種秘密生活，能夠少讓敵人知道一點，就少讓敵人知道一點，那樣大搖大擺的來來去去做什麼？」

沈國英笑道：「好極了，現在回城去，不怕人注意，你上我的車子到我家裡去，我們慢慢地談一談吧。」

李永勝也是盛情難卻，就上了車子，和他一路到家裡來。

沈國英將李永勝引到密室裡坐著，把僕從都禁絕了，然後向他笑道：「老兄臺，我混得不如你呀，你倒是為國為民能做一番事業。」

李永勝坐在他對面，用手搔了頭髮，向著他微微一笑道：「我這個事，也不算什麼為國為民，只是吃了國家一二十年的糧餉，現在替國家還這一二十年的舊帳。」

沈國英兩手撐了桌沿，昂了頭望著天道：「你比我吃的國家糧餉少，你都是這樣說，像我身為統制的人，還在北京城裡享福，豈不要羞死嗎？」

李永勝道：「**這是人人可做的事呀，只要沈統制有這份勇氣，我們關外有的是弟兄們，歡迎你去做總司令、總指揮**。只是有一層，我們沒錢，也沒有子彈，吃喝是求老百姓幫助，子彈是搶敵人的，沒有子彈的時候，我們只起肉搏和敵人拚命。這種苦事，沈統制肯幹嗎？」說時，笑著望了他，只管搔自己的頭髮。

沈國英皺了眉，依舊昂著頭沉思，很久才道：「我覺得不是個辦法。」

李永勝看他那樣子，這話就不好向下說，只淡淡的一笑。

沈國英道：「你以為我怕死不願幹嗎？不是那樣說。我不幹則已，一幹就要轟轟烈烈的驚動天下。沒有錢還自可說，沒有子彈，那可不行！」

李永勝看他的神情態度不像是說假話，便道：「依著沈統制呢？」

沈國英道：「子彈這種東西，並不是花錢買不到的，我想假使讓我帶一支義勇軍，人的多少倒不成問題，子彈必定要充足。」

李永勝突然站起來道：「沈統制這樣說起來，你有法子籌得出錢嗎？」

沈國英道：「我不敢說有十分把握，我願替你借箸一籌，出來辦一辦。」

李永勝一聽，也不說什麼，突然跪下地去，朝著他端端正正地磕了三個頭。

這一突如起來的行為，是沈國英沒有防到的，嚇得他倒退一步，連忙將李永勝攙扶起來，問道：「老兄臺，你為什麼行這樣重的大禮，我真是不敢當。」

李永勝起來道：「老實說，不是我向你磕頭，是替我一千五百名弟兄向你磕頭。他們是敵人最怕的一支軍隊，三個月以來，在錦西一帶建立了不少的功績。只是現在缺了子彈，失掉了活動力，再要沒有子彈接濟，不是被敵人看破殺得同歸於盡，也是大家心灰氣短，四處分散。我們的總指揮派了我和副指揮到北平來籌款籌子彈，無如這裡是求助的太多，一個一個的來接濟，攤到我們頭上，恐怕要在三個月之後。為了這個，我是非常之著急，沈統制若是能給我們想個兩三萬塊錢，讓我們把軍械補充一下，不但這一路兵有救，就是對於國家也有不少的好處。沈統制，我相信你不是想不出這個法子的人，為了國家……」

說到這四個字，他又朝著沈國英跪了下去。

沈國英怕他又要磕頭，搶向前一步，兩手將他抱住，拖了起來道：「我的天，有話你只管說，老是這個樣子對付我，你不是叫我要求我，你是打我罵我了。」

李永勝道：「對不住，請你原諒我，我是急糊塗了。」

沈國英笑道：「要我幫你一點忙，也未嘗不可以，就是義勇軍真正的內容我有些不知道，請你把關外義勇軍詳細的情形告訴我一點，我向別人去籌款子，人家問起來了，我也好把話去對答人家。」

李永勝道：「你要知道那些詳細的情形，不如讓我引一個人和你相見，你就相信我的話不假了。我先說明一下，**此人不是男的，是個二十一二的姑娘。**」

沈國英道：「我常聽說義勇軍裡面有婦女，於今看起來，這話倒是不假的了。」

李永勝道：「這當然是真的，不過她不是普通女兵，卻是我們的副指揮呢！只是有一層，她的行蹤很守秘密的，你要見她，請你單獨的定下內客廳會她，我明天下午四點鐘以後帶了她來。也許你見了認識她，**因為她這個人，不但是現在當義勇軍，以前在北京，她就做過一番轟轟烈烈的舉動。**」

沈國英越聽越奇怪了，這到底是怎麼回事呢？當然囉，**現在各報上老是登著什麼「現代花木蘭」，也許這副指揮就是所謂的「現代花木蘭」**了，但是怎麼我會認識她？在北平的一些知名女士是數得出的，我差不多都碰過面，她們許多人只會穿了光亮的鞋子，到北京飯店去跳舞，哪裡能到關外去當義勇軍呀？……

沈國英急於要結識這個特殊的人物，於是又把自己的想法問了李永勝。

李永勝微笑道：「這些都不必研究，明天沈統制一見，也許就明白了，只請你叮囑門房一聲，明天我來的時候，通名片那道手續最好免了，讓我一直進來就是。」

沈國英道：「不，我要在大門口等著，你一來，我就帶著向裡行。」

李永勝也不再答話，站起來和他握了一握手，笑道：「明天此時，我們大門口相見。」說畢，逕直的就走了。

沈國英送他出了大門口，自己一人低頭想著向裡走。

奇怪，李永勝這個人有這股血性，去當了義勇軍，我是他的上司，倒碌碌無所表現！正這樣走著，猛然聽到一種很尖銳的聲音在耳朵邊叫道：「樊大爺回來了嗎？」

他看時，鳳喜站在一叢花樹後面，身子一閃，跑到一邊去了，自己這才明白，因為心中在想心事，糊裡糊塗的，不覺跑到了跨院裡來，已經是鳳喜的屋子外面了。

因追到鳳喜身邊，望了她道：「你為什麼跑到院子裡來，伺候你的老媽子呢？」

鳳喜抬了肩膀，格格的笑了起來。

沈國英握了她一隻手，將她拉到屋子裡去，她也就笑了跟著進來，並不違抗。伺候她的兩個老媽子都在屋裡，並沒有走開。沈國英道：「兩人都在屋裡，怎麼會讓她跑出去了的？」

老媽子道：「我們怎麼攔得住她呢？真把她攔住不讓走，她會發急的。」

沈國英道：「這話我不相信。你們在屋子裡的人都攔不住她，為什麼我在門外，一拉就把她拉進來了呢？」

老媽子道：「統制，你有些不明白。我們這些人在她面前轉來轉去，她都不留意，只有你來了，她認得清楚，所以你說什麼，她都肯聽。」

沈國英聽了這話，心中不免一動，心想：這真是「精誠所至，金石為開」了。這樣子做下去，也許我一番心血不會白費。因拉著鳳喜的手，向她笑道：「你真認得我嗎？」

鳳喜笑著點了點頭，將一個食指放在嘴裡咬著，眼皮向他一撩，微笑著道：「我認得你，你也姓沈。」

沈國英道：「對了，你像這樣說話，不就是好人嗎？」

鳳喜道：「好人？你以為我是壞人嗎？」她如此說時，不免將一隻眼珠橫著看人。

兩個老媽子趕快向沈國英丟著眼色，拉了鳳喜便走，口裡連道：「有好些個糖擺在那裡，吃糖去吧。」說時，回過頭來，又向沈國英努嘴。

他倒有些明白，這一定是鳳喜的瘋病又要發作，所以女僕招呼閃開，自己嘆了一口氣，也就走回自己院子裡來了。

當他走到自己院子裡來的時候，忽然想起李永勝說的那番話，心想，我這人究竟有些傻，當這樣國難臨頭的時候，要我們軍人去做的事很多，我為什麼戀戀於一個瘋了五年的婦人？我有這種精神，不會用到軍事上去，做一個軍事新發明嗎？這樣一轉，他真個又移轉到義勇軍這個問題上去設想了。

到了次日，沈國英按著昨天相約的時候，親自站在大門口，等候貴客光臨。但是汽車、馬車、人力車、行路的人來來往往不斷地在門口過著，卻並沒有李永勝和一個女子同來。

等人是最會感到時間延長的，沈國英等了許久許久，依然不見李永勝到來，這便有些心灰意懶，大概李永勝昨天所說，都是瞎謅的話，有些靠不住的。

他正要掉轉身向裡走，只見一輛八成舊的破騾車，藍布篷子都變成了灰白色了，一頭棕色騾子拉著，一直向大門裡走。

那個騾車夫帶了一頂破氈帽，一直蓋到眉毛上來，低了頭，而且還半起了身子，看不清是怎樣一個人。沈國英搶上前攔住了騾頭，車子可就拉到了外院，喝道：「這是我們家裡，你怎麼也不招呼一聲就往裡闖！」

那車夫由騾車上跳了下來，用手將氈帽一掀，向他一笑。

出其不意的，倒嚇沈國英一跳，這不是別人，正是李永勝，不覺「咦」了一聲道：「你扮得真像，你在哪裡找來的這一件藍布袍子和布鞋布襪子？還有你手裡這根鞭子……」

李永勝並不理會他的話，手帶了韁繩，把車子又向裡院攏了一攏。沈國英道：「老李，你打算把這車還往哪裡拉？」

李永勝道：「你不是叫我請一位客來嗎？人家是不願意在大門外下車的。」這裡沈國英還不曾答話，忽聽得有人在車篷裡答應著道：「不要緊的，隨便在什麼地方下車都可以。」

說著話時，一個穿學生制服的少年跳下車來。但是他雖穿著男學生的制服，臉上卻帶有一些女子的狀態，說話的聲音可是尖銳得很，看他的年紀約在二十以上，然而他的身材卻是很矮小，不像一個男子。

沈國英正怔住了要向他說什麼，他已經取下了頭上的帽子，笑著向沈國英一個鞠躬，道：「沈統制，我來得冒昧一點吧？」

這幾句話，完全是女子的口音，而且他頭上散出一頭黑髮。

沈國英望了李永勝道：「這位是——」

李永勝笑著道：「這就是我們的副指揮，關秀姑女士。」

沈國英聽到，心裡不由得發生了一個疑問：關秀姑？這個名字太熟，在哪裡聽到過。……

關秀姑向他笑道：「我們到哪裡談話？」

沈國英見她毫無羞澀之態，倒也為之慨然無忌，立刻就把關、李二人引到內客廳裡來。

三人分賓主坐下了，秀姑首先道：

「沈先生，我今天來，有兩件事，一件是為公，一件是為私，我們先談公事。我們這一路義勇軍前後一十八次，截斷偽奉山路，子彈完了，弟兄們也散去不少，現在想籌一筆款子買子彈。這子彈在關外買，我們有個來源，價錢是非常的貴，至低的價錢要八毛一粒，貴的貴到一塊二毛，兩三萬塊錢的子彈，不夠打一仗的。最好是關裡能接濟我們的子彈，不能接濟我們的子彈，多接濟我們的錢也可以。

「沈先生是個少年英雄，是個愛國軍人，又是在政治上占過重要地位的，對於我的要求，我敢大膽說一句，是義不容辭，而且也是辦得到的。所以我一聽李團長的話，立刻就來拜訪。沈統制不是要知道我們詳細的情形嗎？我們造有表冊，可以請看，只是這東西也可以假造的，要證據，我身上倒現成。」

說著，她將右手的袖子向上一捲，露出圓藕似的手臂，正中卻有一塊大疤痕。

沈國英是個軍人，他當然認得，乃是子彈創痕。她放下袖子，抬起一隻右腳，放在椅子檔上，捲起褲腳，又露出一隻玉腿來，腿肚子上也是一個挺大的疤痕。

沈國英看她臉上黑黑的，滿面風塵，現在看她的手臂和腿，卻是其白如雪，其嫩如酥，實在是個有青春之美的少女。他這樣的老作遐思，秀姑卻是坦然無事的放下褲腳來，笑向沈國英道：「這不是可以假造出來的。不過沈統制再要知道詳細，最好是跟了我們到前線去看看，你肯去嗎？」說時，淡淡地笑著看人。

沈國英見關秀姑說話那樣旁若無人的樣子，心裡不由得受了很大的衝擊，突然站起來，將桌子一拍道：

「女士這樣說，我相信了，只是我沈國英好慚愧！我當軍人，做到師長以上，並沒有掛過一回彩，倒不如關女士掛了彩又掛彩，不愧軍人本色。關女士深閨弱女都能捨死忘生，替國家去爭人格，難道我就不能為國出力嗎？好，多話不用說，我就陪你到關外去看一趟，假使我找得著一個機會，幾萬粒子彈也許可以籌得出來。」

秀姑猛然伸了手，向他一握道：「這就好極了，只要沈先生肯給我們籌劃子彈，我們就一個錢不要。」

沈國英道：「假使子彈可以到手，我們要怎樣的運送到前方去呢？」

秀姑道：「這個你不必多慮，只要你有子彈，我們就有法子送到前方去。現在公事算談著有點眉目了，咱們可以來談私事了。」

沈國英想著，我們有什麼私事呢？當時望了秀姑卻說不出話來。

秀姑微微一笑道：「沈統制，你得謝謝我呀！四年前你們惱恨的那個劉將軍，常常和你們搗亂，你們沒法子對付他，那個人可是我給你們除掉的呀。」說畢，眉毛一揚，又笑道：「要是劉德柱不死，也許你們後來不能那樣得意吧？」

沈國英頭一昂道：「哦！是了，我說你的大名我很熟呢，那次政變以後，外邊沸沸揚揚的傳說著，都說是姓關的父女兩個幹的，原來就是關女士。老實說，那次政變倒也幸得是北京先除劉巡閱使的內應，可是那些占著便宜的人，現在死的死了，走的走了，要算這一筆舊帳，也無從算起。」

秀姑微笑搖了搖頭道：「你錯了！你們升官發財去，我管不著，而且那回我把劉德柱殺了，是為了我的私事，與你們不相干；可是說著與你們不相干也不全是，仔細說起來，與你又有點兒關係。」

沈國英道：「關女士說這話，我可有些糊塗。」

秀姑微笑道：「你府上，到現在為止不是還關著一個瘋子女人嗎？我是說的她。現在，我要求你讓我看看她。」

這一說不要緊，沈國英臉上頓時收住笑容，一下子站了起來，望著秀姑，沉吟著道：「你是為了她？不錯，她是劉德柱的如夫人，以前很受虐待的，這與關女士何干？」

秀姑微笑道：「你對這件事原來也是不大明白的，這可怪了。」

沈國英看看李永勝，有一句話想問，又不便問，望了只是沉吟著。

李永勝倒有些情不自禁，關於秀姑行刺劉將軍的事，關壽峰覺得是他女兒得意之作，在關外和李永勝一處的時候，源源本本常是提到，只有秀姑對家樹亦曾鍾情的事沒有說起。這時，李永勝也就將關壽峰所告訴的話，完全說了出來。

沈國英一聽，這才舒了一口氣，拍手道：「原來關女士和鳳喜還是很好的姐妹們，這就好極了！我立刻引關女士見她。她現在有時有些清醒，也許認得你的。」

秀姑搖了一搖頭道：「不，我這個樣子去見她，她還以為是來了一個大兵呢。騾車上，我帶有一包衣服，請你借間屋子，我換一換。我很忙，在家裡來不及換衣服就來了。」

沈國英連說：「有，有。」便在上房裡叫了個老媽子就出來，叫她拿了騾車上的衣包，帶著關秀姑去換衣服。

不一刻，秀姑換了女子的長衣服出來，咬了下唇，微微地笑。

沈國英笑道：「關女士男裝還不能十分相像，這一改起女裝來，眉宇之間確有一股英雄之氣！」

秀姑並不說什麼，只是微笑著。沈國英看她雖不是落落難合，卻也不肯對人隨聲附和，不便多說話，便引了她和李永勝，一路到鳳喜養病的屋子裡來。

這天，恰是沈大娘來和鳳喜送換洗的衣服，見關秀姑來了，不由「呀」的一聲迎上前來，執著她的手叫道：「大姑娘，你好哇？多年不見啦。」

秀姑道：「好，我瞧我們妹妹來了。」

她口裡如此說著，眼睛早是射到屋子裡。見鳳喜長得更豐秀些了，坐在一張小鐵床上，懷裡摟了個枕頭，並不顧到懷裡的東西，微偏了頭，斜了眼光，只管瞧著進來的人。秀姑遠遠地站住，向她點了兩個頭，又和她招了兩招手。

鳳喜看了許久，將枕頭一拋，跳上前來，握了秀姑的手道：「你是關大姐呀！」另一隻手卻伸出來摸著秀姑的臉，笑道：「你真是關大姐？這不是做夢？這不是做夢？」

秀姑笑著點頭道：「誰說做夢呢，你現在明白了嗎？」

鳳喜道：「樊大爺回來了嗎？」

秀姑道：「他回來了，你醒醒吧。」

鳳喜的手執了秀姑的手，哇地一聲哭出來了。

沈大娘搶上前，分開她的手，用手撫著她的脊梁道：「孩子，人家沒有忘記你，特意來看你，你放明白一點，別見人就鬧呀。」

鳳喜一哭之後，卻是忍不住哭聲，又跳又嚷，鬧個不了。沈大娘和兩個老媽子好容易連勸帶起，才把她按到床上躺下了。

秀姑站在屋子裡，儘管望著鳳喜，倒不免呆了。

沈國英便催秀姑出來，又把沈大娘叫著，一同到客廳裡坐，因指著秀姑向沈大娘道：「這位姑娘了不得，她父女倆帶了幾千人在關外當義勇軍，為國家報仇，我看見她這樣有勇氣，我自己很慚愧，決計把家財不要，買了子彈，親自送到關外去。這樣一來，我這個家是我兄嫂的了，你的閨女就不能再在我這裡養病。但是不在我這裡養病，難道還把她送進瘋人院不成？

「我和醫生研究了許多次，覺得她還不是完全沒有知識，斷定了她瘋病是為什麼情形而起的，**我們還用那個情節，再逼引她一回。這一回逼引得好，也許就把她叫醒過來了。不好呢，讓她還是這樣瘋著，倒沒有什麼關係，就怕的是刺激狠了，會把她引出什麼差錯來，我和你商量一下，你能不能放手讓我去做。」**

沈大娘道：「我有什麼不能放手呢？養活著這樣一個瘋子，什麼全不知道，也就死了大半個啦。憑她的造化，治好了她的病，我也好沾她一些光；治不好她的病，就是死了那也是命該如此，有什麼可說的呢！」

沈國英道：「今天聽這位李團長所說，鳳喜發瘋的那一天，關女士是親眼看見的。因為劉德柱打了她，又逼她唱。老媽子又說，他從前打死過一個姨太太，所以她又氣又急又害怕，成了這個瘋病。若是原因如此，這就很好辦啦。劉德柱以先住的那個房子，現在正空在那裡。有關女士在這裡，那臥房上下幾間屋子是怎樣的情形，關女士一定還記得。就請關女士出來指點指點，照以前那樣的布置法子再布置一番，就等她睡覺的時候，悄悄的把她搬到那新屋子裡去住下。我手下有一個副官，長得倒有幾分像劉將軍，雖然眉毛淡些，沒有鬍子，這個都可以假裝。到了那天，讓他裝做劉將軍的樣子，拿鞭子抽她；回頭再讓關女士裝成當日的樣子，和他一講情，活靈活現，情景逼真，也許她就真個醒過來了。」

秀姑笑道：「這個法子倒是好，那天的事情，我受的那印象太深，現在一閉眼睛，完全想得起來，就讓我帶人去布置。」

沈國英道：「那簡直好極了，諸事就仰仗關女士。」說著，拱了一拱手。

秀姑對沈大娘道：「大嬸你先回去，回頭我再來看你。」

沈國英看這情形，料著秀姑還有什麼話說，就打發沈大娘走開。

秀姑望了沈國英道：「我有一句話要問你，假使鳳喜的病好了，你還能跟著我們到關外去嗎？」

沈國英道：「那是什麼話？救國大事，我豈能為了一個女子把它中止了。總而言之，**她醒了也好，她死了也好，我就是這樣做一回**。二位定了哪天走，我絕不耽誤。不瞞二位說，我做了這多年的官，手上大概有十幾萬圓。除了在北京置的不動產而外，在銀行裡還存有八萬塊錢。我一個孤人，盡可自謀生活，要這許多錢何用？除了留下兩萬塊錢而外，其餘的六萬塊錢，我決計一起提出來，用五萬塊錢替你們買子彈，一萬塊錢替你們買藥品。當軍事頭領的人，買軍火總是內行。天津方面，我還有兩條買軍火的路子，今天我就搭夜車上天津，如果找著了舊路的話，我付下定錢，就把子彈買好。等我回來，將合同交給你們。那麼，不問我跟不跟你們去，你們都可以放心了。」

說著微笑了一笑道：「老實說，我傾家蕩產幫助你們，我自己不去看看，也是不放心的。你不要我去，我還要去呢，我的錢買的子彈，我不能全給人家去放，我自己也得放出去幾粒呢。」

秀姑道：「好哇！我明天什麼時候來等你的回信？」

沈國英道：「我既然答應了，走得越快越好，我一面派人和關女士到劉將軍家舊址去布置，一面上天津辦事。我無論明天回來不回來，隨時有電話向家裡報告。」

秀姑向李永勝笑道：「這位沈先生的話太痛快了，我沒有什麼話說，就是照辦。李團長，你看怎麼樣？」

李永勝笑道：「這件事，總算我沒有白介紹，我更沒有什麼話說，心裡這分痛快，只有跟著瞧熱鬧的哇。」

當下沈國英叫了一個老聽差來，當著秀姑的面吩咐一頓，叫他聽從秀姑的指揮，明天到劉家舊址布置一切。好在那裡乃是一所空房子，房東又是熟人，要怎樣布置都是不成問題的。

老聽差雖然覺得主人這種吩咐有些奇怪，但是看到他那樣鄭重的說著，也就不敢進一詞，答應著退下去了。

秀姑依然去換好了男子的制服，向沈國英笑道：「我的住址沒有一定……」

沈國英道：「我也不打聽你的住址，你明天到我這裡來，帶了聽差去就是了。」

秀姑比齊腳跟站定了，挺著胸向他行了個舉手禮，就和李永勝徑直的走出去了。

這天晚上，沈國英果然就到天津去了。

天津租界上，有一種秘密經售軍火的外國人，由民國二三年起，直到現在為止，始終是在一種地方坐莊。中國連年的內亂，大概他們的功勞居多，所以在中國久事內戰的軍人都與他們有些淵源可尋。

沈國英這晚上到了天津，找著賣軍火的人，一說就成功。次日下午，就坐火車回來了。他辦得快，北平這邊秀姑布置劉家舊址也辦得不緩，到了晚半天，大致也就妥當了，大家見面一談，都非常之高興。

次日下午，沈國英等著鳳喜睡著了，用一輛轎式汽車放下車簾，將她悄悄地搬上車，送到劉家。到了那裡，將一領斗篷兜頭一蓋，送到當日住的樓上去。屋子裡亮著一盞光亮極小的電燈，外罩著一個深綠色的紗罩，照著屋子裡，陰暗得很。

再說鳳喜被人再三搬抬著，這時已經醒了。一到屋子裡，看看各種布置，好像有些吃驚，用手扶了頭，閉著眼睛想了一想，又重睜開來。

再一看時，卻是不錯，銅床，紗帳，錦被，窗紗，**一切的東西都是自己曾享受過的，看看這屋子裡並沒有第二個人，又沒有法子去問人，彷彿自做過這樣一個夢，現在是重新到這夢裡來了。**

待要走出門去時，房門又緊緊地扣著。掀開一角窗紗向外一看，呵喲！是一個寬的樓廊，自己也曾到過的。正如此疑惑著，忽聽得秀姑在樓梯上高聲叫道：「將軍回來了。」

鳳喜聽了這話，心裡不覺一驚。

不多一會，房門開了，兩個老媽子進來，板著臉色說道：「將軍由天津回來了，請太太去，有話說。」

鳳喜情不自禁的就跟了她們出來，走到「劉將軍」屋子裡，只見「劉將軍」滿臉的怒容，操了一口保定音道：「我問你，你一個人今天偷偷到先農壇去做什麼？」

鳳喜還不曾答話，「劉將軍」將桌子一拍，指著她罵道：「好哇！我這樣待你，你倒要我當王八*，我要不教訓教訓你，你也不知道我的厲害！你瞧，這是什麼？」說著，手向牆上一指。

鳳喜看時，卻是一根籐鞭子。這根籐鞭子，她如何不認得！哇的一聲叫了起來。「劉將軍」更不打話，一跳上前，將籐鞭子取到手上，照定鳳喜身邊就直揮過來。雖然不曾打著她，這一鞭子打在鳳喜身邊一張椅子上就是啪的一下響。鳳喜張大了嘴，哇哇地亂叫，看到身邊一張桌子，就向下面一縮。

她不縮下去猶可，一縮下去之後，「劉將軍」的氣就大了，拿了鞭子，照定桌子腳就拚命的狂抽。鳳喜嚇得縮做一團，只叫「救命」。

就在這時，秀姑走了進來，搶了上前，兩手將「劉將軍」的手臂抱住，問他道：「將軍，你有話只管慢慢地問她，把她打死了，問不出所以來，也是枉然。」

鳳喜縮在桌子底下，大聲哭叫著道：「關大姐救命呀！關大姐救命呀！」

秀姑聽她說話，已經和平常人無二，就在桌子底下將她拖了出來。她一出來之後，立刻躲到秀姑懷裡，只管嚷道：「大姐，不得了啦，你救救我啦，我遍身都是傷。」

秀姑帶拖帶擁，把她送到自己屋子裡去。

電燈大亮，照著屋子裡一切的東西，清清楚楚。鳳喜藏在秀姑懷裡，讓她摟抱住了，垂著淚道：「大姐，這是什麼地方，我在做夢嗎？」

秀姑道：「不是做夢，這是真事，你慢慢地想想看。」

鳳喜一手搔了頭，眼睛向上翻著，又去凝神的想著。想了許久，忽然哭起來道：「我這是做夢呀！要不，我是做夢醒了吧？」說時，藏在秀姑懷裡，只管哇哇的哭叫著。

秀姑一手摟住她的腰，一手撫摸著她的頭髮，向她安慰著道：「不要緊的，做夢也好，真事也好，有我在這裡保護著你呢，你上床去躺一躺吧。」於是兩手摟抱著她，向床上一放，便在床面前一張椅子上坐下。

鳳喜也不叫了，也不哭了，一人躺在床上，就閉了眼睛，靜靜地想著過去的事情。一直想過兩個鐘頭以後，秀姑並不打岔，讓她一個人靜靜地去想。

鳳喜忽然一頭坐了起來，將手一拍被頭道：「**我想起來了，不是做夢，不是做夢，我糊塗了，我糊塗了。**」

秀姑按住她躺下，又安慰著她道：「你不要性急，慢慢地想著就是了，只要你醒過來了，你是怎麼了，我自然會慢慢地告訴你的。」

鳳喜聽她如此說又微閉了眼，想上一想，而且將一個指頭伸到嘴裡用牙齒去咬著。她閉了眼睛，微微的用力將指頭咬著，覺得有些痛，於是將手指取了出來，口裡不住地道：「手指頭也痛，不是夢，不是夢。」

秀姑讓她一個人自自在在的睡著，並不驚擾她。

這時，沈國英在樓廊上走來走去，不住地在窗子外向裡面張望，看到裡面並沒有什麼動靜，悄悄地推了門進來向秀姑問道：「怎麼了？」

秀姑站起來，牽了一牽衣襟，向他微微笑著點頭道：「她醒了，只是精神不容易復原，你在這裡看守住她，我要走了。」

沈國英道：「不過她剛剛醒過來，總得要有一個熟人在她身邊才好。」

秀姑道：「沈先生和她相處幾年，還不是熟人嗎？再說，她的母親也可以來，何必要我在這裡呢？我們的後方機關今天晚上還有一個緊急會議要開，不能再耽誤了。」說畢，起身便走。

沈國英也是急於要知道鳳喜的情形，既是秀姑要走，落得自己一個人在屋子裡，緩緩地問她一問，便含了微笑，送到房門口。

當下沈國英回轉身來，走到床面前，見鳳喜一隻手伸到床沿邊，就一伸手握著她的手，俯了身子向她問道：「鳳喜，你現在明白一些了嗎？」

她靜靜地躺在床上，正在想心事，經沈國英一問，突然回轉身來望著他，「呀」了一聲，將手一縮，人就立刻向床裡面一滾。

沈國英看她是很驚訝的樣子，這倒有些奇怪，難道她不認識我了嗎？他站在床面前，望了鳳喜出神；鳳喜躺在床上，也是望了他出神。

她先是望了沈國英很為驚訝，經了許久，慢慢現出一些沉吟的樣子來，最後有些點頭，似乎心裡在說：認得這個人。

沈國英道：「鳳喜，你現在醒過來了嗎？」

鳳喜兩手撐了床，慢慢地坐起，微起了頭，望著他，只管想著。沈國英又走近一些，向她微笑道：「你現在總可以完全瞭解我了吧？我為你這一場病，足足費了五年的心血啦。你現在想想看，我這話不是真的嗎？」

沈國英總以為自己這一種話，可以引出鳳喜一句切實些的話來。然而鳳喜所告訴的，卻是他做夢也想不到的一句話。

她注視很久，卻反問道：「你貴姓呀？我彷彿和你見過。」

沈國英和她盤桓有四五年之久，不料把她的病治好了，她竟是連人家姓什麼都不曾知道，這未免太奇怪了。既是姓什麼都不知道，哪裡又談得上什麼愛情。

這一句話真個讓他兜頭澆了一起冷水，站在床面前呆了很久，因答道：「哦！你原來不認識我，你在我家住了四五年，你不知道嗎？」

鳳喜皺了眉想著道：「住在你家四五年？你府上在哪兒呀？哦哦哦……是的，我夢見在一個人家，那人家……」說著，連連點了幾下頭道：「那人家，是看見你這樣一個人。我究竟在什麼地方？我又是怎麼了？」

她這兩句話，問得沈國英很感到一部廿四史無從說起，微笑道：「這話很長，將來你慢慢地就明白了。」

鳳喜舉目四望，沉吟著道：「這還是劉家呀，怎麼回事呢？我不懂，我不懂，我慢慢地能知道嗎？」

沈國英對於她如此一問，真沒有法子答覆。卻聽到窗戶外面一陣很亂的腳步聲，有婦人聲音道：「她醒了，這可好了。」

正是沈大娘說著話來了。沈國英卻認為是個救星，立刻把她叫了進來。

鳳喜一見母親來了，跳下床來，抓著母親的手叫起來道：「媽！我這是在哪兒呀？我是死著呢，還是活著呢？我糊塗死了，你救救我吧。」說畢，哇的一聲，哭將起來了。

沈大娘半抱半摟的扶住她道：「好孩子不要緊的，你別亂，我慢慢告訴你就得了。菩薩保佑，你可好了，我這心就踏實多了。你躺著吧。」說著，把她扶到床上去。

鳳喜也覺得身體很是疲倦，就聽了母親的話，上床去躺著。

沈國英向沈大娘道：「她剛醒過來，一切都不明白，有什麼話，你慢慢地和她說吧。我在這裡，她看著會更糊塗。」

沈大娘抱著手臂，和他作了兩個揖道：「沈大人，我謝謝你了，你救了我鳳喜的一條命，我一家都算活了命，我這一輩子忘不了你的大恩啦。」

沈國英沉思了一會道：「忘不了我的大恩？哼，哈哈！」他就這樣走了。

這一天晚上，沈國英回去想著，自己原來的計劃漸漸的有些失效，一個女子，想引起她對於一個男子同情，卻不是可以貿然辦到的！鳳喜是醒了，醒了可不認識我了。不過她突然看到我，是不會知道什麼叫愛情的，今天晚上，她母親和她細細一談，也許她就知道我對於她勞苦功高會有所感動了。他如此想著，權且忍耐著睡下。

到了次日下午，沈國英二次到劉將軍家來。

他上得樓來，聽得鳳喜屋子裡，母女二人喁喁細語不斷。這個樣子，更可以證明鳳喜的病是大好了，於是站在窗戶外，且聽裡面說些什麼。

鳳喜先是談些劉將軍的事，其次又談到樊家樹的事情，最後就談到自己頭上來了。鳳喜道：「這位沈統制的心事，我真是猜不透，為什麼把我一個瘋子養在他家裡四五年？」

沈大娘道：「傻孩子，他為什麼呢？不就為的是想把你的病治好嗎！他的太太死了多年，還沒有續弦啦。」

鳳喜道：「據你說，他是一個大軍官啦，做大軍官的人，要娶什麼樣子的姑娘都有，幹嘛要娶我這個有瘋病的女子呢？有錢有勢的人，那是最靠不住的，我上過一回當了，再也不想找闊人了。」

沈大娘道：「你還念著樊大爺嗎？他和一個何小姐同路出洋去了。那個何小姐，她的老子是做財政總長的，看樣子準是嫁了樊大爺啦。就是她沒嫁樊大爺，樊大爺也不會要你的了。」

鳳喜道：「樊大爺就是不要我，我也要和他見一面，要不然，人家說我財迷腦瓜，見了有錢的就嫁，我還有面子見人嗎？」

沈大娘道：「這話不是那樣說，你想沈統制待你那樣好，你能要人家白白地養活你四五年嗎？」

鳳喜道：「終不成我又拿身子去報答他？」

這句話說得太尖刻了，沈大娘一時無話可答。

沈國英在外面站著，心裡也是一動，就悄悄地走下了樓，在院子當中昂頭望了天，半晌嘆了一口氣，於是很快出來，坐汽車回家。

沈國英到了自己大門口，剛一下車，路邊一個少年踅將過來，走到身邊輕輕叫了一聲道：「沈先生回來了。」

沈國英認得是關秀姑，就引了她，一同走到內客廳來。

秀姑笑問道：「鳳喜的病是好了，你打算怎麼樣？」

沈國英道：「她好了就好了吧，我還是去當我的義勇軍。」

秀姑道：「沈先生，恕我說話直率一點。你費了好幾年的功夫為她治病，只是把她的病治好了，你就算了嗎？那麼，你倒好像是個醫生，專門研究瘋病的。」

沈國英雖覺得秀姑是個極豪爽的女子，但是究竟有男女之別，自己對於鳳喜這一番用意，可是不便向人啟齒，只得搖了搖頭道：「關女士是猜不著我的心事的。將來，我或者可以把經過的事情報告報告。我決計作義勇軍了。」說著用腳一頓。

秀姑心想：那麼，在今晚以前還沒有決心當義勇軍的了，因笑道：「沈先生越快下決心，我們關外一千多弟兄們越是有救。我今天晚上來，沒有別的事，只要求沈先生把那六萬塊錢趕快由銀行裡提了出來，到天津去買好東西。」

沈國英道：「這是當然的，今天來不及了，明天我就辦。我還要顧全我自己的人格啦，決計不能用話來騙你的。」

秀姑道：「既是這樣說，我就十分放心了。鳳喜醒過來了，我還沒有和她說一句話，趁著今晚沒事，我要去看看她。」

沈國英沉吟著道：「其實不去看她，倒也罷了，但是關女士和她的感情很好的，我又怎能說教你不去呢！」

秀姑聽他的話很有些語無倫次，便反問他一句道：「沈先生，你看鳳喜這個人究竟是好人還是壞人呢？」

沈國英道：「這話也難說。」說畢，淡笑了一笑。

秀姑看他這樣子，知道他很有些不高興，便道：「這個人是個絕頂的聰明人，只可惜她的家庭不好，我始終是可憐她，我再去和她談一談吧。」

沈國英靜了一靜，似乎就得了一個什麼感想，點點頭道：「那也好，關女士是熱心的人，你去說一說，或者她更明白了。」

秀姑閃電也似的眼光在他周身看了一看，並不多說，轉身走了。

沈國英送了客回來，在院子裡來回的徘徊著，口裡自言自語地道：

「我自然是發呆，**先玩弄一個瘋子，後來又對瘋子鐘情，太無意義了**。無意義是無意義，難道費了四五年的氣力，就這樣白白的丟開不成？關秀姑和她的交情不錯，或者她去了，鳳喜再會說出幾句知心的話來也未可知。我就去！」

他有了這樣一個感想，立刻坐了汽車，又跑到劉將軍家來。

他因為上次來，在窗戶外邊已聽到了鳳喜的真心話，所以這次進來他依然悄悄的上樓，要聽鳳喜在說些什麼。

當他走到窗戶外時，果然聽到鳳喜談論到了自己。她說：「姓沈的這樣替我治病，我是二十四分感激他的，不過樊大爺回來了，我又嫁一個人了，他若問起我來，我怎好意思呢？」

秀姑問道：「那麼，你不愛這個姓沈的嗎？」

鳳喜道：「我到現在，還覺得是在夢裏看見這樣一個人，請問，我對夢裡的人說得上什麼去呢？至於他待我那番好處，我也對我媽說過了，我來生變畜生報答他。」

秀姑道：「你這話是決定了的意思嗎？」

鳳喜道：「是決定了的意思，大姐，我知道你是佛爺一樣的人，我怎敢冤你。」

說到這裡，屋內沉默了許久，又聽得秀姑道：「這真教我為難，我把真話告訴你吧，恐怕將來都會弄得不好；我不把真話告訴你，讓我隱瞞在心裡，我又不是那種人。對你說了吧，樊大爺這就快回來了。」

鳳喜加重了語氣，突然地問道：「你怎麼知道呢？」

秀姑道：「他到外國去以後，我們一直沒有書信來往。去年冬天，我爺兒倆當上義勇軍了，我們就到處求人幫忙。我們知道樊大爺在德國留學的，就寫了一封信到柏林中國公使館去，請他們轉交，也是試試看的，不料這位公使和樊大爺沾親，馬上就得了回信。他聽說我爺兒倆當了義勇軍，歡喜得了不得。他說，他在德國學的化學工程本來要明年畢業，現在他要提早回國，把他學的本事拿出來，幫助國家。他在信上說，他能做人造霧，他能做煙幕彈，還能造毒瓦斯，還有許多我都不懂……」

鳳喜道：「我不管他學什麼、會什麼，他到底什麼時候回來？」

秀姑道：「快了，也許就是這幾天。」

鳳喜道：「我明白了，大姐到北京來，也是來會樊大爺的吧？」

屋子裡聲音又頓了一頓，卻聽到秀姑連連答道：「不是的，不過我在北平，順便等他一兩天就是了。」

鳳喜道：「還有那個何小姐呢，不和他一處嗎？」

秀姑道：「這個我倒不知道。我現在除了和義勇軍有關係的事，我是不談，何小姐和我們有什麼關係呢？所以我沒有去打聽她。」

鳳喜忽然高聲道：「好了好了，樊大爺來了就好了！」

沈國英聽了這些話，心想：不必再進房去看了，**鳳喜還是樊家樹的。這個女子究竟不錯！我一定把她奪了過來，也未必能得她的歡心。**唉！還是那句話，**各有因緣莫羨人。**

沈國英垂頭喪氣地回家去，到了次日一早，他就開好了支票，上天津買子彈去了。

天下事竟有那樣巧的——當沈國英去天津的時候，正是樊家樹和何麗娜由上海坐通車回北平的時候。

伯和現在在南京供職，陶太太和家樹的母親因南京沒有相當的房子，卻未曾去。何廉不做官了，只做銀行買賣，也還住在北平。伯和因為有點外交上的事，要和公使團接洽，索性陪了家樹北上。

頭兩天，陶、何兩家便接了電報，所以這日車站迎接的人是非常之熱鬧。車子停了，首先一個跳下車來的是伯和，陶太太見著，只笑著點了個頭。其次是何麗娜，陶太太搶上前和她拉手，笑道：「我叫密斯何呢，叫密昔斯樊呢？」

何麗娜格格的笑著。

樊家樹由後面跟了出來，口裡連連答道：「密斯何，密斯何。」

何麗娜向周圍看了一看，問道：「關女士沒有來北平嗎？」

陶太太低聲道：「她是敵人偵探所注意的，在家裡等著你們呢。」

何麗娜道：「我到了北平，當然要先回去看一看父親，請你告訴關女士，遲一兩個鐘頭，我一準來。」

陶太太笑道：「可是樊老太太也在我們那邊呢，你不應當先去看看她嗎？」

何麗娜笑道：「我算算你家小貝貝應該小學畢業了，陶太太還是這樣淘氣！」

大家笑著，一起擁出車站，便分著兩班走。家樹同了伯和一同回家。

家樹一到裡院，就看到自己母親和關秀姑同站在屋簷下面，便搶上前叫了一聲：「媽！」

樊老太太喜笑顏開地向著秀姑道：「大姑娘，你瞧，四五年不見了，家樹倒還是這個樣子。」

家樹這才走上前一步，正待向秀姑行禮，秀姑卻坦然的伸出一隻手來，和家樹握著笑道：「樊先生，我總算沒有失信吧？」

家樹和秀姑認識以來，除了在西山讓她背下山來而外，從未曾有過膚體之親，現時這一握手之間，倒讓他說不出所以然的滋味來。縮了手，然後才堆出笑容來，向秀姑道：「大叔好？」

秀姑道：「他老人家倒是康健，只是為了國事，他更愛喝酒了。他說，他抽不開身到北平來，叫我多問候。」

樊老太太道：「這位姑娘是我的大恩人啦，我又沒什麼可報答人家的。我說了，索性占人家一點便宜，我把她認作我自己膝下的乾姑娘，大家親上一點。你瞧，好嗎？」

家樹「呵呀」了一聲，還沒有說出來，秀姑老早便答道：「只怕是我配不上，若是老太太不嫌棄的話，我還有什麼可說的呢！」

三個人說著話，一路走進屋子去，都很快活。——陶伯和那樣和睦的夫妻，久別重逢，當然先在自己屋子裡有一番密談。

這裡家樹和老太太談著話，三個人品字坐著。家樹的眼光不時射到秀姑臉上，秀姑越發是爽直了，雖然讓家樹平視著，偶然四目相射，秀姑卻報之以微笑，索性望了家樹道：「樊先生的氣色格外好啦，還是在外國的生活不錯，一點兒也不見蒼老，我可曬得成了個小煤姐了。」

家樹笑道：「多年不到北平，聽到北平大姑娘說話，又讓我記起了前事。」

秀姑道：「對了，你又會想起鳳喜。」

家樹對她連連以目示意。

秀姑微笑道：「老太太早知道了，你還瞞著做什麼呢？」

樊老太太也道：「這件事，我也知道好幾年了，聽說那個孩子的瘋病，現在已經好些了……」

話還不曾說完，只聽得陶太太在外面叫道：「何小姐來了。」

本來何麗娜在火車上下來的時候，穿的是外國衣服，現在卻改了長旗袍，走到門外邊，讓陶太太先行，然後緩步進來。

家樹搶著介紹道：「這是母親。」

何麗娜就笑盈盈地朝著樊老太太行了個鞠躬禮。

樊老太太道：「孩子在歐洲的時候，多得姑娘照應。」

何麗娜笑道：「你反說著呢，我正是事事都要家樹照應啦。」

秀姑在一邊聽到他們說話的口氣與稱呼，胸中很是瞭然，覺得西山自己那花球一擲，卻猜了個八九不離十，於是在一旁微笑。

何麗娜一進門，便想和秀姑親熱一陣，只是對了樊老太太未便太放浪了，所以等著和樊老太太說過兩句話之後，才走到秀姑身邊，握著她兩隻手道：「大姐，我們好久不見啦！你好？」

秀姑笑道：「我好到哪兒去呀！還是個窮姑娘。你可了不得，到過文明國家了，求得了高深的學問，這次回國來，一定是對我們祖國有很大的貢獻。」

何麗娜道：「我怎麼比你呢？你是民族英雄，現代的花木蘭！」

陶太太坐在一邊，向著二人笑道：「你恭維她，她恭維你，都不相干，是自家人恭維自家人。」

何麗娜聽了這話，倒有些不懂，向陶太太望著。

陶太太道：「關女士現在拜了我姑母作乾女了，你想，這不是一家人嗎？」

何麗娜明白雖明白了，但是真個說破了，倒有些不好意思直率的承認，只是向秀姑笑。

陶太太笑道：「難得今天樊、何兩位遠來，我應當替二位接風，同時給我們姑媽道喜，今天新收得一位表妹。」

老太太面前。

秀姑站起來道：「那麼著，我得給老太太磕頭。」

樊老太太笑道：「叫一聲媽就得了，都是嶄新的人物，別開倒車。」

陶太太站在許多人中間，樂得不知如何是好，笑道：「你瞧，我們姑媽也是樂大發了，說出這樣的維新之論來。來呀，我的這位新表妹，人家是揀日不如撞日，我們是撞時不如即時，你就過來三鞠躬，拜見親娘吧。」說著，一手挽了秀姑過來，讓她站在樊老太太面前。

秀姑對於這種辦法正也十二分願意，本就打算站端正了，向樊老太太三鞠躬。

陶太太又攔住她道：「慢來慢來，不能就這樣行禮，應當叫一聲媽。」

秀姑笑道：「那是當然。」

陶太太道：「你別忙，等我來。」於是端正一把椅子，在上面斜擺著，拉了老太太在椅子上坐著，然後向秀姑道：「表妹，行禮吧。」

秀姑果然笑盈盈的叫了一聲「媽」，然後向上三鞠躬。

老太太站起來，口裏連道：「好，好！我們這就是一家人了。」

秀姑行過禮，轉過身來，陶太太又攔住道：「且慢，我這一幕戲還沒有導演完，我還有話說呢！」

秀姑心想，禮也行了，媽也叫了，還有什麼沒完呢？

樊老太太笑道：「秀姑這孩子很長厚的，你不要和她開玩笑了。」

陶太太道：「不是開玩笑呀，這面前還站著兩個人呢，難道就不理會了嗎？」因向秀姑道：「這裡有位樊先生，還有位何小姐，從前你可以這樣稱呼著，現在不成啦！我還糊塗著呢，不知道關女士多少貴庚？」

秀姑道：「我今年二十五歲了。」

陶太太笑道：「長家樹兩歲呢，那麼，是大姐了。這可應當是家樹過來行禮。密斯何，你也一塊兒來見姐姐。」

何麗娜看了家樹一眼，心想：又是這位聰明的太太耍惡作劇，怎好雙雙地來拜老大姐呢？

秀姑早看出來了，便搖著手道：「不，不，大爺就是比我小，何小姐不見得也比我小吧？」

陶太太道：「何小姐和家樹是平等的，家樹比你大，她就比你大；小呢，也一般小，而且她也只二十四歲，再說，你還是滿口大爺小姐，也透著見外，從這兒起，你就叫他們名字。」

樊老太太笑道：「這話倒是對了，不能一家人還那樣客氣。」

家樹心裡一機靈，立刻向秀姑笑道：「大姐，我們這就改口了。」說著，一個鞠躬。

何麗娜更機靈，向前挽了秀姑一隻手道：「我早就叫大姐的，改口也用不著啦。」

陶太太笑著向他們點點頭。

樊老太太生平總以未生一個姑娘為憾，現在忽然有了一個姑娘，卻也得意之至，笑瞇瞇地看了秀姑，因向陶太太道：「晚半天還是讓我出幾個錢叫幾樣菜回來，替伯和接風吧。」

陶太太笑道：「你是長輩，那怎敢當，而且表弟和表……」說時，望了何麗娜，又改口笑道：「和何小姐，都是由外國回來的，當然要向他們接風。再說，你有了這樣一個英雄女兒，這是天大的喜事，哪好不賀賀呢。」他們這裡說得熱鬧，伯和也來了，於是也笑著要相請。老太太既高興，覺得也有面子，就答應了。

當下大家一陣風似地擁到伯和那進屋子裡來。

何麗娜看到放相片的那兩本大冊頁依然還存留著，忽然想起曾偷去鳳喜一張相片，搪塞沈國英。——不知道鳳喜現在可還在瘋人院，也不知道沈國英發覺了是鳳喜沒有？當她正如此向相片簿注意的時候，陶太太早注意了，便笑著和她點了一個頭，將何麗娜拉到自己臥室裡去，笑道：「**你順手牽羊，拿了一張似你又不是你的相片去，你是好玩，可惹出一段因緣來了。**」因把從秀姑處得來的鳳喜消息告訴了她。不過關於鳳喜還惦記家樹的事卻不肯說。

何麗娜沉吟著道：「這個人可怪了！沈國英這樣待她，為什麼還不嫁呢？」

陶太太笑道：「你想想吧，所以這件事我囑咐了秀姑，請她不要告訴家樹。其實我也多此一道囑咐。她到北平來的時候，拿了家樹的介紹信，要住在我家，我是一百二十分佩服她的人，當然歡迎。她先住在這裡半個月，都沒有什麼私事，無非是為義勇軍的事奔走。前兩天，她在和人打電話探問鳳喜的病狀，被我撞見了，她才告訴我實話。連我都瞞著，還能告訴家樹嗎？」

何麗娜笑道：「告訴他也沒有什麼要緊呀！我和他在德國同學五年，還不知道他的心事嗎？不過……不讓他知道也好，他知道了，無非又讓他心裡加上一層難過。」

她口裡如此說著，卻見家樹的影子在窗子外一閃，何麗娜向陶太太丟了一個眼色，卻到外面屋子來了。

果然，家樹也是由屋子外進來。何麗娜笑道：「表嫂總是拉人開玩笑。公開的不算，又要在一邊兒說著。」

陶太太向著她微笑，也不辯駁。

大家歡天喜地吃過了晚飯，何麗娜說是要和關秀姑談談，請秀姑到她家裡去，兩人好作長夜之談。秀姑也正想何麗娜家有錢，可以勸說勸說，請她父親幫助些，也就慨然地答應了。

陶太太聽說秀姑要到何麗娜家去，秀姑是個直性人，何麗娜是個調皮的人，把鳳喜的話全說出來，豈不是一場風波？因之只管把眼睛來看著秀姑，秀姑微點了點頭，似乎明白了這層意思。

何麗娜卻笑道：「沒關係。」

她三人正是丁字兒坐著，家樹、伯和同樊老太太另是坐在一處沙發上，所以沒有聽到，也沒人看到。

何麗娜站起來道：「伯母，我先回去了。」

樊老太太道：「是的，剛回來，老太爺老太太也等著和你談談啦。」

何麗娜握了秀姑一隻手道：「大姐，去呀！」

秀姑果然跟隨她起來，向老太太道：「媽，我陪弟妹回家去一趟，明天一早來。」

老太太聽她叫了一聲「媽」，非常之高興，笑著搖搖頭道：「你是個老實人，別學你表嫂那一張嘴。」

陶太太笑道：「就是親一層麼，這就維護著自己乾姑娘，不疼侄媳了。」

大家哈哈大笑，在這十分的歡愉中，關、何二人走了。

家樹陪了老太太坐談一會，自到書房裡休息，心想：不料秀姑倒和我成了姐弟。她為人是越發的爽直了，前程未可限量。**有這樣一個義姐，這也可以滿足了，難道男女有了愛情，就非做夫妻不可嗎？只是麗娜和她鬼鬼祟祟的，談到鳳喜的事情，鳳喜又怎麼樣了呢？難道她又出了什麼問題嗎？**明天我倒要打聽打聽。

唉！打聽她幹什麼？反正沒有好事，打聽出來也無所可為。因之他揣摩了半晌，又納悶地睡著了。

他一路舟車辛苦，次日十點鐘方才起床。

漱洗完了，正捧一杯苦茗，在書桌邊沉吟著。

劉福卻拿了一張名片進來，說是這人在門口等著。家樹接過來一看，乃是「沈國英」三個字，名片旁邊用鋼筆記著：

> 弟現已為一平民，決傾家紓難，業赴津準備出關之物矣。報關，知君學成歸國，喜極而回，前事勿介懷，乞一見。

家樹沉吟了一回，便迎出來。

沈國英搶上前，在院子裡就和他握著手道：「幸會，幸會。」

家樹見他態度藹然，便請他到客廳裡來坐。

沈國英道：「兄弟今天來，有兩件事，一公一私。公事呢，我勸先生把在德國所學的化學，有補助軍事的，完全貢獻到軍事方面去；私事呢，我要報告先生一段驚人的消息。」於是就把自己對鳳喜的事報告了一陣。因道：「我坐早車，剛由天津回來，還不曾回家，就來見先生，打算邀樊先生去看她一次。我從此可以付託有人了。」

家樹道：「兄弟雖是可憐鳳喜，但是所受的刺激也過深，現在我已不能受此重託了。」說時，皺了眉，作個苦笑。

沈國英道：「實在的，她很懊悔，覺得對不起先生。樊先生無論對她如何，應該見她一面，做個最後的表示，免得她只管虛想。」

家樹昂頭想了一想，笑道：「是了，我明白了。沈先生的這番意思我知道了，先生現是一位毀家紓難的英雄，我應當幫你的忙。好，我們這就走。不瞞你說……」說到這裡，向屋子外看著，才繼續道：「這件事，除兄弟以外，請你不要再讓第二個人知道。」

沈國英道：「我明白的。」於是家樹立刻和他走出門來，向劉將軍家而來。

家樹一路想著：秀姑是在何家了，早上絕不會到這裡來的，於是心裡很坦然地走進那大門去。轉過一道回廊，卻聽到前面有兩個女子的說話聲音，一個道：「我心裡怦怦跳，不要在這裡碰到了沈國英啦！」

又一個道：「不要緊的，他上天津去了。而且他也計劃就由此出關去，不回北平了，再說，他那個人也很好的。」

又一個笑道：「要不是有你這女俠客保鏢，我還不敢來呢。」

這兩個女子，一個是何麗娜，一個就是關秀姑，家樹嚇得身子向後一縮，不知如何是好。

沈國英看他猛然一驚的樣子，卻不解他命意所在，正如此猶豫著，關、何二人卻在回廊那邊轉折出來，院子裡毫無遮掩，彼此看得清清楚楚。

秀姑首先叫起來道：「啊喲！家樹也來了。」

何麗娜看到，立刻紅了臉。而且家樹身後還有個沈國英，這更讓她定了眼睛望了他，怔怔無言。四個人遠遠地看著，家樹看了何麗娜，何麗娜看了沈國英，沈國英又看了樊家樹，大家說不出話來。

當下秀姑回轉身來迎著沈國英道：「沈先生，你不是上天津去了嗎？」

沈國英道：「是的，事情辦妥，我又趕回來了。」說著，走上前，取下帽子，向何麗娜一鞠躬道：「何小姐，久違了，過去的事，請你不必介意，我是馬上就要離開北平的人了。」

何麗娜聽他如此說，便笑道：「我聽到我們這位關大姐說，沈先生了不得，毀家紓難，我非常佩服。因為我聽說沈女士和我相像，我始終沒有見過，今天一早，要關大姐帶了我來看看，這也是我一番好奇心，不料卻在這裡遇到沈先生。」

家樹道：「我也因為沈先生一定叫我來，和她說幾句最後的話。我為了沈先生的面子，不能不來。」

何麗娜道：「既然如此，你可以先去見她，我們這一大群人向屋子裡一擁，她有認得的，有不認得的，回頭又把她鬧糊塗了。」

沈國英道：「這話倒是，請樊先生同關女士先去見她。」對著這個要求，家樹不免躊躇起來。四人站在院子當中，面面相覷，都道不出所以然來。

忽見花籬笆那邊，一個婦人扶著一個少婦走了過來。哎呀！這少婦不是別人，便是鳳喜。扶著的是沈大娘。她正因為鳳喜悶躁不過，扶了她在院子裡走著。

這時，鳳喜一眼看到樊家樹，不由得一怔，立刻停住了腳，遠遠地在這邊呆看著，手一指道：「那不是樊大爺？」

家樹走近前幾步，向她點了頭道：「你病好些了嗎？」

鳳喜望了他微微一笑，不由得低了頭，隨後又向家樹注視著，一步挪不了三寸，走到家樹身邊，身子慢慢地有些顫抖，眼珠卻直了不轉，忽然地問道：「你真是樊大爺嗎？」

家樹直立了不動，低聲道：「你難道不認識我了嗎？」

鳳喜哇的一聲哭了起來道：「我，我等苦了！」

沈大娘一面向家樹打著招呼，一面搶上前扶了鳳喜道：「你精神剛好一點，怎麼又哭起來了？」

鳳喜哇哇地哭著道：「媽，委屈死我了，人家也不明白……」

秀姑走向前握了她一隻手道：「好妹子，你別急，我還引著你見一個人啦。」說著，手向何麗娜一指。

那何麗娜早已遠遠地看見了鳳喜，正是呆了，這會子一步一步走近前來。

鳳喜抬了頭，噙著眼淚，向何麗娜看著，眼淚卻流在臉上。她看看何麗娜周身上下的衣服，又低了頭向著自己的衣服看看，又再向何麗娜的臉注視了一會，很驚訝地道：「咦！**我的影子怎麼和我的衣服不是一樣的呀？**」

秀姑道：「不要瞎說了，那是何小姐。」

鳳喜伸著兩手在半空裡撫摸著，像摸索鏡面的樣子，然後又皺了眉，翻了眼皮道：「不對呀，這不是鏡子！」

何麗娜看她那個樣子，也皺了眉頭替她發愁。

鳳喜忽然嗤地一聲笑了出來道：「這倒有意思，我的影子和我穿的衣服不一樣！」

秀姑於是一手握了鳳喜的手，一手握了何麗娜的手，將兩隻手湊到一處，讓她們攏著，向鳳喜道：「**這是人呢，是影子呢？**」

何麗娜笑道：「我實在是個人。」她不說猶可，一說之後，鳳喜猛然將手一縮，叫起來道：「影子說話了，嚇死我了！」

家樹看了她這瘋樣，向何麗娜低聲道：「她哪裡好了？」

家樹說時，更靠近了何麗娜，鳳喜看到，跳起來道：「了不得啦！我的魂靈纏著樊大爺啦！」

當下秀姑怕再鬧下去要出事情，又不便叫何麗娜閃開，只得走向前將鳳喜攔腰一把抱著，送上樓去。

鳳喜跳著道：「不成，不成！我要和樊大爺說幾句，我的影子呢？」

秀姑不管一切將她按在床上，發狠道：「你別鬧，你不知道我的氣力大嗎？」

鳳喜哈哈地笑道：「這真是新聞！我自己的影子，衣服不跟我一樣，她又會說話。」

秀姑哄她道：「你別鬧，那影子是假的。」

鳳喜道：「假的，我也知道是假的，樊大爺沒回來，又是你們冤我，你們全冤我呀！**你們別這樣拿我開玩笑，我錯了一回，是不會再錯第二回的。**」說著，哇的一聲，又哭了起來。

鳳喜在屋子裡哭著鬧著，樓下何、沈、樊三個人各感到三樣不同的無趣。大家呆立許久，樓上依然鬧過不歇。三個人走了不好，不走又是不好，便彼此無言的向樓上側耳聽著。

突然地，樓上的聲音沒有了，三個人正以為她的瘋病停頓了，只見秀姑在屋子裡跳了出來，站在樓欄邊向院子裡揮著手道：「不好了，人不行啦，快找醫生去吧！」

三個人一同問道：「怎麼了？」

秀姑不曾答出來，已經聽到沈大娘在樓上哭了起來。

沈國英、樊家樹都提腳想要上樓來看，秀姑揮著手道：「快找醫生吧，晚了就來不及了。」

家樹道：「這裡有電話嗎？」

沈國英道：「這是空屋子，哪裡來的電話？」

家樹道：「附近有醫院嗎？」

沈國英道：「有的。」於是二人都轉了身子向外面走，把何麗娜一個人丟在院子裡。

秀姑跳了腳道：「真是糟糕！等著醫生，偏是又一刻請不到！真急人！」

秀姑說畢，也進去了。

何麗娜對於鳳喜雖然是無所謂，但是婦女的心多半是慈悲的，看了這種樣子，也不免和他們一樣著慌，便走上樓來，看看鳳喜的情形。

只見她躺在一張小鐵床上，閉了眼睛，蓬了頭髮，仰面睡著，一點動作也沒有。沈大娘在床面前一張椅子上坐下，兩手按了大腿，哇哇直哭。

秀姑走到床面前，叫道：「鳳喜！大妹子！大妹子！」說著，握了她的手搖撼了幾下。鳳喜不答覆，也不動。

秀姑頓腳道：「不行了，不中用啦，怎麼這樣快呢？」

何麗娜看到剛才一個活跳新鮮的人，現在已無氣息了，也不由得酸心一陣，垂下了淚來。

秀姑跳了幾跳，又由屋子裡跳了出來，發急道：「怎麼找醫生的人還不來呢？急死我了！」

何麗娜向秀姑搖手道：「你別著急，我懂一點，只是沒有帶一點用具來。」

秀姑道：「你瞧！我們真是急糊塗了，放著一個德國留學回來的大夫在眼前，倒是到外面去找大夫。姑娘，你快瞧吧。」

何麗娜走向前，解開鳳喜的鈕扣，用耳朵一聽她的胸部，再看一看她的鼻子，白了一個圈，嚇得向後退了一步，搖了頭道：「沒救了，心臟已壞了。」

說話時，沈國英滿頭是汗，領著一個醫生進來。何麗娜將秀姑的手一拉，拉到樓廊外來，悄悄地道：「心臟壞了，敗血症的現象已到臉上，這種病症，快的只要幾分鐘，絕對無救的。家樹來了，你好好地勸勸他。」

果然，家樹又領了一個醫生到了院子裡。當那個醫生進來時，這個醫生已下了樓，向那個醫生打個招呼，一同走了。

家樹正待向樓上走，秀姑迎下樓來，攔住他道：「你不必上去了，她過去了，總算和你見著一面，一切的事都有沈先生安排。」

家樹道：「那不行，我得看看。」說著，不管一切，就向樓上一衝，跳進房來，伏在床上大哭道：「我害了你，我害了你，早知道如此，不如讓你在先農壇唱一輩子大鼓啊！」

這個時候，劉將軍府舊址，一所七八重院落的大房屋，僅僅一重樓房有人，靜悄悄的，一個院子腳步聲，前後幾個院子可以聽到。這時樓房裡那種慘哭之聲，由半空裡播送出來，把別個院子屋簷上打瞌睡的麻雀都驚飛走了。

沈國英對鳳喜的情愛是如彼，關係又不過如此，他不便哭，也不能不哭，於是一個人走下樓來，只向那無人的院落走去。

院子裡四顧無人，假山石上披的長藤被風吹著搖擺不定。屋角上一棵殘敗的杏花，蜘蛛網罩了一半，滿地是花片。一個地鼠嗤溜溜鑽入石階下，滿布著鬼氣。

忽然一個黑影由假山石後向外一鑽，倒嚇得他倒退了兩步，以為真個有鬼出來。定眼細看，原來是李永勝穿了一身青衣服。他先道：「我一進這門，就聽到一片哭聲，倒不料在這裡碰到統制。」

沈國英搖著頭道：「不要提，那個沈鳳喜過去了。你是來找我的嗎？」

李永勝道：「我只知道你上天津去了。我是來找關女士的。今天有個弟兄從關外回來，說是我們的總部被敵人知道了，一連三天派飛機來轟炸。我們這邊的總指揮也受了傷，特意專人前來請我和關女士星夜回去。我正躊躇著，不知道到天津什麼地方去會你？現時在這裡會著你，那就好極了。我們預定乘五點鐘的火車走，你能走嗎？」

沈國英沉吟著道：「這裡剛過去一個人，我還得料理她的身後。」

李永勝道：「只要統制能拿錢出來，她還有家屬在這裡，還愁沒有人收拾善後嗎？」

沈國英想了一想道：「好，我就去。我家庭也不顧了，何況是一個女朋友，我去給你把關女士找來，你見了她可以不必說她父親受了傷。」

這句話沒說完，秀姑早由身後跳了出來，抓住李永勝的手道：「你實說，我父親怎樣了？」

李永勝料想所說的話已為秀姑聽去，要瞞也瞞不了的，便道：「是我們前方來了一個弟兄報告的，說敵人的飛機到我們總部去轟炸，沒有傷什麼人，就是總指揮也只受點微傷，不過東西炸毀了不少。」

秀姑道：「不管了，今天下午我們就走。來！我們都到後面樓下去說話。」

當下三人擁到樓廊上，由秀姑將要走的原因說了。

家樹用手絹擦了眼睛，慨然地道：「鳳喜身後的事要找人負責，這很容易，沈大娘在北平，我也在北平，難道還會把她放在這裡不成？救兵如救火，一刻也停留不得，諸位只管走吧。」

何麗娜看了鳳喜那樣子，已經萬分悽楚，聽說秀姑馬上要走，拉住她的手道：「大姐，我們剛會一天面，又要分離了。」

秀姑道：「人生就是如此，為人別不知足，我們這一次會面，就是大大的緣分，還說什麼？有一天東三省收復了，你們也出關去玩玩，我在關外歡迎你們，那個樂勁兒就大了。這兒待著怪難受的，你回去吧。」

何麗娜道：「家樹暫時不能回去的，我在這裡陪著他，勸勸他吧。」

秀姑皺了皺眉頭，凝神想了一想道：「走了，不能再耽擱了。」

沈國英也對沈大娘道：「這事不湊巧，可也算湊巧，我偏是今天要走，最後一點兒小事，我不能盡力了；好在樊先生來了，你們當然信得過樊先生，一切的事情請樊先生作主就是了。」

說著，走到房門口，向床上鞠了一個躬，嘆口氣，轉身而去。

秀姑走到屋子裡，也向床上點點頭道：「大妹，別了。你明白過來了，和家樹見了一面，總算實現了你的心願啦。最後，樊大爺還是……」

秀姑說到這裡，聲音哽了，用手絹擦了一擦眼睛，向床上道：「我沒有功夫哭你了，心裡惦記著你吧。」說著，又點了個頭，下樓而去。

這時，沈國英和李永勝正站在院子裡等著。見秀姑來了，沈國英便道：「現在到上火車的時候還有三四個鐘頭，我們分頭去料理事情，四點半鐘一同上車站，關女士在什麼地方等我？」

秀姑道：「你到東四三條陶伯和先生家去找我吧。」

沈國英說了一聲準到，立刻就回家去。

沈國英到了家裡，將帳目匆匆地料理了一番，便把自己一兒一女帶著，一同到後院來見他哥嫂。手上捧了一只小箱子，放在堂屋桌上，把哥嫂請出來，由箱子裡將存摺房契一樣樣的請哥哥看了，便作個立正式，向哥哥道：

「哥嫂都在這裡，兄弟有幾句話說。兄弟一不曾經商，二又不曾種田，三又不曾中獎券，家產過了十幾萬，是怎樣來的錢？一個人在世上，無非吃圖一飽，穿圖一暖，掙錢夠吃喝也就得了。多了錢，也不能吃金子，穿金子。兄弟仔細一想，聚攢許多冤枉錢，留在一個人手裡，想想錢的來路，又想想錢的去路，心裡老是不安。

「太平年，也就模模糊糊算了，現在國家快要亡了，我便留著一筆錢，預備做將來的亡國奴，也無意思。而況我是個軍人，軍人是幹什麼的？用不著我的時候，我借了軍人二字去弄錢；用得著的時候，我就在家裡守著錢享福嗎？因為這樣，我這裡留下兩萬塊錢，一萬留給哥嫂過老，一萬做我小孩子的教育費。其餘的錢，兄弟拿去買子彈送給義勇軍了。我自己也跟著子彈，一路出關去，我若是不回來呢，那是我們當軍人的本分，回來呢，那算是僥幸。」

他哥哥愣住了，沒得話說。

他嫂嫂卻插言道：「啊喲！二叔，你怎麼把家私全拿走呢？中國賺幾千萬幾百萬的人多著啦，沒聽見說誰拿出十萬八萬來，幹嘛你發這個傻氣？」

沈國英道：「咱們還有兩萬留著過日子啦。以前咱們沒有兩萬，也過了日子，現在有兩萬還不能過日子嗎？」

他哥哥知道他的錢已花了，便道：「好吧，你自己慎重小心一點兒就是了。」

沈國英將九歲的兒子，牽著交到哥哥手裡，將七歲的姑娘牽著交到嫂嫂手裡，對兩個孩子道：「我去替你們打仇人去了，你們好好跟著大爺大娘過。哥哥，嫂嫂，兄弟去啦。」說畢，轉身就向外走。

他哥嫂看了他這一番情形，心裡很難過，各牽了一個孩子，跟著送到大門口來。沈國英頭也不回，坐上汽車，一直就到陶伯和家來。

沈國英到時，樊家樹、何麗娜、李永勝也都在這裡了，請著他在客廳裡相見。

秀姑攙著樊老太太的手，走了出來。

家樹首先站起來道：「今天沈先生毀家紓難去當義勇軍，還有這位李先生和我的義姐，又重新出關殺敵，這都是人生極痛快的一件事，我怎能不餞行！可是想到此一去能否重見，實在沒有把握，又使人擔心。況且我和義姐有生死骨肉的情分，僅僅拜盟一天，又要分離，實在難過。再說在三小時以前，我們大家又遇到一件超慘的事情，大家的眼淚未乾，**生離死別全在這半天了**，我又怎麼能吃，怎麼能喝！可是，到底三位以身許國的行為確實難得，我又怎能不忍住眼淚以壯行色！劉福，把東西拿來，請你們老爺太太來。」

說話時，陶伯和夫婦來了，和大家寒暄兩句。

劉福捧一個大圓托盤放在桌上，裡面是一大塊燒肉，上面插了一把尖刀，一把大酒壺，八只大杯子。

家樹提了酒壺斟上八大杯血也似的紅玫瑰酒。

伯和道：「不分老少，我們圍了桌子，各乾一杯，算是喝了仇人的血。」於是大家端起一杯，一飲而盡。

只有樊老太太端著杯子有些顫抖。

沈國英放下酒杯，雙目一瞪，高聲喝道：「陶先生這話說得好，我來吃仇人一塊肉。」於是拔出刀來，在肉上一劃，割下一塊肉來，便向嘴裡一塞。

何麗娜指著旁邊的鋼琴道：「我來奏一闋《從軍樂》吧。」

沈國英道：「不，哀兵必勝！不要樂，要哀，何小姐能彈《易水吟》的譜子嗎？」

何麗娜道：「會的。」

秀姑道：「好極了，我們都會唱！」

於是何麗娜按著琴，大家高聲唱著：「風蕭蕭兮易水寒，壯士一去兮不復還。……」

只有樊老太太不唱，兩眼望了秀姑，垂出淚珠來。

秀姑將手一揮道：「不唱了，我們上車站吧。」

大家停了唱，秀姑與伯和夫婦先告別，然後握了老太太的手道：「媽！我去了。」

老太太顫抖了聲音道：「好！好孩子，但願你馬到成功。」

沈國英、李永勝也和老太太行了軍禮。大家一點聲音沒有，一步跟著一步，共同走出大門來了。門口共有三輛汽車，分別坐著馳往東車站。

到了車站，沈國英跳下車來，汽車夫看到，也跟著下車，向沈國英請了個安道：「統制，我不能送你到站裡去了。」

沈國英在身上掏出一搭鈔票，又一張名片，向汽車夫道：「小徐！你跟我多年，現在分別了，這五十塊錢給你作川資*回家去。這輛汽車，我已經捐給第三軍部作軍用品車，你拿我的片子，開到軍部裡去。」

小徐道：「是！我立刻開去。錢，我不要，統制都去殺敵人，難道我就不能出一點小力，既是這輛車捐作軍用品車，當然車子還要人開的，我願開了這車子到前線去。」

沈國英出其不意地握了他的手道：「好弟兄！給我掙面子，就是那麼辦。」

汽車夫只接過名片，和沈國英行禮而去。

伯和夫婦、家樹、麗娜，送著沈、關、李三人進站，秀姑回身低聲道：「此地耳目眾多，不必走了。」

四人聽說，怕誤他們的大事，只好站在月臺鐵欄外，望著三位壯士的後影，遙遙登車而去。

尾聲　英雄兒女

何麗娜知道家樹心裡萬分難過，送了他回家去。

到家以後，家樹在書房裡沙發椅上躺著，一語不發。

何麗娜道：「我知道你心裡難受，但是事已至此，傷心也是沒用。」

家樹道：「早知如此，不回國來也好！」

何麗娜道：「不！我們不是回來同赴國難嗎？我們依然可以幹我們的。我有了一點主意，現在不能發表，明天告訴你。」

家樹道：「是的，現在只有你能安慰我，你能瞭解我了。」

何麗娜陪伴著家樹坐到晚上十二點，方才回家去。

何廉正和夫人在燈下閒談，看到姑娘回來了，便道：「時局不靖，還好像太平日子一樣到半夜才回來呢。」

何麗娜道：「時局不靖，在北平什麼要緊，人家還上前線哩。爸爸！我問你一句話，你的財產還有多少？」

何廉注視了她的臉色道：「你問這話什麼意思？這幾年我虧蝕了不少，不過一百一二十萬了。」

何麗娜笑道：「你二老這一輩子，怎樣用得了呢？」

何太太道：「你這不叫傻話，難道有多少錢要花光了才死嗎？我又沒有第二個兒女，都是給你留著呀。」

何麗娜道：「能給我留多少呢？」

何廉道：「你今天瘋了吧，問這些孩子話幹什麼？」

何麗娜道：「我自然有意思的。你二老能給我留五十萬嗎？」

何廉用一個食指摸了上唇鬍子，點點頭道：「我明白了，你在未結婚以前，想把家產……」

何麗娜不等他說完，便搶著道：「你等我再問一句，你讓我到德國留學求得學問來做什麼？」

何廉道：「為了你好自立呀。」

何麗娜道：「這不結了！我能自立，要家產做什麼？錢是我要的，自己不用，家樹他更不能用。爸爸，你不為國家做事，發不了這大的財，錢是正大光明而入者，亦正大光明而出。現在國家要亡了，我勸你拿點錢來幫國家的忙。」

何廉笑道：「哦！原來你是勸捐的，你說，要我捐多少呢？」

何麗娜本靠在父親椅子邊站著的，這時突然站定，將胸脯一挺道：「要你捐八十萬。」

何廉淡淡地笑道：「你胡鬧。」說著，在茶几上雪茄煙盒子裡取了一根雪茄，咬了煙頭吐在痰盂裡。自己起身找火柴，滿屋子走著。

當下何麗娜跟著她父親身後走著，又扯了他的衣襟道：

「我一點不胡鬧。對你說，我要在北平、天津、唐山、灤州、承德、喜峰口找十個地方，設十個戰地病院。起碼一處一萬，也要十萬，再用十萬塊錢作補充費，這就是二十萬。家樹他要立個化學軍用品製造廠，至低限度，要五十萬塊錢開辦，也預備十萬塊錢作補充費。合起來不就是八十萬嗎？你要是拿出錢來，院長廠長都用你的名義，我和家樹親自出來主持一切，也教人知道留學回來，不全是用金招牌來騙官做的。」

何廉被她在身後吵著鬧著，雪茄銜在嘴裡，始終沒有找著火柴。她在桌上隨便拿來一盒，擦了一根，貼在父親懷裡，替他點了煙，靠著他道：「爸爸，你答應吧。我又沒兄弟起妹，家產反正是我的，你讓我為國家做點事吧。」

何廉道：「就是把家產給你，也不能讓你糟蹋，數目太大了，我不能……」

何麗娜跳著腳道：「怎麼是糟蹋？沈國英只有八萬元家私，他就拿出六萬來，而且自己還去當義勇軍啦。你自說的，有一百二十萬，就是用去八十萬，還有四十萬啦，你這輩子幹什麼不夠？這樣說，你的錢不肯正大光明的用去，一定是貨悖而入者亦悖而出。得！我算白留學幾年了，不要你的錢，我自己去找個了斷。」說畢，向何廉臥室裡一跑，把房門立刻關上。

何太太一見發了急，對何廉道：「你抽屜裡那支手槍……」

何廉道：「沒收起……」

她便立刻捶門道：「麗娜，你出來，別開抽屜亂翻東西。」

只聽到屋子裡拉著抽屜亂響，何麗娜叫道：「家樹，我無面目見你，別了。」

何太太哭著嚷了起來道：「孩子，有話好商量呀，別……別……別那麼著。我只有你一個呀！你們來人呀，快救命呀！」

何廉也只捶門叫道：「別胡鬧！」

早有兩個健僕由窗戶裡打進屋子去，從何麗娜手上將手槍奪下，開了房門，放老爺太太進去。

何麗娜伏在沙發上，藏了臉，一句不言語。

何廉站在她面前道：「你這孩子，太性急，你也等我考量考量。」

何麗娜道：「別考量，留著錢，預備做亡國奴的時候納人頭稅吧。」她說畢，又哭著鬧著。

何廉一想：即便捐出八十萬，還有四五十萬呢。這樣做法，不管對國家怎樣，自己很有面子，可以博得國人同情；既有國人同情，在政治上，當然可以取得地位。……想了許久，只得委委屈屈答應了姑娘。何麗娜噗嗤一笑，才去睡覺。

這個消息，當然是家樹所樂意聽的，次日早上，何麗娜就坐了車到陶家來報告。未下汽車，劉福就迎著說：「表少爺穿了長袍馬褂，胳臂上圍著黑紗，天亮就出去了。」

何麗娜聽說，連忙又把汽車開向劉將軍家來。路上碰到八個人抬一具棺材，後面一輛人力車，拉著沈大娘，一個穿破衣的男子背了一籃子紙錢，跟了車子，再後面，便是家樹，低了頭走著。

何麗娜嘆了一口氣，自言自語地道：「就是這一遭了，由他去吧！」於是再回來，在陶家候著。

直到下午一兩點鐘家樹才回來，進門便到書房裡去躺下了。

何麗娜進去，先安慰他一頓，然後再把父親捐款的事告訴他。

家樹突然地握住她的手，坐起來道：「你這樣成就我，我怎樣報答你呢？」

何麗娜笑道：「我們談什麼報答，**假使你當年不嫌我是個千金小姐，我如今還沉醉在歌舞酒食的場合，哪裡知道真正做人的道理！其實還是你成就了我呢。**」

家樹今天本來是傷心之極，聽了何麗娜的報告，又興奮起來。當日晚上，見了何廉，商議了設立化學軍用品製造廠的辦法，結果很是圓滿。

這消息在報上一宣布，社會上同情樊、何兩個熱心，來幫忙的不少，有錢又有人，半個月功夫，醫院和製造廠先後在北平成立起來。

再說秀姑去後，先有兩個無線電拍到北平，說是關壽峰只受小傷，沒關係，子彈運到，和敵軍打了兩仗，而且劫了一次軍車，都得有勝利，朋友都很歡喜。

半個月後音信卻是渺然，這北平總醫院不住地有戰傷的義勇軍來療養，樊、何兩人逢人便打聽關、沈的消息。

有一天，來了十幾個傷兵，正是關壽峰部下的。

何麗娜找了一個輕傷的連長，細細盤問一遍。他說：

「我們這支軍隊共有一千多人，總指揮是關壽峰，副指揮是關秀姑，後來沈國英去了，我們又舉他做司令。我們因為補充了子彈，在山海關外狠打了幾次有力的仗，殺得敵人膽寒。

「我們的總部在李家堡，是九門口外的一個險地。九門口裡，就是正規軍的防地。前十天晚上，我們得了急報，敵人有起兵五六百，步兵三千，在深夜裡要經過李家堡暗襲九門口。

「沈司令說：『我們和敵人相差過多，子彈又不夠，不如避實擊虛，讓他們過去，在後面兜抄。』

「關指揮說：『不行。九門口只有華軍一團人，深夜不曾防備，一定被敵人暗襲了去。敵人占了九門口，山海關不攻自得，我們一千多人，反攻何用？山海關一失，華北搖動，這一著關係非淺，我們只有擋住了要道，不讓敵人過去。此地到九門口，只十幾里路，一開火，守軍就可以準備起來。我們抵抗得越久，九門口是準備得越充足。兄弟，就是今晚，我們為國犧牲吧。』

「沈司令想了一想，這話也是，立刻我們就準備抵抗。敵人初來，也不曾防備我們怎樣抵抗，到了莊外，我們猛然迎擊，他們抵抗不住，先退下去。但是他們的人多，將莊子團團圍住，大炮機槍對了莊裡狂射。我們各守了圍牆，等敵人到了火力夠得上的地方，才放出槍去。敵人只管猛烈進攻，我們死力守著不動。戰了有兩小時，敵人幾次衝鋒，衝到莊門口來，

「最後一次，我們的子彈快要完了，我們關總指揮叫著說：『大家拚吧，再支持兩點鐘就天亮了，我們殺出去。』

「他一手拿了大砍刀，一手拿了手槍，帶了五百多名弟兄衝出莊去。我就緊緊跟在總指揮後面，親眼看到他手起刀落砍倒七八十個敵人。我們這樣肉搏一陣，敵人已經有

些支持不住，我們的副指揮關姑娘，又帶了二三百弟兄來接應，敵人就退下去了。我們也不敢追，又退回莊去守著。

「但是這一陣惡戰，死了四五百人，連著先死的，一千多人，已經死亡三分之二。看看天色快亮，九門口遙遙的發出幾響空炮。我們總指揮坐在矮牆下一塊石頭上，喘著起哈哈笑道：『好了，好了！守口軍隊已經有準備了。』這時，我看他身上的衣服撕得稀爛，鬍子上，手上，臉上，都是血跡，他兩手按了膝蓋，喘著氣道：『值！今天報答國家了！』他說後，身子靠了牆，就過去了。

「我們沈司令、副指揮因敵人還不肯退，就對著總指揮說：『憑了你老人家英靈不遠，我們有一口氣也不讓敵人進我的莊子。』說完，沈司令帶了殘餘弟兄三四百人，等敵人逼近，又殺出去衝鋒肉搏。這次我們人更少，哪裡衝得動，戰到天亮，全軍覆沒了。沈司令、李團長都沒回來。不過天色一亮，敵人就不敢再攻九門口，自己退走了。關姑娘數數村子裡的活人，只剩二百多，戰得真是悲壯，不但九門口沒事，李家堡也守住了。

「可是敵人上了這次當，這日下午，就派了四架飛機來轟炸李家堡。我們副指揮戰了一晚，又去收殮沈司令和總指揮，人太累了，就睡了一場午覺。不料就是這時候，這飛機來到，臨時驚醒躲避已經來不及，就殉難了。」

何麗娜只聽到這裡，已經不能再向下問他們怎樣逃進關的，兩眼淚汪汪慟哭起來。

這日晚上，何麗娜向家樹提起這事，家樹也是禁不住淚如雨下。

到了次日，正是清明，家樹本來要到西便門外去弔鳳喜的新墳，就索性對何麗娜道：「古人有禁煙時節舉行野祭的，我們就在今天，在鳳喜墳邊另外燒些紙帛，奠些酒漿，祭奠幾位故人，你看好嗎？」

何麗娜說是很好，就吩咐傭人預備祭禮，帶了兩個傭人，共坐一輛汽車，到西便門外來。

汽車停下，見兩棵新柳，一樹野桃花下，有三尺新墳，墳前立了一塊碑，上書：

「**故未婚妻沈鳳喜女士之墓，杭縣樊家樹立。**」

何麗娜看著，點了一點頭。

傭人將祭禮分著兩份：一份陳設在鳳喜墳前；一份離開墳，在平坡上，向東北陳設著。

家樹拿了酒壺，向地上澆著，口裡喊道：「沈國英先生，李永勝先生，我的好朋友。關大叔，秀姑，我的好姐姐，你們果然一去不返了。**故人！你們哪裡去了？英靈不遠，受我一番敬禮。**」

說著，脫下帽來，遙遙向東北三鞠躬。回轉身來，看了鳳喜的墳，叫了一聲：「鳳喜！」又墜下淚來。

何麗娜卻向了東北，哭著叫關大姐。兩個傭人分途燒著紙錢。

平原沉沉地，沒有一點聲音，越顯得樊、何二人的嗚咽聲更是酸楚。

忽然一陣風來，將燒的紙灰捲著打起胡旋，飛入半天。半樹野桃花的花起，灑雨一般地撲到人身上來。

何麗娜正自愕然，那風又加緊了兩陣，將滿樹的殘花吹了個乾淨。

家樹道：「麗娜，人生都是如此，不要把爛漫的春光虛度了，我們至少要學沈國英，有一種最後的振作呀！」

何麗娜道：「是的，你不用傷心，還有我呢，我始終能瞭解你呀！」

家樹萬分難過之餘，覺得還有這樣一個知己，握了她的手，就也破涕為笑了。

全書完

*書中字詞考釋

1 落子館：演北方曲藝雜耍的場所。
2 嚼穀：指生活費；口糧。
3 蝤蠐：古書上指天牛的幼蟲，白色，借以比喻婦女脖頸之美。
4 西崽：舊時稱在西洋人辦的洋行、西式餐館等行業中當僕役的男子。
5 抖文：抖，展示，擺出來，顯示。文，指古文的經典名句，也就是賣弄口才辭藻的意思。
6 市廛：市中店鋪；店鋪集中的市區。
7 強梁：強橫凶暴。
8 嗶嘰：密度比較小的斜紋毛織品。
9 如夫人：女子稱謂，一般用來代指妾。
10 王八：婦人有外遇，俗謔稱其丈夫為「王八」。也稱為「烏龜」。
11 川資：旅費；路費。

啼笑因緣【典藏新版】

作者：張恨水
發行人：陳曉林
出版所：風雲時代出版股份有限公司
地址：10576台北市民生東路五段178號7樓之3
電話：(02) 2756-0949
傳真：(02) 2765-3799
執行主編：朱墨菲
美術設計：許惠芳
行銷企劃：林安莉
業務總監：張瑋鳳

初版日期：2021年6月
ISBN ：978-986-5589-36-3
風雲書網：http://www.eastbooks.com.tw
官方部落格：http://eastbooks.pixnet.net/blog
Facebook：http://www.facebook.com/h7560949
E-mail：h7560949@ms15.hinet.net
劃撥帳號：12043291
戶名：風雲時代出版股份有限公司

風雲發行所：33373桃園市龜山區公西村2鄰復興街304巷96號
電話：(03) 318-1378
傳真：(03) 318-1378
法律顧問：永然法律事務所 李永然律師
北辰著作權事務所 蕭雄淋律師

行政院新聞局局版台業字第3595號 營利事業統一編號22759935

國家圖書館出版品預行編目資料

啼笑因緣／張恨水 著. -- 初版 -- -- 臺北市：風雲時代出版股份有限公司，2021.04- 面；公分

ISBN 978-986-5589-36-3（平裝）

857.7 110003593